I0647029

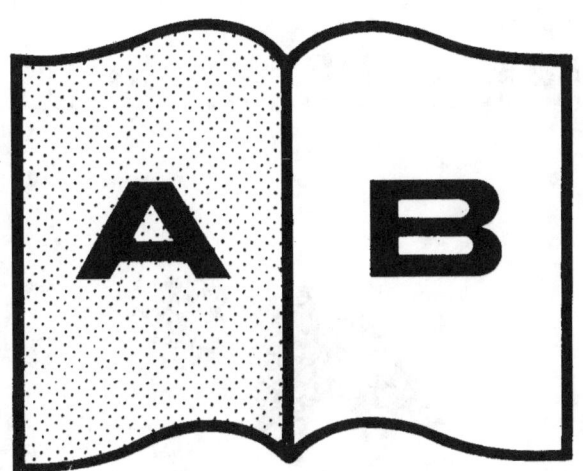

Contraste insuffisant

NF Z 43-120-14

BIBLIOTHÈQUE DES ÉCOLES ET DES FAMILLES

J. GIRARDIN

LE

COMMIS DE M. BOUVAT

PARIS

LIBRAIRIE HACHETTE ET Cᵉ

79, BOULEVARD SAINT-GERMAIN, 79

Prix 2.60

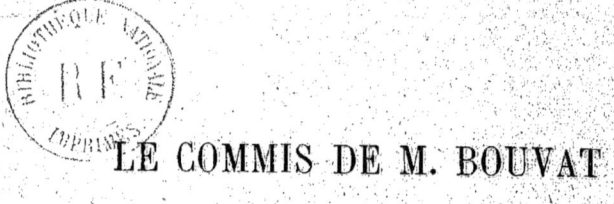

LE COMMIS DE M. BOUVAT

OUVRAGES DU MÊME AUTEUR

PUBLIÉS DANS LA

BIBLIOTHÈQUE DES ÉCOLES ET DES FAMILLES

Illustrée de nombreuses gravures

DEUXIÈME SÉRIE — FORMAT IN-8 JÉSUS

Chaque volume broché, 2 fr. 60. — Cartonnage maroquin, tr. dorées, 3 fr. 60.
Cart. percaline, tr. dorées, 3 fr. 90

LA LOCATAIRE DES DEMOISELLES ROCHER. | LA FAMILLE GAUDRY. 1 vol.
LE ROMAN D'UN CANCRE. 1 vol. | SECOND VIOLON. 1 vol.
LES ÉPREUVES D'ÉTIENNE. 1 vol. | L'ONCLE PLACIDE.
LE COMMIS DE M. BOUYAT. | LES MILLIONS DE LA TANTE ZÉZÉ.

TROISIÈME SÉRIE — FORMAT IN-8 RAISIN

Chaque volume broché, 2 fr. — Cart. maroquin, 3 fr. 60. — Cart. percaline, tr. dorées, 3 fr.

LES REMORDS DU DOCTEUR ERNSTER. 1 vol. | TOM BROWN, SCÈNES DE LA VIE DE COLLÈGE
LES CERTIFICATS DE FRANÇOIS. 1 vol. | EN ANGLETERRE. 1 vol.
LE CAPITAINE BASSINOIRE. 1 vol. | FAUSSE ROUTE. 1 vol.

QUATRIÈME SÉRIE — FORMAT IN-8

Chaque volume broché, 1 fr. 10. — Cart. maroquin, 1 fr. 35. — Cart. percaline, tr. dorées, 1 fr. 70.

BONNES BÊTES ET BONNES GENS. 1 vol. | LES GENS DE BONNE VOLONTÉ. 1 vol.
PETITS CONTES ALSACIENS. 1 vol. | LA NIÈCE DU CAPITAINE. 1 vol.

CINQUIÈME SÉRIE — FORMAT IN-8

Chaque volume cartonnage maroquin, tr. jaspées, 1 fr.

CONTES SANS MALICE. 1 vol. | TÊTES SAGES ET TÊTES FOLLES. 1 vol.
FILLETTES ET GARÇONS. 1 vol. | UN PEU PARTOUT. 1 vol.
CHACUN SON IDÉE. 1 vol. | RÉCITS ET MENUS PROPOS. 1 vol.

SIXIÈME SÉRIE — FORMAT IN-8

Chaque volume cartonnage maroquin, tr. jaspées, 80 cent.

TOUT CHEMIN MÈNE-T-IL A ROME? 1 vol. | LE FILS DE L'ÉCLUSIER. 1 vol.

HUITIÈME SÉRIE — FORMAT IN-16

Chaque volume cartonnage maroquin, tr. rouges, 60 cent.

LE BRIN DE FIL. 1 vol. | LES AVENTURES DE COLIN-TAMPON. 1 vol.
CONTES A PIERROT. 1 vol. | A QUI LA FAUTE? 1 vol.
CONTES A JEANNOT. 1 vol.

NEUVIÈME SÉRIE — FORMAT IN-18

Chaque volume cartonnage tr. jaspées, 35 cent.

PAULETTE. 1 vol. | LA VOCATION DE PAUL VIOLET. 1 vol.
UN DRÔLE D'OISEAU. 1 vol. | LE RÊVE DE FRANÇOISE. 1 vol.

755-09. — Coulommiers. Imp. PAUL BRODARD. — P7-09.

BIBLIOTHÈQUE DES ÉCOLES ET DES FAMILLES

J. GIRARDIN

LE

COMMIS DE M. BOUVAT

OUVRAGE

Illustré de 119 vignettes dessinées

Par TOFANI

TROISIÈME ÉDITION

PARIS

LIBRAIRIE HACHETTE ET Cᵗᵉ

79, BOULEVARD SAINT-GERMAIN, 79

1909

Droits de traduction et de reproduction réservés.

JULES GIRARDIN

Le vendredi 26 octobre 1888, notre éminent collaborateur et très cher ami, Jules Girardin, tombait frappé d'une apoplexie foudroyante, au bras de sa jeune fille, devant la gare Montparnasse, à Paris. Il n'avait pas encore cinquante-sept ans.

Girardin a tenu dans le *Journal de la Jeunesse* une trop grande place, et nous lui étions attachés par une trop vive amitié, pour que nous n'ayons pas l'obligation de nous défier, en parlant de lui, de cette amitié et de notre douleur. Et de plus, en songeant à cet homme si parfaitement simple, si désintéressé et modeste, à cet esprit si fin, si sagace, si ennemi de toute emphase, nous nous reprocherions de le mal louer et de blesser sa chère mémoire en ne gardant pas, dans notre hommage, cette mesure qu'il sut si bien observer toujours et à laquelle il attachait tant de prix. Cependant, nous en avons la conviction profonde, ce ne sera pas dépasser cette mesure et aller au delà du vrai que de dire bien haut : La vie qui vient de s'éteindre fut exemplaire et noble entre toutes. L'esprit qui vient de disparaître fut un des meilleurs, des plus délicats, des plus sains, des plus honnêtes de ce temps-ci.

La vie de Girardin fut d'une simplicité absolue. Elle fut consacrée tout entière à une œuvre unique : instruire et élever en charmant. Girardin n'était pas né simplement homme d'esprit, il était né, avant tout, « éducateur et charmeur », et à cette œuvre que lui commandait en quelque sorte sa nature, il travailla toute sa vie de deux façons, comme professeur et comme écrivain.

Il entra à l'École normale en 1852 et y nourrit silencieusement pendant trois ans — ses camarades s'en souviennent — l'originalité et l'humour de son esprit. On a prétendu que le régime de l'École étouffait toute originalité. Girardin fut un bien frappant exemple du contraire, et ne fut pas le seul. En 1855, à sa sortie de l'École, il fut envoyé à Chaumont, puis à Angers et à Douai ; en 1857, il se fit recevoir agrégé de grammaire, et en 1860 agrégé des lettres. Pourquoi acquit-il ce dernier titre ? Pour rien, pour l'honneur ; car il n'en fit jamais et ne semble jamais avoir même eu la pensée d'en faire usage. Il resta simplement professeur d'enfants, ce à quoi son titre d'agrégé de grammaire suffisait. Il est mort professeur de quatrième à Versailles, et ne voulut jamais être autre chose.

Mais il fut un professeur extraordinaire, exceptionnel, nous aurions presque envie de dire unique. Il avait sur ses élèves une autorité indiscutée, et que jamais le plus indiscipliné des enfants n'aurait seulement eu la pensée de mettre en question. Avec cela, il était adoré d'eux tous parce qu'il avait le don de les instruire en les amusant, et de les maitriser en leur faisant sentir qu'il les aimait. Aussi le lui rendaient-ils de tout leur cœur. On peut assurer que jamais professeur ne jouit d'une popularité plus légitime, plus sérieuse et — si le mot ne jurait avec la chose — plus éclatante que celle qui, pendant toute sa carrière, fit l'honneur et la joie de Girardin.

C'est vers le moment où sa vie fut fixée par son installation à Versailles, qu'il entama la seconde partie de sa tâche. Avec quel succès, ce n'est pas aux lecteurs du *Journal de la Jeunesse* qu'il y a lieu de le rappeler. On a souvent reproché, et très à tort, à notre pays, de manquer d'une littérature spécialement appropriée à l'esprit et aux besoins moraux de l'enfance et de la jeunesse. La vérité est que cette littérature ne nous a pas manqué autant qu'on le dit; seulement il en est une autre qui lui a fait tort. De cette littérature qu'on peut justement appeler du beau nom d'éducatrice, Girardin restera toujours un des maîtres. Dès ses débuts, il y marqua sa place au premier rang. On a prononcé à son sujet le grand nom de Dickens, et à juste titre. Il est bien de la famille. S'il n'a pas la même intensité de sentiment, la même puissance de verve, le même don prestigieux de faire éclater le rire et jaillir les larmes, il a pourtant, et à un degré rare, lui aussi, l'heureux mélange du pathétique et de la bonne humeur, de la malice et de la grâce, du sérieux et de l'enjouement; il a surtout la passion de tout ce qui est bon et honnête. On peut dire qu'il n'a pas laissé, dans toute son œuvre, une ligne qui ne soit inspirée par la plus saine morale. Optimiste sans duperie, pénétrant sans amertume, toujours moraliste sans prêcher jamais, simple et naturel sans vulgarité, malin sans méchanceté, ému sans emphase, enjoué, sérieux et gai, il est bien près de réaliser l'idéal du conteur tel qu'on le rêve pour donner à la jeunesse le goût des choses saines, des sentiments nobles, de la vie droite et des bonnes actions.

Son œuvre est considérable, car à ses autres mérites il joignit la fécondité. Il préluda à ses compositions plus importantes par une collaboration variée au *Magasin pittoresque*, qui, du reste, ne cessa jamais. Il publia à la *Revue des Deux Mondes* les *Théories du docteur Wurtz*, et à partir du grand succès de *Braves gens*, en 1874, il fut le collaborateur assidu du *Journal de la Jeunesse*, dont il peut être considéré comme l'un des fondateurs et au succès duquel il contribua pour une si large part. Il y publia successivement *Nous autres*, *la Toute Petite*, la

JULES GIRARDIN.

série de *l'Oncle Placide*, *Grand-père*, *le Roman d'un cancre*, *le Capitaine Bassinoire*. Il donna aussi nombre d'articles à *Mon Journal*. Nous passons sous silence une quantité d'écrits très divers dont la liste étonnerait. Son talent plein de souplesse charmait la première enfance aussi bien que la jeunesse et l'âge mûr.

Les Braves gens et *Grand-père* valurent à leur auteur une couronne académique. Personne, à coup sûr, n'eût trouvé étonnant que Girardin fût un de ceux qui distribuent ces couronnes-là. Lui seul, peut-être, n'y pensa pas. Bien peu de temps avant sa mort, il nous avait encore donné une nouvelle — la dernière hélas ! que nous publierons de lui — *le Commis de M. Bouvat* — où nos lecteurs trouveront, dans leur plein épanouissement, toutes les qualités qui les ont si longtemps charmés.

Cette fécondité, est-il besoin de le dire, fut le prix d'un travail extraordinaire; mais à ce travail qui finit par lui faire perdre à peu près l'usage de tout exercice corporel, sa santé devait fatalement succomber. Les avertissements graves ne lui manquèrent pas et le coup qui l'emporta, celui-là ou tout autre aussi funeste, était depuis longtemps redouté par ses amis. Lui seul semblait n'y pas penser. Il avait et il eut jusqu'à la dernière minute l'esprit intact, admirablement dispos et fécond : c'était, avec les plaisirs de quelques vieilles amitiés, tout ce qu'il demandait à la vie.

Ce bonheur, du moins, ne lui fit pas défaut. S'il lui fallut, à plus d'une reprise, interrompre ses classes, il eut la joie de n'être pas un instant enlevé par la souffrance à ses chers romans, et put mourir avec la fierté d'un homme à qui le mal n'avait pas arraché la plume des mains. Mais il eut le droit d'emporter de ce monde quelque chose de plus précieux encore, ce fut le sentiment du bien qu'il avait fait et la certitude que dans la foule innombrable de ceux qui l'avaient lu, il n'en était pas un qui ne conserverait pieusement le souvenir du charmant esprit et de la bonne et belle âme de Jules Girardin.

(Extrait du *Journal de la Jeunesse* du 24 novembre 1888.)

Des véhicules s'éloignaient au grand trot.

LE COMMIS DE M. BOUVAT

CHAPITRE PREMIER

Sault-de-l'Erche. — Déjeuner de notaires. — Maître Billard. — M. Maubeux persécuté
par le Conseil municipal. — Un jeune photographe de dix-sept ans.

Sault-de-l'Erche est un petit chef-lieu d'arrondissement, bien
sage et bien tranquille. Ce jour-là, qui était un jeudi d'avril,
Sault-de-l'Erche fut émoustillé par deux événements qui sortaient de l'ordinaire, l'un prévu, l'autre imprévu.

L'événement prévu, ce fut la réunion de la chambre des
notaires. Convoqués de tous les points de l'arrondissement, ces
messieurs, en la salle de leurs séances, entre onze heures et
midi, épluchèrent un certain nombre d'affaires, fixèrent quelques
points de discipline, refrénèrent le zèle indiscret d'un confrère
qui essayait d'empiéter sur les droits et la clientèle de ses voi-
sins, échangèrent quelques plaisanteries professionnelles, et,
sur le coup de midi, se levèrent comme un seul homme, pour
se rendre à l'hôtel Carrelet, où les attendait un festin panta-
gruélique.

Une certaine quantité de Saultois des deux sexes, avides de
grandes émotions et de grands spectacles, retardèrent ou avan-
cèrent l'heure habituelle de leur déjeuner, pour assister au défilé

1

des vingt-deux notaires de l'arrondissement, tous en toilette de
bal ou d'enterrement, c'est-à-dire en habit noir et en cravate
blanche; tous graves et dignes, comme des gens qui ont le sentiment de leur importance et qui savent qu'on les regarde. Le
notaire de Loué lui-même, connu dans tout l'arrondissement
pour sa tournure d'esprit facétieuse et plus qu'enjouée, composait son maintien sur celui de ses confrères et se maintenait
dans les limites de ce qu'on pourrait appeler une gravité tempo-
raire. Chacun de ces messieurs serrait son garde-notes sous le
bras gauche, et dans le garde-notes portait l'honneur et la fortune de plus de cent familles. Du moins les spectateurs aimaient
à se le figurer.

Quand le dernier notaire eut disparu sous la voûte de l'hôtel
Carrelet, les curieux se dispersèrent, et chacun s'ingénia de son
mieux en attendant la sortie de la corporation.

A cinq heures, ces messieurs quittèrent le lieu du festin par
petits groupes, toujours dignes, mais un peu plus bavards que
le matin, plus colorés aussi, sans doute par l'effet des discussions.
Quelques chapeaux penchaient un peu à droite ou à gauche, pas
mal de cols étaient fripés et beaucoup de cravates blanches un
peu lâches; la majorité fumait avec énergie des cigares éteints.
Un gamin effronté, qui s'était glissé sous le porche de l'hôtel,
affirma avoir vu le notaire de Loué poursuivre le notaire de
Drouard dans un couloir obscur et lui asséner de grands coups
de garde-notes sur les omoplates, transformant ainsi en un vulgaire instrument contondant le réceptacle de l'honneur et de la
fortune des familles.

A six heures, sur toutes les routes qui partent de Sault-de-
l'Erche, des véhicules s'éloignaient au grand trot, conduits par
des hommes respectables en cravate blanche, qui mâchonnaient
encore des cigares éteints.

Trois notaires sur vingt-deux avaient leur résidence sur la ligne
du chemin de fer. Deux seulement de ces messieurs se trouvèrent
à la gare lorsque l'heure du départ approcha.

Ces messieurs se comptèrent gravement et se dirent entre eux :
« Nous ne sommes que deux; qu'est devenu Billard? »

Une cloche sonna; un employé pria MM. les voyageurs de monter
en voiture; les deux notaires obtempérèrent à sa bienveillante
injonction, et se consolèrent de l'absence de leur collègue en se
disant : « Le chemin de fer n'attend personne. Billard prendra le
train de nuit : voilà tout. »

A l'heure même où les confrères de l'absent prenaient si philosophiquement leur parti de son absence, un homme grave, dont le chapeau cylindrique s'élevait sur sa tête en ligne rigoureusement perpendiculaire, dont le faux col était irréprochable et la cravate blanche soigneusement nouée, un homme enfin qui ne fumait point de cigare, soit éteint, soit allumé, sonnait au numéro 27 de la rue de l'Étoupette. Cet homme grave, c'était maître Billard en personne.

Comme personne ne répondait à son coup de sonnette, maître Billard s'étonna. Et franchement, il avait lieu de s'étonner. Car enfin la maison, ou plutôt l'hôtel Maubeux recélait dans ses flancs six personnes bien vivantes, dont aucune n'était privée du sens de l'ouïe : 1° un jardinier, 2° un valet de chambre, 3° une cuisinière, 4° une femme de charge, 5° M. Maubeux, 6° son fils adoptif, Philippe Cambrequesne.

Maître Billard sifflota d'impatience, puis il regarda à sa montre, puis il recula dans la rue pour embrasser d'un coup d'œil toute la façade de l'hôtel, afin de voir s'il n'apercevait pas quelqu'un aux fenêtres des étages supérieurs.

Si maître Billard avait eu le moindre sens du beau dans les œuvres d'architecture, il eût pu prendre patience à contempler l'hôtel Maubeux, qui était un vrai bijou de l'époque de la Renaissance, admirablement conservé.

Un connaisseur sévère eût peut-être reproché à l'architecte primitif d'avoir prodigué les ornements outre mesure ; mais chacun de ces ornements pris à part était si gracieux, d'une fantaisie si vivante et si amusante pour l'œil, que le connaisseur sévère lui-même eût été bien en peine de dire lequel était de trop.

Ce joli hôtel avait été acheté, vingt ans deçà, par un brave homme d'entrepreneur enrichi, M. Maubeux, qui avait eu le bon goût et l'honnêteté de n'y rien changer ou presque rien. Il n'avait commis, en somme, qu'un seul acte de vandalisme. Au-dessus de la porte d'entrée, il y avait un écusson ovale, entouré de fleurs et de rinceaux, et gardé à gauche par un homme sauvage, à droite par un chevalier en armure complète. M. Maubeux avait fait gratter les armes de l'écusson et les avait fait remplacer par le chiffre 27, qui était le numéro de sa maison.

Mais il n'avait pas prévu que les deux bicoques 23 et 25 seraient achetées par la même personne et remplacées par une seule maison. La maison une fois bâtie porta le numéro 23, et le numéro 25 fut adjugé à l'hôtel Maubeux. M. Maubeux refusa énergiquement de gratter le 27 de son écusson. La municipalité n'eut pas le cœur assez dur pour lui chercher chicane sur ce point, elle se contenta de faire poser dans un coin, au-dessus de la porte cochère, une plaque émaillée, portant le numéro 25 en blanc sur fond bleu.

Cette plaque émaillée, M. Maubeux n'osait pas la faire arracher, mais il la regardait comme une insulte gratuite, un déshonneur pour son immeuble, une tache à son blason. Très dévoué jusque-là au régime impérial, il se jeta dans l'opposition, en haine du Conseil munici-pal, « cette créature du despotisme ».

Maître Billard sonna une seconde fois sous le numéro 27 ; comme personne ne venait, il s'avisa d'aller sous le numéro 25 et de heurter un maître coup avec le heurtoir de bronze.

Un chien se mit à hurler dans le lointain, puis accourut à la porte et renifla bruyamment par-dessous. Des pas légers retentirent sur les dalles, et une voix jeune et fraîche cria par le trou de la serrure : « A l'autre porte, s'il vous plaît ! »

Maître Billard se rendit gravement à l'autre porte, qui lui fut ouverte par un jeune homme de dix-sept ans.

« Je croyais que tout le monde était mort dans la maison, dit maître Billard avec un grave sou-rire. J'avais déjà sonné deux fois et...

— Oh ! entrez, monsieur Billard, dit le jeune homme avec empressement ; je vois ce que c'est. Les arpenteurs de la ville sont venus...

— Les arpenteurs ? Et pourquoi faire ? demanda maître Billard avec surprise.

— Oh ! vous savez, répondit le jeune homme avec une vivacité qui colora sa jolie figure et fit étinceler ses yeux bleus, le Conseil municipal en veut toujours à mon pauvre oncle !

— Nous y voilà, pensa maître Billard, qui ne put dissimuler une petite grimace. Ce vieux maniaque de Maubeux a fait passer sa stupide turlutaine dans cette jeune tête.

— Savez-vous ce qu'ils ont fait ? reprit le jeune homme avec impétuosité. Ils se sont mis dans l'idée de couper le bout du jardin de mon oncle, sous prétexte qu'ils ont besoin d'un chemin direct pour faire communiquer les deux faubourgs. A-t-on idée d'une méchanceté pareille ! »

Maître Billard posa doucement sa main droite sur l'épaule du jeune homme et lui dit d'un ton conciliant :

Maitre Billard recula.

« Écoute, Philippe, c'est très bien à toi de prendre le parti de l'honnête homme, du brave homme qui t'a élevé et qui a été si bon pour toi. C'est très bien, et je te reconnais là ! Mais réfléchis un peu, mon enfant. Ce chemin n'est peut-être pas aussi inutile que tu te l'imagines. Tu ignores, sans doute, que les deux faubourgs ont fait des pétitions pour l'obtenir.

— On les a excités, on les a peut-être payés pour cela, s'écria Philippe avec véhémence. Mon oncle le dit bien : la main du Conseil municipal est là-dessous. Mon pauvre oncle, il ne décolère pas depuis huit jours ! Et aujourd'hui voilà les arpenteurs qui arrivent pour voir ce qu'il faudra couper de notre jardin. Mon oncle est devenu si pâle que j'ai cru qu'il allait se trouver mal. Et puis il a dit aux domestiques : « Venez tous, venez voir l'avanie que me fait le Conseil municipal. » Ils sont tous là-bas avec lui, c'est pour cela qu'ils ne vous ont pas entendu sonner. Mon oncle m'a pris à part et m'a dit : « Philippe, toi, ne viens pas avec nous. Je te connais. Avec ta franchise ordinaire, tu dirais à ces gens-là des choses dont ils s'empresseraient de dresser procès-verbal, oui, procès-verbal, pour te faire comparaître ensuite devant le juge de paix, ou même en police correctionnelle ! Il ne manquerait plus que cela pour me rendre absolument fou. Ne viens pas, si tu ne veux pas me faire beaucoup de peine. Occupe-toi à quelque chose. Tiens, prends-moi la photographie de Tom ! » Je lui ai obéi, mais !... »

Sans achever sa phrase, il serra violemment les deux poings et les larmes lui vinrent aux yeux. Il comprimait ses lèvres pour les empêcher de trembler. Il était beau dans son émotion juvénile. Car elle était vraiment noble, cette indignation que la reconnaissance et l'affection faisaient déborder de son jeune cœur aimant et dévoué. La cause n'en était peut-être, au fond, ni bien fondée ni bien raisonnable. Mais qui de nous peut s'attendre à trouver une tête sage, réfléchie, une vieille tête enfin sur de si jeunes épaules.

Le sage et grave notaire lui-même ne pouvait s'empêcher de l'admirer. Mais, d'autre part, comme il ne pouvait abonder dans son sens, ni le convaincre par le raisonnement, il prit adroitement un biais.

« Alors, dit-il, quand j'ai frappé à la porte cochère, tu étais dans l'atelier de photographie, et c'est mon coup de marteau qui a dérangé ton modèle ? J'en suis vraiment bien contrarié ; car messieurs les artistes...

— Oh ! moi, je n'en suis pas contrarié du tout, monsieur Bil lard ; au contraire, répondit Philippe avec un charmant sourire ; songez donc, si vous n'aviez pas eu la bonne idée de frapper à la porte cochère, vous seriez peut-être encore là à attendre dans la rue. »

Maître Billard lui répondit par un de ses graves sourires de notaire sérieux.

Tout en souriant, il regardait par une des fenêtres qui donnaient sur le jardin. Il aperçut, au fond, un groupe qui se disposait à regagner la maison. M. Maubeux pérorait avec de grands gestes et s'éventait avec son chapeau de feutre. L'arpenteur marchait lentement, sans répondre, les yeux baissés. Son porte-chaîne avait l'air tout penaud. Les domestiques suivaient silencieux et indignés.

Maître Billard prévit que, s'il demeurait là où il était, M. Maubeux ne manquerait point de le prendre à témoin de l'épouvantable persécution dont il était victime. Sentant bien qu'il ne pouvait donner raison à son client et qu'il l'irriterait outre mesure en lui donnant tort devant témoins, il dit à Philippe :

« As-tu quelque chose de nouveau à me montrer ?

— Pas grand'chose de bon, répondit modestement Philippe.

— N'importe, montre-moi ça ; et puis, tu sais, moi, je n'ai jamais vu poser de chien, et je ne serais pas fâché de savoir comment tu t'y prendras pour faire tenir M. Tom tranquille. »

Ils se rendirent au petit atelier que M. Maubeux avait fait installer pour Philippe et pour lui, car M. Maubeux s'ennuyait souvent et faisait de la photographie pour se distraire.

Ils y étaient à peine entrés que Philippe devint tout pâle. Le groupe de tout à l'heure passait devant la porte. On ne voyait rien, mais on entendait les lamentations et les réclamations de M. Maubeux.

« Monsieur Billard, dit Philippe à voix basse, si vous êtes venu pour parler d'affaires avec mon oncle, remettez les affaires à une autre fois, je vous en supplie. »

Maître Billard le regarda d'un regard singulier et lui dit :

« Sais-tu pourquoi ton oncle m'a prié de passer le voir aujourd'hui ?

— Oui, il me l'a dit.

— Eh bien, nous verrons, » dit évasivement maître Billard.

M. Maubeux avait prié maître Billard de profiter de la réunion de la chambre des notaires pour le voir en passant, parce qu'il avait l'intention de faire son testament en faveur de Philippe.

M. Maubeux n'avait que des parents éloignés, dont il avait eu fort à se plaindre. Pour leur faire pièce et aussi par bonté d'âme, il avait recueilli un petit orphelin, Philippe Cambrequesne, avec l'intention de s'en amuser, de l'élever de son mieux et de lui laisser toute sa fortune.

Quoiqu'il fît un cas médiocre de l'instruction, il avait envoyé Philippe au collège, comme externe, parce que les « personnes bien » y envoyaient leurs petits garçons. Mais il ne manquait pas une occasion de répéter à Philippe : « Tu sais, mon garçon, prends-en bien à ton aise et ne te tue pas de travail. Ce que l'on vous apprend là dedans, ou bien rien, c'est à peu près la même chose ; mais c'est la mode d'envoyer les petits garçons dans les collèges, et il faut suivre la mode. Tout ce que je te demande, mon petit, c'est de travailler tout juste pour n'être pas puni et n'être pas montré au doigt comme tel et tel, qui passent pour des imbéciles, ce qui n'est pas agréable pour leurs parents. Mais ne te fais pas de bile avec leur grec et leur latin. Est-ce que j'en sais, moi, du grec et du latin ? cela ne m'a pas empêché de faire ma petite pelote aussi bien que pas un. Ils disent à cela que l'instruction mène à tout ; c'est possible. Mais les gens riches en savent toujours assez long pour manger leurs revenus, n'est-ce pas ? Et toi, tu seras riche, riche, riche ! »

Comme, pour ce vieux garçon isolé et un peu ennuyé, le petit Philippe était un camarade très affectueux et très agréable de toutes les manières, il ne se faisait aucun scrupule de lui faire manquer la classe, toutes et quantes fois il se figurait avoir absolument besoin de lui, et il se le figurait souvent. Aussi Philippe, quoiqu'il eût l'esprit vif et éveillé, était en train de faire des études fort médiocres. A dix-sept ans, il n'était encore qu'en seconde et non point parmi les premiers de sa classe.

De son ancien état d'entrepreneur, M. Maubeux avait conservé une admiration profonde pour les architectes, à cause des jolis dessins qu'ils font, et, s'il n'avait pas eu l'idée fixe de faire de son Philippe un oisif élégant, il l'aurait certainement poussé dans la voie de l'architecture. Mais, s'il ne l'y poussa pas, il l'exhorta du moins à apprendre le dessin. Soit vocation naturelle, soit désir de lui plaire, Philippe cultiva le dessin et devint fort adroit à copier les modèles surannés auxquels étaient réduits les maîtres et les élèves de ce temps-là. Seulement, par manière de protestation contre les modèles surannés, il couvrait ses cahiers et ses livres de bonshommes très modernes.

Le goût de M. Maubeux pour les arts du dessin l'induisit à faire de la photographie. Il y réussissait assez mal, du reste, et peut-être eût-il relégué l'objectif, le collodion et les plaques dans un coin, si Philippe n'eût pris à ce divertissement un goût très vif et ne se fût escrimé, non sans habileté, à retoucher les essais informes de son « oncle ». Pour un photographe amateur, Philippe était de première force.

« Voilà maître Billard ! »

CHAPITRE II

Philippe Cambrequesne ne veut pas que l'on touche à son « oncle » Maubeux. —
Comment M. Maubeux avait choisi maître Billard pour son notaire. — Philistine. —
L'événement imprévu.

Ce pauvre bonhomme, si ridicule, mais si tendre pour lui,
Philippe l'adorait, en dépit de ses idées étroites, de ses fantaisies
saugrenues et de ses haines puériles. Peut-être la fréquentation
des camarades de son âge eût-elle ouvert les yeux à Philippe et lui
eût-elle montré « l'oncle Maubeux » sous un tout autre aspect;
mais, depuis que l'ancien entrepreneur était devenu l'ennemi
avéré du gouvernement, les « gens bien », craignant de se compromettre, avaient interdit à leurs héritiers de fréquenter familièrement Philippe. De son côté, l'oncle Maubeux avait recommandé une fois pour toutes à son « neveu » de ne point se lier
avec les garçons des « gens du commun », sous prétexte que les
mauvaises fréquentations gâtent les bonnes manières.

L'oncle et le neveu étaient donc réduits à la société l'un de
l'autre. L'isolement à deux, en général, est une situation dangereuse, capable d'engendrer le dégoût, la haine, la discorde. Mais
Philippe et M. Maubeux avaient foi l'un dans l'autre, et ils s'aimaient tendrement. Il n'est donc pas surprenant que Philippe eût

adopté sur le monde en général les principes de son oncle, qu'il eût épousé ses haines et qu'il les manifestât avec une imprudence généreuse, tout prêt à affronter non seulement l'arpenteur et son porte-chaîne, mais encore le Conseil municipal tout entier, le maire et les adjoints en tête.

« Je ne veux pas que l'on touche à mon oncle! » Telle était la devise de Philippe, telle était sa loi. C'est en vertu de cette loi qu'il avait supplié maître Billard de ne pas fatiguer M. Maubeux, en lui parlant d'affaires, après les émotions terribles par lesquelles il venait de passer.

Si maître Billard avait répondu évasivement, c'est qu'il lui paraissait urgent d'assurer l'avenir de Philippe par un acte en bonne forme, pendant qu'il en était temps encore. Car, depuis quelque temps, la santé de M. Maubeux lui inspirait des inquiétudes, auxquelles Philippe avait mis le comble en lui apprenant que son oncle ne décolérait pas depuis huit jours.

« Nous sommes tous mortels, se disait le prudent notaire, et surtout ceux d'entre nous qui sont d'un tempérament apoplectique et qui vivent dans un état perpétuel de colère et d'irritation. Il suffirait d'une attaque d'apoplexie pour jeter Philippe sur le pavé. Et alors que deviendrait-il, le pauvre garçon, avec le genre d'éducation qu'il a reçue? » Et puis, il ajoutait, non sans quelque honte : « Si Philippe hérite, ses affaires restent dans mon étude. Si la fortune tombe aux mains de ces Ostrogoths qui habitent on ne sait où, c'est une perte sèche pour moi, et j'ai une femme et quatre enfants! »

La véritable sagesse consiste à voir la nature humaine telle qu'elle est, ni complètement bonne, ni complètement mauvaise. Sans doute, maître Billard considérait son intérêt et celui de sa femme et de ses quatre enfants, en se préoccupant d'assurer une bonne fois pour toutes le sort de Philippe Cambrequesne. Mais, pour lui rendre pleine justice, il aurait, même sans cela, plaidé la cause de Philippe, parce qu'il la trouvait juste et parce qu'il aimait Philippe.

Après avoir congédié l'arpenteur et son porte-chaîne, M. Maubeux se laissa tomber dans un fauteuil, se fit servir un verre d'eau, s'ébroua, s'éventa avec son mouchoir et se demanda où il en était.

« M. Billard n'est pas arrivé? demanda-t-il à son valet de chambre.

— Non, monsieur, pas encore, répondit le valet de chambre; à moins qu'il ne soit arrivé pendant que nous étions là-bas, et que

M. Philippe ne l'ait emmené dans son atelier. Si monsieur veut...

— Non, j'irai moi-même. Dites que l'on presse le dîner. Avec toutes ces histoires-là, nous sommes déjà en retard de plus d'une demi-heure. »

Le domestique disparut promptement, et M. Maubeux, rassemblant et combinant ses forces, se leva presque d'un seul bond et s'applaudit de sa légèreté et de sa vigueur. Une fois debout, il se dirigea vers l'atelier, en cambrant les reins et en tendant les jarrets, quoiqu'il n'y eût là personne pour le voir. Tous, tant que nous sommes, il nous arrive de poser pour nous-mêmes presque aussi souvent que pour la galerie. Ce soir-là, tout particulièrement et sans savoir pourquoi, le vieillard voulait se faire croire à lui-même, avant de le faire croire aux autres, qu'il était un gaillard réjoui et vigoureux.

« Ah ! ah ! dit-il d'un air guilleret en entrant dans l'atelier. Voilà maître Billard ! frais et gaillard ! C'est bien gentil à vous, maître Billard, de vous être rappelé votre promesse. Vous nous excuserez, n'est-ce pas, d'être un peu en retard ?...

— Comment donc ! dit poliment maître Billard.

— Si ! si ! nous sommes en retard, reprit M. Maubeux avec enjouement. Mais, voyez-vous, toute la maison a été un peu en l'air, la cuisinière comme le reste, parce que... peuh ! des bêtises ! Ce n'est pas la peine d'en parler. Ma parole d'honneur ! depuis que c'est fini, je ne sais même plus ce que c'était. N'importe, nous sommes en retard, et j'ai une faim de loup. Vous aussi, j'en suis sûr. Non ? Comment cela se fait-il ? Ah ! j'y suis ! Vous avez déjeuné avec vos confrères. »

M. Billard inclina la tête en souriant.

« Oh ! reprit M. Maubeux avec un redoublement de vivacité, vous n'êtes pas de ceux qui bambochent, vous ! Je suis sûr que vous ne vous êtes pas surchargé l'estomac, comme tel et tel, et que vous avez mis en réserve un peu d'appétit, pour faire honneur au dîner d'un vieil ami. Dire que je vous ai toujours connu le même, pas plus bambocheur il y a vingt ans qu'aujourd'hui, et c'est justement pour cela que vous êtes devenu l'homme de confiance de papa Maubeux. Philippe, connais-tu l'histoire ?

— Non, mon oncle, répondit Philippe.

— Écoute-la : elle est bonne. Bien des gens se demandent pourquoi j'ai été chercher mon notaire à Villefrancœur au lieu de l'avoir pris ici, à Sault-de-l'Erche. Eh bien, moi, je vais te dire pourquoi. Quand j'étais entrepreneur de bâtisses, j'allais embaucher mes hommes un à un sur leur mine. Ayant besoin d'un notaire, à mon arrivée ici, j'ai fait de même, mon garçon, j'ai fait de même. N'est-ce pas, maître Billard ?

— Certainement, monsieur Maubeux.

— Au lieu de demander à Pierre et à Paul : « Indiquez-moi donc un bon notaire, mais là un bon ! » je suis allé tranquillement me poster à la porte de l'hôtel Carrelet, à l'heure où les notaires sortaient de leur grand déjeuner. A mesure qu'ils passaient, je me disais : « Toi, tu ne seras pas mon homme, tu es trop rouge ; toi non plus, ton chapeau est de travers, » et ceci, et cela ! Enfin j'en vois un qui quitte la table aussi frais et aussi reposé que s'il sortait d'une boîte. Ne rougissez pas, maître Billard.

« Je dis à un garçon d'écurie : « Mon ami, comment s'appelle-t-il, ce maigrichon qui cause avec ce gros enflammé? » Il me répond : « C'est M. Billard, le notaire de Villefrancœur. » Le lendemain, à dix heures, montre en main, j'entre dans le cabinet de maître Billard ; je lui dis qui je suis et pourquoi je le choisis pour mon notaire. Il y a vingt ans de cela. Comme on vieillit! En avons-nous fait des affaires ensemble, depuis vingt ans !

— Pas mal comme cela ! répondit maître Billard en riant.

— Et nous en ferons encore pas mal. Car vous êtes un gaillard, et moi j'en suis un autre. Je suis un vieux chêne. A propos, savez-vous quelles balivernes le professeur de Philippe lui a débitées sur son nom? Il prétend que Cambrequesne, ça veut dire Courbe-chêne. Alors Philippe est un courbeur de chênes! Eh bien, qu'il vienne donc courber celui-là ! »

En prononçant ces derniers mots, il s'administra un grand coup de poing sur les muscles pectoraux. Ensuite, enchanté de sa plaisanterie, il poussa plusieurs bottes à Philippe, qui finit par lui attraper la main et la serra affectueusement entre les siennes.

M. Maubeux lui lança un regard de satisfaction et de tendresse, et reprit : « Tout cela ne m'empêche pas d'avoir faim et soif, soif surtout. Mais je ne veux pas boire avant mon repas, on dit que ça ne vaut rien. Philippe, mon garçon, va donc leur dire de se dépêcher. »

Dès que Philippe eut le dos tourné, maître Billard dit à son client : « Cela tient toujours, n'est-ce pas ?

— Qu'est-ce qui tient toujours? demanda M. Maubeux avec surprise.

— L'affaire pour laquelle vous m'avez donné rendez-vous aujourd'hui.

— Ah! le testament. Oui, parbleu, cela tient toujours.

— Eh bien, puisque le dîner se fait attendre, voulez-vous que

nous montions dans votre chambre? Ce serait fait en un tour de
main.

— Montons, dit résolument M. Maubeux. On n'en meurt pas. »

M. Maubeux était debout, prêt à montrer le chemin à maître
Billard, lorsque Philippe entra en disant : « Monsieur est servi. »
M. Maubeux regarda le notaire en relevant les sourcils, avec un
air de dire : « Vous voyez que ce n'est pas ma faute! »

Maître Billard haussa légèrement les épaules. C'est comme s'il
avait dit en propres termes : « Ce n'est pas ma faute non plus. A
l'impossible nul n'est tenu. »

Philippe, par manière de plaisanterie, offrit le bras à son oncle,
qui le refusa en disant, non sans une certaine irritation : « La tête
me branle-t-elle, et suis-je assez décrépit pour qu'on soit obligé
de me mener à table? Passez devant, maître Billard, et toi, galo-
pin, suis-moi; tu pourras voir que j'ai le jarret encore assez bon,
heureusement!... »

Malgré le formidable appétit dont il s'était vanté, il mangea à
peine; ce qui ne l'empêchait pas de gourmander son hôte et de lui
reprocher de laisser les morceaux entiers sur son assiette. En
revanche, il but plus qu'à l'ordinaire.

« Eh bien, dit-il tout à coup à maître Billard, je n'ai pas été franc
avec vous tout à l'heure. Je vous ai dit que c'était une petite
affaire de rien du tout qui nous avait retenus tous au bout du
jardin. Mille tonnerres ! ajouta-t-il avec véhémence, c'est encore
une des tracasseries de ce misérable Conseil municipal. Ce n'est
pourtant pas l'arche sainte après tout. » Et avec toute l'éloquence
que peut donner la haine franche et sincère, il éplucha le Conseil
municipal membre par membre et appliqua à chacun d'eux des
épithètes à la fois si justes et si pittoresques que le notaire ne
pouvait s'empêcher de sourire; en même temps, il s'en voulait de
sourire, car sourire c'est approuver. Il en résulta que le malheureux officier ministériel finit par faire des grimaces lamen-
tables.

Quant à Philippe, il regardait son oncle avec une admiration
profonde. De temps en temps, il échangeait des clignements d'yeux
et des signes de tête avec la femme de charge.

C'était une petite femme sèche de corps, mais non pas de cœur,
certes! avec une peau brune, noirâtre par places, qui suggérait
l'idée d'un canard flambé. Elle adorait Philippe, parce qu'elle
l'avait élevé, et elle adorait M. Maubeux, parce qu'en la prenant
chez lui, il lui avait donné occasion d'élever Philippe. On l'appelait
Philistine, mais ce n'était pas son vrai nom. Elle avait reçu au

baptême celui de Philippine-Augustine. Philistine était une abré-
viation familière.

Quand M. Maubeux eut épuisé la liste du Conseil municipal,
Philistine, avec une familiarité que personne n'avait jamais songé
à réprimer et une véhémence qui avait sa source dans sa sympathie pour son maître, s'écria : « Bien tapé, monsieur, bien tapé !
Mais par délicatesse vous en oubliez un, c'est ce Bigueru. C'était
un va-nu-pieds, il y a quinze ans, ajouta-t-elle en s'adressant plus
particulièrement au notaire, quand monsieur a eu la charité de lui
avancer des fonds pour son commerce de balais. Il ne se cachait
pas dans ce temps-là pour dire en pleurnichant qu'il devait tout
à monsieur. Maintenant le voilà gros épicier et conseiller municipal, et acharné après son bienfaiteur. »

Là-dessus Philistine balança la tête à plusieurs reprises en
signe de triomphe ; les rubans grenat de son bonnet de tulle noir
en tremblèrent

Philippe, sans rien dire, se leva de table, posa ses deux mains
sur les épaules de Philistine et l'embrassa les deux joues,
pour sa peine d'avoir si bien parlé. Maître Billard, dans une pose
embarrassée, tenait ses regards fixés sur son assiette.

M. Maubeux avança le bras de son côté, lui posa la main sur la
manche et lui dit avec une douceur qui faisait un contraste poignant avec sa véhémence de tout à l'heure : « Billard, mon ami,
j'ai eu tort de parler du Conseil municipal devant vous, je sais que
vous n'aimez pas cela. Je vous promets de ne plus en dire un mot.
Mais n'est-il pas dur, pour moi de ne pas avoir la paix dans mes
vieux jours ? J'ai assez travaillé pourtant, et je n'ai jamais tra-
cassé personne ! »

Le son de sa voix était si triste que le notaire en fut ému.
« Allons, pensa-t-il, il se fait un vrai chagrin de cette affaire-là : il
n'y a rien à lui dire pour le moment. » Et il se contenta de serrer,
en signe de sympathie, la main de M. Maubeux.

La conversation ne se releva pas même pendant le café.
M. Maubeux resta absorbé et comme engourdi. Maître Billard se
sentait envahi par une vague inquiétude, et cette inquiétude même
le portait à rappeler de temps en temps qu'il était venu pour
affaires. Mais Philippe, si poli d'ordinaire, ne lui laissait pas finir
sa phrase, et se mettait aussitôt à parler de photographie ou de
quelque autre sujet propre à distraire son oncle : il ne voulait pas
qu'on le fatiguât en l'occupant d'affaires ce soir-là. Il en résulta
que le notaire finit par se lever et dit en soupirant : « Allons, je
n'ai plus que juste le temps d'aller prendre le train. Voulez-vous

que je revienne demain matin? Je puis être ici à neuf heures.

— C'est cela ! Nous ferons notre petite affaire et nous déjeunerons après. A demain, mon ami. »

Le notaire parti, M. Maubeux se dirigea vers sa chambre à coucher ; et, voyant Philippe qui montait l'escalier près de lui, il passa son bras sous le sien et s'y appuya tendrement, comme s'il eût voulu lui témoigner un regret d'avoir refusé son secours en venant à table. Arrivé sur le palier, il s'arrêta.

« Bonne nuit, mon enfant, dit-il à Philippe. Je voudrais être à demain ! »

Ils s'embrassèrent, et Philippe gagna sa chambre. Il commençait à peine à se déshabiller, lorsqu'un bruit sinistre, la chute d'un corps sur un parquet, le fit tressaillir.

« Mon oncle ! » s'écria-t-il. Il s'élança et arriva sur le palier en même temps que Philistine, attirée par le même bruit ; tous deux entrèrent dans la chambre où M. Maubeux gisait, étendu au pied de son lit.

Philistine s'agenouilla auprès de lui, dénoua sa cravate, le tâta, puis elle dit d'une voix qu'elle ne pouvait pas empêcher de trembler :

« Une syncope... Cours vite..., appelle le valet de chambre en passant, mais va toi-même chercher le médecin..., tu iras plus vite... »

Quand le valet de chambre entra, Philistine était encore agenouillée à la même place, et elle sanglotait.

« Pourquoi avez-vous envoyé M. Philippe? demanda-t-il ; j'aurais bien couru aussi vite que lui.

— C'était pour le tirer d'ici, répondit Philistine. Le médecin n'y fera plus rien. Voyez ! mon pauvre maître est mort ! »

Philippe s'était levé.

CHAPITRE III

Pas de testament! — Proposition de maître Billard. — Résolution de Philistine. Les héritiers.

Le lendemain, à l'heure matinale où se réveillent les petites villes, Sault-de-l'Erche tout entier discutait la question de savoir si M. Maubeux avait, oui ou non, laissé un testament, et si Philippe Cambrequesne deviendrait du coup un jeune homme riche ou un mendiant. La seule créature humaine que cette question laissât absolument indifférente, était justement celle qu'elle concernait le plus directement : Philippe Cambrequesne.

Son chagrin, pendant les premières heures, avait eu la violence et les explosions d'un grand chagrin d'enfant. Épuisé par une nuit de larmes et de sanglots, il s'était endormi vers les quatre heures. En se réveillant sur les six heures, il frissonna d'horreur à l'idée d'avoir pu dormir un seul instant après avoir perdu ce qu'il avait de plus cher au monde. Puis, il ressentit une douleur aiguë, un regret poignant : comment, oui, comment avait-il pu perdre deux heures, deux de ces heures précieuses, si rigoureusement comptées, où il lui était donné de contempler, dans l'auguste repos et la sereine beauté de la mort, le cher visage qui n'avait jamais eu pour lui que des regards affectueux et des sourires pleins de bonté ?

Ayant fait rapidement sa toilette, il s'en alla d'un pas ferme et résolu retrouver son ami. Philistine était dans la chambre de son maître, donnant bien bas des instructions à la cuisinière. Une sœur de charité priait au chevet du lit.

Philistine put à peine retenir un cri de surprise, lorsqu'elle vit le changement qui s'était opéré dans la physionomie de Philippe. Quand elle l'avait quitté le matin, c'était un enfant, qui pleurait en enfant et sanglotait encore dans son sommeil. Le Philippe qui se présentait à elle, dans la pénombre de la chambre, avait la physionomie d'un homme, d'un homme ferme et résolu qui ne pleurait plus, qui ne sanglotait plus, mais dont la douleur muette avait quelque chose de plus pathétique que les larmes et les sanglots.

Il alla droit à elle et en quelques mots lui expliqua son désir, ou plutôt sa volonté. Elle le regarda dans les yeux, et ses lèvres tremblèrent. Les lèvres de Philippe tremblaient aussi ; pour la première fois, l'idée lui venait qu'il n'avait pas tout perdu, puisque Philistine lui restait. Ils se serrèrent la main, et Philistine, sans dire un mot, disposa un fauteuil à un endroit d'où Philippe pourrait contempler et graver dans la mémoire de son cœur la chère image qui allait bientôt disparaître.

Vers les neuf heures, maître Billard arriva, bouleversé de ce qu'il venait d'apprendre au sortir de la gare. Il fit demander Philistine et lui dit :

« Je dois vous prévenir qu'il n'y a pas de testament.

— Je m'en doutais, répondit Philistine ; aussi savez-vous ce que j'ai fait ? J'ai porté dans la chambre de Philippe tout ce qui est à lui dans la maison, les petits cadeaux que son oncle lui a faits ; la dernière machine pour prendre des portraits est à lui aussi. Je suis témoin, et les autres domestiques peuvent jurer que notre pauvre monsieur la lui a donnée pour être à lui, avec les fioles et les plaques de verre et tout. Les autres ne peuvent pas lui reprendre ces choses-là, n'est-ce pas, monsieur Billard ?

— Non, ils ne le peuvent pas, répondit le notaire ; mais, le pauvre enfant, tout cela ne le mènera pas bien loin. Que va-t-il devenir ? Comme notaire et ami du défunt, je me crois tenu de faire quelque chose pour Philippe ; quelque chose, mais malheureusement, pas grand'chose, car je ne suis pas riche et j'ai quatre enfants. Je pourrais le prendre chez moi comme petit clerc, quoique, entre nous, je n'aie pas besoin d'un petit clerc. Il aurait la nourriture, le logement et... oui, un peu d'argent de poche. Mais cela ne le mènerait à rien pour l'avenir. Je ne le lui offre qu'en attendant et faute de mieux.

— Monsieur Billard, dit Philistine, vous êtes un brave homme, et vous avez le cœur au bon endroit. J'ai déjà pensé à ces choses-là toute la nuit et toute la matinée. J'ai élevé Philippe, et je l'aime comme s'il était mon enfant. J'ai mis de l'argent de côté au service de feu notre bon maître. J'ai idée de me mettre en pension chez mon beau-frère, le sacristain, pour laisser à Philippe le temps de se retourner. Il trouvera plus facilement de bonnes occasions dans une ville comme Sault-de-l'Erche que dans un village comme Villefrancœur. Ça ne vous offense pas, ce que je dis là, monsieur Billard?

— Pas le moins du monde, ma bonne fille, pas le moins du monde. Quand tout sera fini ici, et que Philippe devra quitter la maison, donnez-lui le choix entre votre offre et la mienne : il décidera lui-même. »

Comme Philistine ouvrait la bouche pour répondre, quelqu'un sonna à la porte de la rue. Aussitôt, Philistine se précipita hors de la chambre, laissant la porte ouverte derrière elle. Puis, se penchant sur la rampe de l'escalier, elle dit à la cuisinière qui allait ouvrir :

« Surtout, Marie, si c'en est encore, traitez-les-moi comme des chiens ! »

Là-dessus, elle rentra dans la chambre et referma doucement la porte.

« Quels sont donc les gens qu'il faut traiter comme des chiens ? lui demanda le notaire d'un air surpris.

— Les curieux, monsieur, les curieux! Quelle plaie, si vous saviez! Des gens que l'on n'a jamais vus ni connus, et qui se souciaient de monsieur comme d'une poire tapée, s'en viennent carillonner à notre porte pour dire en faisant la bouche en cœur : « Contez-moi donc un peu comment ça s'est passé ! » et puis : « Dites-moi donc voir s'il y a un testament ! » Jour de ma vie ! Est-ce ainsi qu'il arrive des malheurs au pauvre monde, pour que les curieux en fassent des histoires de carrefour et se vantent d'en savoir plus long que les autres? Un saint se mettrait en colère à voir des infamies pareilles, et moi, je ne suis qu'une malheureuse pécheresse. Le premier qui a sonné, c'est moi qui l'ai reçu, et je vous réponds qu'il ne reviendra pas s'y frotter. Mais, vous savez, monsieur Billard, Marie est un peu molle et elle aime à bavarder, c'est pour cela que je lui ai redit de les recevoir comme des chiens. »

Maître Billard inclina légèrement la tête, sans donner son avis sur cette manière un peu rude de recevoir les curieux.

Puis, changeant de conversation, le notaire dit à Philistine :

« A-t-on fait prévenir le juge de paix? A-t-on écrit aux parents?

— Ma foi non, monsieur Billard. On a fait le nécessaire pour l'église et pour la mairie. Mais qu'est-ce que le juge de paix a donc à voir chez nous?

— Il faut qu'il pose les scellés.

— Les scellés? Mais, monsieur Billard, vous nous connaissez tous depuis longtemps, et vous savez bien que nous ne sommes pas des voleurs.

— Vous êtes tous d'honnêtes gens dans cette maison, répondit chaleureusement le notaire, et je le jurerais devant n'importe quel magistrat. Mais la loi ne connaît personne. Soyez sûre, dans tous les cas, ma bonne fille, que l'apposition des scellés n'a rien d'injurieux pour vous ni pour les autres. C'est une simple formalité. Comme je n'ai rien d'utile à faire ici pour le moment, je vais prévenir le juge de paix. Et surtout, ne vous avisez pas de lui fermer la porte au nez quand il viendra avec son greffier. Ne vous occupez pas non plus des parents, j'ai leurs adresses dans mon garde-notes; je griffonnerai les lettres sur le bureau du juge de paix.

— De vilaines gens! s'écria Philistine, avec deux ou trois hochements de tête belliqueux.

— Voyons, Philistine, dit doucement le notaire, comment pouvez-vous parler ainsi de personnes que vous ne connaissez pas?

— Non, c'est vrai, je ne les connais pas, moi; mais notre pauvre défunt les connaissait. Quand un homme aussi bon déteste des personnes comme il a détesté celles-là toute sa vie, il faut que ce soient de vilaines personnes. Monsieur a jugé, et j'accepte son jugement les yeux fermés. En voilà, par exemple, un monde à qui je fermerais de bon cœur la porte au nez.

— Oui, mais vous n'en avez pas le droit.

— Malheureusement! répondit Philistine avec ferveur.

— Où est Philippe en ce moment?

— Dans la chambre de monsieur.

— Je veux le voir et lui serrer la main avant de partir. Conduisez-moi. »

En entrant dans la chambre mortuaire, M. Billard se signa avec respect; puis, il demeura quelques instants en contemplation devant la figure calme et sereine de son ancien ami. Philippe s'était levé; ils se trouvaient côte à côte.

« On dirait qu'il dort du sommeil le plus calme et le plus doux, dit le notaire à voix basse.

— C'est vrai; oh! comme c'est vrai, répondit Philippe sur le même ton.

— Je tenais à te serrer la main dans ta grande affliction, reprit le notaire; rien ne peut combler le vide qui s'est fait dans ta vie; rappelle-toi mes paroles quand tu seras à plus grande distance du malheur qui te frappe : tu sais que je l'aimais aussi, moi, et tu sais que je suis ton ami. »

Philippe lui serra longuement la main, en le regardant avec une expression de profonde reconnaissance. Sans doute, la sympathie des autres ne nous rend pas nos morts; mais quel baume elle répand sur nos récentes meurtrissures!

Maître Billard sortit de la chambre tout troublé du regard profondément pathétique des beaux yeux bleus de Philippe.

« Quel beau garçon ça fera! dit-il à Philistine.

— Ça, vous pouvez en être sûr, répondit Philistine avec orgueil.

— Comme il aimait son oncle! reprit le notaire.

— Oh oui! dit Philistine avec un gros soupir. Il y a eu des fois, figurez-vous, où j'en ai été comme jalouse, ajouta-t-elle en rougissant. Mais cette jalousie-là, je me la reproche à cette heure. Son oncle était quasi tout pour lui. Il l'a toujours

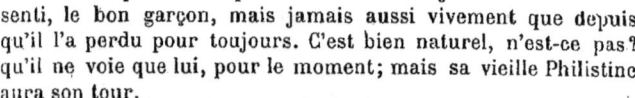

senti, le bon garçon, mais jamais aussi vivement que depuis qu'il l'a perdu pour toujours. C'est bien naturel, n'est-ce pas? qu'il ne voie que lui, pour le moment; mais sa vieille Philistine aura son tour.

— Il faut, dit le notaire, qu'on lui apprenne quelle sera maintenant sa position, et plus tôt que plus tard. Car, d'un moment à l'autre, quelqu'un peut le dire brusquement devant lui, et le coup serait trop rude.

— Je m'en charge, dit bravement Philistine.

— Bon! et quel effet croyez-vous que cette nouvelle produise sur lui?...

— Pas grand effet pour le moment. Il a sa grande charge de chagrin, voyez-vous, et il ne peut pas avoir l'idée tournée à autre chose. Mais dame! au bout de quelques jours... » Elle acheva sa pensée en haussant les épaules, comme pour donner à entendre qu'elle ne répondait de rien... « Dans tous les cas, reprit-elle, nous ferons de notre mieux! »

Le juge de paix et son greffier vinrent poser les scellés le lendemain matin, et, dans l'après-midi, les parents arrivèrent. Cette parenté se composait de trois familles distinctes, qui ne semblaient briller ni par la bonté ni par la distinction. Ces gens s'étaient déjà querellés en chemin de fer, car ils venaient de la même ville. Les trois chefs de ces trois clans rivaux s'étaient égosillés pendant les trois quarts de la route, chaque chef soutenant que son clan, à lui, avait droit à une part plus considérable du magot que les deux autres. Deux des clans étaient dans un état de fortune peu relevé : on voyait cela aux costumes de leurs membres.

Le troisième était à son aise. Le chef nominal de la tribu était M. Crespières; le chef réel était madame. C'est elle qui soutint l'effort de la bataille tout le temps, pendant que son mari approuvait de la tête et que son fils boudait. Ce fils était de l'âge de Philippe, à peu près.

Quand Mᵐᵉ Crespières se vit à bout d'haleine et d'arguments, et que certaines épithètes plus que désobligeantes lancées par les clans adverses commencèrent à bourdonner autour de ses oreilles, elle prit une pose très digne et dit d'une voix majestueuse quoique un peu sifflante :

« Assez, s'il vous plaît. J'avoue que je ne suis pas de force et que mon éducation ne m'a pas préparée à l'emploi de termes aussi bas. Armand, Frédéric; ajouta-t-elle en s'adressant à son mari et à son fils, nous avons montré une condescendance excessive en prenant les troisièmes, contre toutes nos habitudes, pour faire le voyage en compagnie de ces personnes. A la première station, nous descendrons pour achever le trajet en seconde classe. Ce sera un petit supplément à payer, mais nous ne regardons pas à cela !

— Bon débarras, » dit tout crûment un des membres du clan n° 2. Son clan accueillit cette boutade par des rires peu distingués. Un membre du clan n° 3 affirma avoir vu un coupé-lit parmi les wagons, et il insinua que certaines personnes très dignes et très fières, qu'il n'avait pas besoin de nommer, se devaient à elles-mêmes de prendre ce coupé-lit. Ce serait un petit supplément à payer; mais depuis quand les gens riches regardent-ils à cela? L'orateur eut un succès de fou rire. Mᵐᵉ Crespières pâlit de dépit et d'indignation, et elle se mordit les lèvres pour se contraindre à ne pas répondre.

A la station suivante, le clan Crespières descendit, Armand en tête, et même Armand fut vertement tancé à cause de sa lenteur à descendre. Il fit observer avec beaucoup d'humilité, et non sans quelque apparence de raison, que le train était encore en marche. Enfin, les voilà descendus tous les trois et délivrés d'une honteuse promiscuité. Délivrés! O Dieu, non! pas encore. Pendant qu'Armand cherchait un compartiment de seconde classe, toujours harcelé par madame, une voix goguenarde cria : « Armand est une poule mouillée. »

A la station de Sault-de-l'Erche, les troisièmes se trouvant en tête du train, ce furent les deux clans inférieurs qui mirent pied à terre les premiers; ils se précipitèrent vers la sortie, portant à la main toutes sortes de vieilles choses, vieux cabas, vieux paniers, valises de rencontre.

Mme Crespières suggéra aux deux subalternes qui l'accompagnaient sous les noms de mari et de fils l'idée de ralentir le pas pour n'être point mêlés à cette tourbe, et néanmoins de ne pas perdre ces gens de vue. De la sorte, on arriverait à la rue de l'Étoupette sans avoir à demander son chemin.

Ce fut Philistine qui répondit au coup de sonnette des deux clans inférieurs. Elle comprit tout de suite qui ils étaient, mais elle se donna le plaisir de les interroger de son ton le moins aimable.

« Qui êtes-vous? et que voulez-vous? leur demanda-t-elle.

— Nous sommes les héritiers de M. Maubeux, répondit celui qui était le plus rapproché de la porte.

— Il n'y a point d'héritiers tant que le testament n'est pas ouvert, répondit effrontément Philistine.

— Alors pourquoi nous a-t-on écrit de venir? grogna l'orateur de la bande.

— Pour que vous assistiez à l'enterrement de votre parent.

— Mais... du moins, ne peut-on nous loger? demanda l'orateur d'un ton assuré. La maison est grande, et la place ne doit pas manquer.

— La place ne manque pas, répondit Philistine, mais le juge de paix a mis les scellés sur les portes de toutes les chambres. L'enterrement a lieu demain à onze heures du matin, vous voilà prévenus. »

Là-dessus, elle leur ferma la porte au nez; les deux clans, après quelques instants de consultation, s'en allèrent tout penauds, leurs colis à la main, en quête d'une auberge qui ne fût pas trop chère.

« Je suis Mme Crespières, » dit cette dame hautaine, quand Philistine en personne lui ouvrit la porte, dix minutes après la décon-

fiture des deux clans inférieurs. Comme Philistine la regardait
sans faire mine de lui livrer passage, elle répéta avec impatience :
« Je suis Mme Crespières, vous dis-je ; voici mon mari et voici mon
fils. Nous sommes parents, par conséquent héritiers de M. Maubeux, et nous avons le droit de nous considérer ici comme chez
nous. Femme, ouvrez cette porte toute grande, et ne cherchez pas
de vaines chicanes. Je vous préviens que mon mari est magistrat. »

M. Crespières était huissier.

Philistine, sans rien dire, ouvrit la porte dans toute sa largeur
et laissa la famille Crespières entrer dans la maison.

« Quelle est cette pièce? demanda Mme Crespières, en désignant
une porte.

— C'est le salon, madame. »

Et comme Mme Crespières faisait le geste de porter la main sur
le bouton, pour ouvrir la porte, Philistine lui dit :

« Pardon, madame, mais personne ne doit ouvrir cette porte
avant la levée des scellés.

— Les scellés, hum! c'est une bonne précaution. N'est-ce pas,
Armand? »

Armand fit signe que la précaution était bonne, et sa douce
moitié continua :

« Ma fille, vous avez bien quelque part une chambre où nous
loger?

— Non, madame, je n'en ai pas, répondit Philistine ; toutes les
chambres sont sous scellés, excepté celle du défunt et celle de
M. Philippe.

— Philippe qui? demanda vivement Mme Crespières.

— Philippe Cambrequesne, madame, comme qui dirait le fils
adoptif de mon pauvre maître.

— Ah! oui, ce petit intrigant qui voulait capter l'héritage de
notre parent. On nous a parlé de lui. Mais, heureusement, ses
manœuvres ont échoué, et l'héritage revient aux héritiers naturels.

— En êtes-vous bien sûre, madame? demanda Philistine avec
un front d'airain.

— Sans cela, pourquoi nous aurait-on écrit? répliqua Mme Crespières.

— Vous parlez comme ceux de tout à l'heure, riposta Philistine, et je vous fais la même réponse : il n'y a point d'héritiers
tant que le testament n'est pas ouvert. »

Mme Crespières regarda son mari, qui regarda son bouton de
manchette; là-dessus, les trois Crespières s'en allèrent à la

recherche d'un hôtel confortable, après que Philistine leur eut fait connaître l'heure de l'enterrement.

Une fois arrivée à l'hôtel, Mme Crespières envoya immédiatement un garçon chercher la malle de la famille, qui était restée en consignation au chemin de fer.

Ils prirent un sentier.

CHAPITRE IV

Discussion en famille. — Une promesse de Philippe. — La place Saint-Eutrope.
L'étalage de M. Bisouart. — Sacripant.

Tout est fini au cimetière. Les trois clans retournent à la maison de M. Maubeux, pour s'entendre dire par maître Billard qu'il n'y a point de testament, que toute la fortune de M. Maubeux leur revient, et qu'ils n'ont plus qu'à se la partager, après un certain nombre de formalités légales, bien entendu.

Il leur parla alors de Philippe, de l'affection que lui avait portée leur parent, des espérances que ce jeune garçon avait eu le droit de concevoir et que la mort subite de son bienfaiteur avait réduites à néant. Alors il se risqua à leur demander s'ils ne seraient pas disposés à faire quelque chose pour lui.

Le silence morne et contraint de l'auditoire est la mort de l'éloquence. A peine le pauvre M. Billard eut-il ouvert la bouche, qu'il comprit qu'il parlait à des sourds. Et, tout en continuant de parler, pour ne pas rester, comme on dit, en affront, il se demandait d'où lui était venue l'étrange idée de faire du sentiment. Ce n'était point dans ses attributions de grave notaire. Eh! cette idée était née en lui du souvenir de ce regard éloquent que lui avait lancé Philippe dans la chambre mortuaire. Ce regard le han-

tait, ce regard lui avait délié la langue. Ayant terminé sa petite
harangue, il promena ses regards autour de lui, et se dit, le plus
prosaïquement du monde : « J'ai fait un four ! »

« Personne ne demande la parole? » reprit-il avec un pâle sourire.

Eh bien, non, personne ne demandait la parole. Comprenez
donc ! Les clans inférieurs étaient grevés d'une incroyable quantité d'enfants superflus. Car, outre les grands qu'ils avaient ame-
nés, ne pouvant faire autrement, ils en avaient laissé une foule
de petits, confiés aux bons soins de quelques voisines obligeantes,
à charge de revanche. Quant au clan supérieur, ou, pour parler
plus correctement, quant à Mme Crespières, elle n'avait qu'un fils,
c'est vrai, mais comme elle rêvait pour lui les plus hautes destinées, il fallait absolument qu'il eût par devers lui une fortune
digne de son rang. Et puis, outre que Mme Crespières était d'une
avarice presque sordide, elle en voulait personnellement à Philippe d'avoir complètement éclipsé son phénix de fils, à l'enterrement de M. Maubeux. Philippe avait une charmante physionomie,
franche et ouverte, le phénix de Mme Crespières était morose et
boudeur. Le vêtement du phénix, quoiqu'il eût produit une grande
sensation dans la « société » de Mme Crespières, avait l'air d'un
vêtement de petit ouvrier, comparé à l'élégant costume que Philippe devait à l'infatuation de ce vieux fou (traduisez : de M. Maubeux).

Elle avait beau se dire que, après tout, ce petit drôle de Philippe
Cambrequesne n'était qu'un mendiant et que son triomphe de
raccroc était dû à un vêtement de hasard, elle ne pouvait effacer
de sa mémoire les regards de tendre pitié qui s'attachaient sur le
« mendiant » pendant que son Frédéric, à elle, passait inaperçu.

Et puis, après cela, on venait, on osait venir lui demander
d'ôter le pain de la bouche à Frédéric pour nourrir... qui? Ce
notaire avait donc complètement perdu la tête?

Sans récriminer sur son insuccès, maître Billard aborda une
autre question, et il l'aborda d'un ton ferme et décidé, parce qu'il
se sentait sur son terrain.

« La loi et l'usage, dit-il, confèrent au jeune Cambrequesne le
droit de revendiquer et de faire enlever les objets qui lui ont été
manifestement donnés par son bienfaiteur. Je ne parle pas seulement du linge, des vêtements, des chaussures, etc., mais encore
des livres, des objets de pur agrément. Tous ces cadeaux lui ont
été faits en présence de témoins respectables qui en déposeront
s'il est nécessaire. Moi-même je suis un de ces témoins...

— On nous gruge, s'écria Mme Crespières; Armand, toi qui es magistrat, parle donc, proteste donc. »

Les clans inférieurs qui, d'une part, étaient ravis de faire pièce à Mme Crespières, leur bête noire, et, de l'autre, n'éprouvaient aucune animosité personnelle contre Philippe, et qui jugeaient des choses selon l'équité et le bon sens, ne laissèrent pas au magistrat Armand le temps d'intervenir. Ils protestèrent avec un ensemble admirable contre les paroles de Mme Crespières, les uns par des grognements, les autres par des huées, les autres par des cris bien articulés : « Honteux ! honteux ! Il faut être juste pourtant.

— Tous les objets en question, reprit maître Billard, ont été réunis dans la chambre occupée jusqu'à ce jour par le jeune Cambrequesne. Si vous le désirez, nous nous transporterons au premier, et je vous ferai passer chacun des articles sous les yeux en vous expliquant pourquoi et comment ils sont la propriété légitime du jeune Cambrequesne.

— Non ! non ! jamais de la vie ! s'écrièrent les ennemis de Mme Crespières. Qu'il fasse emporter ce qui est à lui, et n'en parlons plus ! »

Ainsi fut clos l'incident.

Le valet de chambre de l'hôtel Maubeux, à qui Philistine avait donné ses instructions d'avance, empaqueta soigneusement « les affaires » de M. Philippe, et, dans l'après-midi, le jardinier les transporta sur sa grande brouette au domicile de M. Bisouart, le beau-frère de Philistine.

C'est là que Philistine et Philippe s'étaient rendus après l'enterrement. Pour échapper à la curiosité et aux commentaires de la foule, ils s'étaient retirés vers le fond du cimetière, sous l'allée de tilleuls, pour attendre que les gens eussent laissé la place libre. Philippe profita de ce répit pour étouffer ses derniers sanglots et pour effacer la trace des larmes sur sa figure. Il n'avait certainement pas à rougir de sa douleur, mais il n'aimait pas à se donner en spectacle.

Philistine marchait à côté de lui sous les tilleuls, dont les premières feuilles commençaient à s'épanouir au doux soleil d'avril. Par moments, elle se tournait vers la porte du cimetière, où des groupes de flâneurs s'attardaient à causer.

« Ils n'en finiront donc pas ? s'écriait-elle avec impatience. Oh ! cette Mme Mauroy et ses trois filles, quelles pies ! »

Mme Mauroy et ses trois filles ayant disparu, Philistine dit à Philippe : « Viens, mon garçon. »

Comme ils suivaient la grande allée, pour gagner la porte, Philistine s'écria : « Philippe, écoute bien ce que je te dis. Ces gens-là
ont toute la fortune ; les voilà riches, n'est-ce pas ? et en état de
faire les choses convenablement ! Je parie qu'ils n'auront seulement pas le cœur de *lui* élever un tombeau décent. Je les connais,
vois-tu. C'est moi qui les ai reçus hier. Ils n'ont pas dit un mot de
lui, pas un mot. Aussi il faut voir comme je te les ai fourrés à la
porte. C'est toujours ça ! » ajouta-t-elle avec une satisfaction vin-
dicative.

Pour la première fois, depuis plus de deux heures, Philippe se
sentit assez maître de lui pour oser ouvrir la bouche.

« S'ils ne respectent pas *sa* mémoire, dit-il à voix basse, et s'ils
ne *lui* élèvent pas de tombeau, c'est moi qui lui en élèverai un,
quand je serai un homme et que je gagnerai de l'argent.

— Je sais que tu le feras, » répondit simplement Philistine, et
ils continuèrent à marcher en silence.

Arrivés à la grille, Philippe et sa vieille amie, au lieu de suivre
le chemin, bordé de grands ormes, qui menait tout droit au cœur
de la ville, prirent à gauche un sentier qui serpentait d'abord
entre des jardins, des marais et des pépinières, puis contournait,
parmi des terrains vagues, l'abside de l'église Saint-Eutrope, et
débouchait sur une place déserte et silencieuse.

L'église Saint-Eutrope, avec sa place déserte, bordée de maisons, si vieilles « qu'elles n'avaient plus d'âge », comme on disait
dans le pays, formaient la partie morte de la ville de Sault-de-
l'Erche. La partie vivante, ou soi-disant telle, celle où l'on bâtis-
sait de temps en temps quelque maison nouvelle, s'étendait en
longueur dans la direction de la gare.

On ne voyait jamais personne sur la place Saint-Eutrope, sauf
les jours de mariage, de baptême ou d'enterrement. Les enfants
du quartier s'en allaient jouer sur les terrains vagues, derrière
l'abside. De nombreuses familles de corbeaux, installées de père
en fils dans les anfractuosités du vieux clocher roman, troublaient
seules le silence solennel du quartier, par leurs cris rauques,
qui planaient dans l'air.

Les maisons de la place se connaissaient depuis si longtemps
entre elles, qu'elles n'éprouvaient plus le besoin de se regarder.
Aussi, quoiqu'elles fussent habitées, jamais personne n'apparais-
sait aux fenêtres. Les habitants vivaient dans leurs jardins ou
dans les pièces qui donnaient sur leurs jardins, tournant le dos
au monde et aux intérêts du monde. Point de trafic, point de commerce, point d'enseignes, point de boutiques.

Ils s'étaient retirés vers le fond du cimetière.

3

Point de boutiques, sauf une, si toutefois cela pouvait s'appeler
une boutique. Figurez-vous une maison à pignon, séparée de
l'église par une simple ruelle. La solide maçonnerie, en se tas-
sant peu à peu pendant des siècles, avait amené le pignon à se
pencher du côté droit, sans compromettre pour cela la solidité
trapue de la bâtisse. Au rez-de-chaussée, une porte étroite, bardée
de ferrures, donnait accès dans une salle basse, éclairée par trois
fenêtres grillées, toutes ces baies se terminant par le haut en
voûtes surbaissées ou anses de panier. Au premier étage, deux
fenêtres non grillées, toujours en anses de panier, et à la hauteur
du grenier une étroite meurtrière.

Jusque-là, cette maison ressemblait à toutes les autres vieilles
maisons de la place Saint-Eutrope. Mais voici en quoi elle en dif-
férait : sous les fenêtres du rez-de-chaussée s'étendait un banc
de bois. Au lieu de dossier, ce banc portait un châssis léger de
quatre pieds de haut. A la traverse supérieure du châssis pen-
daient, accrochés par la mèche, des cierges de différentes grandeurs, tous d'un ton jaunâtre, tous stigmatisés par les mouches
d'innombrables petits points noirs. Sur le banc, à l'extrémité de
droite, dormait en toute saison, sauf en hiver, un énorme chat
jaune roulé en boule. Après le chat, il y avait des couronnes mortuaires, à bon marché, et après les couronnes mortuaires, une
série de corbeilles grossièrement tressées avec de l'osier. Ces corbeilles contenaient, selon la saison, des carottes, des navets, des
poireaux, des choux, des tomates, des poires, des pommes ou des
raisins.

La vieille maison était la demeure de M. Bisouart, le sacristain
de Saint-Eutrope. Il y avait vécu dix ans avec sa femme, la sœur
de Philistine. Veuf depuis quinze ans, il continuait à y vivre en
compagnie d'une série de chats qui, tous, à leur avènement, prenaient le nom sonore de Sacripant.

En tant que sacristain, M. Bisouart vivait de l'église. Mais,
comme ses fonctions lui laissaient de longs loisirs, et que, d'autre
part, il songeait à amasser de quoi s'offrir quelques douceurs
quand aurait sonné l'âge de la retraite, il cultivait son jardin avec
âpreté pour en étaler les produits, à côté de ses cierges à bon
marché et de ses couronnes mortuaires. Sacripant jouait son rôle
à l'église, tout comme son maître, un rôle humble et effacé, il est
vrai, mais éminemment utile, comme bien des rôles humbles et
effacés en ce bas monde.

Quand M. Bisouart s'en allait balayer, épousseter et nettoyer
son église et sa sacristie, il sifflait Sacripant comme on siffle un

chien. Sacripant, brusquement réveillé, sautait de son banc et
suivait son maître. Tout le temps que le sacristain balayait, épous-
setait, nettoyait, le chat jaune donnait silencieusement la chasse
aux souris et aux rats.

Lorsque Philippe et Philistine débouchèrent de la petite ruelle,
Sacripant n'était pas sur le banc.

« Ah! dit Philistine mon beau-frère est encore occupé à l'église;
entrons toujours. »

Pour entrer, elle n'eut pas d'autre cérémonie à faire que de
lever le loquet. La population est si foncièrement honnête à Sault-
de-l'Erche que l'on n'y entend jamais parler de vols ni de voleurs.
C'est pour cela que M. Bisouart laissait sa porte ouverte à tout
venant, comme il laissait ses marchandises à la merci de tout
passant. Son argent, d'ailleurs, son cher argent, ne courait aucun
risque. Sa monnaie courante, il la portait toujours sur lui. Ses
petites économies prenaient chaque dimanche le chemin de la
Caisse d'épargne, et passaient de là chez son notaire, qui était un
homme sûr, un homme de la vieille roche.

La salle basse, où Philistine introduisit Philippe, était blanchie
à la chaux, comme toutes les pièces de la maison. « C'est plus
sain que le papier de tenture, disait M. Bisouart, et puis ça coûte
moins cher. » La lumière y était douteuse, dans cette salle basse,
d'abord parce que les fenêtres étaient étroites et grillées, ensuite
parce que les rangées de cierges suspendues à l'extérieur formaient un store épais. Il y avait une table de noyer au centre, des
chaises dépareillées le long des murs, et, à l'opposite des fenêtres,
un grand dressoir de campagne, et une énorme armoire en châ-
taignier, décorée de ferrures très compliquées.

Il les éparpilla sur la table.

CHAPITRE V

La maison de M. Bisouart. — M. Bisouart lui-même. — La bienvenue. — Les belles manières de M. Bisouart. — Le jardin de M. Bisouart. — Retour sur le passé.

« Amuse-toi à visiter la maison et le jardin, dit Philistine, pendant que je vais mettre la table en un tour de main. »

Elle savait où trouver les éléments d'un déjeuner. Car la veille, après avoir éconduit Mᵐᵉ Crespières et après avoir donné toutes ses instructions au valet de chambre et à la cuisinière, elle avait détalé, de son pas sec et menu : 1° pour prévenir son beau-frère qu'elle prendrait pension chez lui, dès le lendemain, avec Philippe ; 2° pour commander un jambonneau et un pâté en vue du déjeuner et un pot-au-feu en vue du dîner ; 3° pour acheter chez Guibory deux couchettes de fer, la literie nécessaire et divers autres accessoires.

Au sortir de la salle, Philippe aperçut les premières marches d'un escalier en limaçon, pratiqué dans une tourelle presque détachée de la maison. Cet escalier était éclairé, fort sommairement du reste, par des meurtrières très étroites à l'extérieur, et qui allaient en s'élargissant à l'intérieur. L'escalier aboutissait à un large corridor. Ce corridor desservait deux chambres qui

donnaient sur la place Saint-Eutrope. La première était celle de
M. Bisouart. D'un simple coup d'œil, Philippe put s'en assurer.
Il en referma aussitôt la porte, ne voulant point se rendre cou-
pable de curiosité et d'indiscrétion.

La seconde chambre contenait, en tout et pour tout, trois
chaises neuves, une commode d'occasion et un lit de fer muni de
son sommier, de son matelas et de son traversin. Des draps,
encore pliés, étaient posés sur le matelas.

En revenant sur ses pas, Philippe aperçut un second couloir
très étroit, éclairé par une meurtrière et qui faisait avec l'autre
un angle droit. Au bout de ce couloir, il y avait une troisième
chambre qui avait vue, celle-là, sur les jardins. Elle ressemblait
exactement à la seconde, sauf qu'il y avait près de la fenêtre une
petite table de travail en bois noir, et, sur cette table, deux rideaux
de fenêtre pliés avec soin.

Comme Philippe connaissait depuis longtemps la tendresse de
Philistine pour lui et son ingénieuse délicatesse à prévenir et à
satisfaire ses goûts, la présence de la table de travail, le luxe
d'une paire de rideaux dans une maison où les rideaux de fenêtre
semblaient chose inconnue, et surtout la vue délicieuse que l'on
avait de la fenêtre, tout cet ensemble lui fit deviner que cette
chambre lui était destinée.

Les larmes lui vinrent aux yeux; mais du moins, dans ces
larmes-là, il n'y avait aucune amertume.

Comme il descendait presque à tâtons et en hésitant les marches
usées de l'escalier de pierre, il entendit dans la salle une grosse
voix qui disait :

« Bouffre! Philistine, en voilà un festin! Et puis une nappe!
C'est donc l'empereur que tu reçois aujourd'hui?

— Taisez-vous, Bisouart, répondit Philistine de son petit ton
décidé. Vous ne savez pas ce que vous dites, mon brave homme.
Est-ce qu'il ne faut pas lui souhaiter la bienvenue, à ce pauvre
enfant?

— Oui; mais, répliqua le sacristain en baissant la voix, sans
doute sur un signe de sa belle-sœur, des bienvenues comme ça,
ça fait monter la note; et, si c'est sur ce pied-là que vous vous
mettez en pension chez moi, je n'en suis plus, vous savez. »

Philistine répondit à voix basse; mais, si Philippe n'entendit
pas ses paroles, il en devina le sens d'après la réponse de
M. Bisouart.

« C'est une autre paire de manches, répliqua cet important
fonctionnaire d'un ton radouci. Du moment que c'est un extra et

qu'il ne m'en coûte rien, je n'en laisserai pas ma part aux chiens.
Et où est-il, ce joli garçon ? »

Philippe continua de descendre tranquillement et apparut sur
la dernière marche de l'escalier.

« Monsieur Philippe, dit gauchement le sacristain, j'ai du
plaisir..., je suis content de vous voir ici; vrai, j'en suis content,
n'est-ce pas, Philistine, que je vous le disais tout à l'heure ? Eh
bien, monsieur Philippe, sans vous commander, si votre appétit
est ouvert, le mien l'est aussi. Les affaires sont
sur la table; y allons-nous ?

— Allons-y, répondit Philippe avec un gentil
sourire.

— Mets-toi à ma droite, lui dit Philistine.

— C'est que..., répondit Philippe à voix basse,
je ne me suis pas lavé les mains. »

M. Bisouart, qui ne se les était pas lavées non
plus, à ce moment-là, et qui ne voyait nul inconvénient à la chose, allait répondre avec rondeur
que ça ne faisait rien du tout. Mais Philistine
ne lui laissa pas le temps de formuler cette réponse hospitalière.

« C'est vrai, dit-elle à Philippe, j'oubliais que ta chambre n'est
pas encore convenablement installée. Nous veillerons à cela cette
après-midi. Pour cette fois, viens avec moi à la cuisine. »

Laissé seul, M. Bisouart, pour s'occuper, regarda ses mains. Les ayant considérées de loin,
puis de près, il se dit que, réflexion faite, il pourrait peut-être bien, sans inconvénient, procéder à
une ablution sommaire, ne fût-ce que pour tuer
le temps et échapper à la tentation d'attaquer
les victuailles sans attendre les autres. Car elles
étaient bien appétissantes, les victuailles ;
bouffre! l'eau lui en venait à la bouche.

Il se leva donc à regret et monta à sa chambre.

Pendant ce temps-là Philippe, à la cuisine, se
lavait les mains dans une écuelle de terre brune,
pendant que Philistine, placée derrière lui, les bras passés de
chaque côté, faisait remonter les manches de son veston et les
manchettes de sa chemise pour les préserver de tout contact avec
l'eau.

Tout en procédant à ses ablutions, Philippe avait tourné la tête
du côté de Philistine pour lui dire :

« Tu sais, Philistine, je ne rougis pas de vivre à tes dépens

jusqu'à ce que je trouve à gagner ma vie; mais je ne veux pas que
tu fasses de dépenses inutiles. Point de nappe sur la table, c'est
une dépense inutile. Point de morceaux choisis, c'est encore une
dépense inutile, et d'autant plus inutile que j'ai bon appétit et
que je ne suis ni gourmet, ni gourmand, tu le sais bien. Ce matin,
c'est un repas de bienvenue; je te promets de bien manger et de
ne pas bouder. Mais, à partir de ce soir, tu seras raisonnable.

— Oui, chéri, je serai raisonnable.

— Tu me le promets sérieusement?

— Je te le promets sérieusement. Là! et maintenant, tiens tes
bras levés pour que je t'essuie les mains. Tiens! tu vois, je t'essuie
les mains avec un torchon; tu ne diras pas, après cela, que je fais
des cérémonies avec toi.

— Sauvons-nous! Ce pauvre M. Bisouart que nous avons laissé
tout seul! »

Comme ils passaient devant la tourelle de l'escalier, M. Bisouart
descendait les dernières marches, tout fier de son escapade.

« A table! à table! s'écria le sacristain; et espérons que cette
fois ce sera pour tout de bon! »

Ce fut pour tout de bon, en effet, du moins en ce qui le concernait. Il « joua des mâchoires », selon son expression, d'une
manière vraiment remarquable, si l'on considère cet exercice
sous le rapport de l'agilité et de l'énergie. Mais son jeu manquait
absolument d'élégance, et le pauvre Philippe, face à face avec ce
Gargantua rustique, sentit pour la première fois qu'il avait subi
une sorte de déchéance sociale en passant de l'hôtel Maubeux au
logis du sacristain. Le logis, il l'acceptait bravement; la nourriture, quelque modeste qu'elle dût être, il savait bien qu'il s'en
arrangerait; les privations de toutes sortes, il était assez brave
pour les supporter. Mais il sentit tout d'un coup, avec une
angoisse intolérable, que la familiarité et les manières du sacristain
le ravalaient à ses propres yeux. Pourquoi? Il n'aurait pas pu le
dire, et même il ne cherchait pas à le savoir. Au contraire, il
essayait de refouler ce sentiment de dégoût et de répulsion; car
enfin M. Bisouart était le beau-frère de Philistine; et lui, ingrat,
ne devait-il pas tout à Philistine? Il était trop jeune encore
pour avoir appris par expérience la vérité du proverbe : « La
pauvreté nous donne parfois de bien étranges camarades de
chambrée. »

Mis en veine de générosité par l'assaut vigoureux donné à des
victuailles qui ne lui coûtaient rien, M. Bisouart se leva de table
sans rien dire, ouvrit l'armoire aux nombreuses ferrures et tira

d'un grand sac de toile une grosse poignée de noix qu'il éparpilla
à même la nappe, parmi les plats, les verres et les assiettes.

« Goûtez-moi cela, mon fiston, dit-il à Philippe, en clignant
l'œil gauche avec une odieuse familiarité; goûtez-moi cela et.
vous verrez que vous n'en avez jamais mangé de pareilles, même
dans votre belle maison de là-bas! J'ai un vieux noyer au fond de
mon jardin. Cet arbre-là donne de bons et de mauvais fruits,
comme tous les noyers. Les mauvaises noix, je les vends; les
bonnes, je les garde pour moi. Ah! ah! ah! je suis comme cela,
moi, et plus rusé que moi n'est pas bête. »

Pendant cette tirade, qui la fit rougir plus d'une fois, Philistine
avait rassemblé les noix dans une assiette, à la grande surprise
de M. Bisouart, qui ne comprenait rien du tout à cette affectation
de belles manières.

Philippe prit une noix pour ne pas désobliger M. Bisouart et
s'affaira à la fendre en deux avec son couteau. M. Bisouart n'y
mettait pas tant de façons. Il cassait les noix avec ses dents et les
expédiait aussi lestement qu'un écureuil. Il avait été généreux,
c'est vrai, mais une fois n'est pas coutume; cependant il prétendait bien n'être pas victime de sa générosité. En d'autres termes,
ayant fait l'effort d'offrir des noix, son unique souci, pour le
moment, était de se faire la part aussi large que possible.

Ayant épluché délicatement sa noix, Philippe trouva qu'elle
avait un arrière-goût d'huile rance et de savon. Sans rien dire,
il la déposa sur son assiette pendant que M. Bisouart continuait
ses croc! croc! croc! dépêchait ses noix et les arrosait de grands
coups de vin.

Quand l'assiette aux noix fut vide, il poussa un gros soupir de
satisfaction bestiale et dit : « J'ai bien mangé, moi! A présent, il
est temps que je siffle Sacripant. »

Alors il se leva et s'en alla en faisant le gros dos, sans ajouter
une seule parole. Une fois dehors, il siffla et s'en alla remplir ses
devoirs de sacristain, ayant son chat jaune sur les talons.

Philippe ne put retenir un soupir de soulagement. Il lui semblait
qu'il rentrait dans sa vie ordinaire, après une heure de cau-
chemar.

« Promène-toi au jardin pendant que je vais desservir, » lui
dit Philistine. Il obéit sans rien dire, heureux de respirer l'air
extérieur.

Le jardin de M. Bisouart n'était point un jardin d'agrément,
vous pouvez m'en croire. L'âme humaine qui présidait à ses
destinées, cela se voyait du premier coup d'œil, n'avait nul souci

ni de la fantaisie, ni du joli, ni de l'agréable, encore moins du
beau. Les allées, impitoyablement rectilignes., n'étaient que
d'étroit sentiers : la grande affaire était de perdre le moins de
terrain possible. Tout avait passé en plates-bandes destinées à
produire des légumes. Les arbres étaient en quenouille ou en
espalier. Le vieux noyer seul au fond, près du trou au fumier,
avait grandi en toute liberté. Ses feuilles commençaient à poindre,
mais il était couvert de chatons.

C'était au moins quelque chose à regarder que ces chatons de
noyer, et encore la contemplation de Philippe fut-elle troublée
par une idée singulière qui lui vint tout à coup. « Ce noyer, avec
son air bonhomme et innocent, préparait déjà sournoisement de
mauvaises noix pour le public, de bonnes pour... » Dans sa
pensée, la phrase se terminait très nettement par une épithète
désobligeante pour M. Bisouart. Mais il réagit loyalement de tout
son pouvoir ; et toujours dans sa pensée il termina sa phrase par
les mots suivants : « Pour le beau-frère de Philistine. » C'était faire
amende honorable, cela, ou bien je ne m'y connais pas.

Comme il se retournait pour parcourir la longue allée en sens
inverse, il vit le beau clocher roman de Saint-Eutrope qui s'élan-
çait vers le ciel, découpant sa silhouette élégante et robuste sur
un prodigieux amoncellement de nuages satinés, gros comme
des montagnes. Les corbeaux qui volaient autour de la croix
n'apparaissaient que comme de petites taches noires, et cependant leurs cris descendaient jusqu'à terre.

Philippe s'arrêta brusquement, profondément ému, mais sans
savoir pourquoi. Et, de fait, pourquoi donc la vue de ce clocher
faisait-elle naître en lui subitement, spontanément, une sensation
si amère et si douce en même temps ? Toute sa vie il l'avait vu,
enfant, avec l'insouciance habituelle aux enfants, jeune homme,
avec l'indifférence que nous éprouvons tous pour les objets dont
la vue nous est devenue trop familière.

Ah ! c'est que dans ce temps-là c'était un clocher, rien de plus,
et maintenant, avec tous les souvenirs qui se groupaient subitement autour, c'était une part de son ancienne vie, de celle qui
avait fini si brusquement à la mort de son bienfaiteur.

Tous les dimanches ils allaient se promener. Son oncle lui
donnait la main, répondant avec une bonté touchante et une patience
inépuisable à toutes les questions de son petit garçon, même les
plus saugrenues, sur cette grande chose en pierre et sur les bêtes
noires qui volaient autour.

« Dans ce temps-là..., » se disait-il ; et ces seuls mots évo-

quaient le passé par grands tableaux pleins de lumière, et dans
ces grands tableaux le cher oncle revivait, si bon, si indulgent !

Philippe se remit à marcher à grands pas, parcourant par la
pensée tous les sentiers du passé, que lui ouvrait l'évocation
magique de ces simples mots : « Dans ce temps-là ! »

« Dans ce temps-là ! » Pauvre Philippe, il était bien jeune
pour prononcer ce mot de vieillard. Car, à dix-sept ans, on n'est
ou l'on ne devrait être qu'un enfant.

Les derniers jours, son imagination avait été hantée par l'idée
de la mort.

Cela lui faisait du bien d'évoquer la vie et de revoir par la
pensée son oncle tel qu'il l'avait vu « dans ce temps-là ».

Peu à peu, cependant, cette exaltation tomba ; les visions du
passé s'évanouirent, et il se retrouva dans le jardin géométrique
de M. Bisouart, avec la perspective d'avoir M. Bisouart comme com-
pagnon de sa vie pendant des mois et peut-être des années. Oui,
l'épine de sa vie présente, c'était M. Bisouart avec son égoïsme,
ses idées étroites et ses manières révoltantes.

Pour la seconde fois, il se jugea déchu, et il eut honte de sa
déchéance.

Et, pourtant, après tout, il ne s'était rendu coupable d'aucune
action honteuse. Cela n'empêche pas que, si l'on fût venu lui dire :
« Tes camarades de collège sont là, sur la place Saint-Eutrope ;
tu n'as qu'à ouvrir cette porte pour te trouver au milieu d'eux »,
non seulement il n'aurait pas ouvert la porte, mais encore il
aurait poussé le verrou. Il aurait eu honte de se retrouver avec
eux, parce qu'ils étaient restés les mêmes et qu'il s'était opéré un
grand changement en lui. Il éprouvait le même sentiment que
l'Hindou qui a perdu sa caste.

Mais, enfin, pourquoi ? Permettez ; si les enfants de dix-sept
ans étaient capables de dire le « parce que » de tous les « pourquoi » qui leur troublent le cerveau ou le cœur, ce monde ren-
fermerait trop de profonds philosophes pour demeurer plus
longtemps habitable, ou du moins agréable.

Sans parvenir à débrouiller l'écheveau de ses pensées et de ses
sentiments, Philippe se disait que, s'il pouvait s'en aller bien
loin, dans un autre pays, seul avec Philistine, cela lui serait bien
égal d'être pauvre et de travailler pour vivre, fût-ce de ses mains,
comme un manœuvre.

Oui, il aurait accepté cela (sauf à s'en repentir) à condition
d'être un manœuvre, mais un manœuvre qui n'aurait à souffrir
ni des pensées, ni des dires, ni des façons d'un Bisouart. Décidé-

ment c'était cela qui lui faisait peur dans sa nouvelle vie, et c'est
pour cela qu'il avait honte de n'être plus ce qu'il avait été pas
plus tard qu'au commencement de la semaine.

M. Maubeux n'était pas grand clerc, et cette terreur des choses
et des personnes vulgaires, ce n'était pas lui qui avait pu la lui
inspirer, car, personnellement, la vulgarité ne le choquait pas.
Mais Philippe tenait de sa mère, qu'il n'avait pas connue, une
grande délicatesse de sentiment et un grand respect de sa propre
dignité. Ce que M. Maubeux avait fait, et il faut le dire, bien à
contre-cœur, ç'avait été de le mettre en contact avec un ordre
d'idées bien supérieur à celui où il vivait lui-même, par le seul
fait de l'envoyer au collège, pour y faire, tant bien que mal, ses
études classiques. Il suppliait, il est vrai, Philippe de ne pas se
surmener, et Philippe ne se surmenait pas.

N'importe ; comme tant d'écoliers qui semblent ne devoir jamais
faire honneur ni à leur collège, ni à leur famille, il emportait du
collège un je ne sais quoi que n'ont pas et que ne peuvent avoir
ceux qui n'ont pas trempé, peu ou prou, dans le courant des
études classiques.

Il se dirigea vers la maison de M. Bisouart.

CHAPITRE VI

La chambre de Philippe. — Philippe se prépare à entrer dans la vie réelle. — Le Cloporte et le Juif-Errant. — M. Bouvat s'invite à souper chez M. Bisouart.

Philippe se promenait depuis fort longtemps en compagnie de ses idées, lorsqu'une fenêtre s'ouvrit, au premier étage, à côté de la tourelle.

« Philippe, où es-tu ? cria la voix de Philistine.

— Me voilà, répondit Philippe en accourant vers la maison.

— Monte donc, reprit Philistine ; j'ai quelque chose à te faire voir. »

Philippe monta avec empressement.

Arrivé à la porte de la chambre, il demeura stupéfait. Quelle fée que cette Philistine pour avoir fait tant de choses en quelques heures seulement ! Figurez-vous que tout était en ordre, des rideaux d'un blanc de neige tamisaient doucement la lumière du dehors ; le lit, fait et bordé avec un soin maternel, était recouvert d'un joli couvre-pied bleu. Une photographie de M. Maubeux (une des meilleures œuvres de Philippe) était suspendue au chevet du lit. Sur une planche de bois blanc, les livres de Philippe s'alignaient en bon ordre. Le jardinier les avait apportés pendant qu'il se promenait au jardin, avec ses autres effets.

Son linge et ses vêtements remplissaient les quatre tiroirs de la commode, comme il put s'en convaincre. Sur le marbre de la commode s'étalaient ses albums de photographies. Le petit appareil photographique perfectionné, dernier cadeau de M. Maubeux, occupait l'un des coins de la chambre. Une jolie toilette occupait l'autre coin. Cette toilette aussi était un cadeau du brave « oncle ».

« Cette chambre te convient-elle ? » demanda Philistine. Mais elle demandait cela pour la forme, bien sûre de la réponse.

« Si elle me convient ! s'écria Philippe. D'abord, c'est la plus agréablement située de la maison. J'avais vu cela ce matin. Et puis, comme tu l'as bien arrangée ! Veux-tu que je te dise ? C'est un bijou. »

Philistine riait doucement.

Cependant, après avoir erré un peu partout, les regards de Philippe se fixaient sur ses livres et sur ses albums de photographies. Ces objets-là également faisaient partie de sa vie antérieure ; aussi les contemplait-il avec tendresse. Il éprouvait un désir puéril d'embrasser tout cela.

Mais, comme dit le proverbe : « Qui trop embrasse, mal étreint. » C'est sans doute pour ne point commettre la faute de trop étreindre et mal embrasser, qu'il se jeta tout d'un coup sur la petite femme sèche et maigre qu'il avait là devant lui, lui planta un baiser sur chaque joue et lui dit à l'oreille : « Philistine, tu ne me quitteras jamais ! »

La phrase pouvait s'interpréter de deux façons : « Philistine, ne m'abandonne pas » ; ou bien : « Philistine, je ne t'abandonnerai jamais ».

La petite femme sèche et noire n'en chercha pas si long et répondit tout simplement : « Jamais ! »

M. Bisouart se montra au dîner, comme voisin de table, aussi malplaisant qu'il l'avait été à déjeuner, mais Philippe ne se laissa pas irriter et agacer aussi facilement que le matin. Il avait maintenant une chambre à lui, dont il pourrait faire son refuge dans les circonstances critiques, une chambre, enfin, pleine des souvenirs d'autrefois.

Aussitôt après le souper, M. Bisouart, ayant poussé sans vergogne une série de longs bâillements articulés, déclara qu'il allait se coucher, parce que, lui, il n'était pas assez riche pour brûler de la chandelle à ne rien faire.

Philistine, qui comprit parfaitement cette allusion délicate aux frais d'éclairage qu'il entendait bien ne pas partager, lui

Philippe feuilletait ses albums.

répondit tranquillement que ses moyens, à elle, ne lui interdisaient pas cet excès de luxe. Le bonhomme comprit et s'en alla rassuré.

Pendant que Philistine desservait, Philippe monta ses albums et quelques-uns de ses livres, et à la clarté de la chandelle, pendant près d'une heure et demie, Philistine tricota, pendant que Philippe se reprenait à la vie d'autrefois en feuilletant ses albums et ses livres.

Dès le lendemain, il dit à Philistine : « Puisqu'il faut que je me mette à quelque chose de sérieux, plus tôt je commencerai, mieux cela vaudra. Veux-tu que nous cherchions ensemble ? car je crois bien que je n'aurais pas le courage d'aller tout seul sonner à la porte des gens.

— Rien ne presse, répondit Philistine. Tu es pâlot, et tu as besoin de reprendre des couleurs avant d'aller te montrer aux personnes. Cela ne m'empêchera pas, en attendant, d'aller un peu à droite et à gauche et de voir à quoi tu pourras bien t'employer. Toi, ton affaire est de te promener au grand air pour gagner de l'appétit et rattraper des couleurs. Je ne te dis pas d'aller en ville, ce sera pour plus tard. Mais, d'ici, par les communs, tu peux gagner les prés et les bords de l'Erche, et de là les bois. »

Le plan était si raisonnable et Philistine si obstinément résolue à ne pas céder, que Philippe se soumit. Il employait ses matinées à lire du latin, à s'occuper de photographie et de dessin. L'après-midi, il courait les prés et les bois ; le soir, il revenait au latin. Grâce à ce mélange d'occupations diverses, le temps ne lui pesait pas trop lourdement sur les épaules. Néanmoins, il était continuellement préoccupé de savoir sous quelle forme le travail se présenterait à lui, et par quelle porte il entrerait dans la vie réelle.

Huit jours après la mort de M. Maubeux, par une très douce après-midi, M. Bisouart se trouvait seul au logis. Philippe et Philistine étaient partis après le dîner de midi pour aller au cimetière.

Un étranger de haute taille, vêtu d'un costume de fantaisie très propre, coiffé d'un chapeau de feutre marron, portant barbe grise en éventail et cheveux gris flottants, apparut sur la place déserte de Saint-Eutrope. Selon toute apparence, cet étranger devait être un artiste. Pourtant, s'il était vraiment artiste, comment expliquer le dédain avec lequel il traita l'admirable clocher de Saint-Eutrope ? Après l'avoir regardé d'un œil distrait, il traversa la

place en diagonale et se dirigea sans hésitation vers la maison
de M. Bisouart.

« Ah ! ah ! fit-il en apercevant le chat jaune qui dormait à son
poste, à côté des couronnes funéraires, du moment que M. Sacripant fait la boule au soleil, c'est que le patron est au logis.
Entrons ! »

Mais, avant d'entrer, il se retourna, et clignant des yeux, marmotta dans sa grande barbe grise : « Rien de changé depuis ma
dernière tournée, mêmes fenêtres où l'on ne voit personne,
mêmes pavés pointus, de vrais noyaux de pêches ! Même M. Sacripant à la même place, mêmes cierges pendus à la même traverse.
Comment l'ami Bisouart peut-il vivre dans un pareil sépulcre ?
Moi, à sa place, je me sauverais en hurlant comme un chien à qui
l'on a mis une casserole à la queue, ou bien je me pendrais à la
corde de la cloche ! Mais voilà ! L'ami Bisouart n'est pas un
artiste, lui ! »

Ayant ainsi exprimé ses sentiments pour sa propre satisfaction,
l'homme chevelu effila les longues pointes de ses moustaches,
passa sa main tout le long de sa barbe, et se décida enfin à poser
le pouce sur le loquet.

« Bonjour, Cloporte ! dit-il en s'introduisant dans la salle basse.

— Bonjour, Juif-Errant ! » aurait répondu M. Bisouart, s'il eût
été dans la salle; mais il n'y était pas.

Le Juif-Errant se disposait à gagner le jardin pour héler le Cloporte de toute la force de ses poumons, lorsque son attention fut
attirée par la vue d'un objet dont la présence chez le Cloporte le
surprit étrangement. Cet objet, c'était un grand album relié en
maroquin rouge, que Philippe avait oublié sur une chaise.
L'étranger enleva à bout de bras la chaise et l'album, puis, ayant
posé l'album sur la table et s'étant mis à califourchon sur la
chaise, il commença à feuilleter l'album avec la plus profonde
attention.

Par moments il faisait une moue qui lui faisait remonter les
moustaches jusqu'au bout de son nez, et alors il poussait des
interjections de mépris. Il lui arrivait aussi de tourner des pages
et des pages sans manifester aucune opinion. Tout à coup, il
s'écria : « Ah ! du coup ! voilà ce que j'appelle une bonne photographie. Je suis bien sûr qu'elle ne sort pas, celle-là, de l'atelier
de Marmiteux ! »

Marmiteux était l'unique photographe de Sault-de-l'Erche. On
se contentait de ses produits, faute de mieux. Dans tous les cas,
l'étranger semblait le tenir en profond mépris.

La photographie qui avait attiré son attention et mérité son approbation représentait M. Maubeux.

« C'est joliment retouché, cela, se dit l'étranger en rapprochant la photographie de ses yeux avec sa main droite, tandis que de la main gauche il lissait sa barbe. Où diable ont-ils fait faire cela ? ajouta-t-il d'un air méditatif. Ce n'est toujours pas à Sault-de-l'Erche : je parie dix francs contre un sou que ce n'est pas à Sault-de-l'Erche ! »

Avec une dextérité qui ne pouvait lui venir que d'une longue habitude, l'étranger tira la carte du trou carré où elle était encadrée au milieu de la page, et la retourna vivement pour chercher au dos le nom et l'adresse du photographe.

Il n'y avait rien d'imprimé au dos de la carte. L'étranger n'y lut que ces deux mots, écrits à la main : « Philippe Cambrequesne. »

« Me voilà bien avancé ! grommela-t-il dans sa barbe. Mais n'importe, ajouta-t-il d'un ton radouci, maître Philippe Cambrequesne entend son métier. On ne dira pas que je suis jaloux des autres artistes, moi ! et quand je rencontre quelque chose de bien fait, je dis : « Voilà quelque chose de bien fait ! »

Ayant glissé, sans l'ombre de cérémonie, la carte dans la poche extérieure de sa jaquette, il ouvrit la porte du jardin et s'avança de quelques pas. Après quoi il mit son lorgnon et regarda de tous les côtés. A la fin il aperçut M. Bisouart, ou plutôt sa longue échine pliée en deux. Le sacristain était en train de sarcler une plate-bande.

« Ohé, Cloporte ! » cria l'étranger en se faisant un porte-voix de ses deux mains.

L'échine de M. Bisouart redevint perpendiculaire en moins d'une seconde, et M. Bisouart répondit : « Ohé, Juif-Errant, comment va, mon vieux, depuis l'an dernier ? »

Les deux amis marchaient à la rencontre l'un de l'autre, et, pour rendre justice à M. Bisouart, je dois ajouter que sa figure, peu aimable d'habitude, exprimait la plus franche et la plus sincère cordialité.

« Ce vieux Bouvat, ce vieux Bouvat, ça fait plaisir de le revoir, plaisir, plaisir ! »

M. Bisouart et M. Bouvat avaient été camarades d'école et camarades de jeux, dans la ville de Grésillet, et quelque chose de leur camaraderie d'enfance était resté entre eux, à travers les années, malgré la différence de leurs goûts, de leurs tendances.

M. Bisouart, en sa verte jeunesse, n'avait qu'une idée en tête, celle de gagner beaucoup d'argent; l'idée fixe du jeune Bouvat était de devenir artiste peintre. Mais il se trouva que M. Bisouart n'avait pas le sens des affaires et que M. Bouvat n'avait pas reçu du ciel le génie artistique. M. Bisouart, à la suite d'une série de mauvaises spéculations, vit passer son petit avoir aux mains de spéculateurs plus matois que lui. La dot de sa femme alla rejoindre son héritage à lui. De telle sorte que M. Bisouart, ruiné à plat, vieux avant l'âge, grognon par habitude, avare et égoïste par tempérament, fut tout heureux et tout aise d'obtenir la place de sacristain de Saint-Eutrope, grâce à l'habileté de Philistine et à la protection de M. Maubeux. Depuis la mort de sa femme, il était devenu encore plus avare et plus grognon.

M. Bouvat, forcé de reconnaître qu'il ne deviendrait jamais assez bon peintre pour vendre un de ses tableaux, résolut d'être artiste quand même et se jeta dans la photographie. Ayant remarqué que toutes les bonnes places étaient prises dans les villes, il eut une idée de génie, celle d'exploiter les campagnes.

Comme il lui restait encore un peu d'argent par devers lui, il se fit construire une grande voiture qui lui servit : 1° à transporter de place en place sa personne et tout son matériel ; 2° à représenter le salon de pose, par les temps douteux, ou bien quand il voulait obtenir des effets de lumière particuliers. Quand le temps était favorable, il faisait poser ses clients sous une tente en toile.

Ce fut le premier photographe ambulant que la France ait connu. Ne me dites pas que non. Toutes les statistiques vous prouveraient que vous avez tort.

Pendant les premières années, M. Bouvat opéra seul; mais, comme sa vue avait baissé, et qu'il n'avait plus la main assez sûre pour opérer les retouches les plus élémentaires, il avait fini par s'adjoindre un *commis*. Il fut obligé de congédier son premier commis parce qu'il n'était pas « honnête » avec la clientèle, le second était parti pour faire son service dans l'armée. Le troisième, aussitôt qu'il avait connu à fond les principes de l'art photographique, s'était sauvé pour s'établir à son compte. Mais il avait été bien puni de son ingratitude. Il n'avait pas réussi à se créer une clientèle, et il avait été obligé, pour vivre, de se faire garçon coiffeur. Le quatrième venait d'épouser la veuve d'un charcutier. En voilà un artiste !

M. Bouvat s'en allait donc tranquillement de foire en foire et de village en village ; et, malgré les déboires que lui causaient ses commis, il était très content de son sort et mettait de grosses sommes de côté. Tous les ans, ses tournées le ramenaient à Sault-de-l'Erche à époque fixe. Il ne manquait jamais d'aller rendre visite à son ancien camarade. La première année, comme M. Bisouart criait misère à fendre l'âme, M. Bouvat ne s'avisa pas de lui demander l'hospitalité ; au contraire, il l'invita à venir souper avec lui à l'hôtel de la Gerbe, le meilleur de la ville. M. Bisouart, pour n'avoir pas l'air de se jeter goulûment sur le bon souper qu'on lui offrait, fit quelques objections. Un sacristain, son ami devait bien comprendre cela, ne pouvait pas se montrer dans des endroits publics comme une autre personne.

« Qu'à cela ne tienne ! répondit gentiment M. Bouvat. Nous souperons chez toi, seulement je ferai apporter le souper de l'hôtel de la Gerbe. »

C'était désormais une tradition établie ; toutes les fois que M. Bouvat passait par Sault-de-l'Erche, il s'invitait facétieusement à souper chez le sacristain. Dans l'intimité de ces festins solitaires, les deux amis se plaisantaient à outrance. M. Bouvat appelait l'autre Cloporte, parce qu'il avait absolument l'air de vivre dans une fente de muraille. L'autre ripostait en le traitant de Juif-Errant, parce qu'il était sans cesse par voies et par chemins.

« Cloporte, dit M. Bouvat, après qu'ils se furent serré cordialement les mains, peux-tu me dire quel est le photographe qui a fait cela ? »

D'un geste large et élégant, il tira de sa poche le portrait de M. Maubeux et le lui mit sous le nez.

« Ça ? Eh bien, c'est M. Philippe qui l'a fait.

— Et qu'est-ce que c'est que M. Philippe ?

— C'est M. Philippe Cambrequesne, celui que M. Maubeux avait adopté, dans le temps. Tu as bien entendu parler de ça ?

— Oui, répondit M. Bouvat d'un air réfléchi, et quel âge a-t-il, ce M. Philippe ?

— Dans les dix-sept ans. »

Le photographe rapprocha le portrait de ses yeux et dit vivement : « Dix-sept ans ! C'est un enfant de dix-sept ans qui a fait cela ! Eh bien, on peut dire qu'il a reçu du ciel le don de la photographie. C'est grand dommage qu'il soit riche.

— Mais il ne l'est plus, riposta M. Bisouart en ricanant. Il est à l'heure qu'il est aussi gueux qu'un rat d'église ; et même je ne sais pas pourquoi je l'appelle M. Philippe, car il n'est pas plus monsieur que moi. Il y a huit jours, M. Maubeux est mort sans laisser de testament. Alors les héritiers sont venus réclamer leur dû, et c'est bien naturel ; ils ont mis M. Philippe à la porte, et ce

n'est pas moi qui les blâmerai. Ce qu'il y a d'ennuyeux, ajouta-t-il
d'un ton confidentiel, c'est que depuis huit jours il vit ici aux crochets de ma belle-sœur, son ancienne bonne. L'argent qu'elle
dépense pour lui, c'est de l'argent qui aurait pu me revenir un
jour. Philistine n'a plus de parents, et après tout, sa sœur était
ma femme. Et dire que ça va durer comme ça, tant que son
M. Philippe n'aura pas trouvé à gagner sa vie!

— Je m'invite à souper pour ce soir, » dit tranquillement
M. Bouvat.

Les deux amis prirent le grand banc chacun par un bout.

CHAPITRE VII

L'irascible Marmiteux. — M. Bouvat se fait valoir. — M. Bouvat fait à Philippe des offres
séduisantes. — Grave objection.

Philippe et Philistine rentrèrent vers cinq heures, fatigués,
recrus, démoralisés. Car, après leur visite au cimetière, ils
avaient commencé à courir la ville, en quête d'une place pour
Philippe. Mais partout on les avait éconduits plus ou moins poliment. Partout les places étaient prises, et l'on ne pouvait pas
mettre des employés à la porte pour les beaux yeux de M. Philippe. Marmiteux lui-même, le chétif Marmiteux avait fait le difficile. Il avait commencé par déclarer qu'il n'avait pas besoin
d'aide, vu que les affaires n'allaient pas et que la photographie
était dans le marasme. Il aurait pu s'en tenir là, ce semble. Mais,
furieux de s'être laissé aller à parler du marasme de la photographie, il avait eu l'inspiration mauvaise de dauber la photographie
d'amateur, au nom de la photographie artistique. A supposer
qu'il eût besoin d'un aide, il n'irait pas s'adresser à un photographe amateur. Les photographes amateurs, gâtés par les flat-
teries de leur entourage, croient tout savoir et ne savent rien,
rien, rien. Si lui, Marmiteux, consentait jamais à recevoir

M. Cambrequesne dans son atelier, ce serait en qualité d'élève
payant.

Philippe fut d'autant plus mortifié de cette rebuffade, que
c'était lui qui avait suggéré à Philistine l'idée de grimper l'escalier ardu de l'irascible Marmiteux.

« Philistine, dit M. Bisouart à sa belle-sœur, vous n'avez que
faire de vous occuper du souper : Bouvat soupe ici.

— Mais alors, objecta Philistine, raison de plus pour que je
m'en occupe !

— Ah ! c'est vrai, reprit le sacristain d'un ton de condescendance, vous n'avez jamais vu Bouvat ; vous ne connaissez
pas Bouvat ; c'est un bon ami à moi, très riche et très original ;
tous les ans, il vient me voir et m'invite à souper chez moi.
Comme c'est lui qui invite, c'est lui qui s'occupe du souper ; il le
fait venir tout prêt de l'hôtel de la Gerbe ; on n'a que la peine de
le manger ! »

L'idée de souper avec un étranger ne déplut pas à Philippe ; en
premier lieu, le convive ne l'avait pas connu dans son ancienne
vie, il ne s'amuserait donc pas à lui témoigner un intérêt blessant
ou à établir des comparaisons. En second lieu, cet étranger, quel
qu'il fût, serait toujours plus sociable, plus civilisé, moins désagréable et moins choquant que M. Bisouart ; sa présence ferait
une heureuse diversion.

Sa présence fit une si heureuse diversion, qu'avant la moitié
du festin il tint les autres convives sous le charme de sa parole,
sauf M. Bisouart : ventre affamé n'a pas d'oreilles, et le sacristain
était toujours affamé quand il y avait quelque chose de bon
devant lui.

Avec une habileté machiavélique, mais machiavélique pour
le bon motif, sans avoir dit quelle était sa condition sociale,
M. Bouvat donna de sa personne, de sa condition, de son caractère et de son éducation, l'opinion la plus favorable à Philistine
et à Philippe, car il avait remarqué dès le début que M. Bisouart
ne leur avait fait aucune confidence. Il appelait tout le temps Phi
listine : « Madame », avec beaucoup de respect, et Philippe :
« Monsieur Cambrequesne », avec une assurance de familiarité qui
impliquait la sympathie flatteuse d'un homme d'âge pour un tout
jeune homme.

Ce n'était pas un artiste que M. Bouvat, mais c'était à coup sûr
un fin diplomate.

A un certain moment, il s'excusa en badinant d'avoir commis
le péché de curiosité dans l'après-midi, en ouvrant un album de

photographies qu'il avait trouvé, par hasard, sur une chaise. En feuilletant cet album, il avait rencontré pas mal de croûtes signées Marmiteux, et, au milieu de ces croûtes, un portrait de vieillard, le portrait de M. Maubeux, à ce que lui avait dit son ami Bisouart. Ce portrait était signé : Philippe Cambrequesne... « Un de vos parents, sans doute? ajouta-t-il en s'adressant à Philippe.

— Je n'ai plus de parents, répondit Philippe d'une voix tremblante.

— Pardonnez-moi, reprit M. Bouvat, de vous avoir rappelé de pénibles souvenirs. Dois-je comprendre alors que c'est vous qui avez fait ce portrait?

— Oui, monsieur, » répondit Philippe en rougissant.

M. Bouvat hocha gravement la tête à quatre ou cinq reprises, puis il dit : «Je suis d'avis qu'il faut toujours ménager la modestie des jeunes gens, car vous êtes un tout jeune homme. Puis-je vous demander sans indiscrétion quel âge vous avez, monsieur Cambrequesne?

— Dix-sept ans et quelques mois, » répondit Philippe en regardant Philistine, comme pour la prier de rectifier son calcul, si par hasard il n'était pas juste.

Philistine se contenta d'incliner la tête en souriant.

« Eh bien, madame, reprit M. Bouvat, moi qui suis photographe, je vous dis ceci, et retenez-le bien : M. Cambrequesne sait poser son modèle, il sait distribuer la lumière et les ombres, et surtout il retouche avec une rare habileté. Que faut-il de plus pour faire de lui un vrai photographe?

— Cependant, s'écria Philistine en hochant la tête par petites saccades vindicatives, M. Marmiteux prétend que, s'il prenait Philippe, ce ne pourrait être qu'à titre d'élève payant.

— Mar-mi-teux! dit M. Bouvat avec une emphase méprisante; qu'est-ce que c'est que ça, Marmiteux? Je n'ai pas l'habitude de dénigrer mes confrères, certes; mais enfin le respect de la vérité m'oblige à dire que Marmiteux ou rien, c'est la même chose..., comme photographe, du moins. »

Philistine et Philippe échangèrent un rapide coup d'œil en souriant discrètement. Le jugement de Marmiteux, qui pesait sur les épaules de Philippe depuis l'après-midi, venait d'être cassé net par une juridiction supérieure.

« Tenez, madame, reprit M. Bouvat en s'adressant à Philistine, je ne voudrais pas dire que l'argent est la mesure du mérite. Cependant il est vrai de dire que tout métier doit nourrir son homme, à moins que l'homme ne soit un malhabile. Eh bien, pouvez-vous me dire si le métier de Marmiteux nourrit son homme?

— Il n'y paraît guère, d'après ce qu'il nous a dit lui-même cette après-midi, répondit Philistine.

— Bon, reprit M. Bouvat. C'est l'homme qui est en faute et non le métier; car il y en a d'autres, j'en connais, que le métier enrichit. Je plains Marmiteux de ne pas réussir; je serais même disposé à le secourir, au besoin. Mais, sur mon âme, qu'il ne vienne pas faire le fier et le malin avec moi, et dire que les autres ont été créés et mis au monde pour être ses élèves payants. Ah! non, par exemple! Donc, je répète ce que j'ai dit : M. Cambrequesne en sait assez long pour gagner sa vie, dès qu'il le voudra.

— Mais, ajouta vivement Philistine, à qui voulez-vous qu'il s'adresse?

— A moi, répondit tranquillement M. Bouvat.

— Oh! monsieur, s'écria Philippe, qui se pencha en avant, comme pour mieux voir M. Bouvat et le remercier de plus près.

— Doucement, doucement, reprit M. Bouvat. Ne nous emballons pas, comme on dit. Je tiens à vous expliquer en honnête homme les tenants et les aboutissants de la proposition que j'ai à vous faire. Il se peut que je vous rende un service, mais il se peut que vous m'en rendiez un plus grand encore. Je gagne beaucoup d'argent, mais peut-être, mais sûrement, j'en gagnerais davantage si j'avais à mes côtés un *commis* comme vous, un commis sachant poser le bonhomme et le modeler pour lui donner du relief et de la vie. De plus, dans l'album que j'ai feuilleté cette après-midi, j'ai fait une découverte importante. J'ai vu un petit enfant photographié par vous, et ce petit enfant n'avait l'air ni d'un singe ni d'une poupée de cire. Cela m'a beaucoup frappé. Grâce à vous, l'établissement ne tarderait guère à s'assurer la clientèle des petits enfants. La clientèle des petits enfants, monsieur! mais c'est une mine d'or! Voilà ce que j'attends de vous, monsieur Philippe. Vous voyez tous, ici, que je joue cartes sur table? »

Philistine et Philippe inclinèrent la tête. M. Bouvat reprit :

« Voici maintenant les avantages que je vous offre en échange. Vous auriez une part proportionnelle dans les bénéfices, mettons un tiers ; car l'achat des substances et le renouvellement des machines demeurent à ma charge. Comme ce tiers sera forcément variable, convenons qu'il ne descendra jamais au-dessous de cinquante francs par mois. Il s'élèvera aussi haut qu'il pourra; c'est mon intérêt comme le vôtre. Joignons à ce traitement la nourriture et le logement, et je crois...

— Mais, monsieur Bouvat, c'est magnifique. C'est même trop beau.

— Doucement! doucement! répliqua M. Bouvat. Vous n'avez vu jusqu'ici que la médaille, il faut que je vous montre le revers. Je ne suis pas photographe à demeure, installé dans une ville, sauf pendant la mauvaise saison. Tant que durent les beaux jours, je suis photographe ambulant. Je vais de ville en ville, de village en village, de foire en foire. Comme je fais toujours la même tournée, on me connaît partout, et je puis bien dire que tout le monde m'estime; le métier est bon, puisque tel que vous me voyez, j'ai chez mon banquier quatre-vingt mille francs qui ne doivent rien à personne. Je pourrais avoir davantage; mais, vous savez, les artistes ont souvent des fantaisies, honnêtes, s'entend.

— Ce sont les foires qui me tracassent, dit Philistine d'un air préoccupé. Ce ne sont pas des réunions de bonne compagnie, comme chacun sait, et Philippe pourrait voir et entendre des choses qui ne conviendraient pas à un jeune homme bien élevé.

— Nous ne sommes point des saltimbanques et nous ne fréquentons pas les saltimbanques, répondit M. Bouvat en souriant. J'ai une grande voiture à moi qui ne ressemble pas aux caravanes des faiseurs de tours, je vous en réponds. C'est là dedans que j'opère quand le temps menace, et sous une tente quand il fait beau. Depuis vingt ans que je tourne dans le même cercle, ma place est assurée d'avance partout, et toujours dans un endroit éloigné de la grosse foule.

— Et c'est dans votre voiture que vous voyagez tout le temps, par les routes, les chemins, à travers les bois, le long des rivières? demanda Philippe avec enthousiasme.

— Mais oui, répondit complaisamment M. Bouvat. Je pars aux heures qui me conviennent, je m'arrête aux endroits qui me plaisent, je déjeune sur l'herbe quand il m'en prend fantaisie. En un mot, je suis libre comme l'air.

— Oh! combien cela doit être délicieux!

— C'est assez agréable, » répondit modestement M. Bouvat.

L'imagination de Philippe avait pris son essor et l'emportait à travers mille paysages nouveaux, parmi des scènes changeantes, sous un soleil resplendissant. Aurait-il pu jamais rêver une existence aussi belle? Il était tout décidé à accepter. L'habitude de consulter Philistine sur ses moindres décisions fit qu'il se tourna de son côté. Philistine le contemplait avec un mélange de chagrin et de tendresse.

Philippe comprit pourquoi Philistine était triste. Comme le cerf-volant précipité des nuages par un vigoureux coup de ficelle, son imagination tomba brusquement de ciel en terre.

« Monsieur Bouvat, dit-il sans hésitation, je vous remercie des offres si avantageuses que vous avez bien voulu me faire, et je suis très touché de votre bonté, mais je ne pourrai pas vous accompagner.

— Pourquoi donc? » demanda brusquement M. Bouvat. Il ne s'attendait pas du tout à cette conclusion-là.

« Parce que, répondit Philippe, je ne puis pas me séparer de Philistine. »

Philistine regardait Philippe avec des yeux pleins de larmes, incapable de trouver une syllabe pour le remercier du sacrifice qu'il faisait à leur tendresse mutuelle.

M. Bisouart, occupé à croquer quelques os de poulet, pour faire suite à son dessert, n'avait pas l'air de comprendre grand'chose à ce qui se passait devant lui.

M. Bouvat, tout interloqué, marmottait dans sa barbe : « Diable! diable! voilà une drôle de complication. Renoncer à un commis comme celui-là et à la clientèle des enfants, à cause de cette vieille femme, c'est dur. Emmener la vieille pour avoir le petit, ce n'est guère pratique. Qu'est-ce que nous en ferions de cette vieille? »

« Écoutez, monsieur Philippe, dit-il tout haut, ne nous pressons pas trop de conclure ou de rompre, de peur de nous repentir d'avoir parlé trop vite. La nuit porte conseil. Réfléchissez cette nuit, consultez-vous avec Madame, et, si vous voulez, nous recauserons de cela demain dans l'après-midi. »

Il vit bien à la mine de Philippe qu'il ne reviendrait pas sur son refus, et à celle de Philistine qu'elle ne le pousserait pas à y revenir. Mais M. Bouvat était un homme de tête, il tenait à revoir au moins une fois Philippe et Philistine : on ne sait pas ce qui peut se passer en une nuit.

Il leur dit donc au revoir, et non pas adieu.

A peine sur la place Saint-Eutrope, M. Bouvat fut pris d'un fou rire. Préoccupé du fameux souper auquel, du reste, il avait fait le plus grand honneur, M. Bisouart avait oublié de rentrer son étalage, qui risquait fort de coucher à la belle étoile, y compris le jaune Sacripant.

« Bisouart, dit-il en rentrant dans la salle, ta marchandise s'enrhume à l'air de la nuit, et je crois que j'ai entendu éternuer ton chat jaune. Allons, viens me donner un coup de main, que nous mettions tout cela à l'abri. »

Le sacristain se donna un grand coup de poing sur le front, comme pour se punir de sa négligence, et suivit le bon Samaritain qui prenait tant d'intérêt aux bronches de Sacripant. Les deux amis prirent le grand banc chacun par un bout, et le remisèrent dans la salle. Après quoi, M. Bouvat s'en alla pour tout de bon.

Il s'en alla tout droit à l'hôtel de la Gerbe, où il avait retenu une chambre. D'habitude, il couchait à l'intérieur de sa voiture pour la garder contre l'entreprise des gens malintentionnés. Mais, comme sa voiture était, ce soir-là, en sûreté sous le hangar de l'hôtel, entre une vieille patache de l'ancien temps et un petit omnibus de chemin de fer tout flambant neuf, M. Bouvat avait cru pouvoir s'offrir, pour une fois, le luxe d'une chambre et d'un grand lit.

Comme il avait l'intention de réfléchir, il ne se coucha pas tout de suite ; car il se connaissait bien, M. Bouvat, le sommeil s'emparerait de lui sans crier gare, et alors, adieu les réflexions.

Pour réfléchir bien à son aise, M. Bouvat mit ses pantoufles et sa robe de chambre, noua un foulard autour de sa tête, et ainsi accoutré, s'assit près de sa fenêtre ouverte.

Cette fenêtre donnait sur la rue ; mais ce qui se passait dans la rue n'était pas de nature à troubler les réflexions d'un philosophe, car il ne s'y passait rien du tout. Toutes les boutiques, sauf deux, étaient fermées. Il n'y avait donc d'éclairés qu'un petit café bien tranquille et un petit débit de tabac bien solitaire.

Toutes les fois que M. Bouvat réfléchissait profondément, il agitait la tête par brusques saccades. En ce moment, ces saccades se communiquaient aux deux pointes de son foulard qui frétillaient comme les antennes d'une énorme phalène.

Pendant que M. Bouvat réfléchissait de son côté, Philippe et Philistine réfléchissaient du leur, non pas chacun de son côté, mais réunis dans la chambre de Philippe.

Le thème des réflexions de M. Bouvat était celui-ci : La clientèle des petits enfants ! une vraie mine d'or ! Une spécialité qui lui donnerait barre sur toutes les mamans ! Mais voilà, il y avait cette vieille femme que Philippe ne voulait pas quitter. L'emmener,

c'était une grande complication et aussi un surcroît de dépense.
Si encore on avait pu lui dire : « Venez, à la condition de nous
faire la cuisine, de ravauder nos chaussettes, de prendre soin de
notre linge et de nos vêtements. » Mais on ne pouvait pas lui dire
cela, car elle n'avait ni la mine ni les allures d'une servante à
tout faire.

Philippe réfléchissait sur le thème suivant : Quitter Sault-de-
l'Erche où il se sentirait mal à l'aise; échapper à la compagnie de
M. Bisouart; gagner honnêtement sa vie à faire un métier qui lui
plaisait; mettre de l'argent de côté et accomplir le vœu qu'il avait
fait d'honorer la mémoire de son bienfaiteur en lui offrant un
tombeau.

« Si encore, disait Philistine, ce monsieur voulait m'emmener
avec toi, il n'aurait pas à s'en repentir; je serais son humble servante et la tienne aussi, mon Philippe, et je suis sûre qu'il y trouverait son compte. Est-ce qu'un homme seul s'entend à ménager
et à faire durer son linge et ses effets ?

— Sais-tu? dit résolument Philippe, quand il reviendra demain,
je lui dirai de t'emmener avec moi. Le pis qu'il puisse faire, c'est
de refuser, et nous en serons quittes pour chercher d'un autre
côté. »

Il alluma une cigarette.

CHAPITRE VIII

La grave objection se trouve résolue à la satisfaction de tous les intéressés ; Philippe devient le *commis* de M. Bouvat. — Philistine les suit, à titre d'associée. — Déjeuner champêtre. — Adieux à maître Billard et à sa famille.

Sans s'être donné le mot, les deux parties adverses, je veux dire M. Bouvat d'une part, Philippe et Philistine de l'autre, avaient fait beaucoup de chemin vers le point où il leur était possible de se rencontrer et de s'entendre.

M. Bouvat vint à l'heure convenue.

« Eh bien ? dit-il à Philippe en lui tendant la main.

— Eh bien, répondit Philippe, vos propositions et vos conditions me plaisent infiniment ; je ne rencontrerai jamais rien d'aussi agréable et d'aussi avantageux. Mais…, voyez-vous, jamais je ne me déciderai à quitter Philistine, et jamais Philistine ne se décidera à me quitter. Alors nous avions songé à une chose.

— Dites voir un peu. » C'est à Philippe que M. Bouvat parlait, mais c'est Philistine qu'il observait du coin de l'œil. Non, décidément, cette vieille femme n'avait point l'air d'une servante vulgaire.

« Nous avons pensé, reprit Philippe non sans confusion, que peut-être vous consentiriez à prendre Philistine en même temps que moi.

— A quel titre? demanda tranquillement M. Bouvat.

— A titre de servante, répondit vivement Philistine, à titre de bonne à tout faire : je m'occuperais de la cuisine, de la chaussure, du linge, des effets. Tenez, monsieur Bouvat, pour vivre avec Philippe, je gratterais la terre avec mes ongles! »

Cette laide petite femme était devenue presque belle en prononçant ces paroles. « Elle le ferait comme elle le dit, » pensa M. Bouvat, qui la regarda avec un intérêt tout nouveau. Philistine se méprit à l'expression de son regard; elle crut qu'il était surpris de la véhémence de ses paroles; elle crut donc devoir les expliquer.

« C'est moi qui l'ai élevé, dit-elle en rougissant.

— Je comprends! je comprends! reprit doucement M. Bouvat, en hochant la tête d'un air d'approbation. Pour ne pas vous séparer de M. Philippe, j'accepte vos services. Ce n'est pas une grâce que je vous fais, reprit-il en réponse à un geste de Philistine. Pour ma part, je ne serai pas fâché de me mettre au régime de la cuisine bourgeoise, après avoir si longtemps vécu de la cuisine de gargote. Mon linge et mes vêtements ne s'en trouveront que mieux de passer par les mains d'une bonne ménagère. Et ce que je dis pour moi, je le dis pour M. Philippe. J'accepte vos offres, à une condition, c'est que vous ne vous considérerez pas comme notre servante, mais comme... Comment dirai-je, moi? Eh bien, comme notre associée. C'est cela, comme notre associée. M. Philippe continuera à vous appeler Philistine, c'est tout naturel; quant à moi, je vous appellerai Madame.

— Et les gages? demanda M. Bisouart, qui assistait à l'entretien.

— Entre associés, il n'y a pas de gages, répondit tranquillement M. Bouvat. Fi! le vilain mot!

— Pas déjà si vilain, riposta M. Bisouart. Philistine, vous avez beau me faire des yeux méchants, il faut bien que je m'occupe de vos intérêts, puisque vous n'avez pas seulement l'air de vous en soucier. Si vous entriez en condition à Sault-de-l'Erche, vous seriez sûre de vos trente francs par mois, sans compter les petits profits.

— Madame n'entre pas en condition, répliqua M. Bouvat. Madame devient notre associée. Dans l'association, M. Philippe et moi nous nous occupons de photographie, Madame s'occupe de ménage. En reconnaissance des services qu'elle nous rend, du bien-être qu'elle nous procure et des économies qu'elle nous fait faire, nous la prions de vouloir bien accepter une rémunération pécuniaire de trente francs par mois. M. Philippe offrira dix francs et moi vingt. C'est la proportion dont nous sommes convenus pour le partage des bénéfices. Monsieur Philippe, est-ce convenu?

— Je le crois bien, répondit Philippe avec enthousiasme.

— Et vous, madame, ajouta M. Bouvat, croyez-vous que nous puissions nous entendre? Bien, bien! je vois que nous nous entendons déjà. Je vous en prie, ma chère dame, ne me dites rien; c'est inutile, puisque je vois très bien ce que vous avez l'intention de me dire. Hum! parlons de nos petits arrangements domestiques. Ma voiture est très grande : elle est énorme, ma voiture. Mon commis et moi, nous couchons sur le devant, dans des hamacs séparés par un rideau. Avec une cloison mobile, nous vous ménagerons une jolie petite chambre, dans le fond. Et puis, il nous faudra un fourneau pour faire la cuisine. Je ne me connais pas en fourneaux, moi. Voudrez-vous bien choisir cet objet-là vous-même? Bien, je vous remercie de votre complaisance. Maintenant, ajouta-t-il en se tournant vers Philippe, monsieur mon commis, quand vous plaît-il que nous nous mettions en route?

— Demain! Tout de suite! répondit Philippe avec empressement.

— Nous serons prêts demain, dit Philistine.

— Eh bien, soit, demain, ajouta M. Bouvat. Dites-moi votre heure. »

Philippe fit un signe à Philistine, comme pour lui rappeler une chose convenue d'avance, et Philistine dit à M. Bouvat :

« J'espère, monsieur Bouvat, que vous n'allez pas prendre mes paroles en mauvaise part. Philippe est très connu à Sault-de-l'Erche; tout le monde sait qu'il était destiné à avoir une grande fortune. Il ne rougit pas d'avoir à gagner sa vie par son travail, au contraire. Mais cela lui ferait quelque chose d'exciter la curiosité. Son changement de vie est encore trop récent; plus tard, cela lui sera bien égal. Par conséquent, si cela ne vous faisait rien, nous partirions, Philippe et moi, par le chemin de fer, et nous vous donnerions rendez-vous à une des stations.

— Je comprends très bien vos raisons, dit doucement M. Bouvat. Justement, je suis la ligne du chemin de fer jusqu'à la station de Villefrancœur. Voulez-vous que nous nous donnions rendez-vous à Villefrancœur?

— Oui, oui, à Villefrancœur, répondit vivement Philippe.

— Pourquoi pas à la Sagette, qui est bien plus près? grommela M. Bisouart. Ce serait une économie de sept sous. C'est déjà bien assez bête de donner son argent à la Compagnie du chemin de fer, quand on peut se trimballer pour rien dans une bonne grande voiture. Ce serait raisonnable au moins de faire l'économie d'une station.

— M. Billard, le notaire de Villefrancœur, a été très bon pour moi, répliqua Philippe, et je veux le remercier et lui faire mes adieux avant de commencer ma nouvelle vie. En partant de bonne heure, demain matin, Philistine et moi, nous aurons tout le temps de causer avec M. Billard, et M. Bouvat ne sera pas forcé de nous attendre : c'est nous qui l'attendrons.

— Tout ça, c'est du flafla, objecta M. Bisouart.

— Cloporte, dit M. Bouvat, il y a des choses que tu as l'air de ne pas bien comprendre ; ça doit tenir à ce que tu vis trop renfermé. Il y a longtemps que je te le dis, mon vieux ; tu te racornis, tu te racornis ferme. »

Le soir même, M. Bouvat introduisit dans son immense véhicule les biens meubles de Philistine et ceux de Philippe, dûment empaquetés. Il y introduisit aussi un joli fourneau économique, dont la vue semblait lui inspirer des idées gaies. Ayant refermé la porte sur lui, il se trouva seul, en tête-à-tête avec le fourneau, dans sa voiture, qui ressemblait à une grande cabine de navire. Alors, en attendant l'heure du dîner de table d'hôte, il se mit à califourchon sur une chaise, alluma une cigarette, et, à travers les légers nuages bleuâtres, demeura en contemplation devant le fourneau.

« La cuisine, se disait-il en clignant les yeux, ç'a été toujours le côté faible de mon affaire, et mon pauvre estomac en pourrait dire bien long sur ce chapitre-là. Vive la cuisine bourgeoise ! Un photographe ambulant a beau gagner de l'argent gros comme lui, ce n'est pas un homme sérieux, un homme établi, tant qu'il ne dîne pas chez lui, assis devant sa table à lui. » Le son de la cloche fêlée qui annonçait le dîner de table d'hôte interrompit son monologue et ses méditations.

Le lendemain matin, de bonne heure, Philippe et Philistine, après avoir fait leurs adieux à M. Bisouart, se rendirent à la gare, en passant par le cimetière, où ils demeurèrent longtemps.

Comme ils n'emportaient point de bagages, leur départ n'excita ni curiosité, ni commentaires. Lorsque le train s'arrêta à Villefrancœur, au lieu de se rendre tout droit à la maison du notaire, ils firent une halte dans un petit bois de bouleaux et s'assirent sur l'herbe. Philistine tira alors d'un panier les éléments d'un bon petit déjeuner, et ils déjeunèrent sur l'herbe sans se presser.

Ils déjeunèrent sur l'herbe.

C'était un très louable sentiment de délicatesse qui les avait décidés à ne pas se présenter à jeun chez le notaire. Ils connaissaient M. Billard; il n'aurait pas manqué de les inviter à déjeuner, et de très bon cœur. Mais ils connaissaient aussi Mᵐᵉ Billard. Outre qu'elle n'aimait pas être prise à l'improviste, dans son for intérieur elle les eût accusés sûrement d'avoir choisi exprès l'heure du déjeuner, tandis que, au contraire, elle leur était imposée par leurs arrangements avec M. Bouvat. Le déjeuner sur l'herbe tranchait la question, à la satisfaction de toutes les parties intéressées.

« Est-ce assez amusant de manger en plein air ! s'écria Philippe en regardant autour de lui avec ravissement. J'ai une faim de loup ; je crois que je n'ai jamais aussi bien déjeuné de ma vie. Et dire que nous déjeunerons et que nous dînerons comme cela toutes les fois que nous voudrons ! N'avons-nous pas trop de chance d'avoir rencontré ce bon M. Bouvat? »

Philistine riait tout doucement de le voir si plein d'enthousiasme et d'espérance. C'était la première fois, depuis la mort de M. Maubeux, que le pauvre Philippe se montrait ce qu'il avait bien le droit d'être : un enfant de dix-sept ans !

On pénétrait chez maître Billard par une porte pleine encastrée dans un mur de jardin très épais. Le mur était couronné de lierres vigoureux qui pesaient sur lui de tout leur poids. Çà et là, quelques pieds de douce-amère livraient au souffle du vent leurs fines branches échevelées. Par-dessus les lierres et les douces-amères, on apercevait de la route les têtes trapues d'une rangée de tilleuls.

Philippe leva le loquet; aussitôt que la porte commença à grincer sur ses gonds, les quatre petits Billard, occupés à enterrer une vieille poupée dans le sable, se mirent en ligne, les yeux fixés sur la porte d'entrée. Un basset, qui avait dû chasser dans son temps, mais qui, depuis des années, avait pris sa retraite, fit quatre pas en avant, aboya du haut de sa tête, puis battit en retraite et se cacha derrière les enfants.

Maître Billard, qui cherchait des violettes dans le gazon, se redressa tout d'une pièce, et presque aussitôt Mᵐᵉ Billard apparut en camisole à la fenêtre de sa chambre.

Maître Billard fit asseoir sa visiteuse à l'ombre des tilleuls, et Philippe lui expliqua le grand changement qui s'était opéré dans son existence.

« Bouvat! dit M. Billard, je le connais bien ; c'est un honnête homme et un brave homme. Tu es bien jeune, mon pauvre Phi-

lippe, pour courir le monde, mais du moins tu ne pouvais pas le
courir en meilleure compagnie. Et, comme cela, tu viens me faire
tes adieux, c'est gentil de ta part. Je suis touché de cette préve-
nance; ma parole, j'en suis touché. Et vous, ma pauvre Philistine, est-ce que cela ne vous fait pas un peu gros cœur de voir
partir votre chouchou?

— Mais Philistine vient avec moi ! » s'écria vivement Philippe.

Alors il fallut donner à maître Billard de nouvelles explications,
lui faire connaître les comment et les pourquoi, et les conditions
du contrat.

« J'ai grande confiance dans ce M. Bouvat, dit maître Billard
d'un air réfléchi. En dépit de ses grands cheveux et de sa grande
barbe, c'est un homme rangé et incapable de donner de mauvais
conseils ou de mauvais exemples à un jeune garçon. Mais, enfin,
c'est un homme, et je te trouvais bien enfant pour être livré aux
mains d'un homme. Il y a de certaines délicatesses que... Bref, me
voilà complètement rassuré, sachant que Philistine t'accompagne,
et, ma foi, je t'adresse mes sincères félicitations. Il va sans dire,
n'est-ce pas, que vous déjeunez tous les deux avec nous? »

Mᵐᵉ Billard, qui s'avançait en ce moment, non plus en simple
camisole, mais en toilette de dame qui se respecte, entendit ces
dernières paroles, et son cœur en frémit, son cœur de ménagère
prise à l'improviste et insuffisamment approvisionnée. Mais ce
cœur reprit toute sa sérénité lorsque Philippe répondit à M. Billard :

« Vous êtes bien bon, monsieur, mais nous avons déjeuné; nous
sommes venus vous dire adieu, en attendant la voiture de M. Bouvat, qui ne tardera pas à arriver. »

Mᵐᵉ Billard, dissimulée jusqu'alors par une grosse touffe de lilas
et par un massif corps de pompe, s'avança toute souriante, adressa
un petit sourire à Philistine, serra la main à Philippe, et demanda
ce que c'était que cette voiture de M. Bouvat qu'ils attendaient.

Pour expliquer ce que c'était que la voiture de M. Bouvat et
pourquoi ils l'attendaient, il fallut reprendre l'histoire à son
début. Comme Mᵐᵉ Billard était naturellement distraite et ne prê-
tait jamais aux choses qu'une pauvre moitié d'attention, de plus,
comme cette pauvre moitié d'attention était réduite à un misérable quart par les méfaits et les débordements scandaleux des
quatre petits Billard, il en résulta que les explications, continuellement interrompues, prirent un temps fort long.

A plusieurs reprises déjà, la domestique, une grosse villageoise
qui n'était pas encore rompue aux belles manières, avait montré

sa face à la fenêtre de la cuisine, essayant, par toutes sortes de
contorsions, d'attirer l'attention de sa maîtresse. A la fin, n'y
tenant plus, elle sortit et vint délibérément du côté des tilleuls,
faisant crier le sable sous ses sabots.

« Madame ! cria-t-elle, comme si elle interpellait quelqu'un là-
bas, là-bas, dans la campagne, c'est-il qu'il faut mettre deux cou-
verts de plus, oui ou non ?

— Non, ma fille, répondit Mme Billard en lui faisant les gros
yeux.

— Eh bien, à cette heure, vous pouvez manger, c'est sur la
table ! »

Au seul mot de table, les quatre petits Billard poussèrent des
hurlements de joie et s'engouffrèrent dans la salle à manger, les
uns par-dessus les autres. Et, pendant que leur papa et leur
maman insistaient avec courtoisie pour faire entrer Philippe et
Philistine, sous prétexte que des voyageurs peuvent bien déjeuner
deux fois en vue des fatigues du voyage, des cris perçants par-
taient de la salle à manger, où les rejetons, l'espoir de la famille,
refusaient avec fureur de se laisser mettre leurs serviettes par la
bonne.

Mme Billard courut mettre le holà ! et maître Billard, de guerre
lasse, finit par laisser ses deux visiteurs tranquilles, sous les tilleuls. Ils étaient heureux de se retrouver seuls ensemble, mais
ils ne parlaient pas. Était-ce fatigue d'avoir deux fois déjà ressassé
leur histoire depuis le matin ? Était-ce ce sentiment vague de
mélancolie et de malaise que l'on éprouve presque toujours en
attendant le moment d'un départ ? Rarement on entend des conversations bien animées dans les salles d'attente.

Quoi qu'il en soit, ils ne se parlaient guère que pour s'adresser
des remarques insignifiantes. S'ennuyaient-ils ? Non. Seulement
chacun d'eux, à part soi, cherchait à se faire une idée de la vie
nouvelle où ils allaient entrer dans une heure. Que dis-je, dans
une heure ? Voilà qu'on entend le bruit d'une voiture sur la route ;
il n'est pas possible que ce soit déjà l'heure où M. Bouvat doit les
prendre ! Philippe regarde à sa montre. Mon Dieu si ! c'est bien
l'heure. Comment donc se fait-il que le temps ait passé si vite ?

Comme une des fenêtres de la salle à manger donnait sur la
route, un des petits Billard avait aperçu la grande voiture. Sans
crier gare, sans même expliquer aux autres de quoi il s'agit, ce
jeune monsieur, avide d'émotions, se précipite dans le jardin et
court vers la porte, suivi de ses trois frères. Tous sont à demi
ensevelis dans leurs serviettes, tous trébuchent, et même l'un

d'eux tombe les quatre fers en l'air, et se relève sans rien dire. M. et Mme Billard suivent leur progéniture pour la garer des accidents. M. Bouvat, stupéfait, voit déboucher de la porte, d'abord quatre garnements perdus dans leurs serviettes, puis une dame effarée, puis un notaire effaré, puis, très calmes, Philippe et Philistine.

Comme les quatre petits Billard sont muets d'admiration devant la grande voiture et le monsieur barbu qui la conduit et le cheval de bataille qui la traîne, le calme se rétablit et l'on s'explique. Philippe aide Philistine à monter dans la voiture, et il y monte à son tour. Les derniers adieux sont échangés, et M. Bouvat s'imagine qu'il n'a plus qu'à prier poliment Collodion de se mettre en route (le grand cheval de bataille s'appelle Collodion), lorsque l'aîné des Billard exprime le désir de monter dans la grande voiture, « rien que pour voir ». Il monte, voit et descend. Ainsi font le n° 2 et le n° 3. Le n° 4, une fois monté, refuse de descendre. Il se met dans une rage épouvantable et se roule sur le plancher. Finalement, Philippe l'enlève, tout raide de colère, et le transmet à sa famille.

Et puis voilà Collodion parti, et puis voilà Philippe décidément lancé sur l'océan d'une nouvelle vie, remorquant Philistine à sa suite.

De là on embrassait tout le paysage.

CHAPITRE IX

La voiture de M. Bouvat. — Premières impressions de voyage. — On apprend bien des choses en voyageant. — Une race utile et productive, au point de vue photographique. — La première halte. — Philippe trouve que M. Bouvat est un bien brave homme.

Un frisson de plaisir parcourut Philippe de la tête aux pieds, dès les premiers tours de roue. Il regardait Philistine en silence, avec un sourire singulier qui disait clairement : « Enfin, nous y voilà, le sort en est jeté. »

Ce n'était certes pas la première fois qu'il allait en voiture ; mais c'était la première fois que la voiture ne devait pas le ramener à Sault-de-l'Erche ; elle irait toujours, toujours en avant. Et puis, cette voiture-là n'était pas une voiture comme les autres. Figurez-vous, à l'avant, un balcon à balustres de cuivre bien poli, où trois personnes pouvaient s'asseoir de front, sur des chaises. Un auvent protégeait les personnes assises sur ce balcon. Et même, en prévision des jours où la pluie fouetterait d'en face, il y avait un store oblique que l'on pouvait dérouler, en prolongement de l'auvent.

« Et c'est vous qui avez imaginé tout cela ? s'écria Philippe avec admiration.

— Ma foi oui, répondit M. Bouvat avec un sourire de complaisance. Hi! Collodion, tu ne vas pas renâcler pour une petite côte comme cela! »

Derrière le balcon s'ouvrait une porte à coulisses qui mettait le conducteur en communication avec l'intérieur de la voiture. Avec l'assentiment de M. Bouvat, Philippe fit glisser le panneau. Six fenêtres, des bijoux de fenêtres, avec de vraies vitres et de vrais rideaux, éclairaient l'appartement. Et, selon la quantité de jour que l'on voulait obtenir, on fermait les volets en partie ou totalement. Les fenêtres étaient munies de volets, de vrais bijoux de volets. Les parois et la couverture bombée étaient en bois verni. Au plafond, il y avait un trou rond dans lequel était insérée une énorme lentille de verre qui tamisait une lumière très douce. On s'en servait pour obtenir certains effets particuliers. Elle ferait merveille pour les portraits de petits enfants. Un banc de bois courait tout autour de la paroi, interrompu seulement à l'endroit des baies de portes. L'intérieur de cette longue boîte était divisé en compartiments où l'on pouvait serrer et arrimer une foule d'objets encombrants. Chaque compartiment avait son couvercle à charnières, et l'ensemble de ces couvercles formait la surface du banc où l'on pouvait s'asseoir tout à son aise.

Dans le cours de ses recherches et de ses découvertes, Philippe s'écria :

« Oh! voici les crochets des hamacs! mais les hamacs, où sont-ils, monsieur Bouvat?

— Levez les couvercles du banc, de chaque côté, juste en dessous des crochets, répondit complaisamment M. Bouvat, en allongeant la tête à travers l'ouverture du panneau.

— Oh! c'est vrai! les voilà! Lequel sera le mien?

— Celui que vous voudrez, monsieur Philippe.

— Prends celui de gauche, lui dit tout bas Philistine, qui tout en s'affairant à prendre connaissance de son nouveau domaine, avait suivi la conversation sans y prendre part jusque-là.

— Pourquoi? lui demanda Philippe.

— Parce que, si tu avais par hasard besoin de moi la nuit, je n'aurais qu'un pas à faire pour me trouver auprès de toi. Regarde. »

La chambrette de Philistine, située au fond de la voiture, était délimitée par un grand châssis qui montait jusqu'au commencement de la courbure du plafond; mais, comme le châssis n'avait pas la largeur de la voiture, il laissait à gauche une étroite ouverture, une fente plutôt, capable de donner passage à une belette pas trop maffue, ou à Philistine. Philistine avait d'ailleurs son entrée et sa sortie particulière par la porte du fond, dont M. Bouvat lui avait solennellement remis la clef.

Le châssis n'avait pas été fabriqué exprès pour délimiter une chambre au fond de la voiture ; mais l'ingénieux M. Bouvat l'avait employé provisoirement à cet usage. C'était un des instruments de sa profession. Sur l'une des faces, un peintre décorateur d'un talent contestable avait représenté un château en profil, puis des balustrades, puis des terrasses, et au fond les arbres d'un parc ; sur l'autre, une barrière rustique et un bois de bouleaux, avec un lac en perspective au fond.

Ceux des clients de M. Bouvat qui ne voulaient pas que leur personne ressortît sur un fond vague, posaient, à leur choix, ou devant le château ou devant la barrière rustique. Généralement, les clients rustiques préféraient le château.

En attendant une autre clôture que le châssis, c'est-à-dire une vraie clôture en planches avec petite porte de communication, M. Bouvat, qui ne manquait ni de courtoisie ni de délicatesse, avait masqué la fente avec un vieux tapis, tiré du magasin aux accessoires.

Chercher à voir cent objets à la fois, c'est une prétention contraire à toutes les lois de l'optique ; aussi les lois de l'optique se vengeaient sur les yeux de Philippe, qui avait la prétention de poursuivre ses découvertes à l'intérieur de la voiture, tout en ne perdant pas de vue un seul des aspects du paysage. A chaque instant, il interrompait ses recherches pour se précipiter vers une des petites fenêtres, et à peine y avait-il collé son nez qu'un remords le prenait : c'était peut-être beaucoup plus beau du côté opposé. Il en avait la berlue.

Ayant découvert le coffre où étaient ses livres et ses albums, il prit le parti d'en rester là pour aujourd'hui, et il alla s'asseoir sur la terrasse, à côté de M. Bouvat.

De là, au moins, on embrassait tout le paysage d'un seul coup d'œil, sans avoir à sauter continuellement d'une fenêtre à la fenêtre opposée, comme un écureuil en cage. Pour le moment, il est vrai, le paysage était quelque peu plat et monotone, mais cela faisait une différence avec celui des environs de Sault-de-l'Erche, qui était très accidenté. Et puis, si le paysage était plat, l'horizon était immense. M. Bouvat apprit à Philippe que de l'endroit où ils étaient, on apercevait bien trois lieues de pays. Trois lieues de pays ! Philippe n'avait jamais vu tant de pays à la fois : ce que c'est pourtant que de sortir de son trou !

Est-ce que M. Bouvat ne trouvait pas que ces gens qui venaient de passer, et qui s'étaient arrêtés pour regarder la voiture, avaient d'autres figures et un autre costume que les gens de Sault-de-l'Erche? Non. M. Bouvat ne le croyait pas, et même il était sûr du contraire. Ils ne pouvaient guère s'attendre à voir du nouveau, si près de Sault-de-l'Erche, car ils n'en étaient qu'à quatre lieues. Philippe en fut surpris, et il éprouva comme une sorte de petite humiliation, en découvrant qu'il n'était pas encore plus grand voyageur que cela.

Est-ce que Collodion était méchant? Lui! Collodion, méchant! Il rirait bien s'il entendait et surtout s'il comprenait ce que l'on disait de lui, là, derrière son dos. Collodion était un agneau, il se laisserait conduire par un enfant.

Cinq minutes après, Philippe, non sans rougir et sans hésiter, demanda à M. Bouvat s'il voudrait bien le laisser conduire, seulement cinq minutes. M. Bouvat trouva la demande de son commis toute naturelle, et lui passa les guides et le fouet sans rien dire. Philippe était si absorbé par l'idée de sa responsabilité, qu'il osait à peine respirer. Il était fort embarrassé du fouet et des guides encore plus. Tant que Collodion trotta sur un terrain uni, Philippe, fort sagement, le laissa faire. Arrivé à une petite montée, Collodion, sans que Philippe pût deviner pourquoi, quitta le milieu de la chaussée pour obliquer tranquillement à droite. Philippe tira la bride de gauche, pensant le ramener dans le bon chemin. Collodion s'arrêta tranquillement, comme pour attendre des ordres ultérieurs.

Philippe regarda M. Bouvat, et M. Bouvat lui dit:

« Ah! c'est que, voyez-vous, aux pentes on fait monter les chevaux en zigzag, c'est-à-dire en les faisant aller d'un bord de la route à l'autre, jusqu'au haut. Comme cela la montée est moins rude pour eux. Collodion le sait bien.

— Oui, mais il ne bouge plus: comment le faire repartir?

— Avez-vous jamais entendu crier des grenouilles?

— Oui, souvent, répondit Philippe assez surpris de cette question.

— Eh bien, imitez le cri de la grenouille. »

Philippe imita de son mieux le cri de la grenouille, et Collodion se remit en marche, c'est-à-dire qu'il poussa jusqu'à l'accotement de la route, à droite, après quoi il obliqua vers l'accotement de gauche, et ainsi de suite jusqu'au haut de la petite côte.

Philippe ne put s'empêcher de penser que l'on apprend vraiment bien des choses en voyageant. Néanmoins, il garda sa réflexion pour lui.

La route, ayant laissé le pays plat à gauche, allait montant de plus en plus.

Tout à coup, Philippe vit miroiter quelque chose dans le lointain, à gauche, en pays plat.

« Qu'est-ce que c'est qui miroite là-bas? demanda-t-il.

— C'est l'Erche, » lui répondit M. Bouvat.

Philippe ne fit aucune observation, mais il pensait en lui-même : « L'Erche, encore l'Erche, toujours l'Erche ; nous n'en finirons donc pas avec l'Erche? »

A mesure qu'il causait avec M. Bouvat, Philippe prenait de plus en plus confiance, et à la fin il osa lui demander où ils coucheraient la nuit prochaine.

« A Saint-Patou, » répondit M. Bouvat.

Philippe avait entendu parler de Saint-Patou, comme d'un endroit très éloigné de Sault-de-l'Erche, et où les Saultois ne mettaient pas souvent les pieds. Il fut intérieurement flatté à l'idée de coucher si loin de Sault-de-l'Erche dès le premier jour de son voyage.

« C'est demain la foire annuelle de Saint-Patou, reprit M. Bouvat, je ne sais pas si vous aurez beaucoup à faire ; car dans ce pays-là les gens se soucient plus de leurs attelages que de leurs petits enfants. Il y a longtemps que j'ai fait cette découverte, et il y a longtemps que j'en tire parti.

— Comment cela? demanda Philippe assez intrigué de cette demi-confidence.

— Ah voilà! reprit M. Bouvat en souriant. Je m'installe tous les ans, non pas en pleine foire, mais dans un petit endroit que vous verrez à une des entrées du bourg. A partir de midi, les gros fermiers des environs commencent à arriver en voiture, avec leurs familles. Je les guette de mon balcon, et à mesure qu'ils passent, je leur crie : « Est-ce pour cette fois? » Je n'ai pas besoin d'en dire plus long, et ils me comprennent à demi-mot. « Est-ce pour cette fois? » signifie en bon français : « Est-ce pour aujourd'hui que je vous photographie en bloc, vous, votre femme, vos enfants, votre cheval et votre voiture? »

« Le fermier ne se soucie guère d'avoir son portrait, celui de sa femme et ceux de ses enfants ; mais, si son cheval a bonne figure, si les harnais sont neufs et la voiture en bon état, il lève son fouet en l'air, pour me dire de préparer mon appareil, et il s'arrête tout court au milieu de la route. J'opère aussitôt, et je suis sûr d'un grand succès. Mais, si le fermier n'est pas content de la mine de son cheval, si la voiture se fait vieille, il part tout penaud, quand même sa femme serait charmante et ses enfants les plus beaux du monde. Quand il y a pas mal de voitures neuves et cossues, je fais de bonnes journées à Saint-Patou, mais je ne puis compter que sur les voitures. Les piétons passent ordinairement devant moi sans s'arrêter, ils sont trop pressés d'arriver au champ de foire. Quand ils reviennent, le soleil est couché et l'établissement est fermé. Si les choses se passent comme d'habitude, vous n'aurez qu'à regarder ou à vous occuper comme vous l'entendrez.

— Drôles de gens, ces fermiers! fit observer Philippe.

— Drôles de gens, certainement, répéta M. Bouvat d'un air pensif; mais, considérés au point de vue photographique, c'est une race utile et productive. »

Philippe se mit à rire.

« C'est sérieux ce que je vous dis là, reprit M. Bouvat, qui lui-même ne pouvait s'empêcher de sourire. Vous et moi, après tout, nous ne sommes pas des voyageurs ordinaires. Vous n'aurez pas couru le pays huit jours sans vous apercevoir que pour nous autres, les gens des divers pays, comme les chiffres dans la numération, ont deux valeurs, l'une absolue, l'autre relative; leur valeur absolue, c'est la valeur humaine; leur valeur relative, c'est leur valeur photographique. Ah! ah! ah! vous comprenez, monsieur Philippe?

— Parfaitement! » répondit Philippe.

A partir de ce moment, le photographe-philosophe garda le silence, car la route commençait à descendre très rapidement, et il était obligé d'avoir l'œil sur Collodion et de le soutenir.

Au bas de la côte, M. Bouvat, tournant la tête vers l'intérieur de la voiture, dit à haute voix :

« Madame!

— Me voilà, monsieur, répondit Philistine.

— C'est pour vous dire, madame, reprit le photographe, que nous allons faire halte dans un joli petit endroit que je connais. Je me suis dit bien des fois qu'on y serait à merveille, pour déjeuner ou pour dîner. Mais, va te faire lanlaire, il fallait pousser jusqu'à Saint-Patou, pour manger à la gargote. Aujourd'hui, nous nous donnerons le plaisir de dîner en plein air. M. Philippe et moi, nous descendrons le fourneau, et... Vous avez découvert le coffre aux provisions?

— Oui, monsieur Bouvat.

— Et le coffre au menu bois et au charbon?

— Oui, monsieur Bouvat.

— Et, ajouta M. Bouvat, trouvez-vous, madame, que je me sois bien acquitté de vos commissions?

— Trop bien, monsieur Bouvat.

— Comment cela?

— Pour ne parler que de la boucherie, vous avez pris des côtelettes comme pour six, et nous ne sommes que trois.

— Nous verrons bien, » riposta M. Bouvat, en donnant facétieusement un petit coup de coude à Philippe.

A un détour de la route, le paysage changea complètement d'aspect.

Les voyageurs eurent devant les yeux une prairie qui s'étendait à droite et à gauche, indéfiniment, formant la marge d'une rivière aussi claire et aussi fraîche à l'œil que du cristal de roche. Un vieux pont de trois arches enjambait la rivière; et comme la prairie était en contre-bas, la route arrivait au pont par un remblai à pentes très douces, dont les terres étaient soutenues par de vieux peupliers. Les peupliers du talus, les bouquets d'aulnes au bord de l'eau, les arbres et les arbustes des pentes et des coteaux, tout verdoyait de la douce et transparente verdure du printemps; vous savez bien, cette verdure qui ne masque encore aucun détail du paysage, ces feuilles tendres et jeunes que le soleil s'amuse à traverser de ses rayons et fait resplendir comme les vitraux d'une verrière. L'herbe de la prairie, d'un ton plus glauque, poussait drue et menue, tachetée de points blancs par les fleurettes du printemps, avec de grandes plaques jaunes de renoncules aux endroits les plus humides.

« Je n'ai jamais rien vu d'aussi joli! s'écria Philippe avec une soudaine explosion d'enthousiasme. Philistine! Philistine! viens donc voir! »

Philistine accourut. Naturellement moins enthousiaste que Philippe, elle déclara néanmoins, pour lui faire plaisir, que c'était très joli.

M. Bouvat souriait dans sa barbe, et se rengorgeait, ni plus ni moins qu'un propriétaire quand il entend faire l'éloge de sa propriété. Non pas que ce délicieux coin de terre fût à lui plutôt qu'à Philippe, plutôt qu'à Philistine; mais c'était lui qui le leur avait révélé, il avait donc bien le droit d'en faire les honneurs.

A l'endroit où la route devenait chaussée, il y avait de chaque côté un énorme terre-plein gazonné. M. Bouvat fit arrêter Collodion à côté du terre-plein de droite, en disant à ses deux associés :

« C'est ici que nous faisons halte. C'est ici que nous dînerons. »

Philippe battit des mains, comme un enfant qu'il était. Ensuite, aidé de M. Bouvat, il descendit le fourneau, auquel M. Bouvat adapta un petit tuyau de tôle. Après quoi, Philistine déclara qu'elle n'avait plus besoin d'eux, et qu'ils pouvaient se promener tranquillement, pendant qu'elle préparerait le repas tout à son aise.

M. Bouvat plongea le seau.

CHAPITRE X

M. Bouvat trouve que son commis est un gentil garçon bien élevé. — Philippe cherche à se mettre dans les bonnes grâces de Collodion. — Une question d'esthétique. — Un débat sur la préséance. — Arrivée à Saint-Patou. — La première nuit.

M. Bouvat commença par dételer Collodion, en lui donnant de petits noms d'amitié et en lui tapotant sur le cou ; Collodion poussait de petits hennissements ; on aurait dit qu'il riait de plaisir.

Philippe regardait faire M. Bouvat ; cela le touchait beaucoup de voir combien le maître était bon pour le cheval, et combien le cheval semblait aimer son maître. M. Bouvat, qui croyait Philippe déjà bien loin dans la prairie, l'aperçut en se retournant : « Oh ! mon Dieu, dit-il doucement en ayant l'air de s'excuser, il aurait pu tout aussi bien manger son avoine dans les brancards, mais il n'aurait pas joui de la liberté de la campagne, ce pauvre vieux ! nous en jouissons bien, nous ! »

Ayant ainsi parlé, il mit Collodion en liberté, après lui avoir enfoncé le nez dans une musette, au fond de laquelle il y avait une bonne petite provision d'avoine. Collodion se mit à se prome-

6

ner gravement avec sa musette, donnant de temps en temps de petits coups de tête, pour faire remonter l'avoine. Et Philippe se disait en le regardant : « Il faut convenir que je suis le *commis* d'un bien brave *patron !* »

Le brave patron, cependant, ayant décroché deux grands seaux de fer-blanc, qui étaient suspendus sous la voiture, descendit à grands pas vers la rivière. Philippe le suivit.

« Voyez-moi quelle belle eau claire ! » lui dit M. Bouvat en plongeant le seau n° 1, qui était tout neuf.

Quand il l'eut retiré, il le posa sur l'herbe en disant : « Celui-là, c'est pour la cuisinière. Et ça, reprit-il quand il eut rempli l'autre seau, qui avait dû faire plus d'une campagne, car il était tout bosselé, ça, c'est pour le camarade Collodion.

— Savez-vous le nom de cette rivière ? lui demanda Philippe.

— C'est l'Erche, répondit M. Bouvat.

— Mais, reprit vivement Philippe, je n'ai jamais vu l'eau de l'Erche aussi claire que cela.

— C'est vrai, dit M. Bouvat; c'est qu'entre cet endroit-ci et Sault, ils ont établi un tas d'usines qui salissent l'eau.

— Permettez, dit Philippe, au moment où M. Bouvat se baissait pour se charger des deux seaux; je suis grand et fort, et je serais honteux de vous laisser toute la charge. J'ai droit à un de ces seaux.

— C'est plus lourd que vous ne croyez, dit M. Bouvat avec un clignement d'yeux.

— Nous verrons bien ! » répondit bravement Philippe.

M. Bouvat prit le seau de Collodion, et partit devant, par délicatesse ; il pensait que Philippe aimerait mieux faire l'essai de ses forces sans témoin. Et tout en remontant la pente, il se disait dans sa barbe : « Il faut convenir que j'ai là pour *commis* un joli garçon bien élevé. »

Philippe, non sans peine et sans effort, mais du moins sans encombre, arriva au haut du talus, et déposa triomphalement son seau d'eau aux pieds de Philistine, qui était occupée à peler des pommes de terre. Philistine eut bonne envie de le gronder de s'être donné tant de mal et de s'être mis en nage; mais elle n'osa pas : il avait l'air si heureux et si fier de son escapade !

« Tenez, monsieur Philippe, lui cria M. Bouvat, regardez-moi comme cette bête-là est intelligente. »

Collodion, sentant que l'avoine tirait à sa fin et qu'il avait beau donner des coups de tête pour attraper le reste, était descendu tranquillement dans un fossé, et, se trouvant en contre-bas, avait posé le fond de la musette sur le rebord du talus le plus élevé, comme sur une table, et achevait tranquillement les restes de sa provende.

Quand il eut tout mangé, sans se presser, il secoua la musette, non plus d'avant en arrière, mais de droite à gauche, comme pour donner à entendre qu'il avait fini de dîner.

« Monsieur Bouvat, dit Philippe, permettez-moi de le faire boire, pour qu'il apprenne à me connaître.

— Je veux bien, répondit M. Bouvat; seulement n'ayez pas peur, tenez le seau à deux mains. Il vous flairera de très près, je vous en préviens; mais il est incapable de vous mordre ou de vous bousculer. Avez-vous confiance en ma parole?

— Oui, monsieur Bouvat. »

Le photographe ayant retiré à Collodion sa musette, Collodion sortit du fossé par un effort gauche et maladroit qui ne fit pas valoir la beauté de ses lignes. Ensuite il fonça au trot sur Philippe ou plutôt sur le seau.

Philippe eut peur, franchement peur, en voyant cette grande bête s'élancer sur lui avec un hennissement belliqueux; mais du moins, s'il eut peur, il n'en laissa rien voir. La foi en la parole de M. Bouvat lui tint lieu de courage.

Collodion s'arrêta tout court, flaira longuement Philippe, approcha des mains de Philippe ses lèvres retroussées, et finalement se décida à boire. A mesure qu'il buvait, le seau devenait moins lourd et le cœur de Philippe plus vaillant.

« Très bien! dit M. Bouvat à Philippe, la connaissance est faite, et vous voilà une paire d'amis. Quant à vous, monsieur, ajouta-t-il en s'adressant à Collodion et en lui montrant l'herbe qui croissait sur l'accotement de la route, voilà votre dessert... si le cœur vous en dit. Maintenant, moi, je vais faire un somme en attendant le dîner. »

Ayant choisi dans l'herbe un endroit qui lui permettait d'avoir la tête à l'ombre et les pieds au soleil, M. Bouvat s'étendit tout de son long et ne tarda pas à s'endormir. Philippe s'en alla sur le pont et contempla longuement le paysage d'aval et le paysage d'amont. Quand il les eut contemplés à loisir, il revint à la voiture pour y prendre un livre. Ce serait délicieux de lire là-bas, dans l'herbe, près de cette touffe d'aulnes, au bord de la rivière. Il allait redescendre lorsqu'il se dit que peut-être l'envie lui prendrait de dessiner. Il se munit donc, outre son livre, de son petit album à dessiner et de sa boîte de crayons.

Arrivé au délicieux petit coin qu'il avait choisi de loin, Philippe fit une découverte que chacun de nous a pu faire pour son propre compte : le grand air n'est pas si favorable à la lecture qu'on se l'imagine, surtout lorsqu'on a dix-sept ans, et que l'on se trouve dans un endroit où tous les objets sont nouveaux et sollicitent notre attention. Philippe, assis en tailleur dans l'herbe, lut une demi-page, puis il jeta franchement son livre de côté.

Comme ses yeux erraient à l'aventure, il aperçut de l'autre côté de l'Erche, tapie sur un petit mamelon dont les lignes étaient très douces pour l'œil, une vieille ferme, composée de constructions bizarres, et dans l'enclos mal défini de cette ferme un énorme chêne qui n'avait pas encore une seule feuille, mais dont les fortes ramures et les petites branches se dessinaient en une dentelle hardie, sur un ciel très clair. Involontairement, il étendit sa main droite vers son petit album et la retira aussitôt. C'était joli, ce qu'il voyait là-bas, mais c'était trop loin, jamais il ne pourrait se retrouver dans ce fouillis.

Une minute après, il ouvrit l'album, choisit un crayon bien taillé et commença à dessiner ; mais le crayon un peu dur et taillé trop fin ne donnait que des lignes sèches, et encore seulement lorsque Philippe parvenait à démêler les lignes, très brouillées dans le paysage.

« Ce n'est pas cela du tout ! » se dit-il avec dépit, quand il regarda d'un peu plus loin l'ensemble de son œuvre. Au moment de refermer l'album, il se ravisa et se contenta de tourner une nouvelle page. Alors, saisissant un crayon plus mou et taillé moins fin, il s'appliqua à reproduire ce qu'il voyait, non plus en cherchant à démêler les lignes, mais en rendant l'effet, tel qu'il se présentait. Au lieu de cerner les profils par des lignes déterminées, il procéda par frottis, comme si, au lieu d'un crayon, il eût manié un fusain.

Vu à bonne distance, son travail lui plaisait assez, mais de près, c'était un vrai bousillage.

« C'est bête comme tout ! dit-il, parlant tout haut sans s'en apercevoir.

— Pas si bête que cela ! » riposta derrière lui la voix de M. Bouvat. Il y avait bien deux heures que Philippe dessinait, sans s'en douter. Comme le dîner était prêt, M. Bouvat s'était mis à sa recherche. L'épaisseur du tapis d'herbe avait amorti le bruit de ses pas, et il y avait bien dix minutes qu'il regardait travailler

Collodion s'arrêta.

son commis, lorsque Philippe avait porté tout haut un jugement si sévère sur son propre ouvrage.

« Non, non ! permettez, dit-il à Philippe qui refermait brusquement son album en rougissant. Mon jugement vaut mieux que le vôtre, car vous êtes un enfant inexpérimenté, tandis que moi, je suis du métier, vous savez, ou du moins j'en ai été, ajouta-t-il avec un soupir. Vous n'avez pas le coup de crayon d'un maître, mais le coup de crayon s'apprend comme l'écriture, ce n'est pas plus difficile. Ce qui ne s'apprend pas, vous l'avez (d'où cela vous est-il venu ? Je n'en sais rien, ni vous non plus), vous savez voir les masses et rendre votre propre impression très clairement. C'est ce qui m'a toujours manqué, malgré tout mon travail et tous mes efforts, à l'époque où je croyais être peintre. On me disait toujours : « Ce que vous faites là, mon pauvre Bouvat, ce sont des études et non pas de vrais tableaux, car cela ne dit rien à l'imagination, et c'est bête comme tout ! » Si j'avais eu le don de traduire au lieu de copier, je ne serais pas photographe... et si vous prenez la peine, vous, de cultiver vos dons naturels, vous ne le serez pas toujours... Mais, ajouta-t-il en riant, j'oublie que le dîner est prêt et que j'ai été dépêché par Madame pour vous en prévenir. Donc, assez de discours comme cela pour une fois, nous y reviendrons. »

Le dîner eut lieu en plein air, mais non pas sur l'herbe. M. Bouvat avait fait emplette, le matin, d'une petite table à tréteaux qui pouvait se démonter et se remonter en un clin d'œil.

« Ah ! la cuisine bourgeoise ! L'honnête cuisine bourgeoise ! » s'écria M. Bouvat, en faisant passer de la soupière fumante dans de profondes assiettes enluminées une merveilleuse soupe aux poireaux et aux pommes de terre, « dont le seul parfum aurait suffi pour réveiller un mort », selon l'expression énergique du préopinant.

L'acte de servir la soupe donna lieu à une petite question de préséance, que l'opiniâtreté du photographe trancha une fois pour toutes, sans qu'il fût permis d'y revenir jamais. M. Bouvat servit Philistine la première, parce que c'était une « dame ». La dame eut beau exciper de sa qualité de cuisinière pour esquiver cet honneur, M. Bouvat déclara d'un ton péremptoire que le fait de condescendre à s'occuper de cuisine ne faisait nullement déchoir une mère de famille de ses droits et privilèges. Elle était l'associée et non la cuisinière de la petite famille photographique. Si donc elle s'obstinait à méconnaître ses droits, que dis-je ? ses devoirs, lui, M. Bouvat, quoique mourant de faim, resterait jusqu'à la fin des siècles assis devant son assiette sans y plonger sa cuiller. Philippe ayant fait une déclaration analogue, Madame céda tout en protestant.

Il y avait six côtelettes (admirablement saisies); Madame en mangea une, M. Bouvat et Philippe en dépêchèrent chacun deux; et comme il en restait une à laquelle, naturellement, personne ne voulait toucher, M. Bouvat, homme fertile en expédients, la partagea en deux et contraignit Philippe d'en accepter la moitié.

Sur les neuf heures du soir, ils arrivèrent à Saint-Patou. Arrivée à destination, la voiture de M. Bouvat fit halte. M. Bouvat conduisit Collodion à l'auberge, et revint après l'avoir confié aux bons soins d'un garçon d'écurie.

Les deux hommes déroulèrent et accrochèrent leurs hamacs, entre lesquels M. Bouvat tendit un grand rideau, et Madame se mussa dans son petit coin comme une souris. M. Bouvat ne fit qu'un somme, comme les gens dont la santé est bonne, la conscience tranquille, et qui ont de longue date l'habitude de se condenser dans un hamac. Le lit que Madame s'était composé provisoirement, avec des éléments assez hétérogènes, laissait à désirer sous bien des rapports. Mais Madame dormait toujours bien partout. Quant à Philippe, comme il ignorait encore quelles étranges surprises réserve le hamac aux non initiés, il dormit passablement entre un réveil et un autre. A chaque réveil, dans le silence profond de la nuit, il cherchait à deviner où il pouvait bien être; ce petit problème résolu, il lui semblait entendre, pas loin de là, comme le bruit d'une chute d'eau, et il se demandait en se rendormant si ce n'était pas l'Erche qui l'avait poursuivi jusqu'à Saint-Patou.

Quand il se réveilla pour tout de bon, il faisait grand jour. Ne sachant pas si M. Bouvat dormait encore, il n'osait bouger et se trouvait fort embarrassé de savoir quel parti prendre, lorsqu'une main discrète entr'ouvrit le rideau, et une voix non moins discrète demanda doucement :

« Philippe, es-tu réveillé?

— Est-ce toi, Philistine? demanda Philippe.

— Oui, c'est moi.

— Tu peux entrer, » reprit Philippe.

Philistine entra et leva les mains de surprise. Philippe, dans son ensemble, suggérait l'idée d'une grosse chrysalide à figure humaine.

« Hum ! fit-elle, tu n'as pas pu dormir là dedans.

— Tu te trompes, répondit Philippe à voix basse.

— Tu peux parler tout haut, lui dit Philistine, il y a bel âge que M. Bouvat est sorti. Mais, réponds-moi franchement : tu n'as pas dormi?

— J'ai dormi assez drôlement, dit gaiement Philippe, mais je puis t'assurer que j'ai dormi ; et la nuit prochaine, je dormirai très bien, c'est une affaire d'habitude.

— Voilà tes pantoufles, reprit Philistine ; et puis voilà ta cuvette et ton pot à eau. Je vais t'apporter de l'eau tout de suite. M. Bouvat en a été tirer trois seaux à la pompe de la commune. Ton linge est dans le coffre. Quand tu auras fait ta toilette, tu descendras prendre ton café au lait dans la tente.

— Dans la tente?

— Oui, M. Bouvat l'a déjà dressée. Il a eu le temps, depuis ce matin, de faire le tour du pays et d'amener un menuisier pour prendre mesure d'une cloison. Tu n'as rien entendu?

— Rien du tout. »

Dès que Philippe eut achevé sa toilette, il se rendit à la tente ; M. Bouvat venait d'y entrer. Il tendit la main à Philippe avec beaucoup de bienveillance, et, comme le *commis* cherchait à s'excuser de sa paresse, il lui ferma gaîment la bouche et ne voulut rien entendre. C'était bien naturel à son âge de dormir.

Le premier déjeuner terminé, Philippe causa quelques minutes avec Philistine, et, pendant ce temps-là, les oreilles de M. Bouvat durent singulièrement lui tinter, car ils ne parlèrent que de lui, de son originalité, de sa bonté, de sa bonté surtout. Philippe retourna ensuite à la voiture pour plier et serrer son hamac. Le hamac avait déjà disparu. M. Bouvat était en train d'examiner ses appareils. Comme Philippe le remerciait d'avoir pris la peine de décrocher, de rouler et de serrer son hamac, le bon photographe lui coupa la parole en disant : « Examinez donc aussi votre petit appareil, pendant que nous y sommes : je ne crois pas que cela serve à grand'chose, pour aujourd'hui ; mais enfin, qui sait? J'ai appris ce matin, à l'auberge, en allant faire une petite visite d'amitié à Collodion, que toutes les fenêtres du château de Solières sont ouvertes. Si les fenêtres sont ouvertes, c'est que les maîtres ont daigné venir passer quelques jours à la campagne. On dit que ce sont de vrais originaux, et dame! s'il leur prenait fantaisie de venir à la foire, histoire de rire et de s'amuser! »

Les prévisions de M. Bouvat se réalisèrent à la lettre. Il avait déjà dépêché cinq voitures de paysans, et la sixième venait de s'arrêter pour poser, lorsqu'un landau découvert arriva au petit trot. Comme la voiture de paysan encombrait la voie, le cocher du landau fut obligé de prendre le pas et même de s'arrêter complètement. Un monsieur tout jeune, mis avec la dernière élégance, interpella le cocher, qui expliqua respectueusement l'état des choses et la cause de l'arrêt.

« Tiens, dit le monsieur à sa jeune femme, puisque nous venons à la foire pour nous amuser, si nous faisions faire le portrait de notre landau ?

— Pourquoi pas ? » répondit la jeune femme.

Sur un ordre de son maître, le domestique empaillé, qui se tenait tout raide, les bras croisés sur la poitrine, à côté du cocher, dégringola brusquement du haut du siège et vint signifier à M. Bouvat, d'un air rogue et solennel, les volontés de M. le baron de Solières.

C'était le tour de l'une des demoiselles.

CHAPITRE XI

Ne bougeons plus. — Le jeune Archibald. — Grand succès de Philippe. Menus propos de table.

M. Bouvat vit tout de suite le parti qu'il pouvait tirer de ce bienheureux incident, car il y avait trois petits enfants dans la voiture.

« Passez-moi vite cette glace-là au bain, dit-il à Philippe en lui tendant la dernière voiturée de paysans. Et puis tenez-vous prêt à tout événement. »

Il descendit alors de son balcon d'un air empressé, et s'approcha du landau sous prétexte d'en rectifier la position. Après qu'il eut persuadé au cocher de faire avancer ses chevaux, il s'avança vers les maîtres, le chapeau à la main, et dit en s'adressant à Mme de Solières :

« Que madame la baronne veuille bien me pardonner la liberté que je prends de lui adresser la parole. Mais en voyant ces trois amours d'enfants, je suis persuadé que madame la baronne serait heureuse d'avoir leurs portraits de la main de l'artiste qui a fait celui-ci. »

Tirant alors d'un étui à photographies le portrait d'enfant qu'il avait si fort admiré lui-même dans l'album de Philippe, il le tendit respectueusement à la baronne.

Du bout de ses doigts gantés, la baronne prit la carte d'un geste dédaigneux, la regarda sans témoigner aucune admiration et la passa à son mari. Le baron arbora son lorgnon, rejeta la tête en arrière, sourit d'un air approbateur et dit à M. Bouvat :

« C'est vous qui faites de si jolies choses ?

— Oh non ! monsieur le baron, j'en suis tout à fait incapable. Vous serez bien surpris si je vous dis que c'est un jeune garçon de dix-sept ans. Mais je ne voudrais pas vous retenir plus longtemps, les chevaux pourraient s'impatienter et perdre la pose. »

Là-dessus, il se retira vivement, ayant bien soin de ne pas reprendre le portrait d'enfant. Lorsque, arrivé sur son balcon, il se retourna du côté du landau, c'était la baronne qui tenait la carte et qui l'examinait avec attention.

« Ne bougeons plus ! » cria-t-il d'une voix flûtée ; et il cacha derrière son appareil un sourire machiavélique. Au bout de quelques secondes, il fit signe que la pose était terminée ; puis il cria à haute voix : « Monsieur Philippe, vous voyez que j'ai les mains occupées, allez donc débarrasser M. le baron d'une carte que je lui ai laissée par étourderie. »

Philippe se dirigea vers le landau, très intimidé. Sa rougeur, qui allait si bien à son joli visage, son extrême jeunesse, surtout ses manières discrètes et distinguées, firent que la physionomie  de Mᵐᵉ la baronne prit tout à coup une expression moins hautaine. M. le baron sourit, et son sourire fit remonter les pointes de ses moustaches ; mais le personnage qui fit le moins de réticences dans l'expression de son bon vouloir, ce fut le jeune Archibald de Solières, un beau bébé d'un an, joli à croquer. Il tendit si brusquement les bras à Philippe que sa nourrice en poussa un cri d'effroi, car il avait failli lui échapper. M. Archibald témoigna son mécontentement à sa nourrice par un regard effarouché de ses beaux yeux bruns et par une série de coups de pied bien appliqués. Mais, pour faire comprendre à Philippe qu'il ne le rendait responsable de rien, il lui tendit de nouveau les bras et lui adressa de jolis roucoulements de petit enfant qui voudrait bien parler, mais qui ne peut pas dire tout ce qu'il voudrait.

« Est-ce vous, mon jeune ami, dit le baron avec intérêt, qui avez fait ce joli portrait ?

— Oui, monsieur, c'est moi.

— Et depuis quand vous occupez-vous de photographie?

— Depuis cinq ans, comme photographe amateur. C'est d'hier seulement que je suis photographe de profession.

— Des malheurs de famille, sans doute? demanda la baronne avec intérêt.

— Oui, madame, répondit Philippe à voix basse.

— Mon ami, dit la baronne à son mari, je crois que nous pouvons descendre.

— Germain, dit le baron d'un ton bref, la portière ! »

Pour la seconde fois, le domestique en bois dégringola tout d'une pièce, fit le tour de la voiture avec un empressement farouche et ouvrit la portière toute grande.

« Nous y voilà, » pensa le jeune Archibald, qui suivait son idée avec la ténacité particulière aux petits enfants. Voyant disparaître le seul obstacle matériel qui le séparât de son ami, il s'élança avec une telle vigueur, que Philippe arriva juste à temps pour le recevoir dans ses bras.

Ce jeune héros, sans se préoccuper le moins du monde des exclamations diverses qu'avait provoquées son hardi coup de main, se cramponna à son but aussitôt qu'il l'eut atteint, c'est-à-dire qu'il jeta ses deux mains autour du cou de Philippe : on ne sait pas ce qui peut arriver !

Quand il se sentit solidement tenu, il gazouilla un petit compliment, saisit les joues de Philippe dans ses deux mains, et tout d'un coup, se rejetant un peu en arrière pour prendre un bon élan, lui appliqua sur la joue gauche un grandissime baiser où son petit nez eut autant de part, au moins, que ses lèvres. Philippe n'eut garde de se formaliser, sachant que c'est l'intention qui fait tout.

Quoique son fardeau lui parût bien léger et bien doux, il en était furieusement embarrassé. N'était-ce pas, en effet, une liberté blâmable, voisine de la licence, de la part d'un simple photographe ambulant, que de presser aussi familièrement le fils d'un baron sur son cœur?

La nourrice réclama son nourrisson; mais le nourrisson, invoquant à sa manière le droit d'asile, se cramponna de nouveau au cou de Philippe en poussant des cris de détresse.

« J'y suis, j'y reste ! » dit le baron, citant par manière de plai-

santerie un mot déjà historique. Au fond, il était ravi de voir son
héritier montrer, si jeune, une aussi grande force de volonté.

« Eh bien, monsieur, dit doucement la baronne à Philippe,
puisque ce jeune homme tient tant à vous embarrasser de sa petite
personne, voulez-vous avoir la complaisance de le porter jusqu'à
votre atelier? Je vous fais toutes mes excuses, mais je crois que
c'est le seul moyen d'en finir.

— Oh! madame, balbutia Philippe en rougissant de confusion,
il est si joli, si caressant... Oui, trésor! »

Ces deux derniers mots de Philippe s'adressaient non pas à
Mᵐᵉ la baronne, on peut le croire, mais au petit enfant qui venait
de lui donner deux autres baisers, coup sur coup.

L'atelier tout désigné pour les portraits d'enfants, c'était la voiture, à cause des effets très délicats de lumière que l'on pouvait
obtenir à volonté. Quand la voiture se transformait en atelier, on
n'y accédait ni par le balcon, ni par la porte du fond, mais par la
porte d'honneur, une porte à deux battants, s'il vous plaît; il est
vrai que les battants en étaient fort petits, mais enfin ils étaient
deux. Cette baie monumentale s'ouvrait dans le flanc droit de la
voiture, entre la première et la seconde fenêtre, à partir du balcon. On y accédait par un escalier de cinq marches en bois que
l'on mettait et que l'on retirait, selon les circonstances.

Arrivé au pied de l'escalier, Philippe se retourna et dit: « Il
vaut mieux que les enfants posent un par un; d'abord l'atelier
n'est pas grand et puis ils pourraient se donner des distractions
les uns aux autres. Si vous voulez, madame, nous commencerons
par ce joli bijou! Nous prendrons ensuite ces demoiselles l'une
après l'autre. »

« Ces demoiselles » avaient l'une trois ans et l'autre cinq!

« Très bien, dit le baron, tirant un cigare de son étui; nourrice
et moi, nous garderons les enfants qui ne seront pas de service. »

Philippe monta l'escalier, suivi de la baronne; dès qu'il eut
refermé la porte à deux battants et que M. Archibald n'aperçut
plus sa nourrice, il consentit à desserrer ses bras. Philippe le mit
dans un tout petit fauteuil et commença à jouer à coucou avec
lui. Le jeu plaisait si fort à M. Archibald, qu'il ne s'aperçut pas
que Philippe, en ses tours et détours, s'éloignait de lui de plus en
plus. Tout à coup Philippe fit coucou derrière l'appareil, se montrant tantôt à droite, tantôt à gauche. Au moment où M. Archibald, amusé par le jeu, prenait un air fûté pour tâcher de deviner
de quel côté Philippe apparaîtrait ce coup-là, crac! Philippe
manœuvra si adroitement, que M. Archibald se trouva portrai-

M. Archibald se trouva portraituré.

turé. Il passa vivement la glace à M. Bouvat, qui, quelques
moments après, la rapporta triomphant et montra le négatif à
Mme la baronne.

Non seulement la frimousse de M. Archibald était pleine de vie,
mais encore Philippe l'avait saisi au moment où il introduisait
son index potelé dans le coin de sa bouche. Le geste complétait si
bien l'expression de sa physionomie, que Mme la baronne se
récria.

« Et il sera retouché par lui, » dit avec orgueil M. Bouvat, en
désignant Philippe avec la glace qu'il tenait, avec mille précautions, du bout de ses doigts.

C'était le tour de l'une des demoiselles. Lorsque Philippe rouvrit la porte à deux battants, Mme de Solières s'avança sur le seuil.

« Eh bien ? lui demanda son mari.

— Adorable ! répondit Mme de Solières en simulant un baiser
qu'elle lança dans l'espace du bout de ses cinq doigts réunis ;
allons, Fanny, à ton tour. »

Fanny était la jeune demoiselle de trois ans. Fanny ne demandait pas mieux que de monter ; mais M. Archibald refusa énergiquement de descendre. Mme de Solières était fort perplexe. Quant
à M. de Solières, il riait de tout son cœur au second plan.

« Eh bien, madame, dit Philippe, ne le forcez pas à descendre ;
je jouerai avec lui et cela amusera peut-être ses sœurs de le voir
rire. »

Grâce à cet expédient, et en payant bravement de sa personne
pour faire deux choses à la fois, c'est-à-dire amuser le petit frère
et portraiturer les deux petites sœurs, Mlle Fanny sortit du bain
photographique avec son petit air étonné, et Mlle Berthe, l'aînée,
avec son joli sourire de côté, accentué par une fossette.

M. Archibald s'était si résolument emparé de Philippe et de
l'atelier, que l'on ne savait plus du tout comment le séparer du
premier ni le faire déguerpir du second, lorsque la faim le prit.
La nécessité le rejeta dans les bras de sa nourrice. Il s'endormit
vers la fin de son repas et l'on put le transporter jusqu'au landau
sans résistance, sans pleurs ni grincements de dents.

« Combien de temps restez-vous ici ? demanda Mme la baronne à
M. Bouvat.

— Oh ! madame, plusieurs jours ; nous avons à prendre différents petits arrangements domestiques avant de quitter Saint-
Patou.

— C'est bien, » dit Mme la baronne.

Le landau disparut.

7

« Monsieur Philippe, dit M. Bouvat à son commis, quand ils furent seuls sur le balcon, je ne serais pas surpris si... Allons, bon, encore une voiture ! »

La voiture expédiée, il en vint une autre, puis une autre : c'était comme une procession. Trois heures plus tard seulement, M. Bouvat put expliquer sa pensée.

« Mme la baronne m'a demandé si nous restions ici quelques jours ; j'ai répondu oui, et elle a dit : « C'est bien ! » Pourquoi me demandait-elle cela ? Vous ne le devinez pas ; eh bien, moi, je vais vous le dire. Le baron et la baronne de Solières ne viennent jamais à la campagne sans y amener des amis, de peur de s'ennuyer. Mon idée est que monsieur et madame sont venus à Solières en fourriers et que le reste de la bande arrivera ces jours-ci. Le reste de la bande se composera naturellement de jeunes ménages avec des enfants. Autant de clients pour M. Philippe Cambrequesne. Ah ! monsieur Philippe, voilà un fameux début ! »

Au bout d'une demi-heure, tout le bourg de Saint-Patou, y compris bien entendu le champ de foire, savait que chez M. Bouvat ce n'étaient pas seulement les voitures que l'on tirait en portrait, mais encore les petits enfants. La preuve, c'est que les châtelains de Solières y avaient conduit les leurs.

Les fermiers rougeauds secouèrent les oreilles : ils n'aimaient pas les innovations. Mais les fermières, j'entends celles qui avaient des petits enfants, se mirent en tête de les faire tirer en portrait. Il n'y avait pas de mal à cela, puisque le baron et la baronne l'avaient trouvé convenable.

Les fermiers rougeauds refusèrent obstinément d'agir sur l'exemple du châtelain, sous prétexte que c'étaient des Parisiens plutôt que des gens du pays. Les fermières, prudemment, s'abstinrent de discuter, ne voulant point buter leurs fermiers ; mais cela ne voulait pas dire qu'elles renonçaient à leur idée.

La foire de Saint-Patou durait trois jours francs. Avant la fin du second jour, ou tout au moins du troisième, la plupart des fermiers récalcitrants avaient cédé au désir de leurs femmes : chacun, bien entendu, rejetait la honte de sa défaite sur le mauvais exemple du voisin.

Les petites bourgeoises de Saint-Patou se piquèrent d'honneur : elles remontrèrent à leur mari qu'elles ne pouvaient pourtant pas demeurer en affront devant de simples fermiers.

Cette clientèle, à vrai dire, plaisait moins à Philippe que celle du premier jour ; mais, comme il était là pour tirer le meilleur parti possible de ces figures hétéroclites, et non pas pour satisfaire ses goûts particuliers, il s'acquittait de son devoir avec beaucoup de bonne grâce.

Après chaque exécution, M. Bouvat apportait le négatif pour que la fermière en pût prendre connaissance ; et aussitôt la fermière abordait la question d'argent.

« Le portrait retouché, c'est tant, répondit M. Bouvat d'un ton suave ; le portrait non retouché, c'est tant. »

Toutes choisissaient le portrait non retouché, parce qu'il coûtait moins cher ; et pas une ne consentait à démarrer avant de s'être fait dire et redire quel jour et à quelle heure on pourrait envoyer chercher ça.

L'homme se présenta à la porte.

CHAPITRE XII

Le domestique en bois. — Encore l'Erche. — Visiteurs aristocratiques. — Philippe en congé. — M. Bouvat, toujours homme de bon conseil. — M. Bouvat, philosophe à ses heures.

Le dernier jour de la foire, à l'heure du souper, sous la tente, M. Bouvat dit à son commis :

« Monsieur Philippe, il est temps que vous vous reposiez, car vous devez être harassé de toute la besogne que vous avez faite.

— Mais, monsieur Bouvat, répondit gaiement Philippe en arrêtant à mi-chemin la cuillerée de potage qu'il portait de son assiette à sa bouche, je ne suis pas fatigué du tout.

— Pas fatigué du tout! répéta M. Bouvat avec un mélange d'ironie et d'affectueuse sollicitude. Mais, mon ami, vous avez été tout le temps sur la breche pendant ces trois sempiternelles journées.

— Oh! seulement l'après-midi, riposta Philippe.

— J'ai dit tout le temps et je répète tout le temps, répliqua M. Bouvat. A quoi avez-vous employé vos matinées? A retoucher les portraits de ces trois petits bijoux d'avant-hier; et l'on peut dire que c'est perlé! Je ne connais pas à Paris un seul photographe qui puisse se vanter de faire mieux. Non, madame, ajouta-t-il en s'adressant à Philistine, pas un seul; et vous pouvez être fière de

votre enfant. Et, par ma barbe, votre enfant peut être fier de
vous aussi. Saperlipopette, quel pot-au-feu, mes amis, quel pot-
au-feu ! »

Ayant humé avec une satisfaction sans mélange deux ou trois
bonnes cuillerées du fameux pot-au-feu, il ajouta :

« Ma parole, je me fais l'effet d'un vulgaire exploiteur, tout simplement. Mon associé me gagne un argent fou sans que je remue
seulement le petit doigt; mon associée me prépare de ces choses
exquises que l'on ne mange qu'à la table des riches, et cela pour
la misérable rémunération de trente francs par mois! Trente
francs, c'est trop peu.

— J'accepte vos compliments, répondit Philistine; mais, pour
le reste, je m'en tiens à nos conventions.

— Cependant..., madame..., cependant... »

Sa proposition fut coupée en deux par l'apparition d'un visiteur. Ce visiteur, c'était le domestique en bois, qui s'arrêta à trois
pas de la table, son chapeau sur la tête.

M. Bouvat lui dit : « Mon garçon, je crois que vous devez être
myope ! »

L'autre le regarda d'un air ahuri.

« Sans cela, poursuivit tranquillement M. Bouvat, vous n'auriez
pas manqué de voir qu'il y a quelqu'un ici, et notamment une
dame. Faites-moi le plaisir d'ôter vivement votre chapeau, si
vous ne voulez pas que je le fasse sauter d'un coup de poing.
Après cela, vous nous direz tout à loisir quel bon vent vous
amène. »

Le domestique en bois ne se le fit pas dire deux fois. Ayant
brusquement retiré son chapeau, il dit d'une voix monotone :

« M. le baron désire savoir si vous avez des épreuves des portraits de ses enfants. S'il y en a, M. le baron désire que vous me
les remettiez, parce qu'il voudrait les montrer à quelqu'un. »

Après avoir prononcé ce petit discours, l'homme en bois demeura
aussi raide et aussi immobile que la statue, grandeur naturelle,
d'un domestique en petite livrée.

« Il y en a, répondit tranquillement M. Bouvat, et l'on va vous
les remettre. »

Comme il faisait mine de se lever de table, Philippe l'en empêcha et sortit lestement de la tente. Au bout de deux minutes, il
revint tenant un petit paquet soigneusement ficelé qu'il remit à
l'homme de bois.

L'homme de bois s'éloigna à grandes enjambées mécaniques
et ne se permit de remettre son chapeau sur sa tête qu'au bout de

quinze pas environ. M. Bouvat riait silencieusement en découpant par larges tranches le bœuf du pot-au-feu, « bœuf succulent, pour du simple bœuf de village », comme il le fit remarquer à ses auditeurs.

Quand tout le monde fut servi, il pria Philippe de lui passer la moutarde et dit : « Je l'avais bien prévu ; ils ont du monde au château, et ils veulent faire de la réclame au commis, au charmant commis de M. Bouvat. D'un côté cela me charme, et d'un autre cela me taquine. Cela me charme, parce que les affaires sont les affaires ; cela me taquine, parce que cela va à l'encontre d'une idée que j'avais. »

Comme Philippe et Philistine le regardaient d'un air surpris, il continua :

« Mon idée, c'était de donner trois ou quatre bonnes journées de repos à M. Philippe, pour lui laisser le temps de se promener, de se dégourdir les jambes, de dessiner, de lire, de faire ses adieux à l'Erche...

— C'est donc l'Erche qui passe à Saint-Patou? demanda vivement Philippe.

— L'Erche en personne naturelle, répondit M. Bouvat. Jusqu'ici nous l'avons suivie à peu près ; mais à partir de Saint-Patou, nous nous séparons, et nous ne nous reverrons qu'au retour de la campagne. Mais, pardon, où en étais-je? Ah oui ! je voulais donner campos à M. Philippe, qui l'avait bien gagné. Mais je crois, mon petit doigt me le dit, que M. Philippe recevra de belles visites pas plus tard que demain ou après-demain. Et alors, il lui faudra reprendre le collier de misère...

— Mais ce n'est pas un collier de misère, s'écria Philippe, je ne suis pas fatigué, je vous le répète.

— Vous êtes fatigué, reprit M. Bouvat, seulement vous ne sentez pas votre fatigue, voilà tout. Et puis, je vous soupçonne d'avoir un faible pour les visiteurs aristocratiques. Bon! ne protestez pas, vous voyez bien que je plaisante. Où en étais-je? Ah oui ! Eh bien, le congé sera retardé d'un ou deux jours ; mais vous l'aurez, fût-ce à votre corps défendant. Je ne suis pas un exploiteur, moi. Et quant à Madame... une autre entêtée! Oui, madame, une entêtée. Vous ne voulez pas accepter une part équitable dans les bénéfices de la compagnie, soit! Mais... suffit! »

Il tourna court sur ce mot et se servit une bonne assiettée de pommes de terre frites, en hochant la tête d'un air mystérieux. Le fond de sa pensée était celui-ci : « Cette entêtée n'aura pas le dernier mot; je lui revaudrai cela en cadeaux. »

Le lendemain matin, sur les dix heures, Philistine était seule
dans la tente, occupée à récurer une vulgaire casserole. M. Bouvat
et Philippe étaient sortis après le premier déjeuner pour explorer
les bords de l'Erche. L'homme de bois se présenta à la porte de
la tente et retira vivement son chapeau. Comme Philistine lui
tournait le dos, il annonça sa présence par une petite quinte de
toux très discrète.

« Madame, dit-il quand elle se fut retournée, M. le baron fait
dire à ces messieurs de vouloir bien l'attendre sur les deux
heures, et d'avoir leurs mécaniques toutes prêtes, parce qu'il y a
un tas d'enfants à tirer en portrait. »

A deux heures précises, Philippe et M. Bouvat étaient à leur
poste. Sur les deux heures et demie, le landau tourna le coin,
rempli de dames et d'enfants. Un break venait après, contenant
deux messieurs seulement, et encore des dames et des enfants.
M. Archibald n'était point de la partie; on l'avait laissé dans le
parc avec sa nourrice, de peur qu'il ne lui prît fantaisie de faire
quelque nouvelle algarade. Pour égayer ses jeunes esprits, et
peut-être aussi faute de place, on avait laissé ses deux sœurs avec
lui.

En somme, le landau et le break contenaient les éléments de
quatre familles, moins deux chefs, je veux dire deux messieurs
qui étaient restés au château, préférant les délices du billard à
celles d'une excursion à Saint-Patou.

Ce furent M. et Mme de Solières qui firent à leurs invités, petits
et grands, les honneurs de l'établissement Bouvat, et plus spécialement de la personne de Philippe, le photographe ordinaire de
Leurs Majestés les petits enfants.

Philistine et M. Bouvat apportèrent des chaises pour la société;
mais, comme les membres de la société étaient beaucoup plus
nombreux que les chaises disponibles, M. de Solières et son invité
s'assirent sans façon sur les marches de l'escalier de bois. Ce
devait être si amusant d'être assis sur un escalier de bois, que
plusieurs petits enfants vinrent les y rejoindre.

L'une des invitées avait disparu dans l'atelier pour soutenir par
sa présence le courage de sa plus jeune fillette.

« N'est-ce pas qu'il est charmant et fort bien élevé? » dit Mme de
Solières, en se penchant vers les deux invitées qui attendaient
leur tour.

Il, c'était Philippe, bien entendu.

« Fils de famille, n'est-ce pas? demanda l'invitée n° **1**.

— Fils de famille, oui, répondit Mme de Solières.

— Et ruiné du jour au lendemain par suite d'événements tragiques ? demanda l'invitée n° 2.

— Oui, » répondit discrètement Mme de Solières. Et, par parenthèse, elle faisait bien d'être discrète, car elle n'en savait pas plus long que les autres sur les événements tragiques qui avaient précipité Philippe dans la photographie ambulante.

Par le seul fait de confier à Philippe le soin de portraire leurs bébés aristocratiques, ces dames accroissaient son prestige dans l'esprit de M. Bouvat, et elles le relevaient à ses propres yeux, en lui faisant voir sa nouvelle profession sous son jour le plus favorable.

La bande joyeuse disparut pour ne plus reparaître, et le congé de Philippe commença, car M. Bouvat ne lui permit de s'occuper des retouches que quelques heures dans la matinée. L'après-midi, ils s'en allaient parcourir les bords de l'Erche et les sentiers bordés d'aubépines qui serpentaient capricieusement sur les coteaux. Philistine, qui avait toujours quelque chose d'utile à faire « à la maison », gardait l'établissement.

M. Bouvat était un fort pêcheur; c'était chez lui une passion qu'il eut bientôt fait d'inoculer à son commis. Alors ils restaient pendant de longues heures nonchalamment couchés au bord de la rivière, causant à bâtons rompus, ou bien rêvassant, chacun de leur côté, tandis que leurs regards tantôt erraient sur le frais paysage de mai, tantôt suivaient les oscillations du bouchon.

Quelquefois ils revenaient bredouilles, et ils étaient les premiers à en rire; c'étaient les jours où ils avaient causé plus que d'habitude, oubliant la rivière et les poissons. Quelquefois aussi, ils rapportaient triomphalement à Philistine leur filet tout gonflé d'ablettes. Ce n'était pas le plus beau de son affaire, à la pauvre Philistine. Toutes les cuisinières savent à leurs dépens quelle perte de temps c'est, et quelle fastidieuse besogne, que de vider toute cette blanchaille. J'en ai même connu une qui, les jours où la pêche avait été trop abondante, venait annoncer d'un air lugubre que toute la poêlée venait de chavirer dans les cendres; mais c'était une poêlée de poissons non vidés, qu'elle avait mis dans la poêle avec un soupçon de friture, et qu'elle avait renversée d'un coup de main.

Philistine était incapable d'un tour aussi scélérat. Elle avait le courage de féliciter les pêcheurs, et elle leur servait toujours une friture rissolée et croquante à point. M. Bouvat avait découvert que la friture était « son fort ». Du reste, comme tout était « son fort », il se confirmait de plus en plus dans la pensée de doubler les gages de son associée par des cadeaux.

La retouche des photographies est un travail minutieux, fatigant et absorbant. Aussi M. Bouvat avait-il exigé de Philippe qu'il n'y consacrât jamais plus d'une demi-heure à la fois.

Entrecoupée par des lectures à petite dose, cette besogne cessait d'être fatigante, et par le seul fait de se reposer d'un travail par un travail différent, Philippe en était venu à trouver les matinées trop courtes. M. Bouvat, qui n'était pas instruit, n'avait aucun contrôle sur les lectures de Philippe; mais du moins il ne se targuait pas de son ignorance; au contraire, il la déplorait amèrement. Aussi, sans ouvrir lui-même un livre, encourageait-il Philippe à lire, toujours homme de bon conseil, tant qu'il s'agissait des autres et non pas de lui-même.

« Il est trop tard pour que je m'y mette, disait-il fréquemment. Ce n'est pas à un vieux singe de soixante ans que l'on apprend à faire des grimaces. Mais en roulant le monde, j'ai vu et appris bien des choses, et ceci entre autres que plus un homme sait, mieux il vaut, de toutes les façons et surtout dans sa profession. Quand j'étais peintre en espérance, j'avais des camarades qui étaient pénétrés de cette idée-là et qui s'acharnaient à lire, à travailler, à compléter ou à refaire leur éducation. Moi et deux ou trois autres du même atelier, nous nous moquions d'eux dans ce temps-là. Ces piocheurs qui nous faisaient rire sont devenus de grands peintres. Moi, j'ai eu de la chance de me tirer d'affaire mieux que je ne méritais; mais certains de mes camarades, qu'est-ce qu'ils sont devenus? Je n'ose y penser. »

Et il ajoutait : « Malgré mes soixante ans et mes cheveux gris, je ne suis pas capable de dire à un enfant de dix-sept ans : Voilà tels et tels livres qu'il faut lire. Et cependant un jeune homme de dix-sept ans a besoin qu'on le conseille. Mais, laissez faire, monsieur Philippe, j'ai mon idée. Sur notre chemin nous rencontrerons une ville, que j'appelle ma ville préférée; dans cette ville il y a un lycée. Tous les ans je fais les portraits des professeurs et des élèves groupe par groupe. Je demanderai à ces messieurs ce que doit lire et apprendre un jeune homme de bonne volonté, qui a été obligé de quitter le collège et les études pour gagner sa vie. Des remerciements pour cela? mon cher monsieur Philippe, en vérité vous n'y pensez pas. Mais c'est un plaisir, un grand plaisir pour moi, de penser que vous serez peut-être un jour ce que j'aurais voulu être moi-même. Je suppose que le plus grand bonheur d'un père, ce doit être de penser que son fils vaudra mieux que

lui. Moi, je n'ai pas de fils, puisque je n'ai jamais trouvé l'occasion de me marier selon mes goûts; alors je me rejette sur vous,
c'est bien simple. »

Mais, si M. Bouvat se déclarait incompétent en matière de lecture, il parlait en maître quand il s'agissait de dessin. Il exerçait
même, à son insu, une sorte de petite tyrannie sur les goûts un
peu indécis et un peu vagabonds de son jeune commis. Dans
toutes leurs promenades, Philippe emportait son petit carton à
dessin sous le bras et sa boîte à crayons en sautoir. Bien des
objets tentaient sa vue; quelquefois M. Bouvat disait : « Oui, des-
sinez-moi cela. » D'autres fois il s'écriait avec énergie : « Non, pas
cela, cela ne vous apprendrait rien; et quand on a le don, il faut
apprendre, apprendre, et encore apprendre. »

Saint-Patou est déjà bien loin derrière eux, et le mois de mai
touche à sa fin. Ce mois de mai! Philippe ne se lassait pas de le
voir sous tous ses aspects.

Planté quelquefois devant un coin de paysage par l'inflexible
volonté de M. Bouvat, il travaillait « en artiste »; mais aussi, il
avait quelquefois des désespoirs d'artiste. « Monsieur Bouvat,
disait-il, jamais le crayon ne pourra rendre cela : il faudrait la
couleur. »

M. Bouvat le regardait en côté avec un léger sourire, et répondait dogmatiquement : « Monsieur Philippe, le crayon rend tout,
quand on sait le manier. Il faut apprendre à le manier, voilà
tout. »

Debout derrière son commis, devenu son élève, il le regardait
faire, disant tantôt : « C'est cela », et tantôt : « Ce n'est pas cela! »
Quand ce n'était pas cela, Philippe, instinctivement, se retournait
pour implorer un conseil. Mais M. Bouvat lui disait invariablement : « Je vois que ce n'est pas cela, mais, si je savais trouver
ce qu'il faut à la place, je serais un artiste. Vous, qui êtes un
artiste, vous finirez par trouver; cherchez! »

Philippe baissait la tête sur son carton et se travaillait à chercher « ce qu'il trouverait avec du courage ».

M. Bouvat alors se disait dans sa barbe : « Peine, peine, mon
garçon; tu me remercieras un jour de t'avoir appris à peiner. »

Cela lui faisait quelquefois du chagrin de voir les angoisses de
Philippe. Alors, pour se donner du cœur, il roulait prestement
une cigarette et en dispersait la fumée aux quatre vents du ciel.
Il avait pris l'habitude de la cigarette à l'atelier où il avait fait ses
principales études de peinture. Cette habitude, il l'avait conservée
avec l'obstination que l'on met toujours à conserver les mauvaises

habitudes. La cigarette, il est vrai, depuis qu'il s'était jeté à corps
perdu dans la photographie ambulante, l'avait aidé à tuer le
temps, pendant ses longues heures de loisir. Mais, depuis qu'il
avait mis la main sur son nouveau commis, il n'avait plus l'excuse de tuer le temps, car il n'avait plus de temps à tuer. Et malgré cela, il fumait toujours la cigarette. La première fois qu'il
emmena Philippe à la pêche, il fut sur le point, par courtoisie, de
lui offrir une cigarette. Mais une seconde réflexion l'empêcha de
donner suite à son idée. Pourquoi faire contracter une mauvaise
habitude à qui n'éprouve nullement le besoin de la contracter?
Cette réflexion morale fut corroborée par une réflexion esthétique.

M. Bouvat savait par expérience quelle est l'influence du tabac
sur la dentition humaine. La sienne était devenue déplorable, et
c'est pour masquer les ravages du tabac qu'il avait laissé pousser
sa barbe, ses moustaches surtout. Or, un des traits les plus carac-
téristiques et les plus aimables de la figure de Philippe, c'étaient
ses dents : de vraies perles.

« Qu'il reste tel qu'il est, se dit sagement M. Bouvat; car une
jolie figure est un véritable passeport dans le monde; et le monde
est un endroit où il ne fait pas toujours bon à voyager sans passeport. »

M. Bouvat était philosophe à ses heures.

Les petits paysans furent pris de terreur.

CHAPITRE XIII

La petite ville anonyme. — M. Chélat. — La *Photographie spéciale de l'enfance.* — La pauvre petite église de village. — Influence du patron sur son commis et du commis sur son patron.

C'était dans une petite ville que je ne nommerai pas ; car, si la vérité me force à dire qu'elle est petite, les indigènes la trouvent grande, et je ne voudrais pas blesser gratuitement leur amour-propre de clocher.

M. Bouvat ayant fait arrêter sa voiture et dressé sa tente aux portes de la ville, dans un agréable petit coin, au bord d'une jolie rivière qui n'était plus l'Erche, pénétra dans la cité, conduisant Collodion par la bride. Après qu'il eut remisé Collodion dans une auberge du faubourg, il s'engagea dans un dédale de petites rues, tournant tantôt à droite, tantôt à gauche, sans jamais hésiter. Il ne s'arrêta qu'une fois dans sa marche, ce fut pour contempler avec un souverain mépris un énorme cadre tout rempli de photographies d'aspect peu engageant.

L'artiste indigène qui étalait ainsi au grand jour les produits de sa coupable industrie, s'intitulait de sa propre autorité : *Photographe du commerce, de la magistrature et de l'armée.* Le commerce était représenté par un des négociants de la ville voisine, la magistrature par un juge de paix en robe et l'armée par un capitaine d'infanterie. Ce capitaine était la plus haute autorité militaire de l'endroit : il commandait la compagnie d'infanterie qui formait la garnison de la petite ville.

Une demi-douzaine de bébés, considérés sans doute par l'artiste  comme des quantités négligeables, étaient relégués tout au bas du cadre, où ils grimaçaient et louchaient à faire frémir.

C'est cette partie du cadre que M. Bouvat examinait avec plus d'attention.

« La cage aux singes ! » dit-il comme résumé de son opinion. Après quoi il reprit sa marche et arriva à une petite place dont la configuration générale rappelait assez celle d'une bouteille. Comme M. Bouvat était entré par le goulot, il avait en face de lui le fond de la bouteille, qui était une impasse. La place était fermée de ce côté par une maison à deux étages dont toutes les fenêtres étaient ouvertes. Par ces fenêtres ouvertes s'échappaient des chansons, des rires, des plai-santeries, en un mot, toute cette exubérante gaieté des ouvriers qui sont sûrs de ne jamais chômer et que l'on paye largement.

Au rez-de-chaussée, d'autres ouvriers clouaient des caisses avec la même activité joyeuse, et les chargeaient à mesure sur un camion attelé d'un cheval bien nourri. Toute l'activité, toute la vie de la petite ville semblait s'être réfugiée et concentrée au fond de cette bouteille.

« Es-ce que M. Chélat est à son bureau ? » demanda M. Bouvat à l'un des ouvriers.

L'ouvrier, poliment, saisit une mèche de cheveux sur son front en manière de salut, et répondit en souriant :

« M. Chélat se promène dans son jardin, mais je vais l'avertir. »

M. Chélat était un drôle de petit bonhomme très agréable à voir, tout rond et malgré cela très actif, chauve comme une pomme, rose comme une pêche ; il avait des yeux noirs très fureteurs et très intelligents, et de bonnes grosses lèvres souriantes toujours un peu humides.

M. Chélat avait débuté comme encadreur miroitier ; il gagnait modestement sa vie, lorsque la photographie apparut et fit la conquête de l'univers. M. Chélat eut l'idée de fabriquer de petits cadres pour les cartes, de grands cadres pour les étalages des

photographes et enfin des albums. Ce petit homme tout rond était
si ingénieux dans ses inventions et si raisonnable sur la question
de prix, que les commandes affluèrent de tous côtés. Un autre
aurait perdu la tête ; lui, il quitta sa petite boutique de la rue de
l'Oublie, loua la grande maison de l'impasse, embaucha des
ouvriers spéciaux qu'il inspira et façonna pour la nouvelle
besogne, et, à l'heure où M. Bouvat l'attendait dans son bureau,
la grande maison était à lui. On le disait millionnaire, il exportait
ses produits dans toutes les parties du monde, et l'admiration
publique avait baptisé de son nom l'impasse en forme de bouteille.

Le métier de M. Chélat a été gâté depuis, comme celui de photographe ambulant, mais à cette époque-là c'étaient deux bons
métiers.

Après un échange de poignées de main et de menus propos,
M. Bouvat dit à M. Chélat :

« Vous avez reçu la lettre que je vous ai écrite de Saint-Patou?

— Je l'avoue, répondit facétieusement M. Chélat.

— Et vous avez bien voulu exécuter ma commande?

— Je suis au monde pour exécuter les commandes de mes
clients.

— Et... c'est prêt? »

M. Chélat posa l'index sur un bouton d'ivoire, un commis parut,
M. Chélat lui dit :

« Troisième magasin, quatrième vitrine, le n° 7. »

Le commis, sans demander de plus amples explications,
s'éclipsa prestement et revint bientôt, portant dans ses bras un
objet de forme plate et allongée qu'il posa sur deux chaises. Un
petit garçon qui l'accompagnait mit sur le bureau un second
objet plus épais, mais beaucoup moins long et moins large. Les
deux colis qui composaient le n° 7 étaient empaquetés et ficelés
avec le plus grand soin.

« Veuillez déballer, » dit M. Chélat au commis.

Le commis déballa prestement le plus grand colis, et, comme le
soleil se dégageant des nuages, un grand cadre oblong apparut,
un cadre du goût le plus exquis, noir et or. Douze compartiments
égaux étaient découpés dans le carton gris clair pour recevoir
douze cartes. Un cartouche d'ébène portait l'inscription suivante
en lettres d'or, d'un très grand goût : « PHOTOGRAPHIE SPÉ-
CIALE DE L'ENFANCE. »

M. Bouvat poussa un petit sifflement d'admiration en se ren-
versant contre le dossier de son fauteuil pour voir l'œuvre à dis-

tance ; puis, pour la voir de près, il se pencha brusquement en avant, mit ses coudes sur ses genoux, rapprocha ses deux mains, et, s'emprisonnant le nez entre les deux index, il contempla le cadre longuement en silence.

Ensuite, il se releva, regarda M. Chélat qui souriait discrètement et dit :

« C'est du nanan !

— C'en est, » répondit M. Chélat sans fausse modestie.

Pendant cette petite scène, le commis avait défait l'autre paquet. Un petit sac de voyage, oblong et plat, apparut aux yeux de M. Bouvat. Sur le chagrin noir, il lut en lettres d'or : *Photographie spéciale de l'enfance.* Le commis fit observer que le sac pouvait se porter en bandoulière, grâce à une élégante courroie de cuir verni qu'il tira d'un papier gris et qu'il adapta aux crochets du sac. Ensuite il ouvrit le sac et en tira un album relié en chagrin noir sur le plat duquel était répétée la légende du cadre et du sac. M. Bouvat prit l'album dans ses mains, l'examina sous toutes ses faces, l'ouvrit, le ferma, le rouvrit et en compta les pages : il y en avait douze.

« Monsieur Chélat, dit-il enfin, ceci est encore du nanan.

— C'en est, répondit M. Chélat en clignant les yeux.

— Très bien ! reprit M. Bouvat ; à mon tour de... attendez un peu ! »

Fouillant alors dans sa poche de côté, il en tira un assez grand étui du genre de ceux où les photographes serrent les cartes par douzaines avant de les livrer à leurs clients. Il en fit sortir adroitement les douze bébés de Saint-Patou, ayant bien soin de cacher les figures. Ensuite il les arrangea en éventail dans sa main gauche, comme les joueurs disposent leurs cartes, et, regardant M. Chélat en face, il lui dit : « A moi de jouer ; atout ! » et il jeta une des cartes sur le bureau devant M. Chélat.

M. Chélat examina la photographie en souriant, puis il leva les yeux sur la figure de M. Bouvat, dont la barbe frétillait et crépitait de contentement.

« Est-ce un atout ? demanda M. Bouvat.

— Un fameux atout ! répondit sérieusement M. Chélat, qui était un connaisseur. Mais où diable vous êtes-vous procuré ?...

— Attendez la fin, » répondit M. Bouvat. Et il jeta successivement ses atouts jusqu'au onzième.

Le douzième atout, il le gardait pour la bonne bouche. C'était ce petit fripon d'Archibald, introduisant son index potelé entre ses lèvres.

« Et ratatout ! s'écria-t-il en jetant cette dernière carte à grande volée.

— Jamais personne n'a fait mieux ! » s'écria M. Chélat avec un réel enthousiasme. Alors M. Bouvat, ouvrant sa large main, la fit planer au-dessus des cartes en disant : « *Photographie spéciale de l'enfance !* »

M. Chélat le regardait d'un air perplexe et il ouvrait déjà la bouche pour formuler une question, lorsque M. Bouvat lui dit : « Je vous vois venir ; vous voulez me demander si c'est moi qui ai fait cela? Moi ! allons donc, vous ne m'en croyez pas capable et vous avez bien raison. Celui qui a fait cela, c'est mon nouveau commis ; et savez-vous quel âge il a, mon nouveau commis? Dix-sept ans et quelques mois. Il faut croire que la photographie est un don, comme tous les autres arts. Seulement, je me demande ce que cette faculté-là pouvait bien faire dans le cerveau humain avant l'invention de la photographie. »

Les yeux de M. Chélat étincelèrent de malice et il répondit avec une gravité moqueuse :

« D'épouvantables ravages, sans aucun doute, comme toutes les facultés sans emploi : la folie, le crime sont peut-être sortis souvent de ce bourgeon-là ; et qui sait si Caïn?...

— Bien rentré de piques, dit en riant M. Bouvat, qui ne détestait pas la plaisanterie. C'est une grande consolation pour moi, vieux pécheur, d'avoir arraché mon nouveau commis au crime et à la folie. Mais assez bavardé ; je suis impatient de lui montrer vos deux chefs-d'œuvre. A peine arrivé au Bréquet (vous connaissez bien l'endroit), j'ai filé sans rien dire, sous prétexte de remiser Collodion. Ah ! voyons, montrez-moi un peu comment s'ouvre la glace du grand cadre. Tiens! c'est très ingénieux. Eh bien, pendant que c'est ouvert, je vais y introduire mes douze cartes. »

Ayant introduit les douze cartes dans les douze compartiments, il dit à M. Chélat :

« Avez-vous un homme assez adroit pour me transporter cela jusqu'au Bréquet, sans rien endommager? »

M. Chélat posa de nouveau son index sur le bouton d'ivoire, et un commis répondit à l'appel. M. Chélat lui dit : « Ayez la bonté de m'envoyer Jean avec son crochet. »

Jean arriva avec son crochet, fixa le cadre dessus avec l'adresse que donne une longue habitude, et attendit de nouveaux ordres. M. Bouvat, ayant passé son bras droit et sa tête dans la courroie de cuir verni, s'assura que le sac de voyage avec son inscription était bien en vue derrière son dos et dit à Jean : « Mon ami, nous

8

nous en allons ensemble. Je ne suis pas fâché, ajouta-t-il en
s'adressant à M. Chélat, de faire gratuitement une petite réclame
à la *Photographie spéciale de l'enfance.* »

Malgré son vif désir de faire à Philippe une agréable surprise,
il n'hésita pas à prendre par le plus long pour montrer au plus
grand nombre possible d'indigènes son grand cadre et l'inscription de son petit sac.

« Où est M. Philippe ? demanda-t-il à Philistine.

— Ne vous voyant pas revenir, répondit Philistine, il est
retourné à l'endroit où nous avons vu cette minable petite église
de village en passant tantôt. Il a emporté de quoi dessiner. »

M. Bouvat, ayant serré ses trésors dans la voiture, s'en alla au-
devant de Philippe. Cette petite église, que Philistine avait trouvée
si minable, était un petit édifice de style roman, dont une partie
avait résisté à cause de la solidité de la construction et des maté-
riaux.

Là où le temps avait trouvé à mordre, la commune, qui était
pauvre, avait procédé aux réparations les plus urgentes, de la
façon la plus économique, et ces replâtrages eux-mêmes, qui
avaient dû être hideux à l'époque lointaine où ils étaient neufs,
avaient noirci à leur tour. L'ensemble avait sa poésie et Philippe
en avait été frappé.

M. Bouvat l'aperçut de loin, assis sur une borne renversée,
entouré à distance d'un cercle de petits paysans sauvages, ébou-
riffés, à demi nus. Le cercle se rapprochait quand Philippe paraissait s'absorber dans son travail, et s'élargissait à reculons quand
il levait la tête pour respirer.

A la vue du grand vieux monsieur à barbe grise, les petits paysans furent pris de terreur et disparurent dans toutes sortes de
ruelles et sentiers, portant leurs sabots à la main pour détaler
plus lestement. M. Bouvat, marchant sur l'herbe épaisse, put arriver jusqu'à Philippe sans attirer son attention. Quand il vit le
dessin de son commis, sa figure prit une expression de douce
satisfaction.

Après que Philippe eut donné le dernier coup de crayon et
poussé un profond soupir en relevant la tête, comme une personne qui sort d'un rêve, M. Bouvat lui dit doucement :

« Cette fois-ci, monsieur Philippe, ça y est complètement. Cette
pauvre église informe dit quelque chose ; ce quelque chose qu'elle
dit, vous l'avez bien compris, et sapristi, cette fois, vous l'avez
très bien rendu. Nous garderons ce dessin-là et ce sera le n° 1
de la collection. Notre maître d'atelier, qui était un grand peintre,

Le cercle se rapprocha.

nous parlait souvent de « l'âme des choses », et nous disait que
les uns découvrent cette âme, que les autres n'y arrivent jamais.
Dans ce temps-là, c'étaient des mots pour moi, rien que des mots.
Aujourd'hui, je commence à comprendre, mais il est trop tard.
Comme dit le proverbe : « Si jeunesse savait, si vieillesse pouvait. » Je ne puis plus, je suis trop vieux ; mais vous qui êtes un
enfant, vous commencez déjà à savoir. »

Ils retournèrent au faubourg du Bréquet, presque sans s'adresser la parole. M. Bouvat ruminait sur son passé, Philippe pensait
à l'avenir. Avait-il donc déjà oublié son bienfaiteur ? Loin de là ;
M. Maubeux faisait partie de son avenir aussi bien que de son
passé, et même c'était l'objet le plus prochain de ses visions
d'avenir.

Par devant Philistine, au bord de la fosse nouvellement com-
blée, il lui avait promis un tombeau digne de lui, en témoignage
de reconnaissance. A l'époque où cette promesse lui était sortie
du cœur, il n'était encore qu'un enfant et il ne comptait que sur
les années lointaines de l'âge d'homme pour se donner cette
grande joie. Et voilà que, sans être devenu un homme, grâce à la
rencontre de M. Bouvat, il voyait, presque à la portée de sa main,
la réalisation du plus cher de ses vœux.

La première fois que M. Bouvat lui avait compté son traitement
fixe, Philippe l'avait prié de lui donner seulement cinq francs
pour les dépenses imprévues. Il placerait le reste de l'argent avec
le sien.

« Serions-nous avare ? » se demanda Bouvat, non sans quelque
inquiétude. Mais une longue conversation qu'il eut avec Madame,
à quelque temps de là, l'édifia sur ce que dans son ignorance il
avait appelé l'avarice de Philippe. Il l'appréciait déjà beaucoup ;
mais, à partir de ce moment, il lui voua une sorte d'admiration
dans laquelle il entrait beaucoup de tendresse.

Ils commençaient à s'aimer, sans que Philistine prît ombrage
de cette affection. Et, s'ils s'aimaient malgré la différence des âges,
c'est parce qu'ils se faisaient beaucoup de bien réciproquement,
sans y songer, sans le savoir.

Le charme de l'adolescence naïve, honnête et généreuse, le désir de plaire à Philippe et de lui être utile, avaient rouvert dans
l'âme du vieux bohème inoffensif, mais indifférent, bien des
sources que l'âge avait taries, ou que du moins les décombres de
bien des illusions avaient recouvertes et comme enfouies. C'était
comme un renouveau pour ce vieux corps passablement racorni.
Voilà pourquoi M. Bouvat aimait tendrement Philippe.

Et Philippe, comment n'aurait-il pas aimé ce patron toujours si doux, si indulgent, si préoccupé de son bien-être dans le présent et de son succès dans l'avenir ?

Philippe admira en connaisseur les chefs-d'œuvre de M. Chélat et rougit de plaisir en voyant ses portraits d'enfants si merveilleusement encadrés.

« Ça, dit M. Bouvat en montrant le grand cadre, c'est l'enseigne de l'établissement ; et cet album-là, c'est pour porter chez les gens qui se trouvent trop bien dans leurs châteaux pour en sortir. Mettez-y donc la seconde édition des portraits, pendant que je vais accrocher l'enseigne, par curiosité. »

M. Chélat, homme prévoyant, avait remis à M. Bouvat un certain nombre de pitons dorés. Pendant que Philippe remplissait les pages, ayant bien soin de mettre M. Archibald en tête, M. Bouvat jouait du marteau.

Au bout de dix minutes, l'enseigne s'étalait triomphalement au-dessous des deux fenêtres du dortoir de M. Bouvat et de Philippe.

M. Bouvat appela Philippe et Madame pour jouir du coup d'œil. « C'est par pure fantaisie, leur dit-il, que je fais cet étalage et pour notre amusement à tous les trois. Car, dans cette ville-ci, on n'aime que la mauvaise photographie. »

C'était une escouade de soldats.

CHAPITRE XIV

Opinion de l'armée sur la Photographie spéciale de l'enfance. — Le fusilier Constant et le sergent Moynier. — Le portrait de Mlle Mimy.

Comme il parlait encore, un bruit de pas nombreux et pressés se fit entendre sous les platanes de la promenade de Bréquet. M. Bouvat fit signe à Madame et à Philippe de disparaître sous la tente. Lui-même se faufila dans la voiture, derrière les persiennes d'une des petites fenêtres.

Ce fut avec un vif désappointement que M. Bouvat, à travers les lames de la petite persienne, entrevit les personnes dont il venait d'entendre les pas. C'était une escouade de soldats d'infanterie, qui s'en allaient aux bains froids sous la conduite d'un sergent.

Toute l'escouade, y compris le sergent, se groupa autour de l'enseigne. Pendant une grande demi-minute, l'escouade garda le silence. Les uns se taisaient parce qu'ils n'avaient rien à dire, les autres parce qu'ils n'osaient pas formuler leur jugement avant de connaître celui du gradé.

« Chic ! très chic ! » dit enfin le sergent d'un ton bref.

Un murmure d'approbation s'éleva dans l'assistance.

« Nous avons aux Batignolles le photographe le plus fort de tout

Paris, reprit le sergent, et je ne connais que lui qui soit capable
d'en faire autant. Encore, on dit qu'il fait faire ses retouches par
des peintres. »

Nouveau murmure d'approbation. La glace est décidément
rompue et des voix de timbres différents expriment les sentiments
les plus flatteurs pour le photographe inconnu.

« Quelles jolies trompettes ! (Traduisez : figures.)

— Oh ! celui qui se met le doigt dans la bouche !

— Oui, oui, oui, oh, celui-là !

— Et cette petite fille qui a l'air de dire : « Messieurs, c'est
comme ça ; arrangez-vous comme vous voudrez, mais c'est
comme ça ! »

— C'est pourtant vrai qu'elle a l'air de le dire ! Est-elle
mignonne !

— Moi, dit un fusilier imberbe, coiffé d'un képi beaucoup trop
large pour sa tête, si cette voiture-là est encore ici dimanche, je
viendrai faire tirer ma trompette.

— Sais-tu lire, Vuaflard? riposta un loustic. Qu'est-ce qu'il y a
d'écrit sur la pancarte? *Photographie spéciale de l'enfance.*

— Eh bien, quoi ! riposta crânement le fusilier Vuaflard, est-ce
que je ne suis pas un « enfant de la patrie? » La *Marseillaise* le dit.

— Soit, dit le sergent avec bonhomie. Dans ce cas-là, enfants de
la patrie, il y a cinq minutes que vous devriez être dans la rivière
A l'eau ! »

L'escouade se précipita vers la rivière en riant et en se bous-
culant comme une bande d'enfants. Cinq minutes plus tard, elle
se jeta à l'eau comme une flottille de canards, derrière une île
couverte d'aulnes et de saules.

M. Bouvat sortit radieux de son embuscade.

« Ça mord ! dit-il à ses deux associés en style de pêcheur à
la ligne ; de simples tourlourous ont parfaitement compris qu'il
y avait là un mérite singulier. Philippe !... pardon, je voulais dire
monsieur Philippe...

— Non, dites Philippe tout court, cela me fera le plus grand
plaisir. »

Il suffisait de voir la physionomie de Philippe pour comprendre
qu'il parlait en toute sincérité. Néanmoins, M. Bouvat hésita et
regarda du côté de Philistine. Un petit signe de tête de Madame le
rassura complètement.

« Eh bien donc, mon cher Philippe, c'est un éclatant succès pour
vous. Montrez donc, je vous prie, à Madame ce croqueton que vous
avez fait aujourd'hui. »

Philippe montra la petite église à Madame. Madame trouva que c'était très bien, mais un peu triste.

« Précisément, s'écria M. Bouvat en se frottant les mains. Il a très bien compris le caractère mélancolique de cette petite ruine. Cela a du caractère. A l'époque où je mangeais dans les gargotes, il m'arrivait souvent, pour gagner l'heure du coucher, d'entrer dans un café. Je lisais les journaux et je regardais les images des revues illustrées. Quelquefois j'en trouvais de bonnes qui avaient du caractère ; le plus souvent, cela ne signifiait rien, cela me rappelait mes croûtes d'autrefois. Eh bien, le croquis de Philippe a du caractère. Aussi nous le garderons précieusement, vous entendez, madame? »

Parmi les tourlourous qui s'étaient arrêtés devant l'exposition des œuvres de Philippe, il y en avait un qui s'était abstenu de toute observation, mais qui avait admiré pour son propre compte. Ce soldat était l'ordonnance du capitaine qui commandait la petite garnison. La mère du capitaine, qui était veuve, était venue habiter avec son fils, bien décidée à le suivre de garnison en garnison. Depuis huit jours, la maison de l'officier était égayée par la présence de sa sœur aînée, qui avait amené ses trois petits enfants. Le mari, retenu à Rouen par ses affaires, n'avait pu l'accompagner dans sa visite. Le capitaine, sous prétexte de distraire sa sœur, l'avait conduite chez le photographe du clergé, de la magistrature et de l'armée.

Une fois là, cet enfant gâté de toute la famille avait exigé que l'on fît poser ses deux neveux et sa nièce : c'était le moyen le plus sûr d'avoir leurs portraits. On les lui avait promis plusieurs fois, mais on faisait si peu de cas de lui que, non seulement on ne les lui avait pas envoyés par la poste, mais encore on les avait oubliés en venant.

Mme Coville, après quelque résistance, finit par céder aux supplications de son frère, et elle n'eut pas à s'en louer. Au bout de quelques jours, le photographe du clergé, de la magistrature et de l'armée lui envoya par son jeune homme trois petits monstres hydrocéphales, si moroses, si revêches et si parfaitement hideux que Mme Coville les jeta dans un tiroir pour n'en plus entendre parler. La femme de chambre, aussi indignée que sa maîtresse, dut cependant s'acquitter d'un message du « jeune homme » qui attendait en bas. Le malheureux photographe du clergé, de la magistrature et de l'armée était si content de ses dernières œuvres qu'il faisait demander à Madame l'autorisation de les exposer à l'admiration du public dans son grand cadre.

« Jamais ! » s'écria Mme Coville. La femme de chambre transmit sa réponse au « jeune homme » sous une forme adoucie, et le « jeune homme » s'en retourna en sifflant, heureux d'être désagréable à son patron qui le traitait comme un chien. Le patron entra dans une colère épouvantable, déclara que l'on verrait bien et qu'il en ferait à sa tête. Finalement, il obéit, en songeant que Mme Coville appartenait à l'armée par son frère.

L'ordonnance du capitaine était un brave garçon, très dévoué. Il avait appris, de la bouche de la femme de chambre, Mlle Clémence, le méfait du photographe et l'indignation de Mme Coville, et, en serviteur fidèle, il en avait gémi amèrement.

Aussitôt qu'il fut de retour du bain, il pria la cuisinière de dire à Mlle Clémence de dire à Mme Coville l'importante découverte qu'il avait faite au Bréquet. Comme Mme Coville doutait fort de la compétence du fusilier Constant en matière d'esthétique, elle commença par rire de sa découverte, tout en priant Mlle Clémence de le remercier du renseignemrnt.

A table, elle parla de l'aventure, et, à sa grande surprise, son frère lui dit :

« Le sergent Moynier m'a dit la même chose et le sergent Moynier est un Parisien peu naïf. Mais que nous en coûte-t-il de juger par nous-mêmes ? Allons, après dîner, nous promener sous les platanes du Bréquet ; cette promenade-là vaut bien celle de la Grande-Boire : qu'en dites-vous ? »

Après le dîner, le capitaine donnant le bras à sa mère, Mme Coville et sa femme de chambre s'occupant des enfants, se contentèrent d'abord de rôder à distance de la voiture, redoutant quelque mystification. Peu à peu, le capitaine décida sa mère à pousser une reconnaissance. A peine arrivés près de l'enseigne, ils firent signe aux autres d'avancer.

Tous constatèrent que le fusilier Constant et le sergent Moynier avaient dit la pure et simple vérité.

« Un photographe ambulant ! marmotta le capitaine ; c'est à peine croyable ! »

Mlle Mimy, jeune personne de deux ans, n'en chercha pas si long. Soulevée dans les bras de Clémence, elle regarda tous ces jeunes visages avec des yeux émerveillés.

Arrivée à M. Archibald, elle lui fit une déclaration en règle dans son gentil jargon, avec force signes de tête, et conclut en demandant à l'embrasser. Le froid du verre calma un peu son enthousiasme ; néanmoins cela ne l'empêcha pas de répéter à plusieurs reprises en frappant dans ses petites mains : « Gentil, gentil !

En ce moment M. Bouvat sortit de la tente. Il avait tout vu et tout entendu par une petite déchirure de la toile.

« Est-ce vraiment vous, lui demanda le capitaine, qui avez fait ces jolies photographies d'enfants?

— Non, mon capitaine, répondit M. Bouvat.

— Ah ! fit le capitaine d'un air soupçonneux.

— Non, ce n'est pas moi; mais c'est mon jeune commis. Philippe ! » cria-t-il en se tournant du côté de la tente.

Philippe obéit à son appel et se rangea à ses côtés, après avoir adressé à la compagnie un joli petit salut timide et embarrassé.

« Voilà l'auteur, dit M. Bouvat en lui posant paternellement la main sur l'épaule.

— Compliments ! » reprit le capitaine.

Comme il devait réparation à sa sœur pour l'avoir conduite dans l'antre du photographe du clergé, de la magistrature et de l'armée, et que, d'autre part, c'était l'homme des résolutions soudaines, il demanda brusquement à Philippe s'il faisait encore assez clair pour qu'il pût opérer.

« Certainement, répondit Philippe.

— Eh bien, à l'œuvre, » dit le capitaine d'un ton bref de commandement.

En vingt minutes, montre en main, les trois bébés furent quittes de la pose, et encore Mlle Mimy avait-elle fait quelques façons. Mis au courant de ses préférences et de la façon dont elle s'était compromise avec M. Archibald, Philippe tira de l'album la représentation de ce jeune Adonis et la tendit sans hésitation à Mlle Mimy.

« Mais elle va gâter cette carte ! s'écria obligeamment Mme Coville.

— Cela ne fait rien, madame, répondit Philippe en s'inclinant; nous avons conservé le cliché, j'en tirerai un autre. »

Quand Mlle Mimy se vit en possession de l'objet de sa jeune flamme, elle n'en put croire ses yeux. Puis, éloignant à bout de bras la carte qu'elle tenait des deux mains, comme font les personnes presbytes pour lire le journal, elle se mit à la regarder avec un ravissement enfantin. « C'est le moment, » se dit Philippe. Crac ! Mlle Mimy était prise comme dans une trappe.

« C'est déjà fini? demanda Mme Coville avec étonnement.

— Oui, madame, c'est fini, répondit Philippe.

— Mais elle n'a pas posé.

— Pardonnez-moi, madame, elle a posé tout le temps sans le savoir. »

M. Bouvat, ayant deviné facilement que le capitaine était l'esprit critique et difficile de la bande, lui passait les négatifs à mesure qu'il les tirait du bain.

« Parfait, parfait ! » disait laconiquement le capitaine. Les dames regardaient après lui. Quand il vit Mlle Mimy, il ne put s'empêcher de dire : « Oh ! comme c'est cela ! »

Mlle Mimy, cependant, continuait à faire des grâces à M. Archibald.

« Donne-moi la main, nous partons, » lui dit Mme Coville. Mlle Mimy donna la main gauche à sa maman, serrant avec énergie M. Archibald dans sa main droite.

« Rends l'image au monsieur, » lui dit sa maman d'un ton persuasif. Mlle Mimy fit signe de la tête qu'elle ne rendrait pas l'image au monsieur.

« Mademoiselle ! » s'écria le capitaine en faisant la grosse voix. Mlle Mimy le regarda en face, sans rien dire. « Pschiit ! » fit le capitaine en fronçant les sourcils.

Mlle Mimy répondit à son pschiit par un rugissement de petit lion indomptable. Comme le capitaine faisait mine de s'avancer sur elle, elle lâcha brusquement la main de sa mère et alla se cacher derrière Philippe, en lui disant d'un ton pathétique :

« Défends-moi. »

Le pauvre Philippe était bien perplexe. Laisser une dame dans l'embarras ! Don Quichotte, un de ses héros, n'aurait pas commis une action aussi abominable. Soutenir une jeune personne en révolte contre sa mère et son oncle ! c'était compromettre gravement le principe d'autorité et ébranler presque dans ses fondements l'institution sacrée de la famille.

Que faire ? Prendre un biais, de façon à ménager la chèvre et le chou.

« Madame, dit-il à Mme Coville, cette carte n'a pas pour nous l'importance que vous y attachez à tort. Je vous l'ai déjà dit : nous avons le cliché ; le soleil se chargera de la besogne pendant que nous ferons autre chose ou que nous nous reposerons.

— Réellement ? demanda Mme Coville, qui ne demandait pas mieux que de céder, mais qui désirait faire une retraite honorable.

— Je vous l'assure, madame.

— Eh bien, Mimy, puisque Monsieur est assez bon pour te faire cadeau de son image, remercie-le gentiment. »

Mimy ne se fit pas prier ; du moment qu'elle gardait M. Archibald et qu'elle restait maîtresse du champ de bataille, il ne lui en coûtait rien de se montrer bonne princesse envers le galant chevalier qui l'avait tirée d'affaire. Elle vint donc se placer devant

Philippe, lui fit une belle révérence, lui envoya un beau baiser, lui dit : « Merci, monsieur, » lui tourna le dos et dit : « Allons-nous-en ! »

Le capitaine haussa les épaules ; mais cette muette protestation fut tout ce qu'il jugea prudent de risquer en faveur du principe d'autorité.

La famille s'en retourna en silence. La mère, la grand'mère et l'oncle n'étaient pas très fiers du rôle qu'ils avaient joué dans cette circonstance. D'autre part, cette petite scélérate de Mimy, non contente d'avoir triomphé de toute sa famille, tenait encore à proclamer sa victoire. De temps à autre elle disait de sa voix claire, en s'adressant à la femme de chambre : « Mimy a pas rendu l'image. »

Au moment de son coucher, elle déclara qu'elle ne se mettrait pas au lit si on ne plaçait pas l'image sur son oreiller. Elle tenait à dormir sur ses lauriers. Mais le lendemain l'image subit le sort de toutes les idoles : Mimy ne s'en souciait plus. Clémence la recueillit et la garda précieusement au fond de sa boîte à ouvrage.

Dès le lendemain matin, toute la ville savait que la sœur du capitaine avait conduit ses trois enfants au Bréquet, et que le fils de M. Chélat devait y conduire les siens. Tous les parents dont le photographe du clergé, de la magistrature et de l'armée avait diffamé les petits enfants dans leurs portraitures, résolurent d'imiter leur exemple. Pendant deux jours ce fut une procession. M. Bouvat avait de l'ouvrage de son côté. Il avait placé au-dessus de l'entrée de la tente une pancarte avec cette inscription en belle ronde : *Photographie des grandes personnes*. Les curieux qui ont l'habitude d'aller flâner partout où l'on se rassemble : militaires, petits rentiers, commis en rupture de comptoir, se massèrent autour des gens de la société qui amenaient leurs enfants à Philippe. De temps à autre, un flâneur, moins timide que les autres, entrait dans la tente ; aussitôt qu'il en sortait, un autre se présentait. A la fin, ils finirent par faire patiemment la queue.

« C'est égal, dit M. Bouvat au souper du samedi soir, c'est joli de gagner de l'argent gros comme soi dans une ville où l'on ne faisait pas même ses frais autrefois ; mais je ne suis pas fâché de voir arriver le dimanche pour fermer boutique et respirer un peu.

— Cela ne me fera pas de mal non plus d'entendre une fois par semaine des paroles qui n'ont rapport ni au métier, ni aux ennuis ou aux plaisirs du métier. Et puis, voyez-vous, madame, quand on fait les choses, il ne faut pas les faire à moitié ; eh bien, savez-vous,

nous fermerons boutique le dimanche; quand même les commandes
tomberaient dru comme grêle. C'est une affaire entendue et nous
n'en reparlerons pas. »

Ils se remirent en route.

CHAPITRE XV

M. Bouvat est très pressé d'arriver « là-bas ». — Discrétion de Philippe. — Confidences de
M. Bouvat. — La ville préférée de M. Bouvat vue sous son plus bel aspect. —
M. Bouvat dans le cabinet de *son* proviseur, puis dans l'étude de son notaire.

Les deux artistes besognèrent presque sans relâche jusqu'au mercredi soir. Ils se remirent en route le jeudi matin.

M. Bouvat avait des airs mystérieux et faisait allusion à différentes surprises agréables qui attendaient Philippe au but de leur voyage. Comme il était un peu taquin, il faisait tous ses efforts pour amener son commis à lui adresser des questions, afin de le faire un peu languir après les réponses. Voyant que toutes ses ruses étaient inutiles et que, selon sa propre expression, « le poisson ne mordait pas », il tomba dans un silence méditatif où il y avait peut-être un peu de bouderie. Philippe prit un livre et lut quelques pages à bâtons rompus, car le paysage sollicitait continuellement son attention.

Rompant enfin le silence, M. Bouvat dit à Philistine :

« Nous brûlerons une de mes étapes habituelles, parce que je suis pressé, oh ! mais très pressé d'arriver là-bas.

— Oui-dà ! » répondit Philistine, uniquement pour dire quelque chose.

M. Bouvat retomba dans son silence méditatif.

« J'ai presque envie de mettre en sautoir mon album de la *Photographie de l'enfance*, reprit M. Bouvat, et d'aller un peu voir ce que l'on en dirait dans les châteaux; car il y a des châteaux entre l'endroit où nous sommes et celui où nous allons.

— Eh bien, qu'est-ce qui vous en empêche? lui demanda Philistine.

— Ce qui m'en empêche?

— Oui.

— La hâte que j'ai d'arriver là-bas. »

Encore une fois la conversation tomba tout à plat. Philippe jetait à la dérobée des regards de surprise sur M. Bouvat. Pourquoi prenait-il des airs si mystérieux et en même temps si dépités? S'il avait envie de faire savoir pourquoi il était si pressé, que ne le disait-il? Philippe était très discret et ne se fût jamais permis d'adresser une question à une personne plus âgée que lui sur les projets que cette personne pouvait avoir en tête. Malgré cela, s'il avait pu deviner que M. Bouvat ne demandait qu'à être interrogé, il l'eût, par pur désir de lui plaire, accablé d'une grêle de questions.

Le petit accès de mauvaise humeur de M. Bouvat finit par s'évaporer au grand air, et M. Bouvat en vint à se demander si Philippe, un jeune homme bien élevé après tout et incapable de taquiner un vieillard, ne se taisait pas par discrétion, tout simplement. Il voulut en avoir le cœur net et, se tournant à moitié sur sa chaise, allongea le cou vers l'intérieur de la voiture. Philippe, assis sur un pliant, avait les regards fixés sur un livre étalé sur ses genoux.

« Philippe ! » cria M. Bouvat.

Philippe leva les yeux et lui sourit.

« Venez donc un peu à côté de moi, que nous fassions un brin de causette. »

Philippe se leva avec empressement et alla s'asseoir à côté de M. Bouvat, sur le balcon.

« Il y a, dit M. Bouvat d'un ton sentencieux, des gens qui ne sont guère curieux.

— Est-ce pour moi que vous dites cela? lui demanda Philippe en souriant.

— Peut-être bien, répondit M. Bouvat en souriant aussi.

— On m'a toujours dit, reprit gaiement Philippe, que la curiosité est un vilain défaut.

— Pas toujours, riposta M. Bouvat en allongeant un petit coup
de fouet à Collodion, qui faisait mine de s'arrêter pour mieux
entendre la conversation.

— Et dans quel cas la curiosité n'est-elle pas un défaut?

— Quand vous avez affaire à un homme qui grille d'être interrogé. Collodion, si tu flânes, tu auras affaire à moi ; ce que nous
disons ne te concerne pas. *Toi*, tu es trop curieux! » Il ajouta :
« Philippe nous déjeunerons dans un endroit qui vous plaira ;
nous dînerons dans un endroit qui vous plaira ; nous coucherons
dans un endroit qui ne vous plaira pas. »

Éclairé désormais sur les intentions de son interlocuteur, Philippe saisit la balle au bond et demanda pourquoi les deux premiers endroits lui plairaient et l'autre non.

« C'est parlé, cela ! s'écria M. Bouvat en donnant de la main
gauche une tape d'amitié sur le genou de Philippe ; le premier endroit vous plaira parce que
vous déjeunerez au bord d'une belle source, à
l'ombre des trois plus beaux chênes que j'aie
vus de ma vie. Et ce qu'il y a de curieux, c'est
que vous ne trouverez pas un chêne à deux lieues
à la ronde. Ces trois-là ont poussé et grandi dans
un pré dix fois plus grand que ma voiture et pas
plus. Au delà du pré, il y a une énorme colline
composée de grosses pierres vieilles comme le
monde, et au milieu de ces rochers ont poussé
des bouleaux clairsemés, de grandes fougères et des genévriers.
Ou je me trompe fort, ou vous me croquerez cette colline-là
pendant que Madame s'occupera du déjeuner. Quant à l'autre
endroit... Avez-vous jamais dîné au haut d'un clocher?

— Jamais, répondit Philippe en riant.

— Eh bien, ce sera quelque chose comme ça, sauf que ce ne
sera pas pointu comme un clocher et qu'il faudrait bien quatre ou
cinq clochers pour faire cette hauteur-là. Alors vous verrez des
plaines, des plaines à en avoir mal aux yeux, des cours d'eau à ne
pas les compter, des villages, des villes et encore des villages. Ça
va si loin qu'on ne les voit plus, les villages ; on les devine quand
le soleil tombe sur une vitre ou sur un toit d'ardoise. Quelquefois
on voit un panache de fumée qui a l'air de filer au ras du sol. C'est
la fumée des locomotives. On voit la fumée, mais on n'aperçoit
pas même les trains, tant c'est loin. Vous aimerez à voir ça, mais
je vous défie bien de le dessiner. La route va toujours montant
jusqu'à cet endroit-là. Les gens du pays appellent cela le camp de

9

César; moi, je n'y vois pas d'inconvénient. A partir de là, nous redescendrons par une route en lacet que Collodion n'aime pas beaucoup, le pauvre vieux ; et puis, quand nous arrivons dans la vallée, nous tombons sur le village de Viet, pouah !

— Pourquoi pouah ?

— Tous tanneurs dans cet endroit-là, sauf le curé, le maître d'école et les gens qui vendent à boire et à manger. L'odeur de tannerie est agréable pour ceux qui l'aiment. Le malheur, c'est que je ne l'aime pas ; et vous ?

— Moi non plus.

— C'est pourtant là qu'il nous faudra coucher et vous n'aimerez pas cela.

— Mais pourquoi ne pas coucher ailleurs ?

— Je ne suis pas plus poltron qu'un autre, répondit M. Bouvat, mais je n'ai jamais aimé coucher en pleine campagne, parce qu'il y a toujours des rôdeurs et des vagabonds par voies et par chemins la nuit. Je l'aimerais encore moins maintenant que je réponds de la sûreté d'une dame et d'un jeune homme si jeune qu'il a presque l'air d'un enfant. Or vous verrez qu'il n'y a pas un village à trois lieues à la ronde, sauf Viet-les-Tanneries. D'ailleurs, arrivé à Viet, Collodion aura son compte, malgré les deux haltes qu'il aura faites dans la journée.

— Une mauvaise nuit est bientôt passée, dit résolument Philippe.

— J'aime à vous entendre parler comme ça, » dit M. Bouvat. Et il ajouta : « C'est beau d'être jeune ! »

Comme M. Bouvat semblait disposé à s'absorber dans une méditation profonde sur les mérites, vertus et avantages du bel âge, Philippe lui poussa une botte, au figuré bien entendu, il était trop bien élevé pour se permettre cette inconvenante familiarité avec un vieillard. Je veux dire qu'il lui adressa à brûle-pourpoint la question suivante : « Et de Viet-les-Tanneries, monsieur Bouvat, où allons-nous ? »

La physionomie du vieux photographe s'éclaira tout entière, comme s'éclaire un paysage quand les nuages ont fui, emportés par le vent, et que le soleil répand tout d'un coup sa lumière d'or sur la vaste campagne.

« Nous partirons de Viet-les-Tanneries au petit jour, pour deux raisons. La première, c'est que l'on est toujours pressé de fuir un fâcheux voisinage ; la seconde, ah ! la seconde, c'est que je veux vous montrer à une certaine heure, et sous son plus bel aspect, une ville que j'aime et que vous aurez plaisir à connaître. Aussi, quoiqu'il y ait des villages et des châteaux sur le chemin, je brûlerai villages et châteaux pour cette fois, afin d'arriver à l'heure dite sur une certaine colline qui domine la ville.

— Mais cette ville, reprit Philippe, puis-je vous demander, sans indiscrétion?...

— Il y a un lycée dans cette ville, dit M. Bouvat, et dans ce lycée des lycéens que nous photographierons par groupes, et des professeurs qui indiqueront à un certain jeune homme de ma connaissance quels sont les livres qu'il doit lire pour devenir un homme distingué. Il y a un musée tout plein de beaux tableaux où je mènerai mon jeune dessinateur pour qu'il voie comment on s'y prend pour devenir un peintre. Il y a l'hôtel des *Deux-Barbeaux* où je remise la voiture aussi bien que le cheval, où nous nous donnerons, en passant, le luxe de coucher dans de bons lits; il y a un brave homme de notaire qui s'occupe de mes petits placements et qui ne me traite pas en vagabond ni en bohème, lui; il y a la maison Bossard et Cie où je m'approvisionne de produits chimiques pour toute l'année; il y a, enfin...; mais peu importe ce qu'il y a encore, nous le verrons bien quand nous y serons. »

Le programme esquissé à grands traits par le vieux photographe fut exécuté presque à la lettre. Je dis presque, car, à la halte du déjeuner, Philippe, après avoir payé son tribut d'admiration à la grande colline composée de roches détachées, déclara qu'il était incapable d'en rendre l'effet singulier et se réjeta sur le groupe des trois vieux chênes qu'il dessina avec une grande vigueur. Néanmoins, comme ce que M. Bouvat appelait « l'âme des choses » ne s'y montrait pas assez clairement, l'ancien peintre dit : « C'est une excellente étude, mais ce n'est que cela; nous ne la mettrons pas dans le musée de famille. »

Au camp de César, Philippe fut littéralement ébloui. Pendant plus d'une heure, il regarda l'immense panorama en silence.

« Monsieur Bouvat, dit-il enfin, vous m'avez dit une fois que le crayon pouvait tout rendre. Comment rendrait-il ce que nous avons sous les yeux? C'est la couleur qu'il faudrait ici, ne trouvez-vous pas?

— Peut-être, » répondit M. Bouvat en le regardant avec attention.

Puis il détourna la tête pour cacher à Philippe un sourire singulier, qui faisait remonter son épaisse moustache.

Le lendemain, avant le petit jour, la caravane quitta Viet-les-Tanneries, et vers les huit heures, du haut d'une colline, M. Bouvat présenta à son associé sa ville préférée, qui apparut d'un seul coup, dans son ensemble, à l'un des coudes de la route. Philippe poussa un cri d'admiration et Philistine joignit les mains.

Sur une longue colline, à une demi-lieue de distance, s'élevait en amphithéâtre, au delà d'une prairie, une ville groupée pour le plaisir des yeux. Cette ville semblait être un musée de monuments de toutes les époques : tours carrées, tours rondes, tourelles, clochers et flèches, dont les silhouettes élégantes s'élançaient d'un jet hardi vers le ciel.

« C'est le triomphe de la ligne perpendiculaire ! marmotta M. Bouvat dans l'épaisseur de sa barbe. Le crayon peut rendre cet élan, celui de Gustave Doré l'a fait bien souvent. »

Mais ce que le crayon n'aurait pu rendre, c'est le magique effet de lumière. A cette heure-là, choisie exprès par M. Bouvat, la lumière du soleil prenait la ville en écharpe. A travers une brume légère, semblable à une gaze d'argent, les parties de monuments que frappaient les rayons du soleil, brillaient de l'étrange lumière des apothéoses, pendant que la ville elle-même, groupée humblement à leurs pieds, semblait dormir dans une ombre d'un bleu indigo. C'était de la féerie plutôt que de la réalité.

« Il y a une heure, dit M. Bouvat, rien de cette magie n'existait encore, et, dans une heure, il n'en restera plus rien.

— Est-ce que jamais aucun peintre n'a essayé de reproduire cet admirable effet de lumière ?

— Si, répondit M. Bouvat. Beaucoup ont essayé ; mais, comme la nature ne les avait pas faits coloristes, ils ont représenté une ville en fonte rougie, et... et j'ai été de ceux-là. Mais un de mes anciens camarades d'atelier, qui est peintre de genre, l'illustre Maryas, ajouta-t-il en se découvrant, a transporté sur sa toile la vraie magie de la réalité ; la ville a acheté son tableau et je vous le montrerai au Musée. Regardez de tous vos yeux le paysage réel, et puis je vous expliquerai par quels moyens mon ami l'a interprété. Ce sera pour vous une excellente leçon. »

Aux *Deux-Barbeaux*, Philippe remarqua que l'on recevait M. Bouvat avec une respectueuse familiarité.

« Trois chambres au lieu de deux, dit-il au garçon qui était venu prendre ses ordres, et donnez-nous-les voisines, n'est-ce pas, si c'est possible ?

— Ça se peut, monsieur Bouvat, répondit le garçon. Les numéros 37, 38 et 39 sont vacants, seulement c'est au second.

— Va pour le second ; préparez immédiatement les chambres.

— Elles sont toutes prêtes, monsieur Bouvat. Prendrez-vous vos repas à la table d'hôte ? »

M. Bouvat réfléchit, et, pensant que cela pourrait amuser Philippe et Madame, il opta pour la table d'hôte.

Le garçon inclina la tête, et, se tournant vers la cour, il cria : « Jean-Baptiste ! »

Un robuste valet d'écurie accourut et se mit aux ordres de M. Bouvat pour remiser la grande voiture et pour prendre soin de Collodion.

La meilleure chambre, sur l'ordre formel du photographe, fut attribuée à Madame.

« Maintenant, dit M. Bouvat, j'ai une course à faire avant le déjeuner. Faites prendre dans la voiture et transporter dans vos chambres tout ce qui vous semblera devoir être utile ou agréable pendant notre petit congé de quatre jours. Ne vous occupez pas de moi, je serai de retour avant l'heure du déjeuner. »

Une demi-heure après, M. Bouvat reparut. Évidemment, il sortait de chez le coiffeur. Il avait les cheveux coupés assez court et la barbe taillée en pointe, ce qui faisait de lui un tout autre personnage. Comme il avait encore une demi-heure à lui, il s'enferma mystérieusement dans sa chambre, ouvrit une certaine malle que le garçon avait descendue des mansardes, où elle restait en dépôt d'une année à l'autre, et en tira un respectable costume de drap noir.

Au coup de cloche, il sortit tout pimpant de sa chambre et passa prendre ses deux associés. En descendant l'escalier, Philistine déclara à Philippe que M. Bouvat était réellement « un monsieur très bien ».

Après le déjeuner les trois associés remontèrent, et l'associé n° 1 dit aux autres : « Employez votre journée à visiter la ville, elle en vaut la peine ; moi, il faut que j'aille au lycée pour prendre jour et aussi que je passe chez mon notaire..., notre notaire, pour causer affaires avec lui. » Quand il redescendit l'escalier, après avoir passé deux minutes dans sa chambre, Madame remarqua qu'il était ganté de noir et coiffé d'un chapeau de haute forme.

Introduit dans le cabinet du proviseur, il trouva le même homme que l'année précédente, dans le même fauteuil, coiffé de la même calotte de velours et ayant sur les lèvres le même sourire bienveillant. M. le proviseur lui ayant montré poliment une chaise, M. Bouvat s'assit et parla en ces termes :

« Monsieur le proviseur, vous voyez, c'est encore moi.

— Encore est un mot de reproche, dit obligeamment le proviseur. Vous êtes, depuis vingt ans, comme qui dirait de la maison. Nous ne manquons pas de photographes dans cette ville, on peut même dire qu'ils y foisonnent, mais nous rejetons toutes leurs offres parce que vous êtes de la maison. (M. Bouvat salue.) Les proviseurs passent, mais vous restez. Quand je serai pour partir, je vous recommanderai à mon successeur, comme vous m'avez été recommandé par mon prédécesseur. (Nouveau salut de M. Bouvat.) Vous venez probablement pour prendre jour?

— Oui, monsieur le proviseur; je venais me mettre à votre disposition.

— Eh bien, reprit le proviseur après un moment de réflexion, demain vendredi ce serait trop tôt : nous n'aurions pas le temps de prévenir tous les externes de faire un petit brin de toilette. Ce sera donc pour après-demain samedi, si cela vous convient.

— Monsieur le proviseur, je suis à vos ordres.

— Eh bien, c'est une affaire convenue; mais je vois que vous avez encore quelque chose à me dire. »

M. Bouvat raconta l'histoire de Philippe et le désir que ce jeune garçon avait de lire de bons livres. Si donc M. le proviseur voulait avoir la bonté de recommander Philippe à l'un de MM. les professeurs, peut-être que ce professeur voudrait bien lui indiquer un programme de lectures et lui donner quelques bons conseils.

« Les membres de l'Université sont de braves gens, répondit le proviseur avec un sourire de complaisance. Ils prennent au sérieux leur rôle de civilisateurs. Aussi ils ne se contentent pas de civiliser officiellement, c'est-à-dire dans leur classe. Ils se font un devoir et un point d'honneur d'accueillir quiconque vient à eux avec un désir sincère de travailler et de s'instruire. J'en connais qui donnent gaiement leurs heures de loisir à des enfants ou à des jeunes gens trop pauvres pour payer des leçons. A plus forte raison se feront-ils un plaisir de donner une direction et de bons conseils à un jeune homme doublement intéressant. Je dis doublement avec intention, monsieur Bouvat, car en premier lieu il est digne d'intérêt par lui-même, et, en second lieu, il nous est recommandé par un homme qui, dans une certaine mesure, touche à l'Université. »

Troisième salut de M. Bouvat, plus profond que les deux autres.

« J'ai quelqu'un en vue, reprit le proviseur en consultant le grand tableau de la distribution des heures de classe; et comme ce quelqu'un a classe demain matin, envoyez-moi votre jeune homme à dix heures précises. Je ferai prévenir M. Gibert, il viendra dans mon cabinet après le second roulement de tambour, et je mettrai le maître et l'élève en présence. »

Du lycée, M. Bouvat se rendit chez son notaire. Après avoir

Le valet d'écurie prit soin de Collodion.

dépêché les affaires courantes, il témoigna à l'officier ministériel
le désir de faire son testament. « Bonne précaution, dit le notaire.
— Oh ! oui, bonne précaution, pensa M. Bouvat. Philippe a perdu
un gros héritage par la négligence de ce M. Maubeux ; en compensation (pauvre compensation), il aura les quelques sous que je
laisserai après moi. »

M. Bouvat dicta, le notaire écrivit et M. Bouvat rentra à l'hôtel,
très satisfait de sa journée.

Ce fonctionnaire repassait les couteaux.

CHAPITRE XVI

M. Gibert. — Philippe dans le cabinet de M. Gibert. — Deux personnes qui viennent
« faire la conversation » avec M. Gibert.

Le lendemain matin, à dix heures moins dix minutes, Philippe
attendait dans l'antichambre du proviseur. Assis sur une ban-
quette de crin, il regardait tout autour de lui, tressaillant au
moindre bruit de pas, en un mot fort mal à son aise et très intimidé.

Au moment où il s'y attendait le moins, la porte extérieure
s'ouvrit, et un monsieur d'un certain âge, d'aspect bienveillant,
entra dans l'antichambre. Philippe se leva tout rouge. Le proviseur, car c'était lui, le regarda en clignant les yeux, croyant avoir
affaire à quelque garnement expulsé de sa classe pour quelque
méfait d'écolier.

Ayant mis son binocle sur son nez, il reconnut bien vite qu'il
n'avait pas affaire à un de ses écoliers, car il les connaissait tous,
depuis le plus fier mathématicien jusqu'au plus humble marmot
du petit collège. D'ailleurs, les mécréants qui se font renvoyer de
la classe ne mettent pas de gants pour venir recevoir ce qu'ils
appellent « un savon ». Or Philippe était superbement ganté. Philistine avait tenu la main à ce qu'il conservât l'habitude de porter

des gants, au moins quand la caravane séjournait dans une ville.

« Mon enfant, dit le proviseur, qui êtes-vous et que demandez-vous ?

— Monsieur, répondit Philippe, je viens de la part de M. Bouvat.

— Très bien, dit le proviseur en souriant. Je ne vous attendais qu'à dix heures dix ; mais, puisque vous voilà, entrez dans mon cabinet, nous causerons un peu. »

Ils causèrent un peu et même beaucoup, et M. le proviseur conçut l'opinion la plus favorable du protégé de M. Bouvat.

Aussi, lorsque M. Gibert entra, à dix heures dix, le proviseur, après s'être excusé de l'avoir dérangé, lui dit, en lui présentant Philippe : « Voici un jeune homme fort intéressant que je vous présente comme un de mes amis. Voulez-vous avoir la bonté de causer un peu avec lui ? il vous expliquera son affaire et vous verrez en quoi et comment vous pourriez lui être utile. Je ne vous offre pas mon cabinet pour ce petit entretien, car j'entends des voix dans l'antichambre, et vous seriez dérangés à chaque instant. D'ailleurs, monsieur Gibert, je sais combien votre temps est précieux ; si donc vous le permettez, notre jeune ami vous accompagnera, et vous pourrez causer tout en marchant. »

M. Gibert était un savant, connu dans le monde des savants pour ses remarquables travaux d'érudition. Mais ce n'était pas un savant du genre sec et bilieux. Il avait le crâne chauve et poli, bosselé de protubérances remarquables et significatives. Ce crâne était entouré d'une sorte de couronne monacale, formée de cheveux drus et frisés, à peine grisonnants. La figure, large et puissante, modelée par grands méplats, avait une expression de bonté et même de bonhomie. Cette figure était encadrée à son tour d'un collier de barbe frisée, presque blanche. Sur les joues, toujours soigneusement rasées, on voyait quelques rougeurs qui parlaient éloquemment de veilles prolongées, ainsi que les paupières, un peu ridées et comme meurtries.

Au bout de vingt pas, Philippe se sentit tout à fait à son aise et conta simplement son histoire. Au bout de deux cents pas, juste la distance qui séparait le lycée du logis de M. Gibert, l'excellent homme dit à Philippe, en lui posant familièrement la main sur l'épaule :

« Mon enfant, serez-vous encore ici dimanche ?

— Oui, monsieur, répondit Philippe.

— Très bien ; et, dites-moi, êtes-vous matinal ?

— Oh ! oui, monsieur.

— Alors, venez chez moi sur les six heures et demie du matin. D'ici là, j'aurai dressé votre petit programme. Au revoir, et soyez exact, n'est-ce pas ? »

Après le déjeuner, M. Bouvat dit à Philippe :

« Allons au Musée. En êtes-vous, madame ? » ajouta-t-il en se tournant vers Philistine. Mais Philistine ne se connaissait pas en peinture ; elle demanda donc la permission de visiter la ville, pendant que ces messieurs regarderaient les tableaux.

M. Bouvat, qui connaissait son musée sur le bout du doigt, épargna à son commis une fatigue inutile, en le conduisant d'emblée aux bons endroits. Il remarqua bien vite que la préférence de Philippe était pour les paysages, et cela ne le surprit point. Pour la bonne bouche, comme on dit, il lui garda celui dont il lui avait parlé le matin et qui représentait la ville dans l'ombre, avec ses hauts monuments frappés obliquement par la lumière du soleil.

Le tableau était dans une petite salle à part, sorte de sanctuaire consacré par la municipalité à l'apothéose de la ville qu'elle avait l'honneur de représenter. Par une série d'adroites manœuvres, M. Bouvat amena Philippe près de la porte du sanctuaire, puis, le poussant comme par mégarde, il lui fit faire un pas, le pas décisif. Placé subitement en face de cette peinture magique, Philippe s'écria à demi-voix, trop saisi de respect pour parler tout haut :

« Comme c'est vrai ! comme c'est beau !

— Il n'y a de beau que le vrai, dit sentencieusement M. Bouvat ; mais le vrai, il faut le voir d'abord, le dégager ensuite, pour le faire comprendre aux profanes. Approchons-nous du tableau. »

Quand ils furent près de la tringle de fer destinée à tenir les regardants à distance respectueuse, ils s'y accoudèrent et contemplèrent longtemps le chef-d'œuvre sans rien dire.

A la fin, M. Bouvat prit la parole et expliqua à Philippe comment et pourquoi certaines parties de la peinture étaient si solides et d'autres si diaphanes : « Effet des empâtements et des glacis ! » pourquoi ce coin de ciel bleu, là-bas, avait l'air de vibrer pour l'œil comme la voûte du vrai ciel : « Martelage ! Les bêtas, quand ils veulent peindre un ciel bleu, badigeonnent la toile en bleu, et je te badigeonne ! et je te badigeonne ! A quoi cela ressemble-t-il ? A une toile cirée peinte en bleu, à une devanture de perruquier. Les vrais peintres, les malins, font un petit martelage aux bons endroits, paf ! paf ! paf ! et ça vibre. »

Une fois sur ce thème, M. Bouvat entreprit de faire comprendre à Philippe les différents procédés de la peinture à l'huile.

« Mais, s'écria-t-il en s'arrêtant tout court, ce que je dis là est incompréhensible pour quelqu'un qui n'est pas du métier. Ce serait clair tout de suite, si nous avions un chevalet, une toile, des tubes et des pinceaux. »

Philippe fut absolument de cet avis; mais il garda poliment le silence.

Quand ils furent de retour à l'hôtel, M. Bouvat dit à Philippe :

« Montez, je vous suis; j'ai seulement deux mots à dire au garçon. »

Ayant découvert dans l'office ce fonctionnaire, occupé à repasser des couteaux de table, il lui dit :

« A-t-on apporté quelque chose pour moi, cette après-midi?

— Oui, monsieur Bouvat.

— Où est-ce ?

— Dans votre chambre, monsieur Bouvat. »

Le vieux photographe grimpa l'escalier en pouffant de rire, comme un écolier qui vient de faire une bonne farce. Arrivé dans sa chambre, il rit de plus belle en voyant ce qu'on lui avait apporté. Ensuite il appela Philippe, et lui dit, avant de rouvrir la porte de sa chambre, qu'il avait soigneusement refermée sur lui :

« Écoutez, Philippe, quand les enfants ont été bien gentils et bien sages, qu'est-ce qu'on leur donne?

— Des joujoux, répondit Philippe en riant.

— Philippe, vous avez été bien gentil et bien sage, voici vos joujoux. Voyez s'ils vous plaisent. »

En prononçant ces derniers mots, M. Bouvat ouvrit toute grande la porte de sa chambre, et Philippe se trouva en présence d'un chevalet de peintre, d'un appui-main, d'une palette, de plusieurs paquets de pinceaux et de brosses. Sur une chaise, il y avait une boîte de tubes; sur la table de nuit, des flacons d'essence et de vernis; et sur le fauteuil, une pile de châssis de diverses grandeurs, avec des toiles fortement tendues dessus.

« Pour moi? s'écria Philippe, en touchant sa poitrine du bout de son index.

— Oui, mon enfant, pour vous, répondit M. Bouvat, en le regardant avec une tendresse paternelle.

— Mais..., mais..., monsieur Bouvat, qu'est-ce que je pourrais bien vous dire pour vous remercier?

— Rien du tout, répondit M. Bouvat. Vos regards m'ont remercié bien mieux que vos paroles. »

Philippe appela aussitôt Philistine pour lui conter sa bonne
fortune. A eux deux, ils débarrassèrent la chambre de M. Bouvat
pour embarrasser la sienne. Embarrasser! Oh non! Est-ce que
les trésors embarrassent, voyons?

La journée du samedi fut employée tout entière à portraiturer
les collégiens. Chaque classe formait un groupe à part, ayant son
professeur au centre.

Collodion et la grande voiture avaient été introduits dans la
cour d'honneur. C'était M. Bouvat qui opérait lui-même. Philippe
était préposé au développement des glaces.

Quand la classe de rhétorique vint poser, après les mathéma-
tiques spéciales et la philosophie, M. Bouvat dit à Philippe :

« Voilà, au milieu des élèves, une belle figure d'honnête homme
qui va venir toute seule, tant elle est bien dessinée.

— C'est M. Gibert, vous savez? lui dit Philippe.

— Oh! oh! soignons-le, alors. »

Le fait est que M. Gibert « vint » admirablement.

Pendant que ses associés mettaient en coupe réglée les lycéens,
les professeurs et l'administration, Philistine ne perdait pas son
temps. Elle fit la visite des monuments, contemplant du dehors
ceux dont l'accès était interdit au public, entrant partout où l'on
pouvait entrer, et grimpant dans les tours, tourelles et clochers,
aussi haut que l'on pouvait grimper.

Le dimanche matin, à six heures et demie, Philippe sonna à la
porte de M. Gibert. Une vieille domestique, d'aspect un peu mona-
cal, vint lui ouvrir la porte. Sans lui adresser une seule question,
elle l'introduisit dans le cabinet de son maître. On voyait qu'elle
avait l'habitude d'introduire des visiteurs chez son maître aux
heures les plus matinales.

M. Gibert, cet homme dont les minutes étaient si précieuses,
ne s'était pas contenté de dresser un programme de lectures pour
Philippe; il y avait joint des explications sur la manière de lire
chaque auteur, indiquant les parties de chaque auteur sur lesquelles il fallait appuyer particulièrement.

« J'ai réfléchi, dit-il, aux petites confidences que vous m'avez
faites vendredi; je vois qu'il vous serait impossible de poursuivre
l'étude du grec sans secours étranger; laissez résolument le grec.
Vous lirez les auteurs grecs dans les traductions, car il n'est pas
permis de ne pas les connaître. Continuez le latin à petites journées; je ne sais pas si vous deviendrez jamais un bon latiniste,
et même j'en doute un peu; mais l'exercice en lui-même est bon,
comme gymnastique intellectuelle; vous lirez aussi vos auteurs

latins dans des traductions. Voici, ajouta-t-il, un petit paquet de
livres que j'ai préparé à votre intention. »

Philippe se récria ; il ne voulait pas abuser de la bonté de
M. Gibert, ni le priver de ses livres.

« Me priver de mes livres! s'écria M. Gibert en riant doucement; dites donc plutôt me débarrasser d'un superflu fort
encombrant. »

Le fait est que le cabinet de M. Gibert était littéralement encom-
bré de livres.

« Voyez-vous, reprit M. Gibert, tous les ans quatre ou cinq
grands éditeurs de Paris envoient aux professeurs un échantillon
de leurs nouvelles publications classiques, de sorte que nous
avons souvent le même auteur à cinq ou six exemplaires. Cette
marée montante finirait par nous envahir et nous chasserait de
notre logis si nous n'avions pas sous la main, de temps à autre,
quelques amis complaisants pour nous délivrer du superflu. Donc,
ajouta-t-il en posant la main à plat sur le gros paquet de livres,
vous pouvez emporter ceci sans scrupule, et c'est encore moi qui
vous aurai de l'obligation. »

Philippe regarda le volumineux paquet. Il était enveloppé dans
les épreuves d'un savant et copieux commentaire sur l'*Aulularia*
de Plaute, que venait de publier M. Gibert, et ficelé avec une cor-
rection, je dirai même avec une élégance qui dénotait chez le fice-
leur l'habitude de faire des paquets de ce genre-là.

« Monsieur, dit Philippe avec une certaine hésitation, voulez-
vous me permettre de vous demander si vous avez des enfants? »

M. Gibert le regarda d'un air surpris ; il lui répondit néanmoins :

« J'ai une fille qui est mariée depuis plusieurs années et qui a
plusieurs enfants.

— Me permettrait-elle de faire les portraits de ses petits enfants
pour vous les offrir? Voici, monsieur, un échantillon de mon
travail. »

Il tira deux cartes de son portefeuille : une de ces cartes représentait le jeune Archibald, l'autre l'énergique Mlle Mimy.

M. Gibert, après avoir considéré les deux cartes avec attention,
dit à Philippe :

« C'est un travail excellent et j'accepterais bien volontiers, j'ac
cepte même en principe ce témoignage d'amitié. Malheureusement
les modèles sont à trente lieues d'ici. Ils ont eu la coqueluche.
Pour achever la cure, le docteur a ordonné un changement d'air :
toute la nichée, y compris le père et la mère, est en ce moment

chez la mère de mon gendre. Mais je prends bonne note de votre
proposition et l'an prochain, à pareille époque, je ne manquerai
pas de vous la rappeler.

— En attendant l'année prochaine, reprit Philippe, voulez-vous,
monsieur, me permettre de vous laisser ces deux portraits puisqu'ils vous plaisent? Ce sera un petit souvenir, une marque de
ma reconnaissance. C'est bien peu de chose, mais...

— J'accepte, » dit gaiement M. Gibert.

Et aussitôt son regard se dirigea vers la cheminée, pour y chercher un endroit où placer les deux cartes bien en vue. Malheureusement la tablette de la cheminée était encombrée de livres.

« Je les mettrai, dit-il, sur la cheminée de ma chambre à coucher. Mille fois merci de votre joli cadeau ! »

Philippe se leva pour prendre congé. M. Gibert lui serra chau-
dement la main, en lui disant : « Au revoir ! »

En ce moment la porte s'ouvrit et la vieille domestique introduisit deux personnes : une jeune fille très pâle et très modestement vêtue, et la mère de la jeune fille encore plus pâle et encore
plus modestement vêtue. La jeune fille travaillait pour obtenir le
brevet élémentaire. La mère, trop pauvre pour payer des leçons
à sa fille, avait entendu parler de l'obligeance de M. Gibert et était
venue lui demander conseil. M. Gibert lui avait conseillé de lui
amener sa fille, les jeudis et les dimanches, de sept à huit heures
en été, de huit à neuf heures en hiver.

« Mais, objecta la pauvre femme toute tremblante, je ne suis
pas en état de payer les leçons d'un homme comme vous.

— Madame, répondit M. Gibert avec un grand sang-froid, il ne
s'agit pas de leçons, il s'agit de simples conversations; et qui donc
a jamais songé à demander de l'argent pour une conversation ? »

Les gens moissonnaient.

CHAPITRE XVII

La marche de Collodion et celle du Temps. — Coloriste. — Le désastre de Vau-chelles. — M. Bouvat reçoit d'un intendant un excellent conseil et se promet de ne pas le suivre.

Grâce à la patiente énergie de Collodion, les kilomètres vont s'ajoutant aux kilomètres; grâce à la patiente énergie de ce vieux bonhomme que l'on appelle le Temps, les jours vont s'ajoutant aux jours et les mois succèdent aux mois.

Quand les trois associés ont quitté Sault-de-l'Erche, les blés étaient en herbe. Silencieuse-ment les épis ont monté, monté; ils commencent à grener et à courber la tête, quand la petite caravane quitte la ville préférée de M. Bouvat et renonce aux délices de Capoue. L'immense plaine qu'ils traversent en ce moment est couverte jus-qu'à l'horizon de moissons dorées; au moindre souffle du vent, de grandes ondulations parcourent la surface de cette vaste mer; ce sont comme des vagues qui viennent déferler au bord de la route.

« C'est beau, ce mouvement-là, dit Philippe.

— Très beau, » répond laconiquement M. Bouvat.

Philistine pense, sans rien dire, que la récolte sera abondante et que le prix du pain baissera pour sûr.

La caravane poursuit sa marche, le blé prend des couleurs d'or fauve. Les paysans et les paysannes, qui viennent poser devant l'objectif de M. Bouvat, ne parlent que de la moisson prochaine ; on dit que les ouvriers belges qui ont l'habitude de louer leurs bras pour la saison sont déjà arrivés dans le pays.

M. Bouvat ne perd plus une occasion d'aller sonner aux grilles des châteaux, ayant en bandoulière le sac de chagrin noir qui  porte l'inscription : *Photographie spéciale de l'enfance*. Toutes les fois qu'il peut parvenir jusqu'aux maîtres du logis, son album obtient le plus grand et le plus légitime succès ; et Philippe le voit revenir rouge, animé, triomphant, criant, du plus loin qu'il peut se faire entendre : « Philippe, préparez votre appareil ! »

Depuis trois jours, M. Bouvat ne parlait que d'un gros bourg où les paysans étaient si riches qu'ils ne savaient que faire de leur argent. Le passage annuel du photographe ambulant était une excellente occasion pour eux de tirer leur bourse de leur poche et de montrer qu'ils avaient des écus. N'ayant pas beaucoup de distractions dans le cours de l'année, ils faisaient la partie de se ruer devant l'objectif, comme d'autres font la partie d'aller déjeuner sur l'herbe. Ce qu'ils pouvaient faire de leurs photographies, M. Bouvat n'en savait rien, car, ayant eu occasion de pénétrer dans quelques-unes de leurs maisons, il n'en avait jamais vu une seule appendue à la muraille. Peut-être les cachaient-ils dans les armoires, sous le linge, pour les soustraire aux morsures de la lumière. Au fond, qu'est-ce que cela pouvait faire à M. Bouvat, puisqu'ils lui étaient obstinément fidèles ? Tous les commentaires du vieux photographe se terminaient par cette exclamation : « Une vraie mine d'or ! »

C'était le jour même où l'on devait arriver au fameux bourg de Vauchelles, l'Eldorado de la photographie. Toute la matinée, Collodion avait décrit des zigzags sur une route montante et malaisée. A droite et à gauche, on ne voyait que des vignobles. On commença à redescendre l'autre flanc de cette colline après le déjeuner. Au bas de la côte, la vaste mer des moissons recommençait.

Tout à coup, M. Bouvat tressaillit et s'écria : « Ah ! sapristi ! »

Philippe le regarda avec surprise. M. Bouvat allongea le manche de son fouet du côté de la plaine et dit :

« Philippe, vous avez de bons yeux; qu'est-ce que vous voyez là-bas au bout de mon fouet?

— Je vois des gens qui moissonnent, répondit Philippe.

— C'est bien cela, reprit M. Bouvat d'un air accablé. Puisque la moisson est commencée dans ce canton, tout Vauchelles est dans la plaine ou y sera demain, et alors adieu les photographies. Ce n'est pas bien de la part des gens de Vauchelles de m'avoir joué ce tour-là !

— Cependant, si leurs blés sont mûrs !... fit observer Philippe.

— Je sais bien, je sais bien, riposta M. Bouvat. Mais pour sûr les blés sont en avance..., ou bien c'est nous qui sommes en retard. Ah ! ma foi, tant pis, nous nous arrêterons tout de même un jour à Vauchelles pour laisser reposer Collodion, et, au lieu de faire de la photographie, nous ferons de la peinture, hein ! coloriste ! »

Coloriste ! Ce n'était pas un mot pris au hasard que M. Bouvat venait d'employer. Tout le monde sait que, parmi les peintres, c'est la minorité qui a reçu le don de voir la couleur et la lumière telles qu'elles sont dans la nature, et de les transporter sur la toile avec tout leur éclat ou avec toute leur douceur.

« Est-il coloriste? » se demandait M. Bouvat en faisant l'emplette du chevalet et de tous les autres accessoires. « Est-il coloriste? » se demandait-il encore lorsque Philippe, avec des mains tremblantes de joie, procédait, sous sa direction et à l'aide de ses conseils, à l'installation de ses trésors dans les flancs de la voiture.

Quand tout fut casé à son entière satisfaction, Philippe avoua à son vieil ami qu'il s'était demandé avec angoisse, pendant toute la nuit précédente, comment la voiture pourrait contenir cet excédent de bagages.

« La voiture ! répondit M. Bouvat en riant; mais vous ne savez donc pas que c'est une voiture magique. Ah! elle contiendrait encore bien d'autres choses, au besoin. »

Il parlait par manière de plaisanterie et ne se doutait guère qu'il prophétisait vrai en riant. La voiture magique, en effet, était destinée à contenir, mais bien plus tard, quelque chose de plus encombrant et de plus embarrassant que l'attirail d'un peintre.

Depuis qu'ils avaient quitté Capoue, M. Bouvat avait mis Philippe devant une toile, le pinceau à la main, et il avait constaté que Philippe avait l'œil du coloriste.

Des deux côtés de la route, les gens moissonnaient. Presque à l'entrée de Vauchelles, un paysan cossu, assis sur une borne kilométrique, fumait sa pipe en surveillant son monde.

Au bruit des roues de la voiture, il se retourna. Ayant reconnu M. Bouvat, il se leva lentement de sa borne kilométrique pour venir donner une poignée de main au vieux photographe, qu'il connaissait depuis vingt ans.

« Trop tard ! mon vieux ! lui dit-il en clignant facétieusement son œil gauche. Et, du reste, ça va bien?

— Pas trop mal, répondit M. Bouvat d'un air assez penaud.

— Quand je dis trop tard, reprit le paysan, je pourrais aussi bien dire trop tôt; il fallait venir il y a huit jours ou bien dans quinze jours d'ici. Oh ! oui, quinze jours ! Parce que, voyez-vous, cette fois, nous n'avons pas assez de Belges !

— Mais, fit observer M. Bouvat, vous êtes en avance, cette année, pour la moisson.

— Nenni, c'est vous qui êtes en retard. »

Le paysan retourna à sa borne et le photographe fit claquer sa langue pour suggérer à Collodion l'idée de repartir.

La journée suivante, Philippe et son professeur de peinture employèrent leur temps à faire de belles études. « Mais, comme disait M. Bouvat, ce ne sont encore que des études, et il se passera encore du temps avant que ça devienne des tableaux; après tout, qu'est-ce que ça nous fait, à nous, puisque nous sommes coloristes? »

Le lendemain matin, à trois quarts de lieue de Vauchelles, M. Bouvat dit à Collodion : « Arrêtons-nous ici, vieux frère. »

C'était à l'entrée d'une magnifique avenue de hêtres qui se prolongeait à perte de vue.

« Il y a un château au bout de cette avenue-là, » dit M. Bouvat en se passant le petit sac de chagrin noir en bandoulière. Sans ajouter un mot, il s'enfonça dans l'avenue. Arrivé à une grille fermée, il avisa une petite porte percée dans un mur et qui était toute grande ouverte. La porte franchie, il se trouva devant le pavillon du concierge. Un homme de bonne apparence, vêtu de coutil blanc, coiffé d'un chapeau de paille à larges bords et à moitié couché sur un banc, charmait ses loisirs en sifflant un air populaire.

« Que désirez-vous? demanda le siffleur en voyant M. Bouvat.

— Je voudrais montrer quelque chose aux maîtres.

— Pas possible. Les maîtres sont aux bains de mer.

— Ce sera pour une autre fois, » grommela le photographe.

Il se trouva devant le pavillon du concierge.

Et, comme il se disposait à repartir, l'autre lui dit : « Voyons, ne soyez donc pas si pressé. Asseyez-vous sur ce banc et causons un peu pour tuer le temps. » Voyant que M. Bouvat hésitait, il ajouta : « Je ne suis pas le concierge, vous savez. Je suis l'intendant, vous pouvez causer avec moi sans vous compromettre. On moissonne dans la plaine, comme vous avez pu voir. Le concierge et sa femme m'ont supplié de les laisser aller gagner de bonnes journées. Pourquoi les aurais-je empêchés de gagner un peu d'argent? Il faut bien faire quelque chose pour son prochain, n'est-ce pas? Voilà pourquoi vous me voyez en train de garder la porte. »

L'intendant s'était remis sur son séant et M. Bouvat venait de s'asseoir à côté de lui.

« Sans indiscrétion, reprit l'intendant, peut-on vous demander ce que vous vouliez montrer aux maîtres? »

M. Bouvat posa la main sur son petit sac.

« Ce sont, dit-il, des photographies que j'ai là dedans.

— Peut-on les voir?

— Certainement. »

Lorsque l'homme en blanc eut l'album entre les mains, il le considéra assez longtemps sans l'ouvrir. M. Bouvat s'indignait intérieurement d'une aussi stupide indifférence. M. Bouvat se méprenait. Ce n'était pas de l'indifférence; l'homme en blanc s'ennuyait si prodigieusement que, pour tuer le temps, il traînait les choses en longueur, afin de faire durer son plaisir.

Enfin, il se décida à ouvrir le bienheureux album. Le vieux photographe le guignait du coin de l'œil.

« Oh! mais dites donc, oh! mais dites donc! s'écria l'intendant, ce n'est pas de la petite bière, cela. »

A chaque page qu'il tournait, c'étaient de nouvelles exclamations. Quand il fut arrivé à M. Archibald, le dernier de la série, il leva les yeux et regarda M. Bouvat avec une sincère admiration. Puis, après avoir secoué la tête à plusieurs reprises, il revint au commencement de l'album et s'arrêta longtemps sur chaque feuille.

Tout le temps M. Bouvat se disait à part lui : « Voilà un homme très intelligent! »

L'homme en blanc rendit l'album comme à regret. « C'est bien fâcheux, dit-il enfin, que les maîtres soient absents. Il y a quatre enfants dans la famille, vous étiez sûr de votre affaire. A votre place, savez-vous ce que je ferais, moi? Au lieu de courir les campagnes, je m'en irais, pendant le mois de juillet et tout le mois

d'août, rôder de plage en plage. C'est là qu'il y en a, des enfants !
et c'est là que vous en récolteriez, des pièces de vingt francs !

— Je suis vieux et j'ai mes habitudes, répondit M. Bouvat en
hochant la tête; depuis vingt ans, je fais toujours la même tournée; tout le monde me connaît et j'ai une bonne clientèle; je
n'abandonnerai pas la proie pour l'ombre. »

Là-dessus, M. Bouvat prit congé et redescendit l'avenue. Il parlait tout seul, comme font souvent les gens préoccupés, et il répétait fréquemment : « Bien malin celui qui me rencontrera sur une
plage. Je n'ai jamais vu la mer qu'en images et je ne suis pas tenté
de la voir en nature : je ne la verrai pas. »

Si l'on en croit un certain proverbe, il ne faut jamais dire :
« Fontaine, je ne boirai pas de ton eau. »

Collodion allait toujours de l'avant en secouant la tête à grands
coups réguliers aux montées difficiles, ami de tout le monde et
content de son sort, selon toute apparence. M. Bouvat engraissait :
effet du contentement et de la paix intérieure, et aussi, comme il
le disait lui-même, effet de la cuisine de ménage. Quant à Philippe, c'était l'être le plus heureux du monde. La vie errante,
dans les conditions où il la menait, c'est la plus charmante de
toutes les vies ; combien d'enfants l'ont rêvée et même combien
de grandes personnes ! Le seul danger de cette vie délicieuse, indéfiniment prolongée, c'eût été la trop grande abondance de loisirs, l'abandon de soi-même, l'abaissement de l'esprit, faute de
culture et de soins.

Ce danger-là, Philippe en était préservé par la multiplicité des
travaux qu'il menait de front et qui tous lui plaisaient infiniment.
Même les jours de pluie n'étaient pas des jours d'ennui ; on se
sentait si bien chez soi dans la voiture magique ; le confortable de
l'intérieur n'en paraissait que plus délicieux par contraste avec le
déchaînement du vent et de la pluie au dehors. Philippe, quelquefois, se reprochait cette béatitude égoïste en songeant au pauvre
Collodion qui trimait sous la pluie, exposé à tous les assauts du
vent. M. Bouvat tâchait de dissiper ses scrupules en lui disant :
« Je ne prétends pas que les chevaux aiment à être mouillés et
ventilés, mais soyez sûr qu'ils n'en souffrent pas autant qu'on se
l'imagine, surtout quand ils sont sûrs, comme Collodion, d'être
bien bouchonnés à l'étape et d'avoir double ration d'avoine. Pour
ma part, je n'aimerais pas à être cheval; mais si, pour mes péchés,
j'étais condamné à le devenir, je choisirais d'être Collodion plutôt
qu'un autre. Il n'attrape guère que des pluies d'été, et pendant
toute la mauvaise saison il se goberge, dans la litière jusqu'au

ventre. En hiver, je ne le sors que les jours où il fait beau, uniquement pour sa santé. Sans cela, vous comprenez, il mourrait de réplétion. »

Dans les plaines que traversent maintenant les trois voyageurs, les blés sont coupés depuis longtemps et rentrés en grange. Quand on passe près des fermes, on entend le bruit sourd et rythmé des fléaux.

Voici maintenant que, dans les vignes, le raisin commence à tourner; les matinées deviennent fraîches et les soirées aussi; mais les journées sont toujours fort belles.

La photographie ambulante continue à faire de fort bonnes recettes. En somme, elle n'a éprouvé qu'un échec sérieux, celui de Vauchelles. Malgré tout, M. Bouvat n'est pas complètement satisfait, parce que la plupart des châteaux sont fermés pour cause de bains de mer.

« Je les attraperai bien, dit-il à ses deux associés. Comme il y a beaucoup plus de châteaux de ce côté-ci que de l'autre côté, c'est par ici que nous commencerons notre tournée l'an prochain. »

Les feuilles des peupliers commencent à tomber, jaunes comme des pièces d'or. Les châteaux se sont repeuplés à cause de la chasse; mais il n'y en a pas beaucoup dans la région, ou bien ils sont si loin dans les terres que l'on ne peut pas se permettre d'aussi longs crochets.

Comme le temps passe vite quand on est heureux! Octobre est entamé, sérieusement entamé. Un jour que le photographe et son commis, assis sur le balcon, regardaient passer sur l'azur du ciel des milliers de fils de la Vierge, emportés par le vent d'un mouvement lent et doux, M. Bouvat dit à Philippe :

« Dans huit jours, nous serons à la foire de Corbancel.

— Quel Corbancel? demanda Philippe.

— Corbancel-sur-l'Erche, répondit M. Bouvat.

— Comment se fait-il que nous soyons si près de Corbancel-sur-l'Erche, demanda Philippe avec stupeur. Je croyais que nous avions marché toujours droit.

— Ça fait cet effet-là, répondit M. Bouvat, quand on s'en va à petites journées; mais en réalité nous avons décrit une grande boucle, et nous voilà bientôt revenus à notre point de départ. Ça vous surprend? Tenez-moi un peu le fouet et la bride, j'ai une carte quelque part, dans un des coffres; je m'en vais vous montrer le chemin que nous avons fait. »

Il revint bientôt avec une carte de France pas mal fripée et

coupée à tous les plis. Laissant le fouet et la bride aux mains de
Philippe, il déplia sa carte, l'appuya sur le rebord du balcon et
montra à son commis, tant bien que mal, la ligne en forme de
boucle qu'ils avaient suivie, en traversant cinq départements et
en écornant un sixième, sans avoir traversé aucun chef-lieu,
excepté la ville où M. Bouvat était, depuis vingt ans, le photographe ordinaire de MM. les lycéens.

La voiture déboucha sur la place.

CHAPITRE XVIII

Les idées de Philippe ont changé ; les voyages forment la jeunesse. — Ce ne sera pas encore pour cette fois. — Projets d'hivernage de M. Bouvat. — Le retour à Sault-de-l'Erche.

Philippe regarda longtemps la carte sans rien dire. Comment, au pas tranquille de Collodion, ils avaient fait tant de chemin que cela ? Ce n'était pas possible ! Mais, au fait, pourquoi pas ? Ils étaient partis au commencement d'avril et novembre était proche. Il compta sur ses doigts et découvrit que cela faisait sept mois. Combien le temps lui avait paru court : c'est que son genre de vie lui plaisait décidément. Le préférait-il à l'ancien ? Eh bien, oui ; il eut le courage de l'avouer. Du moment que M. Maubeux était mort et qu'il était forcé, lui Philippe, de gagner son pain quotidien, il ne rêvait pas de profession plus agréable que celle qu'il avait embrassée.

Ses idées avaient singulièrement changé depuis son départ quasi furtif de Sault-de-l'Erche. Dans ce temps-là, il connaissait à peine M. Bouvat. M. Bouvat n'était, à ses yeux, qu'un vieux bohème qui voyageait dans une voiture de saltimbanques, et il avait un peu honte d'être le commis d'un photographe ambulant. Aujourd'hui,

sous ses dehors un peu excentriques, M. Bouvat était à ses yeux la
personnification de la bonté et il l'aimait de tout son cœur. Aussi
ne rougissait-il plus à l'idée de rencontrer face à face n'importe
lequel de ses camarades de classe. La preuve, c'est qu'il se faisait
fort de rentrer à Sault-sur-l'Erche en plein jour, assis sur le balcon
de la voiture entre M. Bouvat et Philistine.

« Philippe, lui dit doucement M. Bouvat, vous voilà bien taciturne ; à quoi pensez-vous donc ?

— Je pense à vous, » répondit Philippe sans hésiter. Ses beaux
yeux honnêtes, fixés sur M. Bouvat, exprimaient une si sincère
affection, que son patron crut inutile de lui demander si c'était
en bien ou en mal qu'il pensait à lui. Il se mit à regarder au loin
dans la campagne, d'abord pour ne pas laisser voir qu'il avait les
yeux légèrement humides, ensuite pour permettre à Philippe de
poursuivre en paix le cours de ses réflexions solitaires.

Que penseraient de lui ses anciens camarades quand ils le ren-
contreraient dans les rues de Sault-de-l'Erche ? Ma foi ! ils penseraient de lui ce qu'ils voudraient ! Ceux qui se détourneraient de
lui, il ferait semblant de ne pas les voir. Ceux qui lui adresseraient
la parole, il leur répondrait. Oui, il leur répondrait qu'il était très
satisfait du parti qu'il avait pris et que, s'il avait le choix entre
vingt professions, c'est la photographie qu'il choisirait, la photographie ambulante, bien entendu.

Ces braves et honnêtes résolutions, Philippe se sentait capable
de les tenir à la lettre. Depuis le mois d'avril, ses idées avaient
singulièrement changé sur ce sujet important et sur bien d'autres.
Comme chacun le sait, les voyages forment la jeunesse, à condition toutefois que la jeunesse voyage en bonne compagnie.

Et les héritiers de M. Maubeux ! Avaient-ils eu la pudeur de lui
élever un tombeau décent ? Pour dire la pure et simple vérité, il
espérait presque que non. N'était-ce pas en réalité à lui que revenaient le droit et le devoir de rendre cet hommage à celui qui avait
tout fait pour lui, et qu'une mort subite seule avait empêché d'assurer son avenir ?

« Monsieur Bouvat, dit-il à brûle-pourpoint, combien croyez-
vous à peu près qu'il me reviendra d'argent à la fin de la
tournée ?

— Ah, du coup ! s'écria M. Bouvat, je n'ai pas besoin de vous
demander à quoi vous pensez. Philippe, vous aimez bien ceux que
vous aimez. Vous voyez que je vous ai deviné. Madame ! » cria-t-il
en se tournant vers l'intérieur de la voiture, pour évoquer Philistine qui était occupée dans sa « chambre ».

La porte pratiquée dans la cloison s'ouvrit aussi brusquement que celle par où le coucou passe sa tête pour chanter, quand l'heure sonne aux horloges de la Forêt-Noire.

« Madame, reprit M. Bouvat avec une parfaite courtoisie, voudriez-vous avoir l'extrême obligeance de venir veiller sur la conduite de Collodion, pendant que Philippe et moi nous ferons certains calculs ? »

Philistine s'étant empressée d'accourir, M. Bouvat lui céda la chaise de droite, celle du conducteur, s'en alla fourgonner dans un des coffres, en tira un petit cahier relié, deux crayons, une feuille de papier qu'il divisa en deux, donna une des demi-feuilles de papier et un crayon à Philippe, et s'assit sur la dernière chaise, à sa gauche. La partie mathématique de l'éducation de M. Bouvat avait été fort négligée. Quand il avait beaucoup de temps devant lui et qu'il était sans témoins, il venait à bout de n'importe laquelle des quatre règles. Pris à l'improviste et sommé d'improviser en public, il se défia de ses forces et pria modestement Philippe de vouloir bien collaborer avec lui.

Les additions faites, refaites et repassées avec le soin le plus diligent, M. Bouvat regarda Philippe d'un air penaud, et Philippe dit avec chagrin : « Ce ne sera pas encore pour cette fois ! »

Comment et où le commis de M. Bouvat avait-il appris ce que peut coûter un tombeau de telle forme et de telle dimension ? De la façon la plus simple, dans une des petites villes où la caravane avait fait halte. Passant avec Philistine devant l'atelier d'un marbrier, il avait vu un tombeau auquel les ouvriers sculpteurs mettaient la dernière main. Ce tombeau lui avait plu et il avait dit à Philistine : « Entre demander le prix ; moi, je n'ose pas. » Philistine lui avait dit le prix. Il comptait commander un tombeau pareil au marbrier de Sault-de-l'Erche.

Au moment où il s'écria avec un vrai chagrin : « Ce ne sera pas pour cette fois », Philistine à sa droite, et M. Bouvat à sa gauche, eurent la même idée : celle de parfaire la somme. Mais tous les deux, mus par un sentiment de délicatesse, s'abstinrent de lui en faire la proposition : il fallait lui laisser le mérite d'accomplir son projet à lui tout seul.

M. Bouvat, depuis quelques instants, mâchonnait son crayon d'un air profondément réfléchi. Tout à coup il dit à Philistine :

« Madame, je vous remercie mille fois de votre complaisance et je me ferais grand scrupule d'en abuser plus longtemps. Si vous voulez bien me le permettre, je m'en vais vous débarrasser du fouet et de la bride, attributs peu féminins, quoique les fermières de ce pays-ci et de bien d'autres pays, je crois, ne dédaignent pas... Mais ce n'est pas de cela qu'il s'agit. »

Philistine, lui ayant remis en main la bride et le fouet, « attributs peu féminins », se disposait à regagner sa chambre, où elle avait affaire.

« Pardon, madame, reprit gracieusement M. Bouvat, j'ai à solliciter de vous encore une faveur. Voulez-vous nous consacrer quelques minutes, à Philippe et à moi, et prendre le siège que je viens de quitter. Il s'agit d'un petit conseil de famille. Le chagrin de notre jeune ami me touche et peut-être, par de certaines combinaisons dont nous aurons à parler entre nous, serait-il possible... Vous m'avez manifesté tous les deux, à plusieurs reprises, l'intention de passer les mois d'hiver dans la demeure de mon camarade Bisouart. Permettez-moi de vous demander si c'est là ce que l'on appelle une résolution inébranlable ; en d'autres termes, y tenez-vous beaucoup ? »

Philippe n'y tenait pas du tout, au contraire ; car il faisait peu de cas de la personne et de la compagnie de M. Bisouart, et l'un des agréments du voyage avait été, pour lui, l'absence de ce grossier et désagréable personnage. Cependant, au moment de crier : « Au contraire ! » il se rappela que M. Bisouart avait été le mari de la sœur de Philistine, et il se tourna vers sa vieille amie comme pour lui dire : « Réponds pour nous deux. »

Avec sa franchise ordinaire, Philistine répondit : « Monsieur Bouvat, vous connaissez Bisouart depuis plus longtemps que moi. Il n'a jamais valu grand'chose et j'ai fait, dans le temps, tout ce que j'ai pu pour empêcher ma sœur de l'épouser. Maintenant, il est pire que jamais, vous le savez bien. Avec les idées qu'il a et avec ses manières de parler, ce n'est pas une société convenable pour Philippe, et si, dans un moment de grand trouble, ne sachant où donner de la tête, je lui ai loué deux de ses chambres, ç'a été par nécessité et non pas par choix.

— Très bien, dit M. Bouvat en allongeant à Collodion un gentil petit coup de fouet d'amitié sur le cou.

— Et même, reprit Philistine, il y a une chose que j'ai ruminée bien souvent dans ma tête, depuis que nous avons quitté Sault-de-l'Erche, c'est de trouver un logement ailleurs pour y passer les hivers.

— Je connais, moi, dit M. Bouvat, un logement qui vous conviendrait peut-être. Vous savez vaguement que j'hiverne depuis vingt ans à Grésillet comme un vieil ours. Mais ce que vous ne savez pas, c'est que j'ai une maison à moi, là-bas. Vous me direz à cela que j'aurais pu me contenter de remiser ma voiture quelque part, de mettre Collodion en pension et de me terrer dans une petite chambre. Mais j'ai voulu devenir propriétaire dans mon pays, uniquement par amour-propre. On avait tant répété dans la ville : « Bouvat est un raté, un propre à rien, il mourra sur la paille ! » que j'ai voulu donner un démenti à mes chers concitoyens.

« Si je leur avais dit : « Mes bons amis, Bouvat s'est rangé, Bouvat a renoncé à la peinture, Bouvat gagne de l'argent ! » ils auraient haussé les épaules ; je n'ai pas soufflé mot, mais j'ai acheté, pour un morceau de pain, une assez grande maison qui était en vente depuis cinq ans et qui ne trouvait pas d'acquéreur. A l'époque où j'ai fait cette emplette, j'avais mon quartier général à vingt lieues de là. C'est depuis ce temps que je l'ai établi à Grésillet.

« Les gens qui avaient crié le plus fort contre Bouvat le raté, le traîne-savates, le loqueteux, la honte du pays, furent les premiers à m'appeler M. Bouvat quand ils me virent propriétaire d'un immeuble.

« Moi, je les laissais dire, je riais dans ma barbe et je leur répondais : « Mais comment donc ! mais certainement. » Et ils ajoutaient : « Vous voilà fixé ici maintenant, n'est-ce pas ? Vous pouvez établir un magnifique atelier de photographie dans votre grande maison, et vous pouvez être assuré d'avance que tous vos concitoyens défileront devant votre objectif. »

« Je ne répondais ni oui ni non, voulant voir jusqu'où ils iraient ; à la fin, j'éclatai et je dis à un de leurs gros bonnets : « Monsieur, retenez bien ce que je vais vous dire : jamais, au grand jamais, je ne ferai le portrait d'un habitant de Grésillet ! » Je me suis tenu parole. L'été, je suis photographe dans cinq départements et demi ; l'hiver, je suis rentier à la barbe de mes chers concitoyens. La voiture magique a sa remise, Collodion son écurie, moi ma chambre, outre plusieurs autres chambres dont je ne fais rien. Eh bien, mes amis, voulez-vous quitter Sault-de-l'Erche pour Grésillet ? Ne répondez pas tout de suite ; je tiens, avant tout, à vous dire ceci : je me suis fort attaché à vous deux pendant notre petite excursion et je crois que vous vous êtes également attachés à moi. Songez comme nous serions heureux ensemble. Et puis, Grésillet n'est qu'à deux heures et demie de Sault-de-l'Erche, par le chemin de fer. De sorte que pour un oui, pour un non, vous allez à Sault-de-l'Erche toutes les fois que la fantaisie vous en prend. Philippe, mon enfant, ajouta-t-il avec émotion, est-ce oui ? Madame, est-ce oui ?

11

— C'est oui, répondit Philippe après avoir consulté Philistine du regard.

— Collodion, s'écria M. Bouvat, qui prit la chose par le côté plaisant, parce qu'il était très ému, Collodion, vieux camarade, réjouis-toi. Nous ne vivrons plus seuls, comme deux loups, dans notre grande vieille maison. »

Tout en s'adressant à Collodion, c'est Philippe et Philistine qu'il regardait, surtout Philippe. A un tressaillement convulsif de sa grosse moustache, on devinait facilement que ses lèvres tremblaient dessous.

Il voulut faire l'homme fort et rire de sa propre émotion; mais mal lui en prit : le résultat immédiat de ses virils efforts, ce furent deux grosses larmes qui descendirent brusquement de ses yeux dans ses moustaches.

Il y eut un silence de quelques instants, mais un de ces silences qui n'ont rien d'étrange ni d'embarrassant, chacun des interlocuteurs ayant beaucoup à penser pour son propre compte. Quand M. Bouvat eut repris son sang-froid, ou à peu près, il dit :

« Grâce au petit arrangement de famille que nous venons de prendre, Philippe pourra mettre à profit ses quatre mois d'hiver pour parfaire la somme dont il a besoin. Je me suis promis de ne jamais pourtraire un seul de mes concitoyens, grand ou petit, et j'ai tenu parole. Mais Philippe n'a pris aucun engagement de cette espèce. Là-bas, à Grésillet, j'ai pignon sur rue. Au-dessus des fenêtres du rez-de-chaussée, je ferai mettre une belle petite plaque bien élégante. Sur cette plaque on lira : PHILIPPE CAMBRE-QUESNE, et au-dessous, entre parenthèses : *Saison d'hiver*. A hauteur d'homme, nous accrocherons tout simplement notre cadre de la *Photographie spéciale de l'enfance*. C'est M. Philippe Cambrequesne qui opérera. M. Bouvat ne sera pour rien dans l'entreprise. Tout au plus, s'il y a trop de presse, donnera-t-il un coup de main, dans la coulisse, à M. Cambrequesne. Quoique ledit M. Cambrequesne soit le photographe spécial de l'enfance, si quelques adultes des deux sexes le supplient de pointer sur eux son objectif, je ne vois pas pourquoi M. Cambrequesne leur refuserait cette petite satisfaction, n'étant point leur compatriote et n'ayant jamais été vilipendé par eux. Seulement, M. Cambrequesne fera bien de leur tenir la dragée haute et de se faire payer en proportion de son talent. Ceux des indigènes que le prix effrayera prendront le chemin de fer pour aller se faire portraiturer chez Marmiteux. Car, à Grésillet, ils n'ont pas un seul photographe; tous ceux qui seraient tentés de s'y établir s'en retournent, renseignements pris;

ils se figurent qu'un de ces jours je m'établirai à demeure et ils ont peur de moi. »

La future installation fut le thème de toutes les conversations aux heures de repas et pendant les courts trajets d'une halte à l'autre.

Après mûre réflexion, M. Bouvat décida ce qui suit : au lieu de battre encore le pays jusqu'à l'arrivée des mauvais jours, on s'en irait tout droit de Corbancel à Sault-de-l'Erche.

M. Bouvat y déposerait ses associés ; ils vivraient sous le toit peu hospitalier du sieur Bisouart pendant que lui, M. Bouvat, remplirait les fonctions de fourrier et préparerait le logis, là-bas, à Grésillet.

Aussitôt la foire de Corbancel terminée, la voiture magique mit le cap sur Sault-de-l'Erche, où elle fit son entrée le surlendemain dans l'après-midi.

Il était quatre heures quand elle déboucha sur la place Saint-Eutrope.

Cette place extraordinaire était déserte, comme toujours. Cependant on eût commis une impropriété de langage en employant l'expression usuelle et en disant qu' « il n'y avait pas un chat ». Sacripant était à son poste, sur le banc de bois, veillant sur le vieux fonds de commerce de M. Bisouart, rajeuni ou tout au moins égayé par la note rouge d'un panier de tomates et la note ambrée de deux corbeilles de raisins.

« Bisouart est chez lui, » fit observer M. Bouvat. Quand les trois voyageurs entrèrent dans la salle du bas, M. Bisouart leur dit avec sa courtoisie habituelle :

« Je me demandais si ce serait pour aujourd'hui.

— Eh bien, aimable Cloporte, répliqua M. Bouvat, tu vois que c'était pour aujourd'hui, comme je te l'avais dit dans mon petit mot. Collodion a bien marché, il n'y a pas de reproches à lui faire ! Tu ne peux pas dire que nous sommes en retard, car aujourd'hui dure jusqu'à minuit, et, d'ici à minuit, nous avons le temps de souper et de causer ; car, tu sais, je m'invite à souper. Ce sera le souper du retour et nous rirons, si toutefois tu es en humeur de rire. »

Au seul mot de souper, la figure de M. Bisouart se rasséréna, autant du moins qu'elle pouvait se rasséréner. Il daigna regarder les voyageurs, trouva que Philistine n'avait pas embelli, que M. Philippe avait bruni, grandi et forci, et que le Juif-Errant avait engraissé.

Après quoi, il condescendit à donner un coup de main pour des-

cendre les bagages de Philippe et de Philistine. Puis, n'ayant plus
rien à dire, et ne sachant plus que faire de sa personne, il siffla
Sacripant et partit pour la sacristie.

M. Bouvat s'en alla remiser sa voiture et son cheval à l'hôtel de
la *Gerbe* et commanda un souper fin.

Les bouquets furent bientôt prêts.

CHAPITRE XIX

M. Bisouart offre des fleurs de son jardin à Philippe et à Philistine. — Philippe se promène par les rues de Sault-de-l'Erche; ce qu'il y voit et ce qu'il y entend. — Visite à Émile Norbert.

Quand M. Bouvat revint, précédant les marmitons qui portaient le souper, le sacristain était d'une humeur de dogue, Philistine lui ayant fait savoir qu'elle s'en allait demeurer avec Philippe chez M. Bouvat à Grésillet. Ce n'était pas leur société que regrettait le digne homme, mais les menus profits qu'il avait compté tirer de leur présence sous son toit et à sa table.

Cependant la vue des deux marmitons et les parfums qui s'évaporaient de leurs mannes le déridèrent un peu. L'avenir étant incertain, il fit un ferme propos de jouir du présent.

En conséquence, au lieu de manger comme deux, selon sa louable habitude, quand « ça ne lui coûtait rien », il mangea comme trois et but d'autant. Il aurait bien opéré comme quatre, s'il avait pu; mais la voracité humaine a ses limites.

On ne peut pas engloutir et parler en même temps; aussi

M. Bisouart ne contribua à la conversation générale que par quelques monosyllabes. Les trois autres convives, du reste, ne trouvèrent pas non plus grand'chose à dire. La seule présence de M. Bisouart rompait leur intimité, sa personne les gênait.

M. Bouvat se retira de bonne heure, après avoir fait ses adieux à Madame et à Philippe, car il devait partir le lendemain de très bonne heure, et il ne devait plus les revoir qu'à Grésillet, quand tout serait prêt.

Le lendemain matin, Philistine et Philippe se rendirent au cimetière.

« Je sais où vous allez, dit M. Bisouart à Philistine, et je suis bien sûr que vous ne voudriez pas y arriver les mains vides. J'ai là de beaux chrysanthèmes et d'autres fleurs d'automne ; en un rien de temps, je vais vous faire deux bouquets. Comme ça, vous n'aurez pas besoin d'en acheter au gardien. »

Les bouquets furent prêts au bout de quelques minutes. M. Bisouart se les fit payer un bon prix, plus cher assurément que n'en aurait demandé le gardien.

La tombe de M. Maubeux était dans le même état que le jour de l'enterrement, sauf qu'elle avait été envahie par les mauvaises herbes. M. Crespières, il est vrai, avait demandé timidement à sa femme « si les héritiers ne feraient pas bien de se cotiser pour... » Mme Crespières, qui avait deviné sa pensée, ne le laissa pas aller jusqu'au bout.

« Ce serait, dit-elle, une dépense absolument inutile, puisque nous ne sommes pas de Sault-de-l'Erche, et que nous n'y remettrons jamais les pieds.

— Mais, ma chère, l'opinion publique...

— L'opinion publique de qui ? De gens que nous n'avons jamais vus et que nous ne reverrons jamais ? Soyons raisonnables. »

Ils furent raisonnables, et voilà pourquoi la tombe de M. Maubeux s'était peu à peu couverte de mauvaises herbes.

Au sortir du cimetière, Philistine retourna par le sentier à la place Saint-Eutrope, pour s'occuper du ménage ; Philippe résolut de s'en revenir par les rues, pour voir quel accueil lui feraient ses anciennes connaissances, si par hasard il en rencontrait quelques-unes.

Depuis son départ de Sault-de-l'Erche, il y avait eu un mouvement d'opinion en sa faveur. Quelques-uns de ces imbéciles, comme on en rencontre partout, avait dit et répété : « Eh bien, vous savez, le fameux héritier de M. Maubeux a fait un joli pouf! Le voilà domestique d'un saltimbanque ; il apprendra ce que c'est que de manger de la vache enragée! » Mais les gens raisonnables, ceux dont l'opinion vaut quelque chose et finit par prédominer, admiraient Philippe d'avoir pris si bravement son parti, au lieu de s'apitoyer sur lui-même et de faire appel à la commisération des anciens amis et des obligés de M. Maubeux. De plus, un photographe, même ambulant, n'est pas un saltimbanque. Il gagne honorablement sa vie; bien des gens qui lui jettent la pierre seraient bien embarrassés d'en faire autant. Et puis, n'est-ce pas encore un argument en sa faveur, que le dévouement de l'ancienne femme de charge de M. Maubeux. C'est aussi une sauvegarde pour lui, pauvre enfant, au milieu des épreuves et des tentations de la vie nomade.

C'était cette dernière opinion qui avait prévalu. Pendant un mois, peut-être, on avait parlé avec éloge de Philippe et de Philistine; et puis, peu à peu, on les avait oubliés.

Philippe, en quittant Philistine à l'endroit où leurs chemins se séparaient, éprouva le désir bien naturel de revoir la maison où il avait passé son enfance, une si heureuse enfance! Il marcha donc lentement sur le trottoir d'en face, embrassant du regard toute la façade.

Près d'une des fenêtres du salon, un homme jeune, à figure sérieuse et agréable, lisait un journal, la tête rejetée contre le dossier de son fauteuil, un binocle tout au bout du nez. Les fenêtres de la salle à manger étaient toutes grandes ouvertes. Deux petits enfants se disputaient un plumeau à épousseter. Ils ne criaient pas, mais tiraient avec acharnement le plumeau en sens inverse, l'un par le manche, l'autre par les plumes. Une jeune femme de chambre les regardait faire en riant, au lieu de porter secours à l'infortuné plumeau. C'est tout ce que vit Philippe, car il ne voulait pas s'arrêter à dévisager la maison, étant discret et bien élevé. La figure du monsieur qui lisait son journal lui inspira de la sympathie; 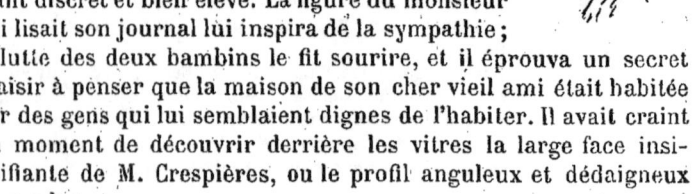 la lutte des deux bambins le fit sourire, et il éprouva un secret plaisir à penser que la maison de son cher vieil ami était habitée par des gens qui lui semblaient dignes de l'habiter. Il avait craint un moment de découvrir derrière les vitres la large face insignifiante de M. Crespières, ou le profil anguleux et dédaigneux de madame.

Je ne sais pas si les habitants de Sault-de-l'Erche s'étaient figuré que Philippe, s'il revenait jamais, reviendrait vêtu d'une blouse grise et chaussé d'espadrilles; mais la vue de ce grand garçon dont la mise était aussi soignée qu'autrefois, et qui portait des gants, sembla causer une vive surprise aux quelques personnes qui le reconnurent. Les anciens fournisseurs de M. Maubeux le saluaient comme autrefois; des gens qu'il connaissait à peine lui souriaient.

Au détour d'une rue, il se trouva face à face avec le père d'un de ses anciens condisciples.

« Hé, mon cher Philippe, s'écria M. Mazurier, vous voilà donc revenu ! Le voyage vous a profité, et je vous fais mes compliments sur votre bonne mine. Ludovic parle de vous bien souvent. Il sera enchanté de vous revoir. Êtes-vous ici pour quelque temps? Venez donc nous voir. Tenez, venez donc nous demander à dîner un de ces jours. Enchanté, enchanté! »

Philippe répondit comme il convenait de répondre, remercia M. Mazurier de sa bonté et le chargea de ses compliments pour Ludovic. Mais un instinct secret, à défaut de la connaissance du monde, l'empêcha de s'engager trop avant. Il éprouvait peu de sympathie pour Ludovic, dont le caractère manquait de loyauté et de franchise. M. Maubeux de son côté n'avait jamais fait grand cas de M. Mazurier. Son enthousiasme ne semblait pas de bon aloi, et, lorsqu'il avait félicité le commis de M. Bouvat sur sa bonne mine, Philippe avait compris d'instinct que M. Mazurier était surpris de ne pas le voir courir les rues en savates.

Philippe, volontairement, se soumit à l'épreuve de passer devant le collège à l'heure où les externes sortaient de classe. La plupart ne le virent pas, mais deux anciens copains vinrent droit à lui, lui serrèrent les mains en bons garçons, bien contents de le revoir.

Ceux-là, par exemple, ne l'avaient jamais renié, et même, s'il faut tout dire, il était devenu l'objet de leur admiration et de leur envie, par le seul fait d'avoir quitté la geôle du collège pour courir le monde. Par parenthèse, l'un d'eux avait soutenu un terrible combat singulier contre le jeune Ludovic Mazurier, parce que ledit Ludovic, répétant comme un perroquet les propos de son papa, avait traité Philippe de saltimbanque. Le défenseur de Philippe n'avait reçu qu'une égratignure insignifiante, tandis que le sieur Ludovic était rentré au logis le nez en compote. L'autre copain avait envié à son camarade une telle bonne fortune; mais, malgré son désir ardent de se distinguer à son tour, l'occasion lui fit défaut, le sieur Ludovic ayant gardé un silence prudent depuis sa déconfiture.

Philippe marchait entre eux, le cœur épanoui. Ils l'interrogeaient avec une insatiable curiosité sur la vie qu'il avait menée depuis son départ du collège. Tout les émerveillait dans l'Odyssée de leur camarade. Deux points, sans plus, les désenchantaient un peu : 1° Philippe n'avait point rencontré de voleurs de grand chemin ; 2° il avait continué à étudier, ayant pleine licence de fermer ses livres une bonne fois pour toutes.

Par exemple, tous les deux juraient que M. Bouvat était le roi des hommes, et qu'ils seraient joliment fiers de faire sa connaissance. Quant à Philistine, elle était au-dessus de tout éloge. Ils tenaient absolument à revoir leur camarade, mais il évita prudemment de faire des promesses trop précises, et cela pour deux raisons : la première, c'est que, s'il était sûr de l'affection de ses copains, il n'était pas aussi sûr de l'accueil qu'il recevrait des parents ; la seconde, c'est qu'il ne se souciait pas de leur donner rendez-vous à la place Saint-Eutrope, et cela à cause de M. Bisouart. M. Bisouart le rendait aussi empêché et aussi honteux qu'aurait pu le faire une tache à son vêtement ou un trou à son coude. Il convint donc avec ses amis qu'il viendrait les voir le plus souvent possible à l'issue des classes, soit à dix heures, soit à quatre.

Parmi ses condisciples d'autrefois, il y en avait un que Philippe préférait à tous les autres. Chaque fois qu'il venait assister à la sortie des externes, devant la porte du collège, il le cherchait du regard, et il se disait, non sans chagrin : « Comment se fait-il que je ne l'aperçoive pas, qu'il n'accoure pas à moi ? Est-ce qu'il m'éviterait ? Non, il en est incapable ; mais peut-être ses parents lui ont-ils défendu de fréquenter le commis de M. Bouvat ! »

A la fin, il n'y tint plus, et il voulut, comme on dit, en avoir le cœur net. Un jour que l'un des deux copains était retenu au lycée, une heure de plus que les autres, pour je ne sais quel méfait :

« Je me demande, dit-il à l'autre copain, comment il se fait que je n'aie pas encore aperçu une seule fois Norbert.

— Norbert ! répéta le copain d'un air profondément surpris, mais tu sais bien..., au fait, non, tu ne sais pas..., puisque c'est arrivé quand tu n'étais plus là. Un jour, à la classe du soir, il devient tout pâle, blanc comme un linge. « Norbert, lui dit le professeur, qu'avez-vous, mon enfant ? vous souffrez ? — Monsieur, je ne puis plus remuer les jambes ! »

« Et c'était vrai : il a fallu l'emporter chez lui ; et depuis, il n'a plus reparu. On dit qu'il a les jambes paralysées. »

Philippe n'ajouta pas un mot ; mais, dès ce moment-là, sa résolution fut prise, et bien prise. Il était naturellement fier, le commis de M. Bouvat, mais il n'entrait pas dans la composition de son âme un atome de vanité. Aussi, savait-il bravement mettre son amour-propre sous ses pieds, toutes les fois qu'il s'agissait d'une chose juste et bonne par elle-même, et dans laquelle son bon cœur était intéressé.

Dès qu'il eut reconduit le copain jusqu'à sa porte, il le quitta en disant qu'il était appelé de l'autre côté de la ville par une affaire pressée. Au pas dont il marchait en s'éloignant, le copain qui le suivait des yeux ne put douter un instant qu'il ne s'agît d'une affaire urgente, une affaire de photographie peut-être.

Philippe n'eut pas une seconde d'hésitation pendant le trajet ; eh, ma foi, si on le recevait comme un intrus, il le verrait bien ! Il se sentait de force à tout braver, pourvu qu'il pût serrer la main à son ami.

« Comment va Émile? demanda-t-il à la bonne qui vint lui ouvrir la porte.

— Toujours de même, » répondit machinalement la bonne. On voyait qu'elle avait depuis longtemps l'habitude de faire cette réponse.

« Puis-je le voir? demanda Philippe.

— Je ne sais pas, monsieur ; je vais le demander à Madame. Tenez, entrez donc par ici. »

Elle l'introduisit dans le salon. Au bout d'une minute, la porte se rouvrit pour livrer passage à Mᵐᵉ Norbert. C'était une femme de quarante ans environ, qui avait été longtemps citée comme « la plus belle personne de Sault-de-l'Erche » ; généralement on la croyait dédaigneuse, à cause de sa manière de porter la tête et de regarder les gens, comme qui dirait, du haut de sa grandeur ; ce port de tête et cette manière de regarder tenaient tout simplement à ce que Mᵐᵉ Norbert était myope.

Comme la bonne, qui était nouvelle dans la maison, ne connaissait pas Philippe et avait négligé de lui demander son nom ; comme, d'autre part, Philippe tournait le dos à la lumière des fenêtres, Mᵐᵉ Norbert regarda de son côté avec un tel mélange de froideur et de dédain qu'il sentit son cœur se serrer, et il se dit tristement : « J'ai eu tort de venir. »

A la fin, Mᵐᵉ Norbert reconnut ou crut reconnaître son visiteur et lui dit d'un ton glacial :

« Monsieur Bayard, c'est très aimable à vous de vous être souvenu qu'Émile est malade, mais, entre nous, vous y avez mis le temps !

— Mais, madame, dit vivement Philippe, je ne suis pas Bayard, je suis Philippe Cambrequesne.

— Philippe ! s'écria Mme Norbert en s'avançant vers lui, les deux mains tendues ; mon cher enfant, nous n'avons fait que parler de vous avec Émile, pendant votre long voyage ; et vous voilà de retour ! Et vous n'avez pas oublié votre pauvre camarade ! Venez ! »

Philippe la suivit.

« Émile, dit Mme Norbert en entr'ouvrant la porte de la chambre de son fils, je t'annonce une visite qui te fera grand plaisir. Entrez, ajouta-t-elle en s'adressant à Philippe et en s'effaçant pour le laisser passer.

— Philippe ! toi ! » s'écria le malade, dont les pauvres joues creuses et pâles se couvrirent d'une ardente rougeur. Et il répéta : « Toi ! toi ! »

Philippe s'assit à côté de lui, et Émile, lui tenant la main droite serrée dans les deux siennes, le regarda dans les yeux pendant une grande minute, sans trouver un mot pour exprimer sa joie, mais ses regards la disaient éloquemment.

« Tu as voyagé tout ce temps-là ! dit-il enfin avec un soupir, raconte-moi ce que tu es devenu. »

Philippe lui conta ses aventures, qui ne ressemblaient guère à des aventures, choisissant d'instinct les épisodes les mieux faits pour égayer son camarade. M. Archibald et Mlle Mimy eurent l'honneur de le faire rire aux larmes. Il voua une profonde estime à M. Bouvat, et déclara que, s'il n'avait pas été retenu sur sa chaise longue, il aurait prié Philippe de lui faire faire sa connaissance.

« Et Philistine ! Je vois qu'elle est toujours la même ! Te souviens-tu comme elle était patiente avec nous ; comme elle nous gâtait quand j'allais jouer chez toi. Nous l'appelions *la fourmi,* parce qu'elle était noire, petite et active comme une fourmi. Et, dis donc, cette fois où il m'est arrivé par mégarde de lui donner ce nom-là devant elle, elle s'est mise à rire de tout son cœur au lieu de se fâcher. Quelle brave femme ! c'est un de mes bons souvenirs d'enfance, j'aimerais bien à la revoir. Est-ce qu'elle est ici avec toi ?

— Oui, pour quelque temps.

— Maman, dit Émile, se tournant vers sa mère avec la câlinerie des malades et des enfants gâtés, si Philistine consent à venir, veux-tu que Philippe l'amène ?

— Je crois bien ! répondit Mme Norbert.

— Et, reprit Émile, encouragé par ce premier succès, si M. Bouvat voulait venir !... »

Mme Norbert regarda Philippe, et Philippe, qui comprit son regard, reprit avec empressement :

« Je connais M. Bouvat, et, si je lui demande de venir voir Émile, il viendra ; si vous saviez comme il est bon, et gai, et amusant ! En ce moment, il est à Grésillet, occupé à faire mettre sa maison en état, parce que nous devons y passer l'hiver. Quand il viendra nous chercher, Philistine et moi, je te l'amènerai ; et puis, quand nous serons installés là-bas, je prendrai quelquefois le train, les dimanches, et je viendrai te faire de longues, longues visites. »

Avant l'époque où son fils avait été quasi retranché du nombre des vivants, M. Norbert passait pour un petit « raidillon » à qui il ne faisait pas bon de marcher sur le pied, et surtout pour un monsieur très difficile dans le choix de ses fréquentations. Depuis que le malheur l'avait frappé au cœur, le raidillon et le monsieur difficile avaient disparu ; il ne restait plus que le père, un père très bon et très tendre, préoccupé d'une seule pensée, celle de distraire son malade, ne pouvant le guérir, de mettre un peu de vie et de lumière dans son existence terne et décolorée.

Quand sa femme lui conta la visite de Philippe, et la promesse qu'il avait faite d'amener Philistine et M. Bouvat, il ne fit pas observer que Philistine était une domestique et M. Bouvat un photographe ; il dit tout simplement :

« Qu'on les amène, ils seront les bienvenus. »

Sacripant se débattait.

CHAPITRE XX

M. Bisouart devient de plus en plus aimable. — La voiture de déménagement.
Le souper d'adieu. — Arrivée à Grésillet. — La bicoque de M. Bouvat.

Les rares personnes qui connaissaient à fond le caractère de M. Bisouart se demandaient comment l'abbé Malgaigne, curé-doyen de Saint-Eutrope, pouvait garder un si vilain personnage au service de son église. La raison de ce phénomène bizarre était pourtant bien simple. M. Bisouart, qui entendait fort bien ses intérêts, savait se montrer attentif, poli, obséquieux même à l'occasion. C'était un sacristain irréprochable, à l'abri de toute critique. Malgré cela, le curé de Saint-Eutrope se surprenait parfois à le regarder avec une sorte de défiance vague; il y avait quelque chose dans les allures et la physionomie du sacristain irréprochable qui le déconcertait quelquefois. Mais le digne homme s'accusait aussitôt de manquer de charité et de se laisser aller à des mouvements d'antipathie qui n'avaient pas de raison d'être, et, pour se punir d'avoir cédé à l'influence de ses nerfs, il faisait amende honorable en saisissant toutes les occasions de témoigner de la bienveillance au sacristain méconnu.

Le bedeau et le suisse péchaient aussi contre la charité, mais ces deux pécheurs endurcis n'en ressentaient nulle contrition. Le bedeau avait M. Bisouart en horreur; quant au suisse, n'eût été le respect dû à la sainteté du lieu, il n'aurait pas résisté à la tentation, qui l'assaillait bien souvent, de froisser rudement les tibias du sacristain avec le bois de sa hallebarde. La loueuse de chaises était neutre, ayant intérêt à se concilier la bienveillance des deux partis, mais au fond du cœur elle tenait M. Bisouart pour un méchant homme et un hypocrite.

Considérant Philippe et Philistine comme deux oiseaux de passage qu'il n'avait pas intérêt à ménager, M. Bisouart se mettait à l'aise avec eux, et comme à plaisir se montrait grossier, égoïste, mal plaisant.

Philippe en souffrait pour Philistine, et elle pour lui, mais chacun des deux, pris à part, ne s'affectait pas outre mesure des coups de boutoir de ce vilain sanglier. C'est qu'ils se voyaient, dans un avenir de plus en plus rapproché, délivrés de cette odieuse promiscuité.

Quand M. Bisouart sifflait Sacripant pour aller remplir ses fonctions de sacristain, Philippe et Philistine restés seuls se regardaient sans rien dire, avec des hochements de tête significatifs :

« M. Bouvat me manque, » disait Philippe avec un gros soupir. Avec un gros soupir, Philistine répondait :

« Moi aussi, je m'ennuie après lui.

— Crois-tu que sa maison sera bientôt prête ?

— Est-ce qu'on peut savoir ? répondait Philistine en haussant les épaules. S'il n'y avait que des nettoyages à faire, comme il le disait, il y a bel âge que ce serait fini. Mais, veux-tu que je te dise ? Je crois que cet homme-là fait des folies. »

Elle ne savait pas si bien dire ; en effet, M. Bouvat faisait des folies.

Philippe se reposait de la société de M. Bisouart en allant serrer la main à ses copains, et surtout en allant passer de longues heures avec Émile.

Il y avait plus de trois semaines que M. Bouvat avait disparu, et il n'avait pas encore donné signe de vie. Enfin, un matin, la porte s'ouvrit, et le photographe parut, le sourire sur les lèvres.

« Nous parlions justement de vous, s'écria Philippe, après un échange général de poignées de main.

— Voyez-vous ça ! dit M. Bouvat d'un air bonhomme.

— Oui, nous parlions de vous, reprit Philistine, et nous nous disions, vu le temps que vous y avez mis, sans reproche, que vous aviez, pour sûr, fait bâtir une maison neuve. »

M. Bouvat agita gravement la tête en signe de négation. Puis, ayant ainsi protesté de son innocence, il dit tranquillement : « C'est prêt, et je viens chercher votre mobilier. Oh ! je ne compte pas l'emporter dans mes mains ou dans mes poches, madame, soyez tranquille. D'ici une heure, il arrivera une voiture de déménagement. Je l'ai vue partir de Grésillet, et j'ai pris le chemin de fer pour vous prévenir. J'avais eu idée, d'abord, d'opérer le déménagement avec la voiture magique et Collodion (merci, madame, Collodion va bien et vous présente ses devoirs). Mais je me suis dit que les meubles érailleraient peut-être les parois de notre maison roulante. Et puis, Collodion aurait pu trouver la charge un peu lourde, et d'un autre côté, je ne sais pas comment il aurait pris la chose si on lui avait adjoint un camarade. Bref, la voiture de déménagement va arriver avec deux solides gaillards. Nous ferons l'affaire tout de suite, et comme la voiture et les meubles ne peuvent repartir que demain matin, nous coucherons à l'hôtel de la *Gerbe* après y avoir soupé, bien entendu. Si le Cloporte fait des difficultés pour se montrer dans un hôtel, il soupera ici tout seul. Ce ne sera pas la première fois, et ce ne sera pas la dernière. Ah, à propos, il va bien, le Cloporte ?

— Très bien, répondit Philistine.

— Toujours aimable, toujours gentil ?

— Encore plus aimable et plus gentil qu'à l'ordinaire, répondit Philippe.

— Hum ! fit M. Bouvat en clignant les yeux et en caressant sa barbe. Dans ce cas-là, ajouta-t-il, je vois qu'il était temps de venir vous chercher. S'il devient plus aimable et plus gentil tous les jours, la position n'est plus tenable. Tenez ! voilà mes hommes avec la voiture ! »

Il sortit aussitôt. Les hommes, se guidant sur les instructions préalables de M. Bouvat, étaient venus sans hésiter jeter l'ancre auprès du banc de M. Bisouart. A cinq qu'ils étaient, ils eurent bientôt vidé les deux chambres. Quand M. Bisouart apparut à la porte de l'église, la dernière malle disparaissait dans les vastes flancs de la voiture.

« Eh bien, joyeux moineau, lui dit gaîment M. Bouvat, tu vois que nous avons profité de ton absence pour dévaliser ta maison. Eh ! l'ami ! » ajouta-t-il en s'adressant à l'un des déménageurs, qui avait saisi Sacripant par la peau du cou, et qui faisait mine de l'introduire dans la voiture.

L'homme se retourna, tenant toujours à bout de bras Sacripant, qui se débattait comme un beau diable. M. Bouvat reprit : « Le chat n'en est pas, lâchez-le, voulez-vous ? »

L'homme lâcha Sacripant, qui alla se réfugier derrière les talons de son maître. M. Bisouart, s'approchant tout près de son ami, le prit par un de ses boutons et lui dit à l'oreille :

« Es-tu sûr de ces gens-là ?

— Très sûr, répondit M. Bouvat, sans hésiter.

— C'est que, quelquefois, reprit M. Bisouart toujours à voix basse, l'occasion fait le larron.

— Nous ne les avons pas quittés d'une semelle.

— Bon. Mais en emportant leurs affaires, Philistine et l'autre, par mégarde, auraient pu...

— Un mot de plus, belette soupçonneuse, et je ne t'invite pas à souper ce soir, » dit M. Bouvat, tout rouge d'indignation.

La belette soupçonneuse se tut ; mais elle se promit bien de passer une revue sévère de ses biens meubles, aussitôt que les autres auraient le dos tourné.

« Mes enfants, dit M. Bouvat à ses deux déménageurs, n'oubliez pas la consigne. Partez demain matin assez tôt pour arriver à Grésillet sur le coup de trois heures. Nous en allons-nous ensemble ? » demanda-t-il ensuite à Philippe et à Philistine.

Aussitôt qu'ils eurent tourné le dos, l'excellent Bisouart commença sa revue, avec l'espoir secret de trouver quelqu'un en faute. Quel triomphe ! Il lui manquait un sécateur, un sécateur presque neuf ! Avec quelle figure mauvaise, avec quelle joie sauvage, il triomphait déjà de M. Bouvat, en lui démontrant qu'avec toute sa barbe il n'était qu'une dupe ! Quelle belle scène il leur ferait à tous là-bas, en pleine table ; car enfin, ils étaient tous responsables moralement du vol qui avait été commis à son préjudice. Quand vint l'heure du souper, il remplaça sa souquenille de tous les jours par une redingote à la propriétaire. Dès qu'il eut revêtu ce costume de gala, quelque chose de lourd lui battit le long de la jambe droite. Il porta la main à sa poche et en tira son sécateur !

Après le souper, M. Bouvat reconduisit M. Bisouart à son domicile. Ce n'est pas qu'il fût épris des charmes de sa conversation, car l'autre était devenu muet comme une carpe. Mais il voulait épargner aux populations le spectacle d'un sacristain pénétré de cette théorie que la ligne courbe est le plus court chemin d'un point à un autre, et absolument décidé à la mettre en pratique.

Le lendemain, Philippe et Philistine allèrent faire leurs adieux à Émile. Ils avaient grandement le temps, car M. Bouvat avait décidé que l'on prendrait le train de cinq heures. Pourquoi ce train-là plutôt que celui de midi, par exemple? Il paraît que M. Bouvat avait ses raisons ; mais il fut impossible de les lui faire déduire.

L'idée vint à Philippe d'emmener M. Bouvat pour lui faire faire connaissance avec Émile. M. Bouvat déclara qu'il acceptait la chose en principe, mais qu'il avait son amour-propre comme un autre, et qu'ils feraient, un de ces dimanches, la partie de venir voir Émile, quand il aurait sur le dos un pourpoint plus présentable et sur la tête un couvre-chef plus haut, plus noir, plus raide et plus cylindrique.

Quand les voyageurs débarquèrent à Grésillet, il faisait nuit. Il sembla à Philippe que l'éclairage était moins défectueux que celui de Sault-de-l'Erche. Du reste, il n'eut pas le temps d'approfondir la question, car la maison de M. Bouvat n'était qu'à quelques minutes de la gare. La petite caravane était arrivée sous un réverbère. « Halte ! » cria M. Bouvat. « Vous voyez, dit-il à Philippe, cette maison qui nous fait face, de l'autre côté de la rue? Eh bien, c'est ma bicoque. »

La bicoque de M. Bouvat était une vieille maison à pignon aigu. La base, je veux dire la partie comprise entre le sol et le premier étage, avait été construite en pierre, une pierre tellement dure, qu'au lieu de s'effriter sous l'effort du temps et les injures des saisons, elle avait pris le poli du marbre à tous les endroits qui faisaient saillie, à hauteur d'homme; pendant trois siècles, les générations successives de passants, en l'effleurant au passage, l'avaient polie au lieu de l'user. A partir du premier étage commençait une de ces élégantes constructions en bois que l'on rencontre encore si fréquemment en Normandie. Au-dessus de la lucarne du grenier, qui faisait saillie, une potence en fer soutenait une énorme poulie. Si le vent n'avait pas fait vaciller le jet de gaz, Philippe, au lieu d'entrevoir vaguement une plaque de tôle vernie, aurait pu lire dessus :

PHILIPPE CAMBREQUESNE
(*Saison d'hiver*)

Mais, s'il ne put lire l'inscription, il la devina, la connaissant d'avance.

« Quant à notre beau cadre, lui dit M. Bouvat, nous le décrochons la nuit. Il pourrait tenter la convoitise de quelque amateur, ou allumer la fureur de quelque concurrent. Ce mur à gauche est

celui de la cour. Et maintenant traversons la rue et entrons chez
nous. »

M. Bouvat frappa à la porte, car il y avait un heurtoir et point
de sonnette. La porte fut ouverte par une grande vieille femme,
très droite et très sèche, mais qui n'avait pas l'air revêche ni in-
hospitalier. Une odeur de cuisine bourgeoise fort appétissante
caressa agréablement les nerfs olfactifs des nouveaux arrivants.

« Tout est prêt? demanda M. Bouvat.

— Tout est prêt, répondit la vieille femme avec un sourire
discret ; seulement, ajouta-t-elle, les rideaux des fenêtres se
trouvent un peu courts.

— Bon ! on les allongera. Et le dîner ?

— Il est prêt à mettre sur la table quand ces messieurs et
dame voudront. »

M. Bouvat consulta ses associés du regard, et dit à la vieille
femme : « Ces messieurs et dame veulent. »

La vieille les introduisit dans la salle à manger. Le couvert
était dressé ; une grosse lampe éclairait la table.

Après le souper, M. Bouvat dit à ses associés : « Il faut maintenant que je vous montre vos chambres, et puis l'atelier de M. Philippe Cambrequesne. »

Il prit la lampe et marcha en tête. Un escalier en colimaçon les
conduisit au premier. L'escalier aboutissait à l'extrémité d'un
corridor, qui traversait la maison dans le sens de la largeur ; un
autre corridor coupait le premier dans le sens de la longueur.
« Vous verrez mieux cela au jour, leur dit M. Bouvat, mais je puis
vous dire que les deux corridors forment une croix, et dans
chacun des cantonnements de la croix, il y a deux chambres, huit
en tout. On ne ménageait pas le terrain dans le temps où l'on a
construit ma bicoque, excepté pourtant, à ce que l'on m'a dit,
dans les villes fermées de murs. Le corridor est éclairé pendant le jour par quatre fenêtres, une à chacune des extrémités
de la croix.

— Mais tout cela est très pittoresque, l'escalier, le corridor,
tout ! s'écria Philippe.

— Très pittoresque, en effet, répondit M. Bouvat, mais pas toujours confortable, du moins autant qu'on le désirerait pour ses
amis. Jusqu'à cette année, sept chambres sur huit étaient des
nids à rats et des entrepôts de vieille poussière ; j'en ai fait
arranger deux que voici. »

Les deux chambres étaient pareilles : chacune avait sa fenêtre
à meneaux avec ses rideaux trop courts, son lit de fer, sa com-

mode; les papiers étaient neufs et d'un dessin très gai ; le carrelage était couvert de nattes ; les solives des plafonds, comme le
montra M. Bouvat en enlevant l'abat-jour de la lampe, étaient
peintes en azur clair, et les entre-deux en rouge sombre.

« Ah, dame ! par exemple, dit M. Bouvat, pas de cheminées ! Il
paraît que, dans ce temps-là, on n'entrait dans sa chambre que
pour y dormir. Nous serons obligés de faire de même, mais nous
aurons un petit coin bien gentil et bien chaud pour y passer nos
journées et nos soirées. »

Philistine et Philippe comprirent, en voyant leurs chambres
presque en ordre, pourquoi M. Bouvat s'était obstiné à prendre le
train de cinq heures. Il voulait leur épargner l'ennui de l'emménagement et aussi leur présenter leurs chambres sous un aspect
plus hospitalier.

Pour guider les emménageurs dans leur travail, il avait pris
soin, la veille à Sault-de-l'Erche, de séparer, dans la vaste voiture,
les mobiliers des deux chambres.

Si les rideaux étaient trop courts, ce n'était la faute de personne, et Philistine, après quelques minutes de méditation,
trouva un fort bon remède à la chose. Au lieu de rallonger les
rideaux, elle les raccourcirait ; ils ne monteraient pas plus haut
que la branche horizontale des meneaux, et ce serait très bien !

Les clients commencèrent à se présenter en nombre.

CHAPITRE XXI

L'atelier d'hiver de M. Philippe Cambrequesne. — L'hiver en famille. — La clientèle. — Désespoir des clients adultes. — Visites à Sault-de-l'Erche. — Les lectures du soir. — Querelle à propos d'argent. — « La tenue ! ah, la tenue ! »

« A l'atelier, maintenant, » dit M. Bouvat.

Les chambres de Philippe et de Philistine occupaient le dernier cantonnement de la croix à gauche, du côté de la rue. Les fenêtres donnaient sur la cour. Il n'y avait d'autres baies sur la rue que la fenêtre de l'extrémité de la croix. M. Bouvat reprit le grand corridor, dépassa le petit et ouvrit la porte de la dernière chambre.

A une époque postérieure à la construction du logis, mais certainement fort ancienne, la fenêtre à meneaux avait été transformée en porte. Cette porte donnait sur une galerie couverte, qui manquait absolument de style. C'est cette galerie que M. Bouvat avait transformée en atelier.

« Ça devait aboutir à quelque autre grande bâtisse, dit M. Bouvat en manière d'explication. Autrement, on ne voit pas trop à quoi cela pourrait rimer. L'autre grande bâtisse aura disparu et l'on aura muré la porte. Si on la reperçait aujourd'hui, on aboutirait au grenier, qui est au-dessus de l'écurie et de la remise. Comme cette galerie n'a aucune valeur artistique, j'ai fait percer une

grande baie, comme vous voyez, à l'exposition du nord, et j'ai
entamé le toit pour avoir plus de jour. Ce sont les coquins de ser-
ruriers et de vitriers qui m'ont fait perdre tant de journées. Mais
au moins, voilà un bon vitrage, bien solide, et M. Philippe Cambrequesne, grâce au système des toiles mobiles que voici, pourra
opérer par toutes les lumières. Voilà un bon grand poêle, un vrai
poêle d'atelier, et nous pourrons passer nos journées et nos soirées ici, en bonne compagnie, comme dans la voiture magique.
Quand il viendra des clients, nous tirerons le grand rideau que
voici. Alors Madame sera chez elle, et moi chez moi pour faire
prendre le bain aux glaces. Les clients partis, nous revoilà en
famille! »

Le poêle avait été allumé d'avance, sur l'ordre de M. Bouvat;
comme il y avait dans l'atelier des chaises et des tables, un commencement de civilisation enfin, les trois associés restèrent à
causer jusqu'à l'heure du coucher.

Quel délicieux hiver ils passèrent tous les trois, dans leur petit
coin. C'était la vraie vie de famille; car Philistine, relevée de ses
fonctions de bonne à tout faire par la grande femme sèche, se
trouvait plus fréquemment en contact avec ses deux associés.
Elle avait protesté dès le premier jour contre l'oisiveté forcée
qu'on prétendait lui imposer, mais M. Bouvat lui avait répondu
péremptoirement :

« Madame, la mère Azur a des droits sur moi pour tous les
hivers. Il y a vingt ans qu'elle me sert. L'été, elle s'occupe à des
besognes diverses et gagne facilement sa vie. L'hiver est sa morte
saison : elle compte sur moi pour vivre, comme moi je compte
sur elle pour être servi. Que me parlez-vous d'oisiveté? N'avez-
vous pas votre aiguille et toutes nos nippes pour vous occuper?
Madame, c'est une affaire entendue; nous ne reparlerons plus de
ça, jamais, jamais! »

C'était sa formule habituelle pour indiquer que la discussion
était close.

Les clients, assez clairsemés dès le début, commencèrent bientôt à se présenter en nombre, grands et petits.

Il en venait de Sault-de-l'Erche, de Corbancel, d'Oullières, de
Péché-Neuf et de Duyson. Vers le commencement du mois de
décembre, Philippe fut contraint d'éconduire les adultes et de les
remettre au mois de janvier.

Tout son temps était pris par les bébés. Quelles étrennes plus
charmantes et moins coûteuses peut-on offrir à un père que le
portrait de son bébé chéri ou de ses bébés chéris! « Car, ma chère,

se disaient les mamans les unes aux autres, les photographies de ce jeune Cambrequesne sont des portraits vivants et non pas des caricatures. »

Les mamans faisaient en faveur de Philippe une propagande ardente, acharnée; et puis, outre les papas, n'y avait-il pas les grands-pères et les grand'mères à contenter, les oncles, les tantes, les parrains, les marraines, les cousins et les cousines à héritage.

« Mais enfin, monsieur Bouvat, disaient les adultes évincés, vous pourriez bien vous y mettre, et il y en aurait pour tout le monde.

— Je suis photographe ambulant, et seulement pendant la belle saison, répondait M. Bouvat avec une imperturbable gravité. Dans mes tournées et pendant la belle saison, je suis le patron de M. Cambrequesne; à Grésillet, pendant l'hiver, je suis son commis et il est mon patron. C'est moi qui mets les glaces dans le bain, et vous pouvez voir que je m'acquitte de mes fonctions avec le zèle le plus louable. »

Les adultes s'en allaient en se demandant s'ils avaient affaire à un fou ou à un vulgaire mystificateur.

Tous les quinze jours, Philistine et Philippe faisaient le voyage de Sault-de-l'Erche. Philistine allait voir de vieilles amies. Philippe passait quelques heures auprès d'Émile. Mais ces visites-là étaient toujours précédées d'une autre : le gardien du cimetière le savait bien.

M. Bouvat, cédant aux instances de Philippe, alla voir Émile avec lui.

Il s'était mis en grandissime toilette. C'est peut-être pour cela qu'il se sentit un peu raide et un peu gêné aux entournures quand il se vit au milieu d'un grand cercle de visiteurs.

Philippe vit son embarras et vint adroitement à la rescousse en l'attirant près d'Émile, dans une espèce d'aparté. Émile l'intéressa tout de suite, parce que sous sa redingote noire battait un cœur de brave homme, plein de sympathie pour tout ce qui souffrait. Alors il dégela, et trouva quelque chose, et même beaucoup de choses à dire.

Néanmoins, dans la soirée, s'étant trouvé seul avec Philistine, il lui dit avec beaucoup de candeur : « Madame, entre nous, je ne crois pas avoir fait florès à Sault-de-l'Erche. Tout le monde a été très bon pour moi; M. Norbert m'a demandé de mes nouvelles, et Mᵐᵉ Norbert, une très belle personne, savez-vous, m'a tendu gentiment la main au moment du départ, et m'a dit en propres termes : « Monsieur Bouvat, vous avez été bien aimable de venir, et je vous remercie d'avoir intéressé mon petit malade et de l'avoir fait rire : il rit si peu souvent. »

« Je lui ai dit que je lui étais très reconnaissant d'avoir voulu me recevoir, et elle m'a dit en propres termes : « Monsieur Bouvat, c'est nous qui sommes vos obligés. »

« Tout ça, c'est très gentil, n'est-ce pas? mais on ne m'ôtera pas de l'idée que c'est à cause de Philippe qu'elle le disait : les amis de nos amis sont nos amis!

— Mais, monsieur Bouvat, dit Philistine, Philippe dit que vous vous en êtes tiré à merveille!

— Grâce à lui, madame, grâce à lui, qui m'a tendu la perche. Non, non et non, je n'ai pas fait florès, et pourtant je ne voudrais pas pour beaucoup n'avoir pas été là-bas.

— Là! vous voyez bien…

— Pardon, madame, je vois bien ce que je vois, et ce que je vois ou plutôt ce que j'ai vu me réjouit l'âme. Vous êtes allée là-bas avec Philippe. Avez-vous vu comme il est à l'aise au milieu de ces « gens du monde? »

— Oui, oui, je l'ai bien vu.

— Pas de pose, pas de manières, tranquille comme Baptiste.

— C'est la pure vérité.

— Et puis, ajouta M. Bouvat, vous avez vu comme tout ce monde-là l'estime et l'honore?

— Oui, je l'ai bien vu, répondit Philistine en rougissant d'orgueil.

— Moi aussi, reprit M. Bouvat, et c'est pour cela que je suis content d'être allé là-bas. J'ai bien mon petit jugement sur Philippe, mais je ne suis pas fâché de le voir confirmé par des personnes compétentes. Il y a encore autre chose qu'il faut que je vous dise. Chacun prêche pour son saint, n'est-ce pas? M'a-t-on assez vilipendé parce que je faisais de la photographie dans une voiture au lieu d'en faire dans une chambre! Philippe est là pour prouver qu'on peut faire ce métier-là sans être un chenapan, et que ce n'est pas s'encanailler que de s'associer à un photographe ambulant. Vous me direz à cela que Philippe a été bien élevé, et que la personne qui l'a bien élevé est toujours à côté de lui pour le soustraire aux mauvaises influences, aux mauvais exemples.

— Monsieur Bouvat, dit Philistine avec dignité, nous n'allons pas continuer sur ce ton-là. Je ne vous ai jamais vu commettre une mauvaise action; je ne vous ai jamais entendu dire une parole blâmable.

— Pardi! répondit M. Bouvat en riant, c'est justement parce
que vous étiez là. »

Il ne croyait pas dire si vrai, le brave M. Bouvat.

Les dimanches, dans l'après-midi, à moins que la terre ne fût
couverte de neige ou de verglas, M. Bouvat attelait Collodion à la
voiture magique et lui faisait faire une bonne trotte, pour l'empêcher de s'ennuyer et de mourir de gras-fondu.

Mais les vrais moments de bonheur, les heures de paix et de
repos, c'étaient les veillées.

Le poêle ronflait gentiment, la lampe répandait une douce
clarté sur la grande table ronde. Madame s'occupait à quelque
ouvrage de couture; M. Bouvat, renversé dans son grand fauteuil,
les yeux abrités contre l'éclat de la lumière, tournait tranquillement ses pouces comme un vulgaire philistin et n'en avait nulle
honte; cet exercice plein d'innocence faisait partie de son
bonheur domestique. Philippe dessinait ou regardait des gravures. On causait à bâtons rompus, car, comme disait fort judicieusement M. Bouvat : « Ce qu'il y a de charmant, c'est que nos
différentes occupations ne nous empêchent pas de causer. » Quel
quefois, l'on gardait le silence, mais l'on était ensemble. Sur les
huit heures, M. Bouvat disait : « Si nous lisions un peu! »

Philippe rouvrait à la page marquée le livre commencé, et se
mettait à lire tout haut. Sa voix était agréable, et il lisait bien,
c'est-à-dire nettement, lentement, avec une simplicité parfaite.
Aux passages pathétiques, le lecteur s'animait, les narines de
Madame avaient un battement d'émotion, Madame lentement
relevait la tête et regardait son Philippe longuement; ses petits
yeux noirs, sous la lumière de la lampe, brillaient comme des
perles de jais. Philippe, sans quitter du regard les feuillets du
livre, se sentait observé, et souriait vaguement, sans discontinuer
sa lecture. Mais il en arrivait toujours à lever les yeux. C'était ce
moment-là que guettait Madame. Une fois, deux fois, trois fois,
Philippe et elle échangeaient d'affectueux regards d'intelligence
sans que la lecture en souffrît. M. Bouvat riait sous cape, dans
l'ombre. Puis, le lecteur se trompait de ligne et se reprenait
maladroitement. Alors M. Bouvat faisait hum! Madame baissait
vivement la tête sur son ouvrage; et Philippe se donnait tout
entier à sa lecture, jusqu'à la prochaine occasion.

Quels livres ils lisaient? Oh! mon Dieu, tout simplement les
romans de Walter Scott, le nom de Walter Scott se trouvant sur
la liste que M. Gibert avait dressée à l'usage de Philippe. A l'époque
où les trois associés se plongeaient à corps perdu dans la lecture

de Walter Scott, le pessimisme n'était pas encore inventé, ni le dénigrement systématique, et l'on n'entendait pas des critiques de quinze ans déclarer du haut de leur jeune sagesse que Walter Scott est rococo, et qu'il « n'en faut plus ».

M. Bouvat, Philistine, Philippe étaient des naïfs, chacun dans son genre, et ils ne s'amusaient pas à chercher des raisons pour gâter leur plaisir. Tout au plus, quelquefois, M. Bouvat, qui avait couru le monde, et qui était censé représenter l'expérience des choses de la vie et de l'art, hasardait-il une observation dans le genre de celle-ci :

« Philippe, pardon de vous interrompre ; mais voilà une description que je me permets de trouver longuette. Tous les traits sont vrais et observés avec l'œil d'un peintre ; mais il y en a trop, à mon humble avis, et, si un dessinateur s'attachait à les reproduire avec son crayon ou un peintre avec son pinceau, ça ferait un tableau qui manquerait d'unité.

— Peut-être, répondait Philippe.

— Réfléchissez-y à loisir, je crois que vous serez de mon avis. »

Philistine ne soufflait mot : les réflexions de ce genre passaient bien haut par-dessus sa tête ; mais elle les écoutait avec un mélange de respect et d'admiration.

Quelquefois, M. Bouvat disait : « Est-ce que vous ne trouvez pas que l'on mange beaucoup dans ces histoires-là ? »

Madame et Philippe étaient frappés de la justesse de cette observation. Alors M. Bouvat reprenait : « Cela tient peut-être à ce que Walter Scott est Anglais (Anglais ou Écossais c'est tout un), et qu'il écrit pour des lecteurs anglais. J'ai toujours entendu dire que les Anglais mangeaient beaucoup, et j'en ai rencontré quelquefois à table d'hôte qui mastiquaient ferme. »

Mais, en dépit de ces menues critiques de détail, les trois associés étaient séduits, M. Bouvat disait quelquefois « empoignés », par les récits de ce magicien, dont l'immense talent confine si souvent au génie.

Quand l'hiver tira à sa fin et que l'on fit les comptes, M. Bouvat et Philippe eurent presque une querelle, le patron ne voulant rien percevoir sur les bénéfices, le commis refusant de les encaisser pour son propre compte. Ils furent obligés de prendre Madame pour arbitre, et, après de longs débats, en arrivèrent à la transaction suivante : Philippe, ayant joué le rôle de patron, toucherait la solde de patron, et M. Bouvat celle de commis.

Tout le temps qu'avait duré le débat, M. Bouvat n'avait cessé de faire les gros yeux à Madame, pour lui reprocher sa faiblesse et l'engager à passer complètement de son côté. Il trouva moyen, peu d'heures après, de la tirer à part pour lui dire son fait.

« Je vous en veux, madame, lui dit-il d'un ton de mauvaise humeur, oui, je vous en veux sérieusement. Si vous aviez tenu bon, Philippe aurait cédé, et, à l'heure qu'il est, il pourrait se donner la satisfaction de passer chez le marbrier pour faire sa commande.

— Plaignez-vous donc! répondit vivement Philistine.

— C'est ce que je fais, madame.

— Eh bien, monsieur Bouvat, vous avez tort de vous plaindre. Je vous ai soutenu parce qu'il fallait bien en finir pour avoir la paix. Mais ma conscience me reproche de n'avoir pas parlé selon l'équité et la justice.

— Je vous ferai observer, madame, reprit gravement M. Bouvat, que l'équité et la justice étaient de mon côté. D'habitude, je ne gagne pas un sou pendant la saison d'hiver; je fais comme l'ours, je vis de la graisse de mes pattes, moi.

— D'habitude, monsieur Bouvat, répliqua Philistine, vous vivez en rentier l'hiver; cette fois-ci, vous avez travaillé, toute peine mérite salaire.

— Ah! c'est comme ça! s'écria M. Bouvat avec indignation; eh bien, l'hiver prochain, je ne ferai rien de rien, et Philippe s'arrangera comme il l'entendra!

— De plus, reprit Philistine sans s'émouvoir, vous nous avez nourris et logés.

— Madame, en vertu de nos conventions, je vous dois la nour- riture et le logement pour l'hiver aussi bien que pour l'été.

— Je vous ferai observer, monsieur, qu'il n'a pas été dit un mot de cela.

— Est-ce que cela n'allait pas de soi? dit M. Bouvat en croisant les bras sur sa poitrine. Oh! oh! les gens de Sault-de-l'Erche ont la réputation d'être chicaniers; je m'en aperçois aujourd'hui à mes dépens. Eh bien, madame, à partir d'aujourd'hui c'est chose con- venue. Je ne sais trop, ajouta-t-il en se grattant l'oreille, si je ne ferais pas bien de passer chez un notaire pour le prier de me libeller le contrat en bonne forme, sur papier timbré. »

Cette terrible menace fit rire Philistine, et M. Bouvat lui-même, malgré tous ses efforts, ne parvint pas à garder son sérieux.

« Écoutez, monsieur Bouvat, reprit Philistine, ce qui est fait est fait, n'en parlons plus. Je dois vous dire, pour diminuer vos regrets, que, quand même vous auriez forcé Philippe à garder pour lui tous les bénéfices, il n'aurait pas été en mesure de passer chez le marbrier. J'ai à renouveler toute sa garde-robe, y compris la chaussure ; son linge commence à s'érailler. La dépense sera assez considérable, parce que, comme il est quasi mon enfant, je mets mon amour-propre à le voir toujours bien tenu.

— Cette fois, madame, dit M. Bouvat, vous avez ma pleine et entière approbation. La tenue, madame, la tenue ! cela vous double la valeur d'un homme, aux yeux du monde. Et, dites-moi, à quel tailleur comptez-vous vous adresser, à quel chemisier, à quel cordonnier ?

— Aux fournisseurs habituels de Philippe, à Sault-de-l'Erche ; nous avons toujours été contents d'eux.

— Quand vous ferez cette petite expédition, dit M. Bouvat d'un ton insinuant, est-ce que cela vous gênerait beaucoup de m'emmener avec vous ?

— Vous savez bien, monsieur Bouvat, répondit Philistine, que vous nous manquez toujours quand nous vous laissons à la maison. »

M. Bouvat, homme modeste, rougit de ce compliment, et, ne sachant qu'y répondre, répéta gravement :

« La tenue ! Ah ! madame, la tenue ! »

Philippe étudiait.

CHAPITRE XXII

Le rhumatisme de M. Bouvat. — Opinion de la mère Azur à ce sujet. — *Le mois des douleurs.* — Changement d'itinéraire. — Les associés s'en vont sur le bord de la mer. — Succès d'honneur et d'argent. — Le tombeau de M. Maubeux. — Second départ pour les plages.

Les voyageurs ont terminé tous leurs préparatifs et fait tous leurs adieux. L'avant-veille du jour fixé pour le départ, M. Bouvat mangea si peu au dîner que Philistine et Philippe échangèrent des regards d'inquiétude. Pour monter à l'atelier, il profita du moment où ses deux associés ne pouvaient le voir, et il mit un temps infini à gravir l'escalier en colimaçon. Une fois dans son fauteuil, il n'en bougea plus de la journée.

Quand le moment fut venu de descendre pour le souper, il fit un violent effort pour se lever; mais il retomba sur son siège en poussant un sourd gémissement.

Philistine et Philippe, épouvantés, se précipitèrent à ses côtés, lui demandant avec inquiétude ce qu'il avait.

« Mon rhumatisme dans les reins, reprit-il en s'efforçant de sourire. Ne vous effrayez pas, je sais ce que c'est; deux ou trois jours de repos me remettront sur pied. Philippe, mon ami, donnez-moi votre bras, pour que je puisse me relever. Là, voilà qui est fait, ajouta-t-il; maintenant, je crois que je ferai bien de me mettre au lit tout de suite. Voyons, ne faites donc pas des figures comme cela. Puisque je vous dis que ce n'est rien ! »

Philippe lui prêta l'appui de son épaule pour le conduire à sa chambre, et l'aida à se mettre au lit.

« Maintenant, me voilà très bien, dit M. Bouvat; allez souper, mon ami. Je crois que je vais dormir ; c'est ce que j'ai de mieux à faire. Allez souper, vous dis-je, et rassurez Madame. »

Philippe descendit; mais, au lieu de s'asseoir à la table, il s'en alla tout droit chez le médecin et lui conta ce qui venait de se passer.

« Rassurez-vous, dit le médecin, M. Bouvat est sujet à ces petits accidents; seulement, d'habitude, son rhumatisme le fait souffrir surtout en hiver. Comme le cas n'est ni imprévu, ni grave, je prendrai le temps de souper, et j'irai voir M. Bouvat après. »

La mère Azur avait déjà rassuré Philistine. Monsieur était sujet à ces petites attaques. Tous les hivers il en avait au moins une. Ça durait deux ou trois jours, et puis après, il n'en était que plus gaillard. Comme Philipe rentrait, elle ajouta que le médecin n'en dirait pas plus long qu'elle. Des frictions! des frictions et encore des frictions ! Elle connaissait ça. L'avait-elle assez frictionné, le pauvre monsieur ! « Ce que vous avez de mieux à faire, c'est de souper tranquillement. Pendant ce temps-là, je m'en vais aveindre ma boîte de pharmacie. »

Tranquillement, elle ouvrit une des armoires de la salle à manger, et en tira une boîte de bois blanc qui se fermait par un tiroir à coulisse. Elle fit alors glisser le couvercle dans sa rainure, et montra aux deux convives un paquet de flanelle soigneusement plié, et une bouteille d'eau-de-vie camphrée encore aux trois quarts pleine.

« Ce n'est pas plus malin que ça, » dit-elle en repoussant le couvercle. A moitié rassurés par la tranquillité et le sang-froid de la mère Azur, Philippe et Philistine attaquèrent le souper, sans beaucoup d'entrain d'ailleurs.

« Je monte voir s'il n'a besoin de rien, dit Philippe en prenant un bougeoir dont il alluma la bougie.

— Vous ferez comme vous voudrez, répondit la mère Azur, mais dans ces cas-là, voyez-vous, tout ce qu'il lui faut, c'est du repos. Mais vous ferez comme vous voudrez. »

Philippe, après un moment d'hésitation, prit le parti de mon-

ter. Il était jeune, inexpérimenté, il ne pouvait comprendre qu'on
laissât un malade à ses humeurs noires ; et il était persuadé que
M. Bouvat devait se croire abandonné de tout le monde.

Il ouvrit la porte de la chambre le plus doucement possible.
M. Bouvat avait la figure tournée du côté du mur. Croyant qu'il
dormait, Philippe allait se retirer, lorsque M. Bouvat, sans changer de position, demanda : « Qui est là ?

— C'est moi, répondit Philippe.

— Entrez, entrez, Philippe, » dit M. Bouvat.

Philippe entra, et, après avoir fermé la porte avec soin, s'approcha du lit. M. Bouvat se retourna tout d'une pièce ; s'il ne cria
pas de douleur, c'est qu'il avait beaucoup d'empire sur lui-même ;
mais Philippe remarqua très bien qu'il grinçait des dents sous
ses moustaches. Les yeux de M. Bouvat, habitués à l'obscurité,
clignèrent à plusieurs reprises en se fixant sur la lumière ; de
plus, M. Bouvat était très rouge. Toutes ces circonstances paru-
rent à Philippe autant de symptômes alarmants ; intérieurement,
il se félicita d'avoir songé tout de suite au médecin.

« Vous souffrez beaucoup ? demanda-t-il d'une voix tremblante.

— Un peu, répondit gaillardement M. Bouvat. Vous savez, les
rhumatismes ne vont jamais sans douleurs, mais
c'est tolérable, très tolérable. »

Comme Philippe allait répliquer, la porte s'ouvrit et livra passage à la mère Azur, qui précé-
dait le médecin. Philistine était restée en bas,
persuadée avec raison que l'on est toujours de
trop dans la chambre d'un malade, quand on
ne lui est pas nécessaire.

« Philippe, mon enfant, dit doucement M. Bouvat, allez tenir compagnie à Madame, pendant
que nous allons causer de nos petites affaires,
mon médecin, ma garde-malade et moi. Vous
remonterez plus tard ; peut-être qu'un petit bout de lecture me
fera du bien. »

Philippe descendit auprès de Philistine, et ensemble ils atten-
dirent avec anxiété la sentence du médecin.

« Ce n'est pas plus grave que les autres fois, leur dit le médecin, lorsqu'il redescendit, éclairé par la mère Azur. Ce n'est pas
de l'eau bénite de cour que je vous donne ; je vous assure, foi
d'honnête homme, qu'il n'y a pas l'ombre de danger. Seulement,
la crise durera plus longtemps que d'habitude.

— Pardi! fit observer la mère Azur, ce n'est pas étonnant que
cela dure plus longtemps; ne sommes-nous pas dans le *mois
des douleurs?* »

Le docteur la regarda avec un sourire malicieux, et, pour toute
réponse, lui conseilla de commencer les frictions tout de suite.
Elle prit la boîte de pharmacie sous son bras et disparut. Philistine et Philippe restèrent à se regarder en silence, désœuvrés,
désorientés, rassurés sans doute par les paroles du médecin,
mais attristés à l'idée que leur vieil ami souffrait et qu'ils ne
pouvaient rien pour lui.

Au bout d'une demi-heure, la mère Azur redescendit.

« Là! dit-elle en déposant la boîte de pharmacie sur le buffet.
Pour une bonne frottée, c'est une bonne frottée, que je lui ai
faite là, à ce pauvre monsieur; il l'a bien dit. « C'est une fameuse
frottée! » qu'il a dit. Et moi, je serais bien attrapée s'il ne passe
pas une excellente nuit par là-dessus. Il se sent déjà mieux; la
preuve, c'est qu'il demande un potage.

— Je le lui monterai, dit Philistine.

— Et puis il dit, reprit la mère Azur, que, si M. Philippe voulait
bien apporter le livre et lui faire un petit brin de lecture, ça
serait complet, et il se sentirait gaillard comme un pinson. »

Pendant que la mère Azur faisait réchauffer le potage, Philippe se rendit à l'atelier pour y prendre le volume d'*Ivanhoe*.

M. Bouvat mangea le potage avec délices, du moins à ce qu'il
dit; et, comme Philistine se disposait à redescendre, il lui dit :
« Madame, vous n'êtes pas de trop, bien au contraire. Rien n'est
changé à nos petites veillées, sinon que la société se tiendra dans
ma chambre. Et puis, sans compter l'honneur et le plaisir de
votre présence, comment retrouveriez-vous le fil de l'histoire, si
nous lisions sans vous? »

Le seizième jour seulement, M. Bouvat put quitter son lit et
se rendre, sans soutien d'aucune espèce, de sa chambre à
l'atelier.

Pendant tout le temps de la crise, il ne cessa de déclarer à ses
associés que c'est très agréable d'être malade, quand on a de si
bons amis, si ingénieux à prévenir tous vos désirs et à vous tenir
l'esprit en joie. Mais, quand, par hasard, il se trouvait tout seu'
dans sa chambre, il était saisi d'une rage froide, à l'idée des jours
qu'il perdait dans son lit, au lieu de courir le pays. Sa tournée
complète, il ne pourrait jamais la faire! Alors il inventait mille
combinaisons qu'il trouvait satisfaisantes sur le moment, et qu'il
rejetait après réflexion avec une amère ironie. Il en trouva une

qui lui plut, le jour même où il lui fut permis de se rendre à
l'atelier.

« Écoutez-moi bien, dit-il à ses deux associés, le temps perdu
est perdu, et nous ne pouvons pas le rattraper. Nous filerons tout
droit jusqu'à mon lycée. C'est un point d'honneur pour moi, de
répondre à la confiance que l'on me témoigne depuis vingt ans.
Arrivés là... Philippe, avez-vous jamais vu la mer?

— Jamais, répondit Philippe, qui ne saisissait pas bien l'association des idées de M. Bouvat.

— Aimeriez-vous à la voir?

— Beaucoup.

— Très bien ; ce mot me décide tout à fait. Donc, arrivés là,
nous tournons à gauche, au lieu de tourner à droite ; alors
qu'est-ce qui arrive? Au bout de vingt-cinq lieues, nous arrivons à la mer. Et puisque à partir du milieu de juin tous les
châteaux sont vides pour cause de bains de mer, nous allons
chercher la population des châteaux à la mer. Nous nous brouet-
tons bien tranquillement de plage en plage, et en avant la *Photographie spéciale de l'enfance.* »

La *Photographie spéciale de l'enfance* eut un très grand succès
d'honneur et d'argent. M. Bouvat décida, une fois pour toutes,
que, tous les ans, une fois son devoir d'honneur rempli auprès
de son lycée, la caravane gagnerait la mer, et, la saison élégante terminée, reviendrait à Grésillet en faisant des zigzags
tout le long de la route jusqu'à l'arrivée de la mauvaise saison.

Cette année-là, Philippe alla chez le marbrier de Sault-de-
l'Erche et fit sa commande. Le marbrier se mit à l'œuvre, et,
vers le milieu de mars, quand la saison permit aux maçons de
se mettre à l'œuvre, Philippe voyait se réaliser son vœu le plus
cher.

Ni lui ni Philistine n'avaient soufflé mot de la chose, mais le
marbrier ne fut pas aussi discret. Le tombeau de M. Maubeux fit
bientôt l'objet de toutes les conversations, et dans les imagina-
tions de la petite ville Philippe prit les proportions d'un héros.
Chacun avait son mot à dire ; M. Bisouart émit le sien tout comme
les autres.

« L'imbécile ! dit-il en parlant de Philippe. C'est bien la peine
de gagner de l'argent gros comme soi, pour le jeter par les
fenêtres. Et pour qui? Pour un homme qui ne lui a pas seulement laissé un sou ! »

Philippe avait employé, avec une ardeur d'artiste, tous ses loisirs à dessiner et à peindre. Les petites figures qu'il introduisait

13

parfois dans ses dessins, étaient croquées avec beaucoup d'esprit
et de naturel; mais l'œil d'un critique expérimenté découvrait
facilement que l'artiste ne connaissait ni le squelette, ni la position, ni le jeu des muscles.

Philippe reconnaissait la justesse des observations de M. Bouvat, et sentait bien par où il péchait.

« Quand nous serons chez nous, à Grésillet, lui dit un jour
M. Bouvat, je chercherai dans mes anciens cartons, et je trouverai de bons modèles que mon maître m'avait mis entre les
mains autrefois, et il faudra les piocher ferme. Il vaudrait mieux
faire de l'anatomie et étudier sur le vif; mais avec la vie que
nous menons, l'anatomie nous est interdite comme l'alphabet aux
ânes. »

En repassant par la grande ville où était *son* lycée, M. Bouvat
avait fait l'emplette de quelques bons plâtres.

Philippe employa son second hivernage à étudier le « bonhomme », comme disait l'ancien rapin.

C'était par une froide et claire matinée de février, pendant le
second hivernage. Philippe et M. Bouvat se trouvaient seuls dans
l'atelier. Philippe, le crayon à la main, étudiait le jeu des muscles
du dos sur un bon plâtre du Discobole. M. Bouvat, assis dans son
grand fauteuil, le regardait dessiner et lui adressait de temps en
temps quelques brèves observations techniques.

Tout à coup, il fit : « Aïe! aïe! aïe! » Puis il ajouta aussitôt :
« Quelle chance! Voilà mon gueux de rhumatisme qui me
reprend! »

Philippe se tourna vivement de son côté, avec une stupeur
profonde : le rhumatisme n'est pas un de ces hôtes à qui l'on
souhaite généralement la bienvenue.

Remarquant la surprise de Philippe, M. Bouvat lui dit : « Je
demande à m'expliquer. Je ne veux pas dire que je suis content
de voir arriver le rhumatisme. Ce serait de la pose. Mais, puisqu'il paraît décidé qu'il me fera une visite annuelle, j'aime mieux
la recevoir en février qu'en avril. D'abord, en hiver, les crises
sont moins longues, et puis j'ai mis dans ma tête de partir de
très bonne heure cette année. L'an dernier, faute de temps, nous
n'avons visité que la moitié des plages de la côte; cette année,
il faut que nous poussions jusqu'au bout. »

Ayant ainsi parlé, M. Bouvat fit une grimace, croyant sourire,
et s'étant levé de son fauteuil, non sans effort, alla instinctivement appuyer son dos contre le grand poêle de faïence.

Cette fois, la crise dura quatre jours seulement, parce que,

Philippe fit sa commande.

comme le fit observer judicieusement la mère Azur, février n'est pas le *mois. des douleurs*.

Cette année-là, l'hiver se termina dans les premiers jours de mars. La caravane partit aussitôt et M. le proviseur du lycée de M. Bouvat fut surpris de le voir arriver un mois plus tôt que de coutume. Ensuite M. Bouvat mit le cap dans la direction de la mer.

Ce ne fut pas toutefois sans avoir visité le musée en compagnie de Philippe, à qui ses explications, cette fois, furent tout à fait intelligibles. Ce ne fut pas non plus sans que Philippe eût présenté ses devoirs à M. Gibert, qui, comme l'année précédente, lui fit subir un petit examen sur ses lectures et lui donna de nouvelles notes à consulter.

Maryas s'assit sur un fauteuil.

CHAPITRE XXIII

Varangues-sur-Mer. — Maryas. — M. Voland, éditeur. — Maryas se propose de donner
des leçons à Philippe. — M. Voland fait de la propagande pour M. Bouvat.

La seconde tournée sur les plages fut plus fructueuse que celle
de l'année précédente, par la raison toute simple qu'elle dura
plus longtemps.

La saison du beau monde touchait à sa fin, lorsque Collodion
arriva à Varangues-sur-Mer, tirant après lui la voiture magique
et les trois associés. Comme la plage précédente était à trois
quarts de lieue à peine de Varangues-sur-Mer, la caravane arriva,
sans se presser, sur les huit heures du matin, par un soleil clair
et joyeux, dont la chaleur naissante était tempérée par une jolie
petite brise de mer.

L'œil exercé de M. Bouvat découvrit tout de suite l'endroit le
plus favorable pour la halte. C'était au delà de la limite extrême
des plus grandes marées, sur un plateau sablonneux, à l'ombre
d'un gros bouquet de tamaris.

Aussitôt la voiture installée à l'endroit qu'il avait choisi, il en
cala les roues avec des pierres, détela Collodion et l'emmena
derrière le bouquet de tamaris sur un terrain vague où frisson-
naient les œillets nains, au milieu d'une herbe courte et drue.

Sur le balcon de bois d'une grande villa, voisine du campement, un homme d'une soixantaine d'années, vêtu très simplement, regardait au loin sur la mer, à travers une longue-vue. Quand il eut regardé ce qu'il cherchait à voir, il posa la longue-vue sur une table rustique et descendit les marches du balcon pour faire une petite promenade.

Arrivé à la hauteur de la voiture, il s'arrêta pour la regarder. Comme le cadre de la *Photographie de l'enfance* était déjà accroché à sa place, il s'approcha, regarda en connaisseur et en amateur, sourit à M. Archibald et à M¹¹ᵉ Mimy, regarda une seconde fois avec attention toutes ces petites frimousses et chercha quelqu'un à qui demander des explications. Il aperçut Philistine qui descendait de son appartement par l'escalier de la porte de derrière.

« Pardon, madame, dit-il en portant la main à son chapeau de paille, pourriez-vous me dire quelle est la personne qui a photographié ces portraits d'enfants ?

— C'est Philippe, monsieur, répondit Philistine en souriant, car le vieux monsieur avait l'air bienveillant, et elle était sûre au ton de ses questions qu'il avait quelque chose d'obligeant à dire sur le travail de son garçon.

— Philippe qui ?

— Philippe Cambrequesne.

— Je ne connais à Paris aucun photographe de ce nom, dit le vieux monsieur, comme s'il se parlait à lui-même.

— Philippe n'est pas de Paris, monsieur..., reprit Philistine. Ah ! tenez, le voilà, » ajouta-t-elle en lui montrant Philippe qui descendait du balcon de la voiture.

L'étranger, pour remercier Philistine de ses renseignements, porta de nouveau la main à son chapeau et se dirigea vers Philippe.

Philippe se découvrit en voyant ce vieillard à barbe blanche qui s'avançait vers lui, et ne remit son chapeau que quand le vieux monsieur eut insisté pour qu'il lui fît ce plaisir.

« Ainsi, mon jeune ami, c'est vous qui avez fait tous ces portraits ?

— Oui, monsieur, répondit modestement Philippe.

Il aperçut Philistine.

— Savez-vous que c'est très bien? dit le vieux monsieur avec bienveillance; je ne crois pas que l'on puisse faire mieux en photographie, du moins pour l'expression. Ma foi, c'est presque de l'art. Ne seriez-vous pas un peu artiste par hasard ?

— Oh! si peu ! » répondit Philippe en rougissant.

Le vieux monsieur ouvrait la bouche pour dire quelque chose, mais il ne dit rien. Ses lèvres restèrent entr'ouvertes comme les lèvres d'un homme surpris, son regard avait pris une expression indécise, et il faisait le geste vague que nous faisons tous quand on nous a salués sans que nous soyons bien sûrs que c'est nous qu'on a salués. Philippe se retourna instinctivement. M. Bouvat, après avoir mis Collodion en liberté sur le terrain vague, s'était arrêté assez longtemps à regarder la mer. Il venait de déboucher au coin du bouquet de tamaris, et, pour le moment, il se confondait en salutations.

Quand il fut près de l'étranger, il lui dit avec un profond respect : « Maître, je vois bien que vous ne me reconnaissez pas, quoique nous ayons été camarades d'atelier. Vous êtes l'illustre Maryas.

— Illustre ou non, répondit le grand peintre Maryas, voilà que je te reconnais parfaitement ; tu es Bouvat, mon vieux camarade Bouvat, et, si tu veux me faire plaisir, tu cesseras de me donner du « maître » gros comme le bras et de me dire *vous*. »

Il tendit sa main droite à M. Bouvat, qui la prit dans les deux siennes, et la serra à plusieurs reprises avant de se décider à la lui rendre.

Philippe était muet de surprise. Quoi, ce brave homme si simple, qui lui avait parlé avec tant de bienveillance, c'était l'illustre Maryas, l'homme dont M. Bouvat avait sans cesse le nom dans la bouche.

« Et que fais-tu ici ? demanda Maryas à M. Bouvat.

— Du commerce, répondit M. Bouvat en désignant sa voiture d'un geste de résignation.

— Alors ce jeune garçon est ton collaborateur ?

— Philippe, dit M. Bouvat, voulez-vous avoir l'obligeance de descendre des chaises ? » Philippe obéit avec empressement, et M. Bouvat dit à voix basse : « De nom, c'est mon commis ; de fait, c'est mon maître.

— Un peu artiste, hein ? demanda Maryas.

— Très artiste !... s'écria M. Bouvat avec enthousiasme. Du moins à ce que je crois, » ajouta-t-il modestement.

Philippe apporta deux chaises et se retira discrètement derrière les tamaris, ne voulant point gêner par sa présence ces deux vieux camarades d'atelier que le hasard avait mis subitement en présence et qui devaient avoir tant de choses à se dire.

« Il est très bien élevé, dans tous les cas, dit Maryas en s'asseyant.

— Tiens, reprit M. Bouvat avec expansion, il faut que je te conte son histoire, elle est réellement touchante. Et puis après je te montrerai quelques petites choses qu'il a faites, et tu me diras si je me trompe et si je ne suis pas réellement ce que je crois être : une oie en train de couver un œuf d'aigle.

— Autrefois, riposta en riant Maryas, nous disions : une poule en train de couver un œuf de canard.

— Poule est trop noble pour un raté comme moi, dit M. Bouvat avec vivacité, et canard est trop vulgaire pour lui : voilà mon opinion. »

Maryas était un grand artiste, et un homme de beaucoup de cœur. L'histoire de Philippe l'émut profondément et il ne crut pas nécessaire de rougir de son émotion.

Après que M. Bouvat eut fini son récit, il dit à Maryas : « Maintenant, je vais en appeler à ton jugement. Attends-moi une petite minute. »

Il revint bientôt, portant sur une chaise un carton à dessin et quelques petites toiles. Il plaça la chaise devant Maryas, appuya l'album contre les pieds de la sienne, et posa les petites toiles une par une devant Maryas. Maryas regardait les toiles une à une sans rien dire, caressant sa fine moustache blanche et en retroussant les pointes, sans songer à ce qu'il faisait.

« C'est jeune, c'est maladroit..., balbutia M. Bouvat, que le silence de l'autre mettait au supplice.

— Pas déjà tant ! » dit Maryas, sans lever les yeux.

Le cœur de M. Bouvat bondit de joie. Le digne homme reprit : « Crois-tu qu'il soit né coloriste ?

— Sans aucun doute, répondit Maryas. Tu lui as mis le pinceau à la main et tu lui as donné d'excellents conseils, cela se voit. Mais il y a dans ces pochades quelque chose que ni toi ni moi nous ne pourrions lui apprendre : le sens de la couleur. Il se montre partout. Et dans ce carton, qu'est-ce qu'il y a ?

— Des dessins.

— Montre-les-moi. »

Quand il eut parcouru la petite série, il dit à M. Bouvat qui était suspendu à ses lèvres : « C'est très fort, voilà ce que je puis te dire en toute sûreté de conscience. Combien de temps restes-tu ici ?

— Cela dépendra du plus ou moins d'empressement de la clientèle, répondit le photographe.

— Tout le temps que tu y resteras, reprit Maryas, envoie-moi ton aiglon, le matin à sept heures : je pourrai lui apprendre quelques petites choses. Il y a bel âge que je ne donne plus de leçons, mais cet enfant m'intéresse. Je suis en villégiature chez un ami, dans le chalet dont tu vois d'ici le balcon. Les leçons commenceront demain matin à sept heures, et dureront ce qu'elles pourront : le plus longtemps sera le mieux. Tiens, il me vient une idée, que je n'ai pas le temps de t'expliquer : peux-tu me confier ce carton ?

— Assurément, » répondit M. Bouvat.

Maryas partit, emportant le carton sous son bras, et retourna tout droit au chalet de son ami. Son ami était un des plus grands éditeurs de Paris, qui publiait différents recueils illustrés, destinés à des publics différents.

« Est-ce que Monsieur est sorti ? demanda Maryas à un domestique qui flânait sur le balcon.

— Non, monsieur, répondit le domestique. Monsieur est dans son cabinet ; il dépouille sa correspondance. »

Maryas frappa un petit coup sec et entra familièrement sans attendre la permission. L'éditeur était un homme assez jeune, portant une longue barbe assyrienne, avec une chevelure aussi assyrienne que la barbe. Quand Maryas se présenta, il était en train de détirer ses bras dans toute leur longueur et il bâillait sans vergogne. Une trentaine d'enveloppes gisaient dans la corbeille aux papiers de rebut, une trentaine de lettres annotées de la main de l'éditeur formaient à sa gauche un petit tas assez respectable.

« Ah ! pardon, cher ami, dit l'éditeur, cessant brusquement de se détirer et de bâiller, je ne vous avais pas entendu venir.

— Mon cher Voland, dit Maryas en s'asseyant sur un fauteuil, vous n'avez que trop de raisons de donner de légers signes de fatigue, et il montra du doigt la pile de lettres. En avez-vous fini avec cette fastidieuse besogne, et pouvez-vous m'accorder un moment ?

— Deux, trois, quatre moments, répondit l'éditeur. Une minute, et je suis tout à vous. Vous permettez ? »

Il sonna, un domestique répondit au coup de sonnette.

« Pour M. Tillard, » dit laconiquement l'éditeur. M. Tillard était son secrétaire.

« Mon cher ami, dit Maryas, je viens de faire une découverte.

Vous aimez toujours, n'est-ce pas, les œuvres d'art originales, quand même elles seraient un peu naïves ?

— Bien sûr, répondit M. Voland. Nous avons entrepris une croisade contre le « chic » d'une part, et de l'autre contre le « poncif ».

— Et vous avez bien fait.

— Vive la nature !

— Pas toute crue, répliqua Maryas ; vive la nature quand on comprend ses intentions, et qu'on les interprète avec candeur et bonne foi.

— Bien entendu, dit M. Voland.

— Eh bien, mon cher, regardez-moi cela, et dites ce que vous en pensez. »

Il dénoua les cordons du carton, et l'étala tout grand ouvert sur la table de l'éditeur.

« C'est justement ce qu'il nous faut, dit M. Voland après avoir regardé attentivement tous les dessins.

— Je le crois, dit Maryas.

— L'auteur ?

— Est un garçon de dix-neuf ans.

— Eh bien, lançons-le.

— Lançons-le tout doucement. Les débuts éclatants sont presque toujours suivis de réactions. Vous savez cela aussi bien que moi. Un dessin de temps en temps ; assez pour exciter l'attention, pas assez pour provoquer l'envie.

— Sait-il dessiner sur bois, votre jeune homme ?

— J'en doute fort ; il apprendra quand il sera temps. Vous ferez photographier les dessins sur bois, et vous confierez cela à Pisan. Il n'ôtera rien au dessin de sa naïveté, et il corrigera quelques petites maladresses.

— Qu'est-ce qu'il fait, votre jeune homme ?

— Il est photographe ambulant, ou plutôt commis de photographe ambulant. Son histoire est fort touchante et il paye bien de sa personne.

— Croyez-vous qu'il sera exigeant pour les prix ?

— Nous les débattrons équitablement entre nous, quand le moment sera venu. Cet enfant m'intéresse ; je serai son représentant auprès de vous. Le photographe en titre, son patron, est un de mes anciens camarades d'atelier, qui n'a pas percé et qui a eu le bon sens de ne pas s'obstiner à manger de la vache enragée. Tant que ce brave homme vivra, l'autre ne le quittera pas. Mais le pauvre Bouvat se fait vieux. Un de ces jours, il faudra qu'il

renonce au métier. En prévision de ce jour-là, qui ne tardera
guère à venir, je voudrais mettre mon protégé en état de gagner
largement sa vie, et faire sortir peu à peu l'artiste qui est en lui.
Vous pourrez le voir si vous voulez ; il viendra tous les matins
travailler avec moi. Ne lui parlez de rien, tant que je ne me serai
pas entendu avec son patron. Maintenant autre chose ; je voudrais bien tenir mon petit élève pendant huit ou dix jours ; si vous
étiez bien gentil, Voland, savez-vous ce que vous feriez ?

— Je suis extraordinairement gentil, répondit Voland avec une
rare modestie ; la preuve, c'est que, quand vous m'aurez dit ce
qu'il faut faire, je le ferai.

— La durée du séjour de mon ancien camarade ici dépend
du travail qu'il y trouvera. Vous qui faites la pluie et le beau
temps dans ce pays, trouvez des clients pour mon homme ; en-
voyez tous vos amis, toutes vos connaissances à la rescousse.
Je dois vous dire du reste que vos amis et connaissances vous
remercieront. Car ce petit Philippe Cambrequesne réussit à merveille les portraits les plus difficiles, ceux des petits enfants.

— Bon, répondit M. Voland, le reste de ma journée est libre, je
vais en profiter pour battre le rappel aux quatre coins de la
ville. Comptez sur moi. »

Le soir même, Maryas, ayant pris M. Bouvat à part, lui parla de
l'avenir qui s'ouvrait devant Philippe ; il lui dit en même temps
quelles précautions il avait suggérées à l'éditeur, pour que les
débuts de Philippe fussent modestes.

« Tu es son caissier, je pense ? ajouta Maryas.

— Bien entendu ; seulement la caisse sonne creux en ce moment, à cause de la grosse dépense qu'il a faite pour ce tombeau.

— Elle se remplira, dit Maryas. J'ai lieu de croire que vous aurez
ici une grosse clientèle. Et puis je m'arrangerai pour que les
dessins soient payés ce qu'ils valent. Seulement, de peur qu'il ne
se monte la tête (il est si jeune), tu ne lui diras pas le prix exact,
mais tu l'inscriras à son avoir. Est-ce entendu ?

— C'est entendu. »

A l'heure du dîner, M. Voland fut en retard. Il s'excusa auprès
de son hôte sur la propagande effrénée qu'il avait faite.

« Si le bonhomme démarre d'ici avant dix jours, dit-il, c'est
qu'il sera pris de panique et fuira devant un ennemi trop supérieur en nombre.

— Mais, objecta Maryas, si tout le monde lui tombe sur le dos à
la fois, il en perdra la tête.

— Oui, mais, répondit M. Voland, nous qui sommes un homme

d'ordre et un notable commerçant, nous avons prévu le cas, et nous avons pris nos mesures en conséquence. » Tirant alors son carnet de sa poche, il montra de longues listes, distribuées selon les jours de la semaine. « Mon zèle a surpris bien des gens, reprit M. Voland en plongeant sa cuiller dans son potage. Les uns me croient fou ; les autres disent que c'est une gageure ; dans d'autres cercles je me fais en ce moment la réputation de l'homme le plus charitable qui soit au monde. Les autres opinions, je m'en moque ; celle-là me tracasse, car je ne la mérite pas. Qu'est-ce que je fais, en somme ? Les affaires de la maison. Car, plus longtemps le bonhomme restera, plus longtemps le petit commis profitera de vos leçons, et ses dessins n'en seront que meilleurs. Je me fais l'effet d'un exploiteur, et par-dessus le marché, d'un hypocrite. Du reste, ami, à votre santé.

— A la vôtre, exploiteur, répondit Maryas en riant.

— Des gros mots ! ami, vous me payerez cela. Il y a des choses que l'on dit sur son propre compte, et que l'on n'aime pas à s'entendre dire par le voisin. Je sais bien ce que je ferai. Je dirai partout que l'illustre Maryas ira se faire photographier tel jour, à telle heure. Il y aura un immense concours de population, et du coup tous les hommes graves qui auraient cru se compromettre en s'adressant à un photographe ambulant, n'auront rien de plus pressé que de se faire inscrire, à la suite du célèbre Maryas, membre de l'Institut, commandeur de la Légion d'honneur.

— Inscrivez-moi, dit tranquillement Maryas.

— Sérieusement ?

— Sérieusement ! Bouvat est mon ancien camarade d'atelier, et je ne rougis jamais de mes anciens camarades, quand ce sont de braves gens. »

M. Dian avait comparu devant la cour.

CHAPITRE XXIV

M. Dian, de Bordeaux, comparaît comme témoin dans une affaire criminelle. — L'accusé insulte le témoin et le menace de sa vengeance. — La famille de M. Dian. — Hermance Ledoux. — La vieille Mme Ledoux.

M. Dian, riche négociant de Bordeaux, avait comparu devant la cour d'assises de la Gironde, non pas comme accusé, mais comme témoin à charge. Voici le résumé des faits et circonstances qui l'avaient amené, bien contre son gré, à jouer ce rôle important.

Un soir qu'il revenait de son cercle, par un très beau clair de lune, il avait été témoin d'un meurtre dans une rue solitaire. Comme il l'avait dit au juge d'instruction et comme il le répéta devant le jury : un homme, caché dans l'ombre d'une porte cochère, s'était rué sur un autre homme qui passait ; il avait levé le bras à plusieurs reprises. La victime s'était affaissée sur le pavé, le meurtrier avait pris la fuite. Quelque chose l'avait sans doute effrayé, car il avait rebroussé chemin, et il avait presque frôlé le témoin. M. Dian l'avait reconnu tout de suite ; c'était un de ses anciens camionneurs, qui avait quitté son service volontairement, parce qu'il avait trouvé un emploi au chemin de fer.

M. Dian n'aurait pas demandé mieux que de ménager son

14

'ancien camionneur, mais il avait prêté serment; il avait donc été obligé de dire la vérité, toute la vérité, rien que la vérité. Les autres témoignages avaient gravement compromis l'accusé, mais il pouvait encore exister des doutes, que l'avocat n'aurait pas manqué d'exploiter au profit de son client.

A l'audience, M. le Président demanda au témoin s'il était bien sûr que l'homme qui s'était enfui, après avoir frappé, était le même qui avait passé près de lui une ou deux minutes après.

« C'est bien le même, répondit M. Dian sans la moindre hésitation, car je ne l'ai pas perdu de vue un seul instant. »

L'avocat de l'accusé fit observer qu'il y avait quelques contradictions dans la déposition du témoin. Selon lui, l'homme qui s'était élancé de la porte cochère était coiffé d'un béret tiré en avant, qui lui cachait la figure. Comment avait-il pu reconnaître cet homme, l'ayant vu plus tard une seconde seulement, et lorsque sa figure était dissimulée dans l'ombre projetée par son béret?

« Quand il a passé devant moi, répondit le témoin, il était haletant, car la nuit était chaude, il avait retiré son béret et s'en servait machinalement pour s'essuyer la tête et le cou, tout en courant. »

L'avocat ne se tint pas pour battu et demanda à M. Dian pourquoi, ayant le meurtrier à portée de la main, il ne l'avait pas arrêté, ne fût-ce que pour être plus sûr de son identité.

« J'étais sans armes, répondit le témoin, et l'accusé tenait encore à la main un long couteau ou un poignard, mais je crois plutôt que c'était un couteau catalan. »

L'huissier de service, sur l'ordre du Président, prit sur la table où étaient déposées les pièces à conviction, un couteau catalan dont la lame était rouillée, et le présenta au témoin.

« Ce doit être une arme de ce genre, répondit le témoin, mais je ne puis affirmer que ce soit celle-là. »

La déposition terminée, l'accusé se leva brusquement, et, montrant le poing à M. Dian, vociféra les paroles suivantes : « Parjure! faux témoin! c'est toi qui m'envoies à l'échafaud, mais tu t'en repentiras! »

M. Dian avoua depuis qu'il avait été fort troublé de cette violente interpellation. Il n'est pas agréable, vous savez, d'être traité de parjure et de faux témoin devant une salle comble.

Le jury n'envoya pas l'accusé à l'échafaud. Ayant découvert des circonstances atténuantes, il chargea le chef du jury de répondre en ce sens aux questions qui lui étaient posées par le Président. En conséquence, après une courte délibération, la Cour, par l'organe de son Président, condamna le meurtrier à vingt années de travaux forcés.

M. Dian sortit de l'audience en se dissimulant dans la foule, comme s'il venait de commettre une mauvaise action, craignant fort d'être hué; pourtant, après tout, il n'avait fait que son devoir strict de bon citoyen et d'honnête homme. La menace de l'accusé lui bourdonnait aux oreilles, comme une mouche importune, qui revient à la charge avec d'autant plus d'acharnement que l'on fait plus d'efforts pour la chasser.

« Bah ! se disait M. Dian, sans doute une menace est une menace ; mais, quand elle est à vingt ans d'échéance, un homme raisonnable ne devrait pas s'en préoccuper. D'ailleurs, en vingt ans il se passe bien des choses, et d'ici là, comme dit si justement La Fontaine : « Le roi, l'âne ou moi nous mourrons ! »

Malgré tous ces beaux raisonnements, M. Dian ne pouvait s'empêcher d'être fort cruellement préoccupé. Il ne retrouva un peu de sa bonne humeur habituelle que quand il fut chez lui, au milieu des siens.

C'était une charmante famille que celle de M. Dian. Mᵐᵉ Dian, très jolie créole de trente-cinq ans, paraissait en avoir vingt-cinq tout au plus. Il y avait trois enfants dans la maison : un garçon de treize ans, nommé Pierre, qui suivait les cours du lycée en qualité d'externe; une fillette de douze ans, Sabine, qui faisait ses petites études à la maison, sous la surveillance très débonnaire de sa maman; enfin, un bébé d'un an, Mˡˡᵉ Madeleine, plus connue dans la famille sous le petit nom de Nénène.

Les membres du cercle de M. Dian remarquèrent qu'il lisait tous les journaux avec une avidité singulière; on ne pouvait le tirer de cette lecture sempiternelle, soit pour faire une partie de billard, soit pour « tailler une bavette » au fumoir.

Il était taciturne et préoccupé : on en conclut logiquement qu'il s'occupait de politique, et, comme les élections générales étaient proches, on le soupçonna véhémentement d'aspirer aux honneurs municipaux.

En réalité, à travers les colonnes des journaux, surtout celles des faits divers, M. Dian ne cherchait qu'un nom, celui du meurtrier qui avait été condamné sur sa déposition. Il craignait d'apprendre que cet homme, trompant la surveillance de ses gardiens, avait pris la clef des champs. S'il avait appris cela, M. Dian se serait senti menacé et aurait demandé à la police l'autorisation de porter des armes, pour se défendre à l'occasion.

Six mois environ après le jour où M. Dian était tombé dans la taciturnité et la mélancolie, il redevint subitement le joyeux et aimable compère qu'il avait été auparavant : le *Journal officiel* lui avait appris qu'un convoi de condamnés venait de partir pour Cayenne, et il avait lu, de ses propres yeux lu, sur la liste des émigrants, le nom de son ennemi : *Casanera (Paul-Victor).*

À quelque temps de là, Mme Dian perdit sa femme de chambre, qui épousait un tailleur. Les postulantes affluèrent, car on savait que Madame était indulgente et qu'elle donnait de bons gages, sans compter les menus profits. Le choix de Mme Dian se porta sur une grande fille de trente ans, qui avait servi dans la même famille pendant douze ans, à Saintes, et qui n'avait quitté la maison que parce qu'il n'y avait plus d'enfants à élever : elle adorait les enfants ! Le certificat de Mlle Hermance Ledoux, conçu dans les termes les plus élogieux, portait le visa du maire de Saintes et le cachet de la mairie.

Mme Dian, à demi couchée sur un canapé, tenait à la main le brillant certificat qu'elle venait de lire ; elle leva languissamment la tête, et dit à la grande fille qui se tenait debout devant elle, dans une attitude modeste et réservée :

« Sérieusement, vous adorez les enfants ?

— Oui, madame, répondit doucement Hermance.

— Eh bien, cette raison me décide. Je vous prends à mon service.

— Madame ferait peut-être bien, dit Hermance, d'écrire à mon ancienne maîtresse, avant de rien décider.

— Ceci me suffit, dit Mme Dian en lui tendant le certificat. D'ailleurs vous me plaisez. Vous connaissez mes conditions ?

— Oui, madame. Dans ma dernière place, je gagnais un tiers de moins, par conséquent je les trouve très avantageuses.

— Bien ; quand pouvez-vous entrer chez moi ?

— Je suis aux ordres de Madame, répondit respectueusement Hermance. Seulement, je prie Madame de m'accorder le temps nécessaire pour prévenir ma mère, car ma mère habite Bordeaux, et c'est ce qui m'a décidée à y venir.

— Faites, faites, répondit obligeamment Mme Dian, et revenez le plus tôt possible. »

La mère de Mlle Hermance demeurait dans une des grandes maisons que l'on appelle des maisons de produit.

« Le tour est joué, dit Mlle Hermance à sa mère, j'entre dès ce soir. »

La mère de Mlle Hermance était une vieille femme qui avait dû être belle dans son temps. Mais des chagrins récents, de cruelles angoisses avaient flétri tout ce qui restait encore de son ancienne beauté.

En entendant les paroles de sa fille, elle sourit d'un sourire sinistre et cruel, et s'écria, en joignant ses vieilles mains ridées : « Enfin ! »

La prétendue Mme Ledoux s'appelait de son vrai nom Mme Casanera ; c'était la mère du meurtrier qui avait été condamné sur le témoignage de M. Dian. Hermance Ledoux était sa sœur : Colomba Casanera.

A l'époque où M. Dian se réjouissait si fort de voir son ennemi traverser les mers, Colomba avait trouvé moyen de voir son frère ; il lui avait conté le rôle de M. Dian dans son affaire, et lui avait dit : « Venge-moi. »

Elle lui avait répondu : « Je te vengerai. »

Casanera père était d'origine corse : l'esprit de *vendetta* régnait dans toute la famille, avec les passions les plus violentes. Chacun de ses membres regardait la vengeance non seulement comme un droit, mais comme un devoir. Casanera père avait péri dans une rixe de cabaret, et c'est pour le venger, dix ans après sa mort, que Casanera fils était devenu meurtrier. C'était pour venger son frère que Colomba était entrée comme femme de chambre chez Mme Dian, sous le faux nom d'Hermance Ledoux.

Le certificat qu'elle avait présenté à Mme Dian était de tout point authentique. Seulement, ce n'est pas à elle qu'il avait été délivré. Elle se l'était approprié frauduleusement parce qu'il pouvait servir à ses desseins, et cela sans l'ombre de scrupule, quoiqu'elle fût très probe et incapable, comme on dit, de faire tort d'un sou à quelqu'un.

A l'époque où son frère allait passer en jugement, elle habitait la Rochelle avec sa mère, où elle gagnait largement pour deux, étant fort habile couturière. Comme ces deux femmes ne lisaient jamais aucun journal, elles restèrent dans l'ignorance jusqu'au dernier moment. Mais les clientes de Colomba lisaient les journaux, et à cause de la similitude du nom, quelques-unes de ces dames, poussées par la curiosité, lui adressèrent des questions fort embarrassantes. Ces questions lui donnèrent l'éveil, et elle fut bientôt au courant.

« Je pars pour Bordeaux, dit-elle à sa mère, afin de voir notre pauvre Paul. Quand je reviendrai, nous déménagerons, car nous ne pouvons plus rester ici. »

A Bordeaux, elle apprit que son frère était sur le point de quitter la France. Elle arriva au lieu d'embarquement, juste à temps pour lui faire ses adieux et lui promettre de le venger.

Pendant son absence, Mme Casanera se tint renfermée dans la petite maison qu'elles occupaient. Une certaine nuit, un violent incendie éclata dans une grande maison d'ouvriers, à quelque distance. Les gens affolés, comme il arrive toujours en pareille circonstance, jetaient pêle-mêle les meubles par les fenêtres; il y avait certainement des pilleurs d'épaves dans la foule. L'un d'eux, s'étant approprié un coffret de bois blanc, se sauva dans une ruelle détournée pour en examiner le contenu. Mécontent de sa trouvaille, il s'en débarrassa en la jetant par-dessus un mur. Elle tomba dans la petite cour de Mme Casanera, qui la ramassa le lendemain matin, en allant tirer de l'eau à la pompe.

Elle tenait encore la boîte ouverte sur ses genoux, lorsque Colomba sonna à la porte. Après que Colomba lui eut raconté son voyage et lui eut expliqué la mission dont son frère l'avait chargée, les yeux de Mme Casanera étincelèrent.

« Œil pour œil, dent pour dent! » exclama-t-elle d'une voix sourde.

Puis, frappant sur la boîte avec sa main droite : « Le hasard, dit-elle, nous met entre les mains tout ce qu'il nous faut pour arriver à nos fins. Nous ne pouvons plus rester à la Rochelle, allons tout droit à Bordeaux. Moi, je serai Mme Ledoux, » ajouta-t-elle en jetant deux feuilles de papier timbré sur la table : 1° un acte de naissance au nom d'Annette Pierson ; 2° un acte de mariage constatant qu'Annette Pierson avait épousé Louis-Casimir Ledoux.

« Je comprends, dit gravement Colomba.

— Et toi, reprit la vieille femme en s'animant, tu es Hermance Ledoux. Vois cet acte de naissance, les âges concordent presque. De plus, tu as servi fidèlement une dame de Carrélet, à Saintes, pendant douze ans. »

Et elle lui tendit le certificat qui portait le timbre de la mairie de Saintes.

« J'entrerai certainement chez ces Dian, dit résolument Colomba ; soit comme femme de chambre, soit comme cuisinière, soit comme laveuse de vaisselle. »

Dans l'après-midi, Mme Casanera alla porter à la mairie la boîte et les papiers qu'elle contenait encore.

« Voilà, dit-elle, ce qu'on a lancé cette nuit par-dessus le mur de ma cour. »

L'employé, ayant jeté un regard sur les papiers, dit tranquillement : « Ces papiers-là auraient aussi bien pu brûler avec le

reste, car ils n'intéressent plus personne. Il ne restait de la
famille Ledoux que la mère et la fille ; elles ont été étouffées
toutes les deux dans l'escalier. »

Mme Casanera se retira sans rien dire, heureuse de penser que
son vol ne faisait de tort à personne, et que sa fille et elle se trouvaient à l'abri sous des noms que personne ne viendrait jamais
leur disputer.

Le surlendemain, la mère et la sœur du forçat quittèrent la
Rochelle sans dire où elles comptaient se fixer.

Mme Dian allait disant à toutes ses amies sur quelle perle de
femme de chambre elle avait eu la chance de mettre la main.

« Balai neuf! » lui disait-on pour la taquiner.

Au bout de deux mois l'on n'osait plus risquer cette plaisanterie innocente, car Hermance Ledoux n'avait pas donné lieu à
un seul reproche.

« Son service est parfait, disait Mme Dian à la femme d'un grand
négociant, elle coud comme une fée, et je puis lui confier Nénène
en toute sécurité. »

Mᵐᵉ Ledoux montra le poing à la porte.

CHAPITRE XXV

Bordeaux en rumeur : deux disparitions mystérieuses. — Les voyages d'une ouvrière et de sa petite fille. — M. Bouvat, Philippe et Philistine font une trouvaille, au coin d'une luzerne.

Le soir même, la ville de Bordeaux était en rumeur, parce que la femme de chambre de Mᵐᵉ Dian et sa petite fille avaient mystérieusement disparu.

En un clin d'œil toute la police fut sur pied et les recherches les plus actives commencèrent. Le zèle des chercheurs était stimulé par l'espoir d'une récompense princière, en cas de réussite. Mᵐᵉ Dian, couchée sur une chaise longue, ne se réveillait d'une syncope que pour retomber dans une autre.

M. Dian s'avisa tout à coup que peut-être Mᵐᵉ Ledoux pourrait fournir quelques renseignements. Mᵐᵉ Dian, entre deux crises, parvint à se rappeler le nom de la rue où demeurait la vieille femme, mais elle avait oublié le numéro, ou plutôt elle ne l'avait jamais su, n'ayant jamais eu l'idée de le demander à Hermance.

« Peu importe le numéro, dit M. Dian, je le trouverai bien. » Il le trouva, en effet. Quand il entra chez la vieille dame et qu'il lui eut dit qui il était, elle le pria de s'asseoir.

« Avez-vous vu Hermance et ma petite fille aujourd'hui?

— Oui, monsieur, répondit poliment Mme Ledoux, j'ai eu ce plaisir. »

C'était vrai, elle avait eu ce plaisir; mais elle n'ajouta pas qu'elle avait aidé Hermance à revêtir un modeste costume d'ouvrière, qu'à elles deux elles avaient coupé les boucles blondes de Nénène, qu'elles avaient remplacé son joli petit chapeau de poupée élégante par un béguin qui lui couvrait la moitié des joues, sa robe et ses souliers de petite fée par une véritable houppelande d'indienne et de grosses chaussures.

« A quelle heure vous ont-elles quittée? demanda M. Dian.

— A trois heures, répondit Mme Ledoux, et je ne les ai pas revues, et je ne sais pas où elles peuvent être. »

En effet, Hermance était partie à trois heures, emportant Nénène sur son bras et un sac de nuit à la main. Personne ne l'avait vue ressortir, et ce n'était pas surprenant, car la maison avait deux issues. Entrée par la première en toilette de femme de chambre élégante, elle était sortie par l'autre en ajustement d'ouvrière. Mme Ledoux n'avait pas revu sa fille! Et elle disait la pure vérité, puisque sa fille était montée dans un fiacre au coin de la rue, et s'était fait conduire au chemin de fer, juste à temps pour y prendre le train de Paris. Mme Ledoux ne mentait pas non plus en disant qu'elle ne savait pas où pouvaient être la femme de chambre et la petite fille, car elle ignorait absolument combien de kilomètres avait dévorés le train depuis son départ, et à quelle station ou entre quelles stations il se trouvait à l'heure présente.

Mme Ledoux rassura doucement le pauvre père désespéré : Hermance était une femme prudente et énergique ; il était impossible que la petite fille courût le moindre danger avec elle. « Seulement quelquefois, vous savez, il arrive des choses que l'on n'avait pas prévues ; on se trouve en retard ; on reparaît et tout s'explique ; on rit de sa frayeur, et l'on se dit : «Comment n'avais-je pas pensé à cela? » Moi, je ne m'effraye pas, ajouta la bonne dame d'un ton encourageant, je suis sûre qu'elles se retrouveront, et peut-être qu'elles sont déjà chez vous pendant que nous parlons d'elles. »

M. Dian se retira en hochant la tête ; tout le long du chemin il se creusait la cervelle, formant toutes les suppositions imaginables — sauf la vraie.

Pendant ce temps-là Mme Ledoux, dont la physionomie était subitement redevenue haineuse et méchante, montrait le poing à la porte par où M. Dian venait de sortir, et disait tout haut, d'un ton de triomphe :

« Va ! va ! ronge-toi le cœur à ton tour. Œil pour œil, dent pour
dent ! Si par ta faute mon Paul avait perdu la vie, j'aurais étranglé
ta petite fille de mes propres mains au lieu de lui couper simplement les cheveux, quand je la tenais là, entre quatre murs. Tu as
fait exiler mon enfant, je fais exiler le tien. Je ne reverrai jamais
mon fils, tu ne reverras jamais ta fille ! »

M. Dian ne rentra chez lui que pour en ressortir cinq minutes
après, encore plus désespéré qu'auparavant. Il courut alors au
bureau du télégraphe et lança des dépêches dans toutes les
directions, avec une description détaillée des vêtements que
portaient les deux personnes disparues, au moment de leur
disparition. Il avait écrit ces descriptions sous
la dictée de sa femme.

La dépêche lancée sur Paris précéda de plusieurs heures l'arrivée du train. Le gendarme
qui surveillait le défilé des voyageurs à la gare
d'Orléans, savait la description mot pour mot ;
car il avait pris soin de l'apprendre par cœur.

Naturellement son attention se tourna sur
les voyageuses dont la toilette pouvait offrir
quelque ressemblance avec celle qu'il avait en
tête. Aussi Colomba Casanera lui passa sous le
nez tranquillement, sans se presser.

Au petit pas, elle gagna un modeste hôtel de famille, situé en
face de la gare d'arrivée, près du Jardin des Plantes, se fit donner
une petite chambre, demanda du lait pour sa « fille », fit un léger
repas sur le pouce, endormit Nénène et prit elle-même quelques
heures de repos.

Lorsque Nénène la réveilla, il faisait nuit ; elle alluma une
bougie et sonna pour avoir un indicateur des chemins de fer. La
première chose qu'elle fit, ce fut de regarder, sur la carte générale, la distance qu'elle avait déjà mise entre elle et Bordeaux ;
ensuite elle médita longuement sur la direction qu'elle devait
prendre pour dérouter toutes les recherches. Après de longues
réflexions, elle se décida pour l'Ouest ; ayant consulté le tableau
des trains de l'Ouest, elle en choisit un, et décida d'avance la
station où elle s'arrêterait ; la colonne des heures lui indiqua
qu'elle arriverait au petit jour.

Elle sonna de nouveau, fit mettre dans son sac quelques sandwichs pour elle, des gâteaux secs et du lait pour Nénène, paya
sa dépense, demanda une voiture et se fit conduire à la gare
Saint-Lazare.

Le lendemain matin, elle descendit à la station qu'elle avait
déterminée d'avance, tendit son billet à un employé somnolent
qui ne la regarda même pas, et se trouva en pleine campagne.
Comme l'air était vif et piquant, elle enveloppa soigneusement
Nénène dans un tricot de laine et marcha devant elle au
hasard.

Elle était harassée de fatigue, mais elle ne s'en apercevait
même pas.

Au bout de deux heures de marche par des chemins creux
bordés de haies, elle se trouva tout à coup en présence d'un
paysage absolument différent de celui qu'elle avait eu jusque-là devant les yeux. Le terrain, tout plat d'abord, descendait
brusquement; les prairies et les herbages succédaient aux
champs de culture. Faisant brusquement un coude à droite, le
petit chemin rejoignait une grande route.

A la limite des deux régions, presque entre les racines d'un
vieux pommier, une petite source sortait de terre et donnait naissance à une miniature de ruisseau qui descendait résolument
vers la région des prairies et du frais, suivant le fond d'un ravin
tortueux, où un bataillon aurait pu se mettre en embuscade.
Colomba descendit dans ce ravin, et, au premier détour, se trouva
dans une retraite où personne ne pouvait la voir, à moins d'être
à deux pas d'elle. Le ruisseau serrait de près le talus de droite,
une sorte de petite prairie de poupée où poussait une herbe très
drue, mélangée de touffes de joncs marins.

Colomba s'assit sur ce tapis, fit la toilette de Nénène, lui donna
des gâteaux et du lait, et, tout en grignotant elle-même quelques
sandwichs, la fit jouer avec quelques joujoux à bon marché
qu'elle avait achetés chemin faisant, et lui tressa de petits paniers
de joncs marins.

A la fin, Nénène s'endormit.

« Voilà le moment, » se dit Colomba avec un battement de
cœur. Se dressant alors sur la pointe des pieds, elle observa la
grande route. Elle vit deux voitures de rouliers qui se suivaient
lentement.

« Non, se dit-elle, ce n'est pas ce qu'il faut. Ou bien ils la lais-
seraient là, ou bien ils la rendraient malheureuse. C'est une
innocente, elle, il ne faut pas qu'elle souffre ; mais, pour son
malheur, il faut que son père souffre par elle. »

Une seconde fois, elle se leva. Cette fois une longue voiture de
bonne apparence descendait tranquillement la côte d'en face.
Colomba, qui avait les yeux perçants, distingua trois personnes

Elle observa la grande route.

assises sur le devant de la voiture, l'une de ces personnes était
une femme.

« Une femme n'aura jamais le cœur de la laisser là ! » se dit-
elle. Alors, mettant les joujoux dans ses poches, elle prit Nénène
endormie dans ses bras, suivit le chemin jusqu'à la route et
déposa l'enfant au bord d'une luzerne. Elle mit les joujoux à côté
d'elle, et avec les joujoux, bien en vue, un carton sur lequel il y
avait quelque chose d'écrit.

Au moment où elle allait se sauver, son cœur se serra. Jetant
un regard rapide sur la route, elle vit que la voiture, engagée
dans une allée de saules, n'était pas en vue. Alors, se jetant à
genoux dans la luzerne, elle déposa précipitamment un baiser
sur les joues de Nénène et s'enfuit sans regarder derrière elle.

En ce moment, la voiture sortit de l'allée de saules et commença à gravir la pente. Elle la gravissait lentement, sans se
presser, comme une voiture qui a tout son temps à elle, car
Collodion, fidèle à ses principes, décrivait tranquillement ses
zigzags traditionnels.

« Allons, Collodion, gros paresseux, cria M. Bouvat, si tu as mis
dans ta tête de nous faire croire que ça monte encore, je te préviens que ça ne prendra pas. Tiens ! qu'est-ce que je vois donc là,
à droite, au coin de cette luzerne ?

— C'est un enfant qui dort, répondit Philippe, après avoir
regardé avec attention.

— Un enfant ! » s'écria M. Bouvat avec surprise. Ayant mis son
lorgnon, il reprit : « C'est pourtant vrai. Eh bien, mais, ils ont
une drôle de manière de garder leurs enfants, dans ce pays-ci !
Le premier indigène que je rencontre, je lui en ferai mon compliment. Il faut tout de même voir ce que c'est, » ajouta-t-il en
tirant sur la bride pour prier Collodion de vouloir bien faire
halte. Il descendit du balcon, suivi de Philippe et de Madame.

Philippe franchit le fossé, grimpa le talus et atteignit le point
où était l'enfant. Ayant ramassé le morceau de carton qui gisait à
côté, il lut tout bas ce qui était écrit dessus.

« Oh ! par exemple, dit-il à demi-voix, voici quelque chose de
bien extraordinaire. Écoutez. »

M. Bouvat et Philistine se rapprochèrent du bord du fossé pour
mieux entendre, et Philippe leur lut ce qui suit :

« Je recommande ma petite fille à la charité des bonnes âmes.
Je suis forcée de l'abandonner pour des raisons que je ne puis pas
dire. Elle s'appelle Marie ; elle a un an. »

« C'est du propre ! » s'écria M. Bouvat avec une généreuse indignation. Son exclamation, plus énergique qu'élégante, flétrissait évidemment l'action de cette mère qui avait abandonné son enfant.

« Dans tous les cas, dit Philippe, nous ne pouvons pas la laisser là. » En prononçant ces paroles, il regardait la petite abandonnée avec une tendre pitié.

« Si nous faisions cela, ajouta Philistine, nous ne serions pas d'honnêtes gens.

— Très bien, madame, dit M. Bouvat, en hochant gravement la tête.

— Philistine, reprit Philippe, tends-moi ton tablier. »

Sans demander la moindre explication, Philistine saisit son tablier par les deux coins d'en bas et les releva vivement. Philippe y jeta d'en haut un petit chien de carton, un mouton de même matière, une petite pelle en bois et un moulin à vent qui avait perdu une de ses ailes. En se baissant pour ramasser le moulin, il s'était aperçu que la jupe de la petite fille cachait un autre objet. Cet objet, c'était un biberon plein de lait.

« Monsieur Bouvat, dit Philippe à son patron, je ne puis pas jeter cela dans le tablier de Philistine. Si vous vouliez bien prendre la peine de descendre dans le fossé, je vous mettrais tout doucement ce biberon dans les mains. »

M. Bouvat descendit dans le fossé et reçut le biberon. Jamais, dans sa longue carrière, il n'avait vu de près cet instrument ingénieux qu'on appelle un biberon, sauf peut-être à l'époque où il en avait fait usage lui-même et où l'esprit d'observation n'était pas encore éveillé dans son âme enfantine. Il demeura donc une grande demi-minute dans le fossé, regardant le biberon avec attention et cherchant à se rendre compte du mécanisme.

« Très bien imaginée, dit-il, cette rondelle d'ivoire qui empêche l'enfant d'avaler le tuyau jusqu'au bout et de s'étrangler. »

Ayant émis cette remarque pleine de perspicacité, il se décida à remonter sur la route. Alors Philippe prit la petite fille dans ses bras avec des précautions infinies, et, remontant la luzerne dans la direction du petit chemin, put sortir du champ sans avoir à franchir le grand fossé. La petite fille dormait profondément, le sourire sur les lèvres; sa tête reposait avec le joli abandon de l'enfance sur l'épaule de Philippe. Quand il eut rejoint ses associés, il leur dit à voix basse: « Pauvre trésor! Voyez donc comme elle est jolie! »

En ce moment, le pauvre trésor se réveilla et regarda avec étonnement les trois têtes penchées sur elle. La barbe de M. Bou-

vat lui inspira une certaine défiance; elle n'approuva pas sans
réserve le facies de Philistine, mais elle sourit à Philippe avec la
plus entière confiance.

Philippe, littéralement fou de joie et d'orgueil, la serra sur son
cœur et l'embrassa sur les deux joues. La jeune personne, habi-
tuée évidemment aux caresses, avança son petit museau et rendit
à Philippe baiser pour baiser.

Et pour dire toute la vérité, elle ne s'en tint pas là. Passant ses
deux bras autour du cou de Philippe, elle posa doucement sa
joue contre la sienne.

Prends garde à ton cœur, Philippe ! Ah ! qu'étaient les caresses
du jeune Archibald au prix de celle-là ! Il avait son papa et sa
maman, M. Archibald, il avait ses domestiques, ses voitures, son
château; et cette pauvre petite que Philippe tenait dans ses bras,
elle n'avait rien, et dans son abandon elle s'accrochait à lui
comme un naufragé à une épave.

Ce fut Philippe qui la hissa dans la voiture ; ce fut lui qui la
tint sur ses genoux, pendant qu'elle contemplait dans son extase
enfantine les murs de bois de la maison roulante. Jusque-là, elle
n'avait pas prononcé un mot.

« Zentil ! s'écria-t-elle en frappant ses petites mains l'une
contre l'autre.

—Elle dit que c'est gentil, » s'écria Philippe émerveillé de son
intelligence.

« Ménine ! » dit la petite fille en regardant autour d'elle comme
si elle cherchait quelqu'un. Puis elle secoua la tête et dit:
« Ménine pâtie ! »

« Ménine, c'est ta maman ? » lui demanda Philippe.

La petite fille fit signe que non.

« Et toi, comment t'appelles-tu ? »

La petite fille le regarda sans répondre.

« Marie ! » lui cria Philistine.

La petite fille ne tourna même pas la tête.

« Voulez-vous que je vous dise, moi? reprit Philistine en
s'adressant à ses deux associés ; tout ce qu'il y a sur le carton,
c'est autant de mensonges. Cette enfant-là ne s'appelle pas
Marie, et j'ai vu assez de petits enfants pour pouvoir vous
répondre qu'elle a plus d'un an. Son costume est un mensonge
aussi. Regardez sa figure, regardez ses petits bras, regardez ses
petites jambes, c'est un enfant de la bourgeoisie, et non pas
une petite fille d'ouvriers.

—Je crois que vous avez raison, dit M. Bouvat de son balcon.

15

A présent la première chose que nous ayons à faire, c'est d'aller à la mairie du prochain village où nous arriverons, et de déclarer où, comment et quand nous l'avons trouvée. Ça pourra aider la justice à retrouver ses parents. Dans tous les cas, nous aurons fait notre devoir d'honnêtes gens. »

On montra sa maison à M. Bouvat.

CHAPITRE XXVI

Déclaration à faire ; première mairie fermée ; seconde mairie entr'ouverte seulement. Gardons Nénène.

Les voyageurs arrivèrent en effet à un village ; mais la mairie était fermée ; le maire et les adjoints travaillaient aux champs ; quant au secrétaire, qui était en même temps agent d'une compagnie d'assurances contre l'incendie, il débattait un contrat avec deux paysans, le verre en main, dans un cabaret. M. Bouvat ne pouvait pas deviner cela ; la caravane fut donc obligée de se remettre en route, sans avoir fait sa déclaration.

Sans savoir pourquoi, Philippe se réjouit intérieurement de cette petite déconvenue. A défaut du maire, Philistine avait découvert une bonne femme, qui avait consenti à lui céder une potée de lait, moyennant finance, cela va de soi.

La petite fille avait repris sa place sur le balcon, entre les bras de Philippe. Comme la vue du paysage ne l'intéressait plus, elle se mit à considérer M. Bouvat avec une profonde attention. M. Bouvat crut qu'il était de son devoir de se mettre en frais d'agaceries et de sourires. L'enfant garda longtemps son sérieux sans cesser un seul instant de regarder le vieux photographe. A

la fin, elle se décida à sourire, et ayant trouvé sans doute que cet
homme à barbe grise était digne de sa confiance, elle lui révéla
un grand secret qu'elle avait jusque-là gardé pour elle toute
seule.

« Nénène ! » lui dit-elle.

M. Bouvat crut que c'était un petit nom d'amitié qu'elle lui
donnait.

« Ce n'est guère, dit-il, un nom de vieux photographe ambulant;
mais, comme c'est l'intention qui fait tout, et que l'intention
paraît bonne, je veux m'appeler Nénène, si ça te fait plaisir, ma
pauvre petite.

— Je croirais plutôt, suggéra Philippe, que Nénène est le petit
nom d'amitié qu'on lui donnait chez ses parents.

— Peut-être bien, répliqua M. Bouvat; mais comment le savoir
au juste ? »

Ce fut Philistine qui trancha la question.

« Nénène ! » dit-elle du fond de la voiture, en prenant une voix
flûtée, comme on fait quand on cherche à attirer l'attention des
petits enfants.

La petite fille se retourna vivement, et, ne voyant pas tout de
suite la personne qui l'appelait, grimpa tout debout sur les genoux
de Philippe pour regarder par-dessus son épaule.

Philistine lui fit un signe de tête, et l'enfant répondit par un
signe de tête, ayant l'air de dire : « Nous nous comprenons bien,
nous deux. »

Elle alla même plus loin; piétinant de son petit pied droit le
genou gauche de Philippe, en signe d'impatience et de vif désir,
elle tendit les bras à Philistine.

Philippe se leva avec empressement. Ce n'était pas seulement
au désir de Nénène qu'il obéissait, mais encore au sien propre.
Des idées vagues qui lui avaient traversé la cervelle pendant ces
dernières heures, venaient tout à coup de prendre une forme
précise, et il éprouvait le besoin de s'en entretenir avec Philistine.

Comme elle s'avançait vers lui pour prendre Nénène, Philippe
lui fit signe de reculer jusqu'au fond de la voiture, c'est-à-dire
jusqu'à la cloison de sa chambre. Arrivés là, ils s'assirent face à
face. Nénène, debout entre eux deux, jouait avec ses joujoux dans
le creux du tablier de Philistine.

« Ils vont la mettre aux Enfants-Trouvés, n'est-ce pas ? » dit
Philippe à l'oreille de Philistine.

Elle fit un signe de tête affirmatif.

« Si nous la gardions ? » reprit vivement Philippe.

Philistine le regarda sans trop de surprise, et puis, lentement, elle fit un signe de tête dans la direction de M. Bouvat.

« Si nous sommes deux contre lui, il ne refusera pas, reprit Philippe, toujours à voix basse. Toi, Philistine, crois-tu que ce soit possible ?

— On trouverait bien moyen de s'arranger, » répondit Philistine.

Philippe se leva, alla rejoindre M. Bouvat sur le balcon, et lui dit, en s'asseyant auprès de lui :

« Monsieur Bouvat, si nous gardions Nénène ?

— Garder Nénène ! répliqua M. Bouvat, en regardant son commis d'un air ahuri. La garder ! Et pourquoi faire ?

— Pour l'élever, répondit bravement Philippe.

— Pour l'élever ! Mais... mais... je ne m'entends pas à élever des enfants, moi ! Ni vous non plus, mon pauvre Philippe !

— Philistine sait ; c'est elle qui m'a élevé.

— Et puis, reprit M. Bouvat, où voulez-vous que nous la fourrions ?

— Monsieur Bouvat, dit Philippe d'un ton insinuant, le jour où vous m'avez fait cadeau de tout mon attirail de peinture, je vous ai dit : « Comment faire entrer tout cela dans la voiture ? » et vous m'avez répondu : « Il y tiendrait bien encore autre chose » ; eh bien, voilà autre chose !

— J'ai dit cela, c'est vrai, reprit M. Bouvat d'un air penaud, mais je songeais à un objet quelconque, et non pas à un petit enfant. Avec un enfant, la responsabilité...

— Vous n'en aurez que votre tiers ; ce ne sera pas lourd. Et puis, est-ce que cela ne nous ferait pas à tous quelque chose d'envoyer aux Enfants-Trouvés une jolie petite fille que nous avons ramassée nous-mêmes, qui est douce et mignonne comme un agneau ; qui vous a montré tant de confiance en vous disant son nom, qu'elle nous avait caché, à Philistine et à moi ?

— Philippe, dit M. Bouvat, pour la première fois de ma vie que je veux faire l'homme prudent, ça ne me réussit guère. L'idée m'était venue, comme à vous, de garder ce pauvre chiffon ; mais je me disais que ce serait trop de tracas pour Madame et pour vous. Du moment que l'affaire vous va, elle me va. Gardons Nénène.

— Nénène ! cria Philippe, viens remercier M. Bouvat. »

Comme Nénène refusait absolument de se séparer de ses joujoux, Philistine apporta le tout ensemble.

« Embrasse le bon M. Bouvat, » dit Philippe à Nénène, en l'élevant dans ses bras jusqu'à la figure de son patron.

Si la figure du bon M. Bouvat eût présenté aux regards de Nénène une surface lisse et unie comme celles de Philistine et de Philippe, l'acte d'actions de grâces se fût sans doute accompli sans retard ; car les bons yeux de M. Bouvat, vus de près, étaient faits pour gagner la sympathie des petits enfants, aussi bien que celle des grandes personnes. Mais il y avait cette terrible barbe ! Et encore qu'était-elle auprès de la barbe de Fleuve que nourrissait autrefois le menton du photographe avant les grandes réformes ? Mais, selon toute apparence, Nénène avait vécu dans un milieu où l'on avait coutume de se raser. Tant il y a que pour un instant, l'effet de la grande barbe contre-balança l'effet des bons yeux si doux.

Les trois associés regardaient Nénène, se demandant ce qu'elle allait faire. Voici ce qu'elle fit. Timidement d'abord, avec des petits mouvements de patte semblables à ceux d'un chat qui retire des marrons du feu, elle approcha sa menotte de la barbe de M. Bouvat, la retira, la reporta avec plus de confiance, et finit par s'apercevoir que la chose n'était ni aussi dure, ni aussi piquante qu'elle l'avait imaginé : elle promena ses deux mains sur la barbe, puis les introduisit dedans, en gratifiant M. Bouvat de l'épithète de « zentil ! » A un certain moment, elle s'aperçut qu'en tirant sur les touffes, elle faisait mouvoir la tête du patient. Son parti fut pris aussitôt. Une bonne saccade amena la figure de M. Bouvat tout près de la sienne, et elle lui déposa un baiser délicat sur le bout du nez. M. Bouvat avait les larmes aux yeux, d'abord parce que la secousse avait été un peu vive, et puis parce qu'il était réellement ému. Il rendit à Nénène son baiser sur le cou, et Nénène partit d'un de ces éclats de rire inextinguibles des petits enfants que l'on chatouille.

On commençait à entrevoir, depuis quelque temps, un clocher pointu au-dessus des arbres ; la caravane fit enfin son entrée dans un gros bourg. La mairie était fermée comme celle du village précédent. Mais M. le maire n'était pas aux champs. On montra sa maison à M. Bouvat. « Tenez, lui dit-on, c'est à cette porte grise où il y a des panonceaux ! »

M. le maire, notaire de profession, travaillait dans son cabinet. M. Bouvat et Philippe furent introduits par un petit clerc d'apparence rustique, dont la joue gauche était distendue et luisante, à cause d'un gros morceau de sucre candi qu'il y avait précipitamment refoulé, quand la porte de l'étude avait tourné sur ses gonds. Philistine était restée à la garde de Nénène et de Collodion.

« Est-ce au maire ou au notaire que vous voulez parler ? » demanda le notaire d'un ton jovial.

M. Bouvat lui ayant expliqué en deux mots l'affaire qui l'amenait, le notaire décrocha une grosse clef suspendue au mur et dit : « Nous nous expliquerons à la mairie. »

Une fois à la mairie, M. le maire pria M. Bouvat de lui conter son affaire en détail. Quand il eut achevé, M. le maire lui dit :

« Cette enfant ayant été trouvée sur le territoire de la Brûlotte, pourquoi n'avez-vous pas fait votre déclaration au maire de la commune ?

— La mairie était fermée et M. le maire absent, répondit M. Bouvat.

— Eh bien, reprit-il, je vais recueillir votre déclaration. Où est l'enfant ?

— Dans ma voiture, à vingt pas d'ici.

— Bon. Quoique cette affaire concerne le maire de la Brûlotte, je consens à m'en occuper ; il en serait peut-être fort embarrassé. J'ai justement sous la main une brave femme qui se chargera de l'enfant, en attendant que j'aie écrit au chef-lieu, et que l'Administration la fasse conduire à l'hospice des Enfants-Trouvés.

— Pardon, monsieur le maire, dit M. Bouvat en toussant dans sa main pour s'éclaircir le gosier, est-il absolument nécessaire que cette enfant soit placée aux Enfants-Trouvés ?

— Que voulez-vous qu'elle devienne ? riposta M. le maire.

— Si quelqu'un la prenait et se chargeait de l'élever..., suggéra M. Bouvat.

— Si ! riposta M. le maire en portant son index à l'aile doite de son nez ; mais ce n'est pas avec des *si* que les affaires se font.

— Supposez que je veuille m'en charger, reprit M. Bouvat.

— Mais, mon cher monsieur, si c'est une offre formelle que vous faites, tout le monde vous en aura obligation : l'enfant, moi, l'Administration supérieure. Seulement, pour que les choses se passent en règle, il y aura quelques petites formalités à remplir.

— Lesquelles ? demanda M. Bouvat.

— Me donner vos nom et prénoms, m'indiquer le lieu de votre domicile, vos moyens d'existence, et prendre par écrit l'engagement de rendre l'enfant à première réquisition, dans le cas où ses parents la réclameraient. »

M. Bouvat donna tous les renseignements qu'on lui demandait. Quand il déclina sa qualité de photographe ambulant, M. le maire s'écria :

« Vous venez peut-être de Varangues-sur-Mer ?

— Nous en venons tout droit, répondit M. Bouvat d'un air surpris.

— Oh bien ! reprit M. le maire en souriant, il se trouve que je vous connais sans vous connaître. Vous avez fait fureur à Varangues-sur-Mer, je le sais par les lettres de ma femme, qui y est encore, avec des amis. Et, reprit-il en se tournant vers Philippe, ce jeune homme est sans doute celui qui est célèbre sur toute la côte, pour ses portraits d'enfants. Comme cela se trouve ! Eh bien, monsieur Bouvat, considérez l'affaire comme arrangée. Ayez l'obligeance de signer les pièces que je viens de préparer. Merci. Une dernière formalité et ce sera tout. Voulez-vous prendre la peine de faire comparaître la principale intéressée devant l'autorité compétente, afin que l'autorité compétente puisse joindre son signalement aux autres pièces ?

— Monsieur le maire, dit Philippe en rougissant, cette après-midi, à notre première halte, je ferai son portrait. Est-ce que cela ne pourrait pas tenir lieu de signalement ?

— Cela vaudra mieux que dix signalements, répondit M. le maire, qui trouvait l'idée excellente.

— Je vous enverrai les premières épreuves aussitôt qu'elles seront tirées, dit M. Bouvat.

— Eh bien, messieurs, dit M. le maire, puisque nous n'avons plus rien à faire ici...

— Pardon, dit M. Bouvat, comme je ne veux pas qu'on nous prenne, mes associés et moi, pour des voleurs d'enfants, ne pourriez-vous pas me donner un certificat comme quoi nous emmenons cette petite au vu et au su de l'autorité et avec son consentement ? »

La requête était si légitime que M. le maire, sans dire un mot, griffonna l'attestation demandée, la timbra du sceau de la mairie et la passa à M. Bouvat.

Ils sortirent tous les trois, et M. le maire, ayant fermé la mairie, mit la clef dans sa poche.

Par curiosité, il accompagna les deux photographes jusqu'à leur voiture.

M. le maire de Saint-Gelars portait des favoris en forme de côtelettes, absolument comme M. Dian. En le voyant de loin, la pauvre Nénène s'y trompa. Elle s'agita dans les bras de Philistine, elle battit des mains, et elle allait crier : « Papa ! » lorsqu'elle reconnut son erreur. Honteuse sans doute d'avoir pu s'y tromper, elle cacha sa figure sur l'épaule de Philistine.

« Nénène ! » dit doucement Philippe, quand ils furent près d'elle.

Nénène se retourna, sourit à Philippe et regarda M. le maire d'un air de reproche.

« Elle est charmante, » dit M. le maire, en lui tendant son index qu'elle prit dans sa main droite, après un instant d'hésitation. Il faut convenir qu'elle n'était pas rancunière, la pauvre Nénène, car enfin ce monsieur lui avait causé une fausse joie, et elle aurait eu le droit de le traiter en imposteur.

Lorsque les voyageurs furent remontés dans leur véhicule, M. le maire leur souhaita bon voyage, et rappela à Philippe qu'il comptait sur le portrait de Nénène.

Collodion se mit en marche sur l'invitation de M. Bouvat. Ce profond philosophe (c'est M. Bouvat que je veux dire) fit observer à Collodion que son rôle en ce monde venait de changer : ce n'était plus une *association* qu'il traînait, mais une *famille*.

Les orphelines allaient à la promenade.

CHAPITRE XXVII.

M. Dian poursuit ses recherches et apprend que son enfant lui a été volée par vengeance. — La fête de Noël à Bordeaux et à Grésillet. — Bonne année ! — Merci, gan' père !

L'introduction de Nénène au castel de Grésillet avait naturellement suscité beaucoup de commentaires, la plupart bienveillants, quelques-uns ironiques. Généralement on louait l'esprit de charité des trois associés. M. Bisouart eut une révolution de bile. Si maintenant Philistine se mettait à élever un tas de petites filles, elle leur léguerait bien sûr ses économies ; et alors, qu'est-ce qui lui resterait à lui ?

Plusieurs mois se sont écoulés. On ne parle plus que rarement à Bordeaux de la mystérieuse disparition d'Hermance Ledoux et de Madeleine Dian : c'est, comme on dit, une affaire classée. M. Dian et sa femme n'en parlent guère non plus : ils n'osent pas ; mais un lourd chagrin pèse sur la maison tout entière. Les enfants parlent quelquefois entre eux de la petite Madeleine, mais ils se cachent pour en parler.

Si M. et Mme Dian avaient perdu leur chérie par accident ou par maladie, cette perte eût été dans l'ordre naturel des choses, ils l'auraient pleurée, et peu à peu ils se seraient consolés.

sans oublier. Mais le mystère de sa disparition ouvrait la porte
aux suppositions les plus sombres et les plus épouvantables.

Si elle vivait encore, entre quelles mains était-elle tombée ?
Quels traitements lui faisait-on subir? Quel avenir lui pré-
parait-on ?

Un jour que le mari et la femme étaient sortis uniquement
pour sortir, pour se distraire, pour prendre l'air, pour échapper
à l'obsession de leur idée fixe, le hasard mit sur leur chemin la
longue procession des orphelines, la plupart enfants trouvées, qui
allaient à la promenade. Mme Dian frémit de la tête aux pieds.
M. Dian, qui comprit sa pensée, détourna vivement la tête et
étouffa un sanglot. A partir de ce jour, l'obsession qui pesait sur
eux prit une nouvelle forme, plus nette et plus déterminée. Peut-être
leur Madeleine, dans quelque ville éloignée, portait l'uniforme des
enfants qui n'ont plus ni père ni mère !

M. Dian songeait malgré lui à la vengeance dont il avait été
menacé ; il en était venu à se demander si Hermance n'avait pas
disparu, de dessein prémédité, en emmenant sa fille ; s'il n'existait pas quelque lien mystérieux entre elle et l'homme qui l'avait
insulté publiquement et menacé de sa vengeance.

Prétextant d'un voyage d'affaires, il alla à Saintes et s'informa
d'Hermance auprès de sa maîtresse, Mme de Carrelet. Mme de
Carrelet lui apprit qu'Hermance avait péri dans un incendie à La
Rochelle. En comparant les dates, il put se convaincre que la
femme de chambre de Mme Dian lui avait présenté un certificat
volé. Si elle ne s'appelait pas Hermance Ledoux,
sa mère n'était donc pas Mme Ledoux.

En descendant du train à Bordeaux il courut à
la police et se fit accompagner de deux agents,
qu'il conduisit au domicile de la fausse Mme Ledoux. Mme Ledoux était partie depuis quinze jours,
pour une destination inconnue. Ce départ furtif ne
fit qu'accroître ses soupçons et son désir d'aller au
fond des choses, coûte que coûte.

Se souvenant que le certificat d'Hermance Ledoux avait été volé à
La Rochelle, il envoya dans cette ville un agent sûr, avec mission
de savoir s'il n'y avait pas en ce moment, ou s'il n'y avait pas eu
précédemment, une personne ou des personnes de la famille
Casanera.

L'agent revint de La Rochelle en disant qu'il avait honte d'avoir
eu si peu de peine à gagner sa prime. Il s'était adressé à la mairie.
A peine avait-il prononcé le mot Casanera, qu'un employé, un

gros joufflu, lui avait répondu : « Casanera! nous ne connaissons
que ça ici. Il y avait la fille qui était couturière, une grande belle
femme de trente ans, avec un air sérieux, et puis une vieille
maman toute ridée; lorsque l'affaire de Bordeaux a commencé à
faire du bruit ici, elles ont déménagé à la cloche de bois, c'est-
à-dire sans tambour ni trompette. A quelle époque? C'est bien
facile à retrouver, c'est le lendemain du grand incendie où ont
péri les deux dames Ledoux. »

« Alors un autre employé a levé la tête et a dit : « Le lendemain
de l'incendie, la vieille a rapporté ici une boîte que l'on avait
jetée par-dessus le mur de sa cour. C'était la boîte qui contenait les
papiers de la famille Ledoux. A telles enseignes que je lui ai dit :
« Ces papiers auraient pu brûler aussi bien que le mobilier,
puisqu'il ne reste plus personne de la famille Ledoux! »

L'agent, ayant reçu sa prime, se retira en saluant.

M. Dian comprit tout de suite où les deux femmes avaient pris
les papiers nécessaires pour changer de nom impunément, et par
quel artifice la fille avait pu s'introduire chez lui.

Ainsi le forçat avait tenu sa parole, et le rapt de Madeleine
était la conséquence de sa menace! Mais où chercher les deux
femmes?

Après avoir longuement réfléchi, M. Dian se dit : « Si ces deux
misérables aiment assez passionnément l'une son fils et l'autre
son frère, pour avoir commis un crime par amour pour lui, il est
possible qu'elles songent à le rejoindre à Cayenne; qu'elles
soient même déjà en route, emmenant peut-être ma pauvre
petite Madeleine avec elles. »

Il fit les démarches nécessaires pour prévenir les autorités de
Cayenne : si la mère et la sœur du forçat Casanera venaient le
rejoindre, prière de les arrêter comme coupables d'un rapt; si
elles avaient une petite fille avec elles, prière de mettre l'enfant
sous la protection des bonnes sœurs, en attendant que son père
vînt la chercher.

Plusieurs mois après, M. Dian apprit que Casanera, ayant fait
une tentative d'évasion, avait été étouffé et à moitié dévoré par
un serpent-chasseur. On n'avait entendu parler ni de sa mère ni
de sa sœur. Si elles se présentaient, on les arrêterait et l'on pré-
viendrait M. Dian.

Mais il n'entendit plus jamais parler d'elles. Colomba, après
avoir déposé Madeleine endormie dans la luzerne, avait erré de
place en place et avait fini par passer en Belgique. Ayant trouvé
du travail, elle avait écrit à sa mère de la rejoindre. Elles vivaient

obscurément dans une petite rue tranquille de Malines, où personne n'aurait songé à les aller chercher.

La fin de décembre approche. C'est demain Noël, et, au bout de la semaine, ce sera le jour de l'an. Noël et le jour de l'an, ces fêtes traditionnelles des enfants.

Dans les familles où la mort a passé, laissant vide un berceau, ces anniversaires sont lugubres, par le contraste des joies que l'on s'était promises. Le berceau de Madeleine était vide, et Mme Dian disait en pleurant : « Cette année, elle aurait été en âge de mettre son soulier dans la cheminée et de nous réveiller tous le lendemain matin bien avant le jour, pour savoir ce que le petit Jésus avait mis dans son soulier, pendant la nuit. »

M. Dian se promenait à grands pas, se mordant les lèvres, pour ne pas pleurer comme sa femme, et ne trouvant pas une seule parole pour la consoler. Tout ce qu'il put imaginer de plus réconfortant, ce fut d'aller s'asseoir à côté d'elle et de lui prendre les deux mains dans les siennes.

À Grésillet, l'hiver était rude ; il gelait, comme on dit, à pierre fendre, mais l'air était sec et pur, et un joli petit soleil, très clair, brillait pendant les belles heures de la journée. Nénène, emmitouflée jusqu'aux yeux, faisait de bonnes parties de cache-cache avec Philippe sur la terre durcie du jardin, et rentrait dans la maison, l'œil brillant, la figure rose et la mine éveillée.

On lui avait expliqué d'avance que, la veille de Noël, elle mettrait son soulier dans la cheminée, et que le lendemain elle y trouverait les belles choses que le petit Jésus y aurait mises pendant qu'elle dormirait. Elle avait près de deux ans, sa petite intelligence était très éveillée, et à vivre toujours avec des personnes qui s'occupaient d'elle sans cesse, elle en était venue à parler presque aussi bien qu'elle comprenait.

Tous les matins, en se réveillant, elle demandait à Philistine si c'était le jour du soulier.

Enfin c'est le jour. Le soir de ce jour-là, après avoir fait son petit simulacre de prière sur les genoux de Philistine, Nénène, un peu empêtrée dans sa longue chemise de nuit, dépose elle-même son petit soulier, non pas dans la cheminée, car il y avait encore du feu, mais sur le garde-cendre, la pointe en l'air.

Vous me direz qu'il n'y avait point de cheminée dans la chambre de Philistine. C'est vrai, mais il y en avait une dans le salon, et le salon était devenu la chambre de Philistine, à cause de Mlle Nénène.

Dès l'arrivée de la *famille* à Grésillet, Philistine, femme avisée

Casanera avait été étouffé par un serpent.

et prévoyante, avait dit à Philippe : « Toi qui ne te gênes pas avec M. Bouvat, dis-lui que si l'hiver les grandes personnes peuvent coucher sans inconvénient dans des chambres sans feu, les petits enfants ont besoin de plus de ménagements. Il leur faut leur petite flambée soir et matin.

— Je n'aurais pas pensé à cela de moi-même, répondit bonnement M. Bouvat, et je vous remercie de me l'avoir dit. Je vais voir ce qu'il y a de mieux à faire. »

La mère Azur, sans se douter qu'elle appuyait, comme on dit, sur la chanterelle, déclara devant lui que l'hiver serait rude, parce que les oignons avaient mis doubles vêtements d'hiver, et que les noix étaient dures comme tout à écaler. C'étaient des signes infaillibles.

Ces pronostics menaçants hâtèrent dans la tête de M. Bouvat le travail de la réflexion. Après une demi-heure, consacrée à de laborieuses recherches, on le vit ajuster une clef rouillée dans la serrure rouillée de la porte du salon, tourner par deux fois avec énergie, pousser du genou et de l'épaule, entrer dans le salon et en ressortir aussitôt en disant : « Il y a une cheminée. » Jusque-là il en avait pu douter, n'ayant jamais mis le pied dans cette pièce vide et inutile, depuis le jour où il avait acheté la maison.

Après avoir constaté que le salon avait une cheminée, il s'en alla en ville faire une réquisition d'ouvriers.

Les ouvriers eurent beau lui représenter qu'il n'y avait pas péril en la demeure, que l'on était encore dans les beaux jours, M. Bouvat leur mit sèchement le marché à la main, et alla de porte en porte jusqu'à ce qu'il eût trouvé des gens plus raisonnables. Il n'entendait pas la plaisanterie quand il s'agissait de Nénène et de Madame.

Dès le lendemain, il fit procéder au nettoyage, un nettoyage à fond. Au bout de trois jours les peintres arrivèrent avec des seaux pleins de couleurs et des rouleaux de papiers de tenture. Les papiers posés et les peintures sèches, le fumiste vint, en retard, selon l'habitude de tous les fumistes, dans tous les pays où il y a des cheminées.

« Vous voyez, lui dit M. Bouvat d'un ton sévère, tout est frais et propre, n'allez pas me faire une tache.

— Ne craignez rien, monsieur Bouvat, répondit le fumiste, la cheminée est bonne, je la connais, c'est moi qui m'en occupais du temps de feu M. Farinier. Je l'ai fait ramoner à fond à la fin de son dernier hiver, et, puisque vous n'y avez pas fait de feu depuis,

16

elle est nette comme mon œil. Regardez plutôt comme ça tire ! »

Ayant enflammé un vieux journal, le fumiste le jeta dans le foyer avec un geste de confiance.

La fumée ne fit pas même le simulacre de monter; elle se répandit par tout l'appartement. M. Bouvat ouvrit vivement la porte et les deux fenêtres pour établir un courant d'air.

Au lieu de se confondre en excuses, le fumiste se mit à rire. M. Bouvat lui lança des regards pleins de courroux.

« Je vais vous dire ce que c'est, reprit le fumiste, les hirondelles de cheminée ont fait leurs nids dans les faîteaux et ont bouché le conduit, voilà.

— Eh bien, il faut le déboucher, dit sèchement M. Bouvat.

— C'est ce que je m'en vais faire. Avez-vous ici une échelle de couvreur ?

— Non. Qu'est-ce que vous voulez qu'un photographe fasse d'une échelle de couvreur?

— Il y a des propriétaires qui en ont, reprit le fumiste en manière d'explication. Mais ça ne fait rien, monsieur Bouvat, je vais en chercher une; dans dix minutes l'affaire sera faite. »

Cinq minutes après, il revint avec un nouveau fumiste qui l'aidait à porter la longue échelle; il la planta contre la muraille, monta jusqu'au sommet de la cheminée, et à l'aide d'un pique-feu démolit les nids d'hirondelles. La terre, sèche et dure, tombait par gros fragments dans la cheminée.

Il y en avait bien la contenance d'un demi-boisseau. L'opération achevée, il se trouve que la cheminée tirait « comme un charme! »

Quand Nénène eut posé son soulier sur le garde-cendre, Philistine la mit dans son petit lit, la borda, l'embrassa et prit son ouvrage; d'habitude l'enfant s'endormait tout de suite; mais ce soir-là, la joie la tint éveillée pendant plus d'une grande demi-heure. Elle ne remuait pas plus qu'une petite souris bien sage; elle savait que les petites filles raisonnables ne se trémoussent pas dans leur lit, au risque de faire tomber les couvertures et d'attraper de gros rhumes; Titine le lui avait dit, et quand Titine disait une chose!... Mais Titine entendait par moments de petits rires étouffés, et elle souriait, la bonne Titine.

Le lendemain matin à six heures, Nénène fit un soubresaut dans son lit, et cria : « Titine!

— Voilà, mon bijou, reste bien sage dans ton lit : nous allons regarder tout à l'heure dans ton soulier. »

Prestement, dans l'obscurité, Titine enfila une camisole et alluma une bougie. Ensuite elle prit Nénène dans ses bras, bien enveloppée de ses couvertures, et la porta à la cheminée.

Oh! quelle joie délirante! Dans ou plutôt sur le petit soulier, il y avait une belle poupée, avec de beaux yeux bleus, une belle bouche rose, des cheveux blonds, et une robe de couleur éclatante et de petits souliers mordorés.

« Pépée! oh! Pépée! » s'écria Nénène en serrant la poupée sur son cœur. Et puis elle riait, et puis elle criait : « Pépée! » Finalement, elle embrassa Titine et songea même à dire : « Zentil, Zésus! »

M. Bouvat, dont la chambre était au-dessus du salon, entendait de son lit les éclats de rire de l'heureuse petite fille, et il regrettait fort d'être empêché par les convenances de se présenter de si grand matin dans les appartements de Mlle Nénène. Mais il ne perdit rien pour attendre, ni les autres non plus.

Philistine, ayant remis sa petite Nénène au lit, reborda les couvertures et recommanda à Nénène d'être bien tranquille jusqu'à l'heure de son lever. Nénène ne bougea pas, mais Philistine l'entendit tout le temps qui parlait à voix basse avec sa pépée, et qui étouffait de son mieux des fusées de rires.

Toute la journée elle tint sa poupée dans ses bras, l'offrant à l'admiration de tous ceux qu'elle rencontrait, et cela, chaque fois qu'elle les rencontrait; leur permettant d'embrasser Pépée, mais surveillant l'opération avec un soin jaloux. Bref, elle déjeuna avec Pépée, dîna avec Pépée, et le soir, à l'heure du coucher, supplia Titine de mettre la tête de Pépée à côté de la sienne sur l'oreiller.

La cérémonie du jour de l'an fut plus importante. Toute la famille, y compris la mère Azur, se réunit dans l'atelier, où le poêle de faïence souhaitait la bonne année à tout le monde par un ronflement amical.

Philistine, ayant revêtu Nénène d'une jolie petite toilette bien simple qui lui allait à ravir, lui passa un manteau à capuchon pour traverser les couloirs et monter l'escalier. A l'entrée de l'atelier, elle lui retira le manteau, et Nénène apparut à tous les yeux, véritable personnification de l'innocence, du charme et de la naïveté de l'enfance heureuse. Un peu interdite d'abord, à la vue d'une assemblée si imposante qui tout entière tenait ses regards fixés sur elle, elle recula d'un pas et saisit instinctivement la main de Philistine. Chacun des assistants tenait son petit cadeau tout prêt, dissimulé derrière son dos.

Philistine conduisit Nénène d'abord devant M. Bouvat. Nénène fit une belle révérence en disant : « Bonne année ! »

M. Bouvat lui offrit un lit pour sa poupée, un lit avec des rideaux, s'il vous plaît ! « Merci, Bof, » dit la petite fille. Elle avait transformé depuis longtemps Bouvat en Bof.

Philistine se pencha vers Nénène et lui dit quelques mots bas à l'oreille.

« Pas Bof, reprit Nénène, merci, gan'père. »

Depuis plusieurs jours, à l'instigation de Philippe, Philistine préparait ce petit coup de théâtre, comme surprise de jour de l'an. La petite actrice avait un moment oublié son rôle, la mémoire troublée par la vue du beau lit à rideaux; mais sur un mot du souffleur, elle s'était bravement rattrapée.

« Chère petite, dit M. Bouvat en l'enlevant dans ses bras, si je ne suis pas ton grand-père, je mériterais de l'être par l'affection que je te porte. Embrasse-moi, encore, encore, et continue à m'appeler grand-père. »

Chacun eut sa révérence et son merci, suivi de l'accolade; pour Philippe, ce fut : « Merci, Flip »; pour Philistine : « Merci, Titine », et pour la mère Azur : « Merci, Goza. » Pourquoi Goza? Personne n'a jamais pu le savoir. Il y a peut-être là un problème de phonétique enfantine qu'il serait intéressant d'approfondir. L'essentiel, c'est que la mère Azur trouvait ce nom-là plus joli que le sien.

Maryas rencontra M. Voland.

CHAPITRE XXVIII

L'Art naïf, publication illustrée. — Opinion prématurée de la presse sur *l'Art naïf*. — Succès de *l'Art naïf*. — Philippe Cambrequesne devient un des collaborateurs de *l'Art naïf*. — Il se préoccupe de l'avenir de Nénène. — *L'Art naïf*, livraison de janvier.

L'une des publications illustrées de la librairie Voland, celle où Philippe devait faire ses débuts, avait pour titre : *l'Art naïf*. Voici dans quelles circonstances elle était née, il y avait de cela bientôt cinq ans.

Un jour, au sortir d'une visite au Salon, Maryas rencontra M. Voland, qui flânait aux Champs-Élysées.

« Vous sortez de l'Exposition ? lui demanda M. Voland.

— Oui, j'en sors, et je suis furieux.

— C'est donc bien mauvais ?

— Oui et non, répondit Maryas en se mordant la moustache.

— Si vous vouliez vous expliquer plus clairement, dit M. Voland avec un sourire de bonne humeur, je vous comprendrais peut-être mieux.

— Êtes-vous de loisir ? lui demanda Maryas.

— Oui, puisque je flâne.

— Voulez-vous flâner avec moi jusqu'à l'Arc de Triomphe et

même jusqu'au Bois... et même... pourquoi ne dînerions-nous
pas ensemble au restaurant de Madrid? ma sœur est absente.

— Je n'y vois aucune objection, répondit tranquillement
l'éditeur.

— Et moi, j'y vois beaucoup d'avantages, dit Maryas en souriant.
D'abord, la marche me fera du bien, ma bile s'évaporera au grand
air, et puis j'aurai le temps de vous exposer certaines idées qui
me sont venues dans ce grand étouffoir. »

Les deux amis remontèrent lentement dans la direction de
l'Arc de triomphe, M. Voland réglant son pas sur celui de Maryas,
s'arrêtant quand il s'arrêtait, repartant quand il repartait.

« J'ai dit oui et non! reprit Maryas, et je m'explique. Non, ce
n'est pas mauvais, car la plupart de nos artistes ont beaucoup de
talent; oui, c'est mauvais, car le talent qu'ils ont, ils le gâchent
comme à plaisir.

— Comment cela? demanda M. Voland.

— Les jeunes artistes, au début, il faut leur rendre cette justice, travaillent avec ardeur, non pas pour gagner de l'argent,
mais pour bien faire; ils étudient naïvement la nature, avec
passion, ils pénètrent le secret de sa pensée, et ce secret ils
l'expriment clairement sur leurs toiles. Jusque-là tout va bien.
Mais le moment critique, c'est celui où l'artiste commence à être
connu du public, et *coté* par les marchands de tableaux.

— Pourquoi cela? demanda M. Voland.

— Pourquoi? parce que dix-neuf sur vingt parmi ces artistes
de belle espérance se disent : « Çà, maintenant, gagnons de
l'argent, et faisons-nous bâtir un hôtel. » A partir du jour, de
l'heure, de la minute où ils se sont dit cela, ils cessent d'être des
naïfs pour devenir des... des... il y a un mot d'argot pour exprimer cela.

— Des « roublards », suggéra tranquillement l'éditeur.

— Oui, c'est bien cela, dit Maryas. Ils ne travaillent plus, au sens
honnête, austère et noble du mot, ils produisent pour vendre, que
dis-je! ils pondent. Deux ans, trois ans au plus, ils sont ou parais-
sent encore eux-mêmes; mais, comme ils vivent sur leurs provisions sans les renouveler par l'étude sincère et le travail sérieux
et assidu, ils tombent dans le chic, dans le genre, dans la
manière. Monsieur devient riche comme Crésus, mais il est perdu
pour l'art.

« Aujourd'hui, pas plus tard qu'aujourd'hui, j'ai vu une toile
signée d'un nom que je ne citerai pas. C'est le nom d'un jeune,
sur lequel j'avais fondé secrètement les plus belles espérances.

Et savez-vous ce que j'ai constaté? Mon gredin doit être *coté* chez
les marchands de tableaux, car il n'est plus *naïf*, il tombe dans le
chic et la manière. J'ai été pris de rage, en constatant cette apo-
stasie, et je me suis dit avec amertume : « Un homme à la mer ! »

— Pardonnez-moi, dit l'éditeur, si je commets quelque hérésie,
car je ne suis pas un artiste. Cette naïveté, que vous prisez tant,
est-elle compatible avec la connaissance de plus en plus profonde
des procédés matériels de l'art. En un mot, peut-on être à la fois
savant et naïf?

— Rousseau, Troyon, Millet sont naïfs et savants, répliqua
Maryas.

— C'est vrai, » dit M. Voland ; et il ajouta aussitôt : « Maryas
est dans le même cas.

— Je ne dis pas non, répondit Maryas avec simplicité. Ce qui
me fend le cœur, c'est de constater que si peu de peintres sont
dans le même cas. Il n'y aurait donc pas moyen de...? »

Maryas s'était arrêté, cherchant par quel moyen l'on pourrait
conserver à l'art français tant de peintres bien doués qui, passé
un certain âge, bifurquent et se fourvoient dans le chemin de la
Bourse.

« Bah! dit-il en sortant de sa méditation ; allons-nous-en dîner. »

Vers le milieu du dîner, Maryas dit à son ami : « Voland, savez-
vous ce que vous devriez faire? vous devriez ouvrir une exposition
de l'art naïf.

— Où et comment? demanda l'éditeur, sans s'émouvoir.

— Vous fondez un recueil illustré, où vous ne publiez que des
œuvres de naïfs, jeunes ou vieux. Ce sera là l'exposition permanente.

— Permettez, objecta l'éditeur, un recueil composé de gravures
coûtera fort cher et, pour vous emprunter votre métaphore,
l'exposition de l'art naïf sera fréquentée par un nombre très
restreint d'amateurs. On pourrait faire un recueil à meilleur
marché, en ne donnant que trois ou quatre gravures par livraison, et en y joignant un texte.

— Vous y êtes, Voland, vous y êtes.

— On pourrait, reprit M. Voland, encouragé par ce premier
succès, composer ce texte de notices, de considérations artis-
tiques, de théories esthétiques.

— Non, non, non! s'écria vivement Maryas. Point de cette
prose-là, ceux qui l'aiment iront la chercher dans la *Gazette des
Beaux-Arts*. Nous n'avons besoin ni de théories, ni de polémiques,
ni de discussions : nous faisons de la propagande par le fait, et le

fait, ce sont les gravures. Attendez, Voland, voilà une idée qui me
passe. Chacune de vos gravures servira de prétexte à une nouvelle, à une fantaisie, à un récit, à une pièce de vers : le public
lit très volontiers ces sortes de choses. Avez-vous sous la main
quatre ou cinq écrivains capables de se pénétrer du sens d'une
gravure de s'en inspirer au point de faire croire que la gravure a
été faite pour le texte, et non le texte pour la gravure ?

— Oui, je les ai.

— Sonnez du cor et rassemblez ces paladins; ce sera pour
commencer; le succès des premiers en fera naître d'autres.

— Comme toujours, » fit observer M. Voland avec un sourire
éditorial. Et il ajouta : « Comment appelez-vous le recueil qui va
naître sous vos auspices ?

— L'Art naïf, répondit Maryas sans hésiter.

— Heu! heu! l'Art naïf, dit M. Voland, en hochant la tête, ne
trouvez-vous pas que ce titre?... Il y a tant de mauvais plaisants à
Paris!

— Tant mieux, répondit résolument Maryas; les épigrammes
des mauvais plaisants feront à l'Art naïf une réclame précieuse.
Si vous voulez m'en croire, un mois avant que la première livraison soit prête, faites annoncer l'Art naïf, sans prospectus, sans
liste de collaborateurs, et livrez notre œuvre « à la discussion
des hommes! » Notre réponse sera l'œuvre elle-même. Quand elle
aura paru, les amateurs de bonnes gravures se diront : « Voilà des
gravures qui ne sont pas si sottes », et ils liront le texte. Les amateurs de nouvelles et autres œuvres d'imagination liront le texte
et regarderont les gravures par-dessus le marché, et l'exposition
permanente de l'Art naïf sera fréquentée par un public nombreux
et un peu mêlé, comme toutes les expositions. »

Les prédictions de Maryas se réalisèrent à la lettre. Dès que
l'annonce pure et simple de l'Art naïf parut dans les journaux et
fut affichée sur les murs, les épigrammes et les moqueries tom-
bèrent dru comme grêle sur un recueil dont les premiers numéros
étaient encore à paraître.

« L'Art naïf! disait dans les colonnes du Sallabadil un chroniqueur à court de copie, par Jupiter, qu'est-ce que cela peut bien
être? Est-ce l'art qui préside à la confection des cartes à jouer?
celui que nous admirons dans les foires à la façade des baraques de
saltimbanques? celui qui a répandu dans tout l'univers civilisé la
renommée des hardis coloristes d'Épinal? Quand l'Art naïf nous
aura révélé le secret de sa pensée, nous examinerons ses théories, et
nous en entretiendrons nos lecteurs. »

« Oui, oui, dit Maryas, qui venait de lire le *Saltabadil* dans le cabinet de M. Voland, compte sur des théories, mon garçon, pour te fournir de la copie. En attendant, tu irrites la curiosité de tes lecteurs, et *l'Art naïf* te rend mille grâces. Dites-moi, Voland, avez-vous quelque autre gentillesse à me montrer? »

M. Voland lui tendit : *la Lumière éclatante.*

« *L'Art naïf*, disait le célèbre Troussequin, le chroniqueur hebdomadaire de *la Lumière éclatante*, de quelle joie enivrante j'ai été envahi en lisant ces deux simples mots! Je te l'avoue, lecteur, j'ai un fils dont je ne savais que faire, jusqu'à l'heure présente, et je m'aperçois tout d'un coup que son avenir est assuré. Pendant que j'écris ces lignes, il est censé travailler, en face de moi, à l'autre bout de la table. Mais, au lieu de piocher son thème latin, il vogue à pleines voiles sur l'océan de l'Art naïf. Le bonhomme qu'il dessine a les deux yeux de face, quoique la figure soit de profil, et la forme générale du facies rappelle, à s'y méprendre, celle d'une pomme de terre. Le corps est une valise ; les bras, de simples lignes, sont terminés par cinq traits en forme de rayons qui représentent certainement les doigts. Les jambes, deux bâtons ; les pieds, deux portions de fromage de Brie. Voilà de l'art naïf, ou je ne m'y connais pas. Embrasse-moi, fils naïf que j'ai trop longtemps méconnu. Signe ton œuvre! signe vite, car l'heure du courrier est proche, et la revue de *l'Art naïf* attend ton œuvre avec impatience. »

L'Art naïf parut enfin ! Les abonnés étaient rares, mais la vente au numéro donna des résultats plus que satisfaisants. Dans le cours du mois suivant, le nombre des abonnés tripla, et depuis lors alla toujours en augmentant.

A l'époque où Maryas enrôla Philippe sous la bannière de *l'Art naïf*, on trouvait ce recueil sur les tables de tous les salons. Et ce qu'il y a de plus fort, c'est que les gens, non contents de l'exhiber sur leurs tables, sous prétexte qu'il était de bon ton de le recevoir, prenaient la peine, ou plutôt se donnaient le plaisir de regarder les gravures et de lire les légendes.

L'Art naïf payait royalement ses collaborateurs.

Philippe ignorait tout cela. Mais M. Bouvat, qui le savait, décida que les mois d'hiver seraient exclusivement consacrés par Philippe au dessin, à la peinture et à la lecture. En conséquence, il fit enlever la plaque de tôle qui portait le nom de Philippe Cambrequesne, et arracha de sa propre main les pitons destinés à accrocher le grand cadre aux douze compartiments.

Les onze matinées que Philippe avait passées en tête-à-tête

avec Maryas avaient porté leur fruit. Ses idées étaient devenues
plus nettes, son jugement plus sûr, sa volonté plus ferme ; son
devoir, il le comprenait bien, était de respecter le don qu'il avait
reçu de Dieu, de travailler pour bien faire, de rester naïf, tout en
s'instruisant le plus possible. Et même à ce propos, Maryas lui
avait dit en riant : « Tant que vos dessins seront naïfs et sincères,
M. Voland les acceptera ; le jour où je m'apercevrais qu'ils cessent
de l'être, c'est moi qui lui dirais de vous les refuser impitoyablement. »

« Aimez-vous la lecture? » lui avait demandé Maryas, un jour
qu'il le faisait peindre devant lui, pour avoir occasion de lui
donner quelques conseils.

Philippe répondit qu'il lisait tous les jours, quels livres il
lisait, et sur les conseils de qui il lisait.

« Ce M. Gilbert-là, dit Maryas à Philippe, est un homme de
grand sens, et je suis sûr, par-dessus le marché, que ce doit être
un brave homme. Oui, les études classiques sont nécessaires à
tous ceux qui ont la prétention de devenir des hommes distingués. Les esprits cultivés voient plus haut et plus loin que les
autres ; et, pour ne parler que des peintres, ceux qui se sont
élevés en se développant par l'instruction voient, dans la nature,
plus de poésie et plus de vie que les autres. Moi qui vous parle,
je suis le fils d'un pauvre ferblantier, et je n'ai fait que des études
primaires. Mais, plus tard, j'ai senti la nécessité de refaire l'éducation de mon esprit. Maréchal de Metz est fils d'un sellier, Paul
Baudry d'un sabotier. Tous les deux sont devenus ce qu'ils sont,
parce qu'ils ont compris à temps la nécessité de connaître les
deux antiquités et la littérature de leur pays. »

Ce jour-là, Philippe s'en souvenait bien, Maryas lui faisait faire
des études de nuages, et même les nuages allaient bien vite et
changeaient de forme bien souvent, sous l'action d'une forte brise
de mer. Mais Maryas, avec une patience inépuisable, lui apprenait
à en fixer la forme en quelques coups de pinceau. « Là, avait-il
dit à la fin de la leçon, voilà que vous savez regarder les nuages
maintenant, et vous n'en faites plus des balles de coton. »

Oui, Maryas avait dit cela, et Philippe n'était pas près de l'oublier. Aussi, dans la paix et la liberté du castel de Grésillet,
employait-il son temps comme ceux-là seuls l'emploient, qui ont
une foi absolue dans la nécessité de ne pas perdre une minute.

Comme il faut pourtant que l'esprit se détende, il détendait le
sien en faisant de bonnes parties avec Nénène. Celle-ci d'ailleurs
était entrée en plein dans sa vie par la porte de son cœur. Elle

faisait désormais le fond de ses préoccupations d'avenir. Un jour viendrait où M. Bouvat serait forcé de prendre sa retraite. Et même, à supposer qu'il pût continuer ses tournées plus longtemps qu'on ne pouvait le croire, quand Nénène aurait quelques années de plus, la voiture magique ne serait plus une demeure convenable pour elle, et l'on ne pourrait sans inconvénient lui faire mener une vie errante.

Ces pensées d'avenir, avivées continuellement par la présence de Nénène, accroissaient l'ardeur de Philippe au travail, et son énergie à triompher des difficultés et des accès de découragement. Quel est le véritable artiste qui ne se sente pas ou ne se croie pas de temps à autre au-dessous de sa tâche? La médiocrité seule éprouve toujours un parfait contentement de soi-même.

Le 1er janvier, ce mémorable jour où Nénène s'était si fort distinguée, M. Bouvat reçut par le factage du chemin de fer une caisse plate qu'il contempla longuement avant de l'ouvrir. La caisse plate contenait un paysage encadré avec un goût exquis; dans un coin du paysage, il y avait ces quelques mots : « *Au vieil ami Bouvat, son vieux camarade, Maryas.* »

Le paysage passa de main en main, cela va sans dire, et Nénène venait de le contempler pour la seconde fois, lorsque la mère Azur apporta à Philippe la livraison de janvier de *l'Art naïf.* A la première page, Philippe reconnut son église de village, signée P. C.

Un poète célèbre, à qui Maryas avait montré le dessin original, s'était épris de la petite église mélancolique, et avait composé, à ce propos, une de ses meilleures pièces de vers. La pièce fut lue en famille, cela va sans dire; avant la fin de la journée, Philippe la savait par cœur.

M. Bouvat entendit très distinctement.

CHAPITRE XXIX

Demande : Qui est le maître ici? Réponse : C'est Nénène. — « Petite fille parlant à sa poupée. » — Théories de la mère Azur sur le *rhumatisme rentré*. — Nénène a été insultée sur deux plages.

Cette nuit-là, Philippe rêva de Nénène : il la voyait déjà grande demoiselle. M. Bouvat vit en songe le paysage que Maryas lui avait dédié. Philistine, après avoir couché Nénène, se disait : « Eh bien, à ce prix-là, je n'ai plus besoin de broyer du noir à cause de la conscription : Philippe aura de quoi s'acheter un remplaçant. »

M. Bouvat, qui n'avait jamais su garder un secret de sa vie, du moins complètement, lui avait révélé en grand mystère que la petite église rapporterait deux cents francs à Philippe et les autres dessins tout autant. Surtout Philippe ne devait pas le savoir. Il ne le sut pas ce soir-là, mais le lendemain matin, à dix heures quinze, le grand secret n'était plus un secret pour lui.

« Surtout tu ne me vendras pas ! lui dit Philistine dans l'ombre de l'escalier en colimaçon; car c'est là qu'elle s'était rendue coupable d'indiscrétion.

— Tu sais bien que non, lui dit Philippe d'un ton de reproche.

— Et puis, tu ne t'en feras pas accroire; tu ne te regarderas pas comme le premier moutardier du pape!

— Ni même comme le second.

— Tu continueras à travailler comme par le passé !

— Pour cela, non ! répondit énergiquement Philippe.

— Hein ? qu'est-ce que j'entends ?

— La vérité.

— Voyons, Philippe, tu plaisantes, dis-moi que tu plaisantes.

— Non, je ne plaisante pas, répondit Philippe. Je ne travaillerai pas comme par le passé, je travaillerai avec plus de courage encore ; es-tu contente ?

— Ah ! je le savais bien, moi, s'écria Philistine avec enthousiasme, que tu ne te croirais pas arrivé au haut de l'échelle, et, si ces deux messieurs t'avaient connu aussi bien que je te connais, ils n'auraient pas songé à faire tant de mystères.

— Titine ! cria une petite voix au-dessus de leurs têtes, c'était la voix de Nénène.

— Ah ! s'écria Philistine en grimpant les marches avec précipitation, voilà encore que Monsieur l'a laissée se sauver de l'atelier, et par un froid pareil ! »

Philippe la suivit sans rien dire. Au dernier tournant, Philistine s'aperçut que Nénène n'avait pas pris la fuite et qu'elle ne courait aucun danger de s'enrhumer.

Premièrement Nénène n'était pas seule ; M. Bouvat se tenait  debout, derrière elle ; et même Philistine devint cramoisie, à l'idée qu'il avait peut-être entendu sa conversation avec Philippe. Deuxièmement, Nénène ne courait aucun risque de s'enrhumer, vu que M. Bouvat lui avait couvert les épaules de son petit manteau, dans lequel sa petite figure rose était à moitié cachée. Troisièmement, il n'y avait pas de danger qu'elle dégringolât du haut en bas de l'escalier, attendu qu'une petite barrière de bois avait été posée devant la première marche, à son intention.

Et, par parenthèse, c'était aussi à son intention qu'il y avait un treillage autour du grand poêle de faïence, et un petit fauteuil dans l'atelier, et un second petit fauteuil dans la cuisine, et un troisième petit fauteuil (monté sur des échasses celui-là) dans la salle à manger. Tout était plein de sa présence, dans la vieille maison. Sans compter que l'on trouvait un peu partout les joujoux qu'elle laissait traîner ; les joujoux anciens, bien entendu. Car la poupée et le lit à rideaux, elle les serrait en ce moment contre son manteau avec une énergie remarquable.

« Je ne l'ai pas laissée s'échapper, dit M. Bouvat à Philistine, du ton d'un homme qui s'excuse ; mais elle voulait sortir ; je ne pouvais pas l'en empêcher, n'est-ce pas ? Je suppose qu'elle s'ennuyait après Philippe et après vous, madame. Alors je l'ai bien couverte et nous allions descendre, lorsque nous vous avons entendus dans l'escalier. Alors nous nous sommes arrêtés ici pour vous attendre. N'est-ce pas, Nénène ? »

Pour toute réponse, Nénène lui tendit gravement la poupée et le lit à rideaux. M. Bouvat reçut ces deux objets dans ses mains de l'air solennel d'un chambellan qui connaît l'importance et l'étendue de ses devoirs. Nénène donna la main droite à Philistine, qui sortit la première des entrailles de l'escalier ; et puis, retenant de la main droite Philistine qui se dirigeait vers l'atelier, elle tendit la main gauche à Philippe. Pas de jaloux ! chacun de ses trois serviteurs avait part à ses bonnes grâces. Comme la porte de l'atelier était assez étroite, l'on ne pouvait y entrer trois de front. On y entra de guingois, voilà tout, et en riant de bon cœur par-dessus le marché.

Si le gouvernement avait eu l'idée d'envoyer de porte en porte un agent avec un registre, pour poser cette question : « Qui est le maître ici ? » je ne sais pas ce que l'on aurait répondu dans les autres logis, mais dans celui de M. Bouvat la réponse eût été : « C'est Nénène ». Et c'eût été la pure et simple vérité.

« Il est vraiment heureux qu'elle n'ait pas mauvais caractère, disait quelquefois M. Bouvat d'un air profond, car vous ne savez rien lui refuser ! » *Vous*, c'était Philistine, Philippe et la mère Azur. Or notez bien que cet homme si plein de sagesse et de prudence, en théorie, se montrait dans la pratique le moins raisonnable des quatre.

Par respect, les autres s'abstenaient de lui faire observer que ses actions n'étaient guère en rapport avec ses paroles. Mais ils ne pouvaient s'empêcher de rire dans leur manche, tant le contraste était comique.

Philippe ne demandait pas mieux que d'être raisonnable, seulement il ne savait comment s'y prendre, ni quel moment choisir, au juste. La mère Azur, sous prétexte qu'elle avait perdu autrefois un petit enfant de cet âge-là, qui était mort de convulsions pour avoir trop crié, aurait laissé Nénène prendre un fer rouge à poignée plutôt que de la contrarier. Philistine seule, sans avoir l'air d'y toucher, savait prendre de l'autorité sur Nénène. Quand Titine avait dit : « Les petites filles raisonnables ne font pas cela ! » Nénène se le tenait pour dit. Dans l'atelier, lorsque Nénène, excitée par M. Bouvat ou par Philippe, ou par tous les deux, se mettait à faire « la petite folle et la petite méchante », Philistine cherchait son regard et lui faisait des yeux sévères; Nénène se calmait presque aussitôt. Mais cette petite masque était déjà assez maligne pour tourner les yeux d'un autre côté. Alors Philistine, pour ne point user son autorité mal à propos, s'absorbait dans son travail et attendait patiemment la fin de l'orage. Voilà pourquoi M. Bouvat l'accusait, comme les autres, de laisser Nénène usurper toute l'autorité dans la maison. Du reste, il n'y voyait, pour sa part, aucun inconvénient.

Ce jour-là, Nénène, dans la première ferveur de possession de ses joujoux de la veille, s'amusait sur le tapis, douce et tranquille comme un petit agneau. Philistine travaillait sans lever les yeux. Philippe dessinait avec un redoublement d'ardeur. M. Bouvat, occupé à tourner ses pouces, regardait les trois autres tour à tour.

Ayant remarqué que Philippe tournait souvent ses yeux du côté de Nénène et se remettait chaque fois à dessiner avec une fiévreuse activité, il se demanda si par hasard « ce gaillard-là » ne serait pas en train de faire le portrait de Nénène. Il fut sur le point de se lever pour aller s'en assurer; mais une sage réflexion l'en retint. S'il bougeait de son fauteuil, son mouvement attirerait l'attention de Nénène. Elle changerait de pose, et adieu le portrait ! Il eut la constance et le courage de demeurer immobile; mais en revanche il posa son lorgnon sur son nez et allongea le cou démesurément, pour voir le dessin de son commis; par malheur l'épaule droite et le bras droit de Philippe interceptaient ses regards. Il tourna alors les yeux du côté de Nénène. Elle causait tout bas avec sa poupée d'un air sérieux, qui était très amusant, par contraste, sur cette petite frimousse réjouie.

Tout à coup, un scrupule ou un doute s'éleva dans l'esprit de Nénène. Elle se leva délibérément pour aller consulter Philistine à voix basse.

« Ouf ! » fit M. Bouvat en allongeant ses jambes engourdies; et en deux enjambées il fut derrière la chaise de Philippe. « Saperlipopette ! dit-il tout bas à l'oreille de Philippe, on voit que Maryas a passé par là, et une bonne dose d'études par-dessus le marché.

— Vous trouvez? lui demanda Philippe avec un sourire anxieux.

— Et vous aussi, je l'espère ! dit M. Bouvat en gonflant les joues d'admiration. C'est ressemblant d'abord; c'est vivant ensuite,

c'est sincère et... *naïf*. Et puis, voilà un dessin sérieux, qui serre
le modèle d'aussi près que possible. Donnez-moi ce portrait que
je le montre à Madame ; vous verrez si elle reconnaîtra son lou-
lou. Je la défie de ne pas le reconnaître.

— Pas encore, dit Philippe, vous voyez qu'il me reste quelques
mouvements à serrer de plus près et à rendre plus vrais et plus
naturels. Si vous montriez ce portrait à Philistine, Nénène voudrait le voir ; cela changerait le cours de ses idées, et elle ne
retournerait peut-être pas prendre la pose. »

M. Bouvat hocha la tête en signe d'assentiment, et retourna à
pas de loup jusqu'à son fauteuil. Quelques secondes après, ses
doutes étant éclaircis ou ses scrupules levés, Nénène revint
s'asseoir sur le tapis, et reprit le cours de ses importantes occupations.

M. Bouvat jubilait dans son fauteuil et souriait derrière ses
moustaches. Il avait raison de sourire et de jubiler, M. Bouvat,
car l'œuvre de son commis était une œuvre parfaite dans son genre.
L'écueil, quand on dessine les petits enfants, adonnés à leurs
occupations ou à leurs jeux favoris, c'est la mignardise et la pué-
rilité. Le dessin de Philippe était magistral et sérieux comme la
vie. Si l'on parle devant vous d'un dessin qui représente *une
petite fille parlant à sa poupée*, vous vous figurez tout de suite,
malgré vous, quelque chose de semblable, comme intention et
comme exécution, à ces chromolithographies où l'on voit un petit
garçon introduire une cuillerée de bouillie dans la montre de son
papa, ou bien encore la plonger dans un bocal à poissons rouges.
Ces inventions sont drôles et font rire ; mais ce n'est pas de l'art ;
ce petit garçon a trop d'esprit, ou plutôt on lui en prête trop ; rien
de moins naïf que cette naïveté cherchée. Le dessin de Philippe
était naïf ; Nénène causait sans minauderie, et, si elle parlait à
une poupée, c'est parce que, pour sa petite imagination, une
poupée, sa poupée du moins, avait réellement le don d'entendre
et de comprendre.

Quand son dessin fut terminé, Philippe le passa à M. Bouvat,
qui ne fit qu'un saut jusqu'à Philistine. Philistine se récria sur la
ressemblance. Nénène voulut voir et ne témoigna aucun enthousiasme. Ce noir sur du blanc ne lui disait rien. Il y a, dans la
représentation des objets par le noir et le blanc, une convention
à laquelle l'œil des petits enfants n'est pas encore fait.

« Philippe, dit solennellement M. Bouvat, voilà un dessin qui
passera certainement sous les yeux de Maryas ; je m'en vais le
mettre dans le carton où étaient les neuf autres qu'il a emportés.

17

Je ne dis pas que celui-là ira dans *l'Art naïf :* ceci est au-dessus de ma compétence; mais Maryas le verra : il faut bien qu'il juge de vos progrès. »

Dans la vieille maison habitée par des braves gens, animée et égayée par la présence d'un petit enfant plein de vie et de mouvem nt, l'hiver s'écoula presque sans que l'on s'en aperçût, et l'on fut tout surpris de voir arriver le printemps. La veille du jour fixé pour le départ de la caravane, la mère Azur déchargea son cœur dans celui de Philistine et fit part à Madame des inquiétudes que lui inspirait la santé de M. Bouvat.

« Mais, objecta Philistine, depuis que je connais M. Bouvat, je ne l'ai jamais vu en meilleure santé.

— C'est précisément ça, répondit la mère Azur en secouant la tête d'un air navré. Est-ce naturel qu'il n'ait pas eu son attaque de rhumatisme, comme tous les ans ? Non, madame, ce n'est pas naturel. Rappelez-vous ce que je vous dis, il payera ça d'une façon ou d'une autre, ou bien ça se portera ailleurs, où bien ça cognera double à la première occasion. »

En vain Philistine essaya de rassurer la mère Azur ; la mère Azur ne voulait pas être rassurée. Philistine eut beau alléguer que l'hiver avait été très sain, que M. Bouvat avait pris beaucoup plus d'exercice que d'habitude, à cause de Nénène, la mère Azur secoua mélancoliquement la tête et, les regards fixés sur une mouche qui volait lourdement à travers la cuisine, eut l'air de se demander si cette mouche était la première de la saison nouvelle ou la dernière de l'année précédente.

Quand Philistine cessa de parler, la mère Azur, quittant la mouche du regard, lui répondit :

« Madame, feu le père Tiraquel, que vous n'avez pas connu, et qui était, en son vivant, preneur de taupes, sauf votre respect, est devenu quasiment imbécile d'un rhumatisme rentré : ça s'était porté au cerveau, et l'avant-dernier notaire a été trouvé mort dans son lit, l'année après celle où son rhumatisme n'était pas sorti : ç'avait tapé double ! »

En dépit des sinistres prédictions de la mère Azur, M. Bouvat photographia *son* lycée avec beaucoup d'entrain, et revint des plages de la côte aussi bien portant que le jour de son départ. Seulement, il était, au retour, moins gai et plus préoccupé que d'habitude; mais je me hâte de dire que la santé de son corps n'était pour rien dans l'affaire.

M. Bouvat roulait un grave programme dans sa tête : continuerait-il à fréquenter les plages, ou bien ne ferait-il pas mieux de

revenir à ses anciens errements et de refaire ses anciennes
tournées ?

Sans doute, les plages rapportaient plus d'argent que l'ancienne
tournée, et même il n'y avait pas de comparaison, mais Nénène,
sur deux plages, avait été positivement insultée !

Un jour, sur une belle plage de sable, Nénène, voyant des marmots de son âge jouer à faire des pâtés, était allée se mêler à eux,
armée d'une belle pelle en bois et d'un beau seau tout neuf. Pendant
quelque temps, les choses avaient bien marché, les marmots lui
avaient fait fête, et même l'un d'eux, un gros joufflu, lui avait
demandé son seau, qu'elle lui avait prêté de fort bonne grâce.
M. Bouvat, debout à quelques pas de la petite société, se réjouissait de voir quel plaisir Nénène prenait à la compagnie des
enfants de son âge.

Tout à coup, une jeune pimbêche de dix ans avait fondu sur le
groupe, et avait enlevé le gros joufflu qui se trouvait être son frère.
Le gros joufflu s'était débattu, avait protesté, mais la pie-grièche
l'avait emporté quand même, en lui disant : « Tu ne dois pas jouer
avec cette petite fille, elle est mal habillée ! »

Mal habillée ! M. Bouvat faillit étrangler de colère. Nénène portait une jolie petite toilette, combinée par Philippe et par Madame,
après de longues discussions et de longues délibérations, et cette
toilette allait à ravir. Oui, mais il y a une chose que M. Bouvat ne
pouvait pas deviner, c'est que cette toilette n'était pas à la dernière mode ! La pie-grièche de dix ans s'en était aperçue tout de
suite. Comme les petits enfants qui jouaient au sable n'avaient
pas tous des sœurs pies-grièches, le jeu continua tranquillement,
et tranquillement Nénène y prit part, jusqu'au moment de retourner à la voiture. L'irruption de la pie-grièche et le brusque enlè-
vement du gros camarade n'avaient ni troublé sa sérénité, ni gâté
son plaisir. Quant à M. Bouvat, pour la première fois de sa vie, il
avait le cœur bouleversé par la haine et la colère.

Pourtant, il sut garder son gros chagrin pour lui seul ; à quoi
cela aurait-il servi de faire de la peine à ses associés en leur con-
tant son pénible secret ? A rien du tout, n'est-ce pas ? Madame,
retenue sous la tente toute la journée par les soins domestiques,
ne descendait à la mer qu'après la nuit close, pendant que Philippe
et M. Bouvat veillaient sur Nénène endormie ; elle n'était donc
pas exposée à voir insulter leur chérie.

Quand c'était Philippe qui conduisait Nénène sur la plage, les
pies-grièches, au lieu de venir enlever leurs petits frères ou leurs
petites sœurs, se promenaient à quelque distance, minaudant,

jacassant entre elles, faisant en un mot tout ce qu'elles pouvaient
pour attirer l'attention et exciter l'admiration de Philippe. Philippe
n'avait d'yeux que pour Nénène, et tous ces petits manèges étaient
perdus pour lui; mais M. Bouvat les avait remarqués. Aussi s'ar-
rangea-t-il désormais pour être toujours très occupé, quand
venait l'heure de la promenade de Nénène. Et quand il la voyait
partir en compagnie de Philippe, il se disait :

« Avec lui, du moins, elle est en sûreté. Mal habillée ! A-t-on
jamais vu ? »

A quinze jours de distance, M. Bouvat reçut un second coup en
plein cœur. Philippe se trouvant absent à l'heure de la promenade,
ce fut M. Bouvat qui emmena Nénène; mais, au lieu de là conduire
à la plage, il lui persuada qu'elle désirait visiter un certain bos-
quet de tamaris, à une centaine de mètres dans les terres. Ils
croisèrent une société qui les regarda curieusement au passage.
Dans cette société, il y avait deux fillettes, dont une péronnelle,
et M. Bouvat entendit très distinctement la péronnelle dire à son
amie, en réponse sans doute à quelque observation :

« Gentille ! je ne trouve pas. Dans tous les cas, c'est une petite
saltimbanque : elle couche dans une voiture ! »

Philippe parcourait les numéros de l'*Art naïf*.

CHAPITRE XXX

Maryas invite Philippe à venir passer un mois chez lui à Paris. — Philippe apprend bien des choses à Paris. — M. Bouvat se tasse, comme le lui fait observer M. Bisouart. — *Élève de MM. Bouvat et Maryas.* — « Nous n'irons plus à la mer. »

En rentrant de cette tournée, les voyageurs trouvèrent sur la grande table de l'atelier les numéros de *l'Art naïf* qui avaient paru depuis leur départ, plus deux lettres de Maryas.

L'une de ces lettres portait la date du 20 avril ; elle était arrivée trois semaines après le départ de la caravane : le facteur avait apporté l'autre l'avant-veille.

Pendant que M. Bouvat décachetait ses lettres, Philippe parcourait les numéros de *l'Art naïf* ; il constata que sept de ses dessins avaient paru, y compris l'église du village, de janvier, et un moulin à vent, de mars.

« Parbleu ! s'écria M. Bouvat, je m'explique maintenant pourquoi nous avons trouvé visage de bois à Varangues-sur-Mer ; Maryas me prévient dans cette lettre qui nous attend depuis le mois d'août, que M. Voland compte faire une croisière dans la Méditerranée sur son yacht, pendant les mois d'août et de septembre, et que lui, Maryas, l'accompagne avec plusieurs autres amis... Elle est finie leur croisière, puisque la seconde lettre de Maryas est tim-

brée de Paris... Je me disais aussi, quand nous avons trouvé le
chalet de M. Voland fermé : « C'est drôle que Maryas ne m'ait pas
prévenu, puisque nous devions nous retrouver ici cette année ! »
Voilà tout le mystère expliqué. Voyons donc ce qu'il nous dit,
dans son autre lettre. »

Voici ce que Maryas disait :

« Mon cher camarade,

« Me voilà revenu de ma croisière, et tu dois être rentré de la
tienne, du moins je le suppose. Je n'ai pas tenu la parole, que
j'avais donnée l'an dernier à notre jeune ami, de causer pendant
quelques matinées avec lui des choses de notre métier, là-bas, à
Varangues-sur-Mer. Je lui dois un dédommagement, et je viens le
lui offrir.

« Envoie-le-moi pendant un mois, et fixons tout de suite le mois
de décembre. Il faut qu'il sache dessiner sur bois ; j'ai sous la
main un de mes anciens élèves qui se fera un plaisir de lui
apprendre en quelques leçons tout ce qu'il doit savoir. Entre temps
nous causerons de beaucoup de choses, et probablement de peinture et d'art naïf. A propos d'art naïf, le recueil qui porte ce titre
a déjà publié sept dessins du mystérieux P. C. ; les deux derniers
sont à la gravure. P. C., soit dit entre nous, a été fort goûté des
bons connaisseurs, et il fera bien de mettre dans sa malle, en
venant à Paris, la suite de la série, s'il y en a une ; mais je suis
sûr qu'il y en a une. Nous regarderons cela ensemble, et nous
verrons le parti qu'il sera possible d'en tirer. Mais, tout en parlant
dessins et gravures, je n'oublie pas que P. C. est coloriste. Choisis
parmi ses toiles celles qui te sembleront les mieux réussies.

« Je compte faire faire à P. C. un certain nombre de connaissances qui pourront lui être plus tard d'un grand secours. S'il a
un habit noir, qu'il l'apporte ; s'il n'en a pas, fais-lui en faire un.

« Je l'aime à cause de toi, cet enfant, et puis je l'aime à cause
de lui, il me plaît, et foi d'artiste naïf, je désire très sérieusement
lui être utile.

« Reçois cordialement la poignée de main de

« Ton ami,

« MARYAS. »

Après avoir déchiffré les pattes de mouche de Maryas à grand
renfort de besicles, M. Bouvat tendit la lettre à Philippe, sans rien
dire.

Quand Philippe en eut achevé la lecture, il leva les yeux sur
M. Bouvat et le regarda avec une expression indéfinissable. Sans

lui laisser le temps de prononcer une syllabe, M. Bouvat, d'un geste
solennel, leva sa main droite toute grande ouverte et dit :

« Maryas vous fait là une faveur royale, mon enfant, par conséquent vous n'avez pas le droit de refuser. Nous causerons de cela
avec Madame. Non, je vous en prie, pas d'objections. La photographie est en chômage, c'est notre morte saison. Vous n'avez
rien à faire ici qu'à dessiner, à peindre et à lire. Vous dessinerez
et vous peindrez dans l'atelier de Maryas, et sa conversation vous
tiendra lieu de lecture. Mais, saperlipopette ! puisque je vous dis
que vous ne me servez à rien ici ; vous m'encombrez plutôt. Tenez,
moi, je voudrais déjà être au mois de décembre, pour me sentir
plus libre, et... pour avoir Nénène à moi tout seul ! Ah ! ah ! c'est
là que le bât vous blesse. Voyons, grand enfant, un mois est bientôt passé ; vous la reverrez, votre Nénène. »

Madame fut d'avis que Philippe devait accepter, dans l'intérêt
de son avenir. Mais, si elle eut le courage de faire bonne contenance, elle avait le cœur gros et lourd ; elle ressentait une vague
tristesse et une sourde inquiétude à l'idée de se séparer de Philippe, pour la première fois depuis le jour où elle l'avait pris sur
ses genoux, petit enfant, sans mère. La séparation, elle s'y serait
encore résignée, toutes les mères s'y résignent ; elles savent bien
qu'il le faut. Mais se séparer de lui pour l'envoyer à Paris, une ville
si éloignée, et si dangereuse, à ce que l'on disait, au milieu d'une
bande d'artistes encore ! par-dessus le marché chez un vieux
garçon !

Malgré la résolution qu'elle avait prise de supporter stoïque-
ment et sans rien dire le lourd fardeau de son chagrin et de
son inquiétude, elle ne put s'empêcher d'ouvrir son cœur à
M. Bouvat.

« Pardon, madame, lui dit vivement M. Bouvat ; Maryas n'est
pas en puissance de femme, c'est vrai ; mais n'allez pas vous figurer qu'il vit en garçon. Sa maison est tenue par Mlle Maryas, sa
sœur. Je l'ai connue toute jeune, Mlle Maryas, et c'était une bien
jolie personne. Par affection pour son frère, elle n'a jamais voulu
se marier, afin de vivre toujours avec lui. A l'heure qu'il est, elle
doit avoir bien près de cinquante-cinq ans. C'est une personne
respectable, comme vous voyez. De plus, comme elle voit beaucoup
de monde, et du meilleur monde, elle pourra apprendre à Philippe bien des choses que doit savoir un artiste destiné à devenir
célèbre et par conséquent à fréquenter le monde. »

Philistine, un peu rassurée, bénit mille fois du fond de son cœur
cette jolie Mlle Maryas, qui avait désappointé tous ses prétendants,

exprès pour devenir la sauvegarde de Philippe au moment du danger.

Novembre se passe en préparatifs de toute espèce, décembre arrivé et voilà Philippe parti pour la ville de perdition. Au moment du départ, il avait promis d'écrire souvent. Dieu soit loué! Les délices de Capoue ne lui font pas oublier ses promesses, il écrit souvent.

Mlle Maryas est comme une mère pour lui. Elle lui apprend ce qu'il faut dire et faire pour n'avoir pas l'air d'un sauvage dans un salon. Elle aime à lui faire conter sa vie passée; elle connaît tous ceux qu'il a laissés là-bas, jusques et y compris la mère Azur.

« Vous entendez, mère Azur! » lui dit M. Bouvat.

La mère Azur, pendant qu'elle tient ses deux mains croisées sur son tablier, sent son vieux cœur se gonfler de joie et d'orgueil. Mais sa joie n'est pas sans mélange, car elle ne peut s'empêcher de remarquer que M. Bouvat a beaucoup changé dans ces derniers temps. Madame non plus n'a pas pu s'en empêcher, et quelquefois, le soir, elles se content leurs inquiétudes à voix basse, dans la cuisine, à l'heure où Nénène dort du sommeil des anges, dans son petit lit, et où M. Bouvat s'agite dans le sien, ne comprenant pas pourquoi le sommeil le fuit, puisqu'il n'a mal nulle part.

« C'est le rhumatisme rentré! dit la mère Azur; voyez-vous, madame, ça se répand par tout le corps comme un *pansement* de bile! »

Sans lui faire observer que l'on dit un épanchement et non pas un pansement de bile, sans exprimer aucune opinion personnelle sur la théorie médicale du rhumatisme rentré, Philistine secoue tristement la tête et s'en va rejoindre Nénène.

M. Bouvat était allé faire un petit tour à Sault-de-l'Erche, pour se distraire, et par parenthèse il était rentré de son excursion tellement recru et harassé, qu'au lieu de se mettre à table, il avait jugé prudent de se mettre au lit.

Au cours de son expédition M. Bouvat avait fait une visite à M. Bisouart, et M. Bisouart lui avait dit, avec sa délicatesse habituelle:

« Tu files un mauvais coton, Juif-Errant, tu te tasses, tu te tasses. Nous sommes du même âge, mon vieux, regarde comme je suis encore droit! »

Cette observation frappa M. Bouvat plus qu'il ne voulut se l'avouer à lui-même. Pour donner un tour à la conversation, il demanda des nouvelles de Sacripant.

Elles se content leurs inquiétudes.

« Tourne-toi, si tu peux encore te tourner, lui répondit
M. Bisouart, et regarde le long du mur. »

M. Bouvat, se tournant sur sa chaise, vit la peau jaunâtre de feu
Sacripant accrochée au mur.

« Ce sera pour soigner mes petits rhumatismes, quand j'en
aurai, fit observer M. Bisouart en ricanant. Il se faisait vieux ; si
j'avais attendu davantage, la peau n'aurait plus rien valu ; alors,
moi, je l'ai empoisonné, et je lui ai pris sa peau. La tienne y passera aussi, » ajouta-t-il en s'adressant à un grand chat noir qui
sortait on ne sait d'où et qui se frottait contre les jambes de
M. Bisouart.

Quand M. Bouvat prit congé, M. Bisouart lui dit :

« Te sens-tu en état d'aller jusqu'à la gare tout seul ? Si tu veux,
je te donnerai le bras. Non ? Eh bien, adieu et bon voyage ! » Il
ajouta, quand M. Bouvat fut à quelque distance : « Oh ! mon pauvre
vieux, si tu pouvais voir quelle dégaine tu as par derrière ! »

« Ça se voit donc ? » se demanda tristement M. Bouvat, et cette
question douloureuse l'obséda tout le long du chemin.

Quelquefois M. Bouvat s'en allait sous la remise, et il regardait
la voiture magique avec mélancolie ; ou bien il rendait visite à
Collodion ; il lui arrivait de lui dire en lui tapotant sur le cou :
« Mon vieux, nous ne ferons plus ensemble autant de voyages que
nous en avons fait. Dans tous les cas, nous n'irons plus du côté
des plages, jamais, jamais ! »

Dans la maison, quand il se sentait regardé, M. Bouvat tendait
le jarret et affectait de marcher d'un pas ferme et allègre, en fre-
donnant. Mais, s'il se flattait de tromper les autres, il ne se faisait
pas illusion à lui-même. Néanmoins, Philippe ne se doutait de rien ;
comme M. Bouvat était son correspondant au nom de la famille,
correspondant laconique et inexact d'ailleurs, il se gardait bien
de lui parler de sa santé ; Philippe jouissait sans arrière-pensée
des délices de son séjour à Paris.

M. Maryas avait approuvé tous ses dessins, et il s'était montré
particulièrement satisfait du portrait de Nénène. Parmi ses
tableaux, il avait désigné comme les meilleurs précisément
les deux que M. Bouvat avait mis à part, M. Bouvat devait bien se
les rappeler ! L'un d'eux représentait trois vieux pommiers,
qui, à force d'avoir lutté contre les vents de mer, étaient devenus tout bossus et avaient rejeté toutes leurs branches vers l'intérieur des terres. L'autre, c'était cette plage et cette mer
couvertes d'un grand nuage sombre, sauf, dans le lointain, une
bande d'eau que le soleil faisait étinceler. Et même à propos de

cette bande de lumière, M. Maryas avait eu la bonté de dire devant plusieurs personnes : « Il était temps de la saisir, car le nuage est si vrai, il marche si bien, sous l'impulsion du vent de terre, que si vous aviez attendu une minute de plus, l'ombre du nuage l'aurait dévorée, et elle serait devenue aussi sombre que le reste ! »

M. Maryas ne s'était pas borné à cet éloge, qui était déjà une si belle récompense. Il avait dit : « Je m'en vais faire encadrer ces deux toiles, pour les envoyer au prochain Salon ! »

La lettre qui apportait à Grésillet cette importante nouvelle, continuait ainsi : « M. Maryas dit qu'il faut que cette fois je signe mon nom tout entier. De plus, il faut que je donne mon nom et mon prénom, le lieu et la date de ma naissance, cela s'appelle une notice. Et puis, comme il est d'usage d'indiquer le maître ou les maîtres de l'exposant, M. Maryas m'a dit : « Nous mettrons, au-dessous de la notice, dans le catalogue : *Élève de MM. Bouvat et Maryas.* »

« Nom d'un chien ! s'écria M. Bouvat en brandissant la lettre de Philippe, je verrai donc enfin mon nom sur le catalogue ! »

Il avait parlé tout haut, quoiqu'il fût seul dans l'atelier. J'aime à croire que si Madame eût été là, ou simplement Nénène, il aurait exprimé sa joie délirante par une exclamation de meilleure compagnie.

« Ce Maryas ! ce Maryas ! murmurait-il en se promenant avec agitation. Quel baume cela vous met dans le sang de rencontrer des créatures pareilles sur sa route. Voilà Philippe lancé, et moi, moi... je verrai mon nom sur le catalogue ! »

La joie l'avait galvanisé ; il était redevenu lui-même, au moins pour quelques jours.

Dans les lettres suivantes, Philippe énumérait les hommes célèbres qu'il avait vus, les salons où il avait été présenté, les dîners auxquels il avait assisté, les bontés que l'on avait eues pour lui, grâce au tout-puissant patronage de Maryas, les choses aimables qu'on lui avait dites sur ses œuvres. Il avait dîné chez M. Voland avec tous les collaborateurs de *l'Art naïf*, artistes et et littérateurs !

La veille de Noël, il envoya un merveilleux « bonhomme Noël » destiné à être mis dans le soulier de Nénène.

Le 31 décembre, il arriva avec trois colis au lieu d'un. Dans l'un des colis supplémentaires, il y avait une belle provision de bois, car il savait dessiner sur bois, maintenant ! Le second contenait des étrennes pour tout le monde.

Philistine trouva « son fils » un peu pâli. Peut-être aussi cela tenait-il à la fatigue du voyage par cette saison rigoureuse ; peut-être aussi à la vie de Paris et aux veilles prolongées, car Maryas, non content de le produire dans les salons, l'avait conduit assez souvent au théâtre. Du reste, cette pâleur lui allait bien et donnait plus de relief à sa jeune barbe frisottante.

Il avait l'air plus sûr de lui, ses mouvements étaient plus libres et plus aisés. Nénène, après l'avoir à moitié étouffé dans le premier élan de sa tendresse un peu tumultueuse, le tenait tout le temps par la main, et ne pouvait se rassasier de le regarder.

M. Bouvat bredouillait d'allégresse, et ne perdait pas une occasion d'appeler Philippe : « Monsieur l'Exposant ! » A quoi Philippe répondait : « Oui, mon cher maître! comment donc, mon cher maître ! »

A partir du retour de Philippe, M. Bouvat, qui se sentait plus vaillant, osa aborder un sujet sur lequel, jusque-là, il avait gardé le plus grand silence : il parla de la prochaine tournée et des sujets d'étude que Philippe rencontrerait à chaque pas le long des haies et des chemins.

Vers le commencement de février, il parla de l'air de la mer qui ne lui valait rien, et finit par proposer à Philippe de laisser les plages de côté et de parcourir l'ancien itinéraire.

« Mon cher maître, il y a des sujets d'étude partout, » lui répondit Philippe. Il répondait gaiement pour dissiper d'un mot l'anxiété visible avec laquelle M. Bouvat attendait sa réponse. L'anxiété de M. Bouvat venait de ce que, fermement résolu à ne pas exposer Nénène à de nouvelles insultes en la conduisant sur les plages, il était tout aussi fermement résolu à ne pas donner ses raisons.

Les connaisseurs remarquèrent les deux tableaux.

CHAPITRE XXXI

M. Bouvat reçoit un catalogue du Salon; ce catalogue ne le quitte plus. — *L'Art naï* publie le portrait de la petite fille qui cause avec sa poupée. — « Un de nos abonnés de Bordeaux me prie, » etc... — M. et Mme Dian à Grésillet. — M. Bouvat refuse de les voir.

Poussé dans ses derniers retranchements par l'approche des beaux jours et la nécessité de prendre un parti, le pauvre M. Bouvat, un matin, après toute une nuit d'insomnie et de résolutions contradictoires, avoua à son associé qu'il se sentait incapable, non seulement d'aller à la mer, mais encore d'entreprendre son ancienne tournée. Ce n'était pas qu'il fût malade, mais il se sentait faible, et, ajouta-t-il avec un sourire lamentable, au risque de passer pour un paresseux, pour un monsieur qui s'écoute, il se voyait forcé de prendre un congé d'un an. Dans un an, à pareille époque, il serait en état de reprendre son ancienne vie, il s'y engageait.

Ses associés approuvèrent sa résolution, et même, à l'empressement qu'ils y mirent, il reconnut que ses ruses étaient percées à jour depuis longtemps. Il se sentit soulagé de ne plus avoir à feindre et à dissimuler, et les choses s'arrangèrent d'elles-mêmes.

« Tout le monde reste avec moi? dit M. Bouvat. Pas d'objections? Bien. Moi, je me repose, c'est convenu.

— Moi, dit Philippe, je rouvre l'atelier de photographie.

— Pas de ça! s'écria M. Bouvat. Je vois votre idée, Philippe, vous pensez aux dépenses. C'est très gentil de votre part; mais pas de ça! Tel que vous me voyez, j'ai de quoi vivre de mes rentes, et, si j'ai travaillé si longtemps, c'est par pure habitude. Je comprends vos signes de tête, monsieur l'Exposant, vous ne voulez pas vivre à ma charge... Soit! J'accepterai, sur vos bénéfices de dessinateur et de peintre, une somme mensuelle qui sera débattue entre Madame et votre serviteur. Vous voyez que je ne fais pas le fier, moi. »

Je le crois bien qu'il ne faisait pas le fier. Quel scrupule pouvait l'empêcher de recevoir l'argent de Philippe, puisque, en vertu de son testament, toute sa petite fortune reviendrait à Philippe.

Philippe se rendit à ses raisons, mais il pria sous main Philistine de ne pas le ménager quand elle débattrait le prix de sa pension avec M. Bouvat.

Lorsque Philippe, sur les indications de M. Bouvat, eut écrit une lettre d'excuses et d'explications au proviseur de *là-bas*, M. Bouvat déclara qu'il se sentait déjà mieux et qu'il allait se laisser vivre.

Dès que le Salon de peinture fut ouvert, les connaisseurs remarquèrent les deux petits tableaux de Philippe, et la presse leur fut généralement favorable. Néanmoins ils n'obtinrent aucune récompense. Il paraît que le jury, cette année-là, était composé en grande majorité de peintres non naïfs.

En revanche, un riche monsieur, qui ne manquait pas de flair, et qui avait foi dans le jugement de Maryas, fit passer les deux tableaux dans sa galerie pour la somme modeste de douze cents francs.

Maryas avait invité Philippe à venir visiter le Salon, mais Philippe s'était privé de ce grand plaisir, M. Bouvat étant sujet à s'ennuyer et ayant, en conséquence, besoin de tout son monde autour de lui. Maryas alors leur expédia deux catalogues, un pour lui et l'autre pour son maître.

A partir du moment où il reçut son exemplaire, M. Bouvat ne s'en sépara plus; il l'avait toujours sur lui, dans une de ses

poches. Dès qu'il se sentait enclin à l'ennui ou aux idées noires,
il tirait le bienheureux catalogue. C'était pour lui toute une
encyclopédie. Il y cherchait les noms des peintres qu'il avait
connus autrefois ; puis il passait aux inconnus, cherchant à se
figurer l'apparence extérieure des gens qui les portaient. Les
titres des tableaux évoquaient dans son cerveau mille fantaisies,
mille paysages, mille scènes diverses, et toujours il en revenait
à la lettre C, au nom de Cambrequesne (Philippe) et à la ligne
magique qui réunissait dans une même accolade le nom de
Maryas et le sien.

Le numéro de *l'Art naïf*, que Philippe reçut à la date du
1er août, contenait le portrait de Nénène gravé par un des plus
habiles graveurs de Paris. L'artiste contempla son œuvre avec
une joie profonde dans la solitude de l'atelier. M. Bouvat était
dans le jardin avec Nénène et Madame. Après avoir admiré de
près d'abord, de loin ensuite, et puis encore de près ce chef-
d'œuvre de gravure, qui traduisait son dessin avec tant de souplesse et de fidélité, il lut la nouvelle qui l'accompagnait. Cette
nouvelle était intitulée : *Entre amies.*

Il achevait de la lire lorsque Nénène entra, la main dans celle de
Philistine. Au beau milieu de ses jeux, il lui avait pris fantaisie de
savoir ce que devenait Flip là-haut tout seul. Comme M. Bouvat
s'essoufflait facilement et que, pour un rien, ses jambes devenaient
« comme du coton », c'était Philistine qui avait *pris* Nénène par
la main pour la conduire à l'atelier. « Grand-père » était resté
tout seul, c'est-à-dire pas tout seul, puisqu'il avait son catalogue
dans sa poche.

Nénène était une grande personne maintenant, la preuve c'est
qu'elle ne se roulait plus que rarement sur le tapis. On lui avait
fait cadeau d'une petite table sur laquelle elle jouait des heures
entières avec ses joujoux.

Son joujou favori, pour le moment, c'était les lettres de l'alphabet imprimées sur des boules un peu plus grosses que des
boules de loto.

« Flip lit, » dit-elle à Philistine ; et elle ajouta d'un ton plein
d'importance : « Nénène lit aussi. » Sans plus songer que « grand-
père » était tout seul dans le jardin, elle s'installa à sa table et
Philistine tira son tricot de sa poche. Philippe lui fit signe de
venir à lui : « Voilà, dit-il, ce portrait de Nénène que j'ai fait
l'an passé. Maintenant que j'ai Nénène sous les yeux, je m'aperçois qu'il ne lui ressemble déjà plus. Nous la voyons tous les
jours, nous ne nous apercevons pas des changements qui se font

dans sa petite personne. Je suis sûr que, si ses parents la rencontraient dans la rue, ils ne la reconnaîtraient plus. »

Hélas, c'était précisément ce que se disaient, chacun à part soi, les malheureux parents de Madeleine, là-bas, à Bordeaux.

Le 7 août, Philippe reçut de M. Voland une lettre ainsi conçue :

« Cher Monsieur,

« Un de nos abonnés de Bordeaux me prie instamment de vous poser une question et de vous présenter une requête. Je n'ai pas compris grand'chose à sa lettre, qui semble avoir été écrite par un homme profondément troublé. Mais comme ce correspondant est un abonné, et que les abonnés ont droit à tous nos égards, je vous résume sa lettre ainsi qu'il suit :

« 1° *Question*. Dans la gravure qui accompagne la petite nouvelle : *Entre amies*, la tête de la petite fille est-elle un portrait ou une tête de fantaisie ?

« 2° *Requête*. Dans le cas où ce serait un portrait, prière de vouloir bien résumer en deux mots l'histoire de la petite fille, si toutefois elle a une histoire.

« Voilà l'affaire. Je vous serre bien cordialement la main.

« R. VOLAND. »

Philippe vit clairement, comme à la lueur d'un éclair, que l'abonné de Bordeaux devait être le père de Nénène. Il frissonna, il sentit son cœur se serrer et devenir lourd comme du plomb, sous la menace d'un grand malheur. Puis il essaya de raisonner, de trouver des raisons de se rassurer : peut-être cet homme de Bordeaux avait-il été leurré par une ressemblance fortuite, peut-être n'y avait-il aucun lien de parenté entre Nénène et lui. Dans tous les cas, son devoir d'honnête homme était de fournir les renseignements qu'on lui demandait. Il écrivit sur-le-champ et descendit au jardin pour prier M. Bouvat de vouloir bien jeter la lettre à la poste.

C'était une des manies du vieillard, depuis qu'il sentait défaillir ses forces et baisser ses facultés, de se rendre très utile à la communauté. En conséquence, la communauté s'ingéniait à flatter sa manie en multipliant les appels à sa bonne volonté, et en le chargeant d'une foule de petites commissions et de petites besognes peu compliquées. C'était lui, par exemple, qui avait la responsabilité de jeter les lettres à la boîte. Comme ces aubaines étaient rares, il tenait d'autant plus à ne pas manquer les occasions, et il se serait mis en colère (il s'y mettait quelquefois maintenant) s'il se fût aperçu que quelqu'un eût osé empiéter sur son droit.

Lorsque Philippe lui apporta la lettre, M. Bouvat sourit avec complaisance. « En es-tu? » demanda-t-il à Nénène.

Du moment où il s'agissait de remuer, de sortir, de changer de place, Nénène en était toujours.

Le vieillard, s'aidant de sa grosse canne, se leva avec effort, sans que Philippe lui vînt en aide (il mettait son amour-propre à se suffire); puis il tendit la main gauche à Nénène et ils partirent ensemble, lui traînant la jambe, elle sautillant comme un oiseau. Quand ils furent arrivés à la boîte, Nénène lâcha la main du grand-papa; debout, elle attendit. M. Bouvat, après avoir déposé sa canne contre la borne pour avoir les deux mains libres, saisit Nénène sous les bras et la souleva jusqu'à ce que les yeux de la petite fille fussent de niveau avec la fente de la boîte. Alors Nénène inséra la lettre dans la fente, tendit l'oreille pour l'entendre tomber au fond de la boîte, et, afin d'avoir la conscience nette, se pencha en avant et regarda dans l'ombre de la boîte : il y a, paraît-il, des lettres qui restent accrochées en route.

« Encore une de passée, » dit-elle en frappant ses mains l'une contre l'autre. Alors seulement M. Bouvat se permit de la déposer par terre. Il n'était que temps, car Nénène devenait lourde et M. Bouvat n'avait plus ses muscles de vingt ans.

Philippe garda jusqu'au soir le secret qui lui rongeait le cœur; mais le soir, quand il jugea que Nénène devait être endormie, il frappa à la porte de Philistine et lui raconta tout. Ensuite ils restèrent longtemps assis sans parler, les yeux fixés sur Nénène qui dormait de son joli sommeil d'enfant, le sourire sur les lèvres. A la fin, de petites larmes perlèrent au coin des yeux de Philistine, sans qu'elle s'en aperçût. A cette vue, Philippe détourna la tête : lui aussi, les larmes le gagnaient.

« Et le pauvre M. Bouvat! dit Philistine après un long silence.

— Je n'ose pas y penser! répondit Philippe d'une voix altérée.

— Il faut pourtant le préparer d'avance à ce coup-là.

— Peut-être que nous nous trompons, après tout, » reprit Philippe, voulant espérer contre toute espérance. Philistine secoua tristement la tête.

Le lendemain, pendant que Nénène aidait « Goza » à écosser des haricots dans la cuisine, Philippe et Philistine, en présence de M. Bouvat, se mirent à parler de l'époque où ils avaient trouvé la petite abandonnée dans un champ de luzerne.

« Si pourtant, dit Philistine en s'adressant à Philippe, mais en surveillant M. Bouvat du coin de l'œil, les parents avaient retrouvé sa trace !

— Allons donc, dit M. Bouvat avec ironie; quand on délaisse son enfant aujourd'hui, ce n'est pas pour courir après lui demain.

— Mais si par hasard quelqu'un le leur avait volé ?

— Volé ! répéta M. Bouvat avec énergie. Est-ce qu'on nous l'a volée à nous ? Est-ce que nous nous la serions laissé voler ?

— Pas de danger, reprit Philistine. Mais, une supposition, ils apprennent que l'enfant volée ou abandonnée est chez nous, et ils la réclament. »

M. Bouvat la regarda en face pendant quelques instants, et puis il ricana avec ironie et dit d'un ton sec :

« Je voudrais bien voir ça !

— Qu'est-ce que nous pourrions faire ? reprit doucement Philistine, la loi serait de leur côté.

— La loi ! » répéta M. Bouvat avec un souverain mépris. Et alors, avec une douleur poignante, Philistine et Philippe purent constater à quel point les facultés intellectuelles avaient baissé chez leur vieil ami, et, avec les facultés intellectuelles, le sens moral, sur un point du moins. Cet homme si droit, si loyal, prononça les paroles suivantes : « Les parents, qu'ils viennent avec le code à la main ! Qu'est-ce que je fais, moi ? J'attelle Collodion et nous filons tous, et puis après, cherche ! »

Le jour où M. Dian reçut la réponse de Philippe, il dit à sa femme, en la serrant avec violence sur son cœur : « C'est bien elle ! C'est Madeleine ! Partons. »

Tout était prêt pour leur départ, ils n'attendaient que le signal. Pierre et Sabine restaient sous la garde d'une vieille tante. Les deux voyageurs arrivèrent à Grésillet pendant la nuit. Le petit omnibus de service les conduisit à l'hôtel du *Lion d'Or*.

Le lendemain matin, sur les neuf heures, un garçon de l'hôtel remit à Philippe une enveloppe. Dans l'enveloppe Philippe trouva une carte : *Monsieur et Madame Dian*, et au bas du carton : *Bordeaux;* voilà ce que Philippe lut tout d'abord, et il comprit à qui il avait affaire. Après les mots : *Monsieur et Madame Dian*, on avait ajouté au crayon : « Présentent leurs compliments à M. Philippe Cambrequesne et lui demandent un entretien particulier à l'hôtel du *Lion d'Or*. S'excusent de leur indiscrétion. »

Philippe prit dans le tiroir de la table une grande enveloppe qu'il inséra dans sa poche de côté, et se rendit sans délai à l'hôtel du *Lion d'Or*.

Nénène inséra la lettre dans la fente.

Après les premières politesses et les premières explications, Philippe tira de l'enveloppe le portrait de Nénène dans son costume d'emprunt et le carton qu'il avait trouvé à ses côtés dans la luzerne.

« C'est bien elle ! » s'écrièrent à la fois M. et Mme Dian avec une certitude qui fit pâlir Philippe et une joie qui lui perça le cœur.

Sur le carton, Mme Dian reconnut l'écriture de son ancienne femme de chambre. Comme Philistine l'avait bien deviné, les indications étaient fausses et destinées à égarer toutes les recherches.

« Quelle malice infernale ! » s'écria M. Dian en lançant au carton des regards courroucés. Puis, tout d'un coup, sans transition, après avoir jeté d'un geste violent le carton sur le marbre de la cheminée, il saisit la main droite de Philippe dans les deux siennes et s'écria, en la serrant à la broyer : « Et c'est vous, monsieur Cambrequesne, qui avez si charitablement recueilli notre petite Madeleine ! et c'est vous qui l'avez rendue si heureuse ! car c'est le portrait d'une enfant heureuse qu'a reproduit la revue de l'Art naïf, et c'est grâce à votre talent que nous l'avons reconnue, que nous la retrouvons. Monsieur Cambrequesne, nous avons contracté envers vous une dette que nous ne pourrons jamais payer tout entière. »

Mme Dian avait à son tour attiré la main gauche de Philippe dans les siennes et le regardait en souriant, sans rien dire, les yeux pleins de larmes.

C'était bien la mère de Madeleine ! Quoique Philippe fût bouleversé, son œil d'artiste, prompt à saisir les ressemblances, retrouvait dans le visage de la femme celui de la petite fille.

« Je n'ai que ma part de mérite, si mérite il y a, » dit-il en s'adressant à la mère de Nénène ; et il lui expliqua le rôle de ses deux associés dans l'adoption de Nénène et la nature des liens qui les unissaient tous les trois.

« La santé de M. Bouvat, dit-il d'une voix tremblante, a beaucoup décliné pendant cette dernière année ; nous sommes obligés de le ménager et de lui épargner les émotions violentes. Malgré l'impatience bien naturelle que vous devez éprouver d'embrasser Nénène, voulez-vous me laisser quelques heures pour préparer M. Bouvat au coup qui va le frapper ? Il aime tant sa petite Nénène ! Nous l'adorons tous ! »

Ma foi, en dépit de sa barbe, en dépit de son titre d'Exposant, Philippe se cacha vivement la figure dans ses deux mains, tout honteux de pleurer comme un enfant. Il fut convenu que les parents de Nénène se présenteraient seulement dans l'après-midi.

M. Bouvat, ayant fini par comprendre qu'il viendrait une visite dans l'après-midi, s'écria brusquement : « Je sais qui c'est Jamais je ne verrai ces gens-là, jamais ! » Il s'enferma dans sa chambre et n'en sortit qu'après le départ des visiteurs.

Les visiteurs, cependant, n'avaient point emmené Nénène. Elle ne les avait pas reconnus, et eux, de leur côté, ils auraient eu quelque peine à la reconnaître, s'ils n'avaient pas su d'avance qui elle était. Mᵐᵉ Dian, néanmoins, finit par découvrir qu'après avoir ressemblé à Pierre, elle tournait du côté de Sabine. En entendant ces deux noms, Nénène dressa l'oreille, parut chercher dans sa mémoire un souvenir déjà à demi effacé et regarda Mᵐᵉ Dian avec une attention singulière; mais ce fut tout pour le moment. A la fin de la visite cependant, elle s'était si bien apprivoisée avec le monsieur et avec la dame qu'elle accepta, pour le lendemain, l'offre d'aller faire une belle promenade avec eux.

Il visitait le tombeau de M. Maubeux.

CHAPITRE XXXII

M. Bouvat médite de fuir avec Nénène. — Il embrasse sa petite-fille pour la dernière fois. — Pauvre M. Bouvat! — Visite de Philippe à Maryas. — Premier voyage à Bordeaux. — Chaude réception.

Quand M. Bouvat, délivré de sa réclusion volontaire, s'aperçut que « ces gens-là » n'avaient pas emporté Nénène, il se dit : « Bon, elle s'entend avec moi, elle n'a pas voulu les suivre ; ils reviendront, je le sais ; mais, cherche ! »

Ayant pris Nénène à part, il lui dit mystérieusement :

« Nous nous entendons, nous deux, n'est-ce pas ?

— Oui, grand-père, répondit gentiment Nénène.

— C'est bon ! pas un mot de plus. » Et il posa son doigt sur ses lèvres. Nénène l'imita et ils échangèrent de mystérieux signes de tête qui amusèrent prodigieusement la petite fille.

Quand tout le monde fut couché, M. Bouvat ralluma sa bougie, s'habilla sans bruit, et, une fois habillé, ouvrit son secrétaire. Le premier objet qui lui tomba sous la main ce fut une enveloppe cachetée, sur laquelle il y avait : « Ceci est mon testament ». Il la prit, la regarda avec indifférence, et, l'ayant mise de côté, fourra dans ses poches tout ce que le tiroir contenait d'or et de billets de banque.

« Ah ! grommelait-il tout le temps, les deux autres s'entendent
avec les prétendus parents, mais Nénène est avec moi. Nous allons
partir ensemble. Avec beaucoup d'argent on va loin. Un grand-
père qui se promène avec sa petite-fille, ça se voit tous les jours,
ça n'attire l'attention de personne. Toujours plus loin ! toujours
plus loin ! et puis cherche ! »

Au moment d'ouvrir la porte, il fut frappé d'une idée qui ne lui
était pas venue jusque-là. Il était tout prêt, lui ; mais Nénène dormait et elle dormait sous la garde de Madame, et Madame refuserait de l'habiller, elle appellerait, elle crierait, elle ferait un
esclandre ; comme il ne voulait pas d'esclandre, il se remit au lit
pour combiner de nouveaux plans.

Le lendemain, toute la matinée, il guetta l'occasion de prendre
Nénène par la main et de lui dire : « Allons nous promener
ensemble. » Mais soit hasard, soit préméditation de la part de
« ceux qui étaient pour les prétendus parents », l'occasion lui fit
défaut tout le temps.

Quand les visiteurs de la veille furent annoncés, il se sauva dans
sa chambre et s'y barricada. Vers les quatre heures, un petit
poing frappa contre sa porte et une petite voix cria, par le trou
de la serrure : « Grand-père, ouvre ta porte ; c'est moi, Nénène. »

M. Bouvat ouvrit sa porte et Nénène entra ; Philippe, qui l'accompagnait, resta discrètement en dehors.

« Grand-père, reprit Nénène, je viens t'embrasser et te dire au
revoir, parce que je m'en vais faire une grande promenade avec
papa et maman et Philippe. »

Elle embrassa grand-père, et grand-père en l'embrassant lui
dit tout bas à l'oreille :

« Nous nous entendons, nous deux ?

— Oui, grand-père, répondit la petite espiègle ; mais pourquoi
tu dis toujours cela ? »

Le grand-père cligna les yeux à plusieurs reprises en signe
d'avertissement. Nénène cligna les yeux encore plus fort que lui
et s'en alla sur la pointe du pied, rentrant sa tête dans ses épaules.

Quand la porte se fut refermée, M. Bouvat, d'un mouvement
nerveux, caressa sa barbe à plusieurs reprises, puis il se passa la
main sur le front. Comprit-il qu'il venait d'embrasser Nénène
pour la dernière fois ? On peut le supposer, car il pleura longtemps. Après avoir pleuré, il regarda autour de lui d'un air surpris et se dit que, par une si belle journée, c'était bien stupide de
sa part de rester enfermé dans une chambre.

En conséquence, il descendit au jardin. Philippe était là, racontant à Philistine les derniers incidents du départ de Nénène.

« Belle journée ! » dit gaiement M. Bouvat en s'asseyant dans son fauteuil de jardin. Par un geste machinal, il tira son catalogue de sa poche et tout d'un coup se mit à rire. En tirant le catalogue, il avait fait tomber sur le sable une liasse de billets de banque.

« Qui diable a pu fourrer cela dans ma poche ? Eh, mais, il y a de l'or aussi. Singulière plaisanterie ! Tenez, Philippe, voulez-vous reporter cela dans mon secrétaire ? voici la clef. »

Ainsi Nénène, en partant, a emporté le peu de mémoire et de bon sens qui restait au pauvre M. Bouvat. Elle a emporté aussi le cœur de Philippe ; mais du moins, par compensation, elle lui a laissé le sien. Philippe a accompagné les trois voyageurs jusqu'à l'entrée de leur wagon. M. et Mᵐᵉ Dian lui ont fait jurer de venir les voir le plus tôt possible ; il faut qu'il fasse connaissance avec tout le reste de la famille. Cet ingrat de Philippe, en son for intérieur, fait bon marché du reste de la famille ; c'est Nénène qui l'attire déjà, en pensée, dans la direction de Bordeaux.

Tout le temps que le train est resté en gare, Philippe, debout devant la portière, a tenu dans ses mains celles de Nénène ; Nénène, toute barbouillée de larmes, n'a cessé de lui dire : « Tu viendras ! tu viendras, dis ! »

Oui certes, il viendra ! Au moment où le train s'ébranle lentement, Philippe embrasse une dernière fois Nénène, qui disparaît aussitôt dans l'intérieur du wagon. Au bout de quelques secondes, elle reparaît et crie de loin à Philippe : « Si tu ne viens pas, je serai méchante ! » Cet argument-là, quelqu'un le lui a soufflé, bien sûr. Est-ce son papa ? est-ce sa maman ? Qu'importe ? Ce qui importe, c'est que la voilà partie !

M. Bouvat est le malade le plus doux, le plus accommodant, le plus facile à vivre que l'on puisse imaginer. Tout lui plaît, tout est bien ; un rien l'amuse, le fait rire, le rend heureux. Il restera des heures entières à voir Philippe travailler. Que Madame lui apporte sa canne pour l'emmener faire un petit tour, il se trouve que justement il avait l'idée de se dégourdir un peu les jambes. Quelquefois sur une idée qui lui prend, il sort de la maison et vagabonde par la ville. Mais il se trouve toujours à point quelque bonne âme pour le ramener chez lui tout doucement, sans en avoir l'air, en faisant la causette.

Faire la causette, c'était le plus grand plaisir de M. Bouvat, et ce plaisir était inépuisable, puisque, à une heure de distance, il ne se souvenait plus de ce qu'on lui avait dit, ni de ce qu'il avait dit lui-même. Il faisait la causette avec tout le monde, avec Philippe, sauf aux heures où Philippe étudiait, avec les bonnes gens, avec les passants, surtout, oh! surtout avec la mère Azur.

Comme il était toujours soigneusement tenu, comme il ne disait jamais de choses étranges, personne, dans la ville, ne songeait à le tourner en ridicule. Quant à la mère Azur, elle lui avait voué une profonde vénération. N'était-ce pas, en somme, une victime du rhumatisme rentré, qui s'était répandu par tout le corps, y compris le cerveau ? Et les faits semblaient lui donner raison, à la mère Azur, et ajouter un argument nouveau au trésor de sagesse qu'elle amassait depuis quarante ans. Trouvant sans doute que M. Bouvat avait payé assez cher son abonnement au grand recueil des infirmités humaines, le rhumatisme n'avait pas reparu. Jamais, de toute sa vie, M. Bouvat ne s'était mieux porté.

Depuis le départ de Nénène, Philistine était remontée dans sa chambre et avait cédé le salon à Philippe et à M. Bouvat.

Par les belles journées, Philippe attelait Collodion à la voiture magique et conduisait M. Bouvat à la campagne. Philistine veillait sur le digne homme pendant que Philippe dessinait ou peignait d'après nature.

A chaque sortie M. Bouvat, assis à côté de Philippe qui conduisait, ne manquait pas de lui dire :

« Vous avez là, monsieur, un cheval bien remarquable.

— Bien remarquable, en effet, répondait Philippe invariablement.

— Puis-je vous demander comment vous l'appelez?

— Je l'appelle Collodion.

— Collodion ! » répétait M. Bouvat à demi-voix. Ce nom lui rappelait-il quelque chose? On aurait pu le croire, car il se le répétait tout bas à plusieurs reprises, et tombait généralement dans une profonde rêverie.

Philippe, devenu sérieux avant l'âge, travaillait comme peu d'artistes travaillent, sans jamais négliger aucun des devoirs de l'amitié. Il correspondait avec M. Gibert, il correspondait avec Maryas, et toutes les fois qu'il avait quelques instants devant lui, il courait à Sault-de-l'Erche pour passer une heure ou deux avec Émile et pour visiter le tombeau de M. Maubeux; il lui arrivait même de passer par la place Saint-Eutrope pour prendre des nouvelles du rechigné Bisouart.

Cette vie monotone, dont la monotonie semblait si douce à Philippe le travailleur, était coupée par deux grands événements annuels : l'ouverture du Salon et le voyage de Philippe à Bordeaux.

Le premier catalogue du Salon, celui que M. Bouvat continuait à traîner dans ses poches sans plus savoir pourquoi, faillit n'avoir point de pendant à la colonne des voyages. Philippe avait été retenu à Grésillet jusqu'à la fin de novembre par des travaux urgents, et aussi par la crainte de commettre une imprudence et de manquer à son devoir en laissant M. Bouvat à la garde de deux femmes seules.

Les amis de Bordeaux, qui n'étaient pas des amis pour rire, se plaignaient amèrement de son manque de parole, et même dans sa dernière lettre, Mme Dian avait déclaré que Nénène « commençait à devenir méchante ! »

Dans les premiers jours de décembre, Philippe se trouva en règle avec l'*Art naïf* et en avance pour le prochain Salon. De plus, le docteur Mitain lui avait affirmé à plusieurs reprises que M. Bouvat, doux et obéissant comme il l'était, ne courait aucun risque entre deux maîtresses femmes comme Mme Philistine et la mère Azur. Une seule suffirait, au besoin.

Tous ses scrupules étant ainsi levés, Philippe expédia une dépêche à Maryas à qui il désirait présenter ses respects en passant, écrivit à M. Dian pour lui annoncer son arrivée, et se mit à faire ses malles avec l'aide de Philistine.

« Je suis dans une joie !... » s'écria-t-il tout d'un coup, et puis, se ravisant, il embrassa Philistine : « Je ne devrais pas, dit-il, parler comme cela devant toi, au moment de te quitter.

— Et pourquoi donc cela ? riposta gaiement Philistine ; est-ce que ce n'est pas tout naturel ? est-ce qu'à ta place je n'en dirais pas autant ? une vieille cigale de mon âge !

— Je ne resterai pas longtemps ! reprit Philippe en manière d'apologie.

— Je voudrais bien voir cela, dit Philistine avec une feinte indignation. Le voyage est long et sera rude dans cette saison ; il faut que tu aies le temps de te refaire et de voir Nénène... et les autres. Tu me dis que ton travail est en règle, n'est-ce pas ? prends un peu de bon temps. Ce n'est pas au pauvre M. Bouvat que tu manqueras ; il ne s'apercevra même pas de ton absence, et, le jour où il te reverra, il te serrera la main aussi tranquillement que si vous aviez dîné la veille à la même table.

— Oui, mais toi ? s'écria Philippe en lui passant lestement les deux paumes de ses mains sous les coudes et en la soulevant de terre.

— As-tu fini, grand fou ? » dit Philistine en protestant pour la forme.

Au fond, elle était heureuse et fière au delà de toute expression
de le voir si beau, si grand, si fort et si bon enfant.

« Moi ? répondit-elle, quand il l'eut remise d'aplomb sur le plancher, tu me manqueras, bien sûr. Mais je suis comme ta mère, et
les mères sont heureuses quand leurs enfants le sont, même loin
d'elles. Allons, voyons ! je te défends de m'enlever encore. Plus tu
resteras là-bas, plus je serai contente et plus tu auras de choses
à me raconter ; ça nous durera toute la fin de l'hiver. »

Philippe passa la journée avec Maryas et avec sa sœur. Quand
il montra à Maryas les deux toiles qu'il destinait au prochain
Salon : « Prêt d'avance, dit le vieil artiste ; excellente méthode ;
comme cela on ne risque pas de bousiller pour arriver à la dernière
minute. C'est très bon, ce que vous me montrez là. Vous restez
naïf et vous devenez savant. Malgré les tendances perverses du
jury, je ne serais pas trop surpris si « nous décrochions » l'année
prochaine une seconde médaille. »

Et, par parenthèse, « nous la décrochâmes ». Mais procédons
par ordre.

Quand Philippe descendit de wagon, à Bordeaux, il faisait nuit.
M. Dian l'attendait. Il lui prit son bulletin de bagages, le remit à
un domestique avec mission de veiller sur les colis, de les faire
charger sur un fiacre et de les ramener à la maison. Cette petite
transaction terminée, M. Dian fit monter Philippe dans sa voiture,
un bon coupé bien capitonné, bien confortable, muni de deux
bonnes bouillottes d'eau chaude.

Chemin faisant, Philippe put s'apercevoir que la reconnaissance
de M. Dian ne s'était point attiédie. Il paraît que Nénène avait sol-
licité à mains jointes la faveur de venir chercher son ami à la gare.
M. Dian lui avait fait observer que le coupé ne contenait que deux
places. Elle avait répondu triomphalement : « Philippe sera bien
content de me prendre sur ses genoux ! — Mais M. Philippe sera
fatigué du voyage. — Il voudra bien tout de même. »

A bout de raisons, Mme Dian lui avait dit, pour la réduire au
silence : « Si tu ne te tais pas et si tu boudes, tu ne dîneras pas à
côté de M. Philippe. »

Cette menace avait clos la discussion.

« Petite chérie ! » murmura Philippe dans son coin.

Après un quart d'heure de grand trot à travers des rues bril-
lamment éclairées, le cheval franchit une porte cochère qu'un
groom venait d'ouvrir et qu'il referma aussitôt. Le coupé, après
avoir décrit une courbe savante, s'arrêta devant un beau perron,
protégé par une marquise de verre d'un dessin élégant. Un valet

de pied en petite tenue sortit précipitamment du vestibule et ouvrit la portière.

M. Dian descendit et Philippe le suivit. Contre toutes les lois du décorum, une jeune personne, dans un coin du vestibule, guettait l'arrivée des messieurs au lieu de les attendre au salon avec le reste de la famille. Cette jeune personne, c'était Nénène.

« Philippe, oh ! Philippe, » s'écria-t-elle éperdument. Et, sans laisser le temps à Philippe de retirer son pardessus, elle se jeta sur lui d'un seul élan.

Pauvre petit cœur ! Quand elle fut dans les bras de Philippe, l'excès de son bonheur lui coupa la parole. Elle le regardait et l'embrassait, elle l'embrassait et le regardait ; il n'y avait pas de raison pour que cela prît fin.

C'est ce que pensa M. Dian.

« Petite folle ! dit-il avec indulgence, tu ne veux donc pas que ton ami puisse retirer son pardessus ? »

Nénène se laissa glisser à terre ; mais, aussitôt que le valet de pied eut pris le pardessus de Philippe, elle tendit les bras pour regrimper à la place d'honneur.

« Voyons, Nénène, reprit M. Dian, sois raisonnable ; M. Philippe ne peut pourtant pas faire son entrée au salon avec une petite fille dans les bras ! »

Nénène ne voyait pas cela du tout ; elle trouvait même absolument raisonnable que « Philippe entrât au salon avec une petite fille dans les bras » ; mais, au ton de son père, elle comprit qu'il fallait obéir.

Elle obéit donc, en faisant une petite moue des plus gentilles.

Comme il ne lui avait pas été défendu de donner la main à Philippe, elle lui saisit la main gauche dans les deux siennes et appliqua sa joue contre son gant. C'était toujours une petite consolation.

C'est M. Philippe Cambrequesne que l'on annonça, mais en réalité ce fut M. Philippe Cambrequesne et Mⁱˡᵉ Madeleine Dian que l'on introduisit.

Mᵐᵉ Dian se leva de son fauteuil, et, avec le charme naturel de ses jolis mouvements de créole, s'avança de quelques pas dans la direction de Philippe. Si Philippe avait connu les habitudes de Mᵐᵉ Dian, il aurait su qu'elle ne faisait cet honneur qu'aux vieux amis de la maison ou aux grands personnages. Alors, ne pouvant se prendre pour un grand personnage, Philippe aurait été amené tout naturellement à conclure qu'il était considéré comme un des vieux, vieux amis de la maison.

Il le devina d'instinct, rien qu'au sourire de Mme Dian, rien qu'à sa poignée de main, rien qu'aux quelques paroles qu'elle lui adressa. Après lui avoir souhaité la bienvenue, Mme Dian le présenta à « la tante de mon mari », Mme Jobert, et lui présenta sans cérémonie « mon fils » Pierre et « ma fille » Sabine.

Philippe se replongea dans le travail.

CHAPITRE XXXIII

Le « vilain canard » de la famille. — *Hero-worship*. — Le *héros* de Sabine et de Pierre. — Première médaille. — Sabine s'est tournée vers une nouvelle idole. — Philippe trouve que Sabine a beaucoup changé. — La tante Jobert a quelque chose en tête.

Philippe quitta Bordeaux, honni de tout le monde, surtout de Nénène, pour n'être resté que trois semaines au lieu de trois mois. Trois mois! s'il n'avait consulté que ses goûts et ses préférences, il en aurait bien passé six et même plus dans une famille où tout le monde lui plaisait et où il lui était facile de voir qu'il plaisait à tout le monde.

Dans le train qui l'emportait vers Paris, Philippe évoquait par la pensée ces trois semaines de bonheur qui avaient passé avec la rapidité de l'éclair. Oui, tous les Dian lui plaisaient, mais il était forcé de convenir avec lui-même que tous ne lui plaisaient pas au même degré. S'il lui avait fallu dresser une liste des membres de la famille par ordre de mérite, c'est Nénène qui aurait brillé en tête, laissant même ses concurrents bien loin derrière elle; le dernier rang eût été occupé par Sabine.

Pourquoi? C'est que dans une famille où la grâce semblait héréditaire, on eût pu croire que Sabine avait vendu sa part de grâce pour un plat de lentilles. Manquer de grâce, elle, la fille de

19

sa mère et la sœur de Nénène! C'était presque impardonnable. Mais du moins, une femme qui manque de grâce se rachète ou peut se racheter par la bonté de son cœur, le charme de son esprit.

Évidemment Sabine devait avoir bon cœur, puisqu'elle était née Dian; mais Philippe n'avait jamais remarqué dans sa conversation aucun de ces élans qui lui avaient révélé si vite, par exemple, la bonté et la générosité de Pierre. La conversation de Sabine, le plus souvent monosyllabique, était celle de toutes les pensionnaires de son âge, et cependant ce n'était pas une pensionnaire, elle avait été élevée à la maison sous les yeux de sa mère! Si Philippe avait eu plus d'expérience, s'il eût été beaucoup au delà, au lieu d'être beaucoup en deçà de la trentaine, il aurait deviné tout de suite pourquoi Sabine semblait être le « vilain canard » de la famille.

Dans son pèlerinage à travers la vie, Sabine traversait présentement cette bande de terre aride et désolée, cette espèce d'Arabie Pétrée, qui sépare l'enfance de la jeunesse, et que l'on appelle avec raison l'âge ingrat.

Les jeunes filles qui traversent l'âge ingrat sentent qu'elles ne sont pas faites pour plaire, et, si elles étaient tentées de l'oublier, leur miroir le leur rappellerait assez cruellement tous les matins. Cette conviction les rend gauches, timides, honteuses d'elles-mêmes et taciturnes. J'en ai même connu de maussades. Sabine n'allait pas jusqu'à la maussaderie, mais elle avait de fréquents accès de taciturnité.

Pour toutes ces raisons, Philippe avait placé Sabine la dernière sur sa liste. Eh bien, entre nous, Philippe était un ingrat, car, pendant qu'il plaçait Sabine au dernier rang, Sabine le mettait au premier.

A quel titre, s'il vous plaît? me demanderez-vous, et je vous répondrai : à titre de *héros*.

La jeunesse est généreuse et naturellement portée à l'admiration, sauf lorsqu'elle se donne le ridicule de tomber, ou plutôt de paraître tomber dans le dénigrement systématique, lequel s'affuble du nom pompeux de *pessimisme*. Ce besoin d'admiration cherche où se prendre : il lui faut un héros. Ce héros se rencontre toujours à point, soit dans la vie réelle, soit dans l'his-

toire, soit dans la fiction. Le héros une fois trouvé devient l'objet
d'un culte mystérieux, et dont le caractère principal est le désin-
téressement le plus absolu. Vous qui lisez ces lignes, vous êtes
peut-être le héros de quelqu'un, mais tenez pour assuré que ce
quelqu'un se tiendra toujours à une distance respectueuse : un
héros dont on s'approche n'est plus un *héros*. Les Anglais, bons
psychologues, ne se sont pas contentés d'observer ce phénomène,
ils lui ont donné un nom significatif : *hero-worship*.

Jusque-là Sabine n'avait eu ni *héros*, ni *héroïne*. Deux raisons
lui imposèrent Philippe. La première, ce fut le sentiment d'une
criante injustice qu'elle avait ou croyait avoir commise envers
lui, avant de le connaître. La seconde, ce fut l'exemple et comme
l'entraînement de son entourage.

Sabine s'était fourré dans l'idée, je ne sais pourquoi, que les
messieurs qui recueillent les petites filles dans les luzernes doivent être des hommes âgés, plus préoccupés de bonnes œuvres
que du détail de leur toilette. Confondant peut-être Philippe avec
M. Bouvat, elle se l'était figuré portant une longue redingote et un
nœud de cravate mal fait. Elle savait que M. Cambrequesne était
photographe et dessinateur. Un photographe, pour elle, c'était
un homme à chevelure inculte qui vient de temps en temps, en
manches de chemise, fumer une cigarette au balcon de son atelier, et passe le reste de sa vie à combiner des substances mal-
propres qui lui salissent les mains : tel était le photographe qui
avait son atelier en face de l'hôtel de M. Dian. Enfin, l'idée générale de l'artiste dessinateur, Sabine se l'était formée d'après le
vieux M. Boucharide, dont elle suivait les cours.

Quand Philippe parut à la porte du salon, le soir de son arrivée,
le vrai Philippe alors, et non pas le Philippe de son invention, le
contraste fut si extraordinaire qu'elle eut peine à retenir un cri
de stupeur. Lorsque Mme Dian présenta « ma fille », Sabine
éprouva l'angoisse et la honte que l'on éprouve en présence des
personnes qu'on a calomniées.

Ce fut la sincérité et la profondeur de son repentir qui fit faire
à Sabine son premier pas dans la voie de la *hero-worshiperie*. Ce
premier pas fait, elle n'eut qu'à suivre la foule. L'idolâtrie de
Nénène pour Philippe lui parut chose naturelle ; l'enthousiasme
de Pierre, un juste tribut payé au mérite. Les messieurs les plus
graves, les femmes les plus distinguées, faisaient l'éloge de Phi
lippe. Comment ne serait-il pas devenu le *héros* de Sabine ?

Et figurez-vous qu'il était aussi celui de Pierre ! A partir du
jour où elle fit cette importante découverte et où elle rendit à

Pierre confidence pour confidence, le frère et la sœur qui, jusque-là, n'avaient guère l'habitude de frayer ensemble, devinrent inséparables. On les voyait toujours causer ensemble dans les coins, à distance respectueuse du *héros*. C'est comme cela que devaient causer entre elles les personnes récemment initiées aux mystères d'Éleusis.

Philippe était à mille lieues de soupçonner la vérité ; sans cela, toute cette *hero-worshiperie* lui eût paru extraordinairement absurde.

Plus tard, Sabine, à elle toute seule, en découvrit l'absurdité et agit en conséquence.

Philippe, de retour à Grésillet, trouva les choses dans l'état où il les avait laissées. Il se replongea avec une ardeur nouvelle dans le travail un instant délaissé.

Le nouveau catalogue parut, et Philippe, ayant « décroché » non pas une seconde, mais une première médaille, s'en alla recevoir les félicitations de ses amis de Bordeaux. Sabine continuait son pèlerinage à travers les terres arides.

Troisième catalogue. Rappel de médaille. Philippe constate un changement favorable chez Sabine. La grâce ne lui est pas venue, mais elle est plus sociable. Elle parle maintenant, et même elle parle bien, sans embarras, et sa conversation prouve qu'elle a du cœur et de l'esprit

Et la cause de ce changement? Sabine a changé de *héros*, ou plutôt elle a passé de son *héros* à une *héroïne*. L'hiver dernier, elle a lu le beau livre de miss Cummins : *l'Allumeur de réverbères*. Cette lecture l'a charmée, bien entendu, elle l'a aussi profondément bouleversée. Sabine a fait un retour sur elle-même. Comparée à la vie de miss Emily et à celle de Gerty, sa vie lui semble vide, plate, égoïste. La honte sincère qu'elle éprouve fait naître en elle de généreuses résolutions. Ce que ces deux jeunes filles ont fait, pourquoi ne le ferait-elle pas, dans la mesure de ses forces? Miss Emily est trop parfaite, et cette perfection empêche Sabine de la prendre pour modèle ; son *héroïne* sera Gerty, cette petite fille qu'un pauvre allumeur de réverbères ramasse dans le ruisseau et qui, toujours en lutte contre ses propres défauts, finit par être la joie et la bénédiction de tous les foyers où la conduisent les hasards de l'existence.

Dans chacune des circonstances de la vie journalière, Sabine se demande : Qu'est-ce que Gerty aurait fait à ma place? Elle se répond de son mieux, et elle agit en conséquence. Sous l'influence mystérieuse de l'invisible Gerty, elle devient plus douce

et plus affectueuse avec les siens, elle prévient leurs désirs, elle
supporte avec patience, avec amabilité, les brusques invasions
de Nénène dans le sanctuaire de sa chambre de jeune fille ; enfin
elle découvre qu'il y a des pauvres, des gens qui souffrent. Une
jeune fille du monde est bien empêchée quand il s'agit de faire
du bien au dehors. Mais la charité est inventive, et Sabine trouve
moyen, par intermédiaires, de faire quelque chose pour les
déshérités.

Depuis qu'elle pense aux autres et qu'elle a appris à s'oublier
elle-même, Sabine est gaie, d'une gaieté douce et sereine.

Comme Philippe n'est plus son héros, mais simplement le meilleur ami de la famille, Sabine le traite en ami, sans le moindre
vestige de sa contrainte d'autrefois. Quand notre esprit est continuellement occupé de pensées élevées, notre langage prend toujours la couleur de nos pensées. Voilà pourquoi Philippe découvre
si facilement que Sabine a bon cœur. Son esprit se montre le plus
naturellement du monde dans ses réflexions, dans ses saillies,
dans ses répliques.

Quatrième catalogue. Deux tableaux comme toujours. Philippe
ne peut plus aspirer qu'à la médaille du Salon, ou à la grande
médaille ; il travaille en vue de l'avenir. M. Bouvat, se porte à
merveille : on voit qu'il est heureux de vivre, entouré de soins
et d'égards.

M. Bisouart, paralysé des jambes, passe sa vie dans un fauteuil,
une vie solitaire et misérable, une vie de chien abandonné,
comme il dit lui-même. La vieille femme qui le soigne déclare
sept ou huit fois par jour, en moyenne, que, si elle n'avait pas
besoin de gagner sa vie, elle le planterait là. Elle a soigné bien des
malades, mais jamais elle n'a eu affaire à un loup-garou comme
celui-là. Philippe fait, par charité, l'aumône de quelques visites à
l'ancien camarade de son vieil ami. Chaque fois, il se promet de
ne pas revenir, car M. Bisouart répète avec une joie diabolique :
« N'importe ! C'est une consolation de penser que Bouvat n'a plus
sa tête à lui. »

A quoi Sabine a-t-elle employé son année ? A rendre les gens
heureux autour d'elle : c'est son occupation favorite depuis qu'elle
a pris Gerty pour son héroïne. Et puis, entre temps, elle a franchi
les limites du Sahara, et elle se repose dans une fraîche oasis.
En d'autres termes, il a suffi d'une saison pour mettre l'harmonie
dans ses traits et dans ses mouvements, et une grâce souple et
délicate dans toutes les lignes de sa personne. En revanche,
Nénène est brèche-dent, mais elle n'en a cure puisque ses dents

repousseront, comme elle l'explique à Philippe ; car, selon l'usage, elle s'est arrangée pour lui souhaiter la bienvenue avant tous les autres.

Dès que Philippe fut en présence de Sabine, il demeura tout interdit. Et puis il rougit, en songeant qu'il venait de commettre une grosse impolitesse. En laissant paraître aussi naïvement sa surprise, c'est comme s'il avait dit en propres termes : « A la bonne heure donc ! Car, entre nous, vous étiez joliment laide autrefois. »

C'est probablement en ce sens que Sabine avait interprété sa stupeur. Le mauvais compliment de Philippe la fit rougir à son tour. C'était, à coup sûr, une rougeur d'indignation. Mais il faut convenir que l'indignation était une grâce de plus sur ce joli visage, qui ressemblait trait pour trait à celui de sa mère.

Par parenthèse, cette petite scène muette semblait amuser singulièrement la vieille tante Jobert.

Après le premier mouvement d'indignation, Sabine se demanda sans doute ce que Gerty aurait fait à sa place. Gerty aurait pardonné. Elle pardonna. Tendant la main au vieil ami de la famille, elle lui parla avec une aisance parfaite des choses qui pouvaient le plus l'intéresser. (Gerty, toujours Gerty !)

Pendant le dîner, Nénène tira Philippe par la manche, et lui faisant signe de se baisser, lui dit à l'oreille : « Pourquoi regardes-tu Sabine tout le temps ? Tu ne m'aimes donc plus, moi ? Puisque je te dis que mes dents repousseront ! »

Philippe se tint pour averti. Peut-être en effet ses yeux d'artiste avaient-ils pris un plaisir trop artistique à contempler les mouvements de tête de Sabine, la grâce svelte et fière du cou, l'exquise délicatesse du profil perdu. Dans sa cervelle de peintre, il était en train de comparer Sabine à la *Sainte-Cécile* de Donatello, lorsque Nénène l'avait rappelé si brusquement des hauteurs éthérées de l'art pur et désintéressé.

Quand on passa au salon, le dernier numéro de *l'Art naïf* était sur le guéridon, avec le courrier du soir.

Sabine distribua les lettres et garda *l'Art naïf*, dont elle fit sauter la bande. Le numéro contenait un dessin de Philippe, qui représentait un profil de jeune fille, dans un médaillon de la plus charmante fantaisie.

Sabine examina lentement ce délicieux profil, puis elle tourna les pages lentement, et toujours elle revenait à ce médaillon.

Et comme l' « abonné de Bordeaux », son propre père, devant le dessin qui lui avait rappelé Nénène, elle se demandait :

« Est-ce un portrait ? Est-ce une tête de fantaisie ? »

« Eh! que m'importe, après tout? » se dit-elle avec une sorte d'irritation, et elle feuilleta le recueil d'une main impatiente.

Il y a deux sortes de créatures au monde, qui n'entendent jamais le froissement du papier sans dresser les oreilles : les petits chats et les petits enfants.

Nénène dressa l'oreille. Elle était assise à côté de Philippe; mais Philippe causait avec Mme Jobert. Se sentant un peu délaissée, Nénène sauta du canapé et courut rejoindre Sabine, pour se faire expliquer les images. Sabine (comme l'eût fait Gerty à sa place) se prêta au caprice de sa petite sœur.

« Qui est-ce? demanda Nénène, quand on fut arrivé au médaillon.

— Je n'en sais rien, » répondit Sabine.

Nénène se redressa et regarda du côté de Philippe. Si Sabine ne savait pas, Philippe saurait bien : Philippe savait tout.

Philippe était toujours sur le canapé; mais la tante Jobert n'y était plus.

« Philippe, viens! » cria Nénène d'un petit ton impérieux.

Philippe obéit.

« Qui est-ce ? demanda Nénène en posant son index sur le médaillon.

— Ce n'est pas une personne qui existe, répondit Philippe avec empressement. J'ai tiré cela de ma tête. »

Nénène avança sa lèvre inférieure, peu satisfaite de l'explication. Sabine se demanda pourquoi cette explication lui faisait plaisir à elle, et même grand plaisir.

Philippe était avec ses amis, depuis trois jours seulement, lorsqu'il apprit par une dépêche de Philistine que M. Bouvat venait de prendre le lit.

La dernière figure que vit Philippe, en prenant congé précipitamment, la dernière du moins qui resta gravée dans sa mémoire, ce fut celle de Sabine. Cette figure exprimait une sympathie si sincère et si profonde pour l'inquiétude et la douleur de Philippe, qu'il la revit tout le long de la route et longtemps encore après.

La tante Jobert, après le départ de Philippe, se promenait avec impatience dans la chambre de sa nièce qui était assise dans un fauteuil.

« Pardi, marmottait la bonne dame, les mauvaises nouvelles tombent toujours mal; mais celle-là tombe plus mal qu'aucune autre. Ces deux enfants-là auraient fini par s'entendre. Il y a longtemps que Sabine pense à lui, sans le savoir, et lui, il commençait à penser à elle.

— Vous croyez, tante? demanda Mme Dian.

— J'ai des yeux et des oreilles, répliqua sèchement la vieille dame ; mais ce qui est différé n'est pas perdu. Espérons-le, du moins. Moi, j'ai cette affaire-là en tête, et quand j'ai une affaire en tête!... »

M. Voland l'invita à dîner.

CHAPITRE XXXIV

Mort de M Bouvat. — Philippe se plonge plus que jamais dans le travail. — Brillantes propositions de M. Voland. — Le ruban rouge. — Au castel de la tante Jobert. — La tante Jobert arrive à ses fins. — Tout le monde est content, même Nénène, qui avait commencé par s'indigner.

Philippe arriva à temps pour recevoir les adieux de son vieil ami, car M. Bouvat, aux approches de sa fin, avait recouvré la mémoire. Il s'en allait content; en somme il mourait dans son lit, comme un bon bourgeois, ayant à son chevet les deux personnes qu'il aimait le plus au monde, et rassuré sur le sort de Nénène. Toute la famille Dian lui envoyait ses compliments respectueux; Nénène, de bons baisers.

Philippe prit le deuil, comme s'il avait perdu son père, et rendit à M. Bouvat les mêmes honneurs qu'à M. Maubeux. Les affaires de la succession terminées, après avoir payé à Philistine et à la mère Azur les petits legs que M. Bouvat leur laissait, comme marques de bon souvenir, Philippe, légataire universel, se trouva propriétaire du castel et possesseur d'un capital de 80 000 francs.

« Qu'est-ce que je vais devenir, à cette heure? lui dit la mère Azur.

— Soyez sans inquiétude, lui répondit Philippe, je ne vendrai jamais cette maison, et vous en serez la gardienne comme du temps où M. Bouvat vivait. »

Philippe n'était pas un homme d'argent. Il fit néanmoins avec le plus grand soin le compte de ses économies. La somme de ses économies, jointe à la petite fortune de M. Bouvat, formait un total de 105 000 francs.

« Mettons 100 000 francs en chiffres ronds ; c'est un joli denier pour un artiste, mais... mais les filles des riches négociants de Bordeaux épousent de riches négociants ou de richissimes armateurs. »

Peu curieux de retourner cette pensée sous toutes ses faces, il se plongea dans le travail jusque par-dessus la tête. Le nouveau Salon s'ouvrit, le nouveau catalogue parut, et vers la fin de l'exposition, l'élève de MM. Bouvat et Maryas fut avisé par Maryas lui-même que Son Excellence le Ministre des Beaux-Arts, sur la demande du jury, avait témoigné l'intention de lui passer un petit bout de ruban rouge à la boutonnière. Ce ruban rouge lui était offert comme compensation de la médaille du Salon. Il avait failli l'obtenir ; mais, comme il était tout jeune et que son concurrent se trouvait être un vieil artiste, arrivé presque au bout de sa carrière, on avait pensé que M. Cambrequesne (Philippe) avait le temps d'attendre, et l'autre, non. En conséquence, M. Philippe Cambrequesne ferait bien d'assister à la distribution des récompenses.

M. Philippe Cambrequesne, sur l'invitation de Maryas, arriva à Paris huit jours avant la séance, et passa ces huit jours avec son vieil ami.

M. Voland l'invita à dîner, et, entre la poire et le fromage, lui proposa de le marier avec une de ses cousines, laquelle cousine, outre qu'elle était de famille honorable et belle personne, apporterait à l'homme de son choix la modeste dot de 300 000 francs.

« Je suis sûr que vous plairez, ajouta M. Voland, et outre les 300 000 francs, il y a des espérances, de grandes espérances ! »

Philippe, fort embarrassé, finit néanmoins par s'expliquer assez clairement pour faire comprendre à son amphitryon qu'il ne songeait pas à se marier pour le moment.

Sans se formaliser le moins du monde, M. Voland dit en riant : « Ah ! ah ! mon gaillard, vous êtes ambitieux. »

Philippe fit signe que non.

« Oh ! ne vous en défendez pas, reprit gaîment M. Voland, vous avez le droit de l'être. Eh bien, en attendant que vous m'annonciez votre mariage, je vous fais part du mien, officieusement et non officiellement. Au fait, vous qui allez tous les ans à Bordeaux,

vous devez connaître la famille. Mon futur beau-père est un
négociant... »

Ici, une malencontreuse pelure de tabac, s'étant détachée du
cigare de M. Voland, se colla à s lèvre. Pendant qu'il la décol-
lait, non sans peine, Philippe, san savoir ce qu'il faisait, se versa
un grand verre d'eau et l'avala d'un seul trait. Il avait probablement la gorge sèche.

« Pardon, reprit M. Voland, connaissez-vous la famille Des-
chaix ?

— De nom, seulement, » répondit Philippe avec un gros soupir
de soulagement. Il est évident que son grand verre d'eau lui avait
fait beaucoup de bien.

Huit jours plus tard, Philippe prenait son billet à la gare d'Orléans, non pas pour Bordeaux, mais pour Blois.

A Blois, il descendit et trouva dans la cour de la gare M. Dian
qui l'attendait dans une victoria, en compagnie de Nénène. Les
bagages de Philippe furent laissés en consignation. Ils seraient
enlevés dans une heure ou deux, par le domestique qui était venu
aux provisions avec un fourgon.

M. Dian frappa amicalement sur la poitrine de Philippe, à l'endroit du ruban rouge, et lui dit en souriant : « Recompliments. »
Il fallut absolument que Nénène vît comment ça s'accrochait
« par en dessous », et puis la victoria descendit la pente, traversa
la ville, franchit le pont et prit la route de Ménars.

La tante Jobert, au cours d'un de ses voyages, avait remarqué
dans la commune de Ménars un petit castel qui était à vendre.
Elle l'avait acheté, l'avait fait restaurer, et toute la famille Dian
avait promis d'y passer les étés.

Le castel, sans avoir le droit de s'intituler monument historique, était un très coquet spécimen du style de la Renaissance.

Philippe en loua l'architecture en très bons termes, et il ajouta
pour lui tout seul cette réflexion qui n'avait rien d'architecto-
nique : « Allez donc demander la main d'une jeune fille dont la
tante habite une chaumière comme celle-là ! »

Il y avait de la jeunesse dans les environs, et l'on voisinait
ferme. Ce n'était que promenades, pique-niques, parties de
lawn-tennis. Sabine prenait part à tous les divertissements, en
payant de sa personne pour l'amusement des autres, comme
Gerty l'aurait fait à sa place. Philippe essayait, lui aussi, de payer
de sa personne, mais la tante Jobert voyait ou croyait voir qu'il
prenait son plaisir en patience.

Un jour, la jeunesse jouait au lawn-tennis sur la pelouse.

Mme Jobert et Mme Dian regardaient le jeu, du haut du grand balcon.

« Ma chère petite, dit Mme Jobert, ça va aussi mal que possible.

— Qu'est-ce qui va mal? demanda Mme Dian.

— Eh! vous le savez bien. Voilà quinze grands jours que ce dadais de Philippe est ici, et il n'a pas demandé l'ombre d'une entrevue particulière soit à Dian, soit à vous, soit à moi. Il faut que ça aboutisse.

— Nous ne pouvons pas cependant lui jeter Sabine à la tête, dit Mme Dian en souriant.

— Je ne sais pas trop ! répliqua délibérément la vieille dame.

— Oh, tante ! dit Mme Dian d'un ton de reproche amical.

— Eh bien quoi, tante ! répliqua Mme Jobert avec sa vivacité habituelle. J'ai des yeux et des oreilles. Je sais ce que je sais. Peut-être que cet honnête garçon n'ose pas demander la main de Sabine, parce qu'il la trouve trop riche.

— Ce pourrait bien être, cela, dit Mme Dian d'un air pensif.

— C'est certainement cela! ajouta Mme Jobert du ton le plus affirmatif. Il nous a rendu, le cher garçon, un service qui nous fait ses obligés à tout jamais. Au lieu de s'en prévaloir, en lui-même du moins, pour se donner du cœur et de la hardiesse, c'est peut-être une raison de plus pour qu'il soit timide. »

Mme Jobert en cherchait trop long. Et le service qu'il avait rendu, si service il y avait, n'entrait pour rien dans les préoccupations de Philippe. Les Dian lui avaient donné leur amitié : c'était lui qui leur devait du retour.

« Peut-être, répondit Mme Dian.

— Écoutez, ma petite, reprit Mme Jobert, voulez-vous me remettre l'affaire entre les mains, voulez-vous me donner carte blanche ? »

Mme Dian la regarda avec quelque inquiétude.

« Oh! reprit la tante avec beaucoup de dignité, vous pouvez remettre l'honneur de la famille entre mes mains.

— Eh bien, soit, » répondit Mme Dian.

Le lendemain matin, après le déjeuner, Mme Jobert passa son bras sous celui de Philippe, et, sous prétexte de lui demander son avis sur certains tableaux, l'emmena dans son boudoir, forteresse inaccessible pour tout le monde, même pour Nénène.

« Mon cher enfant, dit-elle à Philippe, aussitôt qu'ils se furent assis, notre famille a contracté envers vous une dette qu'elle voudrait pouvoir acquitter.

— Une dette, madame, s'écria Philippe, y pensez-vous ?

M. Dian l'attendait.

— J'y pense, répondit Mme Jobert d'un ton que n'aurait pas désavoué un homme d'affaires. A l'époque où Nénène était perdue, les Dian auraient donné leur fortune pour la retrouver, et moi la mienne par-dessus le marché. Or c'est vous qui nous l'avez rendue...

— Madame, dit Philippe, j'ai peur de vous comprendre. Je vous en supplie, qu'il n'y ait jamais de ces questions-là entre nous.

— Soit ! reprit Mme Jobert avec un sourire presque maternel. Je savais bien ce que vous alliez me répondre, et je suis contente que vous me l'ayez répondu. Qu'il n'y ait donc jamais « de ces questions-là » entre nous. Mais n'est-il pas quelque autre moyen de gratitude ?... »

Philippe baissa les yeux en secouant la tête.

« Cherchez bien, » reprit Mme Jobert.

Philippe secoua de nouveau la tête.

« Regardez-moi, » dit la vieille dame d'un ton d'autorité.

Il leva les yeux sur elle et se troubla en voyant l'expression des siens.

« Nous allons jouer aux suppositions, reprit Mme Jobert. C'est un jeu fort intéressant. Je suppose que vous ayez un projet en tête, et que, pour l'accomplissement de votre projet, vous ayez besoin d'un coup d'épaule. Pardon ! vous répondrez quand j'aurai fini, c'est la règle du jeu. Ce coup d'épaule, nous sommes prêts à vous le donner. Précisons : s'il s'agit, par exemple, d'un mariage que vous ayez en vue, et que la différence des fortunes... »

En dépit des règles du jeu, Philippe se leva brusquement et coupa la parole à sa partenaire.

« Madame, dit-il d'une voix brève, si j'osais, j'aspirerais à la main de Mlle Sabine ; est-ce là ce que vous vouliez me faire avouer ?

— Parfaitement, reprit Mme Jobert du ton le plus calme. Asseyez-vous, je vous en prie. Oui, c'est bien cela que je voulais vous faire avouer. Voulez-vous m'expliquer maintenant pourquoi vous n'osez pas ?

— Eh bien, madame, dit Philippe, prenant bravement son parti et brûlant, comme on dit, ses vaisseaux, supposez que j'ose.

— Et vous, riposta Mme Jobert, supposez que je n'y voie aucun inconvénient, au contraire.

— Mais les parents ?

— Les parents diront comme la tante ; songez donc, une tante à héritage ! Pierre sera enchanté de vous avoir pour beau-frère. Nénène fera une scène. Reste à savoir l'opinion de la personne la plus directement intéressée dans l'affaire. N'auriez-vous pas quelques données sur ce point ?

— Moi, madame ! s'écria Philippe en rougissant ; me croyez-vous capable d'abuser de votre hospitalité au point de dire à Mlle Sabine une seule parole qui ne puisse être entendue de tout le monde ?

— Bon, reprit Mme Jobert, il ne s'agit point de paroles qui ne puissent être entendues de tout le monde. Vous êtes peintre, par conséquent observateur, vous avez dû faire quelques observations et en tirer des conclusions.

— Madame, reprit Philippe, je serais un menteur si je disais que je n'ai rien observé, et un fat si je tirais des conclusions. Parlez pour moi, prenez ma cause en main.

— J'accepte la mission, dit Mme Jobert en souriant.

— Quand saurai-je quelque chose ?

— Pas avant ce soir, car voilà les joueurs de lawn-tennis qui arrivent. Je ne puis parler à Sabine qu'en présence de ses parents. Et maintenant, sauvez-vous. »

Elle lui tendit la main. Philippe, au lieu de la serrer, la prit entre les siennes, s'inclina profondément et y déposa un respectueux baiser, un vrai baiser de neveu.

Le soir seulement, après le départ des hôtes, Mme Jobert rassembla le jury dans son prétoire. La délibération fut courte, et le prévenu, introduit devant ses juges, accepta leur sentence.

Elle fut favorable, et j'ai de bonnes raisons pour le croire, car le prévenu ne demanda pas vingt-quatre heures pour maudire ses juges, et Nénène fit une scène à Sabine.

« Mais enfin, s'écria-t-elle avec véhémence, si tu te maries avec Philippe, avec qui est-ce que je me marierai, moi ?

— D'ici que tu sois en âge de te marier, petite chérie, nous te trouverons bien un autre Philippe.

— Il n'y a pas deux Philippe, répliqua Nénène avec indignation.

— Oui, c'est vrai, répondit Sabine en riant ; mais tu ne réfléchis pas qu'en m'épousant, il deviendra ton frère. »

Nénène hocha la tête pour montrer qu'elle comprenait toute la force de l'argument, mais mit quelque temps à reprendre sa sérénité.

Le mariage fut célébré en famille, avant la fin de la saison, sur les bords de la Loire. Philistine y assista en qualité de mère du marié. Philippe, à ce sujet, avait présenté sa requête à Sabine, qui l'avait fait approuver par tout le reste de la famille.

« Il a du cœur, dit Mme Jobert, il ne renie pas ceux qui ont été bons pour lui. J'aime cela, moi. »

Mme Dian aimait cela aussi, et, comme M. Dian ne déclara pas qu'il ne l'aimait point, on en peut inférer qu'il l'aimait également. Néanmoins, la question Philistine modifia les projets qu'il avait roulés jusque-là dans sa tête au sujet du mariage de Sabine. Sa première idée avait été de déployer une grande magnificence et de remplir l'église de sa paroisse, à Bordeaux, de tout le haut négoce de la ville. La perspective de voir figurer Philistine dans le cortège, l'étonnement que causerait sa vue, les questions qu'elle susciterait, tout cela le décida à se contenter de la petite allocution d'un maire de village, de la bénédiction d'un curé de campagne.

Le jour où Philippe fit savoir à Philistine le rôle qu'elle était destinée à jouer, Philistine se récria, se débattit et refusa, en déclarant qu'elle ferait honte à tout le monde, et qu'en si belle compagnie elle aurait l'air d'une chenille sur une orange.

Philippe lui laissa la parole, sans s'émouvoir, tout le temps qu'il lui plut de la garder ; quand elle eut dit ce qu'elle avait à dire, il reprit : « Suis-je ton fils ?

— Oh, oui, répondit Philistine.

— Une mère, reprit Philippe, n'a pas le droit de refuser de paraître au mariage de son fils. Tu ne me feras pas l'affront de me renier ; je ne le souffrirai pas. Quant à avoir l'air d'une chenille sur une orange, nous verrons bien ! »

Philippe, ayant emmené quasi de force Philistine à Paris, la confia à Mlle Maryas, qui l'emmena chez sa couturière. On ne se figure pas combien il est facile de transformer une petite femme sèche en une dame d'apparence confortable et respectable. La preuve, c'est qu'en voyant arriver Philistine au château, M. Dian regretta presque d'avoir renoncé à remplir l'église de sa paroisse, à Bordeaux, de tout le haut négoce de la ville. Les curieux (il y en a partout, et il en sortirait de terre au besoin, quand il s'agit d'un mariage), les curieux donc ne trouvèrent rien à reprendre dans la personne de Philistine ; quelques-uns s'étonnèrent seulement qu'il y eût si peu de ressemblance entre la mère et le fils.

Mais, vous savez, cela arrive souvent dans les familles.

Philippe, depuis son mariage, est devenu célèbre et l'on s'arrache ses toiles. Cependant il ne s'est point fait bâtir de palais dans la plaine Monceau. Mais, par exemple, il a trois ateliers, un à Grésillet, l'autre à Paris, le troisième au castel de la tante Jobert.

« Cambrequesne est très fort ! disent de lui ses confrères ; mais comment diable s'y prend-il pour travailler ? Allez le trouver dans son atelier, n'importe à quelle heure, vous y trouverez sa femme et sa nichée de marmots turbulents. La femme, passe encore ; mais les marmots ! »

Toutes les dents de Nénène ont repoussé depuis longtemps. Les gens bien informés disent qu'elle est sur le point d'épouser un jeune ingénieur, présenté dans la famille Dian par l'illustre Cambrequesne, membre de l'Institut.

TABLE DES MATIÈRES

Pages.

CHAPITRE Iᵉʳ. **Sault-de-l'Erche.** — Déjeuner de notaires. — Maître Billard. —
M. Maubeux persécuté par le Conseil municipal. — Un jeune
photographe de dix-sept ans.,............................ 1

— II. Philippe Cambrequesne ne veut pas que l'on touche à son « oncle »
Maubeux. — Comment M. Maubeux avait choisi maître Billard
pour son notaire. — Philistine. — L'événement imprévu...... 11

— III. Pas de testament! — Proposition de maître Billard. — Résolution
de Philistine. — Les héritiers.......................... 19

— IV. Discussion en famille. — Une promesse de Philippe. — La place
Saint-Eutrope. — L'étalage de M. Bisouart. — Sacripant...... 29

— V. La maison de M. Bisouart. — M. Bisouart lui-même. — La bienvenue. — Les belles manières de M. Bisouart. — Le jardin de
M. Bisouart. — Retour sur le passé...................... 37

— VI. La chambre de Philippe. — Philippe se prépare à entrer dans la
vie réelle. — Le Cloporte et le Juif-Errant. — M. Bouvat s'invite
à souper chez M. Bisouart.............................. 45

— VII. L'irascible Marmiteux. — M. Bouvat se fait valoir. — M. Bouvat fait
à Philippe des offres séduisantes. — Grave objection........... 55

— VIII. La grave objection se trouve résolue à la satisfaction de tous les
intéressés; Philippe devient le *commis* de M. Bouvat. — Philistine
les suit, à titre d'associée. — Déjeuner champêtre. — Adieux à
maître Billard et à sa famille........................... 63

— IX. La voiture de M. Bouvat. — Premières impressions de voyage. — On
apprend bien des choses en voyageant. — Une race utile et productive, au point de vue photographique. — La première halte. —
Philippe trouve que M. Bouvat est un bien brave homme..... 73

Pages.

CHAPITRE X. M. Bouvat trouve que son commis est un gentil garçon bien élevé. — Philippe cherche à se mettre dans les bonnes grâces de Collodion. — Une question d'esthétique. — Un débat sur la préséance. — Arrivée à Saint-Patou. — La première nuit...   81

— XI. Ne bougeons plus. — Le jeune Archibald. — Grand succès de Philippe. — Menus propos de table........................   91

— XII. Le domestique en bois. — Encore l'Erche. — Visiteurs aristocratiques. — Philippe en congé. — M. Bouvat, toujours homme de bon conseil. — M. Bouvat, philosophe à ses heures......   101

— XIII. La petite ville anonyme. — M. Chélat. — La *Photographie spéciale de l'enfance.* — La pauvre petite église du village. — Influence du patron sur son commis et du commis sur son patron......................................   109

— XIV. Opinion de l'armée sur la *Photographie spéciale de l'enfance.* — Le fusilier Constant et le sergent Moynier. — Le portrait de Mlle Mimy...................................   119

— XV. M. Bouvat est très pressé d'arriver « là-bas ». — Discrétion de Philippe. — Confidences de M. Bouvat. — La ville préférée de M. Bouvat vue sous son plus bel aspect. — M. Bouvat dans le cabinet de *son* proviseur, puis dans l'étude de son notaire................................   127

— XVI. M. Gibert. — Philippe dans le cabinet de M. Gibert. — Deux personnes qui viennent « faire la conversation » avec M. Gibert..   139

— XVII. La marche de Collodion et celle du Temps. — Coloriste. — Le désastre de Vauchelles. — M. Bouvat reçoit d'un intendant un excellent conseil et se promet de ne pas le suivre....   147

— XVIII. Les idées de Philippe ont changé; les voyages forment la jeunesse. — Ce ne sera pas encore pour cette fois. — Projets d'hivernage de M. Bouvat. — Le retour à Sault-de-l'Erche.........   157

— XIX. M. Bisouart offre des fleurs de son jardin à Philippe et à Philistine. — Philippe se promène par les rues de Sault-de-l'Erche; ce qu'il y voit et ce qu'il y entend. — Visite à Émile Norbert.....   165

— XX. M. Bisouart devient de plus en plus aimable. — La voiture de déménagement. — Le souper d'adieu. — Arrivée à Grésillet. — La bicoque de M. Bouvat.........................   173

— XXI. L'atelier d'hiver de M. Philippe Cambrequesne. — L'hiver en famille. — La clientèle. — Désespoir des clients adultes. — Visites à Sault-de-l'Erche. — Les lectures du soir. — Querelle à propos d'argent. — « La tenue ! ah, la tenue ! »......   181

— XXII. Le rhumatisme de M. Bouvat. — Opinion de la mère Azur à ce sujet. — *Le mois des douleurs.* — Changement d'itinéraire. — Les associés s'en vont sur le bord de la mer. — Succès d'honneur et d'argent. — Le tombeau de M. Maubeux. — Second départ pour les plages........................   189

— XXIII. Varangues-sur-Mer. — M. Voland, éditeur. — Maryas se propose de donner des leçons à Philippe. — M. Voland fait de la propagande pour M. Bouvat.........................   199

— XXIV. M. Dian, de Bordeaux, comparaît comme témoin, dans une affaire criminelle. — L'accusé insulte le témoin et le menace de sa vengeance. — La famille de M. Dian. — Hermance Ledoux. — La visite de Mme Ledoux..........................   209

— XXV. Bordeaux en rumeur : deux disparitions mystérieuses. — Les voyages d'une ouvrière et de sa petite fille. — M. Bouvat, Philippe et Philistine font une trouvaille, au coin d'une luzerne...   217

Pages

Chapitre XXVI. Déclaration à faire; première mairie fermée; seconde mairie entr'ouverte seulement. — Gardons Nénène.................. 227

— XXVII. M. Dian poursuit ses recherches, et apprend que son enfant lui a été volée par vengeance. — La fête de Noël à Bordeaux et à Grésillet. — Bonne année ! — Merci, gan'père !............. 235

— XXVIII. *L'Art naïf*, publication illustrée. — Opinion prématurée de la presse sur *l'Art naïf*. — Succès de *l'Art naïf*. — Philippe Cambrequesne devient un des collaborateurs de *l'Art naïf*. — Il se préoccupe de l'avenir de Nénène. — *L'Art naïf*, livraison de janvier...... 245

— XXIX. Demande : Qui est le maître ici? Réponse : C'est Nénène. — « Petite fille parlant à sa poupée. » — Théories de la mère Azur sur le *rhumatisme rentré*. — Nénène a été insultée sur deux plages... 253

— XXX. Maryas invite Philippe à venir passer un mois chez lui à Paris. — Philippe apprend bien des choses à Paris. — M. Bouvat se tasse, comme le lui fait observer M. Bisouart. — *Élève de MM. Bouvat et Maryas.* — « Nous n'irons plus à la mer. »............... 261

— XXXI. M. Bouvat reçoit un catalogue du Salon; ce catalogue ne le quitte plus. — *L'Art naïf* publie le portrait de la petite fille qui cause avec sa poupée. — « Un de nos abonnés de Bordeaux me prie, etc... » — M. et Mme Dian à Grésillet. — M. Bouvat refuse de les voir... 271

— XXXII. M. Bouvat médite de fuir avec Nénène. — Il embrasse sa petite-fille pour la dernière fois. — Pauvre M. Bouvat! — Visite de Philippe à Maryas. — Premier voyage à Bordeaux. — Chaude réception... 281

— XXXIII. Le « vilain canard » de la famille. — *Hero-worship.* — Le *héros* de Sabine et de Pierre. — Première médaille. — Sabine s'est tournée vers une nouvelle idole. — Philippe trouve que Sabine a beaucoup changé. — La tante Jobert a quelque chose en tête. 289

— XXXIV. Mort de M. Bouvat. — Philippe se plonge plus que jamais dans le travail. — Brillantes propositions de M. Voland. — Le ruban rouge. — Au castel de la tante Jobert. — La tante Jobert arrive à ses fins. — Tout le monde est content, même Nénène, qui avait commencé par s'indigner............................. 297

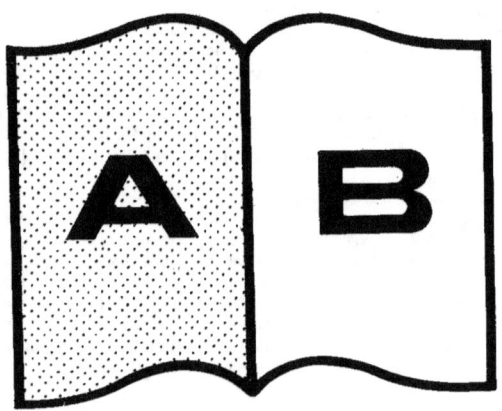

Contraste insuffisant

NF Z 43-120-14

NOUVEL ESSAI

SUR L'HARMONIE,

Suite du Traité de Musique,

DÉDIÉ A MONSEIGNEUR

LE DUC DE CHARTRES,

PRINCE DU SANG.

PAR M. BEMETZRIEDER.

A PARIS,

Chez L'Auteur, rue Neuve S. Roch, près celle des
Moineaux.
Et chez Onfroy, Libraire, Quai des Augustins,
au Lys d'or.

M. DCC. LXXIX.
Avec Approbation, & Privilege du Roi.

L A Science des Tons & des Harmonies, leur enchaînement ordonné, la chaîne conftructive des Confonnances & des Diffonances, la Phrafe & le Difcours harmonique, enfin les principaux Elémens de la *Compofition Muficale*, font indépendans de la Baffe chiffrée & de toutes les Notes écrites.

A MONSEIGNEUR

LE DUC DE CHARTRES,

PRINCE DU SANG,

MONSEIGNEUR,

LE nom de VOTRE ALTESSE à la tête de cet Ouvrage repréſente l'Auteur ; parcourant avec Elle mon Traité de Muſique, j'étois Diſciple & Maître.

Aujourd'hui je ſais enſeigner l'Harmonie ſans le ſecours de la ſcience difficile des accords ; l'Amateur peut enfin apprendre le talent harmonique, ſans être obligé de ſavoir lire les Notes.

A ij

4

MONSEIGNEUR, *vous m'en avez donné l'idée, & vous avez bien voulu être le premier Difciple de mes nouveaux Effais: en vous confacrant mes travaux, je vous fais hommage de ma reconnoiffance; elle eft au-deffus de toute expreffion.*

Je fuis, avec un profond refpeƈ,

MONSEIGNEUR,

DE VOTRE ALTESSE,

le très-humble & très-
obéiffant Serviteur,
BEMETZRIEDER.

AVERTISSEMENT.

La Musique a des divisions, ainsi que tous les Arts ; ses principales parties sont la Lecture, l'Accompagnement, l'Exécution & la Composition.

La Lecture & l'Accompagnement sont les talens de la jeunesse : pour les acquérir, il faut peu de raisonnement, beaucoup de pratique, point de livre, mais un Maître intelligent qui sache parler à l'entendement, qui sache proportionner ses leçons à l'âge, à l'état, à la capacité & au goût des Eleves (a).

L'exécution est le talent du *Virtuose*; il ne borne pas son chant & son jeu à la simple lecture. Animé par le génie & dirigé par le goût, il imprime aux sons une force & un charme qui entraînent l'Auditeur, & lui remplissent l'ame de sensations délicieuses. L'Eleve exercé sur la lecture musicale peut profiter des leçons d'exécution ;

(a) On peut consulter mes *Leçons de Clavessin* pour les Principes de la Lecture musicale & de l'Accompagnement.

A iij

il peut efpérer d'exceller auffi un jour , s'il
a le temps & la volonté de pratiquer
beaucoup , s'il a les difpofitions néceffaires , (intelligence & perfection d'organes)
& s'il eft dirigé par un *Virtuofe*.

LA COMPOSITION eft le grand, le
fublime talent en Mufique. Le Compofiteur fait écrire le langage merveilleux que
parle fi bien le *Virtuofe :* l'art & la nature
concourent pour former le bon Compofiteur.

La Compofition muficale a différentes
parties. Ses premiers élémens font...

1°. La fcience des Tons , des Harmonies , des Accords, & l'art d'en former la
chaîne conftructive du difcours.

2°. L'art d'accompagner le chant har-
moniquement.

3°. L'art d'analyfer les morceaux d'une
Partition pour en extraire la chaîne des
confonnances & des diffonances , qui renferment les principales Notes du chant &
des accompagnemens.

Les autres parties de la Compofition
muficale font . . .

La connoiſſance de l'étendue & de l'effet des voix & des inſtrumens.

L'art d'écrire en *partition* les accords de la regle de l'octave.

Le talent de faire & d'écrire la baſſe continue du chant.

Le talent de faire & d'écrire un chant pour la baſſe donnée.

Le talent de remplir dans la *Partition* une voix ou un inſtrument accompagnant.

Le talent d'étendre, de varier un *motif* ou phraſe de chant, & de l'arranger à deux, trois, quatre, cinq & ſix parties.

Le talent de faire & d'écrire une *Ariette*, un *Duo*, un *Trio*, un *Chœur*, un *Motet*, une *Ouverture*, une *Symphonie*, une *Fugue*, &c.

Dans mon *Traité de Muſique*, il ne s'agit que des élémens de la Compoſition; je crois même que c'eſt-là tout ce qu'on peut enſeigner, dans un livre, ſur ce talent créateur : c'eſt avec le Maître qu'on apprend à écrire en *Partition*, & le feu divin, qui anime, qui diſtingue le bon Compofiteur, eft un don du génie qui ne s'apprend pas.

Je reviens un peu fur ces Elémens en faveur de l'Amateur, qui n'a ni le tems, ni la volonté de paffer par tous les dégrés de l'étude ordinaire, pour fe familiarifer avec les Notes écrites.

Avec mon *Traité*, on peut apprendre à parler . à lire & à écrire la langue harmonique. Dans le préfent Ouvrage, j'enfeigne *féparément* l'art de parler ; la chaîne conftructive des confonnances & des diffonances y eft développée fans le fecours de la baffe chiffrée ; le talent le plus intéreffant & le plus favant de la compofition eft à la portée de tout le monde : fans favoir lire les Notes, on pourra apprendre à connoître & à compofer le difcours harmonique ; en peu de tems, on le faura prononcer fur le *claveffin* (*b*).

(*b*) Je fuppofe que le Lecteur me fuit devant l'inftrument, & qu'il ne borne pas fon travail à lire ce qu'il faudroit étudier.

INTRODUCTION.

L e Virtuofe *claveffinifte* prélude divinement fur fon inftrument; les accords fous fes doigts fe promenent, fe croifent, fe précipitent... mais fon habileté ne lui permet guere de fe reftreindre à la fimple chaîne harmonique; la mélodie & les *doubles croches* s'en mêlent malgré lui : c'eft fans doute un beau talent; mais c'eft le réfultat d'une vingtaine d'années de pratique; encore tous ceux qui cheminent vers ce but ne l'atteignent pas ; plus d'un Artifte refte en chemin après avoir épuifé les reffources de l'art.

Je ne parlerai point ici de ce talent difficile... Le Compofiteur eftime un autre talent harmonique , moins brillant, mais plus favant ; il aime entendre une chaîne d'accords plaqués , même il la préfere au prélude *fonate* : elle annonce un Artifte inftruit & une tête meublée; ce que ne dit pas toujours le prélude du

virtuofe. Souvent les doigts habiles fuivent aveuglément l'impulfion de l'oreille...
C'eſt le talent harmonique du Compoſi-
teur que je vais développer. Si le Lecteur
eſt familiariſé avec les noms & avec
l'ordre des notes...

ut ré mi fa ſol la ſi,

s'il eſt un peu exercé ſur le *claveſſin*, nous
pourrons commencer & nous mettre en
marche. Pour aller plus vîte, je ne ferai
ſouvent qu'énoncer les propoſitions ſur
les tons & ſur les harmonies, ſans m'arrêter aux preuves (*c*).

(*c*) Dans mon *Traité de Muſique*, je vais de conſéquences en conſéquences ; on y trouve les démonſtrations
dont la Muſique eſt ſuſceptible.

NOUVEL ESSAI
SUR L'HARMONIE.

DES TONS ET DE LEUR INTONATION.

Nature du Mode majeur & du Mode mineur ; nombre des Notes naturelles, des Notes dièzes & des Notes bémoles qui entrent dans la gamme de chaque ton ; intonation des sons de la nature ou harmonie consonnante des principales Notes de la gamme ; mesures qui peuvent régler & embellir la prononciation de la consonnance.

1. Tout morceau de Musique réduit aux Notes principales, forme une chaîne de consonnances, ou une chaîne de consonnances mêlées de dissonances.

2. Chaque confonnance eft la prononciation des principaux fons de la gamme, du ton ou du mode ; c'eft fon *intonation.*

3. Les notes naturelles...

Ut ré mi fa fol la fi ut

font le modele de la gamme de tout ton majeur.

4. Les notes naturelles ...

La fi ut ré mi fa fol la

font le modele de la gamme de tout ton mineur.

5. Les principales notes de la gamme répondent toujours aux nombres impairs...

1 , 3 , 5.

Ut mi fol font les principales notes de la gamme majeure du ton *ut*, & *la ut mi* font les principales notes de la gamme mineure du ton *la.* Ce font ces principales notes qui expriment les fons du corps fonore, les fons de la nature, les fons repos qui marquent les virgules, les points, & qui terminent les phrafes muficales.

6. L'enfemble ou l'harmonie *ut mi fol,* & l'enfemble ou l'harmonie *la ut mi ,* font

les modeles de toute confonnance; la premiere eft la confonnance majeure, la feconde eft la confonnance mineure.

7. Les 8 notes de la gamme font nommées *tonique, feconde, tierce, quarte, quinte, fixte, feptieme* & *octave*.

8. Les 8 notes de la gamme font féparées par fept efpaces, 5 font des intervalles de *ton*, & les 2 autres font des intervalles de *demi-ton*.

En majeur, les deux intervalles de *demi-ton* féparent la tierce de la quarte, & la feptieme de l'octave.

En mineur, les deux intervalles de *demi-ton* féparent la feconde de la tierce, & la quinte de la fixte.

9. Les trois notes de l'harmonie confonnante font féparées par deux efpaces, dont l'un eft l'intervalle de tierce majeure compofée de 2 *tons*, & l'autre eft l'intervalle de tierce mineure compofée d'un *ton* & demi.

La grande tierce fépare les deux premieres notes de la confonnance majeure,

& les deux dernieres, de la confonnance mineure.

La petite tierce fépare les deux pre-mieres notes de la confonnance mineure, & les deux dernieres de la confonnance majeure.

10. Dans l'octave d'*ut* on peut auffi ordonner la gamme fuivant le modele du ton mineur, & dans l'octave de *la*, on peut l'ordonner fuivant le modele du ton ma-jeur; on peut même prendre chaque note de la gamme pour une *tonique*, & ordon-ner enfuite, dans l'étendue de fon octave, une gamme fuivant le modele du mode majeur, ou fuivant le modele du mode mineur. Pour ce faire, il faut *diéʒer* une ou plufieurs notes naturelles, pour les hauffer d'un *demi-ton*, ou bien il faut en *bémolifer* une ou plufieurs, pour les baiffer d'un *demi-ton*.

11. Les notes *dieʒes* concourent pour la formation de la gamme dans l'ordre fuivant...

Fa ut fol ré la mi fi.

12. Les notes *bémoles* concourent pour la formation de la gamme dans l'ordre suivant . . .

Si mi la ré sol ut fa.

L'ordre des *bemols* est donc inverse de celui qui regne parmi les *dieȝes*. Les *dieȝes* vont par quinte, & les *bémols* vont par quarte, comptant toujours du grave vers l'aigu, ou du bas vers le haut, (sur le *claveſſin*, de gauche à droite).

13. La différence du majeur au mineur dans la même octave tombe sur la tierce sixte & septieme de la gamme : ces trois notes sont chacune d'un *demi-ton* plus grave en mineur qu'en majeur. Le *ſi*, le *mi* & le *la* sont *bémols* dans la gamme mineure d'*ut :* le *fa*, l'*ut* & le *sol* sont *dieȝes* dans la gamme majeure de *la*. Donc 3 bémols de plus en mineur qu'en majeur, & 3 *dieȝes* de plus en majeur qu'en mineur de la même octave.

14. Les sept notes de la gamme étant naturelles dans l'octave d'*ut*, on peut conclure qu'elles doivent toutes être *dieȝes*

pour pouvoir former la gamme du même
mode en *utdieze*, & qu'elles doivent toutes les fept être *bémoles*, pour pouvoir
former une pareille gamme en *utbémol*;
car, hauffant ou baiffant la tonique d'un
demi-ton, il faudra également hauffer ou
baiffer d'un *demi-ton* les autres notes de
la gamme, fans quoi il ne pourroit plus y
avoir entre elles les diftances ou les intervalles néceffaires pour la formation du
mode.

15. Donc 21 *toniques* qui font les 7
notes naturelles de la gamme en *ut*, les 7
notes *diezes* de la gamme en *utdieze*, & les
7 notes *bémols* de la gamme en *utbémol*;
par conféquent, 42 tons, 21 majeurs &
21 mineurs.

16. Les 21 *toniques* peuvent & doivent
fe réduire à douze, & les 42 modes à vingt-
quatre: douze tons majeurs & douze tons
mineurs font le champ réel de notre harmonie & de notre mélodie.

Sur le *claveffin*, les douze *toniques* font
vifibles, & tout Compofiteur confulte cet
                                    inftrument

inftrument qui ne rend que douze fons différents dans la même octave, avec lefquels on peut exprimer toutes les *toniques* poffibles (*d*).

17. Les *toniques utdieʒe* & *rébémol* rendent le même fon, qui doit être pris au point de milieu, entre l'*ut* & le *ré*.

(*d*) Si vous êtes arrêté ou contrarié ici par l'érudition fur l'inégalité des *demi-tons*, ou par le *comma* qui fépare l'*utdieʒe* du *rébémol*, lifez les fix dernieres pages de mon difcours théorique fur l'origine des fons de l'octave, que vous trouverez à la tête de mon *Traité de Mufique* ; lifez auffi la page 47 de mes *Réflexions fur les Leçons de Mufique*, vous conclurez qu'*utdieʒe* & *rébémol* doivent être un même fon fur tous les inftruments, pour pouvoir être *toniques* ; que la voix doit les confondre : car, fi ces deux notes n'étoient pas prifes au même point de milieu, entre l'*ut* & le *ré*, elles ne pourroient pas fubfifter feules & indépendantes, comme doit l'être une *tonique*. Mais l'une, comme *fenfible*, exigeroit forcément le retour de la *tonique ré*, & l'autre, comme *fixte mineure*, exigeroit le retour de la *quinte ut*.

B

Il n'y a pareillement qu'une *tonique* entre
le *ré* & le *mi* , qui s'appelle *rédieʒe* ou
mibémol ; une, entre le *fa* & le *ʃol* ,
qui s'appelle *fadieʒe* ou *ʃolbémol ;* une,
entre le *ʃol* & le *la* , qui s'appelle *ʃol-
dieʒe* ou *labémol ;* une, entre le *la* &
le *ʃi* , qui s'appelle *ladieʒe* ou *ʃibémol.*

18. Les *toniques mi* & *fabémol* rendent auʃʃi le même ʃon ; une pareille
identité confond les *toniques fa* & *mi-
dieʒe* , *ʃi* & *utbémol* , *ut* & *ʃidieʒe.*

19. Ainʃi , les douze *toniques* de notre
octave ʃont à une égale diʃtance l'une
de l'autre ; l'intervalle de *demi-ton* ʃépare
chacune de ʃa voiʃine (*e*).

20. Si on exprime la *tonique* qui eʃt
entre l'*ut* & le *ré* par la note *rébémole* ,

(*e*) Si on découvroit jamais un *microʃcope
d'oreille* , on pourroit placer un *quart de ton*
entre les *toniques* , & en ranger 24 dans l'é-
tendue de notre octave : alors on auroit un
champ bien plus vaʃte ; le Muʃicien pourroit
approcher l'expreʃʃion de la parole ; peut-être
çomme le Poëte , il pourroit développer &

il en faut 5 *bémols* pour former dans fon octave une gamme fuivant le modele du mode majeur. Nous avons vu qu'il en falloit 7 *dieʒes* pour faire la gamme en *utdieʒe*. Donc le ton majeur de 7 *dieʒes* & le ton majeur de 5 *bémols* ne font qu'un même ton, la gamme de l'un fe confond avec la gamme de l'autre.

21. Tranfportant le modele du mode mineur dans l'octave qui eft entre le *la* & le *fi*, il en faut fept *dieʒes* pour la gamme, fi la *tonique* eft exprimée par la note *ladieʒe*; & fi on la nomme *fi-bémole*, il en faut 5 *bemols*. Donc le ton mineur de 7 *dieʒes* & le ton mineur de 5 *bémols* ne font qu'un même ton; les notes des deux gammes expriment les mêmes fons.

22. Dans l'octave qui eft entre le *fa* & le *fol*, il en faut fix *dieʒes* pour la

diftinguer clairement les paffions, les affections & tous les fentiments de l'ame.

gamme majeure, si la *tonique* est nommée *fadieze*; & si elle est nommée *solbémole*, il en faut 6 *bémols*.

23. Il en faut aussi six *diezes* ou six *bémols* pour faire la gamme, suivant le modele du mode mineur, dans l'octave qui est entre le *ré* & le *mi*.

24. En *labémol* il en faut 4 *bémols* pour la gamme majeure, & il en faut 8 *diezes* (*f*) pour la faire en *soldieze*.

25. Comparant les gammes dont les notes *diézées* ou *bémolisées* expriment les mêmes sons, on voit que le nombre des *diezes* de l'une & le nombre des *bémols* de l'autre font toujours ensemble

---

(*f*) Le huitieme *dieze* retombe sur le premier, car la quinte du septieme *dieze* est *fa* deux fois *dieze* ou *fa double dieze*. Les doubles *diezes* suivent le même ordre que les simples; pour le neuvieme *dieze*, il faut l'*ut double dieze*; pour le dixieme, il faut le *sol double dieze*, &c. Sur le *Clavecin*, on rend le *fa double dieze* par le *sol*, l'*ut double dieze* par le *ré*, & le *sol double dieze* par le *la*, &c.

douze. Delà on peut conclure qu'on rend les mêmes fons , fi on eft en majeur de 3 *bémols* ou en majeur de 9 *diezes* ; & comme nous avons vu ci-deffus qu'il y a 7 *bémols* en majeur d'*utbémol*, nous pouvons conclure qu'il doit y en avoir 5 *diezes* dans la gamme majeure de *fi.*

26. Revenons un moment au modele du mode majeur ; mettons-nous dans le ton naturel d'*ut* ; quittons-le ; élevons la *tonique* d'une quinte , pour être en *fol* ; élevons également d'une quinte les autres notes de la gamme , toutes les notes refteront naturelles , excepté le *fa* qui fera *dieze* , & le modele de la gamme majeure fera obfervé.

27. Quittons une feconde fois notre modele *ut* ; élevons la *tonique* d'une quarte , pour être en *fa* ; élevons également d'une quarte les autres notes de la gamme ; toutes les notes refteront naturelles, excepté le *fi* qui fera *bémol* , & le modele de la gamme majeure fera obfervé.

B iij

28. Revenons auffi un moment au modele du mode mineur ; mettons-nous dans
le ton naturel de *la* ; quittons-le de même ;
élevons la *tonique* d'une quinte & d'une
quarte, nous ferons en *mi* mineur, &
puis en *ré* mineur ; nous aurons d'abord
un *dieze* dans la gamme, & enfuite un
bémol.

29. Concluons qu'on a chaque fois un
dieze de plus dans la gamme, fi on quitte
un ton pour aller dans le ton femblable
de fa quinte, & qu'on a chaque fois un
bémol de plus dans la gamme, fi on
quitte un ton pour aller dans le ton
femblable de fa quarte.

30. Rappellons-nous que l'ordre des
bémols eft inverfe de celui qui règne
parmi les *diezes*, & nous verrons qu'un
dieze de plus dans la gamme eft la même
chofe qu'un *bémol* de moins ; augmenter
d'un *bémol*, & diminuer d'un *dieze*,
font auffi des expreffions fynonimes.

31. Encore une obfervation. Les notes

naturelles forment la gamme en *ut* majeur & en *la* mineur ; toutes les notes de la gamme font *diezes* en *utdieze* majeur & en *ladieze* mineur ; toutes les notes de la gamme font *bémoles* en *utbémol* majeur & en *labémol* mineur ; un feul *dieze* en *fol* majeur & en *mi* mineur ; un feul *bémol* en *fa* majeur & en *ré* mineur. Donc, pour chaque nombre de *diezes* ou de *bémols*, deux tons relatifs ; la fixte de toute gamme majeure eft *tonique* du relatif mineur, & la tierce de toute gamme mineure eft *tonique* du relatif majeur.

32. A préfent nous pouvons négliger le modele ; les rapports (*g*) que nous venons de découvrir, fuffifent pour déterminer le nombre des notes naturelles des *diezes* & des *bémols* de toute gamme. Voulons-nous favoir, par exemple, la gamme majeure de 5 *bémols*, nous penferons au nombre douze, & nous dirons,

_____

(*g*) Dans les deux premieres leçons de mon *Traité de Mufique*, je développe davantage les rapports qui règnent entre les 24 tons.

B iv

la gamme de 5 *bémols* se confond avec celle de 7 *diezes*; or, en *ut*, toutes les notes sont naturelles; donc en *utdieze* (à un demi-ton plus haut,) sept *diezes*; donc en *rébémol* 5 *bémols* ? Voulons-nous savoir de plus la gamme en *rébémol* mineur, nous penserons au nombre 3, qui fait la différence du majeur au mineur de la même octave, & nous ajouterons 3 *bémols* à la gamme, ce qui donnera 8 *bémols* (*h*) pour le mineur de *rébémol*.

33. Pensant à la fois aux nombres 3, 7, 12 & à la distance des tons relatifs, nous pouvons faire une série de conséquences, & dire par exemple : en *la* mineur toutes les notes sont naturelles, donc en *la* majeur 3 *diezes*, donc en *la dieze* majeur 10

_____

(*h*) Le huitieme *bémol* retombe sur le premier, car la quarte du septieme *bémol* est *si* deux fois *bémol* ou *si double bémol*. Les *doubles bémols* suivent le même ordre que les simples; pour le neuvieme *bémol*, il faut *mi double bémol*; pour le dixieme, il faut le *la double bémol*, &c. Sur le *clavecin*, on rend le *si double bémol* par le *la*, le *mi double bémol* par le *ré*, & le *la double bémol* par le *sol*, &c.

diezes ou 2 *bémols* en majeur de *fibémol*, donc en *fol* mineur auffi 2 *bémols*, donc en *fol* majeur 2 *bémols* & 3 *diezes*, c'eft-à-dire, 1 *dieze*; donc auffi 1 *dieze* en *mi* mineur, donc 4 *diezes* en *mi* majeur, donc auffi 4 *diezes* en *utdieze* mineur, donc 7 *diezes* en *utdieze* majeur, donc en *ut* 7 *diezes* & 7 *bémols*, c'eft-à-dire, par combat & deftruction toutes les notes naturelles.

34. Penfant aux nombres 1 & 12, chacun pourra faire les tableaux fuivans.

1°. *Tons majeurs par quinte.*

TONIQUES.   NOMBRE DES *DIEZES* DANS LA GAMME.

Ut..........0.
Sol..........1.
Ré..........2.
La..........3.
Mi..........4.
Si..........5.
Fadieze......6.
Utdieze......7.
Soldieze......8. ou *labémol*... 4 *bémols*.
Rédieze......9. ou *mibémol*.. 3 *bémols*.
Ladieze.....10. ou *fibémol*.... 2 *bémols*.
Midieze.....11. ou *fa*....... 1 *bémol*.
Sidieze......12. ou *ut*....... 0

2°. *Tons majeurs par quarte.*

TONIQUES.   NOMBRE DES *BÉMOLS* DANS LA
GAMME.

Ut............0.

Fa...........1.

Sibémol.......2.

Mibémol.......3.

·Labémol.......4.

Rébémol.......5.

Solbémol.......6.

Utbémol.......7.

Fabémol.......8. ou *mi*........ 4 dieʒes.

Sidoublebémol...9. ou *la*....... 3 dieʒes.

Midoublebémol. 10. ou *ré*....... 2 dieʒes.

Ladoublebémol. 11. ou *fol*...... 1 dieʒe.

Rédoublebémol. 12. ou *ut*....... 0.

3°. *Tons mineurs par quinte.*

TONIQUES.   NOMBRE DES *DIEZES* DANS LA
GAMME.

La............0.

Mi...........1.

Si...........2.

Fadieʒe.......3.

TONIQUES. NOMBRE DES *DIEZES* DANS LA GAMME.

Utdieze. . . . . . . .4.
Soldieze. . . . . . .5.
Rédieze. . . . . . .6.
Ladieze . . . . . . .7.
Midieze . . . . . . .8. ou *fa*. . . . . . 4 *bémols*.
Sidieze. . . . . . . .9. ou *ut*. . . . . . 3 *bémols*.
Fadoubledieze. .10. ou *sol*. . . . . 2 *bémols*.
Utdoubledieze. .11. ou *ré*. . . . . . 1 *bémol*.
Soldoubledieze. .12. ou *la*. . . . . . 0.

4°. *Tons mineurs par quarte.*

TONIQUES. NOMBRE DES *BÉMOLS* DANS LA GAMME.

La. . . . . .0.
Ré. . . . . .1.
Sol. . . . . .2.
Ut. . . . . .3.
Fa. . . . . .4.
Sibémol. . . . . . . .5.
Mibémol. . . . . . .6.
Labémol. . . . . . .7.
Rébémol. . . . . . .8. ou *utdieze*. . . 4 *diezes*.
Solbémol. . . . . .9. ou *fadieze*. . . 3 *diezes*.

DES TONS,

TONIQUES. NOMBRE DES *BÉMOLS* DANS LA GAMME.

Ut bémol . . . . 10. ou *fi* . . . . . . 2 *dieзes.*
Fa bémol . . . . 11. ou *mĩ* . . . . . 1 *dieзe.*
Si double bémol . . . 12. ou *la* . . . . . 0.

5°. *Tons relatifs par quinte.*

TONIQUES. NOMBRE DES *DIEZES* DANS LA GAMME.

Ut & *la* . . . . 0.
Sol & *mi* . . . . 1.
Ré & *fi* . . . . 2.
La & *fadieзe* . . . . 3.
Mi & *utdieзe* . . . . 4.
Si & *foldieзe* . . . . 5.
Fadieзe & *rédieзe* . . . . . 6.
Utdieзe & *ladieзe* . . . . . 7.
Soldieзe & *midieзe* . . . . . 8. ou *labémol* & *fa.* 4 *bémols.*
Rédieзe & *fidieзe* . . . . . . 9. ou *mibémol* & *ut.* 3 *bémols.*
Ladieзe & *fadoubledieзe.* 10. ou *fibémol* & *fol.* 2 *bémols.*
Midieзe & *utdoubledieзe.* 11. ou *fa* & *ré* . . . 1 *bémol.*
Sidieзe & *foldoubledieзe.* 12. ou *ut* & *la* . . . 0.

6°. *Tons relatifs par quarte.*

TONIQUES. NOMBRE DES *BÉMOLS* DANS LA GAMME.

Ut & *la* . . . . 0.
Fa & *ré* . . . . 1.
Sibémol & *fol* . . . . 2.
Mibémol & *ut* . . . . 3.
Labémol & *fa* . . . . 4.
Rébémol & *fibémol* . . . . 5.
Solbémol & *mibémol* . . . . 6.
Utbémol & *labémol* . . . . 7.
Fabémol & *rébémol* . . . . 8. ou *mi* & *utdieze*. 4 *diezes*.
Sidoublebémol & *folbémol* . . . 9. ou *la* & *fadieze*. 3 *diezes*.
Midoublebémol & *utbémol* . . . 10. ou *ré* & *fi* . . . 2 *diezes*.
Ladoublebémol & *fabémol* . . . 11. ou *fol* & *mi* . . 1 *dieze*.
Rédoublebémol & *fi doublebémol*. 12. ou *ut* & *la* . . . 0.

7°. *Succeſſion du mineur au majeur de la méme octave.*

TONIQUES. MAJEUR. MINEUR.

TONIQUES	MAJEUR	MINEUR
Ut	0	3 *bémols*.
Sol	1 *dieze* . .	2 *bémols*.
Ré	2 *diezes*.	1 *bémol*.
La	3 *diezes*.	0.
Mi	4 *diezes*.	1 *dieze*.
Si	5 *diezes*.	2 *diezes*.
Fadieze	6 *diezes*.	3 *diezes*.
Utdieze	7 *diezes*.	4 *diezes*.

TONIQUES.	MAJEUR.	MINEUR.

Soldieze..	8 dieces...	5 dieces ou la bémol. 4 & 7 bémols.
Rédieze...	9 dieces...	6 dieces ou mi bémol. 3 & 6 bémols.
Ladieze...	10 dieces...	7 dieces ou si bémol. 2 & 5 bémols.
Midieze...	11 dieces...	8 dieces ou fa.. 1 & 4 bémols.
Sidieze...	12 dieces....	9 dieces ou ut.. 0 & 3 bémols.

35. Etant un peu familiarifé avec le nombre des *dieces* & des *bémols* de toutes les gammes, nous pouvons nous arrêter dans les tons naturels, & prononcer les fons de la nature fur l'inftrument, d'abord en *ut* majeur, enfuite en *la* mineur. Frappons des deux mains enfemble & alternativement la confonnance *ut mi fol.*

Recommençons, pour doubler l'*ut*, le *mi* & puis le *fol*, nous aurons pour chaque main *ut mi fol ut*, *mi fol ut mi*, & *fol ut mi fol* : exerçons ces trois pofitions de notre confonnance fur toute l'étendue de l'inftrument, ne frappons pas toujours à la fois tous les fons de l'harmonie, ils fe fuccedent très-bien du grave à l'aigu, & de l'aigu au grave.

Prononçons de même les principaux

fons de la gamme naturelle du ton *la*, & exerçons-nous à pouvoir frapper facilement la confonnance *la ut mi*, fuivant les 3 pofitions *la ut mi la*, *ut mi la ut*, & *mi la ut mi*.

36. Sachant prononcer les principaux fons des gammes naturelles de toutes les manieres, cherchons à régler notre prononciation par la mefure & par le mouvement. Obfervons l'égalité des vibrations (*tic*, *tac*.) dans la marche d'une pendule, & mettons la même régularité, la même mefure dans la fucceffion de nos harmonies ; ne proportionnons pas la vîteffe du mouvement à l'habileté de nos doigts, le mouvement lent eft le plus propre à la marche des harmonies. Soutenons le même mouvement, fans l'accélérer, ni le retarder, & difons 5 fois la confonnance d'*ut* avec la main droite, frappons à la bafe l'*ut* feulement pour la premiere prononciation, le *mi* pour la feconde, le *fol* pour la troifieme, le *mi* pour la quatrieme, & l'*ut*

pour la cinquieme. Difons de fuite &
de la même maniere la confonnance
mineure de *la*.

37. Pour chaque prononciation d'harmonie, on peut auffi frapper la bafe 2,
3 ou 4 fois, fi on veut approcher les
deux, les trois ou les quatre temps qui
règnent dans la mefure de la mélodie ;
pour avoir 5 mefures à deux temps, redi-
fons 5 fois la confonnance majeure d'*ut*,
frappons *ut ut* à la bafe pour la premiere
prononciation, *mi mi* pour la feconde,
fol fol pour la troifieme, *mi mi* pour
la quatrieme, & *ut ut* pour la cinquieme.
Difons de fuite & de la même maniere
la confonnance mineure de *la*.

38. Recommençons, & pour avoir 5
mefures à trois temps, difons 5 fois la
confonnance d'*ut* ; frappons *ut ut ut* à
la bafe pour la premiere prononciation,
mi mi mi pour la feconde, *fol fol fol*
pour la troifieme, *mi mi mi* pour la
quatrieme, & *ut ut ut* pour la cinquieme.

Difons

Difons de fuite & de la même maniere la confonnance mineure de *la*.

39. Recommençons une troifieme fois, & pour avoir cinq mefures à 4 temps, difons 5 fois la confonnance d'*ut* ; frappons à la baffe *ut ut ut ut* pour la premiere prononciation, *mi mi mi mi* pour la feconde, *fol fol fol fol* pour la troifieme, *mi mi mi mi* pour la quatrieme, & *ut ut ut ut* pour la cinquieme. Difons de fuite & de la même maniere la confonnance mineure de *la*.

40. Mettons de la régularité dans la fucceffion des temps ; marchons plus vîte avec la main gauche ; doublons, triplons ou quadruplons le mouvement, mais obfervons l'égalité des vibrations (*tic*, *tac*) de la pendule. Les temps font des moitiés, des tiers ou des quarts de la mefure ; donc ils doivent fe fuccéder avec égalité de durée, comme les mefures, mais deux fois, trois fois ou quatre fois plus vîte que les mefures.

41. Notre intonation peut encore

C

approcher davantage la mesure de la mélodie. Ne frappons pas toujours tous les temps sur la même note de basse ; dans la mesure à 3 temps, ne frappons par fois que le premier & le troisieme temps ; une autre fois frappons la mesure à la basse, & exprimons les temps avec les notes de l'harmonie ; marquons toutefois la derniere prononciation, en ne frappant des deux mains que la mesure.

42. Exprimant les temps par la succession des notes de la consonnance, nous aurons naturellement la mesure à 3 temps ; nous aurons aussi les 4 temps, en répétant un unisson ; mais pour rendre la mesure à deux temps, il faut doubler la vîtesse, & dire deux fois les sons de l'harmonie dans la même mesure, pour avoir par temps trois ou quatre notes.

43. La mesure à 2 temps, ainsi embellie, est susceptible de 4 changemens très-naturels. Les sons de l'harmonie peuvent se succéder du grave vers l'aigu, & de l'aigu vers le grave ; on peut chan-

ger la pofition , la defcendre ou la monter.

44. Embelliffons auffi les mefures de 3 & de 4 temps ; répétons les fons de l'harmonie , pour donner deux notes à chaque temps ; frappons à la baffe les temps fimples , ou feulement la mefure, tandis que la main droite dit les 6 ou les 8 notes ; une autre fois ne marquons ni les temps , ni la mefure ; comptons feulement les 6 ou les 8 notes , difant la premiere à la baffe , & les autres avec la main droite.

45. A préfent nous pouvons avancer; nous favons plaquer & harpégier l'harmonie ; nous favons prononcer en mefure la confonnance des tons naturels; difons auffi l'intonation des autres tons. Commençons par ceux qui ont un *dieze* & un *bémol* dans leur gamme , & allons par gradation aux tons de 3 , 5 & 7 , tant *diezes* que *bémols* , après lefquels nous pourrons auffi placer les tons qui ont les *diezes* & les *bémols* en nombres pairs ; réglons toutefois notre prononcia-

tion par la mesure ; soutenons l'égalité
du mouvement ; mettons 3 ou 5 mesures
par intonation ; employons tour-à-tour
la mesure à 2, à 3 & à 4 temps ; frappons les temps simples dans un ton ; dans
un autre disons les temps embellis ;
recommençons souvent l'intonation de
tous les tons ; attachons-nous sur-tout
aux tons qui ont dans la gamme les
diezes & les *bémols* par nombre impair (*i*).

(*i*) Il est essentiel d'être familiarisé avec le
nombre des *diezes* & des *bémols* de toutes les
gammes. Dans chaque ton, il faut être exercé
à pouvoir frapper sur l'instrument toutes les
positions de l'harmonie des sons de la nature.
Pour atteindre ce but plus vîte, il faut se rendre
maître de quelques tons qui servent aux autres
d'*époques*, & à la mémoire de *ralliemens*.

NOUVEL ESSAI
SUR L'HARMONIE.

CHANGEMENS ET CHAINES DE TONS.

Changemens de tons naturels & extraordinaires ; enchaînement de tons prononcés par la consonnance des principales notes de la gamme ; chaîne générale, vague & indéterminée ; chaîne constructive de l'ariette, & chaîne constructive du récitatif.

46. Nous connoissons les tons, nous savons prononcer toutes les consonnances ; ce sont autant de mots isolés ; lions-les ensemble, & formons - en une chaîne. Employons d'abord indifféremment tous les tons ; serrons ensuite le cercle ; or-

C iij

donnons les intonations analogues & voi-
fines ; traçons la marche de l'ariette ;
puis, négligeant la fubordination, fuivons
la trace du récitatif.

Changeant de ton , l'intonation n'eft
pas indifférente ; on peut élever & baiffer
la tonique de plufieurs dégrés ; le nouveau
corps fonore peut avoir un ou deux fons
communs avec celui du ton quitté ; il
peut même compofer une harmonie toute
nouvelle. Enchaînant les tons , imitons
la nature ; tout eft lié dans fa marche,
elle va par gradation : la lumiere du jour
croît & décroît ; les ténebres de la nuit
s'épaiffiffent & s'éclairciffent ; la crainte
& l'efpérance féparent le plaifir de la
peine ; tout fentiment naît, croît , décroît
& meurt. Exprimons cette marche naturelle & fimple ; augmentons ou diminuons
les *dieᴢes* & les *bémols* , un à un ; par-
courons les gammes de proche en proche ; allons par dégrés du naturel à tous
les *dieᴢos* ; rétrogradons par dégrés, &
allons de même du naturel à tous les

bémols : rompons par fois l'uniformité , omettons les tons intermédiaires , & fautons du naturel à 2 , 3 , 4 & 5 *diezes*, ou du naturel à 2 , 3 , 4 & 5 *bémols*, car la nature elle-même eft quelquefois extraordinaire , du moins paroît - elle l'être. Nous ne voyons fouvent que les extrêmes ; les dégrés intermédiaires nous échappent ; elle produit des phénomenes, & nous étonne : ne la confultons pas , quand elle fatigue , ni quand elle effraie ; banniffons pour jamais de la Mufique les marches qui ennuient & qui bleffent l'oreille.

47. Examinons un peu tous les changemens qu'on peut faire , en quittant un ton : delà nous déduirons aifément la marche naturelle & les marches extraordinaires.

La tonique élevée d'une quinte , eft à l'uniffon de la tonique baiffée d'une quarte.

La tonique baiffée d'une quinte , eft à l'uniffon de la tonique élevée d'une quarte.

La tonique élevée de fix dégrés de

demi-ton, eft à l'uniffon de la tonique
baiffée de fix dégrés de demi-ton.

Donc, en quittant un ton, on peut
prendre onze toniques nouvelles ; cinq
à l'aigu élevées d'un, de deux, de trois,
de quatre ou de cinq dégrés de demi-
ton ; cinq au grave, baiffées d'un, de
deux, de trois, de quatre ou de cinq
dégrés de demi-ton ; l'onzieme tonique
eft à l'aigu & au grave, elle eft élevée
& baiffée de 6 dégrés.

48. Dans l'octave de chaque tonique
nouvelle, on peut faire le mode majeur
ou le mode mineur ; de plus, avant que
de quitter la tonique, on peut changer
de mode ; donc on peut faire 23 changemens, en quittant un ton quelconque.

49. Des onze toniques nouvelles, fix
font notes de la gamme du ton quitté ;
elles compofent la marche naturelle, la
marche la plus douce pour l'oreille ; car
on l'étonne fi on faute fur une tonique
nouvelle, qui n'étoit pas note de la
gamme du ton quitté.

50. Le mode de la tonique nouvelle n'eſt pas arbitraire; le plus naturel & le plus immédiate eſt celui dont la gamme a le plus de notes communes avec la gamme du ton quitté.

51. Prenons pour exemple le ton majeur d'*ut*, examinons les 11 toniques nouvelles, qui peuvent lui ſuccéder ; les 5 à l'aigu ſont *utdieze* ou *rébémol*, *ré*, *rédieze* ou *mibémol*, *mi* & *fa* ; les 5 au grave ſont *ſi*, *ſibémol* ou *ladieze*, *la*, *labémol* ou *ſoldieze* & *ſol*; l'onzieme à l'aigu ou au grave, eſt *fadieze* ou *ſol-bémol* ; or, les *6 ré mi fa ſol la* & *ſi* ſont notes de la gamme du ton *ut*, l'oreille en eſt déja familiariſée ; devenant toniques nouvelles, elles ne peuvent pas l'étonner, quoique chacune puiſſe produire un effet plus ou moins doux.

52. Les ſix toniques nouvelles les plus naturelles étant déterminées, profitons encore du même exemple pour fixer leur mode immédiate ; comparons

les deux modes de chacune avec la gamme naturelle d'*ut*.

Dans la gamme de *ré* il y a 2 *diezes* pour le mode majeur, & un *bémol* pour le mode mineur ; donc le mode mineur de *ré* fuccede plus immédiatement au ton majeur d'*ut*.

Dans la gamme de *mi* il y en a quatre *diezes* pour le majeur, & un *dieze* pour le mineur ; donc, fi la tierce *mi* fuccede au ton majeur d'*ut* comme tonique nouvelle, fon mode doit encore être mineur.

Dans la gamme de *fa* il y a un *bémol* pour le mode majeur, & il y en a 4 *bémols* pour le mineur ; dans la gamme de *fol* il y a un *dieze* pour le majeur, & deux *bémols* pour le mineur ; donc le mode immédiate de la quarte *fa* & de la quinte *fol* doit être majeur.

Dans la gamme de *la* il y a 3 *diezes* pour le majeur, & toutes les notes font naturelles pour le mineur ; dans la gamme de *fi* il y en a 5 *d iezes* pour le majeur,

& deux *diezes* pour le mineur ; donc le mode immédiate de la fixte *la* & de la feptieme *fi* doit être mineur.

53. Prenons auſſi pour exemple le ton mineur de *la*, examinant, comme dans l'article précédent, les 11 toniques nouvelles qui peuvent lui fuccéder, nous trouverons que les 6 les plus naturelles font *fi ut ré mi fa* & *fol ;* pour fixer leur mode immédiate, comparons les deux modes de chacune avec la gamme naturelle de *la*.

En *fi* mineur il y a plus de notes communes avec la gamme naturelle de *la*, qu'en *fi* majeur ; donc le mode doit être mineur, ſi la tonique *fi* fuccede au ton mineur de *la ;* ſi la quarte *r* éfuccede à notre ton *la*, fon mode doit encore être mineur par la même raiſon.

Si la tierce *ut*, la fixte *fa*, ou la feptieme *fol* fuccedent au ton mineur de *la*, leur mode doit être majeur, car en mineur d'*ut* il y auroit trois nouveaux fons dans la gamme, tandis qu'en majeur d'*ut* les mêmes fons compofent la gamme du ton quitté & celle du nouveau ton ; en majeur de *fa* & de *fol* il y a le moindre changement poffible , un feul *bémol* fait la différence dans le premier changement , & dans le fecond un feul *dieze* diftingue la nouvelle gamme de la gamme du ton quitté.

Si la quinte *mi* devient tonique nouvelle, fon mode mineur eft plus immédiate que fon mode majeur , mais l'un & l'autre fuccedent très - naturellement ; car le mode mineur n'exifte plus pur dans notre Mufique , on y fait continuellement une exception fur la feptieme note , pour la rendre fenfible & femblable à la feptieme note des tons majeurs ; cette exception fe fait fur-tout immédiatement avant l'octave ou la tonique finale; dans notre ton *la* elle familiarife l'oreille avec le troifieme *dieze foldieze* , au point qu'après *la ut mi* , la prononciation *mi foldieze fi* paroît auffi & même plus naturelle que la prononciation *mi fol fi*.

54. D'après ces notions, j'établis deux regles générales fur la marche naturelle des tons ; ce font deux corollaires qui coulent de fources , & non pas deux précéptes defpotiques & aveugles.

Premiere regle.

En quittant un ton majeur, on peut prendre chaque note de fa gamme pour tonique nouvelle, avec la reftriction que le mode de la quarte & de la quinte foit majeur auffi, & que le mode des autres notes de fa gamme foit mineur.

Deuxieme regle.

En quittant un ton mineur, on peut prendre chaque note de fa gamme pour tonique nouvelle ; le mode de la quinte peut être indifféremment majeur & mineur, mais celui de la quarte & de la feconde doit être femblable, (c'eft-à-dire, mineur auffi,) & celui des autres notes de fa gamme doit être majeur.

55. Ces changemens naturels ne font

pas également doux à l'oreille , le plus & le moins dépend un peu du changement qu'il faut faire d'une intonation à l'autre. Si le ton de la tierce ou celui de la sixte succede à un ton quelconque, il ne faut changer qu'une seule note de la consonnance des sons de la nature, pour avoir l'intonation nouvelle : exemple.

UT , ton majeur.......... UT MI SOL.
Mi tierce , tonique nouvelle.. *mi sol si.*
La sixte , tonique nouvelle... *la ut mi.*

LA , ton mineur........... LA UT MI.
Ut tierce , tonique nouvelle... *ut mi sol.*
Fa sixte , tonique nouvelle... *fa la ut.*

Si le ton de la quarte ou celui de la quinte succede à un ton quelconque , il en faut changer deux notes de la consonnance des sons de la nature , pour avoir l'intonation nouvelle : exemple.

UT , ton majeur.......... UT MI SOL.
Fa quarte , tonique nouvelle.. *fa la ut.*
Sol quinte , tonique nouvelle.. *sol si ré.*

LA, ton mineur......... LA UT MI.
Ré quarte, tonique nouvelle.. *ré fa la.*
Mi quinte, tonique nouvelle.. *mi ſol ſi.*

Si le ton de la ſeconde ou celui de la
ſeptieme ſuccede à un ton quelconque,
il faut changer toutes les trois notes de la
conſonnance des ſons de la nature, pour
avoir l'intonation nouvelle : exemple.

UT, ton majeur......... UT MI SOL.
Ré ſeconde, tonique nouvelle. *ré fa la.*
Si ſeptieme, tonique nouvelle. *ſi ré fadieʒe.*

LA , ton mineur......... LA UT MI.
Si ſeconde, tonique nouvelle. *ſi ré fadieʒe.*
Sol ſeptieme, tonique nouvelle. *ſol ſi ré.*

56. On peut faire encore un changement très-naturel ; en quittant un ton
majeur, on peut lui faire ſuccéder le
mineur de la même octave ; & en quittant un ton mineur, on peut lui faire
ſuccéder le majeur de la même octave.
Dans le premier cas, on ajoute ſubi-
tement 3 *bémols* ; & dans le ſecond
cas, on ajoute trois *dieʒes* ; cela dépaïſe

l'oreille fans l'étonner ; la même tonique sert aux deux modes ; un seul son de l'intonation baisse ou hausse d'un demi-ton, sans changer le rang dans la gamme : exemple.

Ut, tonique... *ut mi sol*......majeur.
Ut, tonique... *ut mibémol sol*...mineur.
La, tonique... *la ut mi*......mineur.
La, tonique... *la utdieze mi*...majeur.

L'oreille s'en accommode à merveille du changement de mode ; cela nous donne un septieme changement naturel, en quittant un ton majeur ; & un hui-tieme changement naturel, en quittant un ton mineur.

57. Les 16 changemens qu'on peut faire encore en quittant un ton majeur, & les 15 qui restent à faire après un ton mineur, font des sauts qui composent la marche extraordinaire. Les uns étonnent l'oreille, lui plaisent & excitent ordinai-rement l'admiration ; les autres la blessent, la chagrinent & causent souvent le mé-contentement.

58.

58. Divifons les fauts en deux efpèces; les uns ont la tonique dans la gamme du ton quitté, mais le mode contraire aux regles énoncées (art. 54.); les autres plus brufques ont une tonique nouvelle, étrangere à la gamme du ton quitté.

En quittant un ton quelconque, on peut faire 10 fauts de la feconde efpèce; on n'en peut faire que 6 de la premiere efpèce après un ton majeur, & 5 feulement après un ton mineur.

On fait un faut de la premiere efpèce, fi on dit *la* majeur immédiatement après le ton majeur d'*ut*, c'eft le faut de la fixte; & on fait un faut de la feconde efpèce, fi on dit *rébémol* majeur immédiatement après le ton mineur d'*ut*, c'eft le faut majeur d'un demi-ton plus haut.

59. Les changemens extraordinaires de la premiere efpèce font les fauts de feconde, de tierce, de quarte, de fixte, de feptieme; le faut de quinte ne peut fe dire qu'en majeur, puifque les deux

D

modes de la quinte fuivent naturellement tout ton mineur (art. 54).

Pour diftinguer facilement les changemens extraordinaires de la feconde efpèce., comptons-les par la diftance qui fépare les toniques nouvelles de la tonique du ton quitté, & difons pour avoir les dix qui peuvent étonner après un ton majeur....

1°. Saut majeur , faut mineur d'un demi-ton plus haut.

2°. Saut majeur, faut mineur de trois demi-tons plus haut.

3°. Saut majeur, faut mineur d'un ton plus bas.

4°. Saut majeur , faut mineur de deux tons plus bas.

5°. Saut majeur , faut mineur de trois tons plus bas.

Les dix changemens extraordinaires de la feconde efpèce après un ton mineur , font...

1°. Saut majeur , faut mineur d'un demi-ton plus haut.

2°. Saut majeur, saut mineur de deux tons plus haut.

3°. Saut majeur, saut mineur d'un demi-ton plus bas.

4°. Saut majeur, saut mineur de trois demi-tons plus bas.

5°. Saut majeur, saut mineur de trois tons plus bas.

60. Arrêtons un moment ici ; familiarisons nos yeux & nos doigts avec tous ces changemens ; prononçons sept fois sur notre instrument l'intonation d'un ton majeur ; d'*ut* par exemple (*k*) : quittons-le chaque fois pour prononcer l'intonation d'un des tons qui peuvent lui suc-

---

(*k*) On peut négliger la mesure, le choix des positions de l'harmonie, & mettre toujours la tonique à la basse : il s'agit ici de meubler la tête. Possédant les principes, nous formerons la chaîne des tons ; alors nous chercherons à plaire à l'oreille par la variété des mesures ; nous emploierons à la basse tous les 3 sons de la consonnance ; nous dirons à propos *ut mi sol*, *mi sol ut* & *sol ut mi*.

D ij

céder naturellement ; obſervons l'ordre
qui ſuit...

> *Ut*, *la* mineur, ſixte.
> *Ut*, *mi* mineur, tierce.
> *Ut*, *ſol* majeur, quinte.
> *Ut*, *fa* majeur, quarte.
> *Ut*, *ſi* mineur, ſeptieme.
> *Ut*, *ré* mineur, ſeconde.
> *Ut*, *ut* mineur, changement de mode.

Recommençons & prononçons notre
ton 6 fois; quittons-le chaque fois pour
prononcer un des ſauts qui ont leur tonique dans la gamme du ton quitté ; obſervons l'ordre qui ſuit...

> *Ut*, *la* majeur, ſaut de ſixte.
> *Ut*, *mi* majeur, ſaut de tierce.
> *Ut*, *ſol* mineur, ſaut de quinte.
> *Ut*, *fa* mineur, ſaut de quarte.
> *Ut*, *ſi* majeur, ſaut de ſeptieme.
> *Ut*, *ré* majeur, ſaut de ſeconde.

Recommençons une ſeconde fois &
prononçons notre ton majeur encore 10
fois ; quittons-le encore chaque fois pour

prononcer un des fauts qui ont leur tonique hors de la gamme du ton quitté;
obfervons l'ordre qui fuit...

Ut, rébémol majeur, faut majeur d'un
demi-ton plus haut.

Ut, mibémol majeur, faut majeur de
trois demi-tons plus haut.

Ut, fibémol majeur, faut majeur d'un
ton plus bas.

Ut, labémol majeur, faut majeur de
deux tons plus bas.

Ut, folbémol majeur, faut majeur de
trois tons plus bas.

Ut, utdieze mineur, faut mineur d'un
demi-ton plus haut.

Ut, rédieze mineur, faut mineur de
trois demi-tons plus haut.

Ut, fibémol mineur, faut mineur d'un
ton plus bas.

Ut, foldieze mineur, faut mineur
deux tons plus bas.

Ut, fadieze mineur, faut mineur à
trois tons plus bas.

D iij

61. Exerçons-nous auffi avec les changemens d'un ton mineur ; prenons pour
exemple le ton mineur de *la* ; prononçons huit fois fur notre inftrument fon
intonation ; quittons-le chaque fois pour
prononcer l'intonation d'un des tons qui
peuvent lui fuccéder naturellement; obfervons l'ordre qui fuit...

La , *ut* majeur, tierce.
La , *fa* majeur , fixte.
La , *mi* mineur, quinte.
La , *ré* mineur, quarte.
La , *mi* majeur, majeur de quinte.
La , *fol* majeur , feptieme.
La , *fi* mineur, feconde.
La , *la* majeur, changement de mode.

Recommençons & prononçons notre
ton 5 fois ; quittons-le chaque fois pour
prononcer un des fauts qui ont leur tonique dans la gamme du ton quitté ; obfervons l'ordre qui fuit...

La , *ut* mineur, faut de tierce.
La , *fa* mineur , faut de fixte.

La, *ré* majeur, faut de quarte.

La, *fol* mineur, faut de feptieme.

La, *fi* majeur, faut de feconde.

Recommençons une feconde fois & prononçons notre ton mineur encore 10 fois ; quittons-le encore chaque fois pour prononcer un des fauts qui ont leur tonique hors de la gamme du ton quitté ; obfervons l'ordre qui fuit...

La, *fibémol* mineur, faut mineur d'un demi-ton plus haut.

La, *utdieze* mineur, faut mineur de deux tons plus haut.

La, *foldieze* mineur, faut mineur d'un demi-ton plus bas.

La, *fadieze* mineur, faut mineur de trois demi-tons plus bas.

La, *mibémol* mineur, faut mineur de trois tons plus bas.

La, *fibémol* majeur, faut majeur d'un demi-ton plus haut.

La, *rébémol* majeur, faut majeur de deux tons plus haut.

La, *labémol* majeur, faut majeur d'un demi-ton plus bas.

La, *folbémol* majeur, faut majeur de trois demi-tons plus bas.

La, *mibémol* majeur, faut majeur de trois plus bas (*l*).

(*l*) Si cette Muſique barbare ennuie mon Diſciple, je me mets devant le Piano; je le prie de me dicter tous ces changemens; j'anime un peu les prononciations par la meſure & par le mouvement; je varie les poſitions de l'harmonie; je les fais ſuccéder les unes aux autres le plus naturellement, de proche en proche; quelquefois je choiſis les plus avantageuſes; j'emploie à la baſſe indifféremment les 3 ſons des conſonnances; je fais marcher la baſſe tantôt par ton, tantôt par demi-ton. Je prends pour exemple les mêmes tons *ut* & *la*, ou bien je pars à la volonté de mon Maître, de *ré*, de *mi*, de *fa*, de *ſol*, de *ſi*, d'*utdieze*, de *folbémol*, &c. tant majeurs que mineurs; même ſous ſon bon plaiſir, je mêle enſemble les art. 60 & 61; je romps la marche naturelle par des ſauts; aux ſauts je fais ſuccéder des changemens ordinaires, & avec tous les changemen

62. Dans la marche muſicale ces changemens ne ſont pas employés auſſi ſouvent les uns que les autres ; parmi les naturels les plus uſités ſont les changemens ſur la quinte & ſur la quarte ; les plus rares ſont les changemens ſur la ſeconde & ſur la ſeptieme ; le changement de mode, les changemens ſur la ſixte & ſur la

je fais une ſuite, prenant chaque fois le nouveau ton pour principal, que je quitte à ſon tour pour un nouveau changement, ſans revenir à l'éternel premier ton majeur, ni au triſte premier ton mineur. Je me dicte à haute voix, ordinairement mon Diſciple entremêle ſa dictée avec la mienne ; s'il inſiſte aux changemens doux, je l'interromps avec les ſauts les plus extraordinaires ; s'il veut du bizarre, après l'avoir ſatisfait, je m'arrête aux changemens ordinaires les plus agréables.

Peu à peu mon Diſciple ſe familiariſe avec tous les changemens, diſtingue les plus flatteurs, & conçoit l'utilité des autres. Je n'inſiſte plus, nous abandonnons notre Muſique vague qui eſt barbare malgré tout embelliſſement. Nous allons aux articles ſuivans.

tierce font à-peu-près également fréquens. Les fauts ne font pas tous employés : les plus ufités font les fauts de la fixte, de la feconde, de la tierce, & le faut majeur d'un ton plus bas après un ton majeur; & après un ton mineur, les plus fréquens font le faut majeur d'un demi-ton plus haut & le faut de la feptieme (*m*).

63. Réduifons tous ces changemens à quelques chefs pour aider la mémoire dans la chaîne des tons.

(*m*) A-t-on tort? A-t-on raifon d'en ufer ainfi? C'eft ce qu'on pourra décider par la fuite : car j'efpere qu'on bannira enfin les regles avec lefquelles on voudroit borner le génie des Eleves, pour mettre en place toutes les reffources & toute la richeffe de l'art. En attendant, fuivons l'ufage & bornons notre marche aux changemens ufités : s'il nous venoit en fantaifie de nous écarter un peu de la route ordinaire, craignons qu'on ne nous dife qu'il ne vaut pas la peine d'être neuf pour fi peu de chofe; fongeons que le génie feul a le fecret de choifir & de placer à propos.

Les changemens naturels fur la quarte & fur la quinte vont du majeur au majeur, & du mineur au mineur ; fi le majeur de la quinte fuccede auffi par fois au ton mineur, le mode femblable eft pourtant plus naturel ; la marche fondée fur ces changemens eft en mufique la ligne droite.

Les changemens naturels qu'on fait fur la tierce, fur la fixte & fur la feptieme, vont du majeur au mineur & du mineur au majeur ; celui qu'on fait fur la feconde fuit la même loi, en quittant un ton majeur ; ce font en mufique les détours qu'on fait à l'aigu & au grave.

Tous les changemens de tons peuvent donc s'exprimer par les 5 points fuivans...

1°. Ligne droite de quarte.

2°. Ligne droite de quinte.

3°. Détours.

4°. Changement de mode.

5°. Sauts.

64. Partons à préfent d'un ton quelconque, & fuivons douze fois la dictée

du premier point ; nous reviendrons à notre premier ton après avoir paſſé par tous les tons ſemblables, & nous aurons fait la chaîne la plus naturelle, le cercle des 12 tons majeurs ou des douze tons mineurs. Nous aurons le même cercle, en ſuivant 12 fois la dictée du ſecond point.

Pour avoir une chaîne naturelle la plus générale poſſible, le cercle des 24 tons, il faut en partant d'un ton quelconque ſuivre 24 fois la dictée du troiſieme point, & dire chaque fois détour au grave ſur la ſixte; on reviendra au premier ton, après avoir paſſé par tous les tons majeurs & mineurs.

On peut auſſi faire le cercle des 24 tons, en mêlant enſemble le deuxieme & quatrieme point, partant d'un ton majeur & diſant alternativement change-ment de mode & majeur de la quinte.

65. Il faut répéter ſouvent ces chaînes de tons, & prononcer chaque fois les intonations ſur l'inſtrument : la ſuite na-

turelle des confonnances n'eft pas indifférente ; elle exerce l'oreille & peut lui plaire, fi la marche de la baffe eft bien ordonnée avec celle des notes de l'harmonie, fi les pofitions fe fuccedent naturellement, & fi les temps de la mefure font un peu embellis & variés fuivant les articles 41, 42, 43 & 44.

66. Dans la fucceffion des harmonies liées entre elles il n'eft pas arbitraire de dire *ut mi fol*, *mi fol ut* ou *fol ut mi* ; après avoir dit *fa la ut*, la pofition *mi fol ut* eft la plus naturelle ; difant ainfi la feconde harmonie, deux fons de la premiere defcendent de ton, de demi-ton, & font un chant fimple de gamme, le chant *la fol*, *fa mi* : *fa ut* eft une baffe très-bien ordonnée dans la fucceffion de ces deux harmonies, fi le *fa* eft d'une octave plus grave que fon harmonie, & fi l'*ut* eft d'une quinte plus aigu que le *fa*.

Après avoir dit *fol fi ré*, la pofition *fol ut mi* eft la plus naturelle ; difant

ainſi la ſeconde harmonie, deux ſons de
la premiere montentde demi-ton, de
ton, & font un chant ſimple de gamme,
le chant *ſi ut*, *ré mi* : *ſol ut* eſt une
baſſe très-bien ordonnée dans la ſucceſ-
ſion de ces deux harmonies, ſi le *ſol*
eſt d'une octave plus grave que ſon
harmonie, & ſi l'*ut* eſt d'une quinte
plus grave que le *ſol*.

Ut mi ſol ſuit naturellement la conſonnance de *ſol* prononcée dans la poſition *ſi ré ſol*.

67. Les premieres notes ne figurent
pas toujours bien à la baſſe dans la ſuc-
ceſſion des harmonies : toutes les trois
notes ſont néceſſaires pour la marche
des conſonnances; la baſſe ordonnée ne
va pas toujours comme l'harmonie, la
même note ſert ſouvent de baſſe à deux
& à trois harmonies différentes; une autre
fois les notes de la baſſe montent ou
deſcendent d'un ton, d'un demi-ton, d'une
tierce, tandis que l'harmonie marche par
quarte ou par quinte. La chaîne harmo-

nique la mieux ordonnée eft celle dan^s laquelle les notes de la baffe ont une marche oppofée à celle des notes de l'harmonie ; fi ces dernieres defcendent, les notes de la baffe doivent monter ; & fi celles - ci defcendent , les notes de l'harmonie qui marchent , doivent monter.

68. Prononçant la chaîne des confonnances fur l'inftrument , il faut éviter les fons les plus aigus & les fons les plus graves ; les trois octaves de *fa* qui compofent avec un *fol* aigu l'étendue des voix, font l'étendue naturelle du difcours harmonique.

La baffe & l'harmonie peuvent être dans la même octave, mais leur plus grand éloignement eft indiqué par l'intonation du corps fonore qui comprend 3 fons à la diftance de 1, 12 & 17; le plus grave eft éloigné du plus aigu de deux octaves & d'une tierce.

Approchant la baffe & l'harmonie, le rapport naturel fe fortifie ; on l'affoiblit, fi on les éloigne.

Dans la marche harmonique il vaut mieux interrompre la fuite naturelle des positions, & mal ordonner la baffe, que d'y mêler des fons trop aigus ou trop graves; d'ailleurs on peut éviter les extrêmes de l'inftrument, en répétant une confonnance & baiffant la position; répétant la note de baffe, on peut lui fubftituer un uniffon plus aigu.

Si les deux mains s'approchent de trop près, il faut encore interrompre la fuite naturelle des positions, ou répéter la note de baffe & lui fubftituer un uniffon plus grave, ou répéter la confonnance & hauffer fa position.

69. Poffédant ces remarques fur le choix des positions harmoniques & fur la maniere de bien ordonner la baffe, le Lecteur voudra peut-être recommencer l'article 64, & effayer fur fon inftrument les chaînes générales avec la baffe & les positions ordonnées; je vais feconder fon envie avec les exemples fuivans...

1°. *Ligne*

1°. *Ligne droite de quinte , chaîne naturelle des 12 tons majeurs prononcés par leurs intonations, la baſſe ordonnée avec les poſitions de l'harmonie.*

TᴏɴɪQᴜᴇꜱ.	Bᴀꜱꜱᴇꜱ.	Cᴏɴꜱᴏɴɴᴀɴᴄᴇꜱ.		
Ut.........	*ut*....	*ſol*	ut	*mi.*
Sol.......	*ré*....	ſol	*ſi*	*ré.*
Ré.......	*ré*....	*fa-dieze*	*la*	ré.
La........	*mi.*...	*mi*	*la*	*ut-d.*
Mi........	*mi.*...	mi	*ſol-d.*	*ſi.*
Si........	*fa-d.*.	ré-d.	*fa-d.*	ſi.
Fa-dieze....	*fa-d.*.	ut-d.	fa-d.	*la-d.*
Ut-d......	*ſol-d.*..	ut-d.	*mi-d.*	*ſol-d.*
{ Sol-d.....	*ſol-d.*.	.	.	.
{ La-bémol..	*la-b*...	ut	*mi-b.*	la-b.
Mi-b......	*ſi-b*...	*ſi-b.*	mi-b.	*ſol.*
Si-b......	*ſi-b.*...	ſi-b.	*ré*	*fa.*
Fa........	*ut*....	*la*	ut	ſa.
Ut.......	*ut*....	*ſol*	ut	*mi.*

Je conſerve le caractere du fond du livre pour la premiere & principale note

E

des confonnances , tandis que les deux autres font écrites en italique. Dans les exemples fuivans le même caractere diftinguera les principales notes harmoniques, toutes les fois qu'il y aura choix & mêlange de pofitions.

2°. *Ligne droite de quarte , chaîne naturelle des* 12 *tons majeurs prononcés par leurs intonations, la baffe ordonnée avec les pofitions de l'harmonie.*

TONIQUES. BASSES. CONSONNANCES.

TONIQUES	BASSES	CONSONNANCES		
Ut......	ut...	*mi*	*fol*	ut.
Fa......	*la*....	fa	*la*	ut.
Si-bémol..	*fi-b*..	ré	*fa*	fi-b.
Mi-b....	*fol*...	mi-b.	*fol*	*fi-b.*
La-b.....	*la-b*..	*ut*	*mi-b.*	la-b.
Ré-b....	*fa*...	ré-b.	*fa*	*la-b.*
Sol-b.....	*fol-b*..	*fi-b.*	*ré-b.*	fol-b.
Ut-b.....	*mi-b*...	ut-b.	*mi-b.*	*fol-b.*
⎧ Fa-b.....	*fa-b*..	.	.	.
⎨ Mi.......	*fol-d*..	*fi* mi *fol-d.*		mi *fol-d. fi.*
La........	*la, la*..			ut-d. *mi* la.
Ré......	*fa-d.*			ré *fa-d. la.*
Sol.......	*fol*..			*fi* ré fol.
Ut........	*ut*..			ut *mi fol.*

Cette marche engendre les *bémols :*
arrivé en *fabémol*, je me repofe un peu
fur la baffe, puis je métamorphofe les 8
bémols en 4 *diezes ;* je répete l'intonation
de *mi* pour remonter la pofition ; en *la*
je répete auffi la baffe, la feconde fois
je la frappe à une octave plus haut, pour
rapprocher la main gauche de la droite,
car au ton précédent il falloit dire *fol-
dieze* au grave, pour aller en fens contraire
avec les notes de l'harmonie.

3°. *Ligne droite de quinte, chaîne
naturelle des* 12 *tons mineurs prononcés par leurs intonations, la baffe
ordonnee avec les pofitions de l'harmonie.*

Toniques.	Basses.	Consonnances.		
La........	*la*......	ut	*mi*	la.
Mi........	*mi*.....	fi	mi	*fol.*
Si........	*fa-dieze*..	ré	*fa-d.*	fi.
Fa-dieze...	*fa-d*....	utd.	fa-d.	*la.*
Ut-d.....	*mi*.....	mi	*fol-d.*	ut-d.
Sol-d.....	*fi*......	ré-d.	fol-d.	*fi.*

E ij

TONIQUES.	BASSES.	CONSONNANCES.
Ré-d.....	la-d..	fa-d. la-d. ré-d.
La-d......	la-d..	mi-d. la-d. ut-d.
Mi-d.....	ſi-d...	
Fa........	ut....	fa. la-b. ut.
Ut........	ut....	mi-b. ſol ut.
Sol.......	ſol....	ré ſol ſi-b.
Ré........	la....	ré fa la.
La........	la....	ut mi la.

Ici la marche de la baſſe n'eſt pas
uniforme. La main droite évite la pente
naturelle vers le grave, jettant 3 fois à
l'aigu la note commune aux deux harmonies.

4°. *Ligne droite de quarte , chaîne
naturelle des 12 tons mineurs prononcés par leurs intonations, la baſſe
ordonnée avec les poſitions de l'harmonie.*

TONIQUES.	BASSES.	CONSONNANCES.
La.......	la....	ut mi la.
Ré.......	la....	ré fa la.

TONIQUES.	BASSES.	CONSONNANCES.
Sol.......	*fol*....	*ré* fol *fi-b.*
Ut........	*fol*....	*mi-b. fol* ut.
Fa........	*fa*....	ut fa *la-b.*
Sib........	*fa*....	*ré-b. fa* fi-b.
Mi-b......	*mi b.*.	mi-b. *fol-b. fi-b.*
La-b......	*mi-b.*.	mi-b. la-b. *ut-b.*
{ Ré-b......	*ré-b*...	. . . .
{ Ut-d......	*ut-d* ..	*mi fol-b.* ut-d.
Fa-d......	*ut-d.*..	ut-d. fa-d. *la.*
Si.........	*fi*.....	*ré. fa-d.* fi.
Mi.......	*fi*.....	*fi* mi *fol.*
La........	*la*....	ut *mi* la.

La baffe defcend après avoir fervi à deux tons ; les fons de l'harmonie montent naturellement , mais jettant 3 fois au grave la note commune à deux intonations , la même pofition mife dans la même octave commence & finit la marche.

5°. *Changement de mode & ligne de quinte, chaîne générale des 24 tons prononcés par leurs intonations, la*

*baſſe ordonnée avec les poſitions de
l'harmonie.*

TONIQUES.	BASSES.	CONSONNANCES.
Ut........	ut....	ſol　ut　mi.
Ut........	ut....	ſol　ut　mi-b.
Sol........	ré....	ſol　ſi　ré.
Sol........	ré....	ſi-b. ré　ſol.
Ré.......	ré....	la　ré　fa-d.
Ré.......	ré....	la　ré　fa.
La.......	mi....	la　ut-d.　mi.
La.......	mi....	ut　mi　la
Mi.......	mi....	ſi　mi　ſol-d.
Mi.......	mi....	ſi　mi　ſol.
Si........	fa-d..	ſi　ré-d.　fa-d.
Si........	fa-d...	ré　fa-d.　ſi.
Fa-dieze...	fa-d..	ut-d.　fa-d.　la-d.
Fa-d.......	fa-d...	ut-d.　fa-d.　la.
Ut d.......	ſol-d...	ut-d.　mi-d.　ſol-d.
Ut-d......	ſol-d..	mi.　ſol-d.　ut-d.
{ Sol-d.....	ſol-d...	.　.　.　.
{ La-bémol.	la-b...	mi-b.　la-b.　ut.
La-b......	la-b...	mi-b.　la-b.　ut-b.
Mi-b......	ſi-b...	mi-b.　ſol.　ſi-b.
Mi-b......	ſi-b...	ſol-b.　ſi-b.　mi-b.
Si-b......	ſi-b...	fa　ſi-b.　ré

TONIQUES.	BASSES.	CONSONNANCES.		
Si-b......	*ſi-b*...	*fa*	ſi-b.	*ré-b.*
Fa.......	*ut*....	fa	*la*	*ut.*
Fa.......	*ut*....	fa	*la-b.*	ut.
Ut.......	*ut*....	*mi*	*ſol.*	ut.

Dans cette chaîne je contrarie encore la marche naturelle des poſitions ; je jette par fois à l'aigu la note commune aux deux intonations voiſines ; par ce moyen les deux mains montent , en obſervant pourtant la regle du ſens contraire (art. 67.) : pour éviter le trop aigu & le trop grave , je prononce la premiere intonation ſur le milieu du clavier , mettant la baſſe le plus près poſſible de l'harmonie.

6°. *Détour à la ſixte , chaîne générale des 24 tons prononcés par leurs intonations , la baſſe ordonnée avec les poſitions de l'harmonie.*

TONIQUES.	BASSES.	CONSONNANCES.		
Ut.......	*ut*....	*mi*	*ſol*	ut.
La.......	*ut*....	*mi*	la	*ut.*

TONIQUES.	BASSES.	CONSONNANCES.		
Fa.........	la....	fa	la	ut.
Ré........	la....	fa	la	ré.
Si-bémol..	si-bémol.	re	fa	si-b.
Sol.......	si-b...	ré.	sol	si-b.
Mi-b......	sol....	mi-b.	sol	sib.
Ut........	sol....	mi-b.	sol	ut.
La-b.....	la-b...	ut	mi-b.	la-b.
Fa.......	la-b...	ut	fa	la-b.
Ré-b.....	fa....	ré-b.	fa	la-b.
Si-b.....	fa....	ré-b.	fa	si-b.
Sol-b....	sol-b..	si-b.	re-b.	sol-b.
Mi-b.....	sol-b..	si-b.	mi-b.	sol-b.
Ut-b.....	mi-b...	ut-b.	mi-b.	sol-b.
La-b.....	mi-b..	ut-b.	mi-b.	la-b.
{ Fa-b......	fa-b..	.	.	.
{ Mi	mi....	sol-d.	si	mi.
Ut-dieze..	mi....	sol-d.	ut-d.	mi.
La.......	ut-d...	la	ut-d.	mi.
Fa-d	ut-d...	la	ut-d.	fa-d.
Ré.......	ré....	fa-d.	la	ré.
Si........	ré....	fa-d.	si	ré.
Sol.......	si.....	sol.	si	ré.
Mi.......	si	sol	si	mi.
Ut........	ut....	mi	sol.	ut.

Je fais toujours une pauſe quand je métamorphoſe les *bémols* en *diezes*, ou les *diezes* en *bémols* : ici je m'arrête un peu ſur *fa-bémol* que je nomme enſuite *mi* dans le commencement d'une autre meſure ; par ce moyen je n'apperçois plus la ſuite ; je me crois dans une route toute nouvelle........ Cette précaution eſt eſſentielle pour bien meſurer ces ſortes de tranſitions, & pour faire ſentir leur effet ; car l'oreille & les yeux pourroient ſe tromper, ſi on diſoit de ſuite & ſans interruption un ton *diézé* dans l'ordre des tons *bémoliſés*, ou bien un ton *bémoliſé* dans l'ordre des tons *diézés*.

70. On a encore une autre chaîne générale très-naturelle de tous les 24 tons, ſi on mêle enſemble le ſecond & le troiſieme point ; partant d'un ton majeur, d'*ut* par exemple, & diſant alternativement détour à l'aigu ſur la tierce & majeur de la quinte, on revient en *ut*, après avoir paſſé par tous les tons

majeurs & mineurs. Cette chaîne de tons
prononcés n'eſt pas indifférente, ſi la baſſe
deſcend toujours *chromatiquement*, (c'eſt-
à-dire, d'un demi-ton) ; elle n'eſt pas
difficile à concevoir, ſi on place la *tranſition*, (c'eſt-à-dire, la métamorphoſe
d'un ton *diézé* en un ton *bémoliſé*, ou
la métamorphoſe d'un ton *bémoliſé* en
un ton *diézé*), toutes les fois que la
tonique ſeroit note *dieze*, de ſorte que
toutes les toniques ſoient ou notes naturelles , ou notes *bémoles*.

Dans cette chaîne ſi on paſſoit par le
relatif au lieu du détour ſur la tierce,
on auroit le même cercle réſerré &
encore une ſuite naturelle de conſonnances ; après 5 tons intermédiaires on
reviendroit au premier ton.

Dans ce cercle réſerré ſi on retranchoit les relatifs, il ne reſteroit que 2
tons intermédiaires , & on auroit une
marche extraordinaire ; 3 fois de ſuite
le ſaut de la tierce produiſant 4 *diezes*

à chaque pas , le troifieme faut par le moyen de la *tranfition* ramene néceffairement le premier ton. L'effet de cette chaîne extraordinaire eft étonnant , fi on répete plufieurs fois chaque intonation variant les pofitions & les baffes. Dans notre exemple après avoir prononcé & répété *ut* , *mi fol* , *fol ut mi* & *mi fol ut* pour les baffes *ut* , *mi* & *fol* , il faut s'arrêter fur la premiere pofition *ut mi fol* & fur la baffe *mi* (la tierce ou le milieu de l'harmonie) ; alors pour avoir l'intonation fuivante, il ne faut changer que le fon le plus grave & le fon le plus aigu de l'harmonie , baiffant d'un demi-ton le premier & hauffant le dernier d'un demi-ton, fans y toucher à la baffe , & on aura pour le premier faut de tierce *fi mi foldieze* la tonique *mi* à la baffe : continuant la chaîne extraordinaire , il faut prononcer plufieurs fois l'intonation de *mi* , varier les pofitions de l'harmonie vers l'aigu & vers le grave,

donner fucceffivement tous les fons de
la nature à la baffe , s'arrêter enfin fur
la pofition *mi fol-dieze fi* & fur la baffe
fol-dieze, dire pour le faut fuivant *ré-dieze*
fol-dieze fi-dieze confervant la même baffe
fol-dieze : ici il faut placer la *tranfition*
& dire , en répétant l'intonation , *mi-*
bémol la-bémol ut , s'arrêter fur la pofition *la-bémol ut mi-bémol* , & fur la
baffe *ut* , dire pour le troifieme & dernier
faut *fol ut mi* , en confervant la baffe
ut.

71. Le troifieme & le quatrieme point
répétés 4 fois donnent auffi une chaîne
naturelle , un cercle réferré de 8 tons
dont la fuite des fimples intonations n'eft
pas fans mérite ; partant d'un ton majeur
& difant alternativement relatif , changement de mode , on revient par une
marche uniforme au premier ton, après
avoir paffé par 7 tons intermédiaires.

Dans ce cercle réferré fi on retranchoit
les relatifs , il ne refteroit que 3 tons in-

termédiaires , & on auroit une marche
extraordinaire , 4 fois de fuite le faut de
la fixte, produifant 3 *diezes* à chaque
pas , le quatrieme faut par le moyen de
la *tranfition* tombe néceffairement fur le
premier ton.

Prononçant fur le *clavecin* la fuite
d'intonations de cette chaîne , chacun
pourra de lui-même ordonner la baffe
avec les pofitions des harmonies ; fon
oreille fera fatisfaite de tous les choix.

72. Etant familiarifé avec ces chaînes
de tons prononcés , on trouvera aifément
les intermédiaires entre 2 tons donnés :
partant d'un ton on arrivera de 4 manieres à un autre quelconque ; du naturel,
par exemple , on arrivera à tous les 7
diezes ; 1°. par gradation , en prenant le
grand chemin & changeant 7 fois de ton
fur la quinte ; 2°. en prenant le chemin
naturel le plus court , & paffant feulement par les relatifs pour faire à la fois
4 *diezes* avec le majeur de la quinte ,
& puis encore à la fois 3 *diezes* avec le

changement de mode, (c'eft-à-dire, d'*ut* majeur en *utdieʒe* majeur par *la* mineur, *mi* majeur, & *utdieʒe* mineur); 3°. par une marche extraordinaire, omettant les relatifs & paffant fans intermédiaires du naturel à 4 *dieʒes* par le faut de la tierce, & de 4 *dieʒes* à 7 *dieʒes* par le faut de la fixte, ou bien du naturel à 3 *dieʒes* par le faut de la fixte, & puis de trois *dieʒes* à 7 *dieʒes* par le faut de la tierce, (c'eft-à-dire, d'*ut* majeur en *utdieʒe* majeur par *mi* majeur ou par *la* majeur); 4°. par une marche partie naturelle & partie extraordinaire allant par faut d'*ut* en *la* 3 *dieʒes*, & paffant par le relatif intermédiaire pour faire les 4 *dieʒes* qui reftent à produire pour arriver en *ut-dieʒe*.

D'*ut* on arrivera en *ré-bémol*; 1°. par gradation, en prenant le grand chemin & changeant 5 fois de ton fur la quarte; 2°. en prenant le chemin naturel le plus court, changeant de mode pour avoir tout de fuite 5 *bémols*, & paffant

encore par un ton de 4 *bémols*, (c'est-à-
dire, d'*ut* naturel en *ré-bémol*, 5 *bémols*
par *ut* mineur & par *la-bémol* majeur ou
par *fa* mineur); 3°. par extraordinaire,
passant sans tons intermédiaires du naturel
à 5 *bémols*, par le saut majeur d'un
demi-ton plus haut ; 4°. en interposant le
ton mineur d'*ut* pour avoir une marche
mixte, composée d'un pas naturel d'*ut*
en *ut* mineur, & d'un saut d'*ut* mineur
en *ré-bémol* (*n*).

(*n*) Prononçant sur le *clavecin* les intonations
de ces chaînes de tons, on sera peut - être
surpris d'entendre deux effets si distincts rendus
par la même consonnance ; arrivé en *ré-bémol*,
on se croira être dans un tout autre Pays que
celui d'*ut-dieze* ; mais appercevant que les mêmes
touches rendent la consonnance *ut-dieze m̃ d'eze
sol-dieze* & la consonnance *ré-bémol fa la bémol*,
on ne sera pas tenté de dire que les toniques *ut-
dieze* & *ré-bémol* sont deux sons réellement distincts ; on redoublera l'attention & on remar-
quera que les *diezes* haussent les sons, qu'ils
augmentent à chaque changement dans la marche

D'*ut-dieze* 7 *diezes* on arrivera en *ut-bémol* fept *bémols* par *ut-dieze* mineur, *la-*majeur, *la* mineur, *fa* majeur, *fa* mineur, *ré-bémol* majeur & *fi-bémol* mineur.

Le Lecteur qui a fuivi les exemples précédens, verra bien que cette marche

---

d'*ut* à *ut - dieze ;* que les *bémols* baiffent les fons, & qu'ils augmentent à chaque changement dans la marche d'*ut* à *re-bémol ;* bientôt l'imagination mettra l'Obfervateur en route, cheminant dans le fentier des *diezes*, il s'élevera à chaque pas, & promenera fes regards dans un horifon toujours croiffant ; marchant dans le chemin des *bémols*, un abîme s'ouvrira fous fes pas ; arrivé en *re-bémol*, il fera étonné de l'immenfité profonde, tandis qu'il admirera en *ut-dieze* la clarté brillante & pure d'une étendue infinie.

Après ce double voyage l'Obfervateur ne cherchera plus en Mufique une nouvelle caufe pour chaque nouvel effet ; il foutiendra qu'un même fon peut faire naître des fenfations diverfes, que la maniere d'amener un ton prépare l'effet, que les tons intermédiaires dépaïfent l'oreille & achevent l'illufion.

eft

est naturelle jusqu'au dernier pas qui est extraordinaire, le saut majeur d'un demi-ton plus haut, il trouvera de lui-même les tons intermédiaires des trois autres manieres, & je crois que ces exemples lui suffisent pour arriver par 4 routes à un ton quelconque, sur-tout s'il se dit chaque fois. — Le ton que je quitte a dans sa gamme tant de *diezes* ou tant de *bémols*; celui que je me propose pour but a dans sa gamme tant de *diezes* ou tant de *bémols*; donc il faut que je produise ou que j'efface tant dans sa marche —

73. Mêlant ensemble & répétant les changemens ordinaires & extraordinaires de tous les 5 points de l'article 63, on peut multiplier & varier à l'infini les exemples sur l'enchaînement des tons; le labyrinthe des 24 tons est immense, allant tantôt par quarte, tantôt par quinte, tantôt par détour, tantôt par changement de mode, & tantôt par saut, on peut s'y promener de mille manieres diverses;

F

par exemple , on peut commencer &
dire un changement de chaque point ,
rompre enfuite les lignes droites , tantôt
par un détour, tantôt par un changement
de mode , & tantôt par un faut ; faire
après une marche avec le détour, chan·
geant alternativement à l'aigu fur la feconde , & au grave fur la fixte ; mêler
à celle-ci le changement de mode & des
fauts , &c.

Marchant ainfi au hafard & fans def-
fein , on trouve quelquefois des combinaifons de tons très - heureufes ; faifant
une paufe dans chacun , & prononçant
fon intonation fur l'inftrument, on a une
chaîne de confonnances qui peut inté-
reffer l'oreille , quoiqu'indéterminée &
très-vague , fi on ordonne la baffe avec
les pofitions de l'harmonie , & fi on
anime un peu chaque intonation par la
mefure & par le mouvement.

74. Veut-on plus de fens dans la fuite
des confonnances , il faut ferrer le cercle
des tons & ne pas parcourir dans le même

exemple un si grand espace, ordonner les intonations analogues & voisines pour approcher la chaîne constructive des tons qui entrent dans la composition des morceaux usités en Musique ; bornant l'attention, on peut la captiver ; alors on peut persuader & séduire. On pourroit, *par exemple*, bien captiver l'oreille avec les intonations naturelles des tons majeurs d'*ut*, de *fa*, de *sol*, & avec celles des tons mineurs de *la*, de *ré* & de *mi* ; toutes les six sont voisines & les plus analogues possibles, car toutes sont composées de notes naturelles & ne renferment que des sons d'une même gamme ; mais on ne maîtrise pas l'ame facilement avec une simple chaîne de consonnances, le génie seul pourroit indiquer comment il faudroit les ordonner. Chacun pourtant peut essayer, & fera très-bien s'il cherche tout simplement à plaire à l'oreille ; l'organe une fois charmé, le chemin du cœur est ouvert ; alors le moindre mouvement suffit pour éveiller les passions ; celles-ci excitées & calmées à propos, on difpofe du fentiment.

75. Si le Lecteur eft mécontent de fa tentative, je vais lui donner du fecours, & s'il en étoit fatisfait, il ne fera peut-être pas fâché de l'abondance de biens.

1°. Des 6 tons analogues fpécifiés ci-deffus, le ton majeur d'*ut* en eft le principal ; il domine fur les 5 autres, s'il concoure avec eux pour former une chaîne ; car fi le ton de *fa* ou celui de *ré* dominoit, il y auroit un *bémol* dans la gamme ; par conféquent, les confonnances *fol fi ré* & *mi fol fi* ne pourroient plus concourir pour la formation de la chaîne propofée ; fi le ton de *fol* ou celui de *mi* dominoit, il y auroit un *dieze* dans la gamme, & par conféquent exclufion d'intonations des tons *fa* & *ré.* Si le ton *la* dominoit, il en faudroit une confonnance qui renfermât fa fenfible *fol-dieze* (art. 53.) ; mais fi le ton *ut* domine, les intonations des 5 autres peuvent coopérer à la même chaîne, fans altérer les fons de fa gamme.

Ut comme principal terminera le fens muſical ; après les 5 autres tons analogues on placera les virgules , les points & virgules & les deux points. La conſonnance d'*ut* eſt la feule qui puiſſe être nommée *intonation* dans l'exemple des conſonnances analogues ſpécifiées ; terminant le fens , elle figure pour le point; celle de *ſol* fera nommée conſonnance de la quinte , & figurera pour un répos de deux points, ſi elle termine une phraſe ou une portion de fens ; celles de *fa* & de *la* feront les conſonnances de la quarte & de la ſixte , & figureront pour des repos du point & virgule , ou pour des repos ſuſpenſifs , ſi elles terminent une phraſe ; celles de *ré* & de *mi*, au lieu d'être nommées intonations des détours de feconde & de tierce , feront tout ſimplement nommées conſonnances de feconde & de tierce , & ne pourront figurer que comme repos de virgule.

2°. La conſonnance de la quinte *ſol* doit précéder immédiatement le repos final *ut mi fol*, car les changemens de tons peuvent être regardés comme des fatigues : or, fi les confonnances de la tierce *mi* ou de la fixte *la* précédoient, il n'y auroit qu'une note de changée (art. 55.), & par conféquent la fatigue feroit trop petite pour exiger un repos final. Si la confonnance de la feconde *ré* précédoit, toutes les 3 notes feroient changées felon le même article, & par conféquent la fatigue feroit trop grande pour amener un bon repos. Si au contraire la confonnance de la quinte *fol* précede , un fon eft confervé, & il y a une oppofition avec les deux principaux fons du repos ; par conféquent la fatigue n'eft ni trop petite, ni trop grande, mais fuffifante pour amener le repos : c'eft peut-être par cette raifon que la quinte eft furnommée *dominante* en Mufique ; quoi qu'il en foit, je dirai confonnance de dominante toutefois que la confonnance de quinte amene immédiatement le repos final. Si la confonnance de la quarte *fa* précédoit, il n'y auroit également qu'un feul fon commun, mais ce feroit la tonique, le principal fon du repos, & par conféquent on n'auroit qu'une finale incomplette.

3°. La principale confonnance *ut mi fol* n'eft pas toujours repos final, quoiqu'amenée par la confonnance de la dominante *fol*, il faut de plus que la tonique *ut* termine la baffe & qu'elle foit amenée par la quinte *fol*, premiere note de fa confonnance.

4°. Chaque confonnance analogue, formant repos intermédiaire, peut être amenée par les 4 autres & même par la principale.

5°. L'intonation pour l'ordinaire commence & finit le fens mufical ; elle termine auffi la plupart des phrafes intermédiaires & fépare fouvent les autres.

6°. La derniere phrafe du fens mufical n'eft pas toujours fimple ; fouvent la confonnance de la dominante *fol* eft précédée d'une, de deux, de trois & même de toutes les quatre confonnances analogues pour amener le repos final dans une double, triple, quadruple ou quintuple phrafe ; par fois l'intonation commence & finit la derniere phrafe, & concoure avec toutes les 5 confonnances analogues pour ramener le repos final dans une phrafe progreffive. Un exemple de chacune de ces efpèces de phrafes pourroit peut-être encourager le Lecteur déja un peu dégoûté de fes propres tentatives : je vais tâcher de le ramener ; ayant un fonds il hafardera davantage. J'indiquerai les confonnances analogues avec leurs premieres & principales notes, qui peuvent en même temps lui fervir de baffes ; s'il étoit tenté d'effayer ces phrafes fur fon inftrument, il voudra bien fe charger d'ordonner les pofitions des harmonies, & embellir le tout avec une mefure.

Exemples de phrafes finales produites

par les confonnances analogues à l'intonation du ton majeur d'UT.

Sol, confonnance de
    dominante,
Ut, intonation.
} Phrafe fimple.

Ré, conf. de feconde,
Sol, conf. de dominante,
Ut, intonation.
} Phrafe double.

La, conf. de la fixte,
Fa, conf. de la quarte,
Sol, conf. de dominante,
Ut, intonation.
} Phrafe triple.

La, conf. de fixte,
Fa, conf. de quarte,
Ré, conf. de feconde,
Sol, conf. de dominante,
Ut, intonation.
} Phtafe quadruple.

La, conf. de fixte,
Mi, conf. de tierce,
Fa, conf. de quarte;
Ré, conf. de feconde,
Sol, conf. de dominante,
Ut, intonation.
} Phrafe quintuple.

Ut, intonation,
Sol, conf. de quinte,
La, conf. de fixte,
Mi, conf. de tierce,
Fa, conf. de quarte;
Ré, conf. de feconde,
Sol, conf. de dominante,
Ut, intonation.

> Phrafe progreffive.

7°. Les phrafes intermédiaires peuvent auffi être compofées ou progreffives, à la volonté du Producteur.

8°. Les repos intermédiaires ont les mêmes nuances que le repos final; les confonnances qui les précedent & les amenent immédiatement, ont également une ou deux notes communes avec eux, ou bien elles demandent pour repos trois notes nouvelles. Le repos figure pour la moindre virgule, fi la confonnance analogue & appellante qui le précede, en eft éloignée d'une tierce; il figure pour 2 points, pour la virgule fufpenfive ou interrogative, fi elle en eft éloignée feulement

d'un *ton* ou d'un *demi-ton* ; & il fert
de point toutefois qu'elle en eft éloignée
d'une quarte qui eft la plus grande diftance d'une confonnance analogue à fon
repos, car la quinte à l'aigu eft la même
chofe que la quarte au grave, & la fixte
à l'aigu fe confond avec la tierce au
grave, &c. La marche de la baffe varie
encore ces nuances de repos ; les premieres notes des confonnances les augmentent; les fecondes & troifiemes notes
les affoibliffent ; ainfi on peut répéter
plufieurs fois la même phrafe, fans fatiguer l'oreille : répétant, *par exemple*, 7
fois la phrafe fimple fpécifiée ci-deffus,
les nuances feront difparoître la monotonie des continuelles *fol fi ré*, *ut mi
fol*, fi la baffe dit la premiere fois *ré
mi*, *ré ut* la feconde fois, *fa mi* la troifieme fois, *fi ut* la quatrieme fois, *fol mi*
la cinquieme fois, & *fol fol* la fixieme
fois, & *fol ut* la feptieme & derniere
fois.

9°. Mefurant la chaîne des confonnances analogues , il faut commencer les mefures avec les intonations & avec les confonnances repos ; les temps en levant font pour la fatigue. Faifant par fois fuccéder quelques confonnances fans intention de phrafe , il faut leur donner à chacune la même durée de mefure ou de temps.

76. Le Lecteur *Difciple* voudra fans doute recommencer à préfent , & ordonner une feconde fois les 6 confonnances analogues pour en faire un difcours. S'il étoit curieux de favoir auparavant comment je les ordonne moi-même , il pourroit confulter l'exemple fuivant. La premiere colonne renferme la fuite des baffes ; dans la feconde j'indique l'ordre & la répétition des confonnances analogues. Je n'ai pas invoqué le génie, j'ai feulement mis en exemples les notions de l'article précédent.

Prononçant mon exemple fur l'inftru-

ment, le *Difciple* fe rappellant les notions des articles 41, 42, 43, 44, 66,
67 & 68, peut exercer fon goût & fon
génie en ordonnant lui - même les pofitions des harmonies avec les baffes, en
ajoutant la mefure & le mouvement : je
le prie feulement d'obferver la ponctuation que j'ai mife à côté des notes de
baffes.

*Chaîne ordonnée des fix confonnances
analogues ut mi fol, ré fa la, mi fol
fi, fa la ut, fol fi ré & la ut mi.*

BASSES. NOMS DES CONSONNANCES.

Ut,... intonation, confonnance principale.
Sol,.. confonnance de quinte.
Ut;.. conf. principale.
Sol:.. conf. de quinte.
La... conf. de quarte.
Sol,.. conf. principale.
Fa... conf. de feconde.
Mi,.. conf. principale.

BASSES. NOMS DES CONSONNANCES.

Ré... confonnance de quinte.
Ut,.. conf. principale.
Sol:.. conf. de quinte, *repos*
Mi,.. conf. de la tierce.
Mi.. conf. de la fixte.
Mi,.. conf. de la tierce.
Fa... conf. de feconde.
Mi,.. conf. de fixte.
Fa... conf. de feconde.
Sol,.. conf. principale.
Sol... conf. de quinte.
La;... conf. de quarte, *repos fufpenfif.*
Si... conf. de quinte.
Ut,.. conf. principale.
Fa... conf. de quarte.
Sol. . conf. de dominante.
Ut.— conf. principale, *repos final.*
La,.. conf. de fixte.
La... conf. de feconde.
La... conf. de fixte.
Sol,.. conf. de tierce.
Fa... conf. de feconde.

BASSES. NOMS DES CONSONNANCES.

Mi;.. confonnance principale.
Si... conf. de quinte.
Ut... conf. principale.
Sol:.. conf. de quinte, *repos.*
Ut .. conf. principale.
Sol... conf. de quinte.
La... conf. de fixte.
Mi... conf. de tierce.
Fa... conf. de quarte.
Ut;.. conf. principale.
Ré.... conf. de feconde.
La,.. conf. de fixte.
La... conf. de feconde.
La... conf. de fixte.
Sol,.. conf. de tierce.
Fa.... conf. de feconde.
Mi,.. conf. principale.
Fa.... conf. de feconde.
Sol,.. conf. principale.
Sol... conf. de quinte.
La;.. conf. de fixte, *repos fufpenfif.*
Mi,.. conf. principale.

BASSES. NOMS DES CONSONNANCES.

Fa.... confonnance de feconde.
Sol,.. conf. principale.
Sol... conf. de dominante.
Ut.— conf. principale, *repos final.*

77. Les 6 tons fpécifiés (art. 74.) ne
font pas les feuls qui puiffent être ordonnés en chaîne conftructive ; chaque
ton peut être regardé comme principal ,
& chaque principal a fes analogues qui
font en général tous les tons dont l'intonation ne renferme que des fons de fa
gamme ; par conféquent, les analogues
d'un ton majeur font les changemens
naturels de fa feconde, de fa tierce, de
fa quarte , de fa quinte & de fa fixte ,
c'eft-à-dire, les tons majeurs de fa quarte
& de fa quinte, avec les tons mineurs
de fa fixte, de fa tierce & de fa feconde.
Les analogues d'un ton mineur font également les changemens naturels de fa
tierce, de fa quarte, de fa quinte, de
fa

fa fixte & de fa feptieme, c'eft-à-dire, les tons mineurs de fa quarte & de fa quinte, avec les tons majeurs de fa tierce, de fa fixte & de fa feptieme.

Le ton majeur de la quinte eft auffi un ton très-analogue aux tons mineurs, car l'exception de la note fenfible pour la feptieme eft tellement ufitée aujourd'hui dans leurs gammes, qu'on peut la regarder comme une note effentielle au mode mineur; la fenfible par exception précede toujours la tonique ou l'octave finale (art. 53.); donc la confonnance majeure de la quinte doit précéder immédiatement la confonnance principale dans les phrafes finales (art. 75.); parmi les confonnances analogues à une intonation mineure, c'eft elle qui eft nommée confonnance de dominante.

78. Les intonations analogues ne font pas toutes néceffaires pour former une chaîne conftructive, la confonnance de la dominante avec la principale fuffit pour faire un morceau; la même phrafe

G

harmonique répétée pour différentes baffes peut exprimer tous les repos néceffaires pour compléter le fens muſical. L'exemple fuivant dicté comme le précédent en eſt une preuve...

Conſtruction des deux conſonnances analogues , la ut mi & mi ſol-dieze ſi ordonnées.

Basses. Noms des Consonnances.

La,.. intonation mineure de *la.*
Mi,.. conſonnance majeure de quinte.
La;.. conſ. principale.
Sol-d. conſ. majeure de la quinte.
La,.. conſ. principale.
Si... conſ. majeure de la quinte.
La,.. conſ. principale.
Sol-d. conſ. majeure de la quinte.
La,.. conſ. principale.
Mi:... conſ. de dominante.
Mi.. conſ. principale.
Mi.— conſ. de dominante, *repos.*
Ut;.. conſ. principale.

BASSES. NOMS DES CONSONNANCES.

Si... confonnance majeure de la quinte.

La,.. conf. principale.

Mi.. conf. majeure de la quinte.

Ut,.. conf. principale.

Si... conf. majeure de la quinte.

La,.. conf. principale.

Sol-d.: conf. de dominante, *repos.*

Si... conf. majeure de la quinte.

Ut,.. conf. principale.

Si... conf. majeure de quinte.

Ut(o), conf. principale.

Si... conf. majeure de quinte.

La;.. conf. principale.

Mi.. conf. principale.

Mi.. conf. de dominante.

La.— conf. principal, *repos final.*

(o) Ici comme dans l'écriture de tout langage, la virgule eſt répétée; elle ſépare des mots & des phraſes; elle indique des repos différens, ſenſibles par fois & ſouvent preſqu'imperceptibles, mais diſtinguant toujours quelques parties

79. Ajoutant aux deux confonnances analogues de l'exemple précédent celle de la quarte, toutes les notes de la gamme peuvent entrer dans la marche de la baſſe, & le ſens en ſera plus complet : voici un exemple, je l'écris toujours

---

du difcours ; les autres marques de la ponctuation, le point, le point & virgule avec les deux points ſervent auſſi pluſieurs fois dans le même morceau ; chacun indique également des repos plus ou moins grands, ſelon qu'il termine des parties plus ou moins complettes. Je n'emploie que ces quatre ſignes ; ils ſuffiſent pour éclaircir le ſens de toute conſtruction harmonique. Si on les altère pour multiplier les marques de la ponctuation dans l'écriture de la langue parlée, c'eſt que l'expreſſion de celle - ci eſt plus articulée & plus déterminée que l'expreſſion du langage des ſons, le ſens de la Muſique eſt toujours un peu vague & générique ; les ſons captivent tous les ſens, agitent le cœur & l'ame, mettent toutes les paſſions en mouvement ; l'imagination de l'Auditeur particulariſe & ajoute la parole qui ſeule peut développer les nuances & les gradations de nos facultés phyſiques & morales.

de la même maniere ; je choifis pour cette fois les intonations de *mi* mineur, de *la* mineur & de *fi* majeur ; par conféquent la confonnance *mi fol fi* fera principale, *fi ré-dieze fa-dieze* fera la confonnance de la dominante, & *la ut mi* fera confonnance de la quarte ; la baffe fera compofée des notes de la gamme mineure de *mi*.

Conftruction de trois confonnances analogues.

Basses. Noms des Consonnances.

Mi, .. intonation mineure de *mi*.
Mi ... confonnance de la quarte.
Mi, .. conf. principale.
Ré-d.. conf. majeure de la quinte.
Mi, .. conf. principale.
La ... conf. de la quarte.
Mi, .. conf. principale.
Si ... conf. majeure de la quinte.
Mi, .. conf. principale.
Fa-d.. conf. majeure de la quinte.

G iij

BASSES. NOMS DES CONSONNANCES.

Sol,.. confonnance principale.
La... conf. de la quarte.
Si :.. conf. de la dominante, *rep*
Sol,.. conf. principale.
La... conf. de la quarte.
Sol,.. conf. principale.
Fa-d. conf. majeure de la quinte.
Mi,.. conf. principale.
La... conf. de la quarte.
Si,.. conf. principale.
Si... conf. de la dominante.
Ut ;.. conf. de la quarte, *fufpenfion*.
Ré-d. conf. majeure de la quinte.
Mi,.. conf. principale.
La... conf. de la quarte.
Si... conf. de la dominante.
Mi.— conf. principal, *repos final*.

80. L'intonation de la fixte concourt auffi très-fouvent avec les deux analogues de l'article (78) ; le fens que peut faire la confonnance principale amenée par

celle de la dominante, eſt plus complet,
ſi la conſonnance de la ſixte ſollicite auparavant le repos ſur la dominante, &
ſi elle ſuſpend le repos final après la
même dominante ; dans l'exemple ſuivant
la conſonnance de la ſixte ſollicite le repos
ſur la dominante , ſuſpend le repos final ,
de plus elle concourt avec les conſonnances de quarte & de dominante , pour
appeller le repos final dans une triple
phraſe. L'intonation de *ré* mineur eſt
principale ; les deux conſonnances de la
quinte , la majeure & la mineure ſont
employées.

Conſtruction des conſonnances analogues
les plus uſitées.

Basses. Noms des Consonnances.

Ré,.. intonation mineure de *ré*.
Sol... conſonnance de la quarte.
Ré,.. conſ. principale.
La... conſ. majeure de la quinte.
Ré ;.. conſ. principale.

BASSES. NOMS DES CONSONNANCES.

Sol... confonnance de la quarte.

Fa,.. conf. principale.

Mi... conf. majeure de la quinte.

Ré,.. conf. principale.

Si-b.. conf. de la fixte.

Sol... conf. de la quarte.

La... conf. de dominante.

Ré.— conf. principale, *repos.*

Ré,.. conf. principale.

Ré.... conf. de la quarte.

Ré.... conf. principale.

Ut-d.; conf. majeure de la quinte.

Ré.... conf. principale.

Ut.... conf. mineure de la quinte.

Si-b. conf. de la fixte.

La:.. conf. majeure de quinte, *repo.*

Fa,.. conf. principale.

Mi.. conf. majeure de la quinte.

Ré.... conf. principale.

Sol;.. conf. de la quarte.

Ut-d. conf. majeure de la quinte.

Ré,.. conf. principale.

BASSES. NOMS DES CONSONNANCES.

Mi... confonnance majeure de la quinte.
Fa;.. conf. principale.
Sol... conf. de quarte.
La.... conf. principale.
La.... conf. de dominante.
Si-b.; conf. de la fixte, *fufpenfion.*
Sol.. conf. de la quarte.
La,.. conf. principale.
La... conf. de la dominante.
Ré.— conf. principale, *repos final.*

81. La conftruction de la chaîne des tons ordonnés n'eft pas toujours auffi fimple; la baffe ne chante pas toutefois la même gamme d'un but à l'autre; le même morceau peut avoir plufieurs intonations principales. Souvent après quelques mefures la premiere intonation change; des tons intermédiaires fe fuccedent, fe mêlent avec le premier; tantôt la premiere intonation termine le morceau, & tantôt un ton nouveau fait la clôture;

par-tout les confonnances analogues peuvent fe fuccèder, phrafer, & amener les repos.

Dans l'exemple fuivant le même ton commence & finit, c'eft le ton majeur d'*ut*; les tons analogues *ré*, *mi*, *fa*, *fol* & *la* deviennent tour à tour principales intermédiaires; le premier ton reparoît de temps en temps, & avertit l'oreille de l'intonation principale; les tons intermédiaires font auffi répétés, treize confonnances font employées; la premiere & principale intonation *ut mi fol* devient fixte & dominante; la feconde *fol fi ré* eft tour à tour dominante & principale intermédiaire, elle fait auffi une fois repos de tierce; la confonnance *fa la ut* ne figure qu'en *ut* & en *fa*; *la ut mi* eft employée comme fixte, comme quinte, comme quarte & comme principale intermédiaire; *ré fa la* eft tantôt confonnance de feconde, tantôt confonnance de quarte, & trois fois principale intermédiaire; *mi fol fi* eft d'abord principale intermédiaire,

long - temps après elle reparoît comme
confonnance de quinte & devient pref-
qu'auffi - tôt principale intermédiaire ,
donnant le ton une feconde fois : puis
deux fois de fuite elle n'eft plus que
confonnance de tierce ; *ré fa-dieze la , mi
fol-dieze fi, la ut-dieze mi & fi ré-dieze fa-
dieze* font les dominantes en *fol*, en *la* , en
ré & en *mi*; *fi ré fa-dieze* eft confonnance
de quinte en *mi*; *fi-bémol ré fa* comme
confonnance de quarte , décide le ton *fa* ;
enfin, la treizieme harmonie *fol fi-bémol
ré* eft employée comme confonnance de
feconde en *fa*, & comme confonnance
de quarte en *ré*.

Pour cette fois je change un peu l'écriture de l'exemple ; je nomme les notes
des confonnances ; je marque les changemens des tons & les repos ; j'indique
la baffe & un choix de pofitions ; le
Lecteur prononçant l'exemple fur l'inftrument n'eft chargé que de la mefure & du
mouvement, & pour peu qu'il fe rappelle
les réflexions des articles , (67 & 68.) il

placera la baſſe & les conſonnances dans
les octaves les plus propres à l'harmonie.

Chaîne ordonnée de 6 tons analogues
conſtruction de 13 conſonnances.

BASSES. CONSONNANCES.

Ut... *mi ſol* ut , intonation.

Sol,.. *ré* ſol *ſi.*

Ré.... *fa la* ré, ſeconde, ton intermédiaire.

La,.. *mi* la *ut.*

Mi... *ſol ſi* mi , tierce, ton intermédiaire.

Si... *Fa-d.* ſi *ré.*

Ut... *mi ſol* ut.

Sol;.. *ré* ſol *ſi,* repos.

Fa.... fa *la* ut.

Mi,.. *mi ſol* ut, principale.

Ré.... *ré* ſol *ſi.*

Ut,.. *mi ſol* ut.

La... *ré fa-d. la.*

Sol.— *ré* ſol *ſi,* quinte, ton intermédiaire.

Mi... *mi ſol* ut , principale.

Fa,.. fa *la ut.*

Mi.. *mi ſol* ut.

Fa;.. fa *la ut,* repos ſuſpenſif.

Fa-d.. *ré fa-d. la.*

BASSES. CONSONNANCES.

Sol, . ré fol *fi*, quinte, ton intermédiaire.
Fa-d.. ré *fa-d.* la.
Sol;.. ré fol *fi*.
Sol-d. mi *fol-d. fi.*
La,.. mi la *ut*, fixte, ton intermédiaire.
Sol-d. mi *fol-d. fi.*
La;.. mi la *ut.*
Si... ré fol *fi.*
Ut,... mi *fol* ut, principale.
Fa... fa *la ut.*
Sol... ré fol *fi.*
Ut.— mi *fol* ut , repos final.
La... *ut-d.* mi la.
La... ré *fa la*, feconde , ton intermédiaire.
La:.. *ut-d.* mi la.
Sol.. ré fol *fi-b.*
Fa... ré *fa la.*
Mi.. *ut-d.* mi la.
Ré;.. ré *fa la*, repos.
Sol.. *fi* ré fol.
Sol... ut *mi fol* , principale.
Sol:.. *fi* ré fol.

BASSES.   CONSONNANCES.

Fa... *ut* fa *la.*

Mi.. ut *mi ſol.*

Ré.... *ſi* ré ſol.

Ut.— ut *mi ſol,* repos.

Mi... mi *ſol-d. ſi.*

Mi... *mi* la *ut,* ſixte, ton intermédiaire.

Mi... mi *ſol-d. ſi.*

Mi... *mi* la *ut.*

Ré;.. *fa la* ré, repos interrogatif.

Sol... *ré* ſol *ſi.*

Sol... *mi ſol* ut, principale.

Sol... *ré* ſol *ſi.*

Sol... *mi ſol* ut.

Sol:— *ré* ſol *ſi,* repos de dominante.

Ut... *mi ſol* ut.

Ré... *ré* ſol *ſi.*

Mi... *mi ſol* ut.

Fa... fa *la* ut.

Sol:.. *ré* ſol *ſi.*

Ré.... *fa la* ré, ſeconde, ton intermédiaire.

Mi... *mi* la *ut-d.*

Fa .. *fa la* ré.

BASSES. CONSONNANCES.

Sol. . fol fi-b. ré.
La:.. mi la ut-d. dominante, repos.
La... mi la ut, fixte, ton intermédiaire.
Sol... mi fol fi.
Fa.... fa la ré.
Mi:.. mi fol-d. fi mi, dominante, repos.
Mi .. mi fol fi, tierce, ton intermédiaire.
Ré-d.. ré-d. fa-d. fi.
Mi... mi fol fi.
Ré.... ré fa-d. fi.
Ut;.. mi la ut, repos fufpenfif.
Ré... ré fa fi-b.
Ut,.. ut fa la, quarte, ton intermédiaire.
Si-b.. ré fol fi-b.
La,.. ut fa la.
Si-b.. ré fol fi-b.
Ut... ut mi fol ut.
Fa.— fa la ut, repos final.
Ré... fa la ré.
Ré... ré fol fi.
Mi,.. ut mi fol ut, principale.
Fa... fa la ut.

BASSES. CONSONNANCES.

Fa... *fa la* ré.
Sol,.. ré ſol *ſi.*
Sol.. mi *ſol ſi.*
La,.. *mi* la *ut.*
Si... ré ſol *ſi.*
Ut,.. mi *ſol* ut.
Fa... *fa la* ré.
Sol... ré ſol *ſi.*
Ut.— ut *mi ſol* ut, repos final.
Ut.... mi *ſol* ut.
Sol,.. ré ſol *ſi.*
La... ut *mi* la.
Mi,.. *ſi* mi *ſol.*
Fa... *la ut* fa.
Ut,.. *ſol* ut *mi.*
Sol... ſol *ſi* ré.
Ut.— mi ſol *ut*, repos.

Dans cet exemple les deux premiers changemens de tons ſont prononcés tout ſimplement par leurs intonations; le premier retour eſt annoncé par la conſonnance de ſa quarte; le changement ſuivant

vant eſt annoncé par la conſonnance de ſa dominante ; le deuxieme retour eſt prononcé ; les deux changemens qui ſuccedent ſont annoncés par la conſonnance de leur dominante ; le troiſieme retour eſt encore annoncé par la dominante ; le ſecond changement ſur la ſeconde, le quatrieme retour, le changement ſur la ſixte & le cinquieme retour ſont tous annoncés par la conſonnance de leurs dominantes ; le troiſieme changement ſur la ſeconde, ainſi que celui ſur la ſixte & ſur la tierce qui ſuivent, ſont prononcés par leurs intonations ; le changement ſur la quarte eſt déterminé par la conſonnance de ſa quarte, & le dernier retour eſt amené dans une double phraſe.

La ponctuation du morceau eſt marquée à côté des notes de baſſe, comme dans les exemples précédens.

82. Les tons analogues ne ſont pas les ſeuls intermédiaires à une intonation premiere & principale ; le ton mineur de

H

la feptieme, fi le ton principal eft majeur, & le ton mineur de la feconde, fi le principal eft mineur avec le changement de mode, font encore des tons intermédiaires affez fubordonnés, quoiqu'un peu moins naturels que les analogues ; les deux premiers ont toujours dans leurs gammes deux *diezes* de plus que le ton principal, & le changement de mode augmente toujours de 3 *diezes* ou de 3 *bémols*, tandis que les gammes des tons analogues n'ont qu'un feul *dieze* ou qu'un feul *bémol* de plus que la gamme principale : mais ces 3 changemens font naturels & immédiats, ainfi que les tons analogues. (art. 54 & 56.)

Avec ces tons intermédiaires, naturels & fubordonnés au principal, on trouve auffi des changemens extraordinaires, des fauts ; fi ceux de la premiere efpèce font fubordonnés à un ton intermédiaire, ceux de la feconde efpèce étonnent davantage ; la plupart n'ont plus de rapports immédiats ni avec le principal, ni avec les intermédiaires.

83. Les gammes intermédiaires étendent & arrondissent le champ de la
gamme principale ; leur secours est nécessaire pour développer & pour suivre
le sentiment dans ses gradations ; l'affection la plus légere produit des sensations
diverses ; un tout le plus simple est composé de parties très-distinctes, & la plus
grande variété orne la moindre partie. Les
tons intermédiaires subordonnés à un principal sont donc des élémens essentiels à
la construction musicale, soit qu'on veuille
parler le langage des passions, ou qu'on
veuille imiter la nature physique pour
former des tableaux.

84. Tous les tons intermédiaires ne
sont pas nécessaires à la construction d'un
seul morceau ; la gamme principale entre-
mêlée avec les gammes de la quinte, de
la sixte & de la quarte, offre un champ
très-fertile. Il y a des beaux morceaux
encore moins étendus ; nous avons même
des airs charmans qui ne sont fondés que
sur une seule gamme : un ou deux chan-

gemens extraordinaires mêlés avec quelques intermédiaires naturels, pourroient suffire aux inflexions & aux gradations de la passion la plus fougueuse, ainsi qu'au dessein du plus grand phénomene.

85. Le nombre & la qualité des tons intermédiaires ne sont pas indifférents, le ton principal même n'est pas arbitraire : mais ce n'est pas l'art qui peut les fixer; son affaire est de familiariser le Disciple avec tous les intermédiaires & avec tous les principaux. Le Compositeur médite son sujet; quand il en est pénétré, il consulte son sentiment, & écrit. S'il est inspiré par le génie & dirigé par le bon goût, il donne la vraie intonation, & n'emploie que les seuls intermédiaires nécessaires pour l'expression ou pour le tableau du sujet.

86. Les exemples suivans sont du ressort de l'art, il y a beaucoup de changemens. Pour cette fois je n'écris que la basse & l'harmonie dans son ordre naturel ; le Disciple les essayant sur l'instrument,

choisira les positions & les octaves pour chaque main : il plaquera simplement les consonnances avec les basses, ou embellira le tout avec mesure & mouvement, observant les repos de ma ponctuation toujours marqués à côté des notes de la basse.

Dans le premier exemple l'intonation majeure de *mi-bémol* domine , tous les changemens naturels sont employés ; je m'arrête dans les tons majeurs de *la-bémol* & de *si-bémol*, & dans les tons mineurs d'*ut*, de *fa*, de *sol*, de *ré* & de *mi-bémol*: par-tout je phrase au moins avec deux consonnances analogues. Le ton majeur de *ré-bémol*, saut d'un ton plus bas, & le ton majeur d'*ut*, saut de la sixte sont aussi intermédiaires ; l'intonation du premier suspend une phrase en *ut* mineur avec lequel ton elle n'a point de rapport immédiat , mais la même consonnance est analogue en *la-bémol* majeur , ton intermédiaire naturel & employé dans cet exemple ; l'intonation d'*ut* phrase avec ses ana-

logues *fa la ut* & *fol fi ré*, ces trois
confonnances font étrangeres au ton principal du morceau, mais elles fuccedent
au ton mineur d'*ut*, & la plus importante
devient auffi-tôt dominante en *fa* mineur
pour ramener l'oreille à la fubordination
du ton *mi-bémol*.

Le fecond exemple eft en *la* majeur,
12 tons intermédiaires font enchaînés &
fubordonnés à 3 *diezes* ; 5 changemens
naturels font mêlés avec 7 changemens
extraordinaires ; l'intonation *la ut-dieze
mi* brille & domine au milieu de 17
confonnances.

L'intonation mineure de *ré* domine dans
le troifieme exemple fur les confonnances
majeures de *ré*, de *mi-bémol*, de *fa*, de
fol, de *la*, de *fi-bémol*, d'*ut*, & fur les
confonnances mineures de *fol* & de *la* :
la fixte, la quarte, la tierce & la feptieme
deviennent fucceffivement toniques ; la
confonnance majeure de la quinte regne
auffi un inftant ; elle parle toute feule,
& avertit l'oreille du retour de *ré*; l'into-

nation de *mi-bémol* fufpend une phrafe
du ton principal.

Premier exemple.

BASSES. CONSONNANCES.

Mi-b,.. mi-b. fol fi-b. intonation principale.
Si-b.,. fi-b.' ré fa.
Mi-b., mi-b. fol fi-b.
Ut... ut mi-b. fol.
Fa,.. fa la-b. ut.
Ré... fi-b. ré fa.
Mi-b., mi-b. fol fi b.
La-b.. la-b. ut mi-b.
Si-b.: fi-b. ré fa, repos de dominante.
Mi-b.. mi-b. fol fi-b.
Mi-b.. la-b. ut mi-b.
Mi-b.. mi-b. fol fi-b.
Ré,.. fi-b. ré fa.
Ut... ut mi-b. fol, fixte, ton intermédiaire.
Ut... fa la-b. ut.
Ut... ut mi-b. fol.
Sol,.. fol fi ré.
La-b.. la-b. ut mi-b. quarte, ton intermédiaire.

H iv

BASSES.   CONSONNANCES.

La-b.. ré b. fa la-b.

La-b., la-b. ut mi-b.

Sol . . mi-b. fol fi-b.

La-b.. la-b. ut mi-b.

Mi-b.: mi-b. fol fi-b. repos de dominante.

Mi... ut mi fol.

Fa... fa la-b. ut, feconde, ton intermédiaire.

Sol... ut mi fol.

La-b., fa la-b. ut.

La... ré fa-d. la.

Si-b., fol fi-b. ré, tierce, ton intermédiaire.

La... la ut-d. mi.

Ré.— ré fa la, feptieme, ton intermédiaire, repos final.

Si-b., fi-b. ré fa, quinte, ton intermédiaire.

Mi-b.. mi-b. fol fi-b.

Ré... fi-b. ré fa.

Ut... fa la ut.

Si-b.;. fi b. ré fa.

La-b.. la-b. ut mi-b.

Sol,. mi-b. fol fi-b. principale.

Fa... fi-b. ré fa.

BASSES. CONSONNANCES.

Mi-b . . mi-b. ſol ſi-b.

Si-b. :. ſi-b. ré fa , repos de dominante.

Sol . . ſol ſi ré.

Sol . . ut mi-b. ſol, ſixte, ton intermédiaire.

Sol ; . ſol ſi ré.

Ut . . . ut mi-b. ſol.

Ré . . . ſol ſi ré.

Mi-b . . ut mi-b ſol.

Fa ; . ré-b. fa la-b. ſaut majeur d'un ton
       plus bas, repos ſuſpenſif.

Sol . . ut mi-b. ſol.

Sol . . ut mi ſol.

La-b.; fa la-b. ut, ſeconde, ton intermédiaire.

Sol . . ut mi-b. ſol, ſixte, ton intermédiaire.

Sol : . ſol ſi ré , repos de dominante.

Ut , . . ut mi ſol , ſaut de ſixte.

Fa . . . fa la ut.

Mi . . . ut mi ſol.

Ré . . . ſol ſi ré.

Ut , . . ut mi ſol.

Ut . . . fa la-b. ut, ſeconde, ton intermédiaire.

Ut . . . ut mi ſol.

BASSES. CONSONNANCES.

Ut. . . *fa la-b. ut.*

Ut: . . *ut mi fol*, repos de dominante.

Ut-d.. la ut-d. mi.

Ré. . . *ré fa la* , feptieme, ton intermédiaire.

Mi.. la ut-d. mi.

Fa,.. ré fa la.

Fa-d.. ré fa-d. la.

Sol,.. fol fi-b. ré, tierce, ton intermédiaire.

Mi-b.. ut mi-b. fol.

Ré:.. ré fa-d. la , repos de dominante.

Sol.. fol fi-b. ré.

Ré,.. ré fa la.

Mi-b.. mi-b. fol fi-b. principale.

Si-b.. fi-b. ré fa.

Ut. . . *ut mi-b. fol.*

Sol.. fol fi-b. ré.

La-b.; la-b. ut mi-b. repos fufpenfif.

Si-b... *fi-b. ré fa.*

Si-b... *mi-b. fol-b. fi-b.* changement de mode.

Si-b... *fi-b. ré fa.*

Si-b... *mi-b. fol-b. fi-b.*

Si-b.:.. fi-b. ré fa , repos de dominante.

BASSES. CONSONNANCES.

Sol ,. *mi-b ſol ſi-b.* principale.
La-b.. *la-b. ut mi-b.*
Si-b.. *ſi-b. ré fa.*
Ut ; . *ut mi-b. ſol,* repos ſuſpenſif.
Sol.. *mi-b. ſol ſi-b.*
La-b... *la-b. ut mi-b.*
Si-b... *ſi-b. ré fa.*
Mi-b.. — *mi-b. ſol ſi-b.* repos final.

Second exemple.

BASSES. CONSONNANCES.

La... *la ut-d. mi,* intonation principale.
Sol-d.. *mi ſol-d. ſi.*
La... *la ut-d. mi.*
Fa-d.,. *ré fa-d. la.*
Sol-d.. *mi ſol-d. ſi.*
La , . *la ut-d. mi.*
Ré... *ſi ré fa-d.*
Mi.. *mi ſol-d. ſi.*
La.— *la ut-d. mi,* repos final.
Ut-d.. *la ut-d. mi.*

BASSES. CONSONNANCES.

Si... *mi ſol-d. ſi.*
La... *la ut-d. mi.*
Ré,.. *ré fa-d. la.*
Ut-d.. *la ut-d. mi.*
Si... *mi ſol-d. ſi.*
La... *la ut-d. mi.*
Mi:. *mi ſol-d. ſi*, repos de quinte.
Ré-d.. *ſi ré-d. fa-d.*
Mi,. *mi ſol-d. ſi*, quinte, ton intermédiaire.
Ut-d.. *fa-d. la-d. ut-d.*
Si.— *ſi ré-d. fa-d.* ſaut de ſeconde.
Sol-d.. *mi ſol-d. ſi*, quinte, ton intermédiaire.
Fa-d... *ſi ré-d. fa-d.*
Mi.. *mi ſol-d. ſi.*
La,.. *la ut-d. mi.*
Ré-d... *ſi ré-d. fa-d.*
Mi.. *mi ſol-d. ſi.*
Fa-d... *ſi ré-d. fa-d.*
Sol-d., *mi ſol-d. ſi.*
La... *la ut-d. mi.*
Si... *mi ſol-d. ſi.*
Si.., *ſi ré-d. fa-d.*

BASSES.   CONSONNANCES.

Mi.— *mi ſol-d. ſi* , repos final.
Mi .. *mi ſol ſi* , ſaut de quinte.
Ré, .. *ſi ré fa-d.*
Ut ... *ut mi ſol* , ſaut majeur de 3 demi-
        tons plus haut.
Sol, . *ſol ſi ré.*
La .. *la ut mi* , changement de mode.
Sol, . *mi ſol ſi.*
Fa .. *ré fa la.*
Mi.— *mi ſol-d. ſi* , repos de dominante.
Ut-d .. *la ut-d. mi* , principale.
Si ... *mi ſol-d. ſi.*
La, .. *la ut-d. mi.*
Ré ... *ſi ré fa-d.* ſeconde , ton intermédiaire.
Ut-d .. *fa-d. la-d. ut-d.*
Si, .. *ſi ré fa-d.*
Mi .. *la ut-d. mi* , principale.
Fa-d .. *ré fa-d. la.*
Sol-d.; *mi ſol-d. ſi.*
La ... *fa-d. la ut-d.* ſixte , ton intermédiaire.
Sol-d .. *ut-d. mi-d. ſol-d.*
Fa-d .. *fa-d. la ut-d.*

BASSES. CONSONNANCES.

Ut-d.:   *ut-d. mi-d. ſol-d.* repos de dominante.

Ré,. . réfa-d. la, quarte, ton intermédiaire.

Ré-d., ſi ré-d. fa-d. ſaut de ſeconde.

Mi-d.. ut-d. mi-d. ſol-d.

Fa-d., fa-d. la ut-d. ſixte, ton intermédiaire.

Sol-d.. mi ſol-d. ſi.

La,.. la ut-d. mi, principale.

Ré... ſi ré fa-d.

Mi... mi ſol-d. ſi.

La.—— la ut-d. mi, repos final.

Ut... la ut mi, changement de mode.

Si... mi ſol-d. ſi.

La... la ut mi.

Ré,.. ré fa la.

Sol-d.. mi ſol-d ſi.

La... la ut mi.

Si... mi ſol-d. ſi.

Ut,.. la ut mi.

Ré... ré fa la.

Mi.. la ut mi.

BASSES.   CONSONNANCES.

Mi.. mi sol-d. si.

La.— la ut mi , repos final.

Fa,.. fa la ut, saut majeur de 2 tons
plus bas.

Mi,.. ut mi sol.

Ré,.. ré fa la , saut de quarte.

Ut,.. la ut mi.

Si-b.; si-b. ré fa.

Mi-b.. mi-b. sol si-b.

Ré,.. si-b. ré fa , saut majeur d'un demi-
ton plus haut.

Ut... fa la ut.

Si-b., si-b. ré fa.

Mi-b.. mi-b. sol si-b.

Ré,.. si-b. ré fa.

Ut... fa la ut.

Si-b.; sol si-b. ré.

La... ré fa-d. la.

Sol.-- sol si-b. ré , saut mineur d'un ton
plus bas.

Fa... ré fa la , saut de la quarte.

Mi.. la ut-d. mi.

BASSES.   CONSONNANCES.

Ré... ré fa la.

La:.. la ut-d. mi, repos de dominante.

Fa-d.. ré fa-d. la, quarte, ton intermédiaire.

Mi.. la ut-d. mi.

Ré... ré fa-d. la.

Sol;. ſol ſi ré.

Sol-d.. mi ſol-d. ſi.

La,.. la ut-d. mi, principale.

Si... mi ſol-d. ſi.

Ut-d., la ut-d. ini.

Ré... ré fa-d. la.

Mi.. la ut-d. mi.

Mi.. mi ſol-d. ſi.

Fa-d.; fa-d. la ut-d. repos ſuſpenſif.

Sol-d.. mi ſol-d. ſi.

La,.. la ut-d. mi.

Ré... ſi ré fa-d.

Mi.. mi ſol-d. ſi.

La.— la ut-d. mi, repos final.

Troiſieme

Troisieme exemple.

BASSES.   CONSONNANCES.

Ré,.. ré fa la, intonation principale.
Ré... ſol ſi-b. ré.
Ré... ré fa la.
Ut-d.: la ut-d. mi, repos de dominante.
Ut.... la ut mi.
Ut... fa la ut.
Ré;.. ſi-b. ré fa, ſixte, ton intermédiaire.
Si-b., ſol ſi-b. ré, quarte, ton intermédiaire.
La... ré fa-d. la.
Sol.— ſol ſi-b. ré.
Mi.. ut mi ſol.
Fa,.. fa la ut, tierce, ton intermédiaire.
Sol.. ut mi ſol.
La,.. fa la ut.
Mi.. ut mi ſol.
Fa,.. fa la ut.
Sol.. ut mi ſol.
La.. fa la ut.
Si-b.; ſi-b. ré fa.
Si... ſol ſi ré.

I

BASSES.   CONSONNANCES.

Ut,.. *ut mi sol*, septieme, ton intermédiaire.

Ut-d.; *la ut-d. mi*, le majeur de la quinte, ton intermédiaire.

Ré,.. *ré fa la*, principale.

Mi. . *la ut-d. mi.*

Fa. . *ré fa la.*

Sol;. *mi-b. sol si-b.* saut majeur d'un demi-ton plus haut, repos suspensif.

La. . *ré fa la.*

La. . *la ut-d. mi.*

Ré.— *ré fa la*, repos final.

Le Lecteur arrivé à ces exemples par l'étude des articles précédens, y verra sans peine l'ordre & la marche des tons & des harmonies enchaînés : il verra les tons intermédiaires, & le retour du principal tantôt annoncé, & tantôt tout simplement prononcé : il verra les tons quittés tantôt après la prononciation de la consonnance principale, & tantôt après une autre consonnance analogue *repos* :

il diſtinguera les différens emplois de chaque conſonnance , & ſans nouveaux ſecours , il pourra imiter l'analyſe que j'ai faite de l'exemple de l'article 81 , pour analyſer de même ces 3 morceaux.

87. Tout eſt ſubordonné dans la conſtruction des 8 derniers exemples : il y regne chaque fois un ton principal, qui commence & finit le morceau : tous les tons intermédiaires lui ſont ſubordonnés. Les exemples des articles 76 , 78 , 79 & 80 commencent & finiſſent chacun par une même conſonnance qui domine ſur toutes les conſonnances analogues , enchaînées dans le même morceau ; ceux des articles 81 & 86 commencent & finiſſent chacun par un même ton qui domine ſur tous les intermédiaires du même morceau ; les intermédiaires ſont toujours ordonnés de maniere à ramener ſouvent le principal à qui tout eſt ſubordonné : c'eſt - là la conſtruction de l'*Ariette*. Il y a d'autres morceaux en

Mufique, où cette grande foumiffion ne
regne pas d'un but à l'autre, c'eft la
conftruction du *récitatif* dans lequel,
pour l'ordinaire, un ton commence, &
un autre finit : les tons intermédiaires
y font auffi quelquefois enchaînés, fans
fubordination ni au premier, ni au
dernier ton du morceau, fe fuccédant
tout fimplement par quarte, par quinte,
par détour, par changement de mode
& par faut. L'unité d'une intonation dominante ne peut plus avoir lieu, quand
plufieurs paffions diverfes, & fouvent
très-oppofées, agitent & déchirent le
cœur, pour y régner tour à tour. L'ame
livrée au fentiment par leurs combats &
par leurs victoires, eft bientôt efclave
du délire ; l'imagination s'exhalte & offre
aux fens mille fantômes divers ; les cris
de douleur, de terreur & de défefpoir
fortent du fond du cœur, fe fuccedent
fans ordre, fans liaifon, & fe confon-
dent avec les accens déréglés de joie &

de plaifir. .. Il faut du mouvement &
du défordre parmi les intonations intermédiaires , pour fuivre ce langage violent , tumultueux , & pour faire naître
de pareilles fenfations dans l'ame de
l'Auditeur : mais ici , comme pour la
conftruction de l'*Ariette* , c'eft au génie
exercé dans les principes de l'Art , &
dirigé par le bon goût , à démêler le
premier & le dernier ton pour chaque
fituation : lui feul connoît le nombre &
la qualité des tons intermédiaires , tant
du *récitatif* que de l'*Ariette*.

88. Pour remplir ma tâche , je vais
donner quelques exemples fur l'enchaînement des tons de la conftruction du
récitatif ; j'y mettrai beaucoup de tons
intermédiaires ; je m'y arrêterai peu ; je
changerai de tons fouvent. En les répétant quelquefois , le Difciple pourra fe
familiarifer avec la marche de tous les
récitatifs poffibles.

I iij

Premier exemple.

Construction de Récitatif.

BASSES. CONSONNANCES.

Ut,.. ut mi sol, premier ton.

Ré. . ré fa-d. la.

Sol.— sol si ré, ligne de quinte, ton intermédiaire.

Sol,.. sol si-b. ré, changement de mode.

Mi. . ut mi sol.

Fa,.. fa la ut, détour sur la septieme.

Mi. . la ut-d. mi.

Ré:.. ré fa la, détour sur la sixte.

Si-b.; si-b. ré fa, détour sur la sixte.

Si... sol si ré.

Ut,.. ut mi-b. sol, détour sur la seconde.

Ré... ré fa-d. la.

Sol — sol si-b. ré, ligne de quinte.

Mi-b.; mi-b. sol si b. détour sur la sixte.

Ré-b.; ré-b. fa la-b. saut majeur d'un ton plus bas.

Ut;.. ut mi sol, saut de septieme.

Basses.   Consonnances.

Ut... *fa la-b. ut* , faut de quarte ,
            dernier ton.
Ut.— *ut mi fol*, repos de dominante.

Dans cet exemple , nul ton domine
fur tout le morceau : j'explique les tons
intermédiaires , fuivant les 5 points de
l'article 63 , rapportant chaque changement au ton qui le précede.

La même confonnance commence &
& finit ce morceau ; mais au commencement elle eft confonnance principale ,
& à la fin elle ne figure que comme
confonnance de dominante : le premier
ton eft *ut* majeur, & le dernier ton eft
fa mineur. La feconde confonnance *ré
fa-dieze la* ne figure pas comme intonation du ton *ré* ; comme confonnance
de dominante , elle annonce le ton *fol*.
Le changement de mode eft tout uni-
ment prononcé. Le détour fur la feptieme, qui lui fuccede, eft annoncé par

la confonnance de fa dominante. La confonnance *la ut - dieze mi*, qui fuccede, eſt encore l'annonce du fuivant ton *ré*. Le ton *ſi-bémol* majeur, fecond détour fur la ſixte, eſt prononcé par fa confonnance principale *ſi - bémol ré fa*; ce ton n'eſt point fubordonné ni au premier ton *ut* majeur, ni au dernier ton *fa* mineur. La dixieme confonnance *ſol ſi ré* ne fonne encore que comme confonnance de dominante, & annonce la confonnance *ut mi-bémol ſol*. Le ton fuivant eſt encore annoncé, c'eſt le ton mineur de *ſol*; il fait ligne de quinte avec le précédent, faut de quinte avec le premier ton, & détour fur la feconde avec le dernier ton du morceau. Les 3 confonnances qui fuivent, ne font plus analogues, ce font autant d'intonations féparées : les tons majeurs de *mi-bémol*, de *ré-bémol* & d'*ut* fe fuccedent rapidement, & vont par faut; mais tous les trois font fubordonnés au dernier ton *fa* mineur; le premier comme changement

fur la feptieme, le fecond comme changement fur la fixte , & le troifieme
comme changement fur la quinte, qui
eft en même temps une reparition du
premier ton. La confonnance principale
du dernier ton fuccede à cette marche
extraordinaire , diminue fa rudeffe , &
remet l'oreille égarée... La dominante
termine le morceau : ç'eft ainfi que fi-
niffent la plupart des *récitatifs*.

Deuxieme exemple.

Conftruction de Récitatif.

BASSES.   CONSONNANCES.

Sol-d.. mi fol-d. fi , dominante.
La,.. la ut mi, premier ton.
Si... fol fi ré.
Ut.— ut mi fol, détour fur la tierce.
Mi... ut mi fol, dominante.
Fa,.. fa la ut, ligne de quarte.
Fa-d.. ré fa-d. la.
Sol,.. fol fi ré , faut de feconde.

BASSES. CONSONNANCES.

Ré-d.. *ſi ré-d. fa-d.*

Mi,.. *mi ſol ſi*, détour ſur la ſixte.

Ut... *la ut mi.*

Si.— *ſi ré-d. fa-d* repos de quinte.

Sol,.. *ſol ſi ré*, détour ſur la tierce.

Sol... *ut mi ſol.*

La... *ré fa-d. la.*

Si;... *ſol ſi ré.*

Ut... *la ut mi.*

Ré:.. *ré fa-d. la*, repos de quinte.

Sol,.. *ſol ſi-b. ré*, changement de mode.

Ré,.. *ré fa la*, ligne de quinte.

Mi-b.; *mi-b. ſol ſi-b.* ſaut majeur d'un
demi-ton plus haut.

Fa,.. *fa la-b. ut*, détour ſur la ſeconde.

Ut,.. *ut mi ſol*, majeur de la quinte.

Ré-b.; *ré-b. fa la-b.* ſaut majeur d'un
demi-ton plus haut.

Si-b.. *ſi-b. ré-b. fa.*

La-b., *fa la-b. ut*, détour ſur la tierce.

Sol... *ut mi ſol.*

Fa.— *fa la-b. ut.*

BASSES. CONSONNANCES.

Fa;.. fa la ut, changement de mode.
Fa-d., ré fa-d. la, saut de sixte.
Fa-d.. si re-d. fa-d.
Sol;.. mi sol si, détour sur la seconde.
Sol-d.. mi sol-d. si.
La;.. la ut mi, ligne de quarte.
La;.. la ut-d. mi, changement de mode.
Si... si ré-d. fa-d. dominante.
Mi.— mi sol-d. si, ligne de quinte,
dernier ton.

C'est encore une même consonnance qui commence & finit cette seconde construction : mais ici elle est dominante au commencement, & principale à la fin ; c'étoit le contraire dans le premier exemple. Le premier ton est *la* mineur, & le morceau finit en *mi* majeur. La troisieme consonnance *sol si ré* est dominante, & annonce le premier ton intermédiaire. Le second, le troisieme & le quatrieme ton intermédiaire sont aussi

annoncés, chacun par fa dominante. Je
m'arrête un peu dans le quatrieme ton
intermédiaire *mi* mineur, où je phrafe
avec les confonnances analogues *la ut mi*
& *fi ré-dieze fa-dieze*. Je prononce le
ton *fol*, cinquieme intermédiaire ; je m'y
arrête, & je phrafe d'abord avec les
analogues *ut mi fol*, *ré fa-dieze la* &
fol fi ré, enfuite avec les confonnances
de feconde & de quinte. Je quitte ce ton
fol après le repos fur la quinte, & je
prononce de fuite 6 tons intermédiaires,
dont quatre ne font plus fubordonnés ni
au premier, ni au dernier ton du morceau. Après cette longue fuite de prononciations, je m'arrête en *fa* mineur, douzieme intermédiaire, que j'annonce avec
la confonnance de fa quarte : la confonnance *ut mi fol* qui fuit, eft dominante,
& rappelle encore une fois le même ton
fa mineur. J'abandonne les *bémols* ; pour
treizieme ton intermédiaire, je change de
mode ; & pour arriver plus vîte au dernier
ton, je faute fur la fixté *ré* : j'annonce

le quinzieme ton intermédiaire avec la confonnance de fa dominante ; pour feixieme intermédiaire, je rappelle le premier ton ; je prononce le dix-feptieme, & je finis par une phrafe qui annonce le dernier ton *mi* majeur.

Troisieme exemple.

Construction de Récitatif.

Bᴀssᴇs.   Cᴏɴsᴏɴɴᴀɴᴄᴇs.

Ut,.. *ut mi-b. fol,* premier ton.
Si,.. *fol fi ré,* majeur de la quinte.
Si-b.; *fol fi-b. ré,* changement de mode.
La... *la ut-d. mi.*
La;.. *ré fa la,* ligne de quinte.
Si .. *fol fi ré.*
Ut.— *ut mi fol,* détour fur la feptieme.
Ut,.. *fa la ut,* ligne de quarte.
Ut,.. *fa la-b. ut,* changement de mode.
Ré-b.; *fi-b. ré b. fa,* ligne de quarte.
Ré,.. *fi-b. ré fa,* changement de mode.
Ré,.. *fol fi-b. ré,* détour fur la fixte.

BASSES.   CONSONNANCES.

Mi-b.; *mi-b. fol fi-b.* détour fur la fixte.

Mi-b., *ut mi-b. fol*, détour fur la fixte.

Mi... *ut mi fol*, dominante.

Fa;.. *fa la-b. ut*, ligne de quarte.

Sol... *mi-b. fol fi-b.* dominante.

La b.- *la-b. ut mi-b.* détour fur la tierce.

La·b... *ré-b. fa la-b.*

La-b., *la-b. ut mi-b.*

Sol... *ut mi fol*, dominante.

Fa.— *fa la-b. ut*, détour fur la fixte.

Ré... *ré fa-d. la*, dominante

Ré,.. *fol fi-b. ré*, détour fur la feconde.

Mi-b... *ut mi-b. fol*, ligne de quarte.

Ré:.. *fol fi ré*, repos de quinte.

Ré-b... *fi-b. ré-b. fa*, faut de feptieme.

Ut;.. *fa la ut*, dominante.

Si-b.., *mi-b. fol-b. fi-b.* ligne de quarte.

Si-b.: *fi-b. ré fa*, repos de dominante.

Ce morceau commence en *ut* mineur, & finit en *mi - bémol* mineur ; les tons intermédiaires vont rapidement, ils fe fuccedent dans l'ordre fuivant......

Sol majeur & mineur, *ré* mineur, *ut* majeur, *fa* majeur & mineur, *si-bémol* mineur & majeur : *sol* mineur pour une seconde fois, *mi-bémol* majeur, un retour du premier ton ; *fa* mineur pour une seconde fois, *la-bémol* majeur & encore une fois *fa* mineur ; *sol* mineur pour une troisieme fois, seconde reparition du premier ton ; enfin, une seconde fois *si-bémol* mineur.

Six de ces tons sont annoncés par leur dominante : tous les autres tons du morceau sont tout simplement prononcés ; la consonnance *ré - bémol fa la - bémol* arrête un peu l'oreille en *la-bémol*. La basse pour cette fois va gravement : elle marche *chromatiquement :* ses pas sont petits : le plus souvent, elle ne franchit qu'un degré de demi-ton, pour monter ou pour descendre sur un unisson d'une des trois notes de l'harmonie suivante ; la plus proche des trois a toutefois la préférence ; les secondes & les troisiemes notes des consonnances figurent plus à la baffe, dans cet exemple, que les premieres.

89. Prononçant ces exemples fur l'inftrument, le Lecteur voudra bien fe rappeller les notions des articles 66, 67 & 68, & ordonner les pofitions des harmonies avec les baffes données. Après avoir plaqué les notes des confonnances, on peut recommencer & les harpégier, obfervant toutefois les repos de la ponctuation marquée à côte des notes de baffes; car une virgule omife, ou une virgule de plus changeroit très-fouvent le fens harmonique. La confonnance d'*ut*, *par exemple*, qui commence le premier exemple, ne feroit plus principale, fi la virgule qui la fépare de la confonnance de *ré* étoit omife; fans virgule, elle feroit une analogue du ton fuivant, figureroit comme confonnance de quarte,

& feroit avec la feconde confonnance une double phrafe en *fol*. La confonnance majeur de *mi*, qui commence le fecond exemple, affectée d'une virgule, feroit principale,

principale, intonation & non pas dominante. La virgule qui fuit la premiere
confonnance du troifieme exemple, influe
fur la feconde confonnance, & la rend
principale, l'intonation d'un ton nouveau;
fans cette virgule, elle ne pourroit fonner
que comme dominante.

Si la fuite de ces harmonies plaquées
ou harpégiées infpire au Lecteur du chant,
il peut fe livrer à fon imagination, confulter le fentiment, & fuivre les mouvemens de fon cœur agité; les confonnances
répétées, mefurées, & embellies fuivant les
art. 40, 41, 42, 43 & 44, ont un pouvoir
très-étendu. La nature phyfique & morale
leur eft foumife : l'oppofition, le contrafte
que font dans la conftruction les confonnances analogues avec la confonnance
principale, expriment affez bien le mouvement & le repos, la qualité affirmée
au fujet..... Les changemens d'intonation
rendent exactement les gradations qu'ap-
perçoivent les fens, & que le fentiment
confirme.... L'homme de génie, qui

K

voudra fe familiarifer avec la marche des confonnances , développée dans les 88 premiers articles de *cet Effai* , prouvera un jour mon opinion avec des chefs-d'œuvre de Mufique. En attendant, le Difciple infpiré lifant ou prononçant fur l'inftrument mes exemples de confonnances , pourra , à fa guife, altérer mes conftructions, tant pour la chaîne des tons , que pour la fuite des harmonies ; il fera toujours dans les routes que je lui ai tracées, fupérieur fouvent, mais jamais contraire à l'art.

90. Cette maniere d'ordonner les tons, & de conftruire la chaîne des confonnances , eft commune à toutes les Mufiques. Les différens morceaux ne font diftingués que par le plus ou par le moins de changemens , felon que les fituations font plus ou moins animées.

Quelques-uns de mes Lecteurs pourroient m'arrêter ici, & d'après mon *Tolérantifme Mufical* , me demander la différence des conftructions Allemandes ,

Françoises & Italiennes. Je leur dirois qu'il n'y a pas encore affez de morceaux de Mufique, fondés fur une fimple chaîne de confonnances, pour pouvoir les fatis-faire, car je ne crois pas qu'on puiffe m'en citer beaucoup avec le petit échan-tillon que j'ai inféré dans le Journal de Paris, du 19 Octobre 1778, à moins qu'on veuille déja compter pour quelque chofe les conftructions de confonnances, N°s. 18 & 19 des exemples de mon *Traité de Mufique*........ Cependant, vu la différence des langues, des geftes & des manieres d'être des trois Peuples en queftion, on pourroit prétendre que le changement fur la quarte & fur la quinte doit être fréquent chez les Ita-liens; que le changement fur la tierce & fur la fixte doit dominer chez les François; & que le changement fur la feconde & fur la feptieme avec des fauts doit caractérifer la conftruction harmo-nique des Allemands.... Si la marche des tons & la chaîne des harmonies font en

K ij

Mufique des qualités effentielles & générales , fi leur différence eft peu fenfible
d'un pays à l'autre, celle de la mélodie
eft plus marquée. C'eft principalement
dans le chant qu'il faut chercher les qualités différentielles de chaque Mufique :
écoutez les *Virtuofes* , lifez les Compofiteurs des trois Nations ; on compofe
& on chante aujourd'hui à l'Allemande,
à la Françoife & à l'Italienne.

Les opinions de mon *Tolérantifme
Mufical* ne font pas fondées fur une
différence totale de la Mufique d'un
Peuple à l'autre ; la diverfité des langues
eft réelle , quoiqu'il y ait bien des chofes
communes dans leur conftruction.

NOUVEL ESSAI
SUR L'HARMONIE.

DES DISSONANCES ET DE LEUR EMPLOI.

Nature, especes & étendue des disso-
nances ; leur succession, surprises &
transitions enharmoniques ; usage des
dissonances dans la chaîne des tons,
dans la phrase, dans la période &
dans le discours harmonique, dans la
construction de l'Ariette & dans la
construction du Récitatif.

91. LES sons qui répondent dans la
gamme aux nombres 7, 2, 4 & 6, sont
conjoints avec les principaux sons du
ton ; ils dissonent avec les sons de la

nature, dont l'oreille eſt toujours préoc-
cupée ; leur enſemble fait une harmonie
diſſonante, c'eſt le plus grand écart de
la nature : elle peine, elle fatigue l'oreille,
& lui fait déſirer le retour du repos de
l'harmonie conſonnante de la nature.

Je nommerai ſons *appels* les ſons diſſo-
nans de la gamme.

Si, *ré*, *fa* & *la* ſont les ſons *appels*
de la gamme majeure d'*ut*. Le *ſi* & le
ré ſont les plus forts *appels* du ton ; ils
rappellent la tonique *ut*. *Fa* & *la* en
ſont les plus foibles ; ils rappellent la
quinte *ſol*. *Ré* & *fa* ſont les moyens
appels ; ils rappellent le retour de la tierce
mi. *Si* & *la* ſont les deux extrêmes des
ſons *appels*. Le *ſi* eſt le principal ſon
des *appels*, c'eſt le plus fort, la ſenſible
du ton ; il appelle la tonique ou ſon
octave *chromatiquement* & avec énergie,
il exige ſon retour. Le *la* eſt le plus
foible *appel*, il ne rappelle que la quinte
de la gamme. Le *ré* & le *fa* rappellent
chacun deux ſons de la nature. Le *fa* ou

la quarte de la gamme, eft le plus preffant des moyens *appels* ; il exige le retour de la tierce *mi*, (fecond fon de la nature dans la gamme) avec autant d'énergie, que le fort ou la fenfible *fi* rappelle la tonique *ut*.

L'enfemble, l'harmonie ou la diffonance des *appels fi*, *ré*, *fa*, *la*, peut auffi être nommée harmonie diffonante, ou diffonance de la fenfible *fi*, (principal des *appels* en *ut*) comme la confonnance des fons de la nature *ut*, *mi*, *fol*, eft appellée confonnance de la tonique *ut*, (principal des fons de la nature en *ut*).

La diffonance de la fenfible, *fi ré fa la*, eft doublement diffonante; diffonante dans la gamme, par rapport à l'intonation des fons de la nature *ut*, *mi*, *fol* ; & diffonante en elle-même, à caufe de la conjonction de la derniere note *la* avec la replique ou l'uniffon de fa principale note *fi*.

92. *Sol* ou *fol-dieze*, *fi*, *ré* & *fa* font

les sons *appels* de la gamme mineure de *la*. Par le moyen de l'exception usitée pour la septieme note de la gamme des tons mineurs, chacun des trois sons de leur principale consonnance est appellé *chromatiquement* ; dans notre ton, la tonique *la* par le premier *appel*, ou par la sensible *sol-dieze* ; la tierce *ut* par le second *appel* *si* ; & la quinte *mi* par le quatrieme *appel* *fa*.

Le troisieme *appel*, ou la quarte de la gamme des tons mineurs, est aussi très-souvent altéré dans nos bonnes compositions : on l'approche de la quinte, pour pouvoir l'appeller *chromatiquement* des deux côtés, à l'aigu & au grave. Dans notre ton *la*, on dit souvent *fa* Mi, *ré-dieze* Mi, au lieu de dire *fa* Mi, *ré* Mi. Les sons *appels* ainsi rapprochés des sons de la nature, les appellent plus mollement & plus sensiblement (*p*).

(*p*) Ici je prends les sons de la gamme tels qu'ils existent, & tels qu'ils entrent dans la

L'enfemble , l'harmonie ou la diffonance des *appels fol-dieze, fi , ré, fa,*
fuivant les notions de l'article précédent,
eft encore nommée, en mineur de *la ,*
harmonie diffonante de la fenfible *fol-*
dieze, ou diffonance mineure de la fenfible *fol-dieze*.

93. L'harmonie des *appels* en mineur
avec l'exception ne paroît pas diffonante
en elle-même ; il n'y a nulle conjonction
apparente parmi les fons *fol-dieze, fi ,*
ré , fa. La derniere note *fa ,* fuivant
l'ordre de la gamme, touche, à la vérité,
l'uniffon ou l'octave de la premiere note
fol-dieze : mais le fon *fa* eft féparé d'un

---

compofition de tout morçeau de Mufique ; dans
le difcours théorique de mon *Traité de Mufi-*
que , je remonte à l'origine des fons de l'octave,
j'indique les fons donnés par la nature , & je
fais voir que tous les autres ont dû être inter-
eallés comme fons *appels,* pour faire valoir les
fons primitifs de la nature par des continuels
écarts qui diffonent, qui fatiguent , & par des
continuels retours qui confonnent & qui repofent.

intervalle de ton & demi du son *fol-dieʒe* qui fuit immédiatement à l'aigu : elle eſt pourtant diſſonante, & même plus diſſonante que l'harmonie des *appels* en majeur ; c'eſt ſans doute parce que ces quatre ſons ſont rapprochés autant qu'il eſt poſſible : le plus petit intervalle harmonique ſépare chacun de ſon voiſin, tandis qu'on trouve dans la diſſonance des *appels* en majeur les principaux intervalles harmoniques, les intervalles les plus conſonnans : les ſons de l'harmonie *ſi ré fa la*, (diſſonance de ſenſible en majeur d'*ut*) ſont ſéparés par l'intervalle de tierce majeure du *fa* au *la*, & par l'intervalle de quinte du *ré* au *la*.

La diſſonance mineure de la ſenſible diſſone auſſi plus fortement dans la gamme, étant *chromatiquement* (par intervalle de demi - ton) conjointe avec chacun des trois principaux ſons, tandis que la diſſonance des *appels* en majeur n'eſt *chromatiquement* conjointe qu'avec la tonique & avec la tierce, & ſeulement *diatoniquement* avec la dominante ou avec la quinte ; l'intervalle de ton entier la fépare de chacun de fes deux *appels.*

94. Examinant & comparant la confonnance *ut mi fol* (harmonie des principaux fons de la gamme, des fons de la nature), & la diffonance *fi ré fa la* (harmonie des *appels* de la gamme), on voit que l'ordre des notes de l'harmonie eft alternatif ; une note de la gamme eft chaque fois omife dans les deux harmonies ; un *appel* fépare deux fons naturels , & un fon naturel fépare deux *appels*; aifément on apperçoit deux ordres naturels pour les fons de l'harmonie...

1 , 3 , 5.

Ordre naturel des fons de l'harmonie confonnante , en montant l'octave , & en fuivant toujours le rang naturel des notes de la gamme : &....

1 , 3 , 5 , 7.

Ordre naturel des fons de l'harmonie diffonante , en montant l'octave , & en fuivant également le rang naturel des notes de la gamme.

95. L'harmonie des *appels* eft le plus grand écart de la nature : tous les fons naturels font abandonnés : tous les *appels* parlent à la fois, annoncent le ton, & exigent le retour de l'harmonie de la nature. La diffonance peine, fait défirer: la confonnance follicitée repofe l'oreille, & termine la phrafe muficale. Nous avons vu dans la feconde partie, que les confonnances analogues phrafent auffi avec la principale; celle de la quinte annonce très-fouvent le ton dans nos conftructions de confonnances. Voulons-nous augmenter leur follicitation, ajoutons à chacune à l'aigu une quatrieme note de la gamme d'une tierce plus élevée que celle qui répond dans la confonnance au nombre 5, & nous aurons chaque fois une harmonie diffonante ? En *ut*, la confonnance de la quinte ou de dominante *fol fi ré*, fera changée en la diffonance de dominante *fol fi ré fa* : je dis diffonance de

dominante, parce que la quinte ou la dominante *sol* est la premiere & principale note de cette harmonie ; commençant par elle, on a la suite 1, 3, 5, 7, qui est l'ordre naturel des notes de la diffonance, comme nous venons de le voir.

Cette nouvelle harmonie est aussi doublement diffonante ; elle renferme les 3 premiers ou les trois forts *appels* de la gamme, & sa derniere note *fa* est conjointe avec l'uniffon de sa premiere note *sol.*

L'addition de la quatrieme note changera les autres confonnances analogues à l'intonation *ut mi sol*, en autant de diffonances ; & obfervant toujours la même gamme, nous aurons......

Ré fa la ut,.. diffonance de feconde.
Mi fol fi ré,.. diffonance de la tierce.
Fa la ut mi,.. diffonance de la quarte.
La ut mi fol,.. diffonance de la fixte.

Ajoutant pareillement une quatrieme

note à la confonnance principale, nous aurons auffi une diffonance de tonique *ut mi fol fi.*

Toutes les nouvelles harmonies font diffonantes en elles-mêmes. La derniere note de chacune eft conjointe avec l'uniffon ou avec l'octave de fa premiere note. Toutes font diffonantes par rapport à la gamme. La diffonance de feconde renferme les trois derniers ou les trois foibles *appels* ; la diffonance de la tierce renferme les deux forts *appels* (les *appels* de la tonique) ; la diffonance de la quarte renferme les deux foibles *appels* (les *appels* de la quinte) ; la diffonance de la tonique renferme le fort *appel* (la fenfible) ; la diffonance de la fixte renferme le foible *appel* (la fixt e).

96. Opérant l'addition de l'article précédent fur les confonnances analogues de la gamme mineure de *la*, nous aurons ...

La ut mi fol,.. diffonance de tonique.
Ut mi fol fi,.. diffonance de la tierce.

Ré fa la ut, .. diſſonance de la quarte.

Mi ſol ſi ré, .. diſſonance de la quinte.

Mi ſol dieʒe ſi ré, diſſonance de dominante.

Fa la ut mi, .. diſſonance de la ſixte.

Sol ſi ré fa, .. diſſonance de la ſeptieme.

Imitant l'harmonie des *appels,* on a
auſſi.. ..

Si ré fa la, .. diſſonance de ſeconde.

Uſant par – tout de l'exception , &
mettant la ſenſible *ſol-dieʒe* en place de
la ſeptieme *ſol,* on a encore.. ..

La ut mi ſol-dieʒe, diſſonance de tonique.

Ut mi ſol-dieʒe ſi, diſſonance de la tierce.

97. Nombrant, examinant & comparant toutes ces harmonies diſſonantes ,
on peut déduire les corrolaires ſuivants.. ..

1°. Chaque note de la gamme eſt
premiere & principale note d'une diſſonance , tant en mineur qu'en majeur.

2°. La tonique , la tierce & la quinte
ont en mineur chacune deux diſſonances.

3°. On peut produire ſept harmonies

diffonantes dans chaque ton, avec les feules notes de la gamme.

4°. On peut produire onze harmonies diffonantes dans les tons mineurs, en employant avec les notes de la gamme, la fenfi le par exception.

5°. Les dix-huit harmonies diffonantes des deux modes fe réduifent à fept efpèces de diffonances. L'intervalle de tierce majeure & de tierce mineure, qui fépare les fons que la nature marie enfemble dans la même gamme, fépare auffi les fons que l'art affemble : trois tierces féparent les quatre notes de chaque diffonance prife dans fon ordre naturel & direct, 1, 3, 5, 7 : une fois ces tierces font mineures toutes les trois ; très-fouvent il y a une tierce majeure avec deux tierces mineures ; il y a auffi par fois une feule tierce mineure avec deux tierces majeures. La tierce majeure eft à l'aigu des deux mineures, au grave & au milieu : la tierce mineure change pareillement 3 fois de place parmi les 2 tierces majeures.

Sol-dieze

Sol-dieze fi ré fa, diffonance de fenfible en mineur de *la*. Les tierces qui
féparent les quatre fons de cette harmonie, font toutes les trois des intervalles
de tierce mineure : elle eft feule de fon
efpece.

Si ré fa la, diffonance de fenfible en
majeur d'*ut*. Les deux premieres tierces
font mineures; une tierce majeure fépare
les deux dernieres notes de cette harmonie, qui diffone auffi, comme diffonance
de feconde, en mineur de *la*.

La diffonance de fenfible en majeur &
la diffonance de feconde en mineur, ne
font donc qu'une même efpece d'harmonie.

Sol fi ré fa, diffonance de dominante
en *ut*. L'intervalle de tierce majeure fépare les deux premieres notes de cette
harmonie, les deux dernieres tierces font
mineures : les intervalles de la diffonance
de feptieme en mineur, font difpofés de
la même maniere; *fol fi ré fa* eft diffonance de feptieme en *la* mineur : la diffonance de dominante, avec le fecours

L

de la senfible par exception, eft la même en mineur qu'en majeur.

La diffonance de dominante, tant en mineur qu'en majeur, & la diffonance de la feptieme en mineur, ne font donc qu'une même efpece d'harmonie.

Ré fa la ut, diffonance de feconde en majeur d'*ut*. Pour cette fois, la tierce majeure eft au milieu, les tierces mineures féparent les deux premiers & les deux derniers fons de l'harmonie : les intervalles qui féparent les quatre notes des diffonances de tierce & de fixte en majeur, de tonique, de quarte & de quinte en mineur, font difpofés de la même maniere ; par conféquent auffi, une feule efpece d'harmonie pour fix diffonances.

Ut mi fol fi, diffonance de la tonique en majeur d'*ut*. Ici une tierce mineure eft au milieu de deux tierces majeures : la diffonance de quarte en majeur, & les diffonances de tierce & de fixte en mineur, ont leurs quatre notes arrangées de la même maniere. Donc, encore une feule efpece d'harmonie pour quatre diffonances.

La ut mi fol-dieze , feconde diffonance de tonique en mineur de *la*. Dans cette harmonie la tierce mineure eft fuivie de deux tierces majeures ; c'eft la feule de fon efpece.

Ut mi fol-dieze fi , feconde diffonance de la tierce en mineur de *la*. Les intervalles de cette harmonie font placés à l'inverfe de la précédente ; la tierce mineure eft à l'aigu , elle eft précédée des deux tierces majeures : cette diffonance eft encore unique de fon efpece.

Réfumons ce cinquieme corollaire. En mineur , diffonances de fenfible , de tonique & de tierce , toutes les trois avec l'exception ; trois diffonances & trois efpeces.

Diffonance de fenfible en majeur , diffonance de feconde en mineur ; deux harmonies & une efpece.

Diffonance de dominante en majeur & en mineur , & diffonance de feptieme

L ij

en mineur ; trois harmonies & une espece.

Dissonances de tonique & de quarte en majeur , dissonances de tierce & de sixte en mineur ; quatre harmonies & une espece.

Dissonances de seconde , de tierce & de sixte en majeur , dissonances de tonique , de quarte & de quinte en mineur; six harmonies & une seule espece.

Donc , trois fois une harmonie , une fois deux harmonies , une fois trois harmonies , une fois quatre harmonies , une fois six harmonies , & chaque fois une espece. Par conséquent , 7 especes pur les 18 harmonies spécifiées.

De ce cinquieme corollaire nous pourrons tirer une conséquence très-utile, & dire que la plupart des harmonies dissonantes imitent l'harmonie consonnante , & s'étendent à plusieurs gammes. Nous avons vu dans la seconde partie que la consonnance *ut mi sol* , par exemple , étoit principale en *ut* , analogue en *sol* & en *fa* majeurs, analogue aussi en *la* ,

en *ré*, en *mi* & en *fa* mineurs. En *fa*,
elle figuroit comme confonnance de dominante, en *fol* comme confonnance de
quarte, en *la* comme confonnance de
tierce, en *ré* comme confonnance de
feptieme, & en *mi* comme confonnance
de fixte. Nous avons vu auffi que la
confonnance mineure *la ut mi* étoit principale en *la* mineur, & analogue en *ut*,
ré, *mi*, *fa* & *fol*. Par l'examen du
préfent corollaire, nous verrons les con-
clufions fuivantes...

L'harmonie *fi ré fa la* eft diffonance
de fenfible en *ut* majeur, & diffonance
de feconde en *la* mineur.

L'harmonie *fol fi ré fa* eft diffonance
de dominante du ton *ut*, tant en majeur
qu'en mineur, & diffonance de feptieme
en *la* mineur.

L'harmonie *ré fa la ut* eft diffonance
de feconde en *ut* majeur, diffonance de
fixte en *fa* majeur, diffonance de tierce
en *fi-bémol* majeur, diffonance de tonique en *ré* mineur, diffonance de quarte

en *la* mineur, & diffonance de quinte en *fol* mineur.

L'harmonie *ut mi fol fi* eft diffonance de tonique en *ut* majeur, diffonance de quarte en *fol* majeur, diffonance de tierce en *la* mineur, & diffonance de fixte en *mi* mineur.

6°. La diffonance de la feptieme ou de la fenfible eft la feule harmonie pure ; elle n'eft compofée que d'une qualité de fons, les feuls *appels* de la gamme la compofent ; toutes les autres diffonances font mixtes ; un, deux ou trois fons *appels* font toutefois mêlés avec trois, deux ou un fon naturel.

7°. Dans les diffonances mixtes, les premiers fons de la nature font toujours confervés avec les derniers fons *appels*, & les derniers fons de la nature font confervés avec les premiers *appels* : la tonique fonne avec les foibles *appels*, & la quinte ou dominante fonne avec les forts *appels*.

98. Les quatre fons des harmonics

diſſonantes ne ſont pas toujours employés dans leur ordre naturel, chaque diſſonance a quatre poſitions ; la diſſonance de dominante en *ut*, *par exemple*, peut paroître des quatre manieres ſuivantes.....

Sol ſi ré fa . . .
Si ré fa ſol . .
Ré fa ſol ſi .
Fa ſol ſi ré

99. L'harmonie diſſonante annonce, prépare, ſollicite, *appelle*, exige le retour du repos des ſons de l'harmonie conſonnante : l'harmonie conſonnante ſauve la diſſonante, contente & repoſe l'oreille.

Toutes les harmonies diſſonantes de la gamme conduiſent au repos des ſons de la nature, mais elles ſollicitent leur retour inégalement ; chacune *contraſte* & diſſone plus ou moins avec la nature. La diſſonance de la ſixte rappelle très-foiblement l'uniſſon grave du dernier ſon de la nature : la diſſonance de la tonique rappelle très-fortement l'uniſſon aigu du principal son de la nature : les harmonies diſſonantes de quarte & de tierce ramenent le ſupplément de la nature, la quinte manque à l'une, & l'autre eſt ſans tonique ; la diſſonance de quarte ſollicite le dernier ſon de la nature, & la diſſonance de tierce demande la tonique : les diſſonances de ſeconde & de dominante preſſent plus le retour de la nature ; la diſſonance de ſeconde ſollicite les deux derniers ſons de l'intonation de la gamme, & la diſſonance de dominante ſollicite, exige & ramene ſes deux premiers ſons : l'harmonie de ſeptieme ou de *ſenſible* eſt totalement oppoſée aux ſons de la nature ; c'eſt leur plus grand *contraſte* & la plus forte diſſonance de la gamme, elle n'a rien de commun avec l'intonation, elle rappelle tous les ſons de la conſonnance & du principal repos.

Les plus preſſantes de toutes ces diſſonances ſont en général celles qui renferment la *ſenſible*.

100. Toutes les harmonies diſſonantes

ne font pas également ufitées ; la diffonance de la dominante , celle de la feconde & celle de la fenfible regnent le
plus dans nos compofitions muficales ;
des trois , celle de dominante eft la plus
fréquente ; elle fert fouvent d'annonce
dans les changemens de tons , & elle
entre le plus dans la conftruction des
phrafes harmoniques, avec lefquelles on
arrête l'oreille dans une gamme.

101. Les chaînes naturelles & générales des tons de l'article 69 , font plus
intéreffantes , fi l'intonation de chaque
ton eft annoncée par l'harmonie diffonante de fa dominante. On peut auffi
embellir les paffages d'un ton à un autre
de l'article 72 , en annonçant les tons
intermédiaires par la diffonance de leur
dominante.

Pour éviter l'uniformité , on pourroit
varier l'embelliffement de ces chaînes de
tons , annonçant l'intonation de l'un par
la diffonance de dominante, annonçant
celle d'un autre par la diffonance de la

fenfible , & annonçant celle d'un troifieme ton par la double diffonance de
feconde & de dominante.

On peut encore augmenter la variété
de ces chaînes de tons annoncés , en
prononçant de temps en temps un ou
deux tons de fuite par leur fimple intonation , pour féparer les différentes annonces.

Dans l'article fuivant, je reviendrai un
peu fur les exemples des articles 69 , 70,
71 , 72 & 73 , pour embellir la marche
des tons de la chaîne naturelle , générale,
vague & indéterminée. Par fois , je pro-
noncerai tout fimplement le ton par la
confonnance de fon intonation ; le plus
fouvent je préparerai cette confonnance,
& j'annoncerai le ton, tantôt par la diffonance de dominante , tantôt par la diffonance de fenfible , & tantôt par la
double diffonance de feconde & de dominante. Mais il faut auparavant nous
arrêter un moment ici, pour nous familiarifer avec les trois annonces de chaque

ton. Commençons en *ut*, & difons de tête, d'abord en majeur....

1°. *Sol fi ré fa, ut mi fol.*
2°. *Si ré fa la, ut mi fol.*
3°. *Ré fa la ut &*
    Sol fi ré fa, ut mi fol.

Enfuite en mineur....

1°. *Sol fi ré fa, ut mi-b. fol.*
2°. *Si ré fa la-b., ut mi-b. fol.*
3°. *Ré fa la b. ut &*
    Sol fi ré fa, ut mi-b. fol.

Cela fait, nous aurons l'intonation d'*ut* annoncée des trois manieres, tant en majeur qu'en mineur ; 1°. par la diffonance de dominante ; 2°. par la diffonance de fenfible ; 3°. par la double diffonance de feconde & de dominante.

Rappellons - nous les obfervations des articles 66, 67 & 68 fur le choix des pofitions, fur la maniere de bien ordonner la baffe avec l'harmonie, & fur la néceffité de rapprocher la baffe de l'harmonie, enfin d'éviter les fons trop aigus & les fons trop graves ; & effayons fur l'inftrument cette triple annonce des 2 intonations d'*ut*. Si nous raifonnons bien, nous aurons l'arrangement fuivant....

Basses. Harmonies.

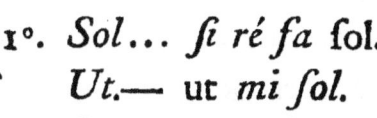

1°. *Sol*... fi ré fa fol.
　　Ut.— ut *mi fol*.
2°. *Si*... fi ré fa la.
　　Ut.— ut *mi fol*.
3°. *Ut*... ut ré fa la ,
　　Ut... fi ré fa fol ,
　　Ut.— ut *mi fol*.

Une paufe & puis autant en mineur...

1°. *Sol*... fi ré fa fol ,
　　Ut.— ut *mi-b. fol*.
2°. *Si*... fi ré fa la-b. ,
　　Ut.— ut *mi-b. fol*.
3°. *Ut*... ut ré fa la-b. ,
　　Ut... fi ré fa fol ,
　　Ut.— ut *mi-b. fol*.

Avec les deux mains nous refterons au milieu de l'inftrument, & fi nous fuivons les trois annonces avec un peu d'attention, nous fentirons que l'annonce que faît la diffonance de fenfible, convient principalement au mode mineur, que celle de la dominante & celle de la double diffonance fonnent bien dans les deux modes. Par conféquent, nous ne ferons pas tentés de répéter deux fois les trois annonces dans les onze autres octaves, pour les dire d'abord en majeur, & puis en mineur; fachant d'ailleurs que la diffonance de dominante eft la même pour les deux modes de chaque octave : nous nous contenterons chaque fois de dire l'annonce de la diffonance de dominante en majeur, & l'annonce de la diffonance de fenfible avec celle de la double diffonance de feconde & de dominante en mineur.

Étant familiarifé avec les annonces en *ut*, prenons fucceffivement les 11 autres fons pour toniques, fans nous inquiéter ni de liaifon, ni de chaîne ; penfons feulement au nombre de *dieẓes* & au nombre de *bémols* de chaque gamme ; abandonnons auffi l'inftrument & difons de tête, abftraction faite du choix des baffes & des pofitions.....

2°. En *ré*, (2 *dieẓes* & 1 *bémol.*)

Majeur. *La ut-d. mi fol, ré fa-d. la.*

Mineur. *Ut-d. mi fol fi-b., ré fa la.*

Min. encore. *Mi fol fi-b. ré &*
La ut-d. mi fol, ré fa la.

3°. En *mi*, (4 *dieẓes* & 1 *dieẓe.*)

Majeur. *Si ré-d. fa-d. la, mi fol-d. fi.*

Mineur. *Ré-d. fa-d. la ut, mi fol fi.*

Min. encore. *Fa-d. la ut mi &*
Si ré-d. fa-d. la, mi fol fi.

4°. En *fa*, (1 *bémol* & 4 *bémols.*)

Majeur. *Ut mi fol fi-b., fa la ut.*

Mineur. *Mi fol fi-b. ré-b., fa la-b. ut.*

Min. encore. *Sol fi-b. ré-b. fa &*
Ut mi fol fi-b., fa la-b. ut.

5°. En *Sol*, (1 *dieze* & 2 *bémols*.)

Majeur. *Ré fa-d. la ut , sol si ré.*

Mineur. *Fa-d. la ut mi-b. , sol si-b. ré.*

Min. encore. *La ut mi-b. sol &*

Ré fa-d. la ut , sol si-b. ré.

6°. En *la*, (3 *diezes* & o.)

Majeur. *Mi sol-d. si ré , la ut-d. mi.*

Mineur. *Sol-d. si ré fa, la ut mi.*

Min. encore. *Si ré fa la &*

Mi sol-d. si ré , la ut mi.

7°. En *si*, (5 *diezes* & 2 *diezes*.)

Majeur. *Fa-d. la-d. ut-d. mi , si ré-d. fa-d.*

Mineur. *La-d. ut-d. mi sol, si ré fa-d.*

Min. encore. *Ut-d. mi sol si &*

Fa-d. la-d. ut-d. mi , si ré fa-d.

8°. En *ut-dieze* ou en *ré-bémol* ,
(7 & 4 *diezes* , ou 5 & 8 *bémols*.)

Pour le majeur, je nomme ma tonique *ré-bémol*; pour le mineur, je la
nomme *ut-dieze*; par ce moyen j'aurai
toujours quelques notes naturelles dans

la gamme , & j'évite l'embarras des doubles *bémols.*

Majeur. *La-b. ut mi-b. ſol-b., ré-b. fa la-b.*
Mineur. *Si-d. ré-d. fa-d. la , ut-d. mi ſol-d.*
Min. encore. *Ré-d- fa-d. la ut-d.* &
　　　 Sol-d. ſi-d. ré-d. fa-d., ut-d. mi ſol-d.

9°. En *ré-dieʒe* ou en *mi-bémol.*
(9 & 6 *dieʒes,* ou 3 & 6 *bémols.*)

Ici je préfere la tonique *mi-bémol* pour les deux modes.....

Majeur. *Si-b. ré fa la-b., mi-b. ſol ſi-b.*
Mineur. *Ré fa la-b. ut-b., mi-b. ſol-b. ſi-b.*
Min. encore. *Fa la-b. ut-b. mi-b.* &
　　　 Si-b. ré fa la-b., mi-b. ſol-b. ſi-b.

10°. En *fa-dieʒe* ou en *ſol-bémol.*
(6 & 3 *dieʒes,* ou 6 & 9 *bémols.*

Fa-dieʒe tonique pour les deux modes , & on y gagne ; on eſt plus commodément avec 3 *dieʒes* qu'avec 9 *bémols.*

Majeur. *Ut-d. mi-d. ſol-d. ſi, fa-d. la-d. ut-d.*
Mineur. *Mi-d. ſol-d. ſi ré, fa-d. la ut-d.*

　　　　　　　　　　Mineur

Min. encore. *Sol-d. si ré fa-d.* &

    Ut-d. mi-d. sol-d. si, fa-d. la ut-d.

11°. En *Sol-dieze* ou en *la-bémol*,
(8 & 5 *diezes*, ou 4 & 7 *bémols*.)

Cette fois je préfere *la-bémol*, tant
pour le majeur que pour le mineur,
l'exception de la sensible du mode mineur
m'indemnise ; *sol* est ma sensible, c'étoit
fa - double - dieze, si j'avois préféré en
mineur les 5 *diezes*.

Majeur. *Mi-b. sol si-b. ré-b., la-b. ut mi-b.*

Mineur. *Sol si-b. ré-b. fa-b., la-b. ut-b. mi-b.*

Min. encore. *Si-b. ré-b. fa-b. la-b.* &

    Mi-b. sol si-b. ré-b., la-b. ut-b. mi-b.

12°. En *la-dieze* ou en *si-bémol*,
(10 & 7 *diezes*, ou 2 & 5 *bémols*.)

Tout décide en faveur de *si-bémol*.

Majeur. *Fa la ut mi-b., si-b. ré fa.*

Mineur. *La ut mi-b. sol-b., si-b. ré-b. fa.*

Min. encore. *Ut mi-b. sol-b. si-b.* &

    Fa la ut mi-b., si-b. ré-b. fa.

Ayant exercé la tête, exerçons aussi

M

les doigts ; recommençons & familiari-
fons-nous fur l'inftrument avec ces trois
annonces ; difons - les dans toutes les
octaves ; fuivons le même ordre , fans
nous inquiéter de chaînes, ni de liaifons ;
ajoutons la baffe que j'ai donné ci-deffus
en *ut* ; les premieres & principales notes
des harmonies , la quinte , la fenfible &
la tonique de la gamme faifoient mon
affaire dans les deux premieres annon-
ciations ; la tonique figuroit dans la troifieme , & pour la double diffonance , &
pour l'intonation follicitée. Choififfons
auffi les pofitions des harmonies ; évitons
les fons trop aigus & les fons trop graves;
tenons avec les deux mains le milieu de
l'inftrument.

Je crois que le Lecteur *Difciple* me
difpenfe de lui écrire encore une fois ces
annonces ; de lui-même il ordonnera le
tout ; mais il pourroit bien fe faire qu'il
ne foit pas d'accord avec moi fur mon
choix de baffe ; car dans la feconde
partie, les baffes étoient toujours uniffons

des notes de l'harmonie , & dans la troifieme annonce la tonique eft baffe pour la diffonance de dominante qui ne renferme aucun uniffon de la tonique. Si le Difciple eft choqué de cette licence , il eft le maître d'abandonner ma baffe , & d'en choifir une autre ; pourvu qu'il permette auffi au génie , (*non pas au mien* ; *j'admire , j'obferve & j'analyfe celui des autres ,*) d'avoir par fois des fantaifies.... Les uniffons des notes de l'harmonie contentent bien la raifon , mais le génie plus hardi va au-delà de fon timide empire ; fouvent il annonce le ton , ou rappelle fa confonnance principale par la diffonance de la fenfible , tandis qu'à la baffe il fonne déja , par *anticipation ,* la tonique, la tierce ou la quinte. Dans les chefs-d'œuvre de Mufique , la tonique & la tierce fonnent auffi très-fouvent, par *anticipation ,* à la baffe, tandis que l'harmonie diffonante de dominante annonce ou rappelle la confonnance des fons de la nature.

M ij

102. Reſtons devant l'inſtrument, &
revenons ſur les exemples de l'article 69;
annonçons chaque ton des lignes de
quarte par l'harmonie diſſonante de dominante ; employons la double diſſonance
pour annoncer les tons de la ligne de
quinte ; n'y touchons pas au cinquieme
exemple, les conſonnances du changement de mode & du majeur de la quinte
ſe ſuccedent mieux ſans annonces ; dans
le ſixieme exemple, les tons ſont encore
alternativement majeurs & mineurs ; annonçons les majeurs par l'harmonie diſſonante de dominante, & les mineurs par
la diſſonance de la ſenſible. Abandonnons
les baſſes & les poſitions données ; réglons-
les ſur les baſſes & ſur les poſitions des
annonces ; prenons celles-ci à volonté,
l'oreille & les yeux nous rappelleront de
reſte les notions des articles 66, 67 &
68. Prolongeons par fois les annonces,
& faiſons ſonner à la baſſe ſucceſſivement
tous les uniſſons des notes de l'harmonie
diſſonante.

Revenons auffi un peu fur les exemples des articles 70, 71 & 72. Recommençons la chaîne générale de l'article 70, confervons la baffe indiquée, & annonçons les tons mineurs par la diffonance de fenfible, & les majeurs par l'harmonie diffonante de dominante.

Dans l'article 71, n'annonçons que les tons relatifs, & cela par la diffonance de la fenfible.

Dans l'article 72, annonçons par l'harmonie diffonante de dominante les tons intermédiaires, qui fe fuccedent par quarte; annonçons par la double diffonance ceux qui fe fuccedent par quinte; annonçons par la diffonance de fenfible ceux qui fe fuccedent par tierce ou par feconde; prononçons fimplement ceux qui fe fuccedent par changement de mode, ou par faut; opérons de même fur le ton qui eft notre but.

Le Difciple zélé, qui voudra revenir fur ces exemples, fera le maître des baffes, des pofitions harmoniques & de

M iij

leur ordonnance ; pourvu que son oreille soit satisfaite, personne n'aura rien à lui dire.

Pour remplir scrupuleusement la tâche que je me suis imposé dans l'article précédent, je vais finir celui-ci par un exemple fondé sur toutes les marches de tons, & sur toutes les annonces. Chacun pourra faire autant, en suivant l'article 73, & en se rappellant ce que j'ai promis, page 170.

EXEMPLE.

Sur la chaîne générale des tons annoncés.

Basses. Harmonies.

Ut,.. *mi sol* ut, premier ton.
Mi... ut *mi sol si-b.*, annonce.
Fa,.. ut fa *la*, ligne de quarte.
Fa... ut ré *fa la*, ⎫
Fa... *si* ré *fa* sol, ⎬ annonce.
Mi,.. ut *mi sol*, ligne de quinte.
Mi... ut-d. *mi sol si-b.*, annonce.

Basses. Harmonies.

Ré,.. ré *fa la*, détour fur la feconde.

Ré,.. ré *fa-d. la*, changement de mode.

Ré-d., ré-d. *fa-d.* fi, faut de fixte.

Si?.. ré-d. *fa-d. la* fi, annonce.

Mi,.. mi *fol-d. fi*, ligne de quarte.

Ré... mi *fol-d. fi ré*, annonce.

Ut-d., *mi la ut-d.*, ligne de quarte.

Ut-d.. mi-d. *fol-d. fi ré*, annonce.

Ut-d., fa-d. *la ut-d.*, détour fur la fixte.

Ut-d.. ré-d. *fa-d. la ut-d.,* ⎫
Ut-d.. ré-d. *fa-d. fol-d. fi-d.,* ⎬ annonce.
                        ⎭

Ut-d., *mi fol-d.* ut-d., ligne de quinte.

Ut-d., *mi-d. fol-d.* ut-d., changement
                              de mode.

Mi-d.. ut-d. *mi-d. fol-d. fi*, annonce.

Fa-d., *ut-d.* fa-d. *la-d.*, ligne de quarte.

Mi... ut-d. mi fa-d. *la-d.*, annonce.

Ré-d., ré-d. *fa-d.* fi, ligne de quarte.

Ré,.. ré *fa-d.* fi, changement de mode.

Mi,.. ut *mi fol* ut , faut majeur d'un
                          demi-ton plus haut.

BASSES.   HARMONIES.

Mi,.. ut *mi sol si-b.* , annonce.

Fa,.. *ut* fa *la* , ligne de quarte.

Fa-d.. ré *fa-d. la ut* , annonce.

Sol,.. ré sol *si* , faut de feconde.

Sol-d.. ré *fa* sol-d. *si* , annonce.

La,.. ut *mi* la , détour fur la feconde.

Sol... ut *mi sol si-b.* , annonce.

Fa,.. *ut* fa *la* , détour fur la fixte.

Fa-d... *ut mi-b.* fa-d. *la* , annonce.

Sol,.. *si-b.* ré sol, détour fur la feconde.

Fa.,. si-b. ré *fa la-b.* , annonce.

Mi-b., *si-b.* mi-b. *fol*, détour fur la fixte

Ré-b., ré-b. *fa* si-b., faut de quinte.

Ut... ut *mi fol si-b.* , annonce.

Fa,.. *ut* fa *la-b.* , ligne de quinte.

Fa,.. *ut* fa *la* , changement de mode.

Mi... ut-d. *mi fol si-b.* , annonce.

Ré,.. ré *fa* la , détour fur la fixte.

Ut... ut mi-b. fa la , annonce.

Si-b., fi-b. ré *fa* si-b., détour fur la fixte.

Si.,. fi ré *fa la-b.*, annonce.

Ut₂.. ut *mi-b. fol*, détour fur la feconde.

BASSES.   HARMONIES.

La-b., ut mi-b. la-b. , détour fur la fixte.
Sol-b. ut mi-b. fol-b. la-b. , annonce.
Fa,.. ré-b fa la-b., ligne de quarte.
Fa... ré fa la-b. ut-b. , annonce.
Mi-b., mi-b. fol-b. fi-b. , détour fur la
                                    feconde.
Mi-b., mi-b. fol fi-b. , changement de
                                    mode.
Ré..., ré fa fol fi , annonce.
Ut,... ut mi b. fol ut , détour fur la fixte.
Ut,... ut mi fol ut , changement de mode.
&c.   &c.

La baffe & les pofitions harmoniques
font données dans cet exemple ; le prononçant fur l'inftrument , le Difciple n'eft
plus chargé que du foin de placer les
notes de la baffe & des harmonies dans
les octaves du milieu de l'inftrument ,
enfin d'éviter les fons trop aigus & les
fons trop graves , qui ne conviennent
qu'aux caprices de la mélodie : il eft le

maître de plaquer les harmonies avec la
baffe, ou bien de les harpégier & de les
embellir fuivant les notions des articles
40, 41, 42, 43 & 44; s'il choifit une
batterie qui exige toujours quatre notes,
il peut ajouter un uniffon à chaque confonnance, & s'il n'a befoin que de trois
notes, il peut toujours omettre dans l'harmonie l'uniffon de la baffe. La ponctuation eft indéterminée, chacun la mettra
à fa guife, répétera, quand il le jugera
à propos, les confonnances & les diffonances, pour faire durer un peu tantôt
les annonces, & tantôt les repos.

On pourroit prolonger cette chaîne à
l'infini, y faire entrer tous les tons &
tous les changemens; on auroit toujours
des combinaifons nouvelles, & fouvent
de très-piquantes.

Le Difciple doit s'arrêter ici, s'il croit
pouvoir un jour groffir le nombre des
génies créateurs. Il faut qu'il familiarife
fa tête avec la chaîne générale & indé-

terminée des tons prononcés & annoncés, car on ne choifit bien les marches particulieres de chaque morceau, que quand on eft maître de toutes les marches. Il pourroit, *par exemple*, 1°. parcourir rapidement & idéalement, abftraction faite des intonations & des annonces, des étendues telles que la fuivante....

Ut majeur, ...	premier ton.
Fa majeur, ...	ligne de quarte.
Ré mineur, ...	détour fur la fixte.
La mineur, ...	ligne de quinte.
Si-bémol majeur, . .	faut majeur d'un demi-ton plus haut.
Sol majeur, ...	faut de fixte.
Ré majeur, ...	ligne de quinte.
Mi mineur, ...	détour fur la feconde.
Ut majeur, ...	détour fur la fixte.
Ré mineur, ...	détour fur la feconde.
Si-bémol majeur, . .	détour fur la fixte.
Si-bémol mineur, . .	changement de mode.
La-bémol mineur, . .	faut de feptieme.

Mi-bémol majeur, majeur de la quinte.

Fa mineur ,..... détour fur la feconde.

Fa majeur, ... changement de mode.

Mi mineur,..... détour fur la feptieme.

Si mineur, ... ligne de quinte.

Ré mineur, ... faut de tierce.

Ré majeur, ... changement de mode.

La majeur, ... ligne de quinte.

Mi majeur,..... ligne de quinte.

Sol-dieʒe mineur, détour fur la tierce.

Ut-dieʒe mineur , ligne de quarte.

Ut-dieʒe majeur , changement de mode.

&c.   &c.

2°. Il pourroit revenir fur fa chaîne, prononcer l'intonation de chaque ton ; & 3°. annoncer les tons dont la fucceffion d'intonations choqueroit fon organe.

L'enfant du génie, qui fait chanter ou jouer d'un inftrument, pourroit ici exercer fon chant mélodieux, difant tantôt tous les fons de l'harmonie, & tantôt choififfant ceux qui plaifent à fa fantaifie , mêler par fois avec ceux - ci les autres notes de la gamme & même tous tes fons poffibles de l'octave, pour donner aux fons de l'harmonie des ombres & des demi-teintes. Car les élémens de la chaîne générale font la bafe du *prélude* des *caprices*, & de tout ce qu'on nomme vulgairement *point d'orgue*.

Le Lecteur qui borne fon ambition à favoir admirer les chefs-d'œuvre d'autrui, paffera légérement fur la chaîne générale & indéterminée des articles 69, 70, 71, 72, 73 & du préfent article; il atteindra fon but, s'il s'occupe férieufement des articles qui les précedent, & qui leur fuccedent.

103. Nos trois annonces pourroient auffi embellir les exemples de la chaîne particuliere des tons, mais il ne faut pas toujours revenir fur fes pas; avançons, nous trouverons des conftructions nouvelles, & toutes les annonces employées. D'ailleurs, les conftructions des derniers articles de la feconde partie, tant du *récitatif* que de l'*ariette*, font affez rares; on pourroit bien les laiffer fubfifter telles

qu'elles font, jufqu'au temps où nos Compofiteurs célebres auront enrichi l'art de
ces fortes de productions.

104. Les confonnances analogues ne
font pas les feules harmonies qui phrafent avec les confonnances repos , les
harmonies diffonantes de la gamme *contraftent* bien davantage avec ces mêmes
repos. En *ut*, la confonnance de quinte
fol fi ré phrafe avec le principal repos ,
avec la confonnance de la nature *ut mi
fol*, à caufe des fons *appels fi* & *ré* ,
qui font conjoints avec les fons repos *ut*
& *mi* ; ils contraftent & diffonent avec
les fons de la nature. La diffonance de
dominante *fol fi ré fa* renferme 3 fons
conjoints , qui contraftent & diffonent
avec les mêmes fons de la nature; de
plus , cette harmonie diffone en elle-
même , comme nous avons vu ci-deffus;
donc elle exige doublement le repos. La
confonnance de feconde *ré fa la* phrafe
avec le fecond repos , avec le repos de
la confonnance de quinte *fol fi ré*, à

cauſe des notes *fa* & *la* , qui contraſtent & diſſonent avec *ſol* & *ſi* , premieres notes de la conſonnance repos ; dans la diſſonance de ſeconde *ré fa la ut* , trois notes contraſtent & diſſonent avec les mêmes notes de la conſonnance repos ; de plus , cette harmonie diſſone en elle-même , donc elle exige doublement un repos. On peut dire la même choſe de toutes les diſſonances de la gamme ; les unes renferment des notes qui *contraſ-tent* & qui diſſonent avec les ſons de la conſonnance du principal repos (*repos de la tonique*) ; & les autres renferment quelques notes qui *contraſtent* & qui diſſonentavec les ſons de la conſonnance du ſecond repos (*repos de quinte*).

Donc les diſſonances de la gamme phraſent avec la conſonnance de la toni-que, ou avec la conſonnance de la quinte. La diſſonance de la quaite phraſe avec la conſonnance de la quinte de la même maniere que la diſſonance de ſenſible phraſe avec la conſonnance de la tonique.

La diſſonance de ſeconde qui ſollicite le repos de quinte, conduit auſſi au repos principal. La diſſonance de ſixte phraſe avec la conſonnance de quinte, de la même maniere que la diſſonance de ſeconde phraſe avec la conſonnance de tonique. La diſſonance de tonique mene aux ſons harmoniques de la conſonnance de quinte. Enfin, la diſſonance de tierce ne ſollicite que le retour de la tonique.

La diſſonance de dominante phraſe auſſi par fois avec la conſonnance de la ſixte, pour *ſuſpendre* la concluſion de la phraſe finale. Cette conſonnance ainſi amenée, forme un troiſieme repos dans la gamme, un *repos ſuſpenſif*.

105. Le point, les deux points & la virgule & point figurent pour les trois principaux repos de la gamme. (art. 75.) Récapitulons les harmonies qui conduiſent à ces trois repos ; commençons par le principal, par le repos de tonique, par le *point harmonique*.

Si la conſonnance de la nature peut

ſuccéder

succéder immédiatement à toutes les harmonies de la gamme ; chacune pourtant
ne contraste & ne dissone pas assez avec
elle, pour exiger son retour. Trois dissonances seulement phrasent avec la consonnance de la nature, les dissonances de
dominante, de sensible & de seconde. Les
consonnances de la dominante, de la
quarte & de la seconde phrasent aussi
avec l'harmonie de la nature.

Phrases qui terminent au repos principal
de la gamme, par ordre & par gra-
dation du moins au plus.

1°. En majeur.

Consonnance de quarte, cons. de tonique.
cons. de seconde..... cons. de tonique.
dissonance de seconde.. cons. de tonique.
cons. de dominante... cons. de tonique.
diss. de dominante.... cons. de tonique.
diss. de sensible...... cons. de tonique.

2°. En mineur.

Consonnance de quarte, cons. de tonique.

N

diſſonance de ſeconde... conſ. de tonique.
conſ. de dominante.... conſ. de tonique.
diſſ. de dominante.... conſ. de tonique.
diſſ. de ſenſible...... conſ. de tonique.

La conſonnance de la quinte ne phraſe pas non plus avec toutes les conſonnances & avec toutes les diſſonances qui la ſollicitent. Les harmonies de la ſeconde, de la quarte & de la ſixte, avec la conſonnance de la tonique, ſont les ſeules qui *contraſtent* & qui diſſonent aſſez avec elle, pour exiger en phraſe ſon retour & un repos harmonique de deux points.

Phraſes qui terminent au repos de quinte, par ordre & par gradation du moins au plus.

1°. En majeur.

Conſ. de tonique..... conſ. de quinte.
conſ. de ſixte....... conſ. de quinte.
diſſonance de ſixte... conſ. de quinte.
conſ. de ſeconde..... conſ. de quinte.
diſſonance de ſeconde.. conſ. de quinte.

conf. de quarte...... conf. de quinte.
diff. de quarte....... conf. de quinte.

2°. En mineur.

Conf. de tonique. conf. majeur de quinte.
conf. de fixte... conf. majeur de quinte.
diff. de fixte.... conf. majeur de quinte.
diff. de feconde.... conf. majeur de quinte.
conf. de quarte... conf. majeur de quinte.
diff. de quarte... conf. majeur de quinte.

La confonnance de la fixte n'eft repos fufpenfif, repos harmonique de virgule & point, que quand elle fuccede dans la phrafe finale à la confonnance ou à la diffonance de dominante ; car on ne peut fufpendre la conclufion, que quand on a donné des preuves fuffifantes pour pouvoir conclure. La confonnance de dominante eft la feule des analogues qui puiffe amener immédiatement le repos final. (art. 75.) La diffonance de domi- nante a la même force perfuafive, elle a

N ij

le pas fur les deux autres diſſonances qui phraſent encore avec la conſonnance principale. La diſſonance de ſeconde ne contraſte & ne diſſone pas aſſez avec les ſons de la nature, pour pouvoir amener le repos final ; la diſſonance de la ſenſible contraſte, diſſone & fatigue trop, pour pouvoir amener un bon repos.

La diſſonance de ſixte & même la conſonnance de quarte prennent ſouvent la place de la conſonnance de ſixte, pour ſuſpendre la concluſion de la phraſe finale.

Le génie muſical a enrichi l'art de deux autres bonnes ſuſpenſions : pour l'une, voyez la phraſe finale de la derniere conſtruction *ariette* de la deuxieme partie de *cet Eſſai*, page 130. Une harmonie étrangere à la gamme ſuſpend la concluſion après une répétition de la phraſe finale ; à cette harmonie *ſuſpenſive* ſuccede immédiatement une prononciation de la conſonnance principale, elle preſſe & avertit l'oreille de l'arrivée de la vraie phrafe finale. Cette fufpenfion extraordinaire fait un bel effet dans tous les tons mineurs ; c'eft la confonnance majeure du faut d'un demi-ton plus haut ; elle eft précédée & fuivie d'une confonnance ; elle fufpendra très-bien toutes les fois que les baffes & les harmonies chemineront vers la conclufion, comme dans l'exemple cité ci-deffus.

L'autre fufpenfion extraordinaire eft encore une harmonie étrangere à la gamme ; c'eft la diffonance mineure de la fenfible de quinte, qui fufpend aujourd'hui très-fouvent la conclufion de la phrafe finale après les harmonies de dominante , & même après la diffonance de feconde.

Pour trouver facilement dans toutes les octaves cette feconde harmonie *fufpenfive* extraordinaire, il faut fuppofer que la quinte eft tonique d'une gamme mineure , & prendre la diffonance de fa fenfible ; & comme la diffonance de fenfible eft auffi nommée harmonie de tous les fons *appels* de la gamme , (art.

92.) nous dirons ici harmonie ou dissonance mineure des *appels* de la quinte, ou tout simplement les *appels* mineurs de la quinte. L'harmonie *fa-dieze* la ut *mi-bémol*, qui est la dissonance de sensible en *sol* mineur, est donc aussi l'harmonie des *appels* mineurs de la quinte en *ut*, & suspendra par extraordinaire la conclusion de la phrase finale, après les harmonies de la dominante *sol si ré* & *sol si ré fa*, & après la dissonance de seconde, tant en majeur qu'en mineur, après *ré fa la ut* & après *ré fa la-bémol ut*.

Le génie, pour employer ces suspensions extraordinaires, prolonge la phrase finale, la répete & la prépare, ou par une simple prononciation de la consonnance de la nature, ou par une phrase moins concluante. Dans les exemples de quelques-uns des art. suivans, nous trouverons la marche des phrases finales composées, tant pour la basse que pour les harmonies.

106. Il y a un quatrieme repos dans la gamme, c'est la *virgule harmonique*·

les confonnances de tierce, de feconde
& de feptieme font des repos de virgule ;
elles font par fois amenées par des harmonies qui *contraftent* & qui diffonent
affez avec elles, pour exiger une petite
paufe de phrafe. Chaque diffonance contrafte avec plufieurs confonnances ; la
diffonance de fixte, *par exemple*, contrafte avec les confonnances de quinte&
de feconde, comme la diffonance de
feconde contrafte avec les confonnances
de tonique & de quinte. La diffonance
de fenfible, qui exige le retour de la
confonnance de la tonique, phrafe auffi
très-bien avec la confonnance de tierce.
La diffonance de quarte, qui phrafe
avec la confonnance de quinte, amene
auffi par fois, en mineur, le repos de
virgule de la confonnance de feptieme.

Les confonnances de fixte & de quarte
font auffi très-fouvent amenées comme
des repos de fimples virgules ; l'une par
les harmonies de tierce, & l'autre par
les harmonies de tonique.

107 Ici, comme à l'article 75 , la phrase finale peut être compofée & progreffive ; les diffonances peuvent prendre la place des confonnances analogues, & folliciter le repos principal dans une double, triple , quadruple & quintuple phrafe ; même toutes les diffonances de la gamme peuvent concourir & exiger dans une phrafe progreffive le retour du repos de la confonnance de la nature. L'exemple pourra plaire au Difciple; je m'arrête en *ut* majeur.

Phrafe finale fimple.

Sol fi ré fa , diffonance de dominante, *Ut mi fol* , confonnance principale.

Phrafe finale double.

Ré fa la ut , diffonance de feconde, *Sol fi ré fa* , diffonance de dominante, *Ut mi fol* , confonnance principale.

Phrafe finale triple.

La ut mi fol , diffonance de fixte , *Ré fa la ut* , diffonance de feconde, *Sol fi ré fa* , diffonance de dominante,

Ut mi sol , consonnance principale.

Phrase finale quadruple.

La ut mi sol , dissonance de sixte,
Fa la ut mi , dissonance de quarte,   .
Ré fa la ut , dissonance de seconde,
Sol si ré fa , dissonance de dominante,
Ut mi sol , consonnance principale.

Phrase finale quintuple.

Mi sol si ré , dissonance de tierce,
La ut mi sol , dissonance de sixte,
Fa la ut mi , dissonance de quarte,
Ré fa la ut , dissonance de seconde,
Sol si ré fa , dissonance de dominante,
Ut mi sol , consonnance principale.

Phrase finale progressive.

Ut mi sol si , dissonance de la tonique,
Fa la ut mi , dissonance de quarte,
Si ré fa la , dissonance de sensible,
Mi sol si ré , dissonance de tierce,
La ut mi sol , dissonance de sixte,
Ré fa la ut , dissonance de seconde ,
Sol si ré fa , dissonance de dominante,
Ut mi sol , consonnance principale.

Le Lecteur qui voudra prononcer ces phrases sur l'instrument, mettra toujours les premieres notes des harmonies à la basse, choisira & ordonnera de lui-même les positions.

Les phrases composées font plus intéressantes, si on mêle un peu les consonnances avec les dissonances, & sur-tout si on commence à solliciter le repos foiblement par des consonnances, & ensuite plus fortement par les dissonances.

108. On peut aussi arriver par gradation au repos de quinte & au repos de virgule. Allant, en mineur, au repos de quinte par phrases composées, on peut rendre les gradations presqu'imperceptibles, altérant, suivant les notions de l'art. 92, les dissonances de seconde & de quarte qui y conduisent immédiatement.

En *ut*, la dissonance de seconde *ré fa la-bémol ut*, ainsi renforcée, se change en la dissonance *ré fa-d. la-b. ut*, qu'on nomme harmonie superflue, qui est une douzieme dissonance pour les tons mineurs.

La diffonance de quarte *fa la-b. ut mi-b.*, renforcée fuivant les mêmes notions, fe change en l'harmonie *fa-d. la-b. ut mi-b.*, treizieme diffonance des tons mineurs, qu'il faut nommer diffonance de la fenfible de quinte.

L'harmonie des quatre *appels* mineurs de quinte, qui eft une des fufpenfions citées dans l'art. 105, augmente encore le nombre des diffonances en mineur, & multiplie par fois les gradations des phrafes compofées, qui terminent au repos de quinte.

Ces trois nouvelles harmonies font aujourd'hui tant employées en Mufique, qu'on peut les regarder comme effentielles au mode mineur, quoiqu'elles renferment toutes les trois des notes étrangeres à la gamme. Cette licence ne doit pas étonner ; il y a long-temps que le mode mineur n'eft plus pur. Dans les phrafes fuivantes, pour le ton mineur d'*ut*, les trois diffonances extraordinaires font employées.

Phrase double qui termine au repos de quinte.

Ré fa la-b. ut, diſſonance de ſeconde,
Ré fa-d. la-b. ut, harmonie ſuperflue,
Sol ſi ré, . . . conſonnance de quinte.

Phraſe triple qui termine au repos de quinte.

Fa la-b. ut mi-b., diſſonance de quarte,
Fa-d. la-b. ut mi-b., diſſonance de la ſenſi-
 ble de quinte ,
Fa-d. la ut mi-b., harmonie des 4 *appels*
 mineurs de quinte,
Sol ſi ré, . . . conſonnance de quinte.

La-bémol & *ſol* ſont les deux notes qui ſonnent le mieux à la baſſe dans la premiere phraſe ; *la-bémol* pour les deux diſſonances , & *ſol* pour la conſonnance. Dans le ſecond exemple , il faut dire à la baſſe *la-bémol* pour les 2 premieres diſſonances , *la* pour la troiſieme , & *ſol* pour le repos.

Chacune de ces trois diſſonances extraordinaires phraſe auſſi très-bien à elle
ſeule avec la conſonnance de quinte :
ce qui augmente le nombre de phraſes
ſpécifiées dans l'article 105, pour terminer par les *deux points harmoniques.*

109. Ces harmonies extraordinaires
nous donnent deux nouvelles eſpeces de
diſſonances. Dans l'harmonie ſuperflue,
ré fa-d. la-b. ut , une tierce moindre
que la mineure, la tierce diminuée ſépare
la note *fa-dieʒe* du *la-bémol* ; les deux
autres tierces qui aident à ſéparer les 4
notes de la diſſonance, ſont toutes les
deux majeures. Dans la diſſonance de la
ſenſible de quinte, *fa-d. la-b. ut mi-b.,*
toutes les trois tierces ſont différentes ;
le nouvel intervalle, la tierce diminuée,
concoure avec la tierce majeure & avec
la tierce mineure, pour ſéparer les 4
notes de cette diſſonance. L'harmonie des
quatre *appels* mineurs de quinte ſe confond avec la diſſonance de ſenſible d'une
gamme mineure.

Le Difciple voudra fans doute antici-per, & prédire une dixieme efpece de diffonance, pour féparer les 4 notes de l'harmonie avec trois tierces majeures. Je fuis fâché d'être obligé de le contrarier, mais une telle harmonie eft impoffible, de cette efpece feroit l'harmonie.....

Ut mi fol-dieze fi-dieze.

Or le *fi - dieze* exclut l'*ut* de toute gamme ; ces deux notes ne peuvent pas exifter enfemble. Donc....

110. Les phrafes que font les diffo-nances de feconde, de dominante & de fenfible, avec la confonnance principale, font par fois inverfes dans la conftruction, la confonnance commence la phrafe, la diffonance marque le repos, mais ce repos n'eft pas définitif, c'eft une efpece de virgule fufpenfive, après elle il faut néceffairement ramener le vrai repos de la confonnance principale dans une phrafe directe. La phrafe inverfe commence un fens ; la phrafe directe qui fuit, le dé-

termine. Les deux phrafes n'appartiennent
pas toujours à une même gamme ; fouvent la phrafe inverfe eft dans un ton ,
& la phrafe directe eft dans un autre.
Les deux phrafes font tantôt compofées
des mêmes harmonies , & tantôt elles
changent de diffonances. La phrafe inverfe, produite par la confonnance principale & par la diffonance de feconde ,
eft même fuivie par fois d'une phrafe
directe, qui termine à un nouveau repos.

Exemples.

1e. *Ut mi fol.... fol fi ré fa ;* phrafe inverfe.
　　Sol fi ré fa... ut mi fol. phrafe directe.
2e. *Ut mi fol.... fol fi ré fa ;* phrafe inverfe.
　　Ré fa-d. la ut.... fol fi ré. phrafe directe.
3e. *Ut mi fol.... fol fi ré fa ;* phrafe inverfe.
　　Ut mi fol fi-b... fa la ut. — phrafe directe.
4e. *Ut mi-b. fol... fi ré fa la-b.;* phrafe inverfe.
　　Sol fi ré fa... ut mi-b. fol. phrafe directe.
5e. *Ut mi fol.... ré fa la ut ;* phrafe inverfe.
　　Sol fi ré fa... ut mi fol. phrafe directe.
6e. *Ut mi-b. fol... ré fa la-b. ut;* phrafe inverfe.
　　Ré fa-d. la-b. ut.. fol fi ré : phrafe directe.

7ᵉ. *Ut mi fol. . . . ré fa la ut;* phrafe inverfe.
Ré fa la ut . . . fa-d. la ut mi-b.; phrafe dir.
Sol fi ré fa . . . ut mi fol. phrafe directe,
finale.

Dans le feptieme exemple, il faut une troifieme phrafe, pour compléter le fens que la premiere phrafe directe fufpend.

Le Difciple trouvera aifément une baffe pour ces harmonies, s'il a la fantaifie d'ordonner leurs pofitions pour l'inftrument.

111. Rappellons-nous les notions fur l'étendue des harmonies, développée dans la conféquence du cinquieme corollaire de l'art. 97, & nous comprendrons auffi les phrafes de furprife, qui ornent par fois les compofitions muficales. A notre tour nous ferons des merveilles. . . . Etabli en *ut*, & phrafant avec la diffonance de fenfible, on peut rompre la phrafe, prendre l'harmonie *fi ré fa la*, pour diffonance de feconde en *la*, diriger cette diffonance vers le repos de la tonique *la*, ou vers le repos de fa quinte
mi :

mì : & on aura par furprife . . . . .

Si ré fa la— la ut mi,
ou *Si ré fa la— mi fol-d.fi :*

quand l'oreille s'y attend à la phrafe . . . . .

Si ré fa la— ut mi fol.

Difant une phrafe compofée, on peut profiter de l'étendue de chaque diffonance, quitter le ton, & par furprife terminer la phrafe dans un ton nouveau. *Par exemple,* dans la quintuple phrafe de l'article 107, rompant à la quatrieme diffonance, *ré fa la ut,* on peut la regarder comme diffonance de tierce, lui faire fuccéder la dominante, *fa la ut mi-b,* pour terminer par furprife la phrafe en *fi-bémol.*

Dans la phrafe progreffive toutes les diffonances de la gamme font employées dans un ordre conftant ; les premieres notes des harmonies vont toujours de quarte en quarte, fuivant les notes de la gamme en montant. Profitant de l'étendue des harmonies, on peut allonger & raccourcir

O

la phrafe , la faire paffer par furprife en différens tons. Prenant , *par exemple* , la diffonance de tonique , *ut mi fol fi*, pour diffonance de fixte & continuant la progreffion , il faut dire , *fa-d. la ut mi* , pour feconde diffonance , *fi ré-d. fa-d. la* pour troifieme qui eft dominante en *mi* où on pourroit terminerla phrafe. Mais regardant de nouveau cette diffonance comme une diffonance de feptieme , on eft en *ut-dièze* mineur où on peut continuer la progreffion , difant , pour quatrieme diffonance , *mi fol-d. fi ré-d.* ; regardant celle-ci comme une diffonance de tonique , *la ut-d. mi fol-d.* fera la cinquieme diffonance. Celle-ci prife pour harmonie de fixte , il faut encore deux diffonances pour terminer en *ut-dièze* mineur. Voulant prolonger la phrafe, on prendra la derniere diffonance pour une diffonance de tonique, & on dira pour fixieme diffonance, *ré fa-d. la ut-d.* , pour feptieme, *fol-d. fi ré fa-d.* , pour huitieme , *ut-d. mi fol-d. fi* , qui eft diffonance de tierce ; la regardant comme

diſſonance de ſeconde & continuant l'ordre de la progreſſion on aura la dominante *fa-d. la-d. ut-d. mi*, ſi on veut finir
en *ſi*.

On pourroit ainſi continuer une progreſſion commencée, & la faire paſſer par
ſurpriſe dans tous les tons majeurs &
mineurs.

L'étendue naturelle des harmonies donne
encore une ſurpriſe très-agréable. *Par
exemple*, étant établi en mineur d'*ut*, &
phraſant avec la diſſonance de ſenſible,
ſi ré fa la-b., on peut la regarder comme
harmonie des quatre appels mineurs de
quinte en *fa*, & lui faire ſuccéder la conſonnance majeure d'*ut* comme conſonnance de quinte. Dans ce cas, on aura
par ſurpriſe......

Si ré fa la-bémol— ut mi ſol:

quatre *appels* mineurs de quinte, & repos de quinte en *fa*, tandis que l'o-
reille s'y attend à la phraſe ſuivante en *ut*
mineur...

Si ré fa la-bémol— ut mi-bémol ſol.

O ij

112. La diſſonance de ſenſible des tons mineurs a auſſi une étendue extraordinaire, avec laquelle on peut faire des ſurpriſes plus étonnantes. Les quatre ſons qui compoſent cette diſſonance appartiennent à quatre tons ; chaque ſon eſt ſenſible & les quatre ſons ſont les quatre *appels* mineurs des quatre tons. La diſſonance de ſenſible *ſi ré fa la-bémol*, mene par ſurpriſe en *ut* mineur, en *mi-bémol* mineur, en *fa-dieʒe* mineur & en *la* mineur. Les quatre *appels* de ces quatre tons ſont...

Si, ré, fa, la-b., . . . 4 *appels* en *ut* mineur.
ré, fa, la-b. ut-b. . . 4 *appels* en *mi-b.* min.
mi-d. ſol-d. ſi, ré, . 4 *appels* en *fa-d.* min.
ſol-d. ſi, ré, fa, 4 *appels* en *la* min.

La note *fa* donne le même ſon que la note *mi-dieʒe* ; les notes *la-bémol* & *ſol-dieʒe*, donnent auſſi le même ſon ; *ſi* & *ut-bémol* encore un même ſon. Donc les 4 *appels* mineurs appartiennent à 4 tons. Donc phraſant en *ut* mineur avec la diſſonance de ſenſible on peut ſauver cette diſſonance par ſurpriſe en *mi-bémol* mineur, *en fa-dieʒe* mineur ou en *la* mineur.

Ces furprifes font nommées tranfitions *enharmoniques* , elles font rares en Mufique ; l'identité du fon *appel la-bémol* & du fon *appel fol-dieʒe* n'eft pas la même que l'identité de la tonique *la-bémol* & de la tonique *fol-dieʒe* dont j'ai parlé ci-deffus pages 17 & 18. Outre qu'il faille changer de nom dans ces tranfitions *enharmoniques* , il faudroit auffi hauffer imperceptiblement l'*appel la-bémol* pour en faire l'*appel fol-dieʒe* : ce qui eft difficile dans l'exécution. (*q*)

113. Analyfant les articles précédens fur les annonces de tons & fur les con-

---

(*q*) C'eft ici qu'on pourroit placer le *comma de Pithagore* (intervalle *enharmonique* , intervalle d'un neuvieme de *ton*) pour en féparer la fixte mineure d'*ut* de la fenfible de *la*. Mais je crois que le *virtuofe* altere les fons *appels* par inftinct plutôt que par art.

Je ne m'arrête pas fur la tranfition *en harmonique* très-difficile pour l'exécution & fort rare en compofition, j'en ai dit un peu plus dans mon *Traité de Mufique*, pages 105 , 106 , 107 , &c.

fonnances *repos* follicitées & amenées, on découvre les mouvemens, les rapports & les notions fuivantes, qui éclairciffent la fucceffion des harmonies.

1°. Les notes qui diffonent & qui contraftent, montent ou defcendent conftamment d'un ton ou d'un demi-ton pour aller aux notes de la confonnance *repos*.

2°. L'intervalle de quarte, compofé de deux tons & demi, ou l'intervalle de feconde, compofé tantôt d'un ton & tantôt d'un demi-ton, fépare les premieres notes des deux harmonies qui phrafent. Dans les plus fortes phrafes, la premiere note de l'harmonie qui contrafte, qui fait défirer & qui amene le repos, eft au grave de la principale note du repos; elle eft au contraire à fon aigu dans les plus foibles phrafes. La premiere note de la confonnance *repos* eft au milieu des premieres notes des harmonies qui contraftent, qui diffonent & qui follicitent. Voici l'exemple pour le repos principal en *ut* ...

Sol — *Ut* — *fa*
Si — *Ut* — *ré*

La confonance principale du ton *ut* le *point harmonique*, fait plaifir à l'oreille après la follicitation des harmonies de la quarte *fa* & de la feconde *ré* ; mais elle la contente bien davantage après la follicitation des harmonies de la quinte *fol* & de la fenfible *fi*.

L'exemple fuivant repréfente les premieres notes de la confonnance du repos de quinte & des harmonies qui le follicitent au grave & à l'aigu ; il eft encore pour le ton d'*ut*.

Ré ———— Sol— ut
Fa ——---- Sol— la
Fa-dieze— Sol— la-bémol

3°. Une feule phrafe fimple ne fe laiffe pas claffer, felon le rapport précédent ; la diffonance de feconde & l'harmonie des quatre *appels* mineurs de quinte phrafent enfemble en tout ton, comme nous avons vu ci-deffus ; or leurs premieres notes font féparées par un intervalle de tierce. La feconde fépare les premieres notes de toutes les autres phrafes *fufpenfives.*

O iv

La tierce sépare aussi par fois les premieres sollicitations des phrases composées & progressives.

Si l'intervalle de tierce sépare les premieres notes des harmonies qui se succedent dans la même gamme, il n'y a pas beaucoup de mouvement de l'une à l'autre ; une seule note est changée, & par conséquent il n'y a pas assez de contraste pour pouvoir placer un repos, il faut auparavant ajouter au moins une sollicitation plus forte. Dans la phrase *suspensive* extraordinaire qui fait exception, deux notes sont changées d'une harmonie à l'autre, & elles ne sont pas toutes prises dans une même gamme, ce qui augmente le contraste.

4°. Affirmant des harmonies ce qui ne convient, à proprement parler, qu'à leurs premieres notes, on peut dire en général que les harmonies, dans leur succession, marchent par quarte, par tierce & par seconde ; car les intervalles de quinte, de sixte & de septieme se réduisent aux intervalles de quarte, de tierce & de seconde.

La quinte à l'aigu est une quarte au grave;
la sixte à l'aigu est une tierce au grave;
& la septieme à l'aigu n'est qu'une seconde au grave.

Le plus grand intervalle sépare ordinairement les harmonies dans leur
marche ; elles vont le plus souvent par
quarte , c'est la marche harmonique par
excellence ; elle est observée dans les
principales phrases simples , composées &
progressives. Les harmonies qui se succedent par quarte ont un mouvement tem-
péré ; sans être trop fort, il est assez sensible
pour faire impression : deux notes changent chaque fois , d'une consonnance ou
d'une dissonance à l'autre, montent ou des-
cendent pour faire place à leurs voisines.

La seconde , le plus petit intervalle, qui
sépare aussi très-souvent les harmonies de
la phrase simple , composée & progres-
sive , paroît principalement fait pour séparer une phrase de l'autre ; car dans la
marche harmonique par seconde, trois nouvelles notes prennent chaque fois la place

de deux ou de trois notes de l'harmonie précédente.

5°. Les trois intervalles fpécifiés pour féparer les premieres notes des harmonies dans leur fucceffion, ne font pas des efpaces fixes. La quarte qui eft ordinairement une diftance de deux tons & demi, a par fois trois tons, & même quelquefois deux tons feulement. Dans la phrafe progreffive de l'article 107, la feconde & la troifieme diffonances font féparées d'un intervalle de quarte , compofé de trois tons : dans la double phrafe fuivante...

Ut mi fol fi, diffonance de tierce,
Sol·d. fi ré fa, diffonance de fenfible ,
La ut mi , confonnance principale.

La quarte qui fépare les deux follicitations eft un intervalle de deux tons feulement. Ici le mouvement ordinaire de la la marche par quarte n'eft plus obfervé ; trois notes changent comme dans la marche par feconde.

La tierce qui eſt ordinairement une diſtance de deux tons ou d'un ton & demi, eſt par fois compoſée ſeulement d'un ton, comme dans la ſéparation des deux ſollicitations de la phraſe double ſuivante..

La-b. ut mi-b. ſol, diſſonance de ſixte,
Fa-d. la-b. ut mi-b., diſſonance de la ſenſible de quinte,
Sol ſi ré : —— conſonnance & repos de quinte.

Dans nos phraſes ſimples nous avons déjà vu des ſéparations de ſeconde d'un ton & d'un demi-ton ; dans la phraſe compoſée ſuivante nous pourrons obſerver un intervalle de ſeconde, compoſé de trois demi-tons, qui ſépare les deux ſollicitations.

Ut mi ſol, .. conſonnance de ſixte,
Ré-d. fa-d. la ut, diſſonance de ſenſible,
Mi ſol ſi. —— conſonnance principale.

114. On ne trouve pas tant de richeſſes harmoniques dans chaque morceau de

Mufique, mais tout peut entrer dans la conftruction des différens morceaux qui compofent un Poëme ou un autre œuvre muſical. Une feule gamme, la diſſonance de dominante, les conſonnances de tonique & de quinte avec un repos fufpenfif, fuffifent pour compléter le fens de la période.

La phrafe finale eft fufceptible de 14 répétitions dont les nuances de repos font difparoître l'uniformité. Le repos final de la conſonnance principale eſt plus ou moins grand, felon que la baffe eſt tonique, tierce ou quinte. Chacune de ces trois baffes de la conſonnance repos, peut être amenée par les quatre notes qui compofent la diſſonance de dominante qui follicite ; de plus la tonique & la tierce peuvent fonner à la baffe par *anticipation,* tandis que la diſſonance follicite encore : voici les 14 répétitions de la phrafe finale en *ut* majeur.

Basses. Harmonies.

1º. *Sol ... ſol ſi ré fa,*
Ut. — *ut mi ſol.*

Basses. Harmonies.

2°. *Si*... *ſol ſi ré fa*,
Ut.— *ut mi ſol.*

3°. *Ré*... *ſol ſi ré fa*,
Ut.— *ut mi ſol.*

4°. *Fa*... *ſol ſi ré fa*,
Ut.— *ut mi ſol.*

5°. *Sol*... *ſol ſi ré fa*,
Mi.— *ut mi ſol.*

6°. *Si*... *ſol ſi ré fa*,
Mi.— *ut mi ſol.*

7°. *Ré*... *ſol ſi ré fa*,
Mi.— *ut mi ſol.*

8°. *Fa*... *ſol ſi ré fa*,
Mi.— *ut mi ſol.*

9°. *Sol*... *ſol ſi ré fa*,
Sol.— *ut mi ſol.*

10°. *Si*... *ſol ſi ré fa*,
Sol.— *ut mi ſol.*

11°. *Ré*... *ſol ſi ré fa*,
Sol.— *ut mi ſol.*

12°. *Fa*... *ſol ſi ré fa*,
Sol.— *ut mi ſol.*

BASSES.   HARMONIES.

13°. *Ut*... *sol si ré fa,*
   Ut.— *ut mi sol.*
14°. *Mi*... *sol si ré fa,*
   Mi.— *ut mi sol.*

De ces 14 répétitions la premiere est la plus forte, la plus concluante, c'est la vraie phrase finale ; les premieres notes des harmonies ou leurs unissons figurent au grave, la basse sonne la quinte durant la sollicitation, & puis elle parcoure le plus grand espace, franchit à la fois 4 dégrés, descend d'une quinte, ou bien pour abréger le chemin, elle ne fait qu'un pas de 3 dégrés & monte d'une quarte pour sonner le principal son du repos & pour marquer le point harmonique.

Le repos n'est pas aussi grand dans les répétitions où la basse ne fait qu'un petit pas d'un dégré pour monter ou pour descendre sur une note de la consonnance.

Dans la neuvieme répétition on voit la plus petite nuance de repos ; elle précede & prépare ordinairement , dans la conftruction , la finale, la cadence parfaite, le vrai point harmonique.

Dans la quatrieme répétition la baffe fait un pas de 3 degrés & defcend d'une quarte pour fonner la principale note du repos : c'eft-là la cadence irréguliere , la finale incomplette.

Dans la cinquieme répétition on peut voir la cadence imparfaite , la baffe defcend & tend vers la tonique , mais elle s'arrête en chemin & fe repofe fur la tierce ou fur la médiante.

La treizieme répétition eft principalement faite pour fixer le ton.

Les 14 répétitions font également propres aux deux modes de chaque octave : la derniere eft plus employée en mineur qu'en majeur.

Dans les deux exemples fuivans on trouvera les répétitions de la phrafe finale les plus agréables & les plus ufitées en Mufique , elles font ordonnées avec le repos de quinte & avec un repos fufpenfif.

PÉRIODE HARMONIQUE.
Premier exemple.

BASSES. HARMONIES.

Ut,— *mi ſol ut*, intonation.

Ut — *ré fa ſol ſi*,

Ut;— *mi ſol* ut , le ton fixé.

Ré — *ré fa ſol ſi*.

Mi,— *mi ſol* ut.

Ré — *ré fa ſol ſi*.

Ut,— *mi ſol* ut.

Sol:— *ré ſol ſi* , repos de quinte.

Mi,— *mi ſol* ut , prononciation.

Fa — *ré fa ſol ſi*.

Mi,— *mi ſol* ut.

Si — *ré fa ſol ſi*.

Ut,— *mi ſol* ut.

Sol— *ré fa ſol ſi*.

Sol,— *mi ſol* ut.

Sol— *ré fa ſol ſi*.

La;— *ut mi* la, repos ſuſpenſif.

Sol— *ré fa ſol ſi*.

Ut.— *ut mi ſol* ut, repos final.

PÉRIODE

PÉRIODE HARMONIQUE.

Second exemple.

BASSES.　　　HARMONIES.

La,— *ut mi* la, intonation.

Si — *ſi ré* mi *ſol-d.*

Ut,— *ut mi* la.

Ré — *ſi ré* mi *ſol-d.*

Ut — *ſi ré* mi *ſol-d.*

Ut,— *ut mi* la.

Si — *ſi ré* mi *ſol-d.*

La — *ſi ré* mi *ſol-d.*

La,— *ut mi* la.

Mi:— *ſi* mi *ſol-d.*, repos de quinte.

Ut,— *ut mi* la, prononciation.

Si — *ſi ré* mi *ſol-d.*

La.— *ut mi* la.

La — *ut mi* la.

Si,— *ſi ré* mi *ſol-d.*, repos de phraſe inverſe.

Sol-d.— *ſi ré* mi *ſol-d.*

La ;— *ut mi* la.

Mi,— *ſi* mi *ſol-d.*, prononciation.

Mi — *ut mi* la.

P

Basses.   Harmonies.

Mi:— *ſi* mi ſol-d., repos de quinte.

La, — *ut mi* la , prononciation.

Si — *ſi ré* mi *ſol-d.*

Ut — *ut mi* la.

Ré;— *ré fa* ſi-b., repos ſuſpenſif.

Mi — *ut mi* la , prononciation.

Mi— *ſi ré* mi *ſol-d.*

La. — *ut mi* la , repos final.

Reliſez la note (*o*) pag. 99 ; ici comme ci-deſſus , dans les conſtructions des conſonnances analogues , je prends les nuances du repos final pour des repos de virgule. Les quatre marques de la ponctuation harmonique , la virgule , le point, les deux points , la virgule & point, ſont répétés dans la même période , qui eſt toujours compoſée de pluſieurs parties, & chaque partie renferme un ſens plus ou moins complet ; toutes les parties ſont liées & ordonnées de maniere à former un tout.

Dans le premier exemple la période eſt

composée de deux parties, le repos harmonique de deux points les séparent : la
premiere partie termine au repos de quinte,
& la seconde fait la conclusion au repos final. La premiere partie est composée de
trois phrases particulieres & de deux consonnances prononcées qui sont deux mots
détachés ; le sens de la premiere phrase
est plus complet que celui des deux autres, les trois phrases font avec les deux
prononciations un sens déterminé, le sens
de la premiere partie. La seconde partie
est composée d'une prononciation & de
cinq phrases particulieres : le sens de la
troisieme phrase est le moins complet,
il prépare la conclusion de la cinquieme
phrase que la quatrieme phrase suspend.
Les huit phrases particulieres des deux parties sont liées & ordonnées avec les trois
prononciations de maniere à former un
sens complet, le sens d'une période harmonique. Dans le présent exemple sept
des huit phrases ne font qu'une même
phrase répétée.

P ij

Dans le second exemple la période est composée de 4 parties. La premiere termine au repos de quinte, elle renferme deux prononciations de consonnances & trois phrases particulieres, dont deux sont un peu extraordinaires ; la dissonance y est prolongée pour une basse d'*anticipation*. La seconde termine au repos principal de la gamme ; une prononciation avec une seule phrase complette le sens de cette partie. La troisieme commence par une phrase inverse, une phrase directe lui succéde, la consonnance de quinte y est prononcée & amenée par la consonnance principale. Dans la quatrieme partie la consonnance principale est deux fois prononcée, un repos suspensif extraordinaire est amené par une repétition de la phrase finale, & la vraie phrase finale fait la conclusion. Les quatre parties ne font qu'un tout ; ici comme dans le premier exemple, les mots, les phrases, & les membres font liés & ordonnés de maniere à for-

mer le fens complet d'une période harmonique.

115. Les répétitions de la phrafe finale font encore plus merveilleufes, fi
on varie un peu les gammes & fi on
ordonne les nuances : fixant *par exemple* un ton avec la treizieme répétition,
phrafant dans un autre pour avoir un repos leger, plaçant dans un troifieme un
repos plus fort & puis dans un quatrieme
une cadence imparfaite, une irréguliere
dans un cinquieme, enfin la préparation &
la cadence parfaite dans un fixieme, &c. Le
morceau fuivant eft un échantillon de
difcours harmonique qui a quelques pré-
tentions, quoiqu'il ne foit fondé que fur
les élémens les plus fimples. L'intonation y eft deux fois prononcée, la confonnance de quinte n'eft prononcée qu'une
feule fois ; & la confonnance de fixte fufpend un inftant la conclufion, le refte
n'eft qu'une répétition éternelle de la
confonnance principale amenée ou rap-
pellée par la diffonance de dominante.

CONSTRUCTION HARMONIQUE.

BASSES.   HARMONIES.

Ré, — ré fa la , intonation du ton principal.

Ut-d.— la ut-d. mi sol.

Ré, — ré fa la.

Mi — la ut-d. mi sol.

Fa ; — ré fa la.

Fa-d.— ré fa-d. la ut, annonce.

Sol, — sol si-b. ré , changement sur la quarte.

La — ré fa-d. la ut.

Si-b.;— Sol si-b. ré.

Ut — fa la ut mi-b., annonce.

Ré, — si-b. ré fa , changement sur la sixte.

Mi — la ut-d. mi sol , annonce.

Fa ; — ré fa la , retour du principal.

Mi — mi sol-d. si ré , annonce.

Mi , — la ut mi , changement sur la quinte.

Mi — mi sol-d. si ré.

Mi,— La ut mi.

Mi :— mi sol-d. si, repos de quinte.

Ut,— la ut mi, prononciation.

Si — mi sol-d. si ré.

BASSES.   HARMONIES.

La. — la ut mi.
Sol — ſol ſi ré fa , annonce.
Ut. — ut mi ſol , changement ſur la ſeptieme.
Ré — ſol ſi ré fa.
Mi, — ut mi ſol.
Mi — ut mi ſol ſi-b., annonce.
Fa, — fa la ut , changement ſur la tierce.
Fa-d. — ſi ré-d. fa-d. la , annonce.
Sol, — mi ſol ſi , changement ſur la ſeconde.
Ré-d. — ſi ré-d. fa-d. la.
Mi, — mi ſol ſi.
Ut-d. — la ut-d. mi ſol , annonce.
Ré, — ré fa la , retour du principal.
Si — ſol ſi ré fa , annonce.
Ut, — ut mi ſol , changement ſur la ſeptieme.
La — fa la ut mi-b. , annonce.
Si-b., — ſi-b. ré fa , changement ſur la ſixte.
Fa-d. — ré fa-d. la ut , annonce.
Sol, — ſol ſi-b. ré , changement ſur la quarte.
La — ré fa-d. la ut.
Si-b., — ſol ſi-b. ré.

BASSES.   HARMONIES.

Fa-d. — *ré fa-d. la ut.*
Sol, — *sol si-b. ré.*
La — *ré fa-d. la ut.*
Si-b.; — *sol si-b. ré.*
La — *la ut-d. mi sol ,* annonce.
La, — *ré fa la ,* retour du principal.
La — *la ut-d. mi sol.*
Si-b.; — *si-b. ré fa ,* suspension.
La — *la ut-d. mi sol.*
Ré. — *ré fa la ,* repos final.

Ré mineur eſt le ton principal dans cet exemple, les tons intermédiaires lui ſont ſubordonnés, tous les changemens naturels ſont employés excepté le changement de mode & le majeur de la quinte : le morceau peut être claſſé parmi les conſtructions de l'*Ariette*. Le lecteur qui voudra eſſayer ce canevas ſur l'inſtrument, choiſira les bonnes poſitions & les ordonnera avec la baſſe. Il pourroit bien ne pas perdre ſa peine, la simple suite de ces harmonies plaquées peut infpirer un chant très-riche & très-animé.

116. Si nous ajoutons la diffonance de feconde au fonds harmonique des trois derniers exemples , nous aurons les élémens du plus grand nombre de morceaux de Mufique, tous fe reffentent de la *regle de l'octave*, qu'on prêche par-tout dans les leçons de compofition. Confonnances de tonique & de quinte, diffonances de feconde & de dominante : voilà toute la richeffe harmonique de cette fameufe *regle*. Avec la diffonance de dominante on va à la tonique, avec la diffonance de feconde on va à la quinte. Pour l'amour du *double emploi* on permet auffi à la diffonance de feconde d'aller de tems en tems à la tonique. En place de la fufpenfion , on permet de faire par fois la *cadence interrompue ;* c'eft principalement à la diffonance de fixte qu'on impofe la fonction d'interrompre la cadence ou le repos final

Regle de l'Octave,

ou

Accompagnement naturel des 8 notes de la Gamme.

1°. En montant pour les deux modes.

BASSES	HARMONIES.
tonique , ...	confonnance principale.
feconde.	diffonance de dominante
tierce , ...	confonnance principale.
quarte.	diffonance de feconde.
quinte : —.	confonnance de quinte.
fixte (*majeure & min.*)	diffonance de feconde.
feptieme *fenfible*	diffonance de dominante.
octave. —	confonnance principale.

2°. En defcendant pour le mode majeur.

octave.	confonnance principale.
feptieme *fenfible* ;	confonnance de quinte.
fixte.	diffonance de feconde.
quinte : —	confonnance de quinte.
quarte.	diffonance de dominante.

Basses   HARMONIES.

tierce, ... confonnance principale.

feconde. . . . . . diffonance de dominante.

tonique . — . . confonnance principale.

3°. En defcendant pour le mode mineur.

octave . . . . confonnance principale.

feptieme ; . . . . conf. *mineure* de quinte.

fixte . . . . diffonance de feconde.

quinte : — . . . conf. *majeure* de quinte.

quarte . . . . diffonance de dominante.

tierce , ... confonnance principale.

feconde. . . . . . . diffonance de dominante.

tonique . — . . . confonnance principale.

L'accompagnement de cette regle eft fort fage ; marchant ainfi on ne fe fatigue pas, ni en montant, ni en defcendant. La confonnance principale prononce le ton, la diffonance de dominante qui fuit, le fixe & rappelle un petit repos fur la tierce ; la diffonance de feconde prépare & amene un bon repos fur la quinte. Etant peu fatigué & bien repofé on franchit à son aife les deux dégrés qui reftent pour monter à l'octave : à l'aide de la double diffonance de feconde & de dominante, on arrive au repos de la confonnance principale de l'octave. En defcendant, le premier pas eft le plus difficile ; on a peur quand on regarde du haut en bas : une paufe fur le premier dégré pour fe raffurer, & puis fur la quinte un bon repos préparé & amené avec la diffonance de feconde. A ce repos fuccedent deux répétitions de la phrafe finale pour repofer encore fur la tierce & fur la tonique.

Montant & defcendant la gamme fuivant cette regle, on emploie une pronociation, une phrafe finale double, trois répétitions de la phrafe finale fimple, le repos de quinte deux fois amené par la diffonance de feconde & une fois par la confonnance de la tonique : fi on ajoutoit encore la vraie phrafe finale interrompue & non interrompue, on auroit un fens complet, le fens d'une période harmonique.

117. On embellit par fois l'accompagnement de la regle de l'octave, renforçant la diffonance de feconde en defcendant & fubftituant la fenfible de quinte à la quarte : cette altération augmente le repos de la quinte en mineur, en majeur elle le change ; la diffonance de feconde renforcée devient une diffonance de dominante & la quinte devient une tonique. Cet embelliffement eft l'origine des fréquens changemens fur la quinte ; le changement fur la quarte n'eft prefcrit que dans les préceptes du fecond ordre, il n'a nul fondement dans la regle de l'octave, auffi eft-il plus rare dans les compofitions muficales : on voit plus fouvent le changement favori pouffé jufqu'à la double quinte, quoiqu'il devient alors un changement extraordinaire, le faut de la feconde. Le changement de mode & la fucceffion des deux tons relatifs font encore du reffort des préceptes du fecond ordre. Mais les autres changemens tant naturels qu'extraordinaires font négligés dans

les leçons de compofition : on ne fait pas plus d'honneur aux confonnances & aux diffonances de la gamme , qui ne font pas foumifes à la regle de l'octave. Si la diffonance de fixte jouit d'un petit privilège, elle le paye bien cher ; elle eft aux ordres du caprice & de l'ignorance, fouvent elle interrompt la cadence fans rime ni raifon. La diffonance de fenfible eft obligée de porter le nom d'*emprunt* pour ofer fe préfenter en bonne compagnie.

Si on apperçoit par hafard une harmonie ou un changement qui n'eft pas prefcrit par les regles , on le critique , on le pourfuit jufqu'à ce que le fuccès ait forcé les Docteurs de le reconnoître pour une infpiration du génie, alors on revient au chapitre vague & confus des *licences* & on le laiffe paffer. Pour être bien venu auprès de certaines gens , il faudroit toujours fe préfenter par quinte & par quarte : j'étois plus difficile encore , quand je commençois à appercevoir la fageffe & la fecondité de la regle de l'octave ; je ne voulois voir que la quinte. Je me suis corrigé à mesure que j'ai découvert la richeſſe & les reſſources de l'art : aujourd'hui j'aime mieux abandonner la meilleure regle de l'eſprit humain, que de mépriſer la moindre beauté du génie ; je crois que le *préſent eſſai* pourroit corriger beaucoup de gens ; je crois auſſi que le mal ne ſera pas grand, ſi chacun reſte comme il eſt. En Muſique tout eſt bien ; ce qui ennuie les uns, amuſe les autres ; & le mot ſeul intéreſſe tout le monde (r).

(r) Le beau préſent des Dieux ! La Muſique charme tous les âges ; elle eſt à la portée de l'ignorant & du ſçavant ; elle inſpire le culte & le plaiſir ; le remords n'eſt jamais à ſa ſuite ; c'eſt de tous les arts le plus utile à la vie ſociale. L'*Orateur* diviſe les hommes ; le *Poëte* les trompe ; le *Peintre* & le *Sculpteur* les rendent muets & immobiles ; l'*Architecte* les ſépare & les iſole ; le *Muſicien* les rappelle & les raſſemble, les anime, leur agite le cœur, leur fait chérir les beſoins mutuels, & les unit. Le *Muſicien ſeul* a oſé polir les hommes pour les rendre ſociables, il a ſçu monter leur imagi-

118. Je vais essayer encore quelques exemples, je ne m'assujettis pas aux regles, je profite des richesses & des ressources de l'art, que je prends pour un jardin public & universel ; il est aujourd'hui défriché & planté *ce jardin* : chacun peut cueillir les fleurs qu'il veut mettre à son bouquet.

O toi, Génie créateur ! viens à mon secours ; prête-moi une étincelle de ton feu divin : élevant l'art, tu éléves tes Autels.

PREMIER EXEMPLE.

Période Harmonique.

BASSES.   HARMONIES.

Ut,.. ut *mi sol* ut, intonation.
Ut... *ut* fa *la ut.*
Ut, .. ut *mi sol* ut.

---

nation : eh ! s'il ne s'étoit pas brouillé avec sa sœur... — Eh bien qu'en seroit-il arrivé ? — Pardonnez un écart. — Achevez —... Chacun danseroit en mesure.

Ut

BASSES. HARMONIES.

Ut... ré fa fol fi.
Ut;.. ut *mi* fol ut.
Fa... ut fa la ut.
Ut,.. ut *mi* fol ut.
Sol... fi ré fol fi.
Ut.— ut *mi* fol ut.
Ut,.. ut *mi* fol ut, prononciation.
Ré... ré fa fol fi.
Mi,.. ut *mi* fol ut.
Fa... ré fa la ut.
Sol:.. ré fol fi, repos de quinte.
Mi,.. ut *mi* fol ut, prononciation.
Fa... ré fa fol fi.
Mi,.. ut *mi* fol ut.
Fa... ré fa fol fi.
Mi;.. ut *mi* fol ut.
Fa... la ut fa la.
Mi,.. fol ut *mi* fol.
Ré... fol fi ré fa.
Ut.— fol ut mi.
Mi... ut *mi* fol.
Fa;.. ut ré fa la, phrafe inverfe.

Q

BASSES.   HARMONIES.

Fa. . . *ut* ré *fa la* .
Fa-d.; *ut mi-b.* fa-d. *la* , fufpenfion.
Sol , . . ut mi fol , prononciation.
Sol. . . *ſi ré fa* fol.
Ut. — *ſol* ut *mi* , repos final.

SECOND EXEMPLE.

Harmonies ordonnées.

Conſtruction d'Ariette.

BASSES.   HARMONIES.

Ut, . . *mi-b. ſol* ut , intonation du ton
principal.
Ut. . . ré *fa la-b.* ut.
Ut. . . ré *fa* fol *ſi.*
Ut. — ut *mi-b. ſol* ut.
Ré. . . ré *fa* fol *ſi.*
Mi-b., ut *mi-b. ſol* ut.
Ré. . . ré *fa* fol *ſi.*
Ut. — ut *mi-b. ſol* ut.
Si , . . *ſi* ré fol, changement fur la quinte.

Basses. Harmonies.

Si-b.; ſi-b. ré ſol, changement ſur la quinte.

La... la ut-d. mi ſol, annonce.

La;.. la ré fa; changement ſur la ſeconde.

La... la ut mi-b. fa, annonce.

Si-b.,. ſi-b. ré fa, changement ſur la ſeptieme.

La-b.. ſi-b. ré fa la-b., annonce.

Sol,.. ſi-b. mi-b. ſol, changement ſur la
tierce, ton relatif.

La-b.. mi-b. fa la-b. ut.

Si-b.,. mi-b. ſol ſi-b.

Si-b... ré fa la-b. ſi-b.

Mi-b.——ſi-b. mi-b. ſol, repos final.

Mi... ut mi ſol ſi-b., annonce.

Fa,.. ut fa la-b., changement ſur la quarte.

Ré-b.. ré-b. fa la-b. ſi.

Ut.—— ut mi ſol ut, repos de quinte.

La-b., ut mi-b. la-b. changement ſur la ſixte.

La-b.. fa la-b. ré-b.

La-b., mi-b. la-b. ut.

BASSES.   HARMONIES.

La-b.   ré-b. mi-b. *ſol. ſi-b.*

La-b.,   ut mi-b. la-b.

La–b. fa la-b. ré-b.

La-b. , mi-b. la-b. *ut.*

La–b, ré-b, mi-b. *ſol ſi-b.*

La-b.——*ut mi-b.* la-b.

La ; … *ut mi-b. ſol-b.* la, annonce de ſi-b. mineur, ſaut de ſeptieme.

La ; .. *ut mi-b.* fa *la,* annonce encore en *ſi-b.*

La …. *mi-b.* fa-d. *la ut ,* annonce en *ſol,* tranſition & ſurpriſe enharmonique.

La …. ré *fa-d* la ut , ſeconde annonce.

Si-b., ré ſol *ſi-b.,* changement ſur la quinte.

Si …. ré fa ſol *ſi ,* annonce.

Ut, … ut *mi-b. ſol* ut , retour du ton principal.

Fa …. ré fa ſol *ſi.*

Mi–b., ut mi-b. *ſol* ut.

Fa …. ré fa la-b. *ut.*

Sol , .. ut *mi-b. ſol.* ut.

Sol … ré fa *ſol ſi.*

Ut.——. ut *mi-b. ſol* ut , repos final.

TROISIEME EXEMPLE.

Harmonies ordonnées.

Construction d'Ariette.

BASSES.	HARMONIES.

Mi,... si mi sol-d. si, intonation du ton principal.

Mi... ut-d. mi la ut-d.

Mi,... si mi sol-d. si.

Mi... si ré-d. fa-d. la.

Mi,... si mi sol-d.

Mi... mi la ut-d.

Mi... fa-d. la si ré-d.

Mi — mi sol-d. si mi.

Ut-d. ut-d. mi la.

Si,.. si mi sol-d.

La.... la si ré-d. fa-d.

Sol-d., sol-d. si mi.

La.... mi la ut-d.

Sol d., mi sol-d. si.

Fa-d. si ré-d. fa-d. la.

Mi;.. si mi sol d.

La.... mi fa d. la ut-d.

Si,.... mi sol-d. si.

Q üj

BASSES.   HARMONIES.

Si-d.   ſi-d. ré-d. fa-d. la.
Ut-d. ;   ut-d. mi ſol-d. , repos ſuſpenſif.
La . . .   mi fa-d. la ut-d.
Si, . . . mi ſol-d. ſi.
Si . . .   ſi ré-d. fa-d. la.
Mi. —   ſi mi ſol-d. , repos final.
Ut d. ,   ut-d. mi la , chang. ſur la quarte.
Ré. . . . ré mi ſol-d. ſi.
Ut-d. ,   ut-d. mi la.
Ré. . . . ré mi ſol-d. ſi.
Ut-d. ,   ut-d. mi la.
Ré. . . . la ré fa-d.
Ut-d. ,   la ut-d. mi.
Si. . . . mi ſol-d. ſi ré.
La, . .   mi la ut-d.
Fa d.   fa-d. la ré.
Mi, . .   mi la ut-d.
Ré. . .   ré mi ſol-d ſi.
Ut-d. ;   ut-d. mi la.
Ut-d.   ut-d. mi fa-d. la-d. , annonce.
Si ; . . . ré fa-d. ſi , ſaut de quinte.
Si . . . ré mi-d. ſol-d. ſi , annonce.

RASSES.   HARMONIES.

La ,.. *ut-d.* fa-d. *la*, chang. fur la feconde.

Si... *fa-d.* fi *ré.*

Ut-d. *mi-d. fol-d. fi* ut-d.

Fa-d. — *ut-d.* fa-d. *la ,* repos final.

Ré-d. fi *ré-d. fa-d.* fi , annonce.

Mi,.. *fi* mi *fol-d. fi* , retour du principal.

Fa- d. fi *ré-d. fa-d.* fi.

Sol- d., fi mi *fol-d. fi.*

Ré-d. fi *ré-d. fa-d.* fi.

Mi,.. *fi* mi *fol-d. fi.*

Fa- d. fi *ré-d. fa-d.* fi.

Sol-d.; fi mi *fol-d. fi.*

La ... *mi* la *ut-d.*

La ... *fa-d.* la fi *ré-d.*

Sol-d., mi *fol-d. fi* mi.

La ... fa-d. *la ut-d. mi.*

Si,... *fol-d. fi* mi.

Si .... *fa-d.* fi *ré-d.*

La-d.; fol la-d. *ut-d. mi* , fufpenfion.

La ... *fa-d.* la fi *ré-d.*

Sol-d., mi *fol-d. fi* mi.

La ... fa-d. *la ut-d. mi.*

Q iv

BASSES.   HARMONIES.

Si,... *ſol-d. ſi* mi.

Si... *fa-d. la* ſi *ré-d.*

Mi. -- mi *ſol-d. ſi* mi , repos final.

QUATRIEME EXEMPLE.

Harmonies ordonnées.

Conſtruction d'Ariette.

BASSES.   HARMONIES.

La,.. *ut mi* la, intonation du ton principal.

Ré... *la* ré *fa.*

Ut,.. la *ut mi.*

Si... mi *ſol-d. ſi* ré.

La,.. *mi* la *ut.*

Ré... *fa la* ſi *ré.*

Mi,.. *mi* la *ut.*

Mi... ré mi *ſol-d. ſi.*

La.--- *ut mi* la , repos final.

Sol,.. mi *ſol ſi* mi , chang. ſur la quinte.

Fa-d. *fa-d. la* ſi *ré-d.*

Mi;.. mi *ſol ſi* mi.

BASSES.   HARMONIES.

Ut... ut mi ſol la-d.

Si: --- ſi ré-d. fa-d. ſi, repos de quinte.

Sol-d., mi ſol-d. ſi, chang. ſur la quinte.

La... mi la ut-d.

Sol-d., mi ſol-d. ſi.

Fa-d.   ſi ré-d. fa-d la.

Mi;.. ſi mi ſol-d.

Sol-d. mi ſol-d. ſi ré, annonce.

La, .. mi la ut-d., changement de mode.

Ré... la ré fa-d.

Ut-d., la ut-d. mi.

Si.... mi ſol-d. ſi ré.

La.--- mi la ut-d.

Ré;.. ré fa la ré, changement ſur la quarte.

Ut;.. ut mi la ut, retour du principal.

Ré... la ré fa.

Ut, .. la ut mi.

Si ... mi ſol-d. ſi ré.

La.— mi la ut.

La... mi la ut-d., annonce.

La,.. fa la ré, changement ſur la quarte.

La... ſol la ut-d. mi.

BASSES. HARMONIES.

La, .. *fa la* ré.
Si-b... *fa* fol-d. o ré.
La ; .. *fa la* ré.
Sol-d... *fa* o *fi* ré.
La ; .. *fa la* ré.
Si-b... *fa* fol-d. o ré.
La .... *fa la* ré.
Sol-d. *fa* o *fi* ré.
La : — *mi la* ut-d., repos de quinte.
Fa . — *ut* fa *la* ut, changement fur la fixte.
Fa .... *fa* fi-b. ré.
Fa , .. fa *la* ut.
Fa ... ut *mi fol fi-b*.
Fa, .. *ut* fa *la*.
Fa ... *fa* fi-b. ré.
Fa , .. fa *la* ut.
Fa ... *fa* fi-b. ré.
Fa ... *fol fi-b*. ut *mi*.
Fa. — fa *la* ut fa.
Fa ... *fa* fol *fi* ré, annonce.
Mi,... *mi fol* ut, changement fur la tierce.

BASSES.   HARMONIES.

Mi... *mi fol* la *ut-d.* , annonce.

Fa , .. *fa la* ré, changement fur la quarte.

Fa ... *ré fa* fol *fi* , annonce.

Mi, .. ut *mi fol* ut , chang. fur la tierce.

Fa ... ut ré *fa la.*

Fa-d. ; ut *mi-b.* fa-d. *la* , fufpenfion.

Sol... ut *mi fol* , prononciation.

Sol... *fi ré fa* fol.

Ut. — *mi fol* ut , repos final.

Ut... *fol* ut *mi.*

Ut ; .. *la* ut ré *fa* , phrafe inverfe.

Ut... *la* ut ré *fa-d.* , annonce.

Si, .. *fi ré* fol, changement fur la feptieme.

Si ... *fi ré* mi *fol-d.* , annonce.

Ut, .. *ut mi* la , retour du principal.

Ut-d. *ut-d.* mi fa-d. *la-d.* , annonce.

Ré, .. *ré* fa-d. fi , chang. fur la feconde.

Ré-d. fi *ré-d.* fa-d. *la* , annonce.

Ré... *fi ré* mi *fol-d.* , annonce.

Ut, .. *ut mi* la , retour du principal.

Si ... *fi ré* mi *fol-d.*

La , .. *ut mi* la.

BASSES.   HARMONIES.

Mi: — ſi mi *ſol-d.* , repos de quinte.

La . . . . *ut mi* la , progreſſion.

La . . . . la *ut mi ſol.*

Ré . . . *la* ré *fa.*

Ré . . . *la ut* o *fa.*

Sol . . . ſi ré ſol.

Sol. . . ſol *ſi ré fa.*

Ut . . . *Sol* ut *mi.*

Ut . . . *ſol ſi* o *mi.*

Fa . . . *la ut* fa.

Si . . . *la* o *ré fa.*

Mi . . . *ſol d. ſi* mi.

Ré . . . ſi o mi *ſol-d.*

Ut, . . *ut mi* la.

Ré . . . ſi *ré fa la.*

Ré-d.; *ut ré-d. fa-d. la* , ſuſpenſion.

Ré-d.; ſi *ré-d. fa-d. la* , annonce.

Ré . . . ſi *ré* mi *ſol-d.*

Ut, . . *ut mi* la.

Ré . . . ſi *ré fa la.*

Mi, . *ut mi* la.

Mi . . . ſi *ré* mi *ſol-d.*

La. — la *ut mi* la , repos final.

Je profite de la permiſſion que j'ai donné au diſciple, page 186, pour l'exemple de l'article 102, je double ſouvent l'uniſſon d'une des notes de l'harmonie conſonnante, & dans le quatrieme morceau j'omets auſſi par fois l'uniſſon de la baſſe dans l'harmonie diſſonante, j'indique cette omiſſion par un zéro qui tient chaque fois la place de la note omiſe.

CINQUIEME EXEMPLE.

Harmonies ordonnées.

Conſtruction de Récitatif.

BASSES.   HARMONIES.

Si, .. ſi *ré-d. fa-d.* ſi, intonation du premier ton.

Si. . . *ut-d. mi* fa-d. *la-d.*

Si. — ſi *ré-d. fa-d.* ſi.

Ré-d. ſi *ré-d. fa-d. la*, annonce.

Mi, .. ſi mi *ſol-d.*, ligne de quarte, ton intermédiaire.

Ré-d. ré-d. fa-d. la ſi-d. , annonce.

Ut-d., mi *ſol-d.* ut-d., détour ſur la ſixte.

BASSES.	HARMONIES.

Ut-d., ut-d. mi la , détour fur la fixte.
Ut-d. la ut-d. mi ſol , annonce.
Ré, .. la ré fa-d. , ligne de quarte.
Ré... la ut ré fa-d. , annonce.
Ré, .. ſi ré ſol, ligne de quarte.
Ré... la ut-d. mi ſol ,annonce.
Ré. — la ré fa-d. , ligne de quinte.
Fa-d. ré fa-d. la ut, annonce.
Sol, . ré ſol ſi , ligne de quarte.
Fa-d. ré-d. fa-d. la ut, annonce.
Mi.— mi ſol ſi , détour fur la fixte.
Mi, .. ut mi ſol ut , détour fur la fixte.
Mi-b., ut mi-b. ſol ut , changement de mode.
Ré... ſi ré fa la-b.
Ut.— ut mi-b. ſol.
Ut... ut ré fa-d. la , annonce.
Si-b., ſi-b. ré ſol , ligne de quinte.
Si, .. ſi ré ſol , changement de mode.
Si... ſi ré mi ſol-d. , annonce.
La.— ut mi la, detour fur la feconde.
La, .. ut fa la , detour fur la fixte.
La... ut mi-b. fa la , annonce.

BASSES.   HARMONIES.

Si-b., ré fa ſi-b. , ligne de quarte.
Si... fa ſol ſi ré , annonce.
Ut,.. mi ſol ut , ſaut de ſeconde , der-
                                    nier ton.

Ut... mi ſol ut.
Sol:— ré ſol ſi.
Sol... ré fa ſol ſi.
Ut. — ut mi ſol ut.

SIXIEME EXEMPLE.

Harmonies ordonnées.

Conſtruction de Récitatif.

BASSES.   HARMONIES.

Ut, .. ut mi ſol ut , intonation du pre-
                                mier ton.
Ut... ut mi ſol ſi b. , annonce.
Fa, .. ut fa la , ligne de quarte , ton in-
                                termédiaire.
La, .. fa la ut fa , prononciation.
La... fa la ut mi-b. , annonce.

BASSES.	HARMONIES.

Si-b. , *fa* ſi-b. *ré* , ligne de quarte.

La-b. *fa* o ſi-b. *ré*, annonce.

Sol, . . *ſol ſi-b.* mi-b. , ligne de quarte.

Fa . . . fa *la ut* mi-b., annonce.

Si-b. -- *fa* ſi-b. *ré*, ligne de quinte.

Si-b. mi *ſol ſi-b.* ut , annonce.

La , . . fa *la ut* , ligne de quinte.

La-b. ; fa *la-b. ut* , changement de mode.

Sol . . . *ré fa* ſol *ſi* , annonce.

Sol, . . ut *mi-b. ſol* ut , ligne de quinte.

Sol :— *ré* ſol *ſi* , repos de quinte.

Ut, . . . ut *mi ſol* ut, changement de mode.

Mi, . . ut *mi ſol* ut.

Sol, . . ut *mi ſol* ut.

Si-b. ; ut *mi ſol* o ut , annonce pour le
             ton *fa* , ligne de quarte.

Si-b. ; ut-d. *mi ſol* o ut-d. , annonce.

Ré, . . *ré fa la ré* , détour ſur la ſixte.

Fa, . . *ré fa la* ré.

La, . . *ré fa la* ré.

Ut ; . . *ré fa-d. la* o ré, annonce pour le
             ton *ſol* , ligne de quarte.

                               Ut

BASSES.	HARMONIES.

Ut... ré-d. *fa-d. la* o ré-d., annonce.

Si... ré-d. *fa-d. la* o ré-d., annonce.

Si,... mi *fol fi* mi, faut mineur de 3 demi-tons plus bas.

Ut... *mi fol* la-d. o.

Si,... mi *fol fi*.

La-d.; *mi fol* o ut-d., fufpenfion avec les
4 *appels* mineurs de quinte.

La... *mi fol* o ut-d., annonce.

La,... *fa la* ré, faut de feptieme.

La... *fol fi-b.* ut-d. *mi*.

La,... *fa la* ré.

La... ré *fa* fol-d. *fi*.

La. ⏤ ut-d. *mi* la, repos de quinte.

Fa-d., ré *fa-d.* la ré, changement de mode.

Mi... mi *fol* la-d. ut-d., annonce.

Ré,... ré *fa-d.* fi, détour fur la fixte.

Ré-d.; fi ré-d. *fa-d.* fi, chang. de mode.

Mi-b.... ut mi-b. *fol-b.* la, annonce.

Ré-b., ré-b. *fa* fi-b., détour fur la feptieme
par *tranfition enharmonique.*

R

Basses.	Harmonies.

Ut... ut *mi sol si-b.* , annonce.

Ut,.. ut fa *la-b.* , ligne de quinte , dernier ton.

Ut:— ut mi sol , repos sur la quinte.

119. Chaque morceau de la construction d'*Ariettes* renferme le fonds harmonique d'un discours , mais après chaque
morceau de la construction de *récitatifs* ,
il faut ajouter une *Ariette* pour complet-
ter le sens d'un discours musical.

Il y a deux sortes de *récitatifs* , le
récit simple , & le *récitatif obligé* : leur
construction est la même , le second ne
diffère du premier que par la richesse des
Harmonies & des accompagnemens.

120. Avec les consonnances & dissonances totales & réglées, on trouve encore dans la construction musicale des
harmonies incomplettes & irrégulieres. Nos
Compositeurs omettent souvent dans leurs
partitions une note de l'harmonie consonnante , ils omettent aussi une & deux

notes de l'harmonie diſſonante ; les deux premieres notes *ut mi* figurent par fois pour la conſonnance de la tonique *ut mi ſol* : de la conſonnance de quinte *ſol ſi ré* , on ne voit ſouvent que les deux dernieres notes *ſi ré* ou les extrêmes *ſol ré*. Pour diſſonance de dominante du même ton *ut* , on trouve tantôt *ſol ſi o fa* , tantôt *ſol o ré fa* , tantôt *o ſi ré fa* , & par fois ſeulement *ſol o o fa* : je connois même des portions de phraſes & des phraſes entieres qui font un grand effet , quoique toutes les parties ſoient à l'uniſſon.

Dans les mêmes *partitions* on trouve ſouvent des enſembles excellens de trois notes , d'une même gamme , qui n'ont nul renverſement , nulle poſition qui puiſſe répondre aux nombres 1 , 3 , 5 , ordre & diſtance naturel des trois notes d'une harmonie ; *mi ſol* , dernieres notes de la conſonnance de la nature en *ut* , ſont combinées avec l'*appel ré* , ſeconde de la gamme ; & l'*appel fa* , quarte de la gamme , eſt combiné avec les extrêmes , *ut ſol* ;

de la même confonnance : la confonnance de la quinte eft altérée fuivant les
mêmes proportions : aujourd'hui pour
pouvoir *fyncoper* (c'eft-à-dire traîner une
note de la gamme fur la fuivante) on altere ainfi toutes les confonnances analogues de la gamme.

On a d'abord critiqué ces omiffions &
ces altérations ; enfuite on les a applaudi ;
& puis pour diminuer un peu le gros
chapitre des *licences* , on a imaginé
des termes nouveaux ; enfin on a expliqué ces paffages extraordinaires, difant que ce font des *accords* (*s*) *incomplets*
& *irréguliers.*

(*s*) *Accord* eft le mot propre pour défigner
le rapport qu'ont les fons des deffus avec la
baffe ; comme je ne confidere ici l'enfemble
des fons que par rapport à la gamme , je
continue de dire *harmonies incomplettes* & *harmonies irrégulieres.*

On n'eft pas trop d'accord en Mufique fur
la fignification du mot *harmonie* ; on dit cet
inftrument a une belle *harmonie* , cette voix eft

Pour remplir fcrupuleufement le texte de *cet effai*, je m'arrête encore un peu

---

bien *harmonieufe* : une autre fois le mot *harmonie* repréfente une fuite d'accords : dans mes Ouvrages il figure pour chaque combinaifon muficale de notes qui peuvent fonner enfemble & à la fois dans une même gamme. Selon moi l'enfemble des fons *ut*, *mi* & *fol* eft en *ut* l'harmonie confonnante de la tonique, foit qu'elle s'accorde avec la baffe *ut*, avec la baffe *mi*, ou avec la baffe *fol* : dans le même ton l'enfemble des trois premiers *appels fi*, *re*, *fa* avec le dernier fon de la nature, *fol*, eft l'harmonie diffonante de la dominante *fol*, foit qu'elle s'accorde avec la baffe *fol*, avec la baffe *fi*, avec la baffe *ré*, avec la la baffe *fa*, ou avec les baffes d'*anticipation*, *ut*, *mi* & *mi bémol*.

L'enfemble *ut mi fol* eft communément nommé *accord parfait* & *fondamental* des confonnances ; l'enfemble *fol fi ré fa* eft nommé *accord de feptieme* & *fondamental* des diffonances.

Si je me fuis un peu écarté de l'ufage ordinaire en préférant le mot *harmonie* aux deux mots *accord fondamental*, c'eft pour pouvoir indiquer clairement fans équivoques & avec un peu

R iij

pour éclaircir & pour développer ces enfembles & ces combinaisons de fons incomplettes & irrégulieres.

de fimplicité , le rang que chaque confonnance
& chaque diffonance tiennent dans la gamme. D'ailleurs ayant eu à parler de fix confonnances & de
fept diffonances pour chaque ton majeur , de
fept confonnances & de quatorze diffonances pour chaque ton mineur, j'aurois heurté plus
encore l'ufage reçu , fi j'avois répété tant de fois
les mots facrés. . .

Si je développe les pofitions ou les renverfemens des harmonies , abftraction faite du rapport
d'intervalle & d'accord avec la baffe , c'eft pour
ne pas trop charger la mémoire du difciple; car
l'harmonie diffonante de dominante feule fait
avec fes 4 baffes naturelles & avec fes 3 baffes
d'anticipation, fept rapports d'intervalles & d'accords différens, & par conféquent fept noms
compofés & fept fignes à retenir pour une feule
harmonie , tandis que tous les noms & tous
les fignes d'accords font inutiles pour l'intelligence du fens mufical : l'important , les élémens effentiels pour toutes les parties de la Mufique font . . . 1°. la connoiffance de la marche

121. La division de fons de l'octave en fons de la *nature* & en fons *appels* bien méditée, tout eft parfait dans la *partition* des hommes de génie. Aux yeux de l'art toutes les infpirations font complettes & régulieres, c'eft par pareffe ou par ignorance qu'on a par fois voulu borner le talent.

Tous les enfembles de notes d'une même gamme, dictés par le génie mufical, font ou des harmonies diffonantes ou des harmonies confonnantes, ils chagrinent un peu l'oreille pour faire naître le défir, ou bien ils la contentent & la repofent. Les notes des harmonies fpécifiées contraftent les unes avec les autres; les diffonances préparent, follicitent & amenent le retour des confonnances *repos*.

---

des harmonies entr'elles & par rapport à la gamme. 2°. La connoiffance de la marche des baffes entr'elles & par rapport à la gamme. C'eft ce qu'on croira peut-être un jour, quand on aura étudié & médité le *préfent Ouvrage*.

R iv

Les harmonies, qu'on nomme incomplettes ou irrégulieres, ont la même propriété ; elles agiſſent également les unes ſur les autres ; ſouvent elles augmentent le nombre des ſollicitations & phraſent avec les conſonnances régulieres ; elles ſont, comme les harmonies ordinaires, ou desenſembles de purs ſons de la *nature*, ou des enſembles de purs ſons *appels*, ou bien des combinaiſons mixtes de ſons de la *nature* & de ſons *appels* d'une même octave.

Le Tableau ſuivant expoſe les principales & les plus fréquentes de ces harmonies de ſeconde claſſe.

TABLEAU

Des principales harmonies incomplettes & irrégulieres, pour l'octave d'ut.

Ut mi . . Conſonnance des 2 premiers ſons de la nature.
Ut mi ♭. conf. des 2 premiers ſons de la nature.
Mi ſol. . conf. des 2 derniers ſons de la nature.
Mi-b. ſol conf. des 2 derniers ſons de la nature.
Ut ſol . . conf. des extrêmes de la nature.

Si ré... conf. d s 2 premiers ou forts *appels*.

Ré fa... conf. des moyens *appels*.

Fa la... conf. des 2 derniers ou foibles *appels*.

Fa la-b. conf. des 2 derniers ou foibles *appels*.

Si fa . . diff. des extrêmes des 3 premiers ou forts
appe's.

Si la . . diff. des extrêmes des *appels*.

Si la - b. diff. des extrêmes des *appels*.

Ut la . . conf. de la tonique avec le foible *appel*.

Ut la-b. conf. de la tonique avec le foible *appel*.

Ut fa-d. diff. de la tonique avec la sensible de
quinte.

Sol si . . conf. de la quinte avec le fort appel.

Sol ré . . conf. de la quinte avec le moyen *appel*
seconde.

Sol fa . . diff. de la quinte avec le moyen *appel*
quarte.

Sol la-b. diff. de la quinte avec le foible *appel*.

Ut fa... conf. de la tonique avec le moyen *appel* quarte.

Ut ré . . diff. de la tonique avec le moyen *appel*
seconde.

Si ré fa diff. des 3 forts *appels*.

Sol ré fa diff. de la quinte avec les moyens *appels*.

Ut fa sol diff. des extrêmes de la consonnance de
la nature avec le moyen *appel* quarte.

Ré mi sol diff. des derniers sons de la consonnance
de la nature avec le moyen *appel* seconde.

Les noms que je donne à ces harmonies de feconde claffe indiquent leur nature & en même temps leur place dans la conf-truction. Les confonnances qui ne ren-ferment que des fons de la *nature* font les repos ; les confonnances de purs *appels*, les confonnances mixtes & les diffonan-ces doivent être fuivies immédiatement d'un repos à moins qu'elles ne fe fucce-dent pour folliciter en corps une con-fonnance repos.

La confonnance de la quinte avec le fort *appel* eft fouvent repos elle-même, la diffonance de la tonique avec la fen-fible de quinte exige fon retour.

La confonnance de la tonique avec le foible *appel* eft par fois repos *fufpenfif*.

L'harmonie des 3 forts *appels* & la diffonance de leurs extrêmes exigent le repos de la confonnance des premiers fons de la nature.

L'harmonie des deux forts *appels* peut être fuivie de la confonnance des premiers fons de la nature, mais elle ne phrafe qu'avec la tonique qui feule peut fauver la diffonnance qu'elle fait dans la gamme.

L'harmonie des extrêmes des *appels* ne demande que les extrêmes de la *nature*.

Les harmonies mixtes *fol fi*, *fol ré* & *fol fa* peuvent être fuivies des extrêmes ou des derniers fons de la nature, mais elles ne phrafent qu'avec la confonnance des premiers : dans un cas la quinte commune refte immobile, & dans l'autre elle eft échangée pour la tierce ou pour la tonique.

Les deux dernieres diffonances fufpendent & follicitent le premier ou le fecond fon de la confonnance totale.

Les harmonies irrégulieres & incomplettes ont des renverfemens de pofitions comme les harmonies ordinaires. *Par exemple*, les deux notes de la premiere confonnance du tableau peuvent fonner à la fois dans la pofition *ut mi* & dans la pofition *mi ut*; chaque fon des harmonies de deux notes peut fonner à l'aigu & au grave : les trois notes de la derniere diffonance du tableau peuvent fonner à

la fois dans la pofition *ré mi fol*, dans
la pofition *mi fol ré* & dans la pofition *fol ré
mi*; chaque fon des harmonies de trois notes peut fonner au grave au milieu & à l'aigu.

La baffe de ces harmonies extraordinaires n'a pas tant d'analogie avec les
harmonies reglées, nous avons vu ci-deffus
que l'uniffon de chaque note de l'harmonie figuroit naturellement à la baffe;
ce n'eft pas la même chofe ici; rarement
on voit à la baffe, dans les partitions *inf-
pirées*, l'uniffon d'une note de l'harmonie, la tonique & la quinte de la gamme
font les baffes par excellence; on voit plus
fouvent les uniffons aigus répétés. La fixte
mineure eft auffi privilégiée pour fervir de
baffe à la diffonance de tonique avec la fenfible de quinte.

Les deux dernieres diffonances du tableau n'ont jamais à la baffe que la premiere note de la confonnance repos, dont
elles fufpendent pour un inftant le premier
ou le fecond fon.

L'exemple inftruira mieux fur l'emploi

de ces harmonies extraordinaires , que le difcours.

EXEMPLES

Sur l'emploi des harmonies incomplettes
& irrégulieres pour l'octave d'ut.

Iᵉ.

BASSES.   HARMONIES.

Ut.. *la ut* , confonnance mixte.

Ut.. *fol fi* , confonnance mixte.

Ut.. *fa la* , conf. des foibles *appels.*

Ut,.. *mi fol,*conf. des derniers fons de la nature.

Ut.. *fa la.*

Ut.. *mi fol.*

Ut.. *ré fa* , conf. des moyens *appels.*

Ut;.. *ut mi,*conf.des premiers fons de la nature.

Ut.. *la fa.*

Ut.. *fol mi.*

Ut.. *fa ré.*

Ut,.. *mi ut.*

Ut.. *fa ré.*

Ut.. *ré fi,* confonnance des forts *appels.*

BASSES HARMONIES.

Ut;.. mi ut.
Ut.. fa la.
Ut.. ré fa.
Ut,.. fi ré.
Ut.— ut, octave.

IIe.

Sol.. *fi ré*, confonnance des forts *appels*.
Sol.. *ut mi*, confonnance des premiers fons de la nature.
Sol;.. *ré fa*, conf. des moyens *appels*.
Sol.. *mi fol*, conf.des derniers fons de la nature.
Sol.. *ré fa*.
Sol.. *ut mi*.
Sol:— *fi ré*.
Sol.. *fi ré*.
Sol.. *ut mi-b*., conf. des premiers fons de la nature.
Sol,.. *ré fa*.
Sol.. *mi-b. fol*, conf. des derniers fons de la nature.
Sol.. *ré fa*.
Sol.. *ut mi-b*.
Sol:— *fi ré*.

IIIe.

BASSES. HARMONIES.

Sol.. *fá la,* confonnance des foibles *appels.*

Sol,.. *mi fol,*conf.des derniers fons de la nature.

Sol.. *ré fa ,* conf. des moyens *appels.*

Sol; —ut mi,conf.des premiers fons de la nature.

Sol.. *fá la-b. ,* conf. des foibles *appels.*

Sol,.. *mi-b. fol,* conf. des derniers fons de la nature.

Sol.. *ré fa.*

Sol.. *ut mi-b.,*conf. des premiers fons de la nature.

La-b.; *fi ré,*confonnance des forts *appels.*

Sol.. *ré fa.*

Sol.. *ut mi-b.*

Sol,.. *fi ré.*

La-b. *ut ut.*

La-b. *ut fa-d. ut ,* diff. de la tonique avec
la fenfible de quinte.

Sol.— *fi fol fi ,* conf. mixte , repos.

IVe.

Ut,.. *mi ut ,* conf. des premiers fons de la nature.

Sol.. *fol ré,* conf. mixte.

Ut,.. *ut mi.*

BASSES.   HARMONIES.

Sol.. *ſol ré*.

Ut,.. *mi ut*.

Sol.. *ſol ré*.

Ut .. *ut mi*.

Ut .. *ré fa* , conſonnance des moyens *appels*.

Ut .. *mi ſol* , conſ. des derniers ſons de la nature.

Ut .. *ré fa*.

Ut .. *ut mi*.

Sol.. *ſol ré*.

Ut.— *mi ut*.

Vᵉ.

Sol.. *ſol* , octave.

Sol.. *ſol la·b*. , diff. de la quinte avec le foible *appel*.

Sol,.. *fa la·b*., conſ. des foibles *appels*.

Sol.. *ré ſi* , conſ. des forts *appels*.

Sol,.. *mi–b. ut*, conſ. des premiers ſons de la nature,

Sol.. *ſi ré*.

Sol,.. *ut mi–b*.

Sol. *la fa-d*.,conſ.des forts *appels* en *ſol*.

Sol.— *ſi ſol*, conſ. des premiers ſons de la nature en *ſol*.

VIᵉ.

V I^e.

BASSES HARMONIES.

Ut .. *mi sol ré.*

Ut, .. *mi sol ut*, confonnance de la tonique.

Sol . *ré sol ut.*

Sol, .. *ré sol si*, conf. de la quinte.

La .. *ut mi si.*

La, .. *ut mi la*, conf. de la fixte.

Mi .. *si mi la.*

Mi, .. *si mi sol*, conf. de la tierce.

Fa .. *la ut sol.*

Fa, .. *la ut fa*, confonnance de quarte.

Ut .. *sol ut fa.*

Ut. — *sol ut mi*, confonnance de tonique.

Sol .. *sol si ré*, confonnance de quinte.

Sol .. *sol ut mi*, confonnance de tonique.

Sol; .. *sol ré fa*, diff. de la quinte avec les
moyens *appels.*

Sol .. *sol si*, conf. de la quinte avec le fort
appel.

Sol .. *sol ut*, extrêmes de la nature.

Sol .. *sol ré*, conf. de la quinte avec le moyen
appel feconde.

S

BASSES.   HARMONIES.

Sol .. *sol mi* , derniers sons de la nature.

Sol; .. *sol fa*, diff. de la quinte avec le moyen
appel quarte.

Ut , .. *ut mi*, premiers sons de la nature.

Ut .. *ré fa* , moyens *appels*.

Ut .. *mi sol*, derniers sons de la nature.

Si .. *fa la* , foibles *appels*.

Ut.— *mi sol*.

Fa .. *fa ré*.

Fa-d. *mi ut*.

Sol:— *ré si*.

Sol .. *si sol*.

Sol .. *si la-b.*, extrêmes des *appels*.

Sol .. *si sol*.

Sol .. *si fa*, extrêmes des forts *appels*.

Fa-d.; *ut mi-b.*, premiers sons de la nature.

Fa .. *si ré*, forts *appels*.

Mi-b., *ut*, tonique.

Fa .. *ut ré*, diff. de la tonique avec le moyen
appel seconde.

Sol .. *ut mi-b.*

BASSES. HARMONIES.

La-b.; *ut fa* , conf. de la tonique avec le moyen
appel quarte:

Sol.. *ut mi-b.*

Fa .. *ut ré.*

Mi-b., *ut.*

Mi;.. *ut fol* , extrêmes de la nature.

Fa .. *ut la* , conf. de la tonique avec le foible *appel:*

Fa-d. *ut ré.*

Sol:— *fi ré.*

Sol .. *fi fol.*

Sol;.. *fi la* , extrêmes des *appels:*

Fa .. *fi la.*

Fa .. *fi fol.*

Mi .. *fi fol.*

Mi,.. *ut fol.*

Fa .. *ut la.*

Fa,.. *fa ré.*

Sol.. *mi ut.*

Sol .. *ré fi.*

La;.. *ut la* , conf. de la tonique avec le foible
appel:

Sol.. *ré fi.*

S ij

BASSES.　HARMONIES.

Ut.—　mi ut.

Ut . . fa ſol ré, diſſ. de la quinte avec les moyens *appels*.

Ut, . . mi ſol ut.

Ut . . ré fa ſi, diſſonance des trois forts *appels*.

Ut.—　ut mi ut.

Le diſciple qui voudra prononcer ces exemples, placera les harmonies vers le milieu de l'inſtrument, & approchera la baſſe de l'harmonie : s'il trouve le tout trop maigre, il pourra doubler les notes de baſſe & ajouter chaque fois leur uniſſon grave ; il pourra auſſi doubler une note de l'harmonie & ajouter ſon uniſſon aigu, évitant pourtant les extrêmes de l'inſtrument, concentrant la ſuite dans les trois octaves de *fa*, & ſerrant l'harmonie & la baſſe de maniere à ne jamais occuper plus d'étendue que deux octaves & une tierce. (art. 68.)

Prononçant ces exemples ſur l'inſtru-

ment , on peut auffi les régler , les animer
& les embellir avec la mefure, avec le mouvement & avec les variations de batte-
ries expliquées à la fin de la premiere
partie. Si ces harmonies incomplettes &
irrégulieres charment fouvent plus l'o-
reille que les harmonies ordinaires , l'ef-
prit n'eft pas auffi fatisfait par leur no-
menclature : l'éclairciffement qui fuit ,
contentera peut-être quelques Lecteurs.

Nommant les harmonies incomplettes
& irrégulieres , je fais abftraction de la
baffe , car le total fait fouvent une diffonance quoique l'harmonie foit confonnante ; la confonnance des moyens *ap-*
pels ré fa eft employée pour la baffe *ut*
avec laquelle il y a conjonction, & par
conféquent diffonance : la confonnance
des foibles *appels fa la* & *fa la-b.* eft
employée pour la baffe *fol* , avec laquelle
il y a deux conjonctions & par conféquent double diffonance : la confonnance des premiers fons de la nature *ut*
mi-b. eft employée pour la baffe *fa-d.*

senfible de quinte, le total eft très-diffo-
nant : la confonnance des forts *appels*
eft employée pour la quarte, & l'harmonie des trois forts *appels* eft encore fort
diffonante.

Je dis harmonie confonnante ou confonnance pour tout enfemble de deux
notes féparées par un des intervalles qui
regnent entre les fons que la nature marie enfemble. Pour moi l'enfemble *fol fi*
eft une harmonie confonnante , que les
deux notes fonnent dans la pofition *fol fi*,
ou dans la pofition *fi fol*, foit qu'elles foient
féparées par la tierce majeure ou par fon
renverfement, la fixte mineure, par l'intervalle de 4 demi-tons ou par l'intervalle
de 8 demi-tons ; l'enfemble *fi ré* eft auffi
une harmonie confonnante, que les deux
notes fonnent dans la pofition *fi ré* ou
dans la pofition *ré fi* , foit qu'elles foient
féparées par la tierce mineure ou par fon
renverfement , la fixte majeure, par l'intervalle de 3 demi - tons ou par l'intervalle de 9 demi - tons ; l'enfemble

fol ré eſt encore une conſonnance , que les deux notes ſonnent dans la poſition *ſol ré* ou dans la poſition *ré ſol* , ſoit qu'elles ſoient ſéparées par la quinte ou par ſon renverſement la quarte , par l'intervalle de 7 demi-tons ou par l'intervalle de 5 demi-tons.

Ici comme pour les harmonies réglées, je nomme diſſonance tout enſemble de notes , entre leſquelles il y a une conjonction ; je dis encore diſſonance pour tout enſemble de deux notes ſéparées par un intervalle plus ou moins grand qu'un des ſix intervalles conſonnans ſpécifiés. L'harmonie *ut ré* eſt diſſonante à cauſe de la conjonction des deux notes qui ſe touchent dans la gamme : l'harmonie *ſi fa* eſt auſſi diſſonante , la quinte qui ſépare les deux notes n'eſt qu'un intervalle de 6 demi-tons : l'intervalle qui ſépare l'harmonie *ſi la-b.* , extrêmes des *appels* , eſt à la vérité un eſpace de 9 demi - tons , mais il n'eſt pas le renverſement des 3 demi-tons qui ſéparent les deux notes de la tierce mineure ; *la-b.* & *fi* fe touchent dans la gamme , ce font la fixte & la feptieme.

Les harmonies incomplettes figurent dans la conftruction de la même maniere que les harmonies ordinaires ; les confonnances de deux *appels* diffonent dans la gamme , *contraftent* & phrafent avec une portion de la confonnance de la nature , comme les confonnances *analogues* diffonent & phrafent avec la confonnance totale de tous les fons de la nature. Les diffonances de 2 & de 3 notes font doublement diffonantes comme les harmonies des articles 91 , 92 , 93 , &c. elles diffonent en elles-mêmes & elles diffonent auffi dans la gamme, *contraftant* avec un ou avec deux fons d'une confonnance repos.

CONCLUSION.

Voilà , je crois, les vrais élémens de la Mufique , les vrais principes de la compo-

fition, la fcience harmonique, l'art d'ordonner les tons, les confonnances & les
diffonances, enfin l'art de la conftruction . . . .

Je ne me hâte pas ici pour citer des
autorités en faveur de mon Effai ; je
ne crois pas que nos *Maîtres célébres*
ayent le tems de lire des livres de Mufique:
d'ailleurs quand on eft une fois applaudi
pour des productions Muficales , on a
plus envie de multiplier fes chefs-d'œuvres
que d'examiner des principes. Je n'ai con-
fulté perfonne : ce n'eft pas par vanité , car
fi j'ai une haute opinion de mes idées ,
j'ai une meilleure opinion encore du mérite des autres ; je me foumets à tous les
Lecteurs , ce font pour moi autant de
Juges compétens : fi leur approbation me
flatte & nourrit mon amour-propre , leur
critique m'eft chere ; la moindre me fait
faire des efforts pour me corriger & pour
me perfectionner.

Malgré mes efforts je n'ofe pas efpérer que mon *nouvel Effai* faffe une

grande fortune ; aujourd'hui tout livre de Mufique doit paroître mauvais ou inutile ; les talens de nos *virtuoses* font divins, les chef-d'œuvres de nos compofiteurs font fublimes ; il eft naturel de croire qu'on fçait tout , d'ailleurs on eft habitué à une méthode ; on eft familiarifé avec des termes ; & moi je m'écarte un peu de la route ordinaire , je parle fouvent un langage nouveau ; l'appui m'eft plus néceffaire qu'à aucun autre , j'en conviens & je follicite la protection des *Lecteurs contents,* ils voudront fans doute prôner mes principes & ma méthode. Ils fentiront l'avantage & l'intérêt que mes élémens pourront jetter dans l'étude muficale. Je ne propofe pas un travail machinal , ni une vaine tablature ; je parle peu à la mémoire & beaucoup à l'intelligence ; inftruifant mon difciple fur les notes , je l'habitue en même temps à l'examen , à la comparaifon , à la réflexion & au raifonnement.

Quoiqu'on cite par fois des regles pour juftifier les petites productions, ou pour blâmer celles qui déplaifent, l'oreille n'eft pas moins le feul guide des leçons de compofition : c'eft, à la vérité, un excellent guide ; car on écrit néceffairement de la mufique, fi on a l'oreille exercée à la fuite & à l'enfemble des fons, & fi on a les yeux familiarifés à la fuite & à l'enfemble des notes ; avec cela, fi on a du talent, on écrit de la bonne mufique ; mais il eft vrai auffi que l'Ecrivain inftruit dans la *fyntaxe*, dans la *Poéfie*, dans la *Rhétorique*, va plus loin, à mérite égal, que l'écrivain qui a machinalement appris à lire & à écrire dans l'*Ecole*.

Si mon Effai n'exerce pas l'oreille, s'il ne familiarife pas les yeux avec les notes, il a cela de commun avec tous les livres : les difpofitions naturelles, la pratique & le tems inftruifent & perfectionnent les organes. J'ai rempli ma tâche, fi le *Lecteur* dit, que je fuis le plus près des élémens fcientifiques qu'on profeffe en chaire , & si je contente beaucoup de Lecteurs , mes vœux pourront un jour être accomplis. Mon *nouvel Essai* bien applaudi , la Musique ne sera plus traitée comme un simple amusement , son mérite & son utilité seront reconnus , & ma doctrine sera peut-être aussi honorée d'une chaire Académique. (*t*)

(*t*) Changeant le signe visible , les leçons de *cet Essai* sont encore plus *académiques*. Il faut supposer que le disciple soit instruit sur la *lecture musicale* , & au lieu de prononcer les exemples sur l'instrument , il faut les noter ; d'abord abstraction faite de la mesure, distinguant seulement les consonnances repos. Les *rondes* pourroient faire cet office pour marquer les notes du repos principal , les *blanches* serviroient au repos de quinte , les *blanches pointées* pourroient marquer les repos suspensifs , & comme les repos de virgule sont rares en Musique , on pourroit les indiquer avec des *croches* : la *noire* serviroit pour toutes les harmonies qui sollicitent , qui appellent , qui *contrastent* & qui font désirer. On ne marqueroit pas

Chers confrères, ne m'enviez pas la petite récompenſe qui pourroit m'en revenir
ſi mon *réve* alloit ſe réaliſer de mon vivant ;
le plus grand avantage rejailliroit ſur vous ;

---

moins les ponɛtuations au-deſſus des notes de baſſes.
On notera le tout une ſeconde fois avec meſure.

Une autre diviſion me paroît eſſentielle : je
penſe qu'il ne faudroit employer d'abord que
deux *portées* ; les lignes horiſontales ordinaires des *clefs* de violon & de baſſe repréſen-
tent l'étendue harmonique du clavier : concentrant l'harmonie , on meuble plus aiſément la
tête du diſciple ... ſa tête meublée on peut recommencer & écrire le tout en *partition* , toujours en deux ſeɛtions 1°. abſtraɛtion faite de
la meſure , 2°. meſurant la conſtruɛtion.

En forme de *ſupplément* & pour contenter
tout le monde , on pourra parler des *accords*
& de leurs *ſignes* , chiffrant la baſſe des exemples propoſés : ſi on veut donner une nomen-
clature ſcientifique on pourra conſulter la *troiſieme partie de mon Traité de Muſique.* Mais
qu'on ſe garde à jamais de vouloir ajouter ſur
le chapitre des *embelliſſemens* ; car mille têtes ,
mille fantaiſies , & *adieu la Chaire & l'Académie.*

vos lauriers feroient plus beaux & on vous les préfenteroit plus galamment. La *Chaire Académique* annobliroit la Mufique & notre état feroit un peu plus confidéré. Croyez-moi, n'écoutons plus la jaloufie ni l'amour-propre offenfé ; accordons & réuniffons nos vœux, banniffons la difcorde, & rappellons-nous qu'il faut que les trois fons de la nature foient unis & liés enfemble pour pouvoir faire un *accord parfait :* imitons ce principe, uniffons *l'Art*, le *Génie*, & *l'habileté* ; & notre talent fera un talent parfait.

F I N.

APPROBATION.

J'ai lu par ordre de Monfeigneur le Garde des Sceaux un Ouvrage intitulé, *Nouvel Effai fur l'Harmonie, fuite du Traité de Mufique,* par M. BÉMETZRIEDER, & je n'y ai rien trouvé qui pût en empêcher l'impreffion. A Paris, le 18 Février 1780. MONTUCLA, Cenfeur Royal.